毛詩注疏簡補

大雅卷

徐勁松 編著

中國書店

圖書在版編目（CIP）數據

毛詩注疏簡補．大雅卷 / 徐勁松編著．—北京：中國書店，2019. 5

ISBN 978-7-5149-2254-7

Ⅰ．①毛…　Ⅱ．①徐…　Ⅲ．①古體詩-詩集-中國-春秋時代　②《詩經》-注釋　Ⅳ．① I222.2

中國版本圖書館 CIP 數據核字（2019）第 036966 號

毛詩注疏簡補·大雅卷

編　　著：徐勁松

責任編輯：袁　瀛
出　　版：中國書店
地　　址：北京市西城區琉璃廠東街 115 號
郵　　編：100050
電　　話：010-63017857
印　　刷：北京建築工業印刷廠
開　　本：710mm × 1000mm　1/16
版　　次：2019 年 5 月第 1 版　　2019 年 5 月第 1 次印刷
字　　數：450 千
印　　張：27.75
印　　數：1—3000
書　　號：ISBN 978-7-5149-2254-7
定　　價：158.00 元

凡　例

一、關於篇名

篇名【大雅某某】中的某某是其篇在大雅中的詩序，意為其篇是大雅的第某某篇。如【大雅十一】即是大雅第十一篇。

二、關於引用名及相關文字顏色

所有經文皆為紅色。

【毛序】《毛詩注疏》中毛詩序，序文為綠色，其中引用的經文重要部分為紅色。

【毛傳】《毛詩注疏》中毛詩傳，傳文為綠色，其中引用的經文重要部分為紅色。

【鄭箋】《毛詩注疏》中鄭玄箋，箋文為藍色，其中引用的經文重要部分為紅色，引用的毛序、毛傳重要部分用綠色。

【孔疏】《毛詩注疏》中孔穎達等疏注，引用的疏文皆為黑色，其中引用的經文重要部分為紅色，引用的毛序、毛傳重要部分用綠色，引用的鄭箋重要部分為藍色。

【孔疏-章旨】《毛詩注疏》孔穎達等疏每章主旨，引用的疏文皆為黑色。

【陸曰】《毛詩注疏》陸德明注，引用的注文皆為黑色。

【詩集傳】朱熹《詩集傳》，引用的注文皆為黑色。

【詩三家】王先謙《詩三家義集疏》，引用的注文皆為黑色。

【程析】程俊英《詩經注析》，引用的注文皆為黑色。

【詩經原始】方玉潤《詩經原始》，引用的注文皆為黑色。

【論語】《論語》，引用的經文皆為黑色。

【樂道主人】編著者，引用的序文皆為黑色。

三、關於注音

全篇經文及各種注解出現的注音皆以燕烏集闕讀書會的正音結果為准。

四、關於“<某章-數字>”

在每篇詩文的單句注解或多句注解前標明第一句經文的次序，以備快速查找，如經文前標明<二章-3>，其後的第一句為經文的第二章第三句。

五、關於“◇◇”“◇”號

書中的“◇◇”主要用於孔穎達等疏注。其主要目的是為了初學者方便理解，把孔疏中的不同注解分解成不同的段落，並做標明，其中用於孔穎達等疏注中的“◇”是第二層注解。當出現毛序、毛傳及鄭箋文字太多，注解層次較多的情況，必要時用“◇”標明其注解層次。

六、關於序列號“①②……⑥⑦”

孔疏章旨中的序列號是標明經文分句注解時的次序。

七、關字括號

全書出現的括號及及內容皆為編著者加注。其中鄭箋中括號內容為“與毛不同”的，是鄭箋與毛序、鄭箋與毛傳對經文的不同注解。

八、關於異體字

為了保持《毛詩注疏》原貌，原《毛詩注疏》的異體字皆做保留。

《毛詩簡補·大雅篇》前言

《詩經》中大雅三十一篇，小雅七十四篇，共一百零五篇，皆天子為政之事。詩大序曰："言天下之事，形四方之風，謂之雅。雅者，正（政）也，言王政之所由廢興也。政有大小，故有小雅焉，有大雅焉"即分大、小政，其所言何以別哉?

按《毛詩正義》的疏釋，大小雅中的正雅區分標準與變雅區分有所不同。變雅共七十一篇，其中變大雅十三篇，變小雅五十八篇。"王政既衰，變雅兼作，取大雅之音，歌其政事之變者，謂之'變大雅'；取其小雅之音，歌其政事之變者，謂之'變小雅'，故變雅之美刺，皆由音體有小大，不復由政事之大小也。"則變雅以音體為畔。

正大雅為十八篇，正小雅十六篇，正雅共三十四篇。正大雅講的是"受命作周，代殷繼伐，荷先王之福祿，尊祖考以配天，醉酒飽德，能官用士，澤被昆蟲，仁及草木，於天子之政，皆大事也"；"小雅所陳，有飲食賓客，賞勞群臣，燕賜以懷諸侯，征伐以强中國，樂得賢者，養育人材，於天子之政，皆小事也"。正雅以政別大小，如毛詩大序所言。

如此，則變雅部分之大雅與小雅內容沒有區別，大小之政混跡其間。而正大雅與正小雅，在詩篇內容上有明顯的不同。

在毛詩體系中，正小雅內容主要定義在人（群）與人（群）之間的關係上，更確切一點說是三個大關係加一個小關係：三個大關係以君臣（君與政府）之間關係為主，附以政府與人民關係、古代國家（諸侯國）與國家（諸侯國）之間的關係，三個關係基本處理原則是"四海之內皆兄弟也"。小關係是中國與中國以外，即古人所講的九州與四夷的關係。古人認為小關係是文明與野蠻的關係，所以處理起來比較簡單直接。也正因為如此，直到清末，這個小關係不僅沒有解決好，反而成為最頭疼的關係。

三大關係中，君臣（君與政府）關係從西周末年開始發生了翻天覆地的巨變。在中國政治社會形態由單純的血緣政治向由血緣與精英共和為主的政治開始轉變的歷史關頭，"天將以夫子為木鐸"，孔子政治思想的出現，導致了以天子為代表的整個皇族乃至貴族階層與政府之間關係的歷史性調整，調整的標準即是夫子的“以道事君”。這個“道”的主要內容是什麼？小雅講了不少，但要尋得源頭，還要回到大雅，需要去正大雅中探尋答案。

在正大雅十八篇中，屬於文王詩篇有八篇，從屬武王的有兩篇，成王周公的有八篇。毛詩的這種分類方法是以詩篇內容主要歌頌的人物為主。屬成王的讀詩篇有例外。按《毛詩正義》的説法，八篇詩皆是在歸政成王前後所作，主要讚美成王的只有三篇，其他五篇警示成王的意味更多。此十八篇正大雅每篇所述，《毛詩正義》疏釋鄭箋之《小大雅譜》中有詳細的説明，此處不再贅述。其中，有幾篇代表作，是叙述、歌頌周民族興起、鼎盛的史詩，在早期中華民族形成興起的歷史上、在中華民族宇宙觀及價值觀的塑造上也同樣具有曠世的意義。這六篇詩是：文王詩中的《大雅·文王》《大雅·大明》《大雅·緜》《大雅·皇矣》，成王詩中的《大雅·生民》《大雅·公劉》。

首先是天人合一的宇宙觀。大雅前兩篇《文王》《大明》主講文王、武王受天命。夫子講“五十而知天命”即人人皆有天命，但文王、武王的天命不是一般的天命，是得天下的命，是天大的命。要得到天大的命，就必須具備天大的條件。條件有很多，但最重要的有兩條：一是當時的統治者商紂損德害民；二是周家德高功勳，並且“三分天下有其二，以服事殷”。最終文王以明德受天命，武王憑武功再受天命而滅商有天下。這是古人統治天下最重要的法理基礎。

有天下還不够，如何真正王天下，做到“君子萬年，永錫祚胤”做到“如松柏之茂，無不爾或承”，還要看文王之前周家累世積德的根基有多深了。

《生民》是周民族，也是中華民族的最重要的詩史之一。講述了周的始祖后稷出生前後的具有神話色彩的傳奇經歷，歌頌讚美了后稷為中國乃至世界農耕文明所做出的傑出貢獻。《公劉》講述四世祖公劉在夏代天時不利的形勢下，帶領周民族進行戰略大轉移，從而為周民族保留了火種。《緜》譜寫了為避戎狄之難，文王之祖父太王深明大義，帶領周民族第二次戰略大遷徙至周原岐山，並奠定了周人王業之基的恢弘史篇。《皇矣》讚美大伯讓國，王季有德而不負讓國之恩。同時，展現了文王德治的另一面——斬伐四國的赫赫武功，昭明了“德”與“武”在治國安邦中的同等重要作用。從后稷到文王，共十五世，越千年，累世積德建功，直至武王革命，成王周公制禮作樂，從而奠定有周八百年之命祚。漫漫長路，緜緜瓜瓞，其修遠兮！“周之德，其可謂至德也已矣。”

“以德為本”而不是“任人唯親”正是血緣與精英共和為主的政治社會與單純的血緣政治社會最大的區別，也是東周大變革時代的最强音。以孔子“為政以德”的政治思想為先聲，宣告了純粹的單性血緣政治社會的終結，為占人口絕大多數的百姓們開啟了無數條向上的通道，從而開創了一個嶄新的社會形態，是世界範疇内人類心智又一次質的蛻變和飛躍。在新的社會形態中，天子與政府的關係不再是家長與諸子的關係，臣子（政府官員）也不必以人身依附於天子，而是“以道事君，不可則止”。

毛詩之所以能够在四家詩後來據上而佔據主流，最主要的原因是毛公鄭子們對《詩經》的解釋總體講是有完整系統的，是適應當時社會時代朝流的，是順應人性發展規律的，是集中華文明於一體的孔子思想的時代注釋。既然“天難忱斯”與“以德為本”是漢唐的時代最强音，那麼“天”代表了什麼？什麼是“德”？我們這個時代又應該以何為本？

子曰：“殷因於夏禮，所損益，可知也。周因于殷禮，所損益，可知也。其或繼周者，雖百世可知也。”我們只要能找到夫子所謂“一以貫之”的總綱，就會綱舉目張，就會釋然，就會“周雖舊邦，其命維新”。在中華民族復興的歷史關頭，就讓我們驀然回首，重新回顧學習經典，再次回到《詩經》中，再次走進大雅裏，如鄭子在《詩譜序》中講的那樣：“欲知源流清濁之所處，則循其上下而省之；欲知風化芳臭氣澤之所及，則傍行而觀之”，一起去尋找我們的中華文化之根。

非常感謝諸多幫助和支持編者成書的親人和朋友們。由於編者才疏學淺，謬誤之處比比皆是，懇望賜教，不勝感激！

樂道主人

戊戌歲末於北京善止齋

目　録

蕩之什

附　錄

文　王 【大雅一】

文王在上，於（wū）昭（zhāo）於天。周雖舊邦，其命維新。有周不（pī）顯，帝命不時。文王陟（zhì）降，在帝左右。

亹（wěi）亹文王，令聞（wèn）不已。陳錫（cì）哉周，侯文王孫子。文王孫子，本支百世。凡周之士，不（pī）顯亦世。

世之不顯，厥猶翼翼。思皇多士，生此王國。王國克生，維周之楨。濟（jǐ）濟多士，文王以寧。

穆穆文王，於（wū）緝（jī）熙敬止。假哉天命，有商孫子。商之孫子，其麗不億。上帝既命，侯于周服。

侯服于周，天命靡常。殷士膚敏，祼（guàn）將（jiāng）于京。厥作祼將，常服黼（fǔ）冔（xǔ）。王之藎（jìn）臣，無念爾祖！

無念爾祖，聿（yù）脩厥德。永言配命，自求多福。殷之未喪師，克配上帝。宜鑒于殷，駿命不易（yì）。

命之不易，無遏（è）爾躬。宣昭義問（wén），有虞殷自天。上天之載，無聲無臭（xiù）。儀刑文王，萬邦作孚。

《文王》七章，章八句。

【毛序】《文王》，文王受命作周也。

【鄭箋】受命，受天命而王天下，制立周邦。

【孔疏】序“《文王》”至“作周”。

◇◇作《文王》詩者，言文王能受天之命，而造立周邦立周邦，故作此《文王》之詩，以歌述其事也。

◇◇經五章以上，皆是受命作周之事也。六章以下，為因戒成王，言以殷亡為鑒，用文王為法。

【孔疏】○箋“受命”至“周邦”。

◇◇言受命作周，是創初改制，非天命則不能然，故云“受命，受天命也”。“周雖舊邦，其命維新”，是立周邦也。《無逸》曰：“文王受命惟中身，厥享國五十年。”注云：“中身，謂中年。受命，謂受殷王嗣立之命。”彼謂文王為諸侯受天子命也。此述文王為天子，故為受天命也。

◇◇按《春秋説題辭》云：“河以通乾出天苞，雒（luò）以流坤吐地符。”又《易坤靈圖》云：“法地之瑞，黄龍中流見於雒。”注云：“法地之瑞者，《洛書》也。”然則《河圖》由天，《洛書》自地。

◇讖（chèn）緯注説皆言文王受《洛書》，而言天命者，以河、洛所出，當天地之位，故託之天地，以示法耳。其實皆是天命，故《六藝論》云：“《河圖》《洛書》皆天神言語，所以教告王者也。”是《圖》《書》皆天所命，故文王雖受《洛書》，亦天命也。

◇帝王革易，天使之然，故後世創基之王，雖無河、洛符瑞，皆亦謂之受命。以

◇◇其得有天下，是命與之，故此亦云**受天命而王天**下也。文王雖未得九州，以其稱王，故以天下言之。

◇◇**文王受命，毛無明説**。《鴟鴞》之傳，謂管、蔡為二子，則毛意周公無除喪攝政、避居東都、罪其屬黨之事，**其受命之年，必不得與鄭同也**。

◇《尚書·武成》篇曰：“我文考文王，克成厥勳，誕膺（yīng，《正韻》當也）天命。惟九年，大統未集。”孔安國云：“言諸侯歸之，九年而卒，故大業未就。”劉歆作《三統曆》，考上世帝王，以為文王受命**九年而崩**。班固作《漢書·律曆志》載其説，於是賈逵、馬融、王肅、韋昭、皇甫謐皆悉同之。則毛意或當然矣。

◇文王**九十七**而終，**終**時受命**九年**，受命**之元年，年八十九**。其即諸侯之位，已四十二年矣。故《帝王世紀》云：“**文王即位，四十二年**，歲在鶉（chún）火，文王於是更為受命之元年，始稱王矣。”乃引《周書》稱“文王受命九年，惟暮之春，在鎬召太子發作文傳”。九年猶召太子，明其七年未崩，故諸儒皆以為九年而崩。

◇◇其伏生、司馬遷以為，**文王受命七年而崩**，故《尚書·周傳》云：“文王受命一年，斷虞芮之訟。二年伐邗。三年伐密須。四年伐犬夷。五年伐耆。六年伐崇。七年而崩。”

◇《史記·周本紀》云：①“西伯陰行善，諸侯皆來決平。虞、芮既讓，諸侯聞之，曰：‘西伯蓋受命之君也。’”此是受命一年之事。又曰：②“明年，伐犬夷。③明年，伐密須。④明年，敗耆國。⑤明年，伐邘。⑥明年，伐崇侯虎。而作豐邑。⑦明年，西伯崩。”此雖伐犬夷與伐耆、伐邘其年與《書傳》不次，要亦七年崩也。

◇鄭不見《古文尚書》，又《周書》遺失之文難可據信，依《書傳》《史記》為説，故《洛誥》注云：“文王得赤雀，武王俯取白魚，皆七年。”**是鄭以文王受命為七年之事。**

◇◇《中候·我應》云：“季秋之月甲子，赤雀銜丹書入豐，止於昌户。再拜稽首受。”《尚書運期授》引《河圖》曰：“倉帝之治八百二十歲立**戊午蔀**（bù，古代曆法稱七十六年為一蔀）。”注云：“周文王以戊午蔀二十九年受命。”《易是類謀》曰：“文王比隆興始霸，伐崇，作靈臺，受赤雀丹書，稱王制命，示王意。”注云：“入戊午蔀二十九年時，赤雀銜丹書而命之。”是**鄭意**以入戊午蔀二十九年季秋之月甲子，赤雀銜丹書而命之也。

◇鄭知然者，《易乾鑿度》云：“入戊午蔀二十九年，伐崇，作靈臺，改正朔，布王號於天下，受箓（lù，古代帝王自稱其受命於天的神秘文書）應《河圖》。”注云：“受命後五年乃為此改。應猶如也，如前聖王所得《河圖》之書。”由此而論，既云“入戊午蔀二十九年”，雖連以“伐崇、改正”之事，云“受箓應《河圖》”，則二十九年之文為受箓而發。受箓者，即謂受丹書王命之箓也。**以此知“入戊午蔀二十九年”，即是赤雀所命之年也。**

◇先言“伐崇，作靈臺，改正朔，布王號於天下”，然後始言“受箓”者，以文王之時，所為大事唯此而已。此由天命而然，故既言受命之年，即言所為之事，下乃繼以“受箓應《河圖》”。此等之事，皆由受箓而為之，故受箓之言與二十九年文不連耳。

◇《是類謀》亦先言伐崇，然後言受赤雀丹書，亦以伐崇、作靈臺是文王大事，由受命而然，故在赤雀之上先言之也。且《乾鑿度》云：“亡殷者，紂黑期火戊，倉精授汝位正昌。”注云：“火戊，**戊午蔀**也。午為火。必言火戊者，**木精將王**，火為之相。戊，土也，又為火子。又火使其子為己塞水，是明倉精絕殷之象也。”是言文王受命**在戊午蔀之意**。

◇◇既言**入戊午蔀二十九年受箓**（lù），復説在戊午之意，明以二十九年為受命年也。**受命之月，已是季秋，至明年乃改元**，故《書序》云："惟十有一年，武王伐殷。"注云："十有一年，本文王受命，而數之是年入戊午蔀四十歲矣。"是**鄭以受命元年為入戊午蔀三十年，故改至十年而四十也**。

◇又以曆校之，入戊午蔀二十九年，**歲在戊午**，其年殷九月二十五日得甲子，明年乃改元。則元年歲在己未，至十三年在辛未，其年正月六日得甲子。《譜》云："以曆校之，**文王受命十三年辛未之歲，殷正月六日殺紂**。"是得赤雀之命後年改元之驗也。

◇又《中候·雒師謀》云："唯王既誅崇侯虎，文王在豐，豐人一朝扶老至者八十萬户。"是受命六年而伐崇居豐也。即云："至磻（pán）谿之水，吕尚釣崖，王下趍拜曰：'望公七年矣。'"所以言**七年**者，以本丹書命云"雒授金鈐（qián，《説文》大犂也）師名吕"，**故得命即望之**。今受命六年，而言"望公七年"，通得命之年數之，**故七是得命之後明年改元**。鄭所參校，於兹明矣。

◇若然，**鄭於**《金縢》之末注云："文王年十五生武王，又**九十七**而終，終時武王年八十三矣。"若文王受命七年，武王八十三，至十一年觀兵得魚之時，武王八十七矣。至九十三而終，則通數**取魚之年乃得為七年**。鄭云："文王得赤鳥，武王俯取魚，皆七年。"**文王以明年數，武王以其年數者**，文王改元，須得歲首為之，武王未及改元，唯須正名號耳。

◇《我應》説文王之戒武王曰："我終之後，恒稱太子。河、洛復告，遵朕稱王。"故《太誓》説武王升冊稱皇太子，得魚即云俯取，是得告之即須改稱，故不與文王同也。

◇如上所説，受赤雀之命，必是歲在**戊午蔀二十九年**矣。

◇◇案《乾鑿度》云："曆元名握先紀日甲子歲甲寅。"又曰："今入天元二百七十五萬九千**二百八十歲**，昌以西伯受命。"注云：受《洛書》之命為天子，以曆法其年則入**戊午蔀二十四年**矣。歲在癸丑，是前校五歲，與上不相當者，其實當云**二百八十五歲**，以其篇已有入戊午蔀二十九年受箓之言，足以可明，**故略其殘數，整言二百八十，而不言五也**。

◇知必加五年當戊午蔀二十九年者，依《三統曆》七十六歲為一蔀，二十蔀為一**紀**，積一千五百二十歲，凡**紀首**者皆歲**甲寅日甲子**，即以**甲子之日為初蔀**，名甲子蔀一也。滿七十六歲，其後年初日次癸卯，即以**癸卯**（癸為天干最後一干，卯為地支子每四）**為蔀首二**也。從此以後，壬午為蔀三也。辛酉蔀四也。庚子蔀五也。已卯蔀六也。戊午蔀七也。丁酉蔀八也。丙子蔀九也。乙卯蔀十也。甲午蔀十一也。癸酉蔀十二也。壬子蔀十三也。辛卯蔀十四也。庚午蔀十五也。已酉蔀十六也。戊子蔀十七也。丁卯蔀十八也。丙午蔀十九也。乙酉蔀二十也。是一紀之數終而復始，紀紀還然。

◇今《乾鑿度》入天元二百七十五萬九千二百八十歲，以一紀之法一千五百二十歲除之，得一千八百一十五紀，餘有四百八十歲，即是入後紀之年，其初年還歲甲寅日甲子，以甲子、癸卯、壬午、辛酉、庚子、已卯等六蔀除之，餘有二十四年，即是入戊午蔀二十四年，更加五年為二十九年，受赤雀之命。

◇◇若推**太歲**，即以六十除積年。其受命之年，太歲在戊午。若欲知日之所在，乘積年為積日，以日行一匝六十除之，得日之所在。

◇**又案《三統》**之術，**魯隱公元年歲在已未**，其年前惠公之末年，歲在戊午，計文王受命是戊午之年，下至惠公末年，六復戊午，當三百六十年矣。而《雒師謀》注云："數文王受命，至魯公末年，三百六十五歲又餘五年者，本唯云三百六十耳。**學者多聞周天三百六十五度，因誤而加**。遍校諸本，則無五字也。

◇◇**或以為文王再受天命**，入戊午蔀二十四年受《洛書》，二十九年受丹書。"若如此說，於《易緯》之文上下符合，於《中候》之注年數又同。**必知不然者**，以讖緯所言文王之事最為詳悉，若赤鳥之外，別有洛命，則應有文言之。今未有聞焉，明其無也。所論《圖》《書》，莫過《中候》，而《我應》及《雒師謀》皆說文王之事，只言赤雀、丹書，不言更有所命。詳撿諸緯，其辭亦然。

◇《易通卦驗》曰："有人侯冋（jiōng，城外），倉姬演步，有鳥將顧。"其意言文王得赤鳥而演《易》也。《是類謀》曰："受赤雀丹書。"《春秋元命苞》曰："鳳皇銜丹書於文王之都。"皆言丹書鳥雀而已，**曾無斥言別有他命**。鄭言《洛書》即"丹書"，是也。不然，鄭何處得《洛書》之言乎？

◇説者雖云再命，既言七年而崩，則亦赤雀命後始改元矣。若二十四年已後受《洛書》，所以不即改元，而待後命，何也？且鄭云"受《洛書》之命為天子"，若前命已為天子，後命更何所作？既天已使為天子，猶尚不肯改元，便是傲慢神明，違拒天命，聖人有作，決不然也。

◇◇又鄭於《六藝論》極言瑞命之事，云：太平嘉瑞，《圖》《書》之出，必龜龍銜負焉。黄帝、堯、舜、周公是其正也。若禹觀河見長人，皋陶於洛見黑公，湯登堯臺見黑鳥，至武王渡河白魚躍，文王赤雀止於户，秦穆公白雀集於車，是其變也。文王唯言赤雀，何得更有《洛書》？"且《洛書》龜負而出，乃是太平正法，於文王之世，安得有之？此其所以大蔽也"。

◇然則文王所受，實赤烏銜書，非洛而出，謂之《洛書》者，以其河龍《圖》發，洛龜《書》感，此為正也。故得《圖》者，雖不從河，謂之《河圖》；《書》者，**雖非洛出，謂之《洛書》，所以統名焉**。

◇故《元命苞》云："鳳皇銜《圖》置帝前，黄帝再拜受堯坐。中舟與太尉舜臨觀鳳皇負《圖》授。"是不從河者也。《坤靈圖》云："黄龍中流見於洛。"注云："謂《洛書》不必皆龜負也。"言《河圖》《龜書》，見其正耳。

◇所命文王銜丹書者，《我應》《是類謀》謂之赤雀，《元命苞》謂之鳳皇，《通卦驗》謂之為烏。烏者，羽蟲之大名，赤雀、鳳皇之雛，神而大之亦得稱鳳，文雖不同，其實一也。受命六年，乃始伐崇。既伐於崇，乃作邑於豐，則受命**之時，未都豐矣**。而《我應》云"赤雀銜丹書入豐，止於昌户"，《元命苞》云"鳳皇銜丹書，遊於文王之都"者，鄭作《我應序》云："文王如豐，將伐崇，受赤烏。"**是當時行往豐地，未都豐也**。所居有屋，故稱昌户。**從後言之，謂之文王之都**。《太誓》云："至於王屋。"《譜》云："周公避居東都。"亦此類也。

◇◇《文王世子》稱武王謂文王曰："西方有九國焉，君王其終撫諸？"**文王生稱王也。其稱王也，必在受命之後**。《元命苞》云："西伯既得丹書，於是稱王，改正朔，誅崇侯虎。"稱王之文在誅崇之上。《是類謀》云："稱王制命示王意。"《乾鑿度》云："改正朔，布王號於天下。"二文皆承伐崇、作靈臺之下。伐崇在六年，則亦**六年始稱王也**。

◇**但彼文以伐崇之等皆是文王大事，故歷言之，其言不必依先後為**

次，未可即以為定。《書傳》稱“二年伐邘。三年伐密須。四年伐犬夷”。《書序》云：“殷始咎周。”注云：“咎，惡也。紂聞文王斷虞、芮之訟，後又三伐皆勝，而始畏惡之，拘於羑里。”又曰：“周人乘黎。”注云：“乘，勝也。紂得散宜生等所獻寶而釋文王。文王釋而伐黎。明年伐崇。”案《殷傳》云：“西伯得四友獻寶，免於虎口而克耆。”《大傳》曰：“得三子獻寶，紂釋文王，而出伐黎。”其言既同，則黎、耆一物，**是文王伐犬夷之後乃被囚，得釋乃伐耆也**。

◇《出車》說文王之勞還帥云：“春日遲遲。”是四年遣役，五年始反乃勞之。當勞訖被囚，其年得釋，即以歲暮伐耆，故稱五年伐耆也。天無二日，土無二王，若五年以前既已稱王改正，則反形已露，紂當與之為敵，非直咎惡而已。若已稱王，顯然背叛，雖紂之愚，非寶能釋也。又《書序》“周人乘黎”之下云：“祖伊恐，奔告於受，作《西伯戡黎》。”若已稱王，則愚者亦知其叛，不待祖伊之明始識之也。且其篇仍云“西伯”，明時未為王。

◇**是六年稱王為得其實**，故《乾鑿度》“布王號”之下注云：“受命後五年乃為改。” 此是**鄭意以為六年始王**也。但文王自於國內建元久矣，無故更復改元，是有稱王之意，**雖則未布行之，亦是稱王之跡**，故《周本紀》云：“詩人道西伯蓋受命之年稱王。”皇甫謐亦云：“受命元年始稱王矣。”正以改稱元年，故疑其年稱王。斯言非無理矣。

◇**但考其行事，必不得元年稱王耳**。然則六年稱王，七年則崩，是稱王甚晚。《禮記·大傳》注云“文王稱王早矣”者，以殷紂尚存，雖於年為晚，而時未可稱，故為早也。時未可稱，而必稱之者，《我應》云：“我稱非早，一人固下。”注云：“我稱王非為早，欲以一人心，固臣下。”是早稱之意也。

◇然則**伐崇之時未稱王**矣。《皇矣》說伐崇之事，而云“是類是禡”，《王制》云“天子將出征，類乎上帝，禡於所征之地”，然則類者祭天之名，未稱王而得祭天者，文王於伐崇之後，尋即稱王，於時天期已至，崇又大敵，雖未稱王，已行王事，故類、禡也。**文王雖稱王改正統，得行其統內六州而已**。

◇《禮記·大傳》曰：“牧之野，武王之大事，改正朔，易服色。”謂克紂之後，又復頒布，使天下遍知之，猶未制禮，未是大定，故《召誥》

云："惟二月、三月。"注云："當為一月、二月。不云正月者，蓋待治定制禮乃正言正月故也。"然則從是以後始大定矣。

◇◇**文王之得太公，無經典正文言其得之年月**。

◇《雒師謀》注云："文王既誅崇侯，乃得吕尚於磻谿之崖。"是**伐崇之年得吕尚也**。

◇《書傳》云："散宜生、南宫括、閎天三子相，與學訟於太公。四子遂見西伯於羑里。"是**文王被囚之年得太公**也。

◇《史記·齊世家》云："西伯政平，及斷虞、芮之訟，伐崇、密須、犬夷，大作豐邑，天下三分其二歸周者，太公之謀計居多。"則是**斷虞、芮之前得太公也**。皇甫謐以為，**未受命時，已得太公**。群言不同，莫能齊一。

◇◇案《左傳》稱吕伋為王舅，則武王之後，大公女也。文王受命六年，武王以八十二矣，不應此時方取正室。且文王為今年得之，明年即崩，以人情準之，未應便為武王取其女也。

◇又《書傳》之美太公，言其翼佐文武，身有殊勳，世祚太公，以表東海，以其有大功故也。若伐崇之後方始得之，則文王於時基宇已就，太公無所宣其力，亦何功業之有乎？若武王承父舊基，太公因人成事，牧野一戰，賢聖多矣，杖鉞之勞，不足稱述，而使經傳之文褒揚若此！**六年始得，深可惑矣**。

◇《齊世家》云："吕尚蓋嘗窮困，年老矣，以魚釣於周。西伯出獵，得之。或曰太公嘗事紂。紂無道，去之。遊説諸侯，無所遇，而卒西歸周西伯。或曰：吕尚隱海濱，周西伯拘羑里，散宜生等知而招尚曰：'吾聞西伯善養老，盍往歸焉？言吕尚所以事周雖異，然要之為文、武師。'"司馬遷馳騁古今，良亦勤矣，尚不能知其事周所由，安能知得之年月？**今雖考校，未能正之**。

◇◇《尚書帝命驗》曰："自三皇以下，天命未去饗善，使一姓不再命。"然則文王已受赤雀，武王又得白魚者，一姓不再命，謂子孫既衰之後，天不復重命使興耳，非謂創業之君也。文王雖天意與之，而仍未克紂，復命武王，使之統一，故再受命焉。

<一章-1>**文王在上，於（wū）昭（zhāo）於天。**

【毛傳】在上，在民上也。於，歎辭。昭（zhāo），見（xiàn）也。

【鄭箋】文王初為西伯，有功於民，其德著見（xiàn）於天，故天命之以為王，使君天下也。崩，謚曰文。

【孔疏】○傳“在上”至“歎辭”。

◇◇此言“於（wū）昭（zhāo）於天”，是説文王治民有功，而明見上天，故知“在上，在民上也。”。

◇◇《書傳》引“於穆清廟”乃云：“於（wā）者，歎之。”是於為歎辭也。

【孔疏】○箋“文王”至“曰文”。

◇◇下言“其命維新”，則此未受命時事，故鄭本而言文王初為西伯，未受命之時，已有功於民，其德著見（xiàn）於天，故為天所命也。

◇◇言初為西伯，以對後為王、總受命之前為初，非謂為西伯之初耳。

◇◇言在上著見於天，明治民之功見也，故知有功於民，其德著見於天。

◇◇至崩而謚之曰文。《曲禮下》曰：“君天下曰天子。”《檀弓上》曰：“死謚，周道也”。

<一章-3>**周雖舊邦，其命維新。**

【毛傳】乃新在文王也。

【鄭箋】大（tài）王聿（yù）來胥宇而國於周，王跡起矣，而未有天命。至文王而受命。言新者，美之也。

【樂道主人】鄭明確認為文王崩前已稱王。

【孔疏】○箋“大王”至“美之”。

◇◇言大王自豳來，相其可居之處，而為國於周。大王已來居此地，是周雖舊邦也。

◇◇《閟（bì）宮》云：“寔（shí，實，此）始翦商。”是王跡起焉。《國語》言“周之興也，鸑鷟（yuè zhóu，鳳的别稱）鳴於岐山”。雖為周興之兆，而未有書文授之王位，是未有天命。至文王而受天命，**以諸侯國名變而為天。**

<一章-5>**有周不（pī）顯，帝命不時。**

【毛傳】有周，周也。不顯，顯也。顯，光也。不時，時也。時，是也。

【鄭箋】周之德不光明乎？光明矣。天命之不是乎？又是矣。

【孔疏】○箋“周之德”至“是矣”。

◇◇此言文王德著，為天所命，故反其辭以結之。

◇◇言“又是”者，言周德既明，天命復是，對上句，故言“又”也。王肅云：“天命之是也。言時天下莫若文王。”

<一章-7>**文王陟（zhì）降，在帝左右。**

【毛傳】言文王升接天，下接人也。

【鄭箋】在，察也。文王能觀知天意，順其所為，從而行之。

【程析】陟，升。

【樂道主人】孔疏又美文王云：文王升則以道接事於天，下則以德接治於人，常觀察天帝之意，隨其左右之宜，順其所為，從而行之。

【孔疏】○傳“言文”至“接人”。

◇◇人君在人之上，在天之下，其升降惟天人耳，故知言文王升接天，下接人，謂與之交接。

◇◇天則恭敬承事以接之，人則恩禮撫養以接之。

【孔疏】○箋“在察”至“行之”。

◇◇此言文王之接天、人，而云在帝左右，明是察天動作而效之。言文王觀知天意，解“在帝”也。

◇◇順其所為，從而行之，解“左右”也。《易》稱“聖人與天地合其德”，故順其所為而效之。

【孔疏-章旨】“文王”至“左右”。

①言文王初為西伯，在於民上也。於呼，可歎美哉！其時已施行美道，有功於民，其德昭明，著見於天。言治民光大，天所加美以此，故為天所命。

②周自大王已來居此地，周雖是舊國，其得天命，維為新國矣。以明德而受天命，變諸侯而作天子，是其改新也。

③天既命文王，我有周之德豈不光明乎？由有美德，能受天命，則有周之德為光明矣。天之命我文王，豈為不是乎？皇天無親，惟德是與。當

時天下莫若文王，則天之所命為是矣。

④又美文王云：文王升則以道接事於天，下則以德接治於人，常觀察天帝之意，隨其左右之宜，順其所為，從而行之。子國名，是其改新之也。言新者，美文王能使之新也。

<二章-1>**亹（wěi）亹文王，令聞（wèn）不已。陳錫（cì）哉周，侯文王孫子。文王孫子，本支百世。**

【毛傳】亹亹，勉也。哉，載。侯，維也。本，本宗也。支，支子也。

【鄭箋】令，善。哉，始（與毛不同）。侯，君也（與毛不同）。

◇勉勉乎不倦，文王之勤，用明德也。其善聲聞，曰見稱歌無止時也。乃由能敷恩惠之施以受命，造始周國，故天下君之。其子孫，適（shì）為天子，庶為諸侯，皆百世。

【程析】陳，申的假借，重複，一再。錫，賜。

【孔疏】○傳“亹亹”至“支子”。

◇◇王肅云：“文王能布陳大利，以錫（cì）予人，故能載行周道，致有天下。”

◇◇維文王孫子受而行之，美其及支子孫。言文王之功德，其大宗與支子相承百世之道。

【孔疏】○箋“哉始”至“百世”。

◇◇以文王受命，創為天子，宜為造始周國，君其子孫，**故易傳也**。

◇◇受天之命，本由明德，其用明德，即“陳錫”是也。行能敷陳恩惠之施，故得受命造周，令長世稱誦，是用明德而致令聞不已也。

◇昭十年《左傳》曰：“‘陳錫載周’，能施也。”夫故知云恩惠之賜以施予也。宣十五年《左傳》亦引此詩，乃云：“文王所以造周，不是過也。”是造始周國也。

◇◇既造周國，當子孫嗣之，故天下之民君其子孫為天子，庶為諸侯，皆百世也。

<二章-7>**凡周之士，不（pī）顯亦世。**

【毛傳】不世顯德乎！士者世祿也。

【鄭箋】凡周之士，謂其臣有光明之德者，得世世在位，重其功也。

【程析】亦，語氣助詞。

【樂道主人】天子可一姓，大夫不可一姓也。天子可世傳，大夫可世禄，有賢者方可世位也。天子以血緣，大夫以賢立。此為封建貴族政治與天子郡縣制——帝國制的最大區别。從大禹傳位於啟，開始家天下，至西周主嫡宗，至春秋諸侯大夫始可更姓，再至漢天子一姓，而大夫可更姓，從親親轉到德德，再到賢賢矣。以德為本，由親至賢，按此規律，雖百世可知矣。

【孔疏】○傳“不世”至“世禄”。

◇◇傳以經言不顯則為顯也，由顯而得世，故並及之。不世顯德乎？其世顯德也。謂臣有顯德，令子孫世之仕者世禄，欲舉輕以明重。

◇◇若子孫復有顯德，爵位亦世之。“仕者世禄”，《孟子》文。

【鄭箋】○箋“凡周”至“其功”。

◇◇以士者，男子成名之大號，下至諸侯及王朝公卿大夫，總稱亦可以兼士也。為總辭，顯為光明，故言謂其臣有光明之德者，得世世在位，重其功也。

◇◇傳言“世禄”，箋言“在位”者，以言亦世者，亦前本支百世也。百世謂繼世在位，知此亦世世在位也。以此知毛言世禄，舉輕包重耳，不謂不得世世也。

◇◇文王之時，則其功未定，不得定之長在卿大夫之位。若武王以後，則大封群臣，或為列土諸侯，或為王朝卿佐。維為王朝之臣，其大功亦得世之，故直言世世在位，而不辨其内外也。

◇◇《郊特牲》及《士冠禮》云：“繼世以立諸侯，象賢。”則封為國君，固當世矣。其卿大夫有大功乃得世也。《王制》言：“天子之縣内，諸侯禄也。”注云：“選賢置之於位，其國之禄如諸侯，不得世。”又曰：“大夫不世禄。”注云：“謂縣内及列國諸侯為天子大夫者，不世禄而世禄，辟賢也。”又曰：“諸侯之大夫不世爵禄也。”

◇《公羊傳》曰：“世卿，非禮。”則卿大夫正法不得世也，異義卿得世。

◇《公羊》《穀梁》説卿大夫世，則權並一姓，妨塞賢路，專政犯君，故經譏尹氏、齊氏崔氏也。

◇《左氏》説卿大夫得世禄，不得世位，父為大夫死，子得食其故采，而有賢才則復升父故位。故傳曰：“官有世功，則有官族。”

◇謹案《易》爻位三為三公，二為卿大夫，曰食舊德。食舊德，謂食父故禄也。

◇《尚書》“古我先王，暨乃祖乃父，胥及逸勤。予不敢動用非罰，世選爾勞，予不絕爾善”。

◇《論語》曰：“興滅國，繼絕世。”國謂諸侯，世謂卿大夫。

◇《孟子》曰：“文王之治岐也，仕者世禄。”

◇雖以世禄為常，而有大功德亦得世位，

◇鄭《箴膏肓》云：“公卿之世立大功德，先王之命有所不絕者。”是大功特命則得世位也。

◇《白虎通》曰：“諸侯繼世者，南面之君，體陽而行，陽道不絕。大夫人臣，北面體陰而行，陰道有絕故也。此托之陰陽之義。其實諸侯以大功而封故也，卿大夫本以佐君，欲令非賢不可，所以不世也。其得世者，又違常法，以大功而許之耳。”

【孔疏-章旨】“亹亹”至“亦世”。

○毛以為，①亹亹乎，勉力勤用、明德不倦之文王，以勤行之故，有善聲譽為人所聞，日見稱歌不複已止。

②文王能布陳大利，以賜子孫，於是又載行周道，致有天下。

③以此德澤，流於後世。維文王孫之與子，皆受而行之。維文王孫之與子，不問本宗支子，皆得百世相繼。言由文王功德深厚，故福慶延長也。

④文王之德，不但德及子孫而已，凡於周為臣之士，豈不有顯德乎？言其皆有顯德，而亦得繼世食禄。言文王德人及朝臣，所以常見稱誦，行復已止也。

○鄭唯以哉為始、侯為君為異。

②言文王能敷陳恩惠之施，令德著於天，遂受天命而造始周國。由此故為天下之人君。

③其文王孫之與子，其本適為天子，支庶為諸侯，皆得百世。餘同。

<三章-1>**世之不顯，厥猶翼翼。思皇多士，生此王國。王國克生，維周之楨。**

【毛傳】翼翼，恭敬。思，辭也。皇，天。楨，幹也。

【鄭箋】猶，謀。思，原（yuàn）也。周之臣既世世光明，其為君之謀事忠敬翼翼然，又願天多生賢人於此邦。此邦能生之，則是我周之幹事之臣（與毛不同）。

【程析】不，語助詞。厥，其。克，能。

【樂道主人】原，同“願”。“思皇多士”，思願多賢人也。

【孔疏】○傳“翼翼”至“皇天”。

◇◇以此覆述世顯之人，不宜更有所思，故以思為辭。

◇◇皇與多士連文，能生多士，維天乃然。皇者天號，故皇為天也。

◇◇王肅云：“言天思周德至盛，故為生眾士於此周國。王國能生此眾美之士，維周以之為楨幹也。”

【孔疏】○箋“猶謀”至“之臣”。

◇◇以思之為辭，止在句末。今句首言之，不宜為辭，**故易傳**。以意之所思，必情之所願，故以思為願。朝廷之士，多妒忌賢能，故《嘉魚》美太平之君子，樂與賢者共之。

◇朝臣之原多賢，實為美事，明此“思皇多士”，是世顯之人復思使皇天更生多賢也。明此“思皇多士”，是世顯之人復思使皇天更生多賢也。

◇下“濟濟多士”即世顯之人，與此多士不同也，何者？此“思皇多士”，乃是世顯之人思天生之，尚未知思得以否。假令得之，猶是後世之事，文王未得賴之以寧也。

◇以此知“濟濟多士”還是世顯之人，傳以翼翼為恭敬，而《論語》曰“為人謀而不忠乎”，謀者主忠，故言忠敬翼翼然也。

◇◇言此邦能生，則是生而用之，故云“則是我周家幹事之臣”。幹事是已用之語，明克生為用之矣。

<三章-7>**濟（jǐ）濟多士，文王以寧。**

【毛傳】濟濟，多威儀也。

【孔疏】○傳“濟濟，多威儀”。

◇◇此多士是上（指“思皇多士”）世顯之人，則諸侯及公卿大夫此文皆兼之。

◇◇濟濟總為在朝之儀，故云威儀也。《曲禮下》云“大夫濟濟，謂行容之貌”，與此別。《少儀》云“朝廷之儀，濟濟翔翔”，與此同矣。

【孔疏-章旨】“世之”至“以寧”。

○毛以為，因上“不顯亦世”文反而詳之，①言此世祿之臣，豈不光明其德乎？言其世世有光明之德故也。以有光明之德，其為君之謀事，則能翼翼然忠誠而恭敬也。

②所以得有此臣者，天以周德至盛，欲使群賢佐之，故皇天命多眾之士，生之於我周王之國。

③我周王之國能生此賢人，收而用之，則維是我周家幹事之臣。臣能幹事，則國以乂安，故歎美之。

④此濟濟然多威儀之眾士，文王以安寧，言文王得賴此臣之力。思，語辭，不為義。

○鄭以思為願，①言此世顯之臣，非直謀事恭敬，又推誠恕物，所及弘廣，

②③乃思願皇天，令其多眾之士，生此我王之國，得與我周家為幹事之臣。

④此世顯之人，謀則忠敬，心則誠信，故歎美之，云："濟濟多士，文王以寧。""濟濟多士"還謂世顯之人，與"思皇多士"不同也。

<四章-1>**穆穆文王，於（wū）緝（jī）熙敬止。假哉天命，有商孫子。**

【毛傳】穆穆，美也。緝熙，光明也。假，固也。

【鄭箋】穆穆乎文王，有天子之容。於美乎！又能敬其光明之德。堅固哉！天為此命之，使臣有殷之子孫。

【程析】有，臣有。

【鄭箋】○箋"穆穆"至"子孫"。

◇◇於為歎美之辭，故言"於美乎"，言又能敬其光明之德，以文王身有聖德，復能敬人，故言"又"也。

◇◇直言光明之德，不言止，則止為辭也。《大學》引此詩，注云："敬其所以自處止。"《緇衣》亦引此，注云："敬其容止者。"彼各有所證，故與此不同也。此言"緝熙敬止"，明有緝熙之德者敬之，故言敬其光明之德。

◇◇"假哉"文雖下屬，而理結於上，故云"堅固哉"。

◇◇天為此命之，言能敬德堅固，故能受天命，使臣有商之子孫，謂使之為臣，以為己有。即下云"侯服於周"是也。

<四章-3>**商之孫子，其麗不億。上帝既命，侯于周服。**

【毛傳】麗，數也。盛德不可為眾也。

【鄭箋】于，於也。商之孫子，其數不徒億，多言之也。至天已命文王之後，乃為君於周之九服之中（與毛不同）。言眾之不如德也。

【程析】侯，乃，就（毛意）。

【樂道主人】鄭箋：侯，君也。

【孔疏】○傳“麗數”至“為眾”。

◇◇德之小者，猶可以眾敵之。盛德不可為眾（所敵），言德盛則難為眾（所敵），故雖多而服周，深美文王，言非眾所敵。

◇◇王肅云：“商之孫子有過億之數，天既命文王，則維服於周。盛德不可為眾（所敵）。”毛於上章訓侯為維，則其意如肅言也。

【鄭箋】○箋“商之”至“如德”。

◇◇以舉多而服文王，故知不徒億也。文王所得，六州而已。殷之同姓，未必有歸之者，況其子孫乎？而云不億者，此作在成王之時，從後見其歸周，本而美之耳，非實事也。

◇◇言天既命文王之後，乃為君於周之九服之中，言其貴者耳。其數既多，亦有不為君者也。

◇九服者，《大司馬》《大行人》千里之畿外，每云又其外五百里，即侯、甸、男、采、衛、要、夷、鎮、蕃是也。此亦據在後言之，天命文王之時，服名未定也。服名自古而有，故《禹貢》有甸、侯、綏、要、荒五服，《皋陶謨》所謂“弼成五服”，是也。但不知夏、殷服名耳。

【孔疏-章旨】“穆穆”至“周服”。（下列序號以經文兩句為一段譯解）

○毛以為，①穆穆然而美者，文王也。既有天子之容矣，於呼美哉！又能於有光明之德者而敬之。其敬光明之德者而甚堅固哉！

②言尊賢愛士，心能堅固，故天命之，使臣有商之孫子而代殷也。

③商之孫子，其數至多，不徒止於一億而已。言其數過億也。

④雖有過億之數，以紂為惡之故，至於上帝既命文王之後，維歸於周而臣服之。明文王德盛之至也。

○鄭唯以侯為君，言商之孫子為君於周之九服之中為異。餘同。

<五章-1>**侯服于周，天命靡常。**

【毛傳】則見天命之無常也。

【鄭箋】無常者，善則就之，惡則去之。

【樂道主人】鄭箋：侯，君也。

【孔疏】○傳"則見"至"無常"。◇◇天之所為，不可得見。以紂之惡，文王之善，致使商之孫子臣服於周。如是觀之，則見天命之無常也。《太學》引《康誥》曰："惟命不於常，道善則得之，不善則失之矣。"箋亦引彼文，是無常之事也。

<五章-3>**殷士膚敏，祼（guàn）將（jiāng）于京。厥作祼將，常服黼（fǔ）冔（xǔ）。**

【毛傳】殷士，殷侯也。膚，美。敏，疾也。祼，灌鬯也。周人尚臭。將，行。京，大也。黼，白與黑也。冔，殷冠也。夏后氏曰**收**，周曰冕。

【鄭箋】殷之臣壯美而敏，來助周祭。其助祭自服殷之服，明文王以德不以强。

【孔疏】○傳"殷士"至"曰冕"。

◇◇此殷士，即前商之孫子服周者，故知殷侯也。王肅云："殷士有美德，言其見時之疾，如早來服周也。"

◇◇祼（guàn）者，以鬯（chàng）酒灌尸，故言灌鬯也。舉祼言之，故取《郊特牲》文云"周人尚臭"。尚臭者，一代之禮，文王之時未必已然，亦可據後而言也。

◇◇桓九年《公羊傳》曰："京師者何？天子之居也。京者何？大也。師者何？眾也。天子之居，必以眾大之辭言之。此京亦謂京師，故訓為大也。

◇《冬官·繢人》云："白與黑謂之黼。"周冕無繢繡之飾，則殷冔亦不以黼為飾。黼自衣服之所有也。《禮器》云："冕，諸侯九旒（liú）。"注云："似夏、殷制。"則殷之諸侯祭服亦九章，而下不止於黼而已，舉一章而表之耳。

◇◇《郊特牲》及《士冠禮》皆云周弁，殷冔，夏收，故知"冔，殷冠"也。既以冔為殷冠，更取二代以明之，故言夏后氏曰收，周曰冕也。彼云周弁，此云冕者，以周自大夫以上，祭服皆用冕服，故傳以冕言之。實冕而謂之弁者，《周禮·弁師》注云"弁，古冠之大號，官名弁師，職掌五冕"，故知弁是大名也。

【孔疏】○箋"殷之"至"以强"。

◇◇殷臣壯敏，來助周祭，祼將是也。王肅亦云："殷士自殷以其美德來歸周助祭，行灌鬯之禮也。"

◇然宗廟之祭，以祼為主。於禮，王正祼而後亞祼，則祼將主人之事矣。而云助行灌者，《天官·小宰》"凡祭祀，贊祼將之事"。注云："又從太宰助王祼，謂贊王酌鬱鬯以獻尸。"言太宰贊王，小宰贊太宰，是祼將之事，有臣助之矣。

◇此周人尚臭，舉祼將以表祭事，見殷士助祭耳，不必專助行祼也。

◇◇以祭言已代，而服舉其本，故云自服殷之服，明文王以德不以强。本以德服之而來，不以威强使至何者，若為畏威，當改從其周服，今服其故服，是慕德而來故也。

◇《武成》云："大邦畏其力。"此言不以强者，彼美文王有威可畏耳，其實文王化人先以德，故言不以强也。

◇此文王之時，故殷士仍得服殷之服。若制禮之後，皆從時王之法，唯二王之後，服其故服可也。

<五章-7>**王之藎（jìn）臣，無念爾祖！**

【毛傳】藎，進也。無念，念也。

【鄭箋】今王之進用臣，當念女（rǔ）祖為之法。王，斥成王。

【孔疏】○傳"藎，進。無念，念也"。無念，是反而言之，故云念也。

【孔疏】○箋"今王"至"成王"。

◇◇以承上文王進臣之道，而言念之，文王實成王之祖，故曰斥成王也。

◇◇此美文王之詩，當以時王之意，稱述先祖之美，不應篇末更戒成王。而以為戒成王者，以下章云"殷之未喪師"，"宜鑒于殷"。是時已滅，舉以為鑒。若文王之時，則紂實未亡，不得為戒。

◇◇又卒章云："儀刑文王，萬邦作孚。"是欲使後世法文王也。下言文王之道，可以與後世為法，此云"無念爾祖"，明是上念文王，以文王為祖，非成王而誰也？戒後世使法文王，即是述文王之美，故美文王，可以戒成王也。

◇◇傳雖不明意，當同鄭。

【孔疏-章旨】"侯服"至"爾祖"。

○毛以為，①商之子孫既眾多，今維乃服臣於周。以商之族類變為周臣，如是則見天命之無常。去惡就善，是無常也。

②命既無常，故殷之諸臣多士皆有壯美之德，見時之疾，於周祭宗廟則助其灌鬯之禮，而行之於京師。言其知命服周之無貳心也。

③因其服周之事，而言文王之寬。此殷士其為裸獻行禮之時，常服其殷所服黼衣而冔冠也。文王若以強服之，則當改其衣冠，令之從己。今仍服殷冠，明其自來歸從，文王以德服之，不以強也。

④以既陳文王之盛德，因舉以戒成王，王之進用臣法，可無念汝祖文王乎？言當念汝祖文王之法，修德服眾，為天下所歸，是進用臣之道。

○鄭唯上一句言為君列在九服於周家，是天命無常。餘同。

<六章-1>**無念爾祖，聿（yù）修厥德。永言配命，自求多福。**

【毛傳】聿，述。永，長。言，我也。我長配天命而行，爾庶國亦當自求多福。

【鄭箋】長，猶常也（與毛不同）。王既述修祖德，常言當配天命而行（與毛不同），則福祿自來。

【樂道主人】毛傳：無念，念也。

【程析】厥，其。聿，述，遵行。

【樂道主人】王，指成王。

【孔疏】○傳“聿述”至“多福”。

◇◇直言配命，知是長配天命者，以下云“克配上帝”，故知配，配天命也。

◇◇言爾庶國亦當自求多福者，以上章說殷侯助祭，還是殷侯念祖，自求多福，是戒人之辭，故知還戒此殷侯眾多，故謂之庶國也。

【孔疏】○箋“長猶”至“自來”。◇◇“長”雖異理通，不若“常”為便，故“猶”焉。以戒成王宜以多福與配天相成，故不為庶國也。又“言”字不訓為“我”。

<六章-5>**殷之未喪師，克配上帝。**

【毛傳】帝乙已上也。

【鄭箋】師，眾也。殷自紂父之前，未喪天下之時，皆能配天而行，故不亡也。

【樂道主人】《爾雅·釋言》：“克，能也。”

【孔疏】○傳“帝乙已上”。

◇◇以失眾而卒亡天下者，紂也。經云“未喪”，故知帝乙以前，其間雖行有善惡，不喪眾心，故能配天。以王者為配，在位不失，則能配之，故《酒誥》云：“自成湯至於帝乙，罔不成王畏相。”舉未亡以駁亡者耳。

◇◇其實（帝乙）以前非無惡者，故《無逸》說殷之三宗之後云：“自時厥後，立王生則逸，不知稼穡之艱難。”是有惡者矣。

<六章-7>**宜鑒于殷，駿命不易。**

【毛傳】駿，大也。

【鄭箋】宜以殷王賢愚為鏡。天之大命，不可改易。

【孔疏】○箋“宜以”至“改易”。◇◇鑒，鏡也。鏡照物，知善惡，故以殷為鏡，知存亡。言天下之大命不可改易者，謂天意善者與之，惡者去之。此命一定，終不變改也。

【孔疏-章旨】“無念”至“不易”。

○毛以為，①**作者戒成王**，既無不念汝祖文王進臣之法，當述而修行其德。王當云：長我當為之者，我所配天命而行也。

②又當告庶國云：爾庶國亦當自求多福。言勤修德教，福自歸之。

③又陳所以我當長配天命而行之者，殷自紂父以前未喪失眾心之時，其德皆能配上天之命而行。

④由紂不能配天命，令臣民叛而歸我，我宜鑒鏡於殷，觀其王之賢愚，以為已戒。何則？天之大命不可改易。

○鄭唯“永言配命”二句為異。以為王常言當配天命而行，則自求而歸之者，多眾之福也。

<七章-1>**命之不易，無遏（è）爾躬。宣昭義問，有虞殷自天。**

【毛傳】遏，止。義，善。虞，度也。

【鄭箋】宣，偏。有，又也。天之大命已不可改易矣，當使子孫長行之，無終女（rǔ）身則止。偏明以禮義問（與毛不同）老成人，又度殷所以順天之事而施行之。

【程析】義問，令聞，好聲譽（與毛同）。宣昭，宣明，發揚光大。

【樂道主人】偏，同“遍”。此章猶戒成王也。

【鄭箋】○箋“有又”至“行之”。

◇◇《蕩》曰："雖無老成人。"謂老人而有成德者也。

◇◇殷王之能順天者，謂成湯與三宗［太宗大甲、中宗大戊（一説祖乙）、高宗武丁］耳。此又度其殷王之中，賢聖能順天者而行之，故可福流於後，與其宜鑒不同也。

◇◇此經云"自天"，自，從也。從又為順，故言順天之事。

<七章-5>**上天之載，無聲無臭（xiù）。儀刑文王，萬邦作孚。**

【毛傳】載，事。刑，法。孚，信也。

【鄭箋】天之道，難知也。耳不聞聲音，鼻不聞香臭，儀法文王之事，則天下咸信而順之。

【孔疏】○箋"天之"至"香臭"。◇◇以其令法文王，故知為難知而言也。凡言聞者，謂耳所知也。香臭非聲，云"鼻不聞香臭"者，但以知其氣，故借聞名之。《中庸》注云："無知其鼻氣者，聞即知也。"

【孔疏-章旨】"命之"至"作孚"。

○毛以為，①戒成王，言天之大命既不可改易，故常須戒懼。此事當垂之後世，無令止於汝王之身而已，欲令後世長行之。

②長行之者，常布明其善，聲聞於天下。又度殷之所以順天，言殷王行不順天，為天所去，當度此事，終當順天也。既言行當順天，因説天難仿效。

③上天所為之事，無聲音，無臭味，人耳不聞其音聲，鼻不聞其香臭，其事冥寞，欲效無由。

④王欲順之，但近法文王之道，則與天下萬國作信。言王用文王之道，則皆信而順之矣。

○鄭唯"宣昭義問"為異。以為汝當徧明以禮義，問老而有成德之人。餘同。

《文王》七章，章八句。

大　明 【大雅二】

明明在下，赫赫在上。天難忱（chén）斯，不易維王。天位殷適，使不挾（xié）四方。

摯（zhì）仲氏任（rén），自彼殷商，來嫁于周，曰嬪（pín）于京。乃及王季，維德之行（háng）。

大（tài）任（rén）有身，生此文王。維此文王，小心翼翼。昭事上帝，聿（yù）懷多福。厥德不回，以受方國。

天監在下，有命既集。文王初載，天作之合。在洽（hé）之陽，在渭之涘（sì）。

文王嘉止，大邦有子。大邦有子，俔（qiàn）天之妹。文定厥祥，親迎于渭。造舟為梁，不（pī/bù）顯其光。

有命自天，命此文王，于周于京。纘（zuǎn）女維莘（shēn），長子維行（xíng），篤生武王。保右命爾，燮（xiè）伐大商。

殷商之旅，其會（kuài）如林。矢于牧野，維予侯興。“上帝臨女（rǔ），無貳爾心！”

牧野洋洋，檀（tán）車煌煌，駟騵（yuán）彭（pēng）彭。維師尚父，時維鷹揚，涼（liàng）彼武王。肆伐大商，會朝（zhāo）清明！

《大明》八章，四章章六句，四章章八句。

【毛序】《大明》，文王有明德，故天復命武王也。

【鄭箋】二聖相承，其明德日以廣大，故曰“大明”。

【詩三家】應與毛詩同。

【程析】大雅中有六篇詩，叙述從始祖后稷創業至建國的歷史，具有史詩的性質。這首詩便是其中之一。詩叙述王季和太任、文王和太姒結婚及武王伐紂的事。

【樂道主人】上篇主言文王稱王之合法性，此篇主講武王為天子之合法性。

【孔疏】序“《大明》”。

◇◇言復更命武王，以對前命文王，言文王有明德，則武王亦有明德，互相見也。

◇◇此經八章，毛以為，從六章上五句“長子維行”以上，説文王有德，能受天命，故云“有命自天，命此文王”，是文王有明德，天命之事也。

◇◇“篤生武王”以下，説武王有明德，天復命之，故云“保祐命爾，燮伐大商”，是武王有明德，復受天命之事也。

◇◇但説文王之德，則追本其母；述武王之功，則兼言其佐。文王則天生賢配，武王則帝所降臨，皆是欲崇其美，故辭所泛及。

◇◇鄭唯以首章並言文王、武王俱有明德，故能伐殷，與下為總目。餘同。

【孔疏】○箋“二聖”至“大明”。

◇◇以經有明無大，故解之也。

◇◇聖人之德，終始實同，但道加於民，化有廣狹。文王則才及六州，武王遍被天下，論其積漸之功，故云日以廣大。以其益大，故曰“大明”。

<一章-1>**明明在下，赫赫在上。**

【毛傳】明明，察也。文王之德，明明於下，故赫赫然著見於天。

【鄭箋】明明者，文王、武王（與毛不同）施明德於天下，其征應炤（zhào）晳（zhé）見於天，謂三辰效驗。

【程析】赫赫，顯盛貌。

【樂道主人】炤，照。晳，《説文》：“昭晳，明也。”

【孔疏】○傳“明明”至“於天”。◇◇“明明，察也”，《釋訓》文。以此文上下相對，謂施德於下，能感上天。

【孔疏】○箋“明明”至“效驗”。

◇◇**則此章為總目**，其辭兼文、武矣，故曰文王、武王施明德於天下也。

◇◇服虔云：“三辰，日月星也。”謂之辰者，辰，時也。日以照晝，月以照夜，星則運行於天，民得取其時節，故謂之辰也。

◇◇效驗者，謂日月揚光，星辰順軌，風雨以時，寒暑應節，乃知君德能動上天，民皆見其徵應，所以言赫赫在上也。

<一章-3>**天難忱（chén）斯，不易維王。天位殷適，使不挾（xié）四方。**

【毛傳】忱，信也。紂居天位，而殷之正適也。挾，達也。

【鄭箋】天之意難信矣，不可改易者，天子也。今紂居天位，而又殷之正適，以其為惡，乃棄絶之，使教令不行於四方，四方共叛之。**是天命無常，維德是予耳**。言此者，厚美周也。

【孔疏】○傳"忱信"至"挾達"。

◇◇《微子之命》及《左傳》皆謂微子為帝乙之元子，而紂得為正適者，鄭注《書序》云："微子啟，紂同母庶兄。紂之母本帝乙之妾，生啟及衍，後立為后，生受、德。"然則以為後乃生受，故為正適也。

◇◇挾者，周匝（zā）之義，故為達。《周禮》所謂"浹（jiā）日"，浹即今之匝，義同也。

【孔疏】○箋"天之"至"美周"。

◇◇云不可易者，以諸侯以下，廢立由人，是其可改易也。至於天子之位，則非人力之所能變改，言不可改易，所以見其難。難而能改，所以美周德也。

◇◇紂為天子，而復言使明，是天之使也。教令不行，自由紂惡，而云天使之者，天將令殷滅，故生茲愚主，亦天使之也，故云天使，見天人相將之義。

【孔疏-章旨】"明明"至"四方"（下列序號以經文兩句為一段譯解）。

○毛以為，①文王施行此明明然光顯之德，在於下地，其徵應赫赫然著見之驗，在於上天，由此為天所祐。

②棄紂命之故，反而美之云：若是，則天之意難信，斯不可改易者，維王位耳。

③以其身為天子，謂天必歸之，更無異意。何則？紂居天之大位，而又殷之正適，以其為惡之故，天乃絶而棄之，使其教令不通達於四方，為四方所共叛，而天命歸文王。是為天命難信也。以天之難信，而文王能得

天之意，言此所以厚美周也。

○鄭於文義大同。以此章以下，總為明明、赫赫，辭兼武王，言二聖皆能然。餘同。

<二章-1>**摯（zhì）仲氏任（rén），自彼殷商，來嫁于周，曰嬪（pín）于京。乃及王季，維德之行（háng）。**

【毛傳】摯國任姓之中女也。嬪，婦。京，大也。王季，大王之子，文王之父也。

【鄭箋】京，周國之地，小別名也（與毛不同）。及，與也。摯國中女曰大（tài）任，從殷商之畿內，嫁為婦於周之京，配王季，而與之共行仁義之德，同志意也。

【程析】摯，在今河南汝寧。

【樂道主人】中，仲也。

【孔疏】○傳“摯國”至“之父”。

◇◇任，姓；仲，字，故知摯為國也。以下言“大任”，婦人稱姓，故知任為姓。仲者，中也，故言“之中女”。此言仲任，下言大任者，此本其未嫁，故詳言其國及姓字。下言已嫁，以常稱言之。

◇禮，婦人從夫之謚，故《頌》稱大（tài）姒為文母。

◇大任非謚也，以其尊加於婦，尊而稱之，故謂之。大姜、大任、大姒皆稱大，明皆尊而稱之。唯武王之妻，《左傳》謂之“邑姜”，不稱大，蓋避大姜故也。

◇◇“嬪，婦”，《釋親》文。《下曲禮》云：“生曰妻，死曰嬪。”此生而言嬪者，《周禮》立九嬪之官，婦人有德之稱。妻死，其夫以美號名之，故稱嬪也。若非夫於妻，傍稱女婦有德，雖生亦曰嬪，故《書》曰“嬪於虞”，亦是生稱之也。

【孔疏】○箋“京周”至“志意”。

◇◇**箋易傳者**，以言“于京”，是於其處所，不得漫言於大。此王季時為諸侯之子孫耳，追崇其號，得謂之王，不得即以其居為京師也。周是大名，明京是其中小別也。

◇◇當時殷商為天下大號，而言“自彼”為有所從來之辭，以商對周，故知自其畿內也。

◇◇《周本紀》云：“大王曰：‘我世當有興者，其在昌乎？’”則王季未為世子而生昌矣。此則從後而言，主於王季，故其辭若王季為君之時言也。

【孔疏-章旨】"摯仲"至"之行"（下列序號以經文兩句為一段譯解）。

○毛以為，①既言文王明德，為天所與，故本其所由，言有摯國之中女，其氏姓曰任，

②從彼殷商之畿内，來嫁於周邦，既配王季為妻，曰能盡婦道於大國，

③乃與王季維於仁義之德共之而行，所以同志意。

○鄭唯為婦於周京之地為異。餘同。

<三章-1>**大（tài）任（rén）有身，生此文王。**

【毛傳】大任，仲任也。身，重（chóng）也。

【鄭箋】重，謂懷孕也。

【孔疏】○傳"身，重"。以身中復有一身，故言重。箋申之云："謂懷孕也。"《易》曰："婦孕不育。"是也。

<三章-1>**維此文王，小心翼翼。昭事上帝，聿（yù）懷多福。厥德不回，以受方國。**

【毛傳】回，違也。

【鄭箋】小心翼翼，恭慎貌。昭，明。聿，述。懷，思也。方國，四方來附者。此言文王之有德，亦由父母也。

【程析】厥，其。

【樂道主人】厥德不回，指文王之德不違父母。

【孔疏】○箋"小心"至"由父母"。

◇◇人度量欲其心之大，謹慎欲其心之小，見其終常戒懼，出於性然。《表記》引此詩乃云："有君民之大德，有事君之小心。"是也。

◇◇此篇主美文王有明德，而上述大任之配王季，故解之云："此言文王有德，亦由父母也。"

【孔疏-章旨】"大任"至"方國"（下列序號以經文兩句為一段譯解）。

①大任既嫁於周，今有身而懷孕矣。至終月而生文王。

②維此文王，既生長之後，小心而恭慎翼翼然，

③明事上天之道，既維恭慎而明事上天，述行此道，思得多福，

④其德不有所違。以此之故，受得四方之國來歸附之。

◇◇言文王有德，亦由於父母。

<四章-1>**天監在下，有命既集。文王初載，天作之合。在洽（hé）之陽，在渭之涘（sì）。**

【毛傳】集，就。載，識。合，配也。洽，水也。渭，水也。涘，厓也。

【鄭箋】天監視善惡於下，其命將有所依就，則豫福助之於文王，生適有所識，則為之生配於氣勢之處，使必有賢才。謂生大姒。

【程析】洽之陽，古莘（shēn）國所在地。

【孔疏】傳“集就”至“涘厓”。

◇◇文王初載，謂其幼小，始有識知，故以載為識也。

◇◇洽與渭連文，又水北曰陽，渭是水名，則洽亦水也。

【孔疏】○箋“天監”至“大姒”。

◇◇《大戴禮》稱文王十三生伯邑考，十五生武王，發明大姒之小於文王才一二歲耳。

◇◇若然，文王初生，已有天命之意。《皇矣》“乃眷西顧”，明是紂惡之後，天始視文王。與此乖者，帝王之命，定於冥兆，唐堯之受《河圖》，昌名已在其録，明天歸文王在於久矣。但作詩之人，意各有主。《皇矣》辭為沮勸，作與奪之勢，故言見紂之惡，乃歸文王。

◇此則美文王之聖，有賢妃之助，故言天將有命，為生大姒。所述意異，故言天命有早晚耳。

◇◇氣勢之處，正謂洽陽、渭涘，是也。名山大川，皆有靈氣。詩人述其所居，明是美其氣勢，故云為生賢妃於氣勢之處，使之必有賢才也。故知謂生大姒。

<五章-1>**文王嘉止，大邦有子。**

【毛傳】嘉，美也。

【鄭箋】文王聞大姒之賢，則美之曰：大邦有子女可以為妃。乃求昏。

【樂道主人】大邦，指大姒之父國，即古莘國所在地。

【孔疏】○箋“文王”至“求昏”。

◇◇上既言大姒之生，此言文王嘉止，則文王美大姒矣。

◇◇下箋云“既使問名”，則此求昏謂”納采”時也。案《士昏禮》

納采問名同日行事，是其禮相因，遣納采即問名也。

<五章-3>**大邦有子，俔（qiàn）天之妹。**

【毛傳】俔，磬也。

【鄭箋】既使問名，還則卜之。又知大姒之賢，尊之如天之有女弟。

【程析】俔，好比。

【樂道主人】大邦，指大姒之父國，即古莘國所在地。問名，周禮婚姻六禮之一。還則卜之，指周國之媒人到大姒之父國問名後，回至周國占卜也。

【孔疏】○箋“既使”至“女弟”。

◇◇以此既主文王之事，下言親迎於渭，是指文王身之親迎，則“文王嘉止”“文定厥祥”，皆謂文王身自美之、身自定之也。

◇◇始於聞而美之，終以造舟親迎，則此章文有倫次，總述昏禮，故箋准行六禮之事，而結之以“嘉止”。

◇◇“有子”承上“在渭之涘”，故為聞而美之。既美其賢，自然求昏，行納采也。下言“文定厥祥”，祥者，徵祥之美，即卜吉之謂。

◇◇上言納采，下言“文定厥祥”卜吉，明此是問名之後，還卜得吉兆，益尊美之，故言文王既使問名，還則卜之，又知大姒之賢，尊之如天之有女弟也。

<五章-5>**文定厥祥，**

【毛傳】言大姒之有文德也。祥，善也。

【鄭箋】問名之後，卜而得吉，則文王（與毛不同）以禮定其吉祥，謂使納幣也。

【孔疏】○箋“問名”至“納幣”。

◇◇而言定之，是問名之後，卜而得吉。昏以納幣為定，定此吉祥，唯納幣耳，故知文王以禮定其吉祥，謂納幣也。不言納徵者，禮以著義而為之立名，故謂之納徵。《春秋》君及大夫之行，當指其所為之事，故言納幣。何休因此言：“《春秋》，質也。”

◇◇此箋上有問名，卜而得吉，即納吉也。定其吉祥，為納幣也。下有親迎，是四禮見矣。無納采與請期者，詩人之作，舉其大綱，非如《記》注能備言其事。

◇◇六禮，①納采、②納吉、③納徵三禮言納，餘不言納者，以④問名、⑤請期、⑥親迎皆須復名而後可言，其名既復，不須以納配之。采也、吉也、徵也，三者皆單是夫氏於女之禮，故加納，見行之於彼也。

◇◇箋以此章言取大姒之事，皆文王身為主。

◇鄭必以文王之娶時實幼少，但聖人有作，動為模範，此詩歌之《大雅》，以為正法，主於文王之身，不復繫之父母耳，非謂其時不是父母制之也。

◇下所言“親迎”“造舟”，皆出文王之意，故得後世遵之，以為王者之禮。

◇若王季使之，然則是王季行王法，無所美於文王也。

<五章-6>**親迎于渭。**

【毛傳】言賢聖之配也。

【鄭箋】賢女配聖人，得其宜，故備禮也。

【孔疏】○傳“言賢聖之配”。

◇◇六禮唯親迎為重，迎尚身自親之，餘禮行之可知，故言備也。文王雖人子時，事在雅，則天子法，天子當親迎，故異義。

◇◇《公羊》說天子至庶人娶皆當親迎。

◇◇《左氏》說王者尊，無體敵之義，故不親迎。鄭駁之云：“大姒之家，在洽之陽，在渭之涘。文王親迎於渭，即天子親迎，明矣。天子雖至尊，其於後猶夫婦也。夫婦判合，禮同一體，所謂無敵，豈施於此哉！《禮記·哀公問》曰：‘寡人願有言。然冕而親迎，不已重乎？’孔子愀（qiǎo，形容神色變得嚴肅或不愉快）然作色而對曰：‘合二姓之好，以繼先聖之後，以為天地宗廟社稷之主，君何謂已重乎？’此言親迎，繼先聖之後為天地宗廟主，非天子則誰乎？”是鄭意以此為天子之法，故引之以明天子當親迎也。

<五章-7>**造舟為梁，不（pī/bù）顯其光。**

【毛傳】言受命之宜王基，乃始於是也。天子造舟，諸侯維舟，大夫方舟，士特舟。造舟然後可以顯其光輝。

【鄭箋】迎大姒而更為梁者，欲其昭著，示後世敬昏禮也。不明乎其禮之有光輝，美之也。天子造舟，周制也，殷時未有等制。

【孔疏】○傳“言受”至“光輝”。

◇◇昏禮人倫之本，禮始於正夫婦。

◇◇然則周有天下王業之基，皆始迎於大姒矣，故云文王受命之宜及周家王業之基，乃初始於是，不可不敬重之，故造舟也。因解舟尊卑之制。天子造舟至特舟，皆《釋水》文。

◇李巡曰："比其舟而渡曰造舟，中央左右相維持曰維舟，並兩船曰方舟，一舟曰特舟。"孫炎曰："造舟，比舟為梁也。維舟，連四舟也。"然則造舟者，比船於水，加板於上，即今之浮橋，故杜預云"造舟為梁"，則河橋之謂也。維舟以下，則水上浮而行之，但船有多少為等差耳。

◇禮，天子乃得造舟。文王欲盛其昏事，必極物盡禮，用天子之制，然後為榮，故云"造舟然後顯其光輝"。

【孔疏】○箋"迎大姒"至"等制"。

◇◇此美大其事而造舟。若禮先有之，不應特述，明是文王所創制也。

◇◇以傳歷言舟之等級，故申之云："天子造舟，周制也。殷時未有等制。"知者，若先有等制，則下不僭上，文王雖欲重昏禮，豈得僭天子乎？若僭天子，為罪則大，於時人主誰肯聽之？以此知殷時未有等制，文王敬重昏事，始作而用之。後世以文王所用，故制為天子法耳。

◇◇王基云"自殷以前質略，未有造、維、方、特之差。周公制禮，因文王敬大姒，重初昏，行造舟，遂即制之以為天子禮，著尊卑之差，記以為後世法"是也。

【孔疏-章旨】"文王"至"其光"（下列序號以經文兩句為一段譯解）。

○毛以為，此篇主美文王，雖王季尚存，皆以文王為主。

①上既言天為生配，此言成昏之禮，故言文王既聞大姒之賢，則嘉美之曰：大邦有子女，可求以為昏姻。媒以行納采也。

②既納采問名，將加卜之，又益知大姒之賢。言大邦之有子女，言尊敬之，磬作是天之妹然。言尊重之甚也。

③卜而得吉，行納吉之後，言大姒之有文德，文王則以禮定其卜吉之善祥。謂使人納幣，則禮成昏定也。

④既納幣於請期之後，文王親往迎之於渭水之傍，造其舟以為橋梁。敬重若此，豈不明其禮之有光輝乎？言其明也。

○鄭唯“文定厥祥”文一字為異。餘同。

<六章-1>**有命自天，命此文王，于周于京。纘（zuǎn）女維莘（shēn），長子維行（xíng），**

【毛傳】纘，繼也。莘，大姒國也。長子，長女也。能行大任之德焉。

【鄭箋】天為將命文王，君天下於周京之地（與毛不同），故亦為作合使繼大任之女事於莘國，莘國之長女大姒則配文王，維德之行。

【孔疏】○傳“纘繼”至“德焉”。

◇◇此莘猶上摯也，婦人所系國姓而已。姒是其姓，則莘是其國。

◇◇婦之所繼，唯繼姑耳。繼姑而言維行，故知能行大任之德也。上章述大任之事云：“乃及王季，維德之行。”今大姒言大任之德，則亦與文王維行矣，故箋申之云：“配文王，維德之行。”是取上章為說也。

【孔疏】○箋“天為”至“之行”。

◇◇下乃言“篤生武王”，是述新娶之事，不得為受命之後，故言“將命文王”也。

◇◇以大姒之德，自在於性，故本之維莘，言在父母之國，已能繼大任之德。

<六章-6>**篤生武王。保右命爾，燮（xiè）伐大商。**

【毛傳】篤，厚。右，助。燮，和也。

【鄭箋】天降氣於大姒，厚生聖子武王，安而助之，又遂命之爾，使協和伐殷之事。協和伐殷之事，謂合位三五也。

【孔疏】○箋“天降”至“三五”。

◇◇厚生，謂聖性感氣之厚，故言天降氣於大姒也。聖人雖則有父，而聖性受之於天，故言天降氣也。

◇◇“保右命爾”，文承“厚生”之下，則安、助、命之，皆是天也，故箋於“天降氣”之下即連言之。安而助之者，使之身體康强，國家無虞，是安之也。多生賢輔，年壽九齡，是助之也。

◇◇文王之受丹書，已云降德滅殷。發誅紂及渡盟津，白魚入舟，是又遂命之也。

◇◇“燮伐大商”，文在“命爾”之下，則協和伐商之事，天命使然，故云使和伐殷之事，言天所使也。

◇◇**歲、月、日、辰、星，**五者各有位，謂之五位。星、日、辰在北，歲在南，月在東，居三處，故言三所。此事在於《外傳》。

◇《周語》伶州鳩曰：

◇昔武王伐殷，**歲**在鶉火，**月**在天駟，**日**在析木之津，**辰**在斗柄，**星**在天黿（yuán）。

◇**星**與**日辰**之位皆在北，維顓頊之所建也，帝嚳受之。

◇我姬氏出自天黿及析木者，有建星及牽牛焉，則我皇妣太姜之侄伯陵之後逢公之所憑神也，**歲**之所在，則我有周之分野也。

◇**月**之所在辰馬，農祥也，我太祖后稷之所經緯也。

◇王欲合是五位三所而用之。

◇◇《周語》唯有此言，而古曆廢滅，劉歆作《三統曆》以考之，頗有其次，故韋昭、王肅等皆據而言焉。《漢書·律曆志》曰

◇三統上元至伐紂之歲十四萬二千一百九歲，歲在鶉火張十三度，故傳曰“歲在鶉火”。

◇師初發，以殷十一月戊子，日在析木箕七度，故傳曰“日在析木”。

◇是夕也，月在房五度，房為天駟，故傳曰“月在天駟”。

◇後三日得周正月辛卯朔，合辰在斗前一度，斗柄也，故傳曰“辰在斗柄”。

◇明日壬辰，辰星始見癸巳，武王始發。

◇丙午逮師，戊午渡於盟津。盟津去周九百里，師行三十里，故三十一日而渡。明日己未冬至，辰星與婺女伏，歷建星及牽牛至於婺女天黿之首，故傳曰“星在天黿”。是劉歆所考之事也。

◇◇此天之五位所以得助周者，以辰星在須女八度，日在箕七度，日月合辰斗前一度，謂在箕十度也。

◇此三者，皆在東北，維東北水木交際，又辰星所歷建星及牽牛皆水宿，顓頊水德而王，帝嚳以木受之，今周亦木德，當受殷水，星與日、辰在其位，當如帝嚳之代顓頊，是**一**助也。

◇又天黿一名玄枵，齊之分野，大姜之祖有逢伯陵者，殷之諸侯，封之齊地，逢公之死，其神憑焉，我周出於姜姓，為外祖所佐，是**二**助也。

◇歲星在張十三度，鶉火之次，周之分野，歲星所在，利以伐人，是

三助也。

◇月在房五度，房心為大辰，大辰農正而農事起，謂之農祥，后稷播殖百穀，月在農祥之星，則月亦佑周，是**四**助也。

◇以於伐紂之時，有此**五物**助周，武王能上應天意，合而用之，故謂協和也。此五位所在星宿度數，自非用算，無以推之。又鄭注《尚書》為文王受命，武王伐紂，時日皆用殷曆。劉向《五紀論》載殷曆之法，唯有氣朔而已，其推星在天黿則無術焉。

【孔疏-章旨】"有命"至"大商"（下列序號以經文兩句為一段譯解）。

○毛以為，①既言迎得大姒，此又言其能與文王行德，生聖子以克殷也。言教命乃從天而來歸，將命此文王，於彼周國，於其京師也。

②則為生善美之匹，使繼先姑大任之女事，維在於莘國。是莘國處長之子女，則以配文王，與之維德之行，共行仁義於周京。

③以此夫妻聖賢，其行德義之故，為天降氣於大姒，遂厚生聖子武王。

④言武王得美氣之厚。天既降氣生之，亦安保而佑助。又遂命汝武王，使汝協和其伐大商之事，當靖以待時。天道協會，而後伐之。言其伐又為天助也。

○鄭唯於彼周京之地為異。餘同。

<七章-1>**殷商之旅，其會（kuài）如林。矢于牧野，維予侯興。**

【毛傳】旅，眾也。如林，言眾而不為用也。矢，陳。興，起也。言天下之望周也。

【鄭箋】殷盛合其兵眾，陳於商郊之牧野，而天乃予諸侯有德者當起為天子（與毛不同）。言天去紂，周師勝也。

【程析】會，旝（kuài）的假借，旌旗。矢，誓師。

【樂道主人】（鄭意）予，賦予。侯，君，指武王。

【孔疏】○傳"旅眾"至"望周"。

◇◇《周本紀》云："紂聞武王來，亦發兵七十萬人拒武王。武王使師尚父以大卒馳紂師。紂師雖眾，皆無戰之心，欲武王之亟入。紂師皆倒戈以戰，以開武王。武王馳之，紂兵皆崩，是眾而不為用也。"

◇◇上篇侯皆為維，言天下之望周，解"維予侯興"之意。王肅云：

"其眾維叛殷，我興起而滅殷。"傳意當然也。

【孔疏】○箋"殷盛"至"師勝"。

◇◇《牧誓》云："至於商郊牧野乃誓。"《書序》注云："牧野，紂南郊地名。"

◇◇此陳師交戰，予宜為授予之義。武王於紂，乃是諸侯有德者，當起為天子，明為王而行惡者當廢黜，是言天意去紂而予周，故師勝也。

◇◇無二王，對紂名武王為諸侯也。《史記》伯夷叔齊諫武王曰："以臣弑君，可謂仁乎？"伯夷謂武王為臣，詩人稱之為侯，亦可矣。

<七章-5>**"上帝臨女（rǔ），無貳爾心！"**

【毛傳】言無敢懷貳心也。

【鄭箋】臨，視也。女，女武王也（與毛不同）。天護視女，伐紂必克，無有疑心。

【孔疏】○傳"言無敢懷貳心"。◇◇言無敢，則是軍眾之人不敢也。《泰誓上》曰："予有臣三千，惟一心。"

【孔疏】○箋"臨視"至"疑心"。

◇◇明亦戒武王，言伐紂必克，無有疑心也。伐紂之事，本出武王之心，詩人反言眾人之勸武王，見其勸戰之甚。

◇◇《太誓》曰"師乃鼓譟，前歌後舞，格於上天下地。咸曰：'孜孜無怠。'"是樂勸武王之事。

【孔疏-章旨】"殷商"至"爾心"（下列序號以經文兩句為一段譯解）。

○毛以為，上既言佑命武王，協和伐殷，故言伐殷為天所佑之事。

①殷商之兵眾，其會聚之時，如林木之盛也。

②此眾雖盛，列於牧地之野，維欲叛殷而歸我，維欲起我而滅殷，言皆無為紂用，盡望周勝也。非直敵人之意鄉周如此，

③又上天之帝既臨視汝矣，其所將之眾，皆無敢有懷貳心於汝之心，言皆一心樂戰，故周所以勝也。

○鄭唯下三句為異。②言殷眾盛，天命有歸，天乃維予其為諸侯而有德者當起為天子，言天去紂而興周也。

③又天意既欲興周，其從武王之人，莫不勸樂。戒武王言：上天之帝護視於汝矣，伐紂必克，無有疑貳於汝伐紂之心，當知其必克無貳心，伐

之是人又樂戰也。伐殷者，武王之所欲，眾人應難之。今眾人不以己勞，唯恐武王不戰，是勸樂之甚。天予人勸，所以能克也。

<八章-1>**牧野洋洋，檀（tán）車煌煌，駟騵（yuán）彭（pēng）彭。**

【毛傳】洋洋，廣也。煌煌，明也。騮（liú）馬白腹曰騵。言上周下殷也。

【鄭箋】言其戰地寬廣，明不用權詐也。兵車鮮明，馬又强，則暇且整。

【孔疏】○傳"洋洋"至"下殷"。◇◇《檀弓》說"三代乘馬，各從正色"，而周不純赤，明其有義，故知白腹為"上周下殷"。戰為二代革易，故見此義（周尚红，商尚白色）。

【孔疏】○箋"言其"至"且整"。

◇◇此說武王之師，尚父為佐，則牧野之戰，不用權詐矣。

◇◇而《雒師謀》說太公受兵鈐之法云："踐爾兵革，審權矩，應詐縱謀出無孔。"注云："踐，行也。矩，法也。"當親行汝兵革，審其權謀之法。孔，道也。應敵之變詐，縱己之謀，所出無常道。

◇◇善太公知權變者，兵法須知彼己，當預為之備，所以貴權謀，故善太公能審之。但武王之伐紂，以至聖攻至惡，敵無戰心，不假權詐。以不用權詐，故為美耳。

◇◇若前人德與己同，力又相敵，當設權以取勝。何則？與其自敗，寧我敗人。故僖二十二年，宋公及楚人戰於泓，《左氏》以其不用子魚之計，至於軍敗身傷，所以責襄公也。而《公羊》善之，云："雖文王之戰，亦不是過。"鄭《箴膏肓》云："刺襄公不度德，不量力。"引《考異郵》云："襄公大辱，師敗於泓。徒信不知權譎之謀，不足以交鄰國，定遠彊也。"此是譏師敗也。《公羊》不譏，違《考異郵》矣。是德均力同，當權以取勝也。

◇其在軍之士，則聽將之命，不得縱舍前敵，曲為小仁。宣二年宋鄭戰於大棘。《左傳》曰："狂狡輅鄭人，鄭人入於井。倒戟而出之，獲狂狡。君子曰：'失禮違命，宜其為禽也。戎，昭果毅以聽之之謂禮。殺敵為果，致果為毅。易之，戮也。'"何休以為，狂狡近於古道。鄭《箴膏肓》云："狂狡臨敵，拘於小仁，忘在軍之禮。譏之，義合於讖。"是軍士當從上命也。雖成湯伐桀，《尚書》云："爾不從誓言，予則孥戮汝。”明軍士雖為至德之師，不可違命縱敵也。

<八章-4>**維師尚父，時維鷹揚，涼（liàng）彼武王。**

【毛傳】師，大（tài）師也。尚父，可尚可父。鷹揚，如鷹之飛揚也。涼，佐也。

【鄭箋】尚父，吕望也，尊稱焉。鷹，鷙鳥也。佐武王者，為之上將。

【孔疏】○傳“師大師”至“涼佐”。

◇◇《史記·齊世家》云：“太公望吕尚者，東海上人。西伯出獵，得之，曰：‘吾太公望子久矣。’故號之曰‘太公望’，載與俱歸，立為大師。”

◇◇劉向《别録》曰：“師之，尚之，父之，故曰師尚父。”父亦男子之美號。《太誓》注云：“師尚父，文王於磻（pán）谿（xī）所得聖人吕尚，立以為太師，號曰尚父，尊之。”

◇◇如《世家》之文，則尚本是名，號之曰望。而《雒師謀》云“吕尚釣厓”，注云：“尚，名也。”又曰：“望公七年，尚立變名。”注云：“變名為望。”蓋因所呼之號，遂以為名。以其道可尊尚，又取本名為號也。

◇◇《孫子兵法》曰：“周之興也，吕牙在殷。”則牙又是其名字也。

表 1　姜尚之姓名諸説

姓	名	號	官名
吕	尚	望	太師
姜	望		太公
	牙		

【孔疏】○箋“佐武王，為之上將”。◇◇《太誓》“司馬在前”，王肅曰：“司馬，太公也。司馬非上卿，而云上將者，周司馬主軍旅之戒命，故上將為司馬也。”

<八章-7>**肆伐大商，會朝（zhāo）清明！**

【毛傳】肆，疾也。會，甲也。不崇朝而天下清明。

【鄭箋】肆、故，今也（與毛不同）。會，合也（與毛不同）。以天期已至，兵甲之强，師率之武，故今伐殷，合兵以清明。《書·牧誓》曰：

“時甲子昧爽，武王朝至於商郊牧野，乃誓。”

【孔疏】○傳“肆疾”至“清明”。◇◇王肅云：“以甲子昧爽與紂戰，不崇朝而殺紂，天下乃大清明，無復濁亂之政。”

【孔疏】○箋“肆故”至“乃誓”。

◇◇故今伐殷，其合兵以朝且清明之時，言於時殺紂也。引《牧誓》證清明之時是昧爽之義，《牧誓》注亦引此詩，交相為證，以明其事同也。昧爽者，爽，明也，言其昧之而初明。晚則塵昏，旦則清，故謂朝旦為清明。

◇◇**易傳者**以會者，遇值之辭，言“會朝清明”，正是會清明之朝耳。詩無甲子之文，不當橫為“會甲”，且清明與昧爽文協，**故易之**。

【孔疏-章旨】“牧野”至“清明”（下列序號以經文兩句為一段譯解）。

○毛以為，上言將戰，為天人所歸。

①此又述戰時之事，言所戰之處，牧地之野，洋洋然甚寬而廣大。於此廣大之處，陳檀木之兵車，煌煌然皆鮮明。又駕駟騵之牡馬，彭彭然皆强盛。

②維有師尚父者，是維勇略如鷹之飛揚，身為大將，時佐彼武王。

③車馬鮮强，將帥勇武，以此而疾往伐彼大商，會值甲子之朝。

④不終此一朝，而伐殺虐紂，天下乃大清明，無復濁亂之政。

○鄭唯下二句為異。④言天期已至，兵甲之强，將帥之武，故今往伐此大商。會合兵眾，以朝旦昧爽清明之時伐之也。

《大明》八章，四章章六句，四章章八句。

緜 【大雅三】

緜緜瓜瓞（dié），民之初生，自土沮（jū）漆。古公亶（dǎn）父（fǔ），陶復（fù）陶穴，未有家室。

古公亶父，來朝（zhāo）走馬。率西水滸（hǔ），至于岐下。爰及姜女，聿（yù）來胥（xū）宇。

周原膴膴（wǔ），堇（jǐn）荼（tú）如飴（yí）。爰始爰謀，爰契（qiè）我龜。曰止曰時，築室于茲。

迺慰迺止，迺左迺右。迺疆迺理，迺宣迺畝。自西徂東，周爰執事。

乃召司空，乃召司徒，俾（bǐ）立室家。其繩則直，縮版以載，作廟翼翼。

捄（jū）之陾（réng）陾，度（duó）之薨（hōng）薨。築之登登，削屢馮（píng）馮。百堵皆興，鼛（gāo）鼓弗勝。

迺立皋（gāo）門，皋門有伉（kàng）。迺立應門，應門將（qiāng）將。迺立冢（zhǒng）土，戎醜攸行（xíng）。

肆不殄（tiǎn）厥愠（yù），亦不隕厥問。柞（zuò）棫（yù）拔矣，行（háng）道兑（duì）矣。混夷駾（tuì）矣，維其喙（huì）矣。

虞芮（ruì）質厥成，文王蹶（guì）厥生。予曰有疏附（fù），予曰有先後，予曰有奔（bēn）奏（zǒu），予曰有禦侮。

《緜》九章，章六句。

【毛序】《緜》，文王之興，本由大（tài）王也。

【孔疏】序“《緜》”至“太王”。

◇◇太王作王業之本，文王得因之以興。今見文王之興，本其上世之事，所以美太王也。

◇◇經九章。上七章言太王得人心，生王業，乃避狄居岐，作寢廟門社，是本太王。下二章乃言文王興之事。叙以詩為文王而作，故先言文王之興，而又追而本之。各自為勢，故文倒也。

<一章-1>**緜緜瓜瓞（dié），民之初生，自土沮（jū）漆。**

【毛傳】興也。緜緜，不絶貌。瓜，紹也。瓞，瓟（bó）也。民，周民也。自，用。土，居也。沮，水。漆，水也。

【鄭箋】瓜之本實，繼先歲之瓜，必小，狀似瓟，故謂之瓞。緜緜然若將無長大時。興者，喻后稷乃帝嚳（kù）之胄，封於邰（tài）。其後公劉失職，遷於豳，居沮、漆之地，歷世亦緜緜然。至大王而德益盛，得其民心而生王業，故本周之興，自於沮、漆也。

【程析】土、漆，均為水名，在豳地，今陝西旬邑西。沮，徂的假借，到。

【樂道主人】紹，《説文》繼也。

【孔疏】○傳"緜緜"至"漆水"。

◇◇舍人曰："瓞名瓟，小瓜也。紹繼謂瓞子。漢中小瓜曰瓞。"孫炎曰："瓞，小瓜，子如瓟。其本子小。紹（《説文》繼也）先歲之瓜曰瓞。"

◇然則瓜之族類本有二種，大者曰瓜，小者曰瓞，此則其種别也。而瓜蔓近本之瓜，必小於先歲之大瓜，以其小如瓟，故謂之瓞。瓞是瓟之别名。

◇◇此時在豳，言"民，周民者"，此民自豳居周，復以周為代號。此述周國之興，故以周言之。

◇◇言沮水、漆水者，以水非可居之處，見居在沮、漆之傍，舉水以表土耳。《禹貢》雍州云："漆、沮既從。"是漆、沮俱為水也。或言漆、沮為二水名。《漢書·地理志》云："右扶風有漆縣。"云"漆水在其縣西"，則漆是一水名，與沮别矣。孔安國云："漆沮一名洛水，漆沮為一。"蓋沮一名洛水，孔連言之。

【孔疏】○箋"瓜之"至"沮漆"。

◇◇瓜之本實，謂瓜蔓近本之實，繼先歲之瓜，必小，其形狀似瓟，故謂之瓞。其實瓜之與瓞，猶種不同也。

◇必言本實小者，以其言紹，近本之實，繼先歲之瓜，猶長子之繼父，故言繼也。近本小，雖繼先歲之瓜，不能大如先歲之瓜，猶若后稷封為諸侯，雖繼帝嚳（kù）之後，不能如嚳為天子。

◇瓜之相繼者，歲歲益小，若將無長大之時，猶后稷之後，世世益微，若將無興盛之時。瓜以年年相承，猶人以世世相繼，故取喻焉。

◇◇后稷乃帝嚳之胄，是嚳為瓜而稷為瓞，自稷以下，祖紺（gài）以前，皆為瓞。

◇《周本紀》云："舜封棄於邰（tái），號曰后稷。"是稷為帝嚳之胄，封於邰也。

◇《公劉》云："篤公劉，于豳斯館。"是公劉失職，遷於豳也。失職者，謂失稷官之職，不復得在王官也。

◇《周語》云："昔我先世后稷，以服事虞夏。及夏之衰也，棄稷不務，我先生不窋（zhú），用失其官，而自竄於戎狄之間。"韋昭云："不窋失官，去夏而遷於豳。豳西近戎，北近狄。"《周本紀》亦云："不窋末年，夏氏政亂，去稷不務，不窋以失其官，而奔戎狄之間。"然則失職遷豳，自不窋始矣。言公劉遷豳者，案《公劉》之篇說公劉避亂適豳，其言甚詳，不可得而改。

◇而《外傳》《史記》皆言不窋奔於戎狄，蓋不窋之時，已嘗失官，逃竄豳地，猶尚往來邰國，未即定居於豳。公劉者，不窋之孫，至公劉而盡以邰民遂往居焉，故《本紀》又云"公劉雖在戎狄間，復修后稷之業，務耕種，相地宜，百姓從而歸保焉。公劉卒，子慶節立，國於豳"。是定國於豳，自公劉始也。豳有漆、沮之水，故言居沮、漆之地。

◇◇公劉以下，常居沮、漆，正斷以太王而德益盛者，以下言古公亶父，故知得民心，生王業，自大王為始。**周之追王，上至太王而止**，亦以初基王業故也。

◇◇太王之基王業，在於岐周始盛，故《閟（bì）宮》云："居岐之陽，實始翦商。"但在岐始盛，由未遷已得民心，故云"生王業"也。生者，初始之辭，故云"本周之興，自於沮、漆"也。此沮、漆謂在豳地，但二水東流，亦過周地，故下傳曰："周原，沮漆之間。"是周地亦有漆、沮也。

<一章-3>**古公亶（dǎn）父（fǔ），陶復（fù）陶穴，未有家室。**

【毛傳】古公，豳公也。古，言久也。亶父，字。或殷以名言，質也。

◇古公處豳，狄人侵之。事之以皮幣，不得免焉。事之以犬馬，不得免焉。事之以珠玉，不得免焉。乃屬其耆（qí）老而告之曰：“狄人之所欲者，吾土地也。吾聞之君子，不以其所養人而害人。二三子何患無君？”去之。逾梁山，邑於岐山之下。豳人曰：“仁人之君，不可失也。”從之如歸市。

◇陶其土而復之，陶其壤（rǎng）而穴之。室內曰家。未有寢廟，亦未敢有家室。

【鄭箋】古公，據文王本其祖也。諸侯之臣，稱其君曰公。復者，復於土上，鑿地曰穴，皆如陶然。本其在豳時也。傳自古公處豳而下，為二章發。

【程析】古公亶父，古公是號，亶父為名。陶，用陶冶出來的紅土築穴，取其堅固防潮。復，是一種藏穀物的地窯。復穴掘在住穴之內，大穴套小穴。

【孔疏】○傳“古公”至“家室”。

◇◇以在豳為公，故曰豳公。謂之古公，言其年世久古，後世稱前世曰古公，猶云先王、先公也。太王追號為王，不稱王而稱公者，此本其生時之事，故言生存之稱也。

◇《士冠禮》為冠者制字云：“伯某甫。”亶亦稱甫，故知字也。以周制論之，甫必是字。但時當殷代，質文不同，故又為異說，或殷以亶甫為名，名終當諱，而得言之者，以其時質故也。《中候·稷起》注云：“亶甫以字為號。”則鄭意定以為字，不從或說也。

◇◇自古公處豳，至如歸市，皆孟子對滕文公之辭也（《孟子·梁惠王下》）。唯彼云“太王居豳”，此因古公之下，即云古公為異耳。

◇《莊子》與《呂氏春秋》皆云太王亶甫居豳，狄人攻之。與之珠玉而不肯。狄人之求者，土地也。大王亶甫曰：“與人之兄居而殺其弟，與人之父居而殺其子，吾不忍也。請免吾乎！為吾臣與狄人臣，奚以異也？吾聞之，不以所養害所養。”杖策而去。人相連而從之，遂成國於岐山之下。

◇《書傳略說》云：“狄人將攻，大王亶父召耆老而問焉，曰：‘狄人何欲？’耆老對曰：‘欲得菽粟財貨。’大王亶甫曰：‘與之。’每與，狄人至不止。大王亶甫屬耆老而問焉，曰：‘狄人又何欲乎？’耆老對曰：‘又欲土地。’大王亶甫曰：‘與之。’耆老曰：‘吾不為社稷乎？’大王亶甫曰：‘社稷，所以為民也，不可以所為民亡民也。’耆老對曰：‘君縱不為社稷，不為宗廟乎？’大王亶甫曰：‘宗廟，吾私也，不可以私害民。’遂杖策而去。過梁山、邑岐山。周人束脩奔而從之者三千乘，一止而成三千户之邑。”與此大意皆同。

◇此言“不得免焉”，《略説》云“每與之，不止”，《吕氏春秋》言“不受”。異人别説，故不同耳。此言“犬馬”，《略説》言“菽粟”，明國之所有，莫不與之，故鄭於《稷起》及《易》注皆云“事之以牛羊”，明當時亦與之。

◇《韓奕》箋云：“梁山在馮翊夏陽縣西北。”鄭於《書傳》注云：“岐山在梁山西南。”然則梁山横長，其東當夏陽縣西北，其西當岐山東北，自豳適周當逾之也。

◇◇《曲禮下》曰：“國君死社稷。”《公羊傳》曰：“國滅，君死之，正也。”則諸侯為人侵伐，當以死守之。而公劉與大王皆避難遷徙者，《禮》之所言謂國正法，公劉、大王則權時之宜。

◇《論語》曰：“可與適道，未可與權。”《公羊傳》曰：“權者，反經合義。”權者，稱也，稱其輕重，度其利害而為之。公劉遭夏人之亂而被迫逐，若顧戀疆宇，或至滅亡，所以避諸夏而入戎狄也。大王為狄人所攻，必求土地，不得其地，攻將不止。戰以求勝，則人多殺傷，故又棄戎狄而適岐陽，所以成三分之業，建七百之基。雖於《禮》為非，而其義則是。此乃賢者達節，不可以常禮格之。

◇◇《王制》稱：“古者量地以制邑，度地以居民。地邑民居，必參相得，故曰：無曠土，無遊民。”而公劉、大王得擇地而遷，又無天子之命，諸侯得舉國擅徙者，《王制》所云，平世大法。法不恒定，世有盛衰，王政既亂，威不肅下，迫逐良善，無所控告，戎狄内侵，莫之抗禦，故不待天子之命，可以權宜避之。以其政亂，故有空土，公劉、大王得擇地而遷焉。且古者有附庸閑田，或可先是閑處也。既往遷之，人居成國。後有明主，因而聽之也。

◇◇《大司徒》注云：“壤亦土也，變言耳。以萬物自生焉，則言土，土猶吐也。以人所耕而種藝，則言壤，壤，和緩之貌。”土與壤，其體雖同，壤言和緩，則土堅而壤濡。《九章算術》云：“穿地四，為壤五，為堅三。”壤是息土之名。覆者地上為之，取土於地，復築而堅之，故以土言之。

◇◇穴者，鑿地為之，土無所用，直去其息土而已，故以壤言之。

◇◇《釋宫》云："宫謂之室，室謂之宫，其内謂之家。"李巡曰："謂門以内也。"郭璞曰："今人稱家，義出於此。"是室内曰家也。

◇◇君子將營宫室，宗廟為先。古公在豳之時，迫於戎狄，國小民少，未有寢廟，故未敢有宫室，以是故覆、穴而居也。

◇◇公劉始遷於豳，比至古公，將歷十世。《公劉》云"於豳斯館"，則豳有宫館也。《略説》稱耆老謂大王曰："不為宗廟乎？"是豳地有寢廟也。而此言未有寢廟室家者，此以文王在岐而興，上本大王初來之事，歎美在岐新立，故言在豳未有。

◇◇其實在豳之時亦有宫室也。《七月》云"入此室處"，即豳事也。不然，豈十世之内，常穴居乎？豳近西戎，處在山谷，其俗多復、穴而居，故詩人舉而言耳。

【孔疏】○箋"復者"至"章發"。

◇◇"以此復、穴别文。"《大車》云："死則同穴。"穴在地下，則知復在地上，俱稱為陶，故知皆如陶然。

◇◇下乃言"至於岐下"，故知此本其在豳時也。本其在豳，則是未遷。傳自古公處豳而下，説大王遷岐之事者，為下第二章發此傳也。然則傳不待二章而豫發之者，以此言在豳未有室家，為下居岐作室以開原也。大王所以走馬至岐，乃為狄人所逐，故逆為之傳，以通暢作者之意焉。

【孔疏-章旨】"緜緜"至"家室"。

①緜緜然不絶者，是瓜紹之瓞。瓜之本實繼先歲之瓜，歲歲相繼，恒小於本，若將無復長大之時也。以喻后稷乃帝嚳天子之胄，封為諸侯，後更遷於豳，國世世漸微，若將無復興盛之時也。至於大王，其德漸盛，得其民心，而初始生此王業，乃不復為微。此事在何時乎？乃用居於沮、漆二水之傍已則然矣。

②居沮、漆者，復是何人乎？乃是我文王之先祖，久古之公號為亶父者。於漆、沮之傍，其為宅舍才作陶復、陶穴而居之。所以然者，以其國土未大，人眾不多，未敢有其家室，故且穴、復而居之。

<二章-1>**古公亶父，來朝（zhāo）走馬。率西水滸（hǔ），至于岐下。爰及姜女，聿（yù）來胥（xū）宇。**

【毛傳】率，循也。滸，水厓也。姜女，大（tài）姜也。胥，相。宇，居也。

【鄭箋】“來朝走馬”，言其辟惡早且疾也。循西水厓沮（jū）、漆水側也。爰，於。及，與。聿（yù），自也。於是與其妃大姜自來相可居者，著大姜之賢知也。

【程析】來朝，第二天早上。

【樂道主人】著，重點表明。《康熙字典》明也。

【毛傳】〇傳“率循”至“宇居”。

◇◇此説古公而及姜女，則姜女太王之妃。《周本紀》云：“大姜生季歷。”故知姜女是大姜也。

◇◇宇者，屋宇，所以居人，故為居也。

【鄭箋】〇箋“來朝”至“賢知”。

◇◇大王與眾避狄，不應早而疾驅。假使清朝走馬，未是善事。詩人言之，必有其意，故知美其避惡早且疾也。

◇◇遷都自是人君之事，輒言爰及姜女，明其著大姜之賢智也。

【孔疏-章旨】“古公”至“胥宇”（下列序號以經文兩句為一段譯解）。

①文王之先，久古之公曰亶父者，避狄之難，其來以早朝之時，疾走其馬，

②循西方水厓漆、沮之側，東行而至於岐山之下。

③於是與其妃姜姓之女曰大姜者，自來相土地之可居者。

◇◇言大王既得民心，避惡早而且疾，又有賢妃之助，故能克成王業。

<三章-1>**周原膴膴（wǔ），堇（jǐn）荼（tú）如飴（yí）。爰始爰謀，爰契（qiè）我龜。**

【毛傳】周原，沮、漆之間也。膴膴，美也。堇，菜也。荼（tú），苦菜也。契，開也。

【鄭箋】廣平曰原。周之原地，在岐山之南，膴膴然肥美。其所生菜，雖有性苦者，皆甘如飴也。此地將可居，故於是始與豳人之從己者謀。謀從，又於是契灼其龜而卜之，卜之則又從矣。

【程析】契，用刀刻。堇，野生，味苦。飴，麥芽糖。

【孔疏】〇傳“周原”至“契開”。

◇◇堇是美菜，非苦荼之類。《釋草》又云：“芨，堇草。”郭璞曰：“即烏頭也。江東人呼為堇。”

◇◇"契開"者，言契龜而開出其兆。非訓契為開也。

◇◇《春官·菙氏》"掌共燋契，以待卜事"。注云："《士喪禮》曰：'楚焞置於燋，在龜東。'"楚焞即契所用灼龜也。燋謂炬，其存火也。《士喪禮》注云："楚，荆也。"然則卜用龜者，以楚焞之木，燒之於燋炬之火，既然，執之以灼龜，故箋云"契灼其龜而卜之"。

【孔疏】○箋"廣平"至"從矣"。

◇◇山南曰陽，故知周之原地在岐山之南也。

◇◇王肅云："於是始居之於是，先盡人事，謀之於眾。"然則箋云"始與豳人從己者謀"，亦謂於是始欲居，於是與之謀。

◇◇人謀既從大王，於是契其龜而卜，又得吉，**則是人神皆從矣**。

◇◇《洪範》曰："汝則有大疑，謀及乃心，謀及卿士，謀及庶人，謀及卜筮。汝則從，龜從，筮從，卿士從，庶人從，是之謂**大同**。"檢此上下，大王自相之，

◇◇知此地將可居，是謀及乃心也。與從己者謀，是謀及卿士庶人也。契龜而卜，是謀及卜也。

<三章-5>**曰止曰時，築室于茲。**

【鄭箋】時，是。茲，此也。卜從則曰可止居於是，可作室家於此，定民心也。

【孔疏】○箋"卜從"至"於是"。以文承龜下，故云"卜從則曰可止居於是"。如箋之言，則上曰為辭，下曰為於也。

【孔疏-章旨】"周原"至"于茲"（下列序號以經文兩句為一段譯解）。

①上言來相可居，又述所相之處，言岐山之南，周之原地膴膴然，其土地皆肥美也。其地所生堇荼之菜，雖性本苦，今盡甘如飴味然。

②大王見其如此，知其可居，於是始欲居之，於是與豳人從己者謀之。人謀既從，於是契灼我龜而卜之。

③龜卜又吉，大王乃告從己者曰：可止居於是，可築室於此。告之此言，所以定民之心，令止而不復去也。

<四章-1>**迺慰迺止，迺左迺右。迺疆迺理，迺宣迺畝。自西徂東，周爰執事。**

【毛傳】慰，安。爰，於也。

【鄭箋】時耕曰宣。徂，往也。民心定，乃安隱其居，乃左右而處

之，乃疆理其經界，乃時耕其田畝，於是從西方而往東之人，皆於周執事，競出力也。豳與周原不能為西東，據至時從水滸言也。

【程析】疆，劃定疆界。理，區分田畝的條理。宣，用耒耜耕地。畝，開溝築壟。

【孔疏】○箋“時耕”至“滸言”。

◇◇時耕曰宣，宣訓為遍也，發也。天時已至，令民遍發土地，故謂之宣。慰、止、左、右，文在“築室”之下，明其皆是作邑之事。乃左右而處之，據公宮在中，民居左右，故王肅云：“乃左右開地置邑，以居其民。”與鄭同也。疆、理是一，宣、畝亦同，但作者以乃間之而足句耳，故箋通解之，云“乃疆理其經界，乃時耕其田畝”也。

◇◇民性安土重遷，離居或有所悔，言從西方往東之人，皆於周執事，競出力，明其勸樂，於是皆無悔心也。

◇◇豳在周原西北，而經言“自西”，便是從其正西而來，故辨之云：“豳與周原不能為東西，據至周之時從水滸而言也。”《鄭志》張逸問：“豳與周原不能為東西，何謂？”答曰：“豳地今為栒邑縣，在廣山北、沮（jū）水西，有涇水從此西南行，正東乃得周，故言東西。”

【孔疏-章旨】“乃慰”至“執事”（下列序號以經文兩句為一段譯解）。

①上告民令止，民心既定，乃安隱其居，乃止定其處，乃處之於左，乃處之於右。言或左或右，開地置邑，以居民也。

②乃為之疆埸，乃分其地理，乃教之時耕，乃治其田畝。

③從西方往東之人，皆在周原，於是執事而競出力。言築室耕田無不勸樂也。

<五章-1>**迺召司空，迺召司徒，俾（bǐ）立室家。**

【鄭箋】俾，使也。司空、司徒，卿官也。司空掌營國邑，司徒掌徒役之事，故召之使立室家之位處。

【程析】司空，掌管工程建築的官。司徒，掌管勞動力的官。室家，指宮室。

【孔疏】○箋“司空”至“之處”。

◇◇司空之屬有匠人，其職有營國廣狹之度，廟社朝市之位。是司空掌營國邑也。司徒之屬有小司徒，其職云：“凡用眾庶，則掌其政教。”

是司徒掌徒役之事也。以此二卿，各有所掌，故召之使立室家之位處。

◇◇位處者，即《匠人》所謂“左祖右社，面朝後市”之類是也。

◇◇后稷封邰（tái）為上公，《孟子》稱文王以百里而王，則大王之時，以殷之大國當立三卿，其一蓋司馬乎？時不召者，司馬於營國之事無所掌故也。

<五章-2>**其繩則直，縮版以載，作廟翼翼。**

【毛傳】言不失繩直也。乘謂之縮。君子將營宮室，宗廟為先，廄（jiù）庫為次，居室為後。

【鄭箋】繩者，營其廣輪方制之正也，既正則以索縮其築版，上下相承而起。廟成則嚴顯翼翼然。乘，聲之誤，當為“繩”也。

【程析】繩，繩墨，築牆前用來劃正地基經界。版，板。縮版，築牆用的兩面直板。載，通栽，樹立。

【孔疏】○傳“言不”至“為後”。傳以繩無不直，而云其繩則直者，言大王所作宮室，不失繩之直也。

【孔疏】○箋“繩者”至“為繩”。

◇◇“繩者，營其廣輪方制之正”，言營制之時，當用繩也。“上下相承而起”，解“載”義，言其相載。

◇◇《釋器》作“繩”，而傳作“乘”，故為聲之誤。毛公後人寫之誤耳。

【孔疏-章旨】“乃召”至“翼翼”。

①民既得安止，乃立國家宮室。於是乃召司空之卿，令之營度廣輪，乃召司徒之卿，令之興聚徒役，使之立公卿之室家之位處也。

②營度位處，以繩正之，其繩則方正而直矣。依此繩直之處，起而築之，以繩縮束其板。板滿築訖，則升下於上，以相承載。作此宗廟翼翼然而嚴正，言能依就准繩，牆屋方正也。

<六章-1>**捄（jū）之陾（réng）陾，度（duó）之薨（hōng）薨。築之登登，削屢馮（píng）馮。**

【毛傳】捄，虆（léi）也。陾陾，眾也。度，居也。言百姓之勸勉也。登登，用力也。削牆鍛屢之聲馮馮然。

【鄭箋】捄，捊（fú）也。度，猶投也（與毛不同）。築牆者捊聚壤土，盛之以虆，而投諸版中。

【程析】陾陾，鏟土聲。薨薨，填土聲。登登，搗土聲。屢，同婁，隆高，這裏指土牆隆起之處。馮馮，銷平土牆聲。

【孔疏】○傳“捄虆”至“馮馮然”。

◇◇《説文》云：“捄，盛土於器也。”捄字從手，謂以手取土。虆者，盛土之器。言捄虆者，謂捄土於虆也。取言捄虆者，謂捄土於虆也。

◇◇取土必多，故陾陾為眾。王者度地以居民，故度為居居也。陾陾、薨薨，皆是眾多之義。舉其眾多，言百姓相勸勉者。

◇◇築者用力為多，故云用力登登然。

◇◇上言削，下言屢，是聲，故知削牆下土打鍛，是屢之聲馮馮然也。

【孔疏】○箋“捄捊”至“板中”。

◇◇《説文》云：“捊，引取也。”故以捄為捊，言捊取壤土，盛之以虆。仍存虆字，與傳不異也。

◇◇薨薨是投土之聲者，若以為居，於薨義不强，故云“度，猶投也”。

<六章-5>**百堵皆興，鼛（gāo）鼓弗勝。**

【毛傳】皆，俱也。鼛，大鼓也，長一丈二尺。或鼛或鼓，言勸事樂功也。

【鄭箋】五版為堵。興，起也。百堵同時起，鼛鼓不能止之，使休息也。凡大鼓之側有小鼓，謂之應鼙（pí）、朔鼙。《周禮》曰：“以鼛鼓鼓役事。”

【孔疏】○傳“鼛大”至“樂功”。

◇◇《冬官·韗（yù）人》“為皋（gāo）鼓，長尋有四尺”。八尺曰尋，是一丈二尺。以其長大，故云大鼓也。鼓是總名，鼛是鼓之别名。今鼛鼓並言，則非一物，故云“或鼛或鼓”。

◇◇又解不勝之義，言其勸其事，樂其功，民欲疾作，鼓欲令止，二者交競，鼓不能勝止人使休，是其勸樂之甚也。

【孔疏】○箋“五板”至“役事”。

◇◇“五板為堵”，定十二年《公羊傳》文。鼛鼓不能止之使休息，申説不勝之義。

◇◇傳以鼛鼓為二鼓，解有二鼓之意。“凡大鼓之側有小鼓，謂之應鼛、朔鼛”，此經鼛是大鼓也，鼓謂鼛也。禮法當有二鼓，故鼛鼓並言之。此言勸樂之甚，故知鼛鼓為二。餘文則不然。若韗人為鼛鼓，正謂壹鼓耳。

◇《大射》云：“一建鼓在阼階西，應鼙在其東。一建鼓在西階之西，朔鼙在其北。”是大鼓之傍有小鼓也。箋謂鼛為小鼓，明其不異於傳。

◇引《周禮》者，《地官·鼓人》文。彼云“鼓役事”，此或云“止役事”，以上有止之文而因誤耳。定本云“鼓役事”。

【孔疏-章旨】“捄之”至“弗勝”（下列序號以經文兩句為一段譯解）。

○毛以為，①掘土實之於虆，謂之捄，者眾多陾陾然。既取得土，送至牆上。牆上之人受取而居於板中。居之亟疾，其聲薨薨然。

②築之者用力登登然。牆成，削之以牆堅致土，從上下打鍛，削之人屢其聲馮馮然。

③其作此牆之時，百堵皆同時而起，其間欲令之食息，擊鼛擊鼓不能勝而止之。民皆勸事樂功，競欲出力，言大王之得人心也。

○鄭唯以度為投，語異意同。

<七章-1>**迺立皋（gāo）門，皋門有伉（kàng）。迺立應門，應門將（qiāng）將。**

【毛傳】王之郭門曰皋門。伉，高貌。王之正門曰應門。將將，嚴正也。美大王作郭門以致皋門，作正門以致應門焉。

【鄭箋】諸侯之宮，外門曰皋門，朝門曰應門，內有路門。天子之宮，加以庫、雉。（與毛不同）

表 2　天子、诸侯寝宫之门

宮門	宮之外門（城門）	正門（宮室的大門）	內門
功能	郭門	朝門	寢（qǐn）門
天子（鄭箋）	庫門	雉門	路門
諸侯（鄭箋）	皋門	應門	

【孔疏】○傳“王之”至“應門”。

◇◇下傳云：“冢土，大社。美大王之社，遂為大社。”則毛意以大社者，天子社名，諸侯不得稱大社也。冢土非諸侯之社，則皋、應非諸侯之門，故云“王之郭門曰皋門。王之正門曰應門”。

◇是諸侯之郭門不得名皋門，諸侯之正門不得名應門也。大王實非天子，而以皋、應言之者，美大王作郭門以致皋門，作正門以致應門。言大王本作郭門、正門耳。在後文王之興，以為皋門、應門，雖遷都於豐，用岐周舊制，故云致得為之也。

◇此言以致皋門，下云“遂為大社”。致者，自小至大之辭。遂者，從本鄉末之稱。皆言大王所作，遂為文王之法也。此時大王實為諸侯，其作門、社，固為諸侯之制。諸侯之法異於天子，文王為天子之法，不得同於大王，而云致門、遂社者，大王門、社必不得同於天子，但以殷代尚質，未必曲有等級，文王因其制度，增而長之，以為天子之制，故云致耳。

◇毛所以為此說者，蓋以《明堂位》云：“庫門，天子皋門。雉門，天子應門。”魯以諸侯而作庫、雉，則諸侯無皋、應，故以皋、應為王門之名也。郭門者，宮之名郭之門，以應門不言宮，明與郭門皆為宮門也。“正門謂之應門”，《釋宮》文。孫炎曰：“謂朝門也。”

◇◇毛以諸侯之門不名皋、應，與鄭别耳。而郭門為宮之外門，正門為朝門，亦與鄭不異也。

◇◇伉者，極之義，故為高貌。將將，敞顯而嚴正，亦互明之，皆高而嚴正耳。

【孔疏】○箋“諸侯”至“庫雉”。

◇◇鄭以《檀弓》云：“魯莊公之喪，既葬而绖（dié），不入庫門。”《春秋》定二年：“雉門及兩觀災。”是魯有庫門、雉門也。《明堂位》云：“庫門，天子皋門。雉門，天子應門。”是則名之曰庫、雉，制之如皋、應。魯以周公之故，成王特褒之，使之制二兼四，則其餘諸侯不然矣。

◇◇襄十七年傳宋人稱“皋門之皙”，諸侯有皋門也。諸侯法有皋、應，大王自為諸侯之制，非作天子之門矣。故云“諸侯之宮，外曰皋門。朝門曰應門。”《文王世子》云：“至於寢門。”是内有寢門也。《明堂位》云：“天子皋門，天子應門。”《顧命》云：“二伯率諸侯入應門。”是天子亦有皋、應，故為天子之宮，加之以庫、雉也。

◇◇《家語》云："衛莊公易朝市。孔子曰：'繹之於庫門之内，失之矣。'"則衛有庫門。魯以周公立庫，而衛亦有庫門者，《家語》言多不經，未可據信。或以康叔賢，亦蒙褒賞故也。謂應門為朝門，内為寢門，一曰路門，以朝位在應門之内，路寢在路門之内，故繫而名之。諸侯三朝皋門之内，雖有外朝，議大疑、詢眾庶乃往，不常在焉，故不得朝名。其君日出所視，與群臣决事之朝，在應門之内，故以應門為朝門也。

<七章-5>**乃立冢土，戎醜攸行**（xíng）。

【毛傳】冢，大。戎，大。醜，眾也。冢土，大社也。起大事，動大眾，必先有事乎社而後出，謂之宜。美大王之社，遂為大社也。

【鄭箋】大社者，出大眾，將所告而行也。《春秋傳》曰："蜃（shèn），宜社之肉。"

【孔疏】○傳"冢大"至"大社"。

◇◇《郊特牲》云："社，所以神地之道也。"《禮運》云："命降於社之謂殽地。"是社為土之神也。冢既為大，土為社主，故知"冢土，大社"也。"起大事，動大眾"至"謂之宜"，皆《釋天》文。《爾雅》先引此詩二句，然後為此辭以釋之，故傳依用焉。孫炎曰："大事，兵也。有事，祭也。宜求見，使祐也。"

◇◇此文本解"戎醜攸行"之意，言國家起發軍旅之大事，以興動其大眾，必先有祭事於此社，而後出行。**其祭之名謂之為宜**，以行必須宜，祭以告社，故言"戎醜攸行"也。

◇◇成十三年，《左傳》曰"國之大事，在祀與戎"，故兵為大事也。《春秋》昭十五年"有事於武宮"，《雜記》云"有事於上帝"，皆是祭事，**故謂祭為有事**。以兵凶戰危，慮有負敗，祭之以求其福宜，故謂之宜。《王制》云"天子將出，宜乎社"，是也。

◇◇傳以大社者，天子社名。大王時，實諸侯，而云"乃立冢土"，以天子之名言之者，美大王之社，遂為大社也。言大王立此社，文王後取其制，以為天子之社，故以"冢土"言之。毛所以為此説者，蓋以《祭法》云："王為群姓立社曰大社。"

◇《郊特牲》云："天子大社，必受霜露風雨之氣也。"以為大社之名，唯施於天子。其諸侯不得名大社故也。

【孔疏】○箋"大社"至"之肉"。

◇◇鄭以塚土者訓為大社之義，未即名為大社。諸侯雖不可名大社，可以言塚土矣。以為"乃立塚土"，正是諸侯之法。大社者，出大眾，將所告而行，以出大眾而告之，故謂之大社。所告而後行，故言攸行也。

◇◇《春秋傳》曰："蜃，宜社之肉。"言此者，證宜為祭社之名，三傳皆無此文，而言"傳曰"，衍字也。閔二年《左傳》曰："帥師者，受命於廟，受蜃於社。"成十三年《左傳》曰："成子受蜃於社，不敬。"案《地官·掌蜃》"祭祀共蜃器之蜃"。注云："蜃，大蛤（gé）也。飾祭器之屬。"鄭司農云："蜃可以白器，令色白。"然則器以蜃飾之，故謂之蜃。

◇言受蜃於社，非受空器而已，明器內有肉。是以祭社之肉，盛之蜃器而賜之，故說者皆以蜃為宜祭於社之肉。箋但取其意，言《左傳》所云"蜃者，是宜社之肉"，無曰字也。

【孔疏-章旨】"乃立"至"攸行"（下列序號以經文兩句為一段譯解）。

○毛以為，①大王於是之時，乃立其宮之郭門，後遂為天子之皋門。此皋門有伉然而高大也。

②乃立其宮之正門，後遂為天子之應門。此應門將將然而嚴正也。

③乃立其國諸侯之社，後遂為王之大社。直此社者，為動大眾，所以告之而行也。大王遷，得人心、制度之美。及文王興，用之為天子之法也。

○鄭唯以皋門、應門、大社自是諸侯正法為異。其文義則同。

<八章-1>**肆不殄（tiǎn）厥愠（yù），亦不隕厥問。柞（zuò）棫（yù）拔矣，行（háng）道兑（duì）矣。**

【毛傳】肆，故今也。愠，恚（huì）。隕，墜也。兑，成蹊也。

【鄭箋】小聘曰問。柞，櫟（lì）也。棫，白桵（ruǐ）也。文王見太王立塚土，有用大眾之義，故不絕去其恚惡惡人之心，亦不廢其聘問鄰國之禮。今以柞棫生柯葉之時，使大夫將師旅出聘問，其行道士眾兑然，不有征伐之意。

【程析】肆，所以。殄，杜絕，消滅。厥，其。柞，樹，灌木類，叢生有刺。棫，叢生小樹，亦有刺。兑，道路通暢。

【孔疏】○傳"肆故"至"成蹊"。

◇◇"肆、故，今。隕，墜"，皆《釋詁》文。《說文》云："愠，怨也。恚，怒也。"有怨者必怒之，故以愠為恚。

◇◇《說文》云："蹊，徑也。"宣十一年《左傳》曰："牽牛以蹊人之田。"則蹊者，先無行道，初為徑路之名。兑是成蹊之貌。然文王大夫將師旅而出，師行當依大道，且其眾既多，非徒成蹊而已。傳言成蹊者，以混夷之地，野曠人稀，雖有舊道，當有荒穢，故因士眾之過，得成蹊徑。以無征伐之事，故行得相隨成徑。與鄭同也。

◇◇《帝王世紀》云：文王受命四年，周正丙子，混夷伐周，一日三至周之東門。文王閉門脩德而不與戰。王肅同其說，以申毛義，以為柞棫生柯葉拔然時，混夷伐周。然則周之正月，柞棫未生，**以為毛說，恐非其旨**。驗毛傳上下，與鄭不殊。

【孔疏】○箋"小聘"至"之意"。

◇◇"小聘曰問"，《聘禮》文也。《王制》注云："小聘使大夫，大聘使卿。"彼對文耳。散則聘問通。此說文王之美，其聘將師而行，明據大聘言之，當是卿，非大夫也。

◇◇《釋木》云："櫟，其實梂。"不言櫟是柞。陸機《疏》云："周秦人謂柞為櫟。"蓋據時人所名而言之。"棫，白桵"，《釋木》文。郭璞曰："桵，小木也，叢生有刺，實如耳珰，紫赤，可食。"

◇陸機《疏》云："《三蒼》說棫即柞也。其材理全白，無赤心者為白桵。直理易破，可為櫝車輻，又可為矛戟矜。今人謂之白梂，或曰白柘。此二說不同，未知孰是。"

◇◇《釋詁》云："肆，故今也。"故者，因上之辭，是以知接上塚土為義。大王立塚土，有用眾之義。用眾欲以伐人，故文王不絕去恚惡惡人之心，言將伐之也。既有所惡，當有所好，故亦不廢聘問之禮。是言叛者伐之，服者柔之。

◇◇定四年《左傳》云："嘉好之事，君行師從，卿行旅從。"則臣之出聘，止應將旅而已，而云師者，以其下說混夷畏之，則非徒一旅之眾。混夷是周之敵讎，文王使臣過其傍而聘問遠國，明其不敢輕行，故師旅並言之。

<八章-5>**混夷駾（tuì）矣，維其喙（huì）矣。**

【毛傳】駾，突。喙，困也。

【鄭箋】混夷，夷狄國也。見文王之使者，將士眾過己國，則惶怖驚走，奔突入此柞棫之中而逃，甚困劇也。是之謂一年伐混夷。太王辟狄，文王伐混夷，成道興國，其志一也。

【程析】駾，驚駭奔走。

【孔疏】○傳"駾，突。喙，困"。

◇◇《説文》云："駾，馬疾行貌。"引《詩》云："混夷駾矣。"然則馬之疾行，即有奔突之義，故云突也。

◇◇喙之為困，則未詳。

【孔疏】○箋"混夷"至"志一"。

◇◇《采薇》云"西有混夷之患"，故知"混夷，夷狄之國"。上文"行道兑矣"，是聘者士眾行於道。今言混夷奔突，故知見文王之使者將士眾過己國，則惶怖驚走而奔突也。奔突，有所歸入之辭，上言柞棫拔，明人作棫之中而逃亡，國甚困劇也。

◇◇文王之聘，當與鄰國往來，而得使混夷怖懼者，殷之末世，戎狄内侵，所聘之道，近於混夷。夷狄部落散居，素不屯集，忽見兵眾，謂其伐己，故奔入柞棫以逃避之。士眾主為聘行，實無征伐之意，但大眾聚行，亦有武備，故曰"烈烈征師，召伯成之"，明行有威武，故混夷見之而驚也。

◇◇是之謂一年伐混夷者，謂《書傳》之文。《書傳》云"四年伐大夷"，此云"一年"者，《書傳》説文王受命七年之内，其一年伐犬夷，**非謂受命元年也**。

◇◇案《采薇》《出車》説文王之伐西戎，出則命將遣役，歸則執訊獲醜，非為一聘問之，使懼之而已。而得以此為伐混夷者，混夷與周相近，數來犯周，文王不絶恚惡惡人之心，有征伐之志。混夷見聘而怖，終不臣伏，故至受命四年而伐之。此因混夷之驚，遂言其伐之事，不謂此即伐也。此文在虞、芮質成之上，或在受命之前，非彼四年之事。

◇◇此詩二章説太王避狄難，此章言文王伐混夷，故箋申其意云："成道興國，其志一也。"大王以國小狄强，戰則民死，為害其民，寧棄其地，故遷而避之（有人就有一切）。文王所服已廣，民眾兵强，足得平彼混夷，遏其寇亂，故伐而定之。皆量時制宜，其跡雖異，至成周道，興邦定國，是其志一也，故作者伐、避俱美。

◇◇此章言混夷畏文王而已，未是伐事，而言文王伐者，以因此而在後伐之，故言伐耳。

【孔疏-章旨】“肆不”至“喙矣”（下列序號以經文兩句為一段譯解）。

①以大王立社，有用眾之義，故今文王不絕其怨恚惡人之心，欲征伐無道也。亦不墜其聘問之禮，欲親人善鄰也。言其威德兼行，不忝前業，不廢其聘問之使。

②於柞棫之木拔然生柯葉矣，以此之時，將其師旅，行於道路然矣。言無征伐之心也。

③但所聘之國，路近混夷，混夷謂將伐己，乃驚走而奔突矣。混夷逃怖，如是維其困劇矣。大王則遷居避狄，文王則威懼混夷，其跡雖殊，而興國則一，故連而美之也。

<九章-1>**虞芮（ruì）質厥成，文王蹶（guì）厥生。**

【毛傳】質，成也。成，平也。蹶，動也。虞、芮之君，相與爭田，久而不平，乃相謂曰：“西伯，仁人也，盍往質焉？”乃相與朝周。入其竟，則耕者讓畔，行者讓路。入其邑，男女異路，班白不提挈（qiè）。入其朝，士讓為大夫，大夫讓為卿。二國之君，感而相謂曰：“我等小人，不可以履君子之庭。”乃相讓，以其所爭田為閒田而退。天下聞之，而歸者四十餘國。

【鄭箋】虞、芮之質平，而文王動其緜緜民初生之道，謂廣其德而王業大。

【程析】虞，在今山西平陸縣北。芮，在今山西芮城縣西。生，性也。

【樂道主人】提挈，幹重活。

【孔疏】○傳“質成”至“餘國”。

◇◇《釋詁》云：“質、平，成也。”則三字義同，故以質為成，以成為平。言由詣文王而得成其和平也。

◇自虞、芮之君以下，當有成文，不知出何書也。

◇◇“蓋往質焉”，《家語》作“盍”。“盍”訓“何不”也。此相勸之辭，宜為盍也。入其邑，謂入城中也。男女異路，謂如《王制》云：“道路，男子由右，婦人由左。”注云：“以為地道尊右故也。”班白，謂年老，其發白黑雜也。以其年老不自提舉，其挈有少者代之也。士讓為大夫，大夫讓為卿，為選大夫為卿，則各以尊爵相讓也。

◇◇《家語》《書傳》並有其事，與毛傳小異大同，由異人別説故也。

【孔疏】○箋“虞芮”至“業大”。

◇◇此文王本太王之詩，故首尾相屬。首章言太王於綿綿之後始得人心，而初生王業。今言文王動其生，故知動彼初生之道，令之使大，故云廣其德而王業日益大，謂大於大王之時也。

◇◇此直增動大王民之初生耳，而連言綿綿者，明大王於綿綿之中而初生王業，今文王又動之，見文王所動，大於綿綿後之初生，故連言之。

<九章-3>**予曰有疏附（fù），予曰有先後，予曰有奔（bēn）奏（zǒu），予曰有禦侮。**

【毛傳】率下親上曰疏附。相道（dǎo）前後曰先後。喻德宣譽曰奔奏。武臣折衝曰禦侮。

【鄭箋】予，我也，詩人自我也。文王之德所以至然者，我念之曰：此亦由有疏附、先後、奏奔、禦侮之臣力也。疏附，使疏者親也。奔奏，使人歸趨之。

【孔疏】○傳“率下”至“禦侮”。

◇◇此以臣有四行，故解其名之義。

◇疏附者，此能率其臣下，先與君疏者，令之親於君上，能使親附，故曰疏附也。

◇先後者，此臣能相導禮儀，使依典法，在君前後，故曰先後也。

◇奔走者，此臣能曉喻天下之人，以王德宣揚王之聲譽使人知，令天下皆奔走而歸趨之，故曰奔走也。

◇禦侮者，有武力之臣，能折止敵人之衝突者，是能扞禦侵侮，故曰禦侮也。

◇此以臣有四行，故解其名之義。以此四行遍該群臣，雖有賢聖，不過此矣。

◇◇直總言臣有四行而已，不指其臣云某為疏附，某為禦侮。《君奭》云：“惟文王尚克修和我有夏，亦惟有若虢叔，有若閎夭，有若散宜生，有若泰顛，有若南宮括。”注云：“《詩傳》説有疏附、奔走、先後、禦侮之人，而曰文王有四臣以受命，此之謂。” 引此四行，以證五臣，明非一臣有一行也。所言四行，無定人矣。

◇◇《書傳》説宜生、南宫括、閎夭三子學頌於太公，遂與三子見文王於羑里，獻寶以免文王，乃云：“孔子曰：‘文王得四臣，吾亦得四友。自吾得回也，門人加親，是非疏附與？自吾得賜也，遠方之士至，是非奔走與？自吾得師也，前有輝，後有光，是非先後與？自吾得由也，惡言不至於門，是非禦侮與？文王有四臣以免虎口，丘亦有四友以禦侮。’”

◇◇如此言，則四人人有一行，與前説乖者，《書傳》因有四人為之説耳，孔子以己弟子四人，擬彼四行。其於文王之臣，亦不言人為一行。縱彼四人各為一行，此詩所言，不獨指彼四人也。

【孔疏-章旨】“虞芮”至“禦侮”（下列序號以經文兩句為一段譯解）。

①言文王遵太王之道，行善消惡之故，而虞、芮二國之君，有争訟事來詣文王，而得成其和平也。虞、芮既平，歸周益衆。文王於是動其太王初生之道。言太王始生王業，文王增而長之，使王業益大也。

②又言文王之德所以至如此者，詩人云：我思念之曰，亦由有疏附之臣。我念之曰，亦由有先後之臣。

③我念之曰，亦由有奔走之臣。我念之曰，亦由有禦侮之臣也。言上承大王之基，下得賢臣之助，故能克成王業，卒有天下。

《緜》九章，章六句。

棫樸【大雅四】

芃（péng）芃棫（yù）樸（pú），薪之槱（yǒu）之。濟（jǐ）濟辟（bì）王，左右趣（qū）之。

濟濟辟王，左右奉璋。奉璋峨峨，髦士攸宜。

淠（pì）彼涇舟，烝徒楫（jí）之。周王于邁，六師及之。

倬（zhuō）彼云漢，為章于天。周王壽考，遐不作人。

追（duī）琢其章，金玉其相。勉勉我王，綱紀四方。

《棫樸》五章，章四句。

【毛序】《棫樸》，文王能官（guǎn）人也。

【樂道主人】毛與鄭在前三章多有不同。鄭以祭祀為主。

<一章-1>芃（péng）芃棫（yù）樸（pú），薪之槱（yǒu）之。

【毛傳】興也。芃芃，木盛貌。棫，白桵（ruǐ）也。樸，枹（pú）木也。槱，積也。山木茂盛，萬民得而薪之。賢人眾多，國家得用蕃興。

【鄭箋】白桵相樸屬而生者（與毛不同），枝條芃芃然，豫斫（zhuó）以為薪。至祭皇天上帝及三辰，則聚積以燎之（與毛不同）。

【程析】棫，木名，棗樹的一種。槱，堆積木材並點火燃燒。

【樂道主人】《大雅·緜》程析：棫（yù），眾生小樹，亦有刺。

【樂道主人】樸，落葉喬木，葉子互生，略呈倒卵形，邊緣有粗鋸齒，花單性，雌雄同株。種子可用來提取澱粉，樹皮可以制栲膠。有的地區叫小橡樹。

【孔疏】○序“芃芃”至“蕃興”。

◇◇芃芃是棫樸之狀，故為盛貌。《釋木》云：“樸，枹者。”孫炎曰：“樸屬叢生謂之枹。”以此故云“樸，枹木也”。

◇◇伐木析之謂之薪。既以為薪，則當積聚。“槱”在“薪”下，故知槱為積也。

◇◇此詩美其能官人，則以木茂喻賢人德盛，樸屬喻賢人多。薪之似聘取賢人，積之似聚置於朝，故云山木茂盛，萬人得而薪之；賢人眾多，國家得用蕃興。然蕃是在朝之士，當以薪濟家用為喻，而文不類，是互相足也。蕃興者，謂蕃殖興盛，言國家昌大之意也。

【孔疏】○箋“白桵（ruǐ）”至“燎之”。

◇◇言樸屬而生者，《冬官·考工記》云：“凡察車之道，欲其樸屬而微至。”注云：“樸屬猶附著，堅固貌也。”此言樸者，亦謂根枝迫迮相附著之貌，故以樸屬言之。

◇◇欲取為薪，故言其枝葉茂盛芃芃然。

◇◇薪必乾乃用之，故云“豫斫”。《月令》季冬，“乃命收秩薪柴，以供郊廟及百祀之薪燎”。則一歲所須槱燎炊爨（cuàn）之薪，皆於季冬收之，以擬明年之用，是豫斫也。

◇◇至祭皇天上帝及三辰，則聚積燎之，解槱之意也。

◇◇知此為祭天者，以下云“奉璋峨峨”，是祭時之事，則此亦祭事。“槱之”與《大宗伯》“槱燎”文同，故知為祭天也。

◇《大宗伯》以禋（yīn）祀祀昊天上帝，以實柴祀日、月、星辰，以槱燎祀司中、司命、風師、雨師。

◇彼槱燎之文，唯施用於司中、司命。此祭皇天上帝，亦言槱之者，彼云禋祀、實柴、槱燎三者，皆祭天神之禮，俱是燎柴升煙，但神有尊卑，異其文耳，故注云：“禋之言煙，周人尚臭，煙氣之臭聞者也。”三祀皆積柴，實牲體焉。或有玉帛，燔燎而升煙，所以報陽也。是其禮皆同，故得為槱之也。

◇◇“皇天上帝”，《月令》文。彼注以皇天為北辰耀魄寶，上帝為五帝，則此亦宜然。《宗伯》注：“昊天上帝，冬至於圜丘所祀天皇大帝也。”昊天上帝，猶皇天上帝，《周禮》以為一，而《月令》分之者，以《周禮》文自相顧。

◇《司服》（《周禮》）云：“王祀昊天上帝則服大裘而冕。祀五帝亦如之。”別言五帝，則昊天上帝之中無五帝矣，故以為一。《月令》文無所對，宜廣及天帝，故分之為二。此亦廣文，當同之也。

◇◇《春官·神仕》之職，桓二年《左傳》，皆有三辰之文，即《宗伯》所云“日、月、星辰”是也。此章言祭天之事，祭天則大報天，而主日配以月，可兼及日、月，而總言三辰。以為兼及星辰者，以其俱在天神，皆用柴祭，槱文可以兼之，故通舉焉。

◇◇此及《宗伯》，月在柴燎之限，則月為天神，當以煙祭。《覲禮》云："祭天燔柴，祭地瘞（yì）。"注云："燔柴祭天，謂祭日也。則祭地瘞者，謂祭月也。日月而云天地，靈之也。"又以月為地神，而從瘞埋之祭者，彼注又云："月者，大陰之精，上為天使。"然以天使從天，以陰精又從地，故以祭月有二禮。月之從埋，唯此會同告神一事而已，其餘皆從實柴，故《宗伯》定之以為天神也。

◇◇文王受命稱王，必當祭天，其祭天之事，唯肇禋與是類見於《詩》。其外又《中候·合符后》云："文立稷配。"注云："文王受命祭天，立稷以配之。"

◇◇諸儒皆以為郊與圜丘異名而實同，鄭以圜丘與郊別。

◇文王未定天下，不宜已祭圜丘，所以言稷配，蓋郊也。何則？周公祭禮，始禘嚳（kù）而郊稷，祖文而宗武。若文王已具其禮，當使誰配之？（據此孔以為圜丘之祭天當配文王，則圜丘之祭天當為明堂祭）以此知文王之時，未具祭天之禮。而分皇天上帝為二者，亦以槱文可盡兼天神，廣言之耳，未必文王已祭天皇大帝也。

◇◇此箋異於傳。孫毓云："此篇美文王之能官人，非稱周地之多賢才也。國事莫大於祀，神莫大於天，必擇俊士與共其禮，故舉祭天之事，以明官人之義。又'薪之槱之'，是燎祭積薪之名，非謂萬民皆當槱燎。箋義為長。"

<一章-3>**濟（jǐ）濟辟（bì）王，左右趣（qū）之。**

【毛傳】趣，趨也。

【鄭箋】辟，君也（與毛不同）。君王，謂文王也。文王臨祭祀，其容濟濟然敬。左右之諸臣，皆促疾於事，謂相助積薪（與毛不同）。

【孔疏】○傳"趣，趨"。◇◇此趣向之趣，義無所取，故轉為疾趨。

【孔疏】○箋"辟君"至"積薪"。

◇◇以時紂存嫌不祭天，故辨之云"君王謂文王也"。

◇◇文承上槱之之下，故知相助積薪也。

【孔疏-章旨】"芃芃"至"趣之"。

○毛以為，①芃芃然枝葉茂盛者，是彼棫木之樸屬而叢生也。我農人得析而薪之，又載而積之於家，使農人得以濟用。興德行俊秀者，乃彼賢人之叢集而眾多也。我國家得徵而取之，又引而置之於朝，使國得以蕃興。

②既得賢人，置之於位，故濟濟然多容儀之君王，其舉行政，此賢臣皆左右輔助而疾趍之。言賢人在官，各司其職，是其能官人也。

○鄭以為，①芃芃然枝葉茂盛之棫，相樸屬而叢生也，故使人豫斫而薪之。及祭皇天上帝，則又聚積而燎之。

②濟濟然其臨祭祀容貌肅敬之君王，薪燎以祭之時，左右諸臣趍疾而助之。言皆助王積薪，以供事上帝，是其能官人也。

<二章-1>**濟濟辟王，左右奉璋。**

【毛傳】半圭曰璋。

【鄭箋】璋，璋瓚也（與毛不同）。祭祀之禮，王祼（guàn）以圭瓚，諸臣助之，亞祼以璋瓚（與毛不同）。

【程析】奉，捧。圭，玉中最為名貴者，上圓下方，古人稱為瑞玉。

【樂道主人】祼，古代祭祀儀式。以香酒灌地而告神。圭瓚、璋瓚，祼器也。以圭璋為柄，酌鬱鬯曰祼。天子諸侯之祭禮，先有祼尸之事，乃後迎牲。

【樂道主人】鄭上章以為郊祭天，此章以為祭宗廟祭祖。

【孔疏】○傳“半圭曰璋”。

◇◇傳唯解璋，而不言瓚，則不以此為祭矣。《斯干》傳曰：“璋，臣之職。”則謂臣之行禮當執璋也。

◇◇王肅云：“群臣從王行禮之所奉。《顧命》曰：‘太保秉璋以酢。’”肅以臣之執璋於禮無文，故引《顧命》為證。

【孔疏】○箋“璋璋”至“璋瓚”。

◇◇鄭以臣行禮亦執圭璧，無專以璋者。禮，**圭以進君，璋以進夫人**，則圭當統名，不得言璋。《論語》說孔子執圭，是其事也。《冬官·玉人》云“大璋、中璋、邊璋”，皆是璋瓚也。以璋言之，故知璋是璋瓚。

◇◇王肅云：“本有圭瓚者，以圭為柄，謂之圭瓚。未有名璋瓚為璋者。”王基駁云：“《郊特牲》曰‘灌以圭璋’，與此云‘奉璋峨峨’，皆有明文，故知璋為璋瓚矣。”

◇◇祭之用瓚，唯祼為然，故云祭祀之禮，王祼以圭瓚，諸臣助之，亞祼以璋瓚。即《祭統》云“君執圭瓚祼尸，大宗伯執璋瓚亞祼”，是也。

◇◇《天官·內宰職》云：“大祭祀，後祼獻則贊。”然則亞祼者，當是后夫人矣。此及《祭統》言大宗伯者，彼注云：“容夫人有故，攝焉。”攝代王后，一人而已。言諸臣者，舉一人之事，以見諸臣之美耳。

◇◇又《天官·小宰》云：“凡祭祀，贊、祼將之事。”注云：“又從太宰助王。”然則大宰助王祼，小宰又助之，是助行祼事，非獨一人，故言諸臣。

◇◇《小宰》注云：**“唯人道宗廟有祼。天地大神至尊不祼**，莫稱焉。”則此言祼事，祭宗廟也。箋直言祭祀之禮，不言廟。以言祼，則廟可知。

◇◇《祭義》説宗廟之祭云：“孝子慤（què）而趍，賓客則濟濟。”此言濟濟辟王者，以孝子當祭，志心念親，不事儀飾，故言慤而趍，見其儀少耳。其實祭是大事，非無儀也。《清廟》箋云：“周公之祭清廟，其禮儀敬且和。”是有儀矣。

<二章-3>**奉璋峨峨，髦士攸宜。**

【毛傳】峨峨，盛壯也。髦，俊也。

【鄭箋】士，卿士也。奉璋之儀峨峨然，故今俊士之所宜（與毛不同）。

【程析】攸，所。

【孔疏】○傳“峨峨”至“髦俊”。

◇◇以峨峨是容儀之貌，故言盛壯。《釋訓》云：“峨峨，祭也。”舍人曰：“峨峨，奉璋之祭。”鄭以此璋為祭，合於《爾雅》。

◇◇毛不為祭，蓋以行禮貌同於祭。

【孔疏】○箋“士，卿士”。士者，男子之大號。以奉璋亞祼，是宗伯之卿，故言卿士也。

【孔疏-章旨】“濟濟”至“攸宜”。

○毛以為，①文王能任賢為官，助之行禮。濟濟然多容儀之君王，其行禮之事，則左右之臣，奉璋而助行之。

②此臣奉璋之時，其容儀峨峨然甚盛壯矣，乃是俊士所宜。為臣奉璋，是其能官人也。

○鄭以此章說宗廟之祭，①賢臣取之。言濟濟然其臨祭祀敬美之君王，其祭之時，親執圭瓚以祼。其左右之臣，奉璋瓚助之而亞祼。

②奉璋亞祼之時，容儀峨峨然甚得其禮。此奉璋之事，俊士之所宜行也。宜以助祭，是官得其人也。

<三章-1>**淠（pì）彼涇舟，烝徒楫（jí）之。**

【毛傳】淠，舟行貌。楫，櫂也。

【鄭箋】烝，眾也。淠淠然涇水中之舟，順流而行者，乃眾徒船人以楫櫂之故也。興眾臣之賢者，行君政令。

【程析】淠淠，船行水中聲。涇，水名。徒，船夫。楫，槳，這裏用作動詞。

【孔疏】○傳"淠，舟行貌。楫，櫂"。

◇◇定本及《集注》皆云"舟行"，則與鄭不異。或云"舟止"者，誤也。

◇◇《方言》"楫或謂之棹"，則毛以時事名之。

【孔疏】○箋"烝眾"至"政令"。淠淠為動之貌，故云順流而行，以承上章說賢臣之事，故為眾臣之賢者行君政令。

<三章-3>**周王于邁，六師及之。**

【毛傳】天子六軍。

【鄭箋】于，往。邁，行。及，與也。周王往行，謂出兵征伐也。二千五百人為師。今王興師行者，殷末之制，未有《周禮》。《周禮》"五師為軍，軍萬二千五百人"。

【孔疏】○傳"天子六軍"。《瞻彼洛矣》云："以作六師。"《常武》云："整我六師。"皆謂六軍為六師，明此六師亦六軍也。

【孔疏】○箋"周王"至"百人"。

◇◇師之所行，必是征伐，故知周王往行，謂出兵征伐也。

◇◇"二千五百人為師"，《夏官序》文。禮，天子六軍，諸侯大國三軍。今周王不以軍，而興師行者，殷末之制，未有《周禮》故也。

◇若如《周禮·夏官序》云"五師為軍，軍萬二千五百人也"，詩為《大雅》，莫非王法，造舟為梁，祼將於京，皆是天子之禮。而此必為殷末之制者，以詩人之作，或以後事言之，或論當時之實。若是當時實事，文王未必已備六軍。因言師不言軍，故為此解耳。鄭之此言，未是定說。

◇《鄭志》趙商問："此箋引《常武》'整我六師'，宣王之時。又出征伐之事，不稱六軍，而稱六師。不達其意。"答曰："師者，眾之通名，故人多云焉。欲著其大數，則乃言軍耳。"此正答《常武》六師，而不申此箋之意，是其自持疑也。

◇又臨碩並引《詩》三處六師之文，以難《周禮》。鄭釋之云："《春秋》之兵，雖累萬之眾，皆稱師。《詩》之六師，謂六軍之師。"

◇總言三文，六師皆云六軍，是亦以此為六軍之意也。

◇又《易·師卦》注云："多以軍為名，次以師為名，少以旅為名。師者，舉中之言。"然則軍之言師，乃是常稱，不當於此獨設異端。又《甘誓》云："乃召六卿。"注云："六卿者，六軍之將。"《公劉》箋云："邰，后稷上公之封，大國三軍。"《大誓》注云："六軍之兵東行，皆在《周禮》之前。"鄭自言有六軍、三軍之法，何故於此獨言殷末？當是所注者廣，未及改之耳。

【孔疏-章旨】"淠彼"至"及之"。

①文王既能官人，行其政令。言淠淠然順流而行者，是涇水之舟船。此舟船所以得順流而行者，乃由眾徒船人以楫櫂之故也。以興隨民而化者，是文王之政令也。此政令所以得隨民而化者，乃由諸臣賢者以力行之故也。

②既有賢臣為王布政，故可以征討有罪。周王往行征伐，則六師與之而俱進也。

<四章-1>**倬（zhuō）彼云漢，為章于天。**

【毛傳】倬，大也。云漢，天河也。

【鄭箋】云漢之在天，其為文章，譬猶天子為法度于天下。

【程析】章，文章。錯綜華美的色彩。

<四章-3>**周王壽考，遐不作人。**

【毛傳】遐，遠也，遠不作人也。

【鄭箋】周王，文王也。文王是時九十餘矣，故云"壽考"。"遠不作人"者，其政變化紂之惡俗，近如新作人也。

【孔疏】箋"周王"至"作人"。

◇◇上已有周王，何嫌非文王？而於此言謂文王者，欲因取文王之名，以解壽考，故於此言之也。受命之時，已九十矣。六年乃稱王。此雖稱王後言，不妨述受命時事，故云九十餘矣。

◇◇作人者，變舊造新之辭，故云變化紂之惡俗，近如新作人也。

<五章-1>**追（duī）琢其章，金玉其相，**

【毛傳】追，彫（diāo）也。金曰彫，玉曰琢。相，質也。

【鄭箋】《周禮·追師》“掌追衡笄”，則追亦治玉也。相，視也，猶觀視也（與毛不同）。追琢玉使成文章，喻文王為政，先以心研精，合於禮義，然後施之。萬民視而觀之，其好而樂之，如睹金玉然。言其政可樂也。

【程析】章，外表，氣質，古人稱之為“文”（上句“章”意的延伸）。相，品德，本質，古人稱之為“質”（毛意）。

【孔疏】○傳“追彫”至“相質”。

◇◇毛以此經上下相成，所追琢者即此金玉，故以追為彫。《釋器》説治器之名云：“玉謂之琢。”是玉曰琢也。《釋器》上文云：“玉謂之彫，金謂之鏤。”刻金不為彫，言金曰彫者，以彼對文為别，散可以相通。《論語》曰：“朽木不可彫。”木尚稱彫，明金亦可為彫也。

◇◇以此二句相對，章是成文，則相是本質，故相為質也。王肅云：“以興文王聖德，其文如彫琢矣，其質如金玉矣。”

【孔疏】○箋“周禮”至“可樂”。

◇◇《周禮》“追師掌追衡笄”，《天官·追師職》文。彼注“追，猶治也。王后之衡笄，皆以玉為之。**唯祭服有衡**，垂於副之兩傍當耳”。是衡笄俱首服也。以玉為之，而職曰追師，故知追為治玉之名。彼注亦引此詩，交相為證也。

◇◇“相，視”，《釋詁》文。視者，以目睹物，從目生名。觀者，見物看之，據彼生稱。今言萬民之看王政教，故又轉為觀也。上言政教之美，能變化惡俗，故知此述政教可美之事。

◇◇金玉，物之貴者，故云其好樂之如睹金玉然。言政之甚可樂也。

◇◇**易傳者**，以上言“作人”，下言“綱紀”，皆是政教之事，則此亦述政教矣。聖人體自生知，性與道合，不當於此輒譬文王美質，**故易之**。

<五章-2>**勉勉我王，綱紀四方。**

【鄭箋】我王，謂文王也。以罔罟（gǔ）喻為政，張之為綱，理之為

紀。○罟音古。

【程析】綱，魚網之大繩。紀，抽出蟬絲的頭緒。綱舉而目張，紀得而絲治。

【孔疏】○箋"我王"至"為紀"。

◇◇以"我王"之文異於上"辟王""周王"，故詳之，言"謂文王也"。

◇◇《說文》云："綱，綱紘（hóng，《禮·雜記·注》：冠有笄者爲紘，紘在纓處，兩端上屬，下不結）也。""紀，別絲也。"然則綱者，網之大繩，故《盤庚》云："若網在綱，有條而不紊。"是其事也。以舉綱能張網之目，故"張之為綱"也。紀者，別理絲縷，故"理之為紀"。

◇以喻為政有舉大綱赦小過者，有理微細窮根源者。

【孔疏-章旨】"追琢"至"四方"。

○毛以為，上言文王之表章，此又說其有文章之事。

①言治寶物為器，所以可彫琢其體以為文章者，以金玉本有其質性故也。以喻文王所以可修飾其道以為聖教者，由本心性有睿聖故也。心性有睿聖，故修飾以成美。言文王之有聖德，其文如彫琢，其質如金玉，以此文章教化天下，故歎美之。

②言勉勉然勤行善道不倦之我王，以此聖德，綱紀我四方之民，善其能在民上治理天下。

○鄭以為，申上政教可美之意。①言工人追琢此玉，使其成文章而後用之。以興文王研精此政教，合於禮義，其出，民皆貴而愛之，好而樂之，如金玉之寶，其皆視而觀之。言其政得其宜，民愛之甚。餘同。

《棫樸》五章，章四句。

旱　麓 【大雅五】

瞻彼旱麓，榛楛（hù）濟（jǐ）濟。豈弟（tì）君子，干（gān）禄豈弟。

瑟彼玉瓚，黄流在中。豈弟君子，福禄攸降。

鳶飛戾天，魚躍于淵。豈弟君子，遐不作人。

清酒既載（zài），騂（xīn）牡既備。以享以祀，以介景福。

瑟彼柞（zuò）棫（yù），民所燎矣。豈弟君子，神所勞矣。

莫（mò）莫葛（gé）藟（lěi），施（yì）于條枚。豈弟君子，求福不回。

《旱麓》六章，章四句。

【毛序】《旱麓》，受祖也。周之先祖，世修后稷、公劉之業。大王、王季，申以百福干禄焉。

【樂道主人】此篇詩主頌太王、王季。

【孔疏】序"《旱麓》"至"干禄焉"。

◇◇作《旱麓》詩者，言文王其祖功業所以有可受者，以此周之先祖，能世修后稷、公劉之功業，謂大王以前，先公皆修此二君之業，以至於大王、王季，重以得天之百福、所求之禄焉。文王得受其基業，增而廣之，以王有天下，故作此詩，歌大王、王季得禄之事也。

◇受祖者，謂受大王、王季已前也。王季者，文王之父。而並言祖者，以卑統於尊，故系之大王也。不言文王受祖者，此祖功業，後世亦蒙之，不言文王，見其流及後世。

◇周之先祖，總謂文王以前，世修后稷、公劉之業者，后稷，上世賢君，功業布於天下，公劉能脩后稷之業，又是先公之中賢俊者，故特顯其名。公劉之前先公脩后稷之業；公劉以後之君，並修公劉之業，故連言之。

◇言周之先祖，則大王、王季在其中矣。而别言大王、王季，以大王、王季道德高於先君，獲福多於前世，故別起其文，見其盛於往前，且以結“受祖”之文，明“受祖”者，受大王、王季也。

◇◇申者，重也。今大王福禄益多，故言重也。以大王言重，明周前已得禄，是叙者要約之旨也。福、禄一也，而言“百福干禄焉”，福言百，明禄亦其數多也。禄言干，明福亦求得之。以經有干禄，故因取而互之。經六章皆言大王、王季修行善道，以求神祐，是“申以百福干禄之事”也。

◇◇《緜》言文王之興，本由大王，而經有文王之事；此言“受祖”，而經皆説祖之得福，其言不及文王者，詩者，志也，各言其志，故辭不可同。

◇◇《生民》，周公、成王之雅也，《維清》《執競》《時邁》《思文》，周公、成王之頌也，其文皆無周公、成王之事，以其光揚祖業，足為子孫之美，故其辭不復及焉。

<一章-1>**瞻彼旱麓，榛楛（hù）濟（jǐ）濟。**

【毛傳】旱，山名也。麓，山足也。濟濟，眾多也。

【鄭箋】旱山之足，林木茂盛者，得山云雨之潤澤也。喻周邦之民獨豐樂者，被（pī）其君德教。

【程析】旱，旱山，在陝西南鄭縣。麓，山腳。

【孔疏】○箋“旱山之”至“被其君德教”。◇◇以下云“豈弟君子”，明是德能養民，故為樂易，故以此為喻民得豐樂，被君子德教也。

<一章-3>**豈弟（tì）君子，干（gān）禄豈弟。**

【毛傳】干，求也。言陰陽和，山藪（sǒu）殖，故君子得以干禄樂易。

【鄭箋】君子，謂大王、王季。以有樂易之德施於民，故其求禄亦得樂易（與毛不同）。

【程析】豈弟，和易近人。

【樂道主人】藪，生長著很多草的湖。

【孔疏】○傳“干求”至“樂易”。

◇◇“干，求”，《釋言》文。《周語》引此一章，下乃云：“夫旱麓之榛楛殖，故君子得以樂易干禄焉。若夫山林匱竭，林麓散亡，藪澤肆既，民力彫盡，田疇荒蕪，資用乏匱，君子將險，哀之不暇，而何樂易之有焉？”毛依此文以為義。彼韋昭注云：“王者之德，被及榛楛，陰陽調，草木盛，故君子以求祿，其心樂易矣。”用此傳為說。

◇◇然則此《外傳》正文，**箋易之者**，以陰陽和，山藪殖，自然民豐樂矣。立君所以牧民，美人君之德，當以養民為主，不應捨民弗言，而唯論草木，是必以木既茂盛，民亦豐樂。《外傳》引其本經，遺其興意。毛傳理雖不謬，於作意未盡，故箋申而備之。

【孔疏】○箋“君子”至“樂易”。

◇◇以序言“受祖”，祖文未見，故辯之云：君子謂大王、王季也。

◇◇上言民被其德教，是有樂易之德施於民也。君子行善，善亦應之，既施樂易於民，故求福亦得樂易。樂易謂求則得之，其心喜樂簡易也。

【孔疏-章旨】“瞻彼”至“豈弟”。

○毛以為，

①視彼周國旱山之麓，其上則有榛楛之木濟濟然茂盛而眾多，是由陰陽和，以致山藪殖也。陰陽調和，是君之所感。

②木猶尚然，明民亦得其性，故樂易然之君子，謂大王、王季。以此人物得所而求福祿，其心樂易然，喜民之得所也。

○鄭說在箋。

<二章-1>**瑟彼玉瓚，黃流在中。**

【毛傳】玉瓚，圭瓚也。黃金所以飾流鬯也。九命然後錫（cì）以秬（jù）鬯、圭瓚。

【鄭箋】瑟，潔鮮貌。黃流，秬鬯也。圭瓚之狀，以圭為柄，黃金為勺，青金為外，朱中央矣。殷王帝乙之時，王季為西伯，以功德受此賜。

【陸曰】鬯，以黑黍米搗鬱金草，取汁而煮之，和釀其酒，其氣芬香調暢，故謂之秬鬯。

【程析】玉瓚，即圭瓚，天子祭祀神時所用酒器，以珪為柄，區別於上篇《棫樸》以半珪為柄的璋瓚。

【樂道主人】黃金，銅也。

【孔疏】○傳“玉瓚”至“圭瓚”。

◇◇瓚者，器名，以圭為柄。圭以玉為之，指其體謂之玉瓚，據成器謂之圭瓚，故云“玉瓚，圭瓚也”。瓚者，盛鬯酒之器，以黃金為勺，而有鼻口，鬯酒從中流出，故云黃金所以流鬯。以器是黃金，照酒亦黃，故謂之黃流也。

◇◇“九命然後賜以秬鬯、圭瓚”，其意以為，王季九命，受此賜也。

◇《孔叢》羊容問子思曰：“古之帝王，中分天下而二，公治之，謂之二伯。周自后稷封為王者之後，至大王、王季、文王，此為諸侯矣，奚得為西伯乎？”子思曰：“吾聞諸子夏曰：‘殷王帝乙之時，王季以九命作伯於西，受圭瓚、秬鬯之賜，故文王因之得專征伐。’此諸侯為伯，猶周、召分陝，亦以周、召之君為伯乎！”毛意當如《孔叢》之言，以王季為東西大伯，故以九命言之也。

【孔疏】○箋“瑟潔”至“此賜”。

◇◇《說文》云：“瑟者，玉英華相帶如瑟弦。”或當然。

◇◇《江漢》曰：“釐（lí）爾圭瓚，秬鬯一卣（yǒu）。”是賜圭瓚必以秬鬯隨之，故知黃流即秬鬯也。傳以黃流為黃金流鬯。

◇◇箋直以秬鬯為黃流者，秬，黑黍一秠二米者也。秬鬯者，釀秬為酒，以鬱金之草和之，使之芬香條鬯，故謂之秬鬯。草名鬱金，則黃如金色，酒在器流動，故謂之黃流。

◇**易傳者**，以言黃流在中，當謂在瓚之中，不謂流出之時。而瓚中赤而不黃，故知非黃金也。以此故具言圭瓚之狀，以圭為柄，黃金為勺，青金為外，以朱為中央矣。明酒不得黃也。

◇知瓚之形如此者，以《冬官·玉人》云：“大璋、中璋九寸，邊璋七寸，射四寸。黃金勺，青金外，朱中央，鼻寸，衡四寸。”注云：“射，琰（yǎn，美玉）出者也。鼻，勺流也。凡流皆為龍口也。衡，橫字，謂勺徑也。三璋之勺形如圭瓚。”故說瓚之狀，以璋狀言之。

◇知三璋如玉瓚者，以彼上文云：“裸圭尺有二寸，有瓚，以祀宗廟。”更不說瓚形。明於三璋之制見之，故知同也。

◇又《春官·典瑞》注引漢禮瓚槃大五升，口徑八寸，下有槃口徑一尺，則瓚如勺，為槃以承之也。天子之瓚，其柄之圭長尺有二寸，其賜諸侯蓋九寸以下。

◇◇此述大王、王季之事，故云“殷王帝乙之時，王季為西伯，以功德受此賜”。鄭不見《孔叢》之書，其言帝乙之時，或當別有所據，故

《譜》亦然。

◇《尚書·西伯戡黎》注云："文王為雍州之伯，在西，故謂之西伯"。則以文王為州牧，故《楚辭·天問》云："伯昌號衰，秉鞭作牧。"王逸云："文王為雍州牧。"此王季為西伯，亦當為雍州牧也。

◇◇《大宗伯》云："八命作牧。"則王季唯八命，不從毛為九命也。八命所以亦得圭瓚之賜者，《宗伯》注云："侯、伯有功德，加命得專征伐於諸侯。"然則以專征當州之內，亦當賜之如上公，故王季為西伯得受圭瓚也。

◇◇鄭《駁異義》引《王制》云：三公一命衮，若有功則加賜。衮，衣之謂與？一曰"衣服"，是也。鄭之意，以九命之外，别加九賜。

◇案《禮緯·含文嘉》上列九賜之差，下云："四方所瞻，侯、子所望。"宋均注云："九賜者，乃四方所共見，公、侯、伯、子、男所希望。"由此言之，七命皆得賜，不在九命者。彼謂隨命得賜，與九命外頓加九賜。

◇别九賜者，《含文嘉》及宋均注九賜之事（經整理）：

①一曰車馬，進退有節，行步有度，賜之車馬，以代其步。

②二曰衣服，言成文章，行成法則，賜以衣服，以表其德。

③三曰樂則，長於教訓，内懷至仁，賜以樂則，以化其民。

④四曰朱户，居處修理，房内不渫，賜以朱户，以明其别。

⑤五曰納陛，動作有禮，賜之納陛，以安其體。

⑥六曰虎賁，勇猛勁疾，執義堅强，賜以虎賁，以備非常。

⑦七曰斧鉞，亢揚威武，志在宿衛，賜以斧鉞，使得專殺。

⑧八曰弓矢，内懷仁德，執義不傾，賜以弓矢，使得專征。

⑨九曰秬鬯，孝慈父母，賜以秬鬯，以祀先祖。

<二章-3>**豈弟君子，福禄攸降。**

【鄭箋】攸，所。降，下也。

【程析】豈弟，和易近人。

【孔疏-章旨】"瑟彼"至"攸降"。

○毛以為，上言大王、王季有德於民，此又言有功受賜。

①言王季為西伯，以有功德之故，殷王帝乙賜之以瑟然而潔鮮者，乃彼圭玉之瓚，而以黄金為之勺，令得流而前注其秬鬯之酒，為金所照，又

色黄而流在於其中也。

②此有樂易之德之君子，以有德之故，是福禄所以降下而與之。天子賜之圭瓚，即是福禄下也。

○鄭以黄流謂鬯酒為異。餘同。

<三章-1>**鳶飛戾天，魚躍于淵。**

【毛傳】言上下察也。

【鄭箋】鳶，鴟（chī）之類，鳥之貪惡者也。飛而至天，喻惡人遠去，不為民害也（與毛不同）。魚跳躍于淵中，喻民喜得所（與毛不同）。

【孔疏】○傳“言上下察”。《中庸》引此二句，乃云“言上下察”，故傳依用之，言能化及飛潛，令上下得所，使之明察也。

【孔疏】○箋“鳶鴟”至“得所”。◇◇**易傳者**，言鳥之得所，當如鴛鴦在梁，以不驚為義，不應以高飛為義。且下云“遐不作人”，是人變惡為善，於喻民為宜。《禮記》引《詩》斷章，不必如本，故易之。

<三章-3>**豈弟君子，遐不作人。**

【鄭箋】遐，遠也。言大王、王季之德近於變化，使如新作人。

【孔疏-章旨】“鳶飛”至“作人”。

○毛以為，

①大王、王季德教明察，著於上下。其上則鳶鳥得飛至於天以遊翔，其下則魚皆跳躍於淵中而喜樂。是道被飛潛，萬物得所，化之明察故也。

②能化及上下，故歎美之。言樂易之君子大王、王季，其變化惡俗，遠此不新作人，言其近新作人也。

○鄭上二句別具箋。

<四章-1>**清酒既載（zài），騂（xīn）牡既備。**

【毛傳】言年豐畜碩也。

【鄭箋】既載，謂已在尊中也。祭祀之事，先為清酒，其次擇牲，故舉二者。

【程析】騂牡，毛色紅黄色的公牛。

【孔疏】○傳“言年豐畜碩”。言酒見其年豐，言牲見其畜碩。桓六年《左傳》曰：“聖王先成於民，而後致力於神。故奉牲以告曰，‘博碩肥腯’，謂其畜之碩大蕃滋也。奉酒醴以告曰，‘嘉栗旨酒’，謂其三時不害，而民和年豐也。”此傳取彼意也。

【孔疏】○箋“既載”至“二者”。

◇◇既載，載之於器，故知已在尊中也。此既載、既備，謂將用之時，故即云“以享以祀”也。又解祭祀之用羞物多矣，獨舉酒、牲者，祭祀之事，先為清酒，其次擇牲，故舉是二者也。

◇《信南山》箋解清酒總諸鬱鬯、玄酒與五齊三酒，此清酒與彼不同者，觀經立義，所以各別。前已具解清酒者，冬釀接夏而成，其餘不盡然。要清酒皆豫作，有在三月前者，故云先為清酒也。

◇◇《地官·充人》云：“掌繫祭祀之牲牷。祀五帝則系於牢，芻之三月。享先王亦如之。”又《祭義》云：“君召牛，納而視之，擇其毛而卜之，吉，而後養之。”是擇牲在祭前三月，次為酒之後也。

◇文十三年《公羊傳》云：“周公用白牡，魯公用騂犅（gāng，公牛），群公不毛。”

◇然則大王、王季為殷之諸侯，其牲亦應不毛。而云“騂牲”者，“不毛者不定用一毛而已，其牲皆用純色，故此祭用純騂也”。《祭義》云“擇其毛”，是諸侯用純色也。或者此是作者於後據周所尚而言之。

<四章-3>**以享以祀，以介景福。**

【毛傳】言祀所以得福也。

【鄭箋】介，助（與毛不同）。景，大也。

【程析】享，孝敬。

【孔疏】○傳“言祀所以得福”。◇◇詩文諸云“介福”者，毛皆以介為大。此亦謂之得大我之福。

【孔疏-章旨】“清酒”至“景福”。

○毛以為，①大王、王季既成民事，乃以神事。有清潔之酒，既載而置之於尊中；其赤牡之牲，既擇而養之以充備。

②有此牲、酒以獻之於宗廟，以祭祀其先祖，以得大大之福祿。

○鄭以介為助為異。餘同。

<五章-1>**瑟彼柞（zuò）棫（yù），民所燎矣。**

【毛傳】瑟，眾貌。

【鄭箋】柞棫之所以茂盛者，乃人熂（xì）燎除其旁草，養治之，使無害也。

【陸曰】燎，《説文》作“尞”，一云：“柴祭天也。”又云：“燎，放火也。”

【樂道主人】《大雅·緜》程析：柞，樹，灌木類，眾生有刺。棫，眾生小樹，亦有刺。

<五章-3>**豈弟君子，神所勞矣。**

【鄭箋】勞，勞來，猶言佑助。

【程析】豈弟，和易近人。

【孔疏-章旨】“瑟彼”至“勞矣”。上言祭以助福，此言得福之事。

①言瑟然眾多而茂盛者，是彼柞棫之木也。此柞棫所以得茂者，正以為民所熂燎，而除其傍草矣。傍無穢草，故木得茂盛。

②以興得福者，乃彼樂易君子也。此君子所以得福者，王以為神所勞來，去其患害矣。既無患害，故多獲福。言神之勞來君子，猶民之燎柞棫也。

<六章-1>**莫**（mò）**莫葛**（gé）**藟**（lěi）**，施**（yì）**于條枚。**

【毛傳】莫莫，施貌。

【鄭箋】葛也藟也，延蔓於木之枚本而茂盛。喻子孫依緣先人之功而起。

【程析】葛藟，葛和藤，都是藤本蔓延植物。施，蔓延。條，樹枝。枚，樹幹。

【樂道主人】參見《周南·葛覃》《周南·樛木》。

<六章-3>**豈弟君子，求福不回。**

【鄭箋】不回者，不違先祖之道。

【孔疏-章旨】“莫莫”至“不回”。

①上言蒙先祖之福，此言修先祖之德。言莫莫然而延蔓者，是葛也藟也，乃施於木之條枚之上而長也。以興依緣者，此大王、王季也，乃依緣己之先祖之功業而起也。

②大王、王季既依緣先祖，則述修其業，是此樂易之君子，其求福禄不違先祖之正道。言其修先祖之正道以致之，是謂之“申以百福干禄焉”。

《旱麓》六章，章四句。

思　齊 【大雅六】

思齊（zhāi）大（tài）任（rén），文王之母。思媚周姜，京室之婦。大（tài）姒嗣徽（huī）音，則百斯男。

惠于宗公，神罔時怨，神罔時恫（tōng）。刑于寡妻，至于兄弟，以御（yà/yù）于家邦。

雝雝在宫，肅肅在廟（miào）。不（pī/bù）顯亦臨，無射（yì/shè）亦保。肆戎疾不殄（tiǎn），烈（liè/lì）假不瑕。

不聞亦式，不諫亦入。肆成人有德，小子有造。古之人無斁（yì），譽髦斯士。

《思齊》四章，章六句。故言五章，二章章六句，三章章四句。

【毛序】《思齊》，文王所以聖也。

【鄭箋】言非但天性，德有所由成。

【樂道主人】鄭意後兩章講文王之養老、養成，尤以養成為難能也。可參考《小雅·菁菁者莪》。

【孔疏】序“《思齊》”至“以聖”。

◇◇作《思齊》詩者，言文王所以得聖，由其賢母所生。文王自天性當聖，聖亦由母大賢，故歌詠其母。言文王之聖，有所以而然也。

◇◇經四章，首章言大任德行純備，故能生此文王，是其所以聖也。二章以下，言文王德當神明，施化家國，下民變惡為善，小大皆有所成，是其聖之事也。

【孔疏】○箋“言非”至“由成”。

◇◇《論語》云：“天生知之者，上也。”則聖人稟性自天，不由於母。以大姒之賢，亦生管、蔡。

◇◇而云“德有所由成”，歸德於母者，以其母實賢，遂致歌詠，見其歎美之深，録之以為後法耳。

<一章-1>思齊（zhāi）大（tài）任（rén），文王之母。思媚周姜，京室

之婦。

【毛傳】。媚，愛也。周姜，大（tài）姜也。京室，王室也。

【鄭箋】京，周地名也（與毛不同）。常思莊敬者，大任也，乃為文王之母。又常思愛大姜之配大（tài）王之禮，故能為京室之婦。言其德行純備，故生聖子也。大姜言周，言京，見其謙恭，自卑小也。

【樂道主人】大任，王季之妻。

【孔疏】○傳“齊莊”至“王室”。

◇◇“齊，莊”，《釋言》文。宣三年《左傳》曰：“蘭有國香，人服媚之如是。”言服蘭則人愛之，媚是愛義也。周姜為大任思愛，則是婦之念姑，知是大姜也。

◇◇京者京師，故言“京室，王室”。王季未為天子，而言京者，以其追號為王，故以京師言之。

【孔疏】○箋“京周”至“卑小”。

◇◇言思愛大姜，明是愛慕其德，思其所為，故知思其配大王之禮。

◇◇能為京室之婦，言盡其婦道於京地，無愆過也。既能為婦，是德行純備，故能生聖子。以子聖母賢，故知歎美之。

◇◇周、京俱是地名，而分配有異，故大姜言周，大任言京，見大任謙恭自卑小，以明其本志也。《春秋》僖二十八年“冬，公會晉侯、齊侯於温。天王狩於河陽”。《穀梁傳》曰：“會於温，言小諸侯也。以河陽言之，大天子也。”亦此類也。

<一章-5>**大（tài）姒嗣徽（huī）音，則百斯男。**

【毛傳】大姒，文王之妃也。大姒十子，眾妾則宜百子也。

【鄭箋】徽，美也。嗣大任之美音，謂續行其善教令。

【孔疏】○傳“大姒”至“百子”。

◇◇定六年《左傳》：“大姒之子，唯周公、康叔為相睦也。”大姒為周公、康叔之母，是文王之妃也。

◇◇又解大姒一人而有百男之意，以大姒一人有十子，不妒忌而進眾妾（參《周南·螽斯》），則宜有百子。能有多男，為國之屏翰，是婦人之美事，故言為大姒之德也。

◇定四年《左傳》曰：“武王之母弟八人。”是通武王與伯邑考為十子也。其名則《左傳》文云：“周公為太宰，康叔為司寇，聃季為司空。”通武王、伯邑考為五人。又曰：“五叔無官。”則其餘五者皆字叔。又曰：“曹為伯甸，非尚年也。”則曹叔振鐸是康叔、聃季之兄也。又管、蔡、霍為三監，蔡與衛爭長，明其皆母弟也。郕（chéng）於富辰之言在蔡、霍之間。五叔者，其曹與管、蔡、郕、霍乎？《左傳》富辰之言，曹在衛聃之下，不以長幼為次，則其弟無明文以正之。

◇《史記·管蔡世家》云：“武王同母兄弟十人。母曰大姒，文王正妃也。其長子曰伯邑考，次曰武王發，次曰管叔鮮，次曰周公旦，次曰蔡叔度，次曰曹叔振鐸，次曰郕叔武，次曰霍叔處，次曰康叔封，次曰聃叔季載。”其次不必如此，其十子之名當然也。

◇皇甫謐云：“文王取大姒，生伯邑考、武王發，次管叔鮮，次蔡叔度，次郕叔武，次霍叔處，次周公旦，次曹叔振鐸，次康叔封，次聃叔季載。”其名與《史記》皆同，其次則異，不知謐何所據，而別於馬遷也。

表 3　文王諸子三説

《左傳》	《史記·管蔡世家》	皇甫謐
武王之母弟八人。”是通武王與伯邑考為十子也。	武王同母兄弟十人	
伯邑考	伯邑考	伯邑考
武王發	武王發	武王發
不以長幼為次，則其弟無明文以正之。周公為太宰，曹叔振鐸，康叔，聃季，管、蔡、霍為三監。	管叔鮮	管叔鮮
	周公旦	蔡叔度
	蔡叔度	郕叔武
	曹叔振鐸	霍叔處
	郕叔武	周公旦
	霍叔處	曹叔振鐸
	康叔封	康叔封
	聃叔季載	聃叔季載

【孔疏-章旨】“思齊”至“斯男”。

○毛以為，

①常思齊敬之德不惰慢者，大任也。大任乃以此德為文王之母，言其德堪與文王為母也。

②此大任又常能思愛周之大姜配大王之禮，而勤行之，故能為京師王室之婦。

③大任以有德之故，為大姒所慕，而嗣續行其美教之德音，思賢不妒，進叙眾妾，則能生百數之此男，得為周藩屏之衛也。吉大任能上慕先姑之所行，下為子婦之所續，是其德行純備，故生聖子，是文王所以聖也。

○鄭唯以京室為地名為異。餘同。

<二章-1>**惠于宗公，神罔時怨，神罔時恫**（tōng）。

【毛傳】宗公，宗神也。恫，痛也。

【鄭箋】惠，順也。宗公，大臣也（與毛不同）。文王為政，咨於大臣，順而行之，故能當於神明。神明無是怨恚（huì）。其所行者，無是痛傷。其將無有凶禍。

【程析】罔，無。時，所。

【樂道主人】恚，《説文》恨也。

【樂道主人】鄭易傳，仍是原儒民本思想的重要宣誓：只有得“人心”，才可能得到“天意”。

【孔疏】○傳“宗公”至“恫痛”。◇◇王肅云：“文王之德，能上順祖宗，安寧百神，無失其道，無所怨痛。”

【孔疏】○箋“惠順”至“凶禍”。

◇◇宗者，尊也。尊而為公，故知大臣。言順之，故知諮於大臣，順而行之。《論語》云：“無使大臣怨乎？”不以是人君當順大臣也。

◇◇神者，聰明正直，依人而行。人能行善，則神明忻悦。文王用臣得人，任而順之，故能當於神明。神明無是怨痛，則知其後將無凶禍也。

◇◇**易傳者**，以《左傳》稱“國將興，聽於民；將亡，聽於神”。**聖王先成於民，而後致力於神**。此言文王之聖，不應先以順神為本。又於時宗廟有大王、王季，若論宗廟，當以王統之，不當言公。且經傳未有以宗廟之神為宗公者也。

◇《晋語》云：“文王於是乎用四方之賢良。其即位也，詢於八虞。度於閎（hóng）夭而謀於南宫，諏於蔡、原而訪於辛、尹，重之以周、召、畢、榮。意寧百神，而柔和萬民，故《詩》曰：‘惠於宗公，神罔時恫。’”彼正論文正之事，先言諮訪，後言安神，乃引此詩以證之，則“惠於宗公”，是順臣可知，**故易之**。

◇彼注賈逵、唐固皆云“八虞，周八士，皆在虞官。辛甲尹佚、蔡公、原公也”。案《論語》有八士，鄭以為周公相成王時所生，則不得為文王所詢。如鄭意則別有八士賢人在虞官矣。

<二章-4>**刑于寡妻，至于兄弟，以御（yà/yù）于家邦。**

【毛傳】刑，法也。寡妻，適（dí）妻也。御（yà），迎也。

【鄭箋】寡妻，寡有之妻，言賢也（與毛不同）。御（yù），治也。文王以禮法接待其妻，至於宗族。以此又能為政治於家邦也。《書》曰：“乃寡兄勖（xù）。”又曰：“越乃御事。”

【孔疏】○傳“刑法”至“御迎”。

◇◇“刑，法”，《釋詁》文。無夫曰寡妻，今有夫施法於之，明寡非無夫之稱，故以為少。適妻唯一，故言寡也。

◇◇《書傳》諸御字亦得為迓，故毛讀為迓，訓之為迎。王肅云：“以迎治天下之國家。”

【孔疏】○箋“寡妻”至“御事”。

◇◇以上言大姒之賢，今言寡妻，當是賢之意，故以為寡有之妻，言其賢也。

◇◇鄭讀御為馭，以御者制治之名，故為治也。**易傳者**，言迎於家邦則於義不通，若如王肅之言，則是橫益治字，故鄭讀為馭，訓為治也。以禮法接待其妻，明化自近始，是正己身以及天下之身，正己妻以及天下之妻，正己之兄弟以及天下之兄弟，天下皆然，則無所不治。

◇從妻而言，至於兄弟，為首尾之次焉。以此待妻及兄弟之法，又能為政治於家邦，使之皆如己也。言家者，謂天下之眾家；邦者，盡境界之所極也。

◇◇引《書》“乃寡兄勖”，《康誥（gào）》文。周公戒康叔，謂武王為寡有之兄也。“越乃御事”，《大誥》文。時周公將東征，誥於治事之臣也。引此二事，證寡為少有，御宜為治也。

【孔疏-章旨】“惠於”至“家邦”。

○毛以為，文王以母賢身聖，能協和神人。

①言文王之德，乃能上順於先祖宗廟群公，以安寧百神，故神無有是怨恚文王者，神無有是痛傷文王者。明文王能敬事明神，蒙其祐助之。

②又能施禮法於寡少之適妻，內正人倫，以為化本。復行此化，至於兄弟親族之內，言族親亦化之。又以為法，迎治於天下之家國，亦令其先

正人倫，乃和親族。其化自內及外，遍被天下，是文王聖也。

○鄭以為，①文王雖聖，能屈己從衆，心不自專，乃能順於其尊貴之群公。言其諮訪大臣，順而行之。以此舉事允當於神明，故神明無是怨恚其文王所行者，神明無是痛傷其文王所為者，言甚蒙神之福，無禍災也。

②文王以順從之政而行之。先施法於寡有之賢妻，言接待其妻以禮法也。以此又至於兄弟之宗族，亦令接待其妻，以為政教之本。以此之故，又能為政治於天下之家邦。是其聖之事也。

<三章-1>**雝雝在宮，肅肅在廟（miào）。**

【毛傳】雝雝，和也。肅肅，敬也。

【鄭箋】宮，謂辟（bì）廱（yōng）宮也。群臣助文王，養老則尚和，助祭於廟則尚敬，言得禮之宜（與毛不同）。

【樂道主人】毛主講文王本人，而鄭重在講文王之化而及君臣之身。

【孔疏】○箋“宮謂”至“之宜”。

◇◇何者？祭祀、養老是相對之事，故《樂記》云：“祀乎明堂，以教諸侯之孝；食三老五更於太學，以教諸侯之悌也。”注云：“文王之廟為明堂制。”是相對之事也。

◇《樂記》云“養老於太學”，《王制》說“太學，天子曰辟廱”，則辟廱是養老之宮矣，故“宮，謂辟廱宮也”。

◇◇又以下言所化之事，明此有所化之人，故知為群臣助者，不是文王之身也。

◇◇養老申慈愛（應為孝）之意，故尚和。祭祀展肅敬之心，故尚敬。所施各稱其事，故言得禮之宜。此詩美文王之聖，而言及群臣者，以臣下感化，尚能敬和，則文王之身敬和可知，故舉輕以明重也。

<三章-3>**不（pī/bù）顯亦臨，無射（yì/shè）亦保。**

【毛傳】以顯臨之，保安無厭也。

【鄭箋】臨，視也。保，猶居也。文王之在辟廱也，有賢才之質而不明者，亦得觀於禮；於六藝無射才者，亦得居於位，言養善使之積小致高大。（與毛不同）

【孔疏】○傳“以顯”至“無厭”。◇◇言“以顯臨之”，反其言以不顯為顯，則是文王之身以顯道臨民也。言“安無厭也”，是民安君德，無厭倦也。上句言君臨下，而下句言民化上，自相成也。

【孔疏】○箋"臨視"至"高大"。

◇◇箋以此及下章有二"肆"之文，分為二事，是則然矣。而必知此為在宫，下為在廟者，以上文在宫、在廟，先言行禮養老，輕於祭祀。禮，射不中者不得與於祭，養老則可容之，而此言"無射亦保"，故知在辟廱時也。

◇◇以聖人行禮，必擇賢而與之，不得有愚劣之人，故知不顯是"有賢才之質而不明者"也。人性不同，固容多品，或内敏而外訥，或貌懦志强，故"有賢才之質而不明者，亦得觀於禮"。

◇於六藝之伎，射（shè）為其一。人之所有，不可皆善，"於六藝無射才者，亦得居於位"。此人行未周備，所以令居位觀禮者，文王志在養善，使之積小以成高大故也。

◇《行葦》亦養老之詩，而曰"序賓以賢"，而以射中多少為次弟。此無射才，而得居位，蓋其位又在少中者之下也。且此美文王之養善，或當特通許之，不必常法。

◇觀禮、居位，一也，因人之别而異其文耳。此言養善以成高大，下云"使人器之，不求備"者，因此是養老之事，故云養之使成。祭非長養之名，故言"使之如器"。皆是捨短而取長，遺惡而收善，義亦一也。

◇"積小致高大"，《易·升卦·象辭》。

<三章-5>肆戎疾不殄（tiǎn），烈（liè/lì）假不瑕。

【毛傳】肆，故今也。戎，大也。故今大疾害人者，不絕之而自絕也。烈（liè），業。假，大也。

【鄭箋】烈（lì）、假皆病也（與毛不同）。瑕，已也。文王於辟廱，德如此，故大疾害人者，不絕之而自絕。為烈假之行者，不已之而自已，言化之深也。

【程析】殄，滅絕。

【孔疏】○箋"厲假"至"之深"。

◇◇鄭讀烈假為厲瘕（jiǎ），故云"皆病也"。《説文》云：厲，惡疾也。或作"癘，瘕病也"。是厲瘕皆為病之義也。以"厲瘕不瑕"與"肆戎疾不殄"相配，故知厲瘕亦是病人之事。殄既為絕，則瑕當為已，不然則二文不類。且傳以"烈假不瑕"為"業大不遠"，文辭不次，**故易之也**。

◇◇以文王在辟廱行禮，群臣和睦，雖在外遠人，亦隨流而化。此謂在野遠人改惡為善，非謂助行禮者改惡行也。何則？文王之朝，豈有病害人者輒得人之，而待行禮乃變也？

【孔疏-章旨】“雝雝”至“不瑕”。

○毛以為，①文王之德行，雝雝然甚能和順，在於室家之宮；其容肅肅然能恭敬，在於先祖之廟。

②言文王治家以和，事神以敬，其德如是，豈為不顯乎？言其顯也。亦以此顯德而臨之於民上。文王既以顯德臨民，美其所為，無有厭其德者，亦皆安而行之。言民安文王之德，無厭倦也。

③由人安之如此，故今大為疾害人之行者，豈不止絕乎？言其止絕也。王之功業廣大，豈不長遠乎？言長遠也。以惡人皆消，故王業遠大，是其聖也。

○鄭以為，此與下章連上二句，先言在宮在廟，卒二句又總結此二事，

①言文王布行善政，群臣化之，皆善。其群臣雝雝然尚和順者，乃助養老而在辟廱宮也；肅肅然尚恭敬者，乃助祭在王宗廟也。文王之臣，養老則和，祭祀則敬，是得禮之宜矣。又言文王之臣所以助養老而和，以文王養進之故也。

②文王之在辟廱，其群臣有賢才之質而不明達者，亦得臨而觀其禮；有德藝之美而無射才者，亦得助而居於位。是樂人之善，養之使成，故助養老者皆尚和也。

③文王之在辟廱，其德如此，天下樂其德而民自化，故今大為疾害於人者，不絕之而自絕；為厲惡病害人之行者，不已之而自已。言感化之深，是文王之聖也。

<四章-1>**不聞亦式，不諫亦入。**

【毛傳】言性與天合也。

【鄭箋】式，用也。文王之祀於宗廟，有仁義之行，而不聞達者，亦用之助祭；有孝悌之行，而不能諫争者，亦得入。言其使人器之，不求備也。（與毛不同）

【孔疏】○傳“言性與天合”。

◇◇傳“言性與天合”，則是說文王之身。式訓為法也。

◇◇王肅云：不聞道而自合於法，無諫者而自入於道也。然則唯聖德乃然，故云性與天合。

◇◇若賢智者，則須學習，不能無過，聞人之諫乃合道也。

【孔疏】○箋"式用"至"求備"。

◇◇此不聞而得以助祭，明有不聞之短，而有所行之長，故知有仁義之行，而不聞達者，亦用之也。仁義之行，行之美者，尚能知其仁義。所以得不聞達者，仁義行之於心，聞達習之於學，有人能篤行而學問不長。《論語》子夏説"人有四行，雖曰未學，吾必謂之學矣"。是有不學而能行仁義也。

◇有孝悌之行，而不能諫争者，亦孝悌為長，不諫為短也。《論語》云："孝悌而好犯上者，鮮矣。"既不好諫，明有不能者矣。亦得入廟，言使人當如器之各施於一，不求備具焉。

◇上言賢才之賢，此言仁義之行者，質是身内之性，行則施仁之稱，事在外内，故質得異文。

◇◇此言文王志在長人以善，不責其備，言其意通容此人，使助行禮耳。不謂朝士皆此人也。而孫毓云："文王選士擇賢，但當取不明之人、無射才者及不能諫諍，令之居位助祭。"其意謂文王之朝，皆是此輩，非其難矣。毓謂人行不備，不得在朝，是欲使文王為小人，使人必求備也。

<四章-3>**肆成人有德，小子有造。**

【毛傳】造，為也。

【鄭箋】成人，謂大夫士也。小子，其弟子也。文王在於宗廟，德如此，故大夫士皆有德，子弟皆有所造成。

【樂道主人】毛傳：肆，故今也。

【孔疏】○傳"造，為"。有為者，謂所習有業，不虚廢也。王肅云：文王性與道合，故周之成人皆有成德，小子未成皆有所造為，進於善也。

【孔疏】○箋"成人"至"造成"。

◇◇箋以此為助祭所化，則成人者，助祭之人，故為大夫士也。小子是後生未成之名，故以為子弟，謂大夫之家子弟也。

◇◇以其因祭而化，故為皆有厚德。子弟有所造成，言其終有為成，不謂此時已成也。

<四章-5>**古之人無斁（yì），譽髦斯士。**

【毛傳】古之人無厭於有名譽之俊士。

【鄭箋】古之人，謂聖王明君也。口無擇言，身無擇行，以身化其臣下，故令此士皆有名譽天下，成其俊乂之美也。

【程析】斁（yì），厭足。

【孔疏】○傳“古之”至“俊士”。◇◇此美文王，而言古之人，則皆謂前世聖君，非文王也，但文王與之同耳。故王肅云：“言文王性與古合。”

【孔疏】○箋“古之”至“之美”。

◇◇箋言謂聖君，則亦謂古昔之人，非文王之身也。

◇◇“口無擇言，身無擇行”，《孝經》文也。箋不言字誤，則此經本有作“擇”者也，故不破之。以身無可擇，化其臣下亦使之然。臣下亦能無擇行擇言，自然有名譽、成俊士矣。

【孔疏-章旨】“不聞”至“斯士”。

○毛以為，①言文王之聖德，自生知，無假學習，不聞人之道說，亦自合於法；不待臣之諫諍，亦自入於道。言其動應規矩，性與天合。

②以此聖德教化下民，故令周國之成人者皆有成德，其小子未成人者皆有所造為。言長者道德已成，幼者有業學習也。

③此成人、小子所以得然者，以古昔之聖人、有德之君王，皆無厭於有名譽髦俊之此士。今文王性與古合，亦好之無厭，故成人、小子皆學為髦俊也。

○鄭以為，①文王之在宗廟，其群臣有仁義之行而不聞達者，亦得用之以助祭；有孝悌之行而不能諫諍者，亦得使之以入廟，是其使人不求備，樂成長也。

②文王之祭宗廟，取人如此，故聞其化者莫不自勵。故今已長而成人者，謂其大夫士等，皆已有成德矣。小子未成人者，謂大夫之子弟，亦皆勸慕而終必有所成矣。言成人、小子俱得就也。

③所以得然者，古昔之人聖君明王身無所擇，謂口無擇言，身無擇行也。以身化其臣下，故能令之有名譽而為髦俊之士。此言文王同於古聖，以身化人，故成人、小子皆有成德也。

《思齊》四章，章六句。故言五章，二章章六句，三章章四句。

皇　矣 【大雅七】

皇矣上帝，臨下有赫。監觀四方，求民之莫（mò）。維此二國，其政不獲。維彼四國，爰究爰度（duó）。上帝耆（qí）之，憎（zēng）其式廓（kuò）。乃眷西顧，此維與（yǔ）宅。

作（zhuó）之屏（bǐng）之，其菑（zī）其翳（yì）。脩之平之，其灌其栵（lì）。啟之辟（pì）之，其檉（chēng）其椐（jū）。攘之剔（tī）之，其檿（yǎn）其柘（zhè）。帝遷明德，串（chuàn/huàn）夷載路。天立厥配，受命既固。

帝省（xǐng）其山，柞（zuò）棫（yù）斯拔，松柏斯兑（duì）。帝作邦作對（duì），自大（tài）伯、王季。維此王季，因心則友。則友其兄，則篤其慶，載錫（cì）之光。受祿無喪（sàng），奄（yǎn）有四方。

維此王季，帝度（duó）其心。貊（mò）其德音，其德克明。克明克類，克長（zhǎng）克君。王（wàng）此大邦，克順克比。比于文王，其德靡悔。既受帝祉（zhǐ），施（yì）于孫子。

帝謂文王，無然畔援（huàn），無然歆（xīn）羨，誕（dàn）先登于岸。密人不恭，敢距大邦，侵阮（ruǎn）徂（cú）共（gōng）。王赫斯怒，爰整其旅，以按徂旅。以篤于周祜，以對于天下。

依其在京，侵（qīn）自阮疆。陟我高岡（gāng），無矢我陵，我陵我阿（ē）。無飲（yìn）我泉，我泉我池。度（duó）其鮮（yǎn）原，居岐之陽，在渭之將（jiāng）。萬邦之方，下民之王。

帝謂文王，予懷明德。不大聲以色，不長（zhǎng）夏以革。不識（shí）不知，順帝之則。帝謂文王，詢爾仇（chuó/qiú）方。同爾兄弟，以爾鉤（gōu）援。與爾臨衝，以伐崇墉（yōng）。

臨衝閑閑，崇墉言言。執訊連連，攸馘（guó）安安。是類是

禡（mà），是致是附（fù），四方以無侮。臨衝茀（fú）茀，崇墉仡（qǐ）仡。是伐是肆，是絕是忽，四方以無拂（fú）。

《皇矣》八章，章十二句。

【毛序】《皇矣》，美周也。天監（jiān）代殷，莫若周。周世世修德，莫若文王。

【鄭箋】監，視也。天視四方可以代殷王天下者，維有周耳。世世修行道德，維有文王盛耳。

【樂道主人】此篇人涉有大伯，王季，文王，箋有大姒。事有先伐密、阮（ruǎn）、徂（cú）、共（gōng）四國，後伐崇伯虎。其中有遷豐之意。

【孔疏】序"《皇矣》"至"文王"。

◇◇作《皇矣》詩者，美周也。以天監視善惡於下，就諸國之內，求可以代殷為天子者，莫若於周。言周最可以代殷也。

◇周所以善者，以天下諸國世世修德，莫有若文王者也，故作此詩以美之也。詩之正經未有言"美"，而此云"美"者，以正詩不嫌不美，故不言所美之君，此則廣言周國，故云"美周也"。

◇此實文王之詩，而言"美周"者，周雖至文王而德盛，但其君積世行善，不獨文王，以經有大伯、王季之事，故言周以廣之也。

◇◇經八章。上二章言天去惡與善，歸就於周，是莫若文王也。三章、四章言大伯、王季有德，福流子孫，是世世修德也。五章以下，皆說文王之事。

◇首尾皆述文王，於中乃言父祖。文不次者，本意主美文王代殷，故先言之。欲見世修其德，故上本父祖，於下復言文王，所以申成上意，故不次耳。

【孔疏】○箋"天視"至"盛耳"。

◇◇世世修行修德，周自后稷以來，莫不修德。祖紺（gàn）以上，公劉最賢。公劉以下，則不及公劉。至大王、王季，德又益盛。今據文王而言世世修德，則近指文王所因，不是遠論上世，其世世之言，唯大王、王季耳。《論語》注云："周自大王、王季、文王、武王，賢聖相承四世。"是相承不絕，唯大王以下。

◇大王、王季大賢，至文王睿聖，賢聖相承，莫之能及，故云唯有文王最盛也。

◇◇湯以孤聖獨興，禹則父無令問。文王之德，不劣禹、湯，而以承藉父祖、始當天意者，但周以積世賢聖，乃有成功，欲見尊祖之心，美其世世修德，不必實由之也。若然，此序言“世世修德，莫若文王”，則是文王既聖之後，始當天意。

◇◇經云“憎其式廓，乃眷西顧”，又是紂惡之後，始就文王。

◇◇昔堯受《河圖》，已有昌名在録。嚳（kù）卜四妃，豫知稷有天下。則周之代殷，兆彰上世。而此詩所述，唯此文王，何也？

◇帝王神器，實有大期。殷之存亡，非無定算，但興在聖君，滅由愚主，應使周興，故誕兹睿聖，應使殷滅，故生此愚主。斯則受之於自然，定之於冥運，天非既生之後，方始簡擇，比校善惡，乃欲回心。

◇但詩人抑揚，因事發詠，假言天意，去惡與善，歸美文王，以為世教耳。

<一章-1>**皇矣上帝，臨下有赫。監（jiān）觀四方，求民之莫（mò）。**

【毛傳】皇，大。莫，定也。

【鄭箋】臨，視也。大矣！天之視天下，赫然甚明。以殷紂之暴亂，乃監察天下之眾國，求民之定，謂所歸就也。

【孔疏】○箋“大矣”至“歸就”。深美其事，故云“大矣”，為美歎之辭。監察天下之眾國中，選明君以為天下之主。主明則民定，觀其能定民者，欲歸就之。

<一章-5>**維此二國，其政不獲。維彼四國，爰究爰度（duó）。**

【毛傳】二國，殷、夏也。彼，彼有道也。四國，四方也。究，謀。度，居也。

【鄭箋】二國，謂今殷紂及崇侯也。正，長（zhǎng）。獲，得也。四國，謂密也、阮也、徂也、共（gōng）也。度（duó）亦謀也。殷、崇之君，其行暴亂，不得於天心。密、阮、徂、共（gōng）之君，於是又助之謀。言同於惡也（此四句與毛大不同）。

【程析】爰，於是。

【孔疏】○傳“二國”至“度居”。

◇◇《叙》言“天監代殷”，則二國當論紂事。一紂而言二國，則是取類而言，故以二國為殷紂、夏桀也。紂既喪殷，桀亦亡夏，其惡既等，故配而言之。猶《嵩高》之美申伯，而及甫侯也。

◇◇二國言此，四國言彼，此既為惡，則彼當為善，故言"彼，彼有道也"。桀、紂身為天子，明所從者非徒四國，故無四方有道之國也。

◇桀紂身為天子，制天下之命，雖是有道之國，皆服而從之，與之謀為非道。故王肅云："彼四方之國，乃往從之謀，往從之居。"《家語》引此詩，乃云：'紂政失其道，而執萬乘之勢，四方諸侯固猶從之謀度於非道，天所惡焉。'"傳意當然也。

◇文王三分天下有其二，所以得有四方之國從紂謀居者，此說紂之初惡，文王未興也。下云"憎其用大位行大政"，由其諸侯從之，故言政位大耳。若天下怨叛之後，無復大位大政，天意何以憎之？以此知毛氏之意，從之謀謂**未叛時**也。

◇◇孫毓云："天觀眾國之政，求可以代殷之人。先察王者之後，故言商而及夏。夏者，夏禹之世。時為二王之後者，不得追斥桀也。桀亡國六百餘年，何求於將代殷而惡之乎？"

◇或以毓言為毛義，斯不然矣。天求代殷之人，當觀可代之國。一姓不再興，亡國不再王。先察王者之後，欲何為哉！武王伐紂，封夏后氏之後於杞，則殷之末年，夏後絕矣，天安得而觀之？周封夏後於杞，殷後於宋，國名異於代號，然處殷世，夏後不必稱夏。若毛意必為夏後，則何所案據而謂之夏也？此以桀配紂，其言指以惡紂，不惡桀，何須校計年世？責其追惡桀也？若年世久遠，不得復言，則甫侯，穆王時人，何當言以配申也？

【孔疏】○箋"二國"至"於惡"。

◇◇箋以此詩陳事，上下相成，七章云"以伐崇墉"，不言崇罪，則罪狀於此見之，即"不獲"是也。叙云"代殷"，下言"伐崇"，故知二國謂今紂與崇侯虎也。

◇"正，長"，《釋詁》文。謂二國之君為民之長也。定九年《左傳》云："得用焉曰獲。"是獲為得也。

◇◇五章云"密人不恭，侵阮、徂、共"，此說文王之伐四國，謂密、阮、徂、共。四國違義見伐，則是與紂同謀，故知四國謂密、阮、徂、共也。

◇殷、崇之君，其行不得於天心，四國又助之與謀，言其同惡，故下章而伐之。

◇◇崇侯乃是人臣，而得與紂稱為二國者，紂乃亡國之主，可以同之崇侯也。何則？《大誓》曰："獨夫紂。"謂紂為獨夫，非復為天子也。《書叙》云："繼公子禄父。"以禄父為公子，則同紂於國君也。平王天命未改，《黍離》列於《國風》。《春秋》周、鄭交質，君子謂之二國。是紂與崇侯可稱二國也。

◇二國、四國，彼此異文者，猶"彼有遺秉，此有滯穗"，作者便文，無他義也。下云"密人不恭"，箋以為拒義兵而得罪，不言與紂同謀。此言四國皆助之謀者，正以文王舉義，密人敢拒，亦既拒義不從，明其與紂同惡，故助之謀焉。

<一章-9>**上帝耆（qí）之，憎（zēng）其式廓（kuò）。乃眷西顧，此維與（yǔ）宅。**

【毛傳】耆，惡也。廓，大也。憎其用大位，行大政。顧，顧西土也。宅，居也。

【鄭箋】耆，老也。天須假（xiá）此二國，養之至老，猶不變改，憎其所用為惡者浸大也。乃眷然運視西顧，見文王之德，而與之居。言天意常在文正所。（此四句與毛大不同）

【樂道主人】式，用。眷，回頭看。假，暇也。

【孔疏】○傳"耆惡"至"宅居"。

◇◇耆者，老也，人皆惡己之老，故耆為惡也。王肅云："惡桀、紂之不德也。"肅於此乃連桀、紂言，以桀、紂行同。自此以上，其文皆可兼桀。雖文可兼之，意不惡桀也。

◇◇憎其用大位行大政，以四方從之謀居，是為大也。以西向而顧，故知西土謂從殷都而望岐周也。天氣清虛，本無首目，而云"西顧"者，作者假為與奪之勢，托而言之耳。

【孔疏】○箋"耆老"至"王所"。

◇◇以憎已是惡，故耆不為惡。《禮》稱"六十曰耆"，是耆為老也。須，待也。

◇◇天以二國雖惡，猶待其改悔，而閑暇優緩，未即憎惡。至老猶不變改，上天始憎惡之。其所用為惡者，正謂暴虐之政也。浸大者，其惡漸更益甚也。

◇◇天無形可居，假稱意耳，故云“言天意常在文王所”也。

◇◇言須暇者，《多方》云：“天維五年，須夏之子孫。”注云：“夏之言暇，天覬紂能改，故待暇其終，至五年，欲使復傳子孫。五年者，文王八年至十三年也。”彼言須假（xiá），謂武王時須暇紂而未殺，此則須暇而未惡之，其意既同，故引以為說。

◇《多方》及此箋以為天須暇之，《我應》云：（與箋不同）“作靈臺，緩優暇紂。”以為文王須暇之者，文王知天未喪殷，故不伐紂，據人事而為説，亦是文王須暇之也。文王之時，紂實未滅，言其須暇可矣。

◇崇侯尋即見伐，二國並言須暇者，《赤雀命》云“崇孽首”，則為惡久矣。受命六年始滅，亦是天須暇之。此須暇者，亦設教之言，因其未滅，假以言之耳。

【孔疏-章旨】“皇矣”至“此維與宅”。

○毛以為，①美大矣！此在上之天，能照臨於下，無幽不燭，有赫然而善惡分明也。見在下之事，知殷紂之虐，以民不得定，務欲安之，乃監視而觀察天下四方之眾國，欲擇善而從，以求民之所安定也。言欲以聖人為主，使安定下民。

②維此夏桀、殷紂之二國，其政不得於民心。言使民不得安定也。此桀、紂二君，政雖不得民心，身實居天子之位。維四方有道之眾國，以天命未改之故，於是從之謀，於是從之居。言皆從紂之惡，與之謀為非道也。

③以此之故，在上之天於是疾惡比桀、紂之不得民心也，又憎其用大位行大政，得肆其淫虐，殘害下民，乃從殷都眷然回首西顧於歧周之地，而見文王。天意遂歸於此文王，維與之居。言天常居文王之所，使之為主，以定民也。此詩之意，主於紂耳。以紂惡同桀，故配而言之。

○鄭上四句與毛同。②言天之視下，見此殷紂、崇侯二國之君，其為下民之長，所行暴亂，不得於天心。維彼密、阮、徂、共之四國，於是亦助之謀慮，於是亦助之計度。言其同惡相黨，共行虐政也。

③此殷、崇二國，政雖不得天心，天猶冀其變改，故在上之天，養而老之，二國遂不知變，天乃憎其所用為惡者漸更浸大，乃眷然回首西顧，見此文王之德，維與之居處也。

<二章-1>**作（zhuó）之屏（bǐng）之，其菑（zī）其翳（yì）。脩之平之，其灌其栵（lì）。啟之辟（pì）之，其檉（chēng）其椐（jū）。攘之剔（tī）之，其檿（yǎn）其柘（zhè）。**

【毛傳】木立死曰菑，自斃為翳。灌，叢生也。栵，栭也。檉，河柳也。椐，樻（kuì）也。檿，山桑也。

【鄭箋】天既顧文王，四方之民則大歸往之。岐周之地險隘，多樹木，乃競刊除而自居處，言樂就有德之甚。

【程析】作，"槎"的假借，砍伐。之，指樹木。

◇屏，同"摒"，除去。其，彼，那些。菑，直立的枯樹。翳，倒在地上的枯樹。

◇修，修剪。平，芟平。灌，灌木。栵，在砍伐過程中的樹樁上再長出的小枝。

◇啟，開發。辟，開辟。檉，檉柳，又名三春柳，皮降紅色，枝葉似松。椐，又名靈壽木，樹節腫大，可作馬鞭、手杖用。

◇攘，除去。剔，挑選。檿，又名山桑，可用來弓幹。柘，又名黃桑，葉可以用喂蠶。

【樂道主人】《小雅·四牡》程析：啟是**跽**（jì）之假借，小跪。古人席地，坐時兩膝著地，臀部貼著足跟，臀部不著足跟為**跪**，跪而聳身直腰為**跽**。可參考《鄘風·定之方中》。

<二章-9>**帝遷明德，串（chuàn/huàn）夷載路。**

【毛傳】徙就文王之德也。串（chuàn），習。夷，常。路，大也。

【鄭箋】串（huàn）夷即混夷，西戎國名也（與毛不同）。路，應也（與毛不同）。天意去殷之惡，就周之德，文王則侵伐混夷以應之。

【樂道主人】遷，遷於。

【孔疏】○傳"徙就"至"路大"。王肅曰："天於周家善於治國，徙就文王明德，以其由世習於常道，故得居是大位也。"

【孔疏】○箋"串夷"至"應之"。

◇◇鄭以《詩》本為**患**，**故不從毛**。《采薇序》曰："西有混夷之患。"是患夷者，患中國之夷，故患夷則混夷也。《出車》云："薄伐西戎。"是混夷為西戎國名也。《書傳》作"畎夷"，蓋畎、混聲相近，後世而作字異耳。或作"犬夷"，犬即畎字之省也。

◇◇路之為應，更無正訓，鄭以義言之耳。正以天就文王明德，文王則伐混夷，是伐混夷者，所以應天意，故以路為應也。本或誤作“瘠”，孫毓載箋為“應”，是本作“應”也。定本亦作“應”。天既去殷之惡，文王亦當去惡，故伐混夷以應之。“順帝之則”，此之謂也。

◇此伐混夷，則《書傳》云“四年伐畎夷”，是也。文王之伐多矣，獨言混夷者，作者意所欲言，無他義也。

<二章-11>**天立厥配，受命既固。**

【毛傳】配，媲（pì）也。

【鄭箋】天既顧文王，又為之生賢妃，謂大（tài）姒（sì）也。其受命之道已堅固也。

【孔疏】○箋“天既”至“堅固”

◇◇此“天立厥配”，與《大明》“天作之合”其文相類，故知立其配者，為生賢妃，謂大姒也。

◇◇天為生妃，卒得其助。妻賢夫聖，當於天心，則上天之命不復移動，故受命之道已堅固也。

【孔疏-章旨】“作之”至“既固”。

○毛以為，①天顧文王而與之居，於是四方之民大歸往之。周地險隘，樹木尤多，競共刊除，以為田宅。其攻作之，屏除之者，其為菑木，其為翳木之所也。修理之，平治之者，其為灌木，其為栵木之處也。啟拓之，開辟之者，其為檉木，其為椐木之地也。攘去之，剔剪之者，其為檿木，其為柘木之材也。各各刊除材木，以自居處，是樂就有德之甚也。

②帝所以徙就文王之明德而顧之者，以其世世習於常道，則得是得大位也。

③天既顧而就之，又為生賢女，立之以為妃，令當佐助之。內有賢妃之助，其受命之道既堅固也。言天助自遠，非始於今也。此作之屏之四等，而為此八文者，以其險隘多樹，故頻舉木名，因此用功之事配之，使其義得相通。以用功作為，殺木屏去，故先言作之屏之。殺木之處有其坑坎，須修埋平治，故言修之平之。平治其地，必開拓使廣，故言啟之辟之。畔上更有材木，須攘除剪剔，故言攘之剔之。設文雖別，意以相通。

鄭唯串夷、載路為異。②以天意徙就周之明德，是天去惡與善。文王以天之去惡如是，其患中國之混夷，文王則侵伐之，以應天意。以天去惡，故己亦伐惡以應之，餘同。

<三章-1>**帝省（xǐng）其山，柞（zuò）棫（yù）斯拔，松柏斯兑（duì）。**

【毛傳】兑，易直也。

【鄭箋】省，善也。天既顧文王，乃和其國之風雨，使其山樹木茂盛，言非徒養其民人而已。

【程析】山，岐山。

【樂道主人】《大雅·緜》程析：柞，樹，灌木類，衆生有刺。棫，衆生小樹，亦有刺。

【孔疏】○傳"兑，易直"。◇◇易直者，謂少節目滑易而調直，亦言其茂盛也。

<三章-4>**帝作邦作對（duì），自大（tài）伯、王季。**

【毛傳】對，配也。從大伯之見王季也。

【鄭箋】作，為也。天為邦，謂興周國也。作配，謂為生明君也。是乃自大伯、王季時則然矣。大伯讓於王季而文王起。○大音泰。注"大伯"皆同。

【論語】子曰："泰伯，其可謂至德也已矣。三以天下讓，民無得而稱焉。"

【孔疏】○傳"對配"至"王季"。

◇◇傳以言周世世修德，須論王季而已。今並言大伯，故解其意。從大伯之見王季，謂見其生聖子而讓之，故王季得為君而修德，是以本之於大伯也。

◇◇王肅曰："大伯見王季之生文王，知其天命之必在王季，故去而適吴。大伯没而不返，而後國傳於王季，周道大興。"故本從大伯讓與王季，是解見王季之意也。

【孔疏】○箋"作為"至"王起"。

◇◇興周國，謂使之為天子之邦。生明君，謂生文王也。

◇◇國當以君治之，故言作配，此事乃在大伯、王季之時已則然矣。實至文王乃興，而云大伯時者，由大伯讓於王季而文王得起，是興國、生君在大伯之時也。

<三章-6>**維此王季，因心則友。則友其兄，則篤其慶，載錫（cì）之光。**

【毛傳】因，親也。善兄弟曰友。慶，善。光，大也。

【鄭箋】篤，厚。載，始也。王季之心，親親而又善於宗族，又尤善於兄大伯（與毛不同），乃厚明其功美，始使之顯著也。大伯以讓為功美，王季乃能厚明之，使傳世稱之，亦其德也。

【程析】錫，賜。

【孔疏】○傳"因親"至"光大"。

◇◇《周禮》六行，其四曰姻。注云："姻，親於外親。"是因得為親也。

◇◇"善兄弟曰友"，《釋訓》文。福慶是善事，故為善。光是明大，故為大。

◇◇王肅云："王季能友，稱大伯大伯之讓意，則天厚與之善，錫文王之大位也。"

【孔疏】○箋"篤厚"至"其德"。

◇◇友者，善兄弟之名，而言善於宗族者，以下言"則友其兄"，是友其親兄，明上"則友"之文，可以遠及宗族，見王季孝友之心廣也。言厚明其功美，始使之顯著。大伯以王季為賢，故讓之。

◇◇若王季不賢，則讓功不顯。由王季能稱大伯之心，見大伯為知人達命、名傳後世，由王季德然，故言厚明其功美，始使之顯著也。

◇◇如箋之言，錫為**與**義，**與**之即是使**與**之，故云使也。大伯以讓為功美，王季能厚明之，使傳之後世，共稱誦之，此亦其王季之德，故說王季之美，言其能明大伯也。

◇◇《論語》稱"大伯三以天下讓，民無得而稱焉"，注云："王讓之美，皆蔽隱不著。"此言傳世稱之者，孔子欲深賢大伯，恨世人不知，非是舉世皆不知也。

◇◇**易傳者**，以上言大伯，此言友兄，下即言此二句，明還是其兄之事，故易之。

<三章-11>**受祿無喪（sàng），奄（yǎn）有四方。**

【毛傳】喪，亡。奄，大也。

【鄭箋】王季以有"因心則友"之德，故世世受福祿，至於覆有天下

（與毛不同）。

【孔疏】○傳“奄，大”。《釋言》云：“荒，奄也。”孫炎曰：“荒大之奄。”是荒、奄俱為大義，故云“奄（yǎn），大也”。奄亦是覆蓋之義，故箋以為覆有天下。

【孔疏-章旨】“帝省”至“四方”。

○毛以為，①言天顧文王之深，乃和其國之風雨，善其國内之山，使山之所生之木，柞棫拔然而枝葉茂盛，松柏之樹兑然而材幹易直。言天之恩澤乃及其草木，非徒養其民人而已。

②既人物蒙養，天又為之興作周邦，又為之生明君以作其配，是乃自大伯、王季之時已則然矣。既上本大伯、王季，因説王季之德。

③維此王季，有因親之心，則復有善兄弟之友行。言其有親親之心，復廣及宗族也。則以此友兄弟之行，尤友善其兄大伯。謂善為周君，稱其讓意，是善大伯也。由其稱兄之故，則天厚與其善，則天錫之大位，使其子文王王有天下。

④此文王之有天下，由王季受此福禄，無所喪亡，故至其子孫而大有天下之四方也。

○鄭唯下四句為異。③言王季尤善於大伯，始厚明其大伯之功美，始使之讓事顯著。言其善於為君，福流後葉，令大伯讓功，遍得彰顯也。

④以王季有此德之故，故能受天福禄，無復有喪亡之時，至於子孫而覆有天下四方也。

<四章-1>**維此王季，帝度（duó）其心。貊（mò）其德音，其德克明。克明克類，克長（zhǎng）克君。**

【毛傳】心能制義曰度。貊，静也。

【鄭箋】德正應和曰貊，照臨四方曰明。類，善也。勤施無私曰類，教誨不倦曰長，賞慶刑威曰君。

【程析】克，能够。

【孔疏】○傳“心能”至“貊静”。

◇◇此傳、箋及下傳九言曰者，皆昭二十八年《左傳》文。彼引一章，然後為此九言以釋之，故傳依用焉。毛引不盡，箋又取以足之。

◇◇心能制義者，服虔（qián）云：“心能制事，使得其宜。”言善揆度事也。

【孔疏】○箋“德正”至“曰君”。

◇◇德正即德音。政教是音聲號令也。服虔云：“在己為德，施行為音，發號施令，天下皆應和之。”言皆莫然而定，無讙（huān）嘩也。

◇◇照臨四方者，服虔云：“豫見安危也。”

◇◇勤施無私者，杜預云：“施而無私，物得其所，無失類也。”

◇◇教誨不倦者，服虔云：“教誨人以善，不解倦。”言善長人以道德也。

◇◇賞慶刑威者，以賞慶人，以刑威物。杜預云：“作福作威，君之道也。”

<四章-7>**王（wàng）此大邦，克順克比。**

【毛傳】慈和徧服曰順，擇善而從曰比。

【鄭箋】王，君也。王季稱王，追王也。

【程析】比，服從。

【孔疏】○傳“慈和”至“曰比”。

◇◇“慈和徧服”者，服虔云：“上愛下曰慈。和，中和也。”為上而愛下，行之以中和，天下徧服從而順之。

◇◇“擇善而從之”者，服虔云：“比方損益古今之宜而從之。”杜預曰：“比方善事使相從。”二説皆不得以解此，何者？彼唯説文王，不言比方他人，故服、杜觀傳為説。此以王季比文王，當謂擇善而從，以比方之也。

【孔疏】○箋“王君”至“追王”。◇◇王字多矣，獨解此者，以王季未得稱王，其實君其國耳，故辨之云：“王季稱王，追王。”以其追號為王，故作者以王言之。

<四章-9>**比于文王，其德靡悔。**

【毛傳】經緯天地曰文。

【鄭箋】靡，無也。王季之德，比于文王，無有所悔也（與毛不同）。必比於文王者，德以聖人為匹。

【孔疏】○傳“經緯天地曰文”。

◇◇服虔云：“德能經緯順從天地之道，故曰文。”杜預云：“經緯相錯，故織成文。”然則言德能順從天地，如織者錯經緯以成文，故謂之文也。

◇◇《左傳》説此九事，乃云："九德不愆，作事無悔，言其動合眾心，不為人所恨。"《公劉》傳曰："民無長歎，猶文王之無悔也。"則毛取《左傳》之意，謂文王之德不為人恨，不得與鄭同也。

【孔疏】○箋"王季"至"為匹"。◇◇箋以上陳王季之德，而以此於文王即云"其德靡悔"，明是王季之德堪比文王。若以比之，時人無所悔者。必王季於文王者，美王季，言其德以聖人為匹。

<四章-11>既受帝祉（zhǐ），施（yì）于孫子。

【鄭箋】帝，天也。祉，福也。施，猶易也，延也。

【孔疏-章旨】"維此"至"孫子"。

○毛以為，①既言王季明大伯之功，故又言王季之德。言維此王季之身，為天帝所祐，天帝開度其心，令之有揆度之惠也。又安静其德，教之善音，施之於人，則皆應和其德。又能有監照之明，又能有勤施無私之善。又能教誨不倦，有為人師長之德；又能賞善刑惡，有為人君上之度。

②既有君人之德，故為君王於此周之大邦。其施教令，能使國人徧服而順之。既為國人順服，則功德有成。能擇人之善者，從而比之，言其德可以比上人也。

③以此王季之德，比於經緯天地文德之周王，其德無為人所悔恨者。言文王之德不為人恨，而王季可以比之。

④王季賢德之大，能比聖人，以此之故，既受天之祉福，延於後之子孫。福及於後，故文王得受之而起。

○鄭唯"其德靡悔"為異。③言以王季之德，比於文德之王，其此王季之德，人無有悔。以為不應比之者，言王季可與聖人為匹也。餘同。

◇◇此章文次如此者，以德皆天之所授。

◇先言帝度其心，明以下皆蒙帝文也。

◇德由心起，故先言心能度物。

◇心既能度，然後能施為政教，故次"貊其德音"，言其政教清静也。為君所以施政教，故先言政能清静，乃論身内之德，故後言能明能善。

◇其明與善，還是德音之事，施之於人，有照臨之明，勤施之善耳。

◇心能施而無私，可以為人君長，故次"克長克君"。長即師也。《學記》曰："能為師然後能為長，能為長然後能為君。"故先長後君也。

◇既言堪為人君，即説為君之事，故言“王此大邦”也。

◇既為大邦之君，能使國民順服，故次“克順”也。

◇民順功成，可以比方上人，故次“克比”也。可以比善，即比之文王。

◇其德可比文王，其澤流及子孫，故言“帝祉”以結之。帝祉，即此授以九德，令誕生聖人，是也。

◇重言克明者，疊之以足句，猶下“我陵”“我泉”耳。

<五章-1>**帝謂文王，無然畔援（huàn），無然歆（xīn）羨，誕（dàn）先登于岸。**

【毛傳】無是畔道，無是援取，無是貪羨。岸，高位也。

【鄭箋】畔援，猶拔扈也。誕，大。登，成。岸，訟也（與毛不同）。

◇天語文王曰：女（rǔ）無如是拔扈者，妄出兵也。無如是貪羨者，侵人土地也。欲廣大德美者，當先平獄訟，正曲直也。

【孔疏】○傳“無是”至“高位”。

◇◇一“無然”之文，而傳分為二“無是”者，以叛是違道，援是引取，義異，故分之為二。

◇◇鬼神食氣謂之歆，故注讀歆為貪。下論征伐則援取貪羨，是國邑土地之事也。

◇◇《釋丘》云：“重厓曰岸。”岸是高地，故以喻高位。

【孔疏】○箋“叛援”至“曲直”。

◇◇以下用兵征伐，此則為下發端。當用兵之事，不得為文王之升位也，故言叛援猶拔扈。拔扈，漢質帝謂梁冀為拔扈將軍，是古今之通語也。凶橫自恣之貌。拔扈是淩人之狀，故以妄出兵言之。

◇◇歆羨，貪欲之言，故以侵土地言之。凡征伐者，當度己之德，慮彼之罪，觀彼之曲直，猶人争財賄之獄訟。君子不伐有辭，故欲廣大其德美者，當先平獄訟，正曲直。知彼實曲，然後伐之。宣十二年《左傳》曰：“師直為壯，曲為老。”是師行伐人，必正曲直也。

◇◇王肅、孫毓皆以帝謂文王者，詩人言天謂文王有此德，非天教語文王以此事也。若天為此辭，誰所傳道？

◇然則鄭必以為天語文王者，以下云“帝謂文王，予懷明德”，是天之自我也。“帝謂文王，詢爾仇方”，是教人詢謀也。爾我對談之辭，故知是天之告語。若為天意謂然，則文不類也。

◇以文王舉必順天，故作者致天之意，言天謂文王耳，豈須有人傳言之哉！若是天謂文王有此德，復誰告詩人以天意，而得知之也？“帝謂文王”，必責誰所傳道，則上云“監觀四方”，“乃眷西顧”，豈復有人見其舉目回首之時？毛無別解，明與鄭同。

<五章-5>**密人不恭，敢距大邦，侵阮（ruǎn）徂（cú）共（gōng）。**

【毛傳】國有密須氏，侵阮遂往侵共。

【鄭箋】阮也、徂也（與毛不同）、共也，三國犯周，而文王伐之。密須之人，乃敢距其義兵，違正道，是不直也。

【孔疏】○傳“國有”至“侵共”。

◇◇以經直云密人，故辨之云“國有密須氏”。定四年《左傳》曰“密須之鼓”，是也。

◇◇毛以徂為往，故云“侵阮遂往侵共”。以阮、共為周地，為密須所侵，故王肅云：“密須氏，姞姓之國也，乃不恭其職，敢興兵相逆大國，侵周地。”

【孔疏】○箋“阮也”至“不直”。

◇◇箋以上言四國，於此宜為國名。下云“徂旅”，則是徂國師眾，故以阮、徂、共三者皆為國名，與密須而四也。四國從紂謀度，則並非文王之黨。而言侵阮、徂、共，不是彼自相侵，明為犯周，而文王侵之也。

◇◇“拒大邦”之下即言“侵阮、徂、共”，則“侵阮、徂、共”即是密須拒周之狀，故知文王侵此三國，征兵於密，密人拒其義兵也。

◇◇密須，紂黨，所以文王得征兵者，杜預云“密須，今安定密縣”，則在文其統內。《書傳》云：“文王受命三年伐密須，則阮、徂、共又在伐密之前。四年伐混夷，仍以天子之命命將率。則文王伐此三國之時，叛殷之形未著，密須在其統內，故得征兵也。密須之君，雖不達天命，亦是民之先覺者也。疑周將叛殷，故拒其征發。”

◇◇皇甫謐（mì）云：“文王問太公：‘吾用兵，孰可？’太公曰：‘密須氏疑於我，我可先伐之。’管叔曰：‘不可。其君，天下之明君，伐之不義。’太公曰：‘臣聞先王之伐也，伐逆不伐順，伐險不伐易。’文王曰：‘善’。遂侵阮、徂、共而伐密須。密須之人，自縛其君而歸文王。”

◇◇謐雖采摭（zhí）舊文，傅會為説，要言疑於伐我者，未為顯叛，文王得征兵而不從，叛始彰耳。三國犯周，而文王伐之，是義兵也。密須敢拒義兵，違其正道，是不直也。上言天使文王先平曲直，密須不直，故文王伐三國而亦伐密須也。

◇◇王肅云：“無阮、徂、共三國。”孔晁云：“周有阮、徂、共三國，見於何書？”孫毓云：“案《書傳》文王七年五伐，有伐密須、大夷、黎、邘、崇，未聞有阮徂共三國助紂犯周、文王伐之之事。”皆以為無此三國，故訓徂為往。

◇◇鄭必以為皆國名者，正以下言“徂旅”，徂有師旅，明徂是國，故知三國與密須充上四國之文。事在此詩，即成文也。於時書史散亡，安可更責所見？

◇◇張融云：“**晁**豈能具數此時諸侯，而責徂、共非國也？《魯詩》之義，以阮、徂、共皆為國名。是則出於舊説，非鄭之創造。《書傳》七年，年説一事，故其言不及阮、徂、共耳。《書傳》亦無玁狁，《采薇》稱玁狁之難，復文王不伐之乎？鄭之所言，非無深趣，皇甫謐勤於考校，亦據而用之。”

<五章-8>**王赫斯怒，爰整其旅，以按徂旅。以篤于周祜，以對于天下。**

【毛傳】旅，師。按，止也。旅，地名也。對，遂也。

【鄭箋】赫，怒意。斯，盡也。五百人為旅（與毛不同）。對，答也（與毛不同）。文王赫然與其群臣盡怒曰：整其軍旅而出，以卻止徂國之兵眾，以厚周當王之福，以答天下鄉周之望。

【程析】篤，築固。祜，福。

【孔疏】○傳“旅師”至“對遂”。

◇◇“旅，地名”。則毛意以旅為周地，而言徂者，上言侵阮遂往侵共，蓋自共復往侵旅。以文上不見，故於此言之。言整師以止密人之往旅地，則亦止其往阮、共，互相見也。“對，遂”，《釋言》文。

◇◇王肅云：“密人之來侵也，侵阮遂往侵共，遂往侵旅，故‘王赫斯怒’，於是整其師以止徂旅之寇。侵阮、徂、共，文次不便，不得復説旅，故於此而見焉。上曰‘徂共’，此曰‘徂旅’，又為周王之所禦，其密人亦可知也。省煩之義，詩人之微意也。”傳意或然。

【鄭箋】○箋“赫怒”至“之望”。

◇◇以軍出稱師為通名，今指言旅，則唯用一旅之人，故云“五百人為旅”。下箋云“小出兵”，明以德不以眾，是鄭意出一旅之人也。

◇◇以對為答者，以天下心皆向己，舉兵所以答之，謂答天下向周之望，於理為切，故不從遂也。

【孔疏-章旨】“帝謂”至“天下”。

○毛以為，既言文王受福，流及子孫，故自此以下，復説文王之事。

①言天帝告謂文王，無是叛道而援取人之國邑，無是貪求以羨樂人之土地，以是之故，能大先天下升於高位。因此遂説文王之不妄貪求。

②有密國之人，乃不恭其職，敢拒逆我大國，乃侵我周之阮地，遂復往侵於共邑。抗拒大國，侵其邑境，是不恭也。密人既不恭如此，故文王與其群臣赫然而盡怒，於是整齊其師旅，以止此密人往旅地之寇。

③密人侵共，復往侵旅，故興兵以止其寇也。所以必伐密者，以厚於周之祜福，以遂於天下之心。天意福周使興，而密人侵之，故伐密者，所以厚周福也。民心皆欲伐密，而文王從之，是整旅所以遂天下心也。言文王上應天意，下順民心，非為貪羨，妄伐密也。

○鄭以為，①天告語文王曰：汝無如是拔扈者，妄出兵以征伐。汝無如是歆羨者，苟貪人之土地。汝既不可為此，欲廣大汝之德美者，當先平於所欲征者之獄訟。獄訟者，知彼曲汝直，然後伐之。

②文王以此不敢妄出征伐，而密須之人乃不恭其職，敢拒我大國之征發。其所征者，是侵阮、徂、共三國之義兵也。文王欲侵此三國，征兵於密。

③密人拒而不從，是故文王於是赫然與其群臣怒曰：當整其軍旅而出，以卻止徂國之師旅，以此厚於我周家當王之福，以此而應答天下向周之望。因密人不恭，怒而出兵，先往伐徂，尋亦伐密。

<六章-1>**依其在京，侵自阮疆。陟我高岡（gāng），無矢我陵，我陵我阿（ē）。無飲（yì）我泉，我泉我池。**

【毛傳】京，大阜也。矢，陳也。

【鄭箋】（此七句與毛不同）京，周地名。陟，登也。矢猶當也。大陵曰阿。

◇文王但發其依居京地之眾，以往侵阮國之疆。登其山脊而望阮之兵，兵無敢當其陵及阿者，又無敢飲食於其泉及池水者。

◇小出兵而令驚怖如此，此以德攻，不以眾也。陵、泉重言者，美之也。

◇每言我者，據後得而有之而言。

【孔疏】○傳"京，大阜。矢，陳"。◇◇王肅云："密人乃依阻其京陵來侵，自文王阮邑之疆。密人升我高岡。周人皆怒曰：汝無陳於我陵，是乃我文王之陵阿也。泉池非汝之有，勿敢飲食之。"

【孔疏】○箋"京周"至"而言"。

◇◇以言"依其在京"，即云"侵自阮疆"，明以依京之人侵阮，故知"京，周地名"。

◇◇矢實陳義。欲言威武之盛，敵不敢當。以其當侵而陳，故言"矢猶當也"。

◇◇周地廣矣，獨言依京，故知文王但發其依居京地之眾。箋以京為周地小別名，則京是周之所都之邑，以其兵少，故唯發近民也。

◇◇上言征兵於密須，乃似盡國不足。今言少發而足，所以前征兵者，蓋以密人疑之，故征兵以嘗之，非為密須兵也。

◇◇始侵其境而即登岡，故知是望其兵眾。始見登高而望，即不敢當陵飲泉，而驚散走也。

◇◇文王之所伐者，混夷歷年始服，崇則再駕乃降。於此獨得易者，敵有强弱，故難易不同。

<六章-8>**度（duó）其鮮（yǎn）原，居岐之陽，在渭之將（jiāng）。萬邦之方，下民之王。**

【毛傳】小山別大山曰鮮。將，側也。方，則也。

【鄭箋】度，謀。鮮，善也。方，猶鄉也（與毛不同）。文王見侵阮而兵不見敵，知己德盛而威行，可以遷居，定天下之心，乃始謀居善原廣平之地，亦在岐山之南，居渭水之側，為萬國之所，鄉作下民之君。後竟徙都於豐。

【孔疏】○傳"小山"至"方則"。

◇《釋山》云："小山別大山曰鮮。"孫炎曰："別，不相連也。"

◇◇渭是水也。居必在傍，故以"將"為"側"。《論語》云："且知方也。”謂知禮法。此則亦法也，故以“方”為“則”也。

【孔疏】○箋“度謀”至“於豐”

◇◇“度，謀。鮮，善”，皆《釋詁》文。以其已繫岐陽，不應復言餘山，故以鮮（yǎn）為善也。

◇◇諸言方者，皆謂居在他所，人向望之，故云“方，猶鄉也”。

◇◇必知己德盛威行乃遷居者，以威若不行，則民情未樂，遠方不湊，則隨宜而可令。威德既行，歸從益眾，非處廣平之地，無以容待四方，故知民既復從乃遷居要所也。

◇◇大王初遷，已在岐山，故言亦在岐山之陽，是去舊都不遠也。《周書》稱“文王在程，作《程寤》《程典》”。皇甫謐云：“文王徙宅於程。”蓋謂此也。

◇箋嫌此即是豐，故云“後竟徙都於豐”。**知此非豐者**，以此居岐之陽，豐則岐之東南三百里耳。

【孔疏-章旨】“依其”至“之王”。

○毛以為，①上既言興師伐密，遂天下之心，此又本密人不義來侵，周人怨無之意。言密人之來也，依止其在我周之京丘大阜之傍，其侵自阮地之疆為始，乃升我阮地之高岡。周人見其如此，莫不怒之，曰：汝密須之人，無得陳兵於我周地之陵，此乃我文王之陵，我文王之阿。無得飲食我周地之泉，此乃我文王之泉，我文王之池。言皆非汝之有，不得犯之。民疾密須如是，故文王遂往伐之。

②征密既勝，文王於是謀度其鮮山之傍，平泉之地。此地居岐山之南，在渭水之側，背山跨水，營建國都，乃為萬邦之所法則，下民之所歸往。言其怒以天下為心，其伐與百姓同欲，別起都邑，為萬民之王。

○鄭以為，①上言怒而出兵，此言征伐之事。言文王之所征發，不用多兵，但取依居其在京地之眾，為一旅之人。以此而往侵，自阮國之疆為始。既至阮國，乃登我所伐得者阮國之高岡以望之。阮國之兵眾，才始望之，未嘗交戰，而此國之兵莫不驚走，無敢當我陵，無敢當我阿者，無敢飲我泉，無敢飲我池者。因此而往伐徂、共、密須皆克之矣。

②既兵不見敵者，知己德盛威行，可以遷徙都邑，安定民心。乃始謀居於其善原廣平之地，居岐山之南，在渭水之側，為萬國之所向，作下民之君王。

<七章-1>**帝謂文王，予懷明德。不大聲以色，不長（zhǎng）夏以革。不識（shí）不知（zhī），順帝之則。**

【毛傳】懷，歸也。不大聲見於色。革，更也。不以長大有所更。

【鄭箋】（此六句與毛不同）夏，諸夏也。天之言云：我歸人君有光明之德，而不虛廣言語，以外作容貌，不長諸夏以變更王法者。其為人不識古，不知今，順天之法而行之者。此言天之道，尚誠實，貴性自然。

【孔疏】○傳“不大”至“所更”。◇◇此傳質略。孫毓云：“不大聲色以加人。”毛以言以長大有所更，則以夏為大。王肅云：“非以幼弱未定，長大有所改更。言幼而有天性，長幼一行也。”

【孔疏】○箋“夏諸”至“自然”。

◇◇箋以大為音聲，以作色忿人，長大淫恣而改其本性。此則中人以上皆免之矣，不足以美文王。下言伐崇討崇之反道，則此經當陳人君之正道，不得以夏為大，故以夏為諸夏。

◇◇虛廣言語，以外作容貌，謂色取人而行違，虛名而不實也。

◇◇不長諸夏以變更王法者，謂為諸侯之長，自以身居尊位，無所畏憚，變亂正法也。崇侯與文王俱為紂之上公，是長諸侯也。詩意言又無此行，則崇侯有之矣，故天命文王使伐人之道，貴其識古知今。

◇◇此不識古不知今為美者，言其意在篤誠，動順天法，不待知令識古，比校乃行耳。不謂人不須知古今也。言天之道尚誠實，貴性自然者，明此經所陳，皆是誠實自然之事也。

◇◇變更王法者，若虢（guó）石父導王為非，崇侯虎倡紂為無道，變亂典刑者也。而孫毓以創業改制為難，非其難也。

<七章-7>**帝謂文王，詢爾仇（chuó/qiú）方。同爾兄弟，以爾鉤（gōu）援。與爾臨衝，以伐崇墉（yōng）。**

【毛傳】仇，匹也。鉤，鉤梯也，所以鉤引上城者。臨，臨車也。衝，衝車也。墉，城也。

【鄭箋】詢，謀也。怨耦曰仇。仇方，謂旁國（與毛不同）。諸侯為暴亂大惡者，女（rǔ）當謀征討之，以和協女兄弟之國，率與之往。親親則多志齊心一也。當此之時，崇侯虎倡紂為無道，罪尤大也。

【孔疏】○箋“怨偶”至“尤大”。

◇◇“怨耦曰仇”，《左傳》云方者，居一方之辭，故為傍國之諸侯。以當伐之，故皆為暴亂大惡者。

◇◇紂黨多矣，所以獨伐崇者，當此之時，崇侯虎導紂為無道之事，其罪惡尤大，故伐之。

【孔疏-章旨】“帝謂”至“崇墉”。

○毛以為，①天帝告語此文王曰：我當歸於明德。以文王有明德，故天歸之。因說文王明德之事。不大其音聲以見於顏色而加人，不以年長大以有變革於幼時。言其天性自然，少長若一。不待問而自識，不由學而自知。其所動作，常順天之法則。

②以此，故天歸之，而使伐崇。天帝告語此文王曰：其伐崇也，當詢謀於女匹己之臣，以問其伐人之方。和同汝之兄弟。君臣既合，親戚和同，乃以汝鉤援之梯，與汝臨衝之車，以往伐彼崇城。言天意歸就文王，故文王於是伐崇也。

○鄭以為，①天帝告語文王曰：我之所歸，歸於人君而有光明之德，而不虛廣其言語之音聲，以外作容貌之色；又不自以長諸夏之國，以變更於王法。其為人不記識古事，不學知今事，常順天之法而行之。如此者，我當歸之。言文王德實能然，為天所歸。

②崇侯反於此道，天使文王伐之。天帝告語文王曰：當詢謀汝怨偶之傍國，觀其為暴亂大惡者，而征討之。其征之也，當和同汝兄弟之國，相率與之而往。餘同。

<八章-1>**臨衝閑閑，崇墉言言。執訊連連，攸馘**（guó）**安安。是類是禡**（mà）**，是致是附**（fù）**，四方以無侮。**

【毛傳】閑閑，動搖也。言言，高大也。連連，徐也。攸，所也。馘，獲也。不服者，殺而獻其左耳曰馘。於內曰類。於野曰禡。致，致其社稷群臣。附，附其先祖，為之立後，尊其尊而親其親。

【鄭箋】言言，猶孽孽，將壞貌（與毛不同）。訊，言也。執所生得者而言問之，及獻所馘，皆徐徐以禮為之，不尚促速也。類也、禡也，師祭也。無侮者，文王伐崇，而無復敢侮慢周者。

【樂道主人】周的德化體現在對戰勝國的做法。

【孔疏】○傳“閑閑”至“其親”。

◇◇以閑閑是臨衝之狀，車皆駕之而往，故為動搖。

◇◇言言是城之狀，故為高大。傳唯云“言言，高大”，不說其高大之意。王肅云："高大，言其無所壞。"傳意或然。若城無所壞，則是不戰而得。

◇◇有訊、馘者，美文王以德服崇，不至於破國壞城耳。於時非無拒者，故得有訊、馘。

◇◇《玉藻》云："聽向任左。"故云"不服者，殺而獻其左耳曰馘"。罪其不聽命服罪，故取其耳以計功也。

◇◇《釋天》云："是類是禡，師祭也。"《王制》云："天子將出，類乎上帝，禡於所征之地。"言類乎上帝，則類祭祭天也。

◇祭天而謂之類者，《尚書》夏侯、歐陽説，以事類祭之，在南方，就南郊祭之。《春官·肆師》注云："類，禮依郊祀而為之。"是用《尚書》説為義也。禡之所祭，其神不明。《肆師》注云："禡，師祭也。祭造軍法者。其神蓋蚩尤。或曰黄帝。"是鄭以無明文，故疑之而為二説也。

◇如鄭所説，類祭在郊。此傳言"於内曰類"者，以禡於所征之地，則是國境之外。類之雖在郊，猶是境内。以二祭對文，故云"於於内曰類，於外曰禡"。謂境之外内，内非城内也。

◇◇"致、附"承"類、禡"之下，則亦是敬神之事，故知致者，致其社稷群神；附，附其先祖，為之立後。致者，運轉之辭；附者，依倚之義。以社稷於人無親，故以致言之。先祖則依其子孫，故以附言之。

◇社稷是崇國之所尊，先祖是崇國之所親，今使神有所享，不絶其祀，是文王為之尊其尊而親其親也。崇侯有罪，當滅其國，所以複得致其群神、為之立後者，蓋以崇侯虎身有罪耳，其先祖嘗有大功，不當絶祀，擇其親賢，更為立後，使得奉其宗廟，存其社稷也。

【孔疏】○箋"言言"至"周者"。

◇◇箋以詩美文王以德服崇，若臨衝本所不用，則不應言之。今詩言衝，則是用以攻城，故知言言、仡仡皆是將壞之貌。《碩人》言"庶姜孽孽"，是壞城之容，故猶孽孽也。

◇◇徐徐以禮為之，不尚促速，明有餘力，不急急為之也。

◇◇僖十九年《左傳》曰："文王聞崇亂而伐之，軍三旬不降。退修教而復伐之，因壘而降。"則似兵合不戰。此云壞城執訊者，凡所褒美，多過其實。此言訊、馘，必當戰矣。蓋知戰不敵，然後乃降。彼《左傳》

子魚欲勸宋公修德，故隱其戰事，而言其降耳。

◇◇傳不言類、禡是祭，故辨之云："師祭名也。"崇是大敵，伐即克之，故無復敢侮慢周者。竟文王之世，不復伐國，是由無侮故也。

<八章-8>**臨衝茀（fú）茀，崇墉仡（qǐ）仡。是伐是肆，是絶是忽，四方以無拂。**

【毛傳】茀茀，彊盛也。仡仡，猶言言也。肆，疾也。忽，滅也。

【鄭箋】伐，謂擊刺之。肆，犯突也（與毛不同）。《春秋傳》曰："使勇而無剛者肆之。"拂猶佹（guī）也。言無復佹戾文王者。

【陸曰】佹，戾也。

【程析】是，於是。絶、忽，消滅、滅絶。拂，違命，抗拒。

【孔疏】○傳"茀茀"至"忽滅"。

◇◇此茀茀亦宜猶上閑閑，而云"彊盛"者，以茀茀、閑閑文不相類，則上言車之動，此言車之形，故不同也。

◇◇肆與《大明》"肆伐大商"文同，故以肆為疾。既為疾伐，亦不得與鄭同也。王肅云："至疾乃威有罪。"則肅意謂伐之疾，傳亦或然。

◇◇忽滅者，言忽然而滅，非訓忽為滅也。

【孔疏】○箋"伐謂"至"文王者"。

◇◇以"是伐"之文在"崇墉"之下，故伐謂擊之刺之。《牧誓》曰："不愆於四伐五伐乃止齊焉。"是謂擊刺為伐也。

◇◇肆謂"犯突"，言犯師而衝突之，故引《春秋傳》為證也。案《左傳》隱九年云："使勇而無剛者，嘗寇而速去之。"文十二年《左傳》云："若使輕者肆焉，其可。"其言皆不與此同。鄭以"輕者"與"勇而無剛"義同，故引之而遂謬也。

【孔疏-章旨】"臨衝"至"無拂"。

○毛以為，①文王之伐崇也，兵至則服，無所用武。其臨衝之車閑閑然動摇而已，不用之以攻敵。崇城言言然高大，如無所毀壞。

②既伐崇服之，則執其可言問者，連連然舒徐，盡其情而不逼迫也。所以當馘左耳者，安安然不暴疾也。

③文王之於此行，非直吊民伐罪，又能敬事明神。初出兵之時，於是為類祭。至所征之地，於是為禡祭。既克崇國，於是運致其社稷群神而來，更存祭之。於是依附其先祖宗廟，於國為之立後。文王伐得其罪，行

得其法，四方服其德，畏其威，是以無敢侮慢文王者也。深美其伐，重詳其事。

④言文王臨車衝車茀茀然彊盛，崇城仡仡然高大，

⑤於是用師伐之，於是合兵疾往，於是殄絶之，於是討滅之。文王德足撫民，威足除惡，四方服德畏威，無敢違拂文王之志者。此天所以用文武伐殷也。

○鄭唯以臨衝攻城，言言、仡仡為將壞之貌，伐為擊刺，肆為犯突為異。餘同。

《皇矣》八章，章十二句。

靈　臺 【大雅八】

經始靈臺，經之營之。庶民攻之，不日成之。

經始勿亟，庶民子來。王在靈囿（yòu），麀（yōu）鹿攸伏。

麀鹿濯（zhuó）濯，白鳥翯（hè）翯。王在靈沼（zhǎo），於（wū）牣（rèn）魚躍。

虡（jù）業維樅（cōng），賁（fén）鼓維鏞（yōng）。於論（lún）鼓鍾，於樂辟（bì）廱。

於論鼓鍾，於樂辟廱。鼉（tuó）鼓逢（péng）逢，矇瞍（sǒu）奏公。

《靈臺》五章，章四句。

【毛序】《靈臺》，民始附也。文王受命，而民樂其有靈德，以及鳥獸昆蟲焉。

【鄭箋】民者，冥也。其見仁道遲，故於是乃附也。天子有靈臺者，所以觀祲（jìn）象，察氣之妖祥也。文王受命，而作邑於豐，立靈臺。《春秋傳》曰："公既視朔，遂登觀臺以望，而書云物，為備故也。"

【陸曰】靈臺，杜預注《左傳》云："靈臺在始平鄠縣，今屬京兆府所管。"冥冥，無知貌。《字林》云："幽也。"祲，陰陽氣相侵，漸成祥。

【樂道主人】正義曰：非天子不得作靈臺。靈臺實為受天命之標志，天子之標志，何其重也。言民始附，謂文王稱王後，天下之民心始附於，矣。此靈臺經始應在文王受命六年稱王後。

【樂道主人】古靈臺，素有"隴上明珠"之稱，位於甘肅省靈臺縣名勝古跡城中心，座落在文化館院內。其名取文王伐密築臺典禮之意，而以"靈臺"為縣名，始於隋大業元年。臺通高36米，基圍96米，上建樓亭，內奉文王塑像，外嵌林森等人原題。

【孔疏】序"《靈臺》"至"昆蟲焉"。

◇◇文王受天之所命，而民樂有其神靈之德，以及鳥獸昆蟲焉。以文王德及昆蟲，民歸附之，故作此詩以歌其事也。經説作臺，序言始附，則是作臺之時民始附也。

◇文王嗣為西伯，三分天下而有其二，則為民所從，事應久矣。而於作臺之時，始言民附者，三分有二，諸侯之君從文王耳，其民從君而來，其心未見靈德。至於作臺之日，民**心**始知，故言始附，**謂心附之也**。

◇往前則貌附之耳。此言作臺而民始附，則其附在受命六年。

◇而序追言受命者，以民心之附，事亦有漸。初受命已附，至作臺而齊心，故系之受命，見附之所由也。

◇◇言民始附，首章及二章上二句是也。樂其有靈德，以及鳥獸昆蟲者，二章下二句及三章是也。臺、囿（yòu）、沼皆言靈，是明文王有靈德之義。

◇麀（yōu）鹿，獸也。白鳥，鳥也。昆蟲者，《王制》注云："昆，明也。明蟲者，得陽而生，得陰而藏。" 陰陽即寒温也，故《祭統》注云："昆蟲，温生寒死之蟲。"然則諸蟄蟲皆是也。此經無昆蟲之事，而三章言魚，魚亦蟲之别名，舉潛物以見陸産，故言昆蟲以總之。

◇經先言獸，序先言鳥者，作囿主以養獸，故先言之。序則從其言便，故不同也。

◇◇四章、卒章言政教得所，合樂詳之，亦是靈德之事，故序略之也。

【孔疏】○箋"民者"至"備故"。

◇◇"民者，冥也"，《孝經·援神契》文。以其冥冥無知，其見仁道遲，故於是始附，解其晚附之意也。

◇◇又解臺之所用，天子有靈臺者，所以觀祲象，察氣之妖祥也。四方而高曰臺。以天象在上，須登臺望之，故作臺以觀天也。

◇◇《春官·眡（shì）祲》"掌十煇（huī）之法，以觀妖祥，辨吉凶。一曰祲（jìn），二曰象，三曰鐫（juān），四曰監，五曰闇，六曰瞢（méng），七曰彌，八曰叙，九曰隮（jī），十曰想。"

◇注云："妖祥，善惡之征。鄭司農云：'煇，謂日光氣也。祲，陰陽氣相侵也。象者，如赤鳥也。'鐫謂日旁氣刺日也。監，冠珥（ěr）也。闇，日月食也。瞢，謂日月瞢瞢無光也。彌，氣貫日也。玄謂叙者，云有次叙，如山在日上也。’隮，虹也。想，雜氣有似，可形想也’。”

◇此十者，皆舉天之異氣，視祲之官，當在靈臺之上視之，故箋取以為說。十煇而唯言祲象者，舉其初二事，餘從可知也。

◇《馮相氏》《保章氏》亦云：“觀天下之妖祥。”則在臺觀之。獨引《視祲》之事者，以視祲為官名，則是仰觀之主，故特取之。其實馮相、保章之所觀者，亦在靈臺也。

◇◇所引《春秋傳》曰者，僖五年《左傳》文，引之證臺是觀氣所用。彼云：“以望而書，禮也。凡分、至、啟、閉，必書云物，為備故。”此略引之，故與彼小異。

◇◇此靈臺所處，在國之西郊，諸儒以無正文，故其說多異。

◇《異義》《公羊》說“天子三，諸侯二。

◇天子有靈臺以觀天文，有時臺以觀四時施化，有囿臺觀鳥獸魚鱉。

◇諸侯當有時臺、囿臺。諸侯卑，不得觀天文，無靈臺。

◇皆在國之東南二十五里，東南少陽用事，萬物著見。用二十五裏者，吉行五十里，朝行暮反也”。

◇《韓詩》說：“辟（bì）廱（yōng）者，天子之學，圓如辟，廱之以水，示圓，言辟，取辟有德。不言辟水，言辟廱者，取其廱和也，所以教天下春射秋饗，尊事三老五更。（《禮記·樂記》：‘食三老五更於大學。’鄭玄注：‘三老五更，互言之耳，皆老人更知三德五事者也。’孔潁達疏：‘三德謂正直、剛、柔。五事謂貌、言、視、聽、思也。’）。在南方七里之內，立明堂於中，《五經》之文所藏處，蓋以茅草，取其潔清也”。

◇《左氏》說：“天子靈臺在太廟之中，壅之靈沼，謂之辟廱。諸侯有觀臺，亦在廟中。皆以望嘉祥也。”

◇《毛詩》說：“靈臺，不足以監視。靈者，精也，神之精明稱靈，故稱臺曰靈臺，稱囿曰靈囿，稱沼曰靈沼。”

◇謹案《公羊傳》《左氏》說皆無明文。說各有以，無以正之。玄之聞也，《禮記·王制》天子命之教然後為學。

◇小學在公宮之左，大學在郊。天子曰辟廱，諸侯曰泮（pàn）宮。

◇天子將出征，受命於祖，受成於學。出征執有罪，反，釋奠於學，以訊馘告。

◇◇然則太學即**辟雍**也。

◇《詩·頌·泮水》云："既作泮宮，淮夷攸服。矯矯虎臣，在泮獻馘。淑問如臯陶，在泮獻囚。"此復與辟廱同義之證也。

◇《大雅·靈臺》一篇之詩，有靈臺，有靈囿，有靈沼，有**辟廱**。其如是也，則辟廱及三靈皆同處在郊矣。

◇囿也、沼也，同言靈。於臺下為囿為沼，可知小學在公宮之左，大學在西郊。

◇王者相變之宜，眾家之説各不昭皙，雖然於郊差近之耳，在廟則遠矣。《王制》與《詩》，其言察察，亦足以明之矣。

◇如鄭此説，靈臺與辟廱同處，辟廱即天子大學也。

◇《王制》言大學在郊，乃是殷制。其周制，則太學在國。太學雖在國，而辟廱仍在郊。何則？囿、沼魚鳥所萃，終不可在國中也。

◇辟廱與太學為一，所以得太學移而辟廱不移者，以辟廱是學之名耳。

◇《王制》以殷之辟廱與大學為一，故因而説之，不必常以太學為辟廱，小學亦可矣。

◇周立三代之學，虞庠在國之西郊，則周以虞庠為辟廱矣。

◇若然，魯是周之諸侯，於郊不當有學，泮宮亦應在國。而《禮器》注云："頖宮，郊之學也，《詩》所謂泮宮也。字或為郊宮。"不在國者，以其詩言"魯侯戾止"，是行往適之，故知在郊。

◇蓋魯以周公之故，尊之使用殷禮，故學在其郊也。

◇◇鄭以靈臺、辟廱在西郊，則與明堂、宗廟皆異處矣。

◇案《大戴禮·盛德篇》云："明堂者，所以明諸侯尊卑也。外水名曰辟廱。"

◇《政穆篇》云："大學，明堂之東序也。"

◇◇如此文，則辟廱、明堂同處矣（與鄭不同），故諸儒多用之。

◇盧植《禮記注》云："明堂即大廟也。天子太廟，上可以望氣，故謂之靈臺。中可以序昭穆，故謂之太廟。圓之以水，似辟，故謂之辟廱。古法皆同一處，近世殊異，分為三耳。"

◇蔡邕《月令論》云："取其宗廟之清貌則曰清廟，取其正室之貌則曰太廟，取其堂則曰明堂，取其四門之學則曰太學，取其周水圓如璧則曰辟廱。異名而同事，其實一也。”

◇潁子容《春秋釋例》云：“太廟有八名，其體一也。肅然清静謂之清廟，行禘祫、序昭穆謂之太廟，告朔行政謂之明堂，行饗射、養國老謂之辟廱，占云物、望氣祥謂之靈臺，其四明之學謂之太學，其中室謂之太室，總謂之宫。”

◇賈逵、服虔注《左傳》亦云：“靈臺在太廟明堂之中。”

◇此等諸儒，皆以廟、學、明堂、靈臺為一。

◇◇鄭必知皆異處者，袁准《正論》云：“明堂、宗廟、太學，禮之大物也，事義不同，各有所為。而世之論者，合以為一體，取《詩》《書》放逸之文、經典相似之語而致之，不復考之人情，驗之道理，失之遠矣。

◇夫宗廟之中，人所致敬，幽隱清静，鬼神所居。而使衆學處焉，饗射其中，人鬼慢黷，死生交錯，囚俘截耳，瘡痍流血，以干犯鬼神，非其理矣。◇且夫茅茨采椽，至質之物，建日月，乘玉輅，以處其中，象箸玉杯而食於土簋，非其類也。

◇如《禮記》先儒之言，明堂之制四面，東西八丈，南北六丈。禮，天子七廟，左昭右穆，又有祖宗不在數中。以明堂之制言之，昭穆安在？若又區别，非一體也。

◇夫宗廟，鬼神之居，祭天而於人鬼之室，非其處也。

◇夫明堂，法天之宫，非鬼神常處，故可以祭天，而以其祖配之。配其父於天位，可也。事天而就人鬼，則非義也。

◇自古帝王，必立大小之學，以教天下。有虞氏謂之上庠、下庠，夏後氏謂之東序、西序，殷謂之右學、左學，周謂之東膠、虞庠，皆以養老乞言。

◇《明堂位》曰：‘瞽宗，殷學也。’周置師保之官，居虎門之側。

◇然則學宫非一處也。《文王世子》‘春夏學干戈，秋冬學羽籥，皆於東序’。又曰：‘秋學禮，冬學書。禮在瞽宗，書在上庠。’此周立三代之學也。

◇可謂立其學，不可謂立其廟，然則太學非宗廟也。

◇又曰：‘世子齒於學，國人觀之。’宗廟之中，非百姓所觀也。

◇《王制》曰：‘周人養國老於東膠。’不曰辟廱。養國老於右學，養庶老於左學。

◇宗廟之尊，不應與小學為左右也。

◇辟廱之制，圓之以水。圓象天，取生長也。水潤下，取其惠澤也。水必有魚鱉，取其所以養也。

◇是故明堂者，大朝諸侯講禮之處。

宗廟，享鬼神歲覲之宫。

辟廱，大射養孤之處。

大學，眾學之居。

靈臺，望氣之觀。

清廟，訓儉之室。

各有所為，非一體也。

◇古有王居明堂之禮，《月令》則其事也。天子居其中，學士處其內，君臣同處，死生參並，非其義也。

◇大射之禮，天子張三侯，大侯九十步，其次七十步，其次五十步，辟廱處其中。今未知辟廱廣狹之數，但二九十八加之，辟廱則徑三百步也。凡有公卿大夫諸侯之賓，百官侍從之眾，殆非宗廟中所能容也。禮，天子立五門，又非一門之間所能受也。

◇明堂以祭鬼神，故亦謂之廟。**明堂太廟者，明堂之內太室，非宗廟之太廟也**。

◇於辟廱獻捷者，謂鬼神惡之也。或謂之學者，天下之所學也。總謂之宫，大同之名也。

◇生人不謂之廟，此其所以别也。先儒曰：‘《春秋》人君將行，告宗廟，反獻於廟。’《王制》釋奠於學，以訊馘告，則太學亦廟也。

◇其上句曰‘小學在公宫之左，太學在郊’，明太學非廟，非所以為證也。

◇周人養庶老於虞庠，虞庠在國之西郊。今《王制》亦小學近而太學遠，其言乖錯，非以為正也。潁氏云：‘公既視朔，遂登觀臺。’以其言遂，故謂之同處。夫遂者，遂事之名，不必同處也。

◇馬融云‘明堂在南郊，就陽位’，而宗廟在國外，非孝子之情也。

◇古文稱**明堂**陰陽者，所以法天道，順時政，非宗廟之謂也。融云‘告朔行政，謂之明堂’。夫告朔行政，上下同也，未聞諸侯有明堂之稱也。順時行政，有國皆然，未聞諸侯有居明堂者也。

◇◇齊宣王問孟子：‘人皆謂我毀明堂，毀諸？已乎？’孟子曰：‘夫明堂者，王者之堂也。王欲行王政，則勿毀之矣。’夫宗廟之毀，非獨王者也。若明堂即宗廟，不得曰‘夫明堂，王者之宗廟也’。

◇且說諸侯而教毀宗廟，為人君而疑於可毀與否，雖復淺丈夫，未有是也。

◇孟子，古之賢大夫，而皆子思弟子，去聖不遠，此其一證也。

◇《尸子》曰：‘昔武王崩，成王少，周公踐東宮，祀明堂，假為天子。’明堂在左，故謂之東宮。王者而後有明堂，故曰祀明堂，假為天子。此又其證也。”

◇◇竊以準之此論，可以申明鄭意。

◇《大戴禮》，遺逸之書，文多假托，不立學官，世無傳者。其《盛德篇》云明堂“外水名曰辟廱”，《政穆篇》稱“太學明堂之東序”，皆後人所增，失於事實，故先儒雖立異端，亦不據為說。

◇然則明堂非廟，而《月令》云“天子居明堂太廟”者，以**明堂是祭神之所**，故謂之明堂。

◇太廟者，正謂明堂之太室，非宗廟之太廟也。《明堂位》云：“太廟，天子明堂。”自謂制如明堂，非太廟名明堂也。

◇廟與明堂不同，則靈臺又宜別處，故靈臺、辟廱皆在郊也。

【樂道主人】總結以上兩個觀點如下：

◇◇鄭說，靈臺與辟廱同處，辟廱即天子大學也。鄭以靈臺、辟廱在西郊，則與明堂、宗廟皆異處矣。

◇◇辟廱、明堂同處矣（與鄭不同），故諸儒多用之。諸儒（盧植、蔡邕、潁子容、賈逵、服虔等），皆以廟、學、明堂、靈臺為一。

<一章-1>**經始靈臺，經之營之。庶民攻之，不日成之。**

【毛傳】神之精明者稱靈。四方而高曰臺。經，度之也。攻，作也。不日有成也。

【鄭箋】文王應天命，度始靈臺之基趾，營表其位。眾民則築作，不設期日而成之。言說文王之德，勸其事，忘己勞也。觀臺而曰靈者，文王化行，似神之精明，故以名焉。

【程析】營，表，建立標志。不日，不限定完工日期。

【孔疏】○傳“神之”至“成”。

◇◇靈是神之别名，對則有精粗之異，故辨之云“神之精明者”。稱靈，則靈之為稱，就神中精者而名也。

◇◇經度之，謂經理而量度之。攻作，謂庶民築作之。不日有成，謂不設期日，已成功，言民心樂為之也。

【孔疏】○箋“文王”至“以名焉”。

◇◇非天子不得作靈臺，故本之云“文王應天命，始度靈臺之基趾”也。

◇◇營表其位，謂以繩度立表，以定其位處也。

◇◇傳唯解靈之名，不解名臺為靈之意，故申之。此實觀氣祥之臺，而名曰靈者，以文王之化行，似神之精明，故以名焉。以此言文王之臺，故因言文王之化行耳。

◇◇其實天子之臺皆名曰靈臺。

◇服虔《左傳》注云：“天子曰靈臺，諸侯曰觀臺。”是也。若然《書傳》説“武王渡河，言觀臺亞”者，彼謂在臺仰觀之人，不得謂其人為臺，故指實言觀也。

◇僖十五年《左傳》云：“秦伯獲晋侯以歸，乃舍諸靈臺。”秦是諸侯，而得有靈臺者，杜預云：“在京兆鄠縣，周之故臺也。”

◇哀二十五年《左傳》曰：“衛侯為靈臺於藉圃。”言為，則是新造。其時僭名之也。

【孔疏-章旨】“經始”至“成之”。言文王有德，民心附之。

①既徙於豐，乃經理而量度，初始為靈臺之基趾也。既度其處，乃經理之，營表之。

②其位既定，於是天下衆庶之民則競攻而築作之，不設期日而已成之。

◇◇民悦其德，自勸其事，是民心附之也。

<二章-1>**經始勿亟，庶民子來。**

【鄭箋】亟，急也。度始靈臺之基趾，非有急成之意。衆民各以子成父事而來攻之。

<二章-3>**王在靈囿（yòu），麀（yōu）鹿攸伏。**

【毛傳】囿，所以域養禽獸也。天子百里，諸侯四十里。靈囿，言靈道行於囿也。麀，牝（pìn）也。

【鄭箋】攸，所也。文王親至靈囿，視牝鹿所遊伏之處，言愛物也。

【孔疏】傳“囿所以”至“於囿”。

◇◇則囿者，築牆為界域而禽獸在其中，故云“囿，所以域養禽獸也”。

◇◇天子百里，諸侯四十里，解正禮耳。

◇◇其文王之囿，則七十里，故《孟子》云：“齊宣王問於孟子曰：‘文王之囿方七十里，有諸？’孟子曰：‘《書傳》有之。’曰：‘若是其大乎？’‘民猶以為小也。’曰：‘寡人之囿方四十里，民猶以為大，何也？’”是宣王自以為諸侯而問，故云“諸侯四十里”。以宣王不舉天子而問及文王之七十里，則以為文王非天子之制，明天子不止七十里，故宜為百里也。

◇◇又解囿稱靈意，言“言靈道行於囿也”。鄭《駁異義》云：“同言靈者，於臺下為囿、沼，則似因臺為名，其實亦因相近，靈道遍行，故皆稱靈也。”

<三章-1>**麀鹿濯（zhuó）濯，白鳥翯（hè）翯。**

【毛傳】濯濯，娛遊也。翯翯，肥澤也。

【鄭箋】鳥獸肥盛喜樂，言得其所

【陸曰】翯，《字林》云：“鳥白肥澤曰翯。”

【程析】濯濯，肥美貌。翯翯，潔白光澤貌。

【孔疏】傳“濯濯”至“肥澤”。◇◇娛樂遊戲，亦由肥澤故也，二者互相足。

<三章-3>**王在靈沼（zhǎo），於（wū）牣（rèn）魚躍。**

【毛傳】沼，池也。靈沼，言靈道行於沼也。牣，滿也。

【鄭箋】靈沼之水，魚盈滿其中，皆跳躍，亦言得其所。

<四章-1>**虡（jù）業維樅（cōng），賁（fén）鼓維鏞（yōng）。於論（lún）鼓鍾，於樂辟（bì）廱（yōng）。**

【毛傳】植者曰虡，橫者曰栒（xún）。業，大版也。樅，崇牙也。賁，大鼓也。鏞，大鍾也。論，思也。水旋丘如璧曰辟廱，以節觀者。

【鄭箋】論之言倫也（與毛不同）。虡也、栒也，所以懸鍾鼓也。設大版於上，刻畫以為飾。文王立靈臺，而知民之歸附。作靈囿、靈沼，而知鳥獸之得其所。以為音聲之道與政通，故合樂以詳之，於得其倫理乎？鼓與鍾也。於喜樂乎？諸在辟廱中者，言感於中和之至。（與毛不同）

【程析】辟廱，文王離宮名。辟即璧，一種正中有孔的圓形玉器。廱是水澤池沼。離宮中有圓的池沼如璧，因而將辟廱作為離宮的名字。論，有條理。

【樂道主人】栒，一種落葉或常緑灌木，葉子卵形，開白或粉色花，果實球形，紅色或紫紅色，可供觀賞，木材堅韌，可制作手杖。

【孔疏】○傳"植者"至"節觀者"。

◇◇孫炎曰："虡栒之植，所以懸鍾磬也。"郭璞曰："懸鍾磬之木，植者名為虡。"

◇然則懸鍾磬者，兩端有植木，其上有横木，謂直立者為虡，謂横牽者為栒。栒上加之大版，為之飾。

◇孫炎曰："業所以飾栒，刻板捷業，如鋸齒也。其懸鍾磬之處，又以彩色為大牙，其狀隆然，謂之崇牙。"言崇牙之狀樅樅然。

◇《有瞽》曰："設業設虡，崇牙樹羽。"此樅亦文承"虡業"之下，故知樅即崇牙之貌樅樅然也。

◇◇賁，大也，故謂大鼓為賁鼓。

◇《冬官·韗人》云："鼓長八尺，鼓四尺，中圍加三之一，謂賁鼓。"注亦云"大鼓謂之鼖（fén）"，是也。

◇◇《釋樂》云："大鍾謂之鏞。"李巡曰："大鍾音聲大。鏞，大也。"郭璞曰："亦名鏄（bó）也。"

◇◇水旋丘如璧者，璧體圓而內有孔，此水亦圓而內有地，猶如璧然。土之高者曰丘，此水內之地未必高於水外，正謂水下而地高，故以丘言之。以水繞丘所以，約觀者，令在外而觀也。

【孔疏】○箋"論之"至"之至"。

◇◇以倫理之字宜為倫，故曰"論之言倫也"。

◇◇其磬鏄亦有栒虡也。

◇◇又解上言臺、沼，此言作樂（yuè）之意。文王知民心歸附，鳥獸得所，以為音聲之道與政通，故大合諸樂以詳之。言欲詳審己德，觀其實允人物之心以否也。

◇◇此在辟廱合樂，必行養老之禮，但主言樂之得理，不美養老之事，故言不及焉。治世之音安以樂，故在辟廱之內與聞之者，莫不喜樂，是其和之至也。

【孔疏-章旨】“虡業”至“辟廱”。

○毛以為，①文王既立靈臺，而知民心歸附。作沼囿，而知鳥獸得所。以為音聲之道與政通，故作樂以詳之，觀己之德行審否，故使人設植者之虡，橫者之栒，上加大版而捷業然。又有崇牙，其飾維樅然。於此虡業之上，懸賁之大鼓，及維鏞之大鍾，然後使人擊之，觀其和否。

②於是思念鼓鍾，使之和諧。於是作樂在此辟廱宮中。是王之靈道行於人物之驗。○鄭唯下二句別，義俱在箋。

<五章-1>**於論鼓鍾，於樂辟廱。鼉（tuó）鼓逢（péng）逢，矇瞍（sǒu）奏公。**

【毛傳】鼉，魚屬。逢逢，和也。有眸子而無見曰矇。無眸子曰瞍。公，事也。

【鄭箋】凡聲，使瞽矇為之。

【程析】鼉，今之揚子鱷。鼉鼓，揚子鱷皮蒙的鼓。公，成功。

【孔疏】傳“鼉魚”至“公事”。

◇◇《月令》：“季夏，命漁師伐蛟取鼉。”漁師，取魚之官，故知鼉是魚之類屬也。陸機《疏》云：“鼉形似水蜥蜴，四足長丈餘，生卵大如鵝卵，甲如鎧甲，今合樂鼉魚甲是也。其皮堅，可以冒鼓。”

◇◇美鼓之得理，而云逢逢，故知為和也。

◇◇矇、瞍皆無目之名，就無目之中以為等級。矇者，言其矇矇然無所見，故知有眸子而無見曰矇，即今之青盲者也。矇有眸子，則瞍當無，故云“無眸子曰瞍”。

◇其瞽亦有眸子，矇之小别也，故《春官·瞽矇》注鄭司農云：“無目眹（zhèn，眼珠，瞳仁）謂之瞽。有目眹而無見謂之矇。有目而無眸子謂之瞍。”亦與此傳同也。此則對而為名，其總則皆謂之瞽。

◇《周頌》有《有瞽》之篇，《周禮》有瞽矇之職，是瞽為總也。《周禮》瞽矇二字已是為官名，故文不及瞍。此言瞍，不言瞽，各從文之所便。《周禮》上瞽、中瞽、下瞽，以智之高下為等級，不以目為次第矣。

《靈臺》五章，章四句。

下　武 【大雅九】

下武維周，世有哲王。三后在天，王配于京。
王配于京，世德作求。永言配命，成王之孚。
成王之孚，下土之式。永言孝思，孝思維則。
媚兹一人，應侯順德。永言孝思，昭（zhāo）哉嗣（sì）服。
昭兹來許，繩其祖武。於（wū）萬斯年，受天之祜（hù）。
受天之祜，四方來賀。於萬斯年，不遐（xiá）有佐！

《下武》六章，章四句。

【毛序】《下武》，繼文也。武王有聖德，復受天命，能昭先人之功焉。

【鄭箋】繼文者，繼文王之王業而成之。昭，明也。

【樂道主人】傳箋及大王、王季、文王、武王。並言鎬京。

【孔疏】序“《下武》”至“功焉”。

◇◇經六章，皆言武王益有明智，配先人之道，成其孝思，繼嗣祖考之跡，皆是繼文能昭先人之功焉。

◇◇經云“三后在天，王配于京”，則武王所繼，自大王、王季皆是矣。而序獨云“繼文”者，作者以周道積基，故本之於三后，言“世有哲王”，見積德之深遠，其實美武王能繼，唯在文王也。大王、王季雖脩德創業，為後世所因，而未有天命，非開基之主，不足使武王聖人繼之。又此篇在《文王》詩後，故詩言“繼文”，著其功之大，且見篇之次也。

◇◇文王已受天命，故言“復受”，為亞前之辭。武王之受天命，白魚入舟是也。

<一章-1>下武維周，世有哲王。

【毛傳】武，繼也。

【鄭箋】下，猶後也。哲，知（zhì）也。後人能繼先祖者，維有周家最大，世世益有明知之王，謂大（tài）王、王季、文王稍就盛也。

【孔疏】○箋“下猶”至“就盛”。

◇◇居下世，即是在後，故云“下，猶後也”。

◇◇王季為西伯，文王又受命，是稍盛也。

◇◇不通數武王者，此言哲王，即是下文“三后”“王配”之文，別在於下，故知世有之中，不兼武王也。

<一章-3>**三后在天，王配于京。**

【毛傳】三后，大王、王季、文王也。王，武王也。

【鄭箋】此三后既沒（mò）登遐（xiá），精氣在天矣。武王又能配行其道於京，謂鎬京也。

【孔疏】箋“此三后”至“鎬京”。

◇◇《曲禮下》云：“天子崩，告喪曰：‘天王登遐。’”注云：“登，上也。遐，已也。”上已者，若仙去云耳。

◇◇以三后皆號為王，故以天子之禮言之。武王居鎬，故知配行其道於京，謂鎬京也。

<二章-1>**王配於京，世德作求。**

【鄭箋】作，為。求，終也。武王配行三后之道於鎬京者，以其世世積德，庶為終成其大功。

【孔疏】箋“作為”至“大功”。世積厚德，是當王天下。文王未及誅紂，即是王事未終。武王乃終之，故云終成其大功。

<二章-3>**永言配命，成王之孚。**

【鄭箋】永，長（cháng）。言，我也。命，猶教令也。孚，信也。此為武王言也。今長我之配行三后之教令者，欲成我周家王道之信也。王德之道成於信，《論語》曰：“民無信不立。”

【孔疏】箋“命猶”至“不立”。

◇◇此承“王配于京”，是配三后，不配天，故以命為教令。

◇◇此篇是武王之詩，於此獨云“此為武王言”者，餘文是作者以已之心論武王之事，此則稱武王口自所言，故辨之也。

◇◇又解欲成王道，所為多矣，獨以信為言者，由王德之道成於信，欲使民信王道，然後天下順從，必伐紂，功成然始得耳。以民無信不立，故引《論語》以證之。

<三章-1>**成王之孚，下土之式。**

【毛傳】式，法也。

【鄭箋】王道尚信，則天下以為法，勤行之。

<三章-3>**永言孝思，孝思維則。**

【毛傳】則其先人也。

【鄭箋】長（cháng）我孝心之所思。所思者，其維則三后之所行。子孫以順祖考為孝。

【樂道主人】鄭箋：永，長。言，我也。

【樂道主人】此兩句承上啟下也。

<四章-1>**媚兹一人，應侯順德。**

【毛傳】一人，天子也。應，當。侯，維也。

【鄭箋】媚，愛。兹，此也。可愛乎武王，能當此順德。謂能成其祖考之功也。《易》曰："君子以順德，積小以高大。"

【孔疏】○傳"一人"至"侯維"。《曲禮下》云："天子自稱曰予一人。"言其天下之貴，唯一人而已，謂天子為一人。

【孔疏】○箋"可愛"至"高大"。

◇◇序言"繼文"，此云"順德"，故知是順其先人之心，成其祖考之德。

◇◇所引《易》者，《升卦·象辭》。升卦巽下坤上，故言木生地中。木漸而順長以成樹，猶人順德以成功。

◇◇彼謂一人之身，漸積以成，此則順父祖而成事，亦相類，故引以為證。

<四章-3>**永言孝思，昭（zhāo）哉嗣（sì）服。**

【鄭箋】服，事也。明哉，武王之嗣行祖考之事。謂伐紂定天下。

【孔疏】○箋"服事"至"天下"。

◇◇《禮記·大傳》曰："牧之野，武王之大事。"故知嗣行祖考之事，唯謂伐紂定天下也。

◇◇上言"永言配命""永言孝思"，其下句云"成王之孚""孝思維則"，亦是武王自言。此云"昭哉嗣服"，是作者美武王之辭，所以亦與"孝思"相連者，上云"永言孝思"，是武王自言，此又述武王之言，歎而美之，並此"孝思"之句，亦非武王自言，得與嗣服相連也。

【孔疏-章旨】“媚兹”至“嗣服”既言武王能法則三后之道，故於此歎而美之。

①可愛乎，此一人之武王。所以可愛者，以其能當此維順之德。祖考欲定天下，武王能順而定之，是能當順德。又述武王所言而歎美之。

②武王自言，長我孝心之所思者，此事顯明哉。武王實能嗣行祖考之事，伐紂定天下，是能嗣祖考也。

<五章-1>**昭兹來許，繩其祖武。**

【毛傳】許，進。繩，戒。武，跡也。

【鄭箋】兹，此。來，勤也。武王能明此勤行，進於善道，戒慎其所履踐之跡，美其終成之。

【孔疏】○傳“許進”至“武跡”。◇◇以禮法既許，而後得進，故以許為進。

【孔疏】○箋“兹此”至“成之”。◇◇戒慎祖考履踐之跡，謂謹慎奉行，故美其終成之。

<五章-1>**於（wū）萬斯年，受天之祜（hù）。**

【鄭箋】祜，福也。天下樂仰武王之德，欲其壽考之言也。○祜音户。下同。

【程析】於，美歎聲。

【孔疏】○箋“祜福”至“之言”。◇◇以萬年受福，是祝慶之辭，故知武王為天下所樂仰，此是欲其得福之言也。

【孔疏-章旨】“昭兹”至“之祜”。既言武王能嗣行祖事，又美其為民所樂仰。

①言武王能明此勤行，進於善道，戒慎其祖考所行之跡而踐行之。

②猶行善不倦，故為天下樂仰，皆欲令武王得於萬年之壽，且又多受天之福禄。

◇◇言武王行善之故，為民愛之如此。

<六章-1>**受天之祜，四方來賀。於萬斯年，不遐（xiá）有佐！**

【毛傳】遠夷來佐也。

【鄭箋】武王受此萬年之壽，不遠有佐。言其輔佐之臣，亦宜蒙其餘福也。《書》曰“公其以予萬億年”，亦君同臣福禄也（與毛不同）。

【樂道主人】鄭子之一以貫之理義：天非只賜福惡與天子也，福君必福臣，惡君必惡臣。

【程析】遐，遠。

【孔疏】○傳“遠夷來佐”。

◇◇言不遠有佐，是遠有佐。遠人佐天子，唯夷狄耳，故知遠夷來佐之。《書叙》言：“武王既勝殷，西旅獻獒，巢伯來朝。”《魯語》曰：“武王克商，遂通道於九夷八蠻，肅慎來賀。”是遠夷來佐之事。

◇◇“不遐有佐”為遠夷，則“四方來賀”為諸夏。《民勞》傳曰：“四方，諸夏。”是也。

【孔疏】○箋“武王”至“福禄”。

◇◇箋以“不遐有佐”順文自通，不當反其言，**故易之**。

◇◇武王既有萬年之壽，不遠有輔佐之臣，共蒙其福。其封為諸侯，則與周升降；其仕於王朝，則繼世在位，是其不與遠之。

◇◇引《書》曰“公其以予萬億年”者，《洛誥》文。成王告周公，言公與我身，皆得萬億之年。既引其文，乃申其意，言彼亦君臣同福禄，故知此亦武王君臣同受福矣。

【孔疏-章旨】“受天”至“有佐”。

○毛以為，①民欲王受福，即實言其受福之事。武王既受得天之祜福，故四方諸侯之國皆貢獻慶之。

②又得於此萬年之壽，豈不遠有佐助之乎！言有遠方夷狄來佐助之也。此乘上章之文，故先言所受天之祜，因則為遠近之次，故先言四方，後言遠夷。四方，謂中國諸侯也。

○鄭唯以下句為異。②言武王得於此萬年之壽，不遠其有輔佐之臣。言王親近其臣，與之同福。

《下武》六章，章四句。

文王有聲 【大雅十】

文王有聲，遹（yù）駿有聲。遹求厥寧，遹觀厥成。文王烝哉！

文王受命，有此武功。既伐于崇，作邑于豐。文王烝哉！

築城伊（yī）淢（xù），作豐伊匹（pǐ）。匪棘其欲，遹追來孝。王后烝哉！

王公伊濯（zhóu），維豐之垣（yuán）。四方攸同，王后維翰。王后烝哉！

豐水東注，維禹之績。四方攸同，皇王維辟（bì）。皇王烝哉！

鎬京辟（bì）廱（yōng），自西自東，自南自北，無思不服。皇王烝哉！

考卜（bǔ）維王，宅是鎬京。維龜正之，武王成之。武王烝哉！

豐水有芑（qǐ），武王豈不仕？詒（yí）厥孫（xùn）謀，以燕（yàn）翼子。武王烝哉！

《文王有聲》八章，章五句。

【毛序】《文王有聲》，繼伐也。武王能廣文王之聲，卒其伐功也。

【鄭箋】繼伐者，文王伐崇，而武王伐紂。

【孔疏】序“《文王有聲》”至“伐功”。

◇◇經八章，上四章言文王之事，下四章言武王繼之，是繼伐。

◇首章言文王有聲，武王則道廣於文王，是能廣文王令聞之聲。二章言文王伐崇，武王伐紂以定天下，是卒其伐功。經雖無武王廣聲、卒伐之事，於理則有，故序言亦以轉互相明也。

◇上四章言文王有令聞之聲、成名之德，作豐邑以追孝心，同四方而正法度，所為不止於伐崇也。下四章言武王君天下，服四方，定鎬京而成卜兆，傳善謀以安後世，所為不止於伐紂。唯以繼伐言之者，以其所施之事，皆伐之功，故言繼伐以總之。

◇◇此篇八章，其末俱言“烝哉”。而四章言文、武之謚，四章言王后、皇王，作者變其文，見其事有異。

◇上四章雖同是文王之事，而首章、二章言文王令聞成民，受命伐罪，是文王事之盛者，故舉其義謚而稱文王。三章言築城大小之事，述其所徙之言：四章言作豐以王四方，施化而為法度，比之前事為不盛，故不舉其謚，而變言王后。

◇下四章雖同是武王之事，五章、六章，言武王伐紂，作邑定居，四方歸服，於武王之事為不盛，故不舉義謚，比文王之事則益大，故變言**皇王**。七章言考卜而後居鎬京，伐紂以成其占：八章言重功業以為大事，傳順謀以安孫子，除虐去殘，詒訓後世，是武王之事盛者，故文舉其義謚而言武王。

◇◇文王之事，則盛者居前，不盛次之。武王之事，則不盛在先者，見武王不盛之事，盛於文王之盛者。作者比其事之大小，而為之章次也。

<一章-1>**文王有聲，遹（yù）駿有聲。遹求厥寧，遹觀厥成。**

【鄭箋】遹，述。駿，大（tài）。求，終。觀，多也。文王有令聞之聲者，乃述行有令聞之聲之道所致也。所述者，謂大王、王季也。又述行終其安民之道，又述行多其成民之德，言周德之世益盛。

【程析】厥，其。

【樂道主人】鄭子再次强調累世積德的重要。

【孔疏】○箋“遹述”至“益盛”。

◇◇《孔子閒居》曰：“三代之王，必先其令聞。”言有善事可以聞於外，是為有聲矣。故為有聲，是令聞之聲。言述行者，是述先聞之辭，故知謂述大王、王季也。聲聞則長之使大，令為己有，故云“遹駿有聲”。

◇◇其安民、成民，則大王、王季有此行，但其事未終未多，今文王則終之多之，皆述行其道而增廣之耳。

<一章-5>**文王烝哉！**

【毛傳】烝，君也。

【鄭箋】君哉者，言其誠得人君之道。

【陸曰】烝，《韓詩》云：“美也。”

【孔疏-章旨】“文王”至“烝哉”。

①此文王乃有令聞之善聲。所以有之者，以文王從後仰而述行廣大其大王、王季所有令聞之善聲。所廣大者，謂文王又述行終其大王、王季安民之道，又述行多其大王、王季成民之德，以此益盛而大有聲也。

②此文王之德，信得人君之道哉。

<二章-1>**文王受命，有此武功。既伐于崇，作邑于豐。**

【鄭箋】武功，謂伐四國及崇之功也。作邑者，徙都於豐，以應天命。

<二章-5>**文王烝哉！**

【孔疏】箋“武功”至“天命”。

◇◇經別言“既伐于崇”，則“武功”之言，非獨伐崇而已。受命之後，所伐邘（yú）、耆（qí）、密須、混夷之屬皆是也，故云“武功，謂伐四國及崇之功也”。武功之中既兼伐崇，而別言“既伐於崇”者，以其功最大，其伐最後，故特言之，為作邑張本，言功成乃作都也。

◇◇言應天命者，天既命為天子，當立天子之居，故言徙都於豐，以應天命。或以為於豐得命，故徙豐應之。然則武王於盟津得命，不可徙都入河，乃遷都於鎬，非得命之地矣。

<三章-1>**築城伊（yī）淢（xù），作豐伊匹（pǐ）。匪棘其欲，遹追來孝。**

【毛傳】淢（xù），成溝也。匹，配也。

【鄭箋】方十里曰成。淢，其溝也，廣深各八尺。棘，急。來，勤也。文王受命而猶不自足，築豐邑之城，大小適與成偶，大於諸侯，小於天子之制。此非以急成從己之欲，欲廣都邑，乃述追王季勤孝之行，進其業也。

【程析】伊，為。

【樂道主人】鄭箋：遹，述。

【孔疏】○傳“淢，成溝”。◇◇《冬官·匠人》云：“井間有溝，成間有淢（xù）。”溝是總名，故云“淢，成溝”，謂十里成間所有溝。淢、洫，音同。

【孔疏】○箋“方十里”至“其業”。

◇◇申傳“減（xù），成溝”之義，故云“方十里曰成。減，其溝也”。言每方十里之地，其外有此溝，謂之為減。此減廣八尺深八尺。《匠人》云：“方十里為成，成間廣八尺深八尺謂之洫。”是其事也。

◇◇文王既已受命，當為天子，其意以紂尚在，猶不敢自足，故築此豐邑之城，大小適與賦法十里之成相匹偶，是大於諸侯，小於天子之制，不以急從己之欲，欲得廣此都邑，乃述追王季勤孝之行。以王季勤孝，欲早成周道，故己早建都邑，以進其功業。

◇文王所述，述大（tài）王以來。此止言王季者，以大王始有王跡，勤行其道，大王以前未有王跡，不得言大王勤孝。欲成父功，故所追勤孝，唯王季也。

◇◇《春官·典命》云：“上公九命，侯伯七命，子男五命。其國家宮室，皆以命數為節。”注云：“國家之所居，謂城方也。公之城蓋方九里，侯伯之城蓋方七里，子男之城蓋方五里。”

◇《坊記》注云：“子男之城方五里。”此二注皆以公城方九里為差，則天子之城十二里矣，故此十里為小於天子也。

◇《異義駁》云：“鄭伯之城方五里。”又以侯伯為五里者，鄭兩解，故《書傳》云：“古者百里之國九里之城，七十里之國五里之城，五十里之國三里之城。”

◇注云：“玄或疑焉。《周禮·匠人》營國方九里，謂天子之城。今大國九里，則與之同。然則大國七里之城，次國五里之城，小國三里之城為近耳。或者天子實十二里之城，諸侯大國九里，次國七里，小國五里。”是鄭兩解之事也。

◇以《匠人》《典命》俱是正文，故不敢執定。《典命》注每言“蓋”，《匠人》注云“立王國若邦國”者，皆為疑辭，以見二塗之意也。

<三章-5>**王后烝哉！**

【毛傳】后，君也。

【鄭箋】變諡言王后者，非其盛事，不以義諡。

【孔疏】○傳“后，君”。

◇◇箋以作文有體，章類宜同，今半諡半否，故知變之有義。

◇◇以相比校，無諡之章，其事皆劣，故言非其盛事，不以義諡，謂不以義理而言其謚也。謚者，行之成名，總一身之美，故事盛者稱之，不盛者變名耳。

【孔疏-章旨】“築城”至“烝哉”。上言作邑於豐，此述作豐之制。

①言文王興築豐邑之城，維如一成之淢。淢內之地，其方十里。文王作此豐邑，維與相匹，言大小正與成淢相配偶，是大於諸侯，小於天子之制，所以才得伐崇。即作此邑者，非以急從己之欲而廣此都邑，乃述追王季勤孝之行，思進其業故耳。

②此王之為人后也，誠得人君之道哉。

<四章-1>**王公伊濯（zhóu），維豐之垣（yuán）。四方攸同，王后維翰。**

【毛傳】濯，大。翰，幹（gàn）也。

【鄭箋】公，事也。文王述行大王、王季之王業，其事益大。作邑於豐，城之既成，又垣（yuán）之，立宮室，乃為天下所同心而歸之。王后為之幹者，正其政教，定其法度。

【樂道主人】攸，所以。

【孔疏】○箋“文王”至“法度”。

◇◇言王事伊大，則從小至大，非文王之事自為大也。

◇◇上言“遹追來孝”，此承其下，故知是述大王、王季之業，其事益大。

◇◇上言“築城”“作豐”，此言“維豐之垣”，則是豐城之內別起垣也，故云“作邑於豐，城之既成，又垣之，立宮室”。謂立天子之宮室。

◇◇宮室既定，萬姓知有所歸，故為天下所同心而歸之。

◇◇幹者，築牆所立之木。幹與牆為法，故為之幹者，正其政教，定其法度。

<四章-5>王后烝哉！

【樂道主人】毛傳：后，君也。鄭箋：變謚言王后者，非其盛事，不以義謚。

【孔疏-章旨】“王公”至“烝哉”。

①既言築作豐城，欲又本之前世，言此王述先王之業，其事維益大矣。

②即言大之狀，維在豐城之內，更築而垣牆之，以立宮室而居焉，乃為天下四方之民所共同心而歸之。其王君文王，維乃為之楨（zhēn）幹，謂為施法度以行之。（上列序號以經文兩句為一段譯解）

③是王后誠得人君之道哉。

<五章-1>**豐水東注，維禹之績。四方攸同，皇王維辟**（bì）。

【毛傳】績，業。皇，大也。

【鄭箋】績，功。辟，君也。昔堯時洪水，而豐水亦汎濫為害。禹治之，使入渭，東注於河，禹之功也。文王、武王今得作邑於其旁地，為天下所同心而歸。大王為之君，乃由禹之功，故引美之。豐邑在豐水之西，鎬京在豐水之東。

【孔疏】○箋“績功”至“之東”。

◇◇功、業大同耳。據其力之所成則謂之功，言其澤及於後則謂之業。昭元年《左傳》劉定公見雒汭之水曰：“美哉，禹之功也！”此亦見豐水而思禹，**故易傳**以績為功。

◇◇《堯典》曰：“湯湯洪水。”是堯時洪水。此言豐水東注，由禹之功，故知豐水亦泛濫為害，禹治之也。泛濫，謂汎長濫決，平地有水也。《禹貢》曰：“導渭自鳥鼠同穴，東會於豐，入於河。”是豐水入渭，東注於河。

◇◇此章武王之事，而並言文王作邑於其傍者，以二邑皆在豐傍，舉豐而言，可以兼及文王，欲連言之。《帝王世紀》云：“豐、鎬皆在長安之西南。”言豐邑在豐水之西，鎬京在豐水之東，以時驗而知之。

<五章-5>**皇王烝哉！**

【鄭箋】變王后言大王者，武王之事又益大。

【孔疏】○箋“變王”至“益大”。

◇◇此與下章俱言皇王，而下有鎬京之事，知此皇王為武王也。同不言謚，而王后與皇王異文，既人異而辭變，故知為武王之事，又益大也。

◇◇此與上章皆言“四方攸同”，而言益大者，以文王亦武王，故亦以四方言之，其實同歸之者，少於武王也。

【孔疏-章旨】“豐水”至“烝哉”。上既言文王之事，故武王繼之。

①今豐水之得東流，注渭入河者，是禹之功業，言禹決治之，其傍得

成平地也。

②今文王得作邑於傍，武王既成鎬京，故為天下四方所共同心歸之，文王、武王維於是為之君而施化焉。（上列序號以經文兩句為一段譯解）

③此大王誠得人君之道哉。

<六章-1>**鎬京辟（bì）廱（yōng），自西自東，自南自北，無思不服。**

【毛傳】武王作邑於鎬京。

【鄭箋】自，由也。武王於鎬京行辟廱之禮，自四方來觀者，皆感化其德，心無不歸服者。

【程析】思，語助詞。

【樂道主人】辟廱，《大雅·靈臺》有詳解。程析：辟廱，文王離宮名。辟即璧，一種正中有孔的圓形玉器。廱是水澤池沼。離宮中有圓的池沼如璧，因而將辟廱作為離宮的名字。

【孔疏】箋"自由"至"服者"。◇◇既言辟廱，即云四方皆服，明由在辟廱行禮，見其行禮，感其德化，故無不歸服也。辟廱之禮，謂養老以教孝悌也。

<六章-5>**皇王烝哉！**

【樂道主人】毛傳：烝，君也。鄭箋：言皇王，皇，大也，始大其業。

<七章-1>**考卜（bǔ）維王，宅是鎬京。維龜正之，武王成之。**

【鄭箋】考，猶稽（jī）也。宅，居也。稽疑之法，必契（qì）灼龜而卜之。武王卜居是鎬京之地，龜則正之，謂得吉兆，武王遂居之。修三后之德，以伐紂定天下，成龜兆之占（zhān），功莫大於此。

【樂道主人】稽，注：考也。

【孔疏】○箋"考猶"至"於此"。

◇◇以稽疑之法，必契（qì）灼龜而葡之。

◇◇正謂得吉兆，龜正定其吉，云此地可居。卜兆言吉，居之而得天下，是成龜兆之占，伐去虐紂，身即王位，功莫大於此者。伐紂為成龜兆之占，定本、《集注》皆云"功莫大是也"，義亦得通。

◇◇《禮記》引此詩，彼注云："武王築而成之。"與此異者，引《詩》斷章，多異於本。此顧上下之文言"武王烝哉"，是武王之盛事不宜直言其築作而已，故以伐紂為成之。

<七章-5>**武王烝哉！**

【樂道主人】毛傳：烝，君也。鄭箋：上言皇王，而變言武王者，

皇，大也，始大其業，至武王伐紂成之，故言武王也。

【孔疏-章旨】“考卜”至“烝哉”。

①言稽考其疑，灼疑龜而卜之者，維武王所疑而卜者，其宅居於是鎬京之地。

②維此所契之龜，則出其吉兆以正定之，言居此必吉，故得天下。武王則能成之，伐紂以定天下，成此龜兆之占。（上列序號以經文兩句為一段譯解）

③是功之大美者，此武王誠得人君之道哉。

<八章-1>**豐水有芑（qǐ），武王豈不仕？詒（yí）厥孫（xùn）謀，以燕（yàn）翼子。**

【毛傳】芑，草也。仕，事。燕，安。翼，敬也。

【鄭箋】詒，猶傳（chuán）也。孫，順也。豐水猶以其潤澤生草，武王豈不以其功業為事乎？以之為事，故傳其所以順天下之謀，以安其敬事之子孫，謂使行芑之也。《書》曰：“厥考翼，其肯曰：‘我有後，弗棄基？’”

【程析】芑，水芹菜。厥，其。

【樂道主人】孔疏：八章言重功業以為大事，傳順謀以安孫子，除虐去殘，詒訓後世，是武王之事盛者，故文舉其義謚而言武王。

【孔疏】○箋“詒猶”至“棄基”。

◇◇詒訓遺，即流傳之義，故詒猶傳也。

◇◇傳其所以順天下之謀者，謂聖人所謀之事，行之則必順天下之心，安其敬事之子孫。言子孫敬事，能遵用其道，則得安也。必言敬事者，若子孫不敬，則不能行之；不能行，則不得安，故安、敬並言之。

◇◇引《書》曰者，《大誥（gào）》文。彼上文以堂屋耕播為喻，言父為之於前，子不循於後，其父則嫌責之。此假言其父之辭。彼注云：“其父敬職之人，其肯曰：‘我有後，子孫不廢棄我基業乎？’”

◇引此明後人須因前基，故云傳謀以安敬後，證翼為敬。彼言父敬，此言子孫明敬事者，乃能不棄基，故引而反以相明。

<八章-1>**武王烝哉！**

【鄭箋】上言皇王，而變言武王者，皇，大也，始大其業，至武王伐紂成之，故言武王也。

【孔疏-章旨】“豐水”至“烝哉”。

①言豐水之傍有芑菜，豐水是無情之物，猶以潤澤而生菜為己事，況武王豈不以功業為事乎？

②言實以功業為事，思得澤及後人，故遺傳其所以順天下之謀，以安敬事之子孫。言武王能傳順天下，功被來世，後人敬其事者，則得行之乃安。（上列序號以經文兩句為一段譯解）

③是武王之道，令得長世，武王誠得為人君之道哉。

《文王有聲》八章，章五句。

生　民 【大雅十一】

厥初生民，時維姜嫄。生民如何？克禋（yīn）克祀，以弗（fú）無子。履帝武敏歆（xīn），攸介攸止。載震載夙（sù），載生載育，時維后稷。

誕（dàn）彌厥月，先生如達。不坼（chè）不副（pì），無菑（zāi）無害，以赫厥靈。上帝不（pī/bù）寧。不康禋祀，居然生子。

誕寘（zhì）之隘（ài）巷，牛羊腓（féi）字之。誕寘之平林，會伐平林。誕寘之寒冰，鳥覆翼之。鳥乃去矣，后稷呱（gū）矣。

實覃（tán）實訏（xū），厥聲載路。誕實匍（pú）匐（fú），克岐克嶷（nì），以就口食。蓺之荏菽，荏（rěn）菽旆（pèi）旆，禾役穟（suì）穟。麻麥幪（měng）幪，瓜瓞（dié）唪（běng）唪。

誕后稷之穡，有相（xiàng）之道。茀（fú）厥豐草，種（zhǒng）之黄茂。實方實苞，實種實褎（yòu），實發實秀，實堅實好，實穎實栗，即有邰（tái）家室。

誕降嘉種（zhǒng），維秬（jù）維秠（pī），維穈（mén）維芑（qǐ）。恒（gèng）之秬秠，是穫是畝。恒之穈芑，是任是負，以歸肇（zhào）祀。

誕我祀如何？或舂（chōng）或揄（yóu），或簸（bǒ）或蹂（róu）。釋之叟（sōu）叟，烝之浮浮。載謀載惟，取蕭（xiāo）祭脂（zhī）。取羝（dī）以軷（bá），載燔（fán）載烈，以興嗣歲。

卬（áng）盛（chéng）于豆，于豆于登，其香始升。上帝居歆，胡臭（xiù）亶（dǎn）時。后稷肇祀，庶無罪悔，以迄（qì）于今。

《生民》八章，四章章十句，四章章八句。（1、4、5、7章十句，2、3、6、8章八句）

【陸曰】自《生民》至《卷阿》八篇，成王、周公之正《大雅》。

【毛序】《生民》，尊祖也。后稷生於姜嫄，文、武之功起於后稷，故推以配天焉。

【陸曰】姜，姓。嫄，名。有邰氏之女，帝嚳元妃（與毛同），后稷母也。

【程析】這是周史詩中非常有名的一篇，追述周人始祖后稷的事跡。

【孔疏】序“《生民》”至“配天焉”。

◇◇作《生民》詩者，言尊祖也。序又言尊祖之意。以后稷生於姜嫄而來，其文王受命，武王除亂，以定天下之功，其兆本起由於后稷。及周公、成王致大平、制禮，以王功起於后稷，故推舉之以配天，謂配夏正郊天焉。

◇祭天而以祖配祭者，天無形象，推人道以事之，當得人為之主。《禮記》稱“萬物本於天，人本於祖”，俱為其本，可以相配，是故王者皆以祖配天，是同祖於天，故為尊也。

◇祖之定名，父之父耳。但祖者始也，己所從始也，自父之父以上皆得稱焉。此后稷之於成王，乃十七世祖也。

◇◇不言姜嫄生后稷者，經稱“厥初生民，時維姜嫄”，是據后稷本之姜嫄，故序亦順經而為文也。

◇◇言文、武之功起於后稷者，《周語》云：“后稷勤周，十五世而興。”是后稷勤行功業，為周室開基也。《中候·稷起》注云：“堯受《河圖》《洛書》，后稷有名録，苗裔當王。”是后稷子孫當王，名見《圖》《書》也。文既因之，武亦因之，故並言“文、武之功起於后稷”也。

◇◇經八章，上三章言后稷生之所由顯異之事，是后稷生於姜嫄也。下五章言后稷長而有功，見其得以配天之意。其言“推以配天”，結上“尊祖”之言，於經無所當也。

<一章-1>**厥初生民，時維姜嫄。**

【毛傳】生民，本后稷也。姜，姓也。后稷之母配高辛氏帝焉。

【鄭箋】厥，其。初，始。時，是也。言周之始祖，其生之者，是姜嫄也。姜姓者，炎帝之後。有女名嫄，當堯之時，為高辛氏之世妃（與毛不同），本后稷之初生，故謂之生民。

【孔疏】○傳“生民”至“帝焉”。

◇◇此章首言生民即后稷也。后稷而謂之民者，本其初生而未有貴位，生與民同，以民言之，故云“生民，本后稷也”。

◇◇《晋語》云：“黄帝以姬水成，炎帝以姜水成，成而異德，故黄帝為姬，炎帝為姜。”是姜者，炎帝之姓，故云“姜，姓也”。

◇◇言后稷之母配高辛氏帝，謂為帝嚳（kù）之妃，與嚳相配而生此后稷，以后稷為嚳之子也。張晏曰：“高辛所興地名嚳，以字為號，上古質故也。”

◇《大戴禮·帝系篇》：“帝嚳卜其四妃之子，皆有天下。

◇上妃，有邰（tái）氏之女，曰姜嫄，而生后稷；

◇次妃，有娀（sōng）氏之女，曰簡狄，而生契（qì）；

◇次妃陳鋒氏之女曰慶都，生帝堯；

◇下妃娵（jū）訾（zǐ）之女曰常儀，生摯（zhì）。”

◇以堯與契俱為嚳子。

◇《家語》《世本》其文亦然。故毛為此傳及《玄鳥》之傳，司馬遷為《五帝本紀》皆依用焉。其後劉歆、班固、賈逵、馬融、服虔、王肅、皇甫謐等，皆以為然。

◇◇然則堯為聖君，契為賢弟，在位七十載而不能用，必待舜乃舉之者，聖人顯仁藏用，匿跡隱端，雖則自知，故不委任，待衆舉而後用，見取人之大法耳。若稷、契，堯之親弟，當生在堯立之前，比至堯崩，百餘歲矣。堯崩之後，仍為舜所敕用者，以其並是上智，壽或過人，不可以凡人促齡，而怪彼永命也。

◇若稷、契即是嚳子，則未嘗隔世。《左傳》之説八元，云“世濟其美”者，正以能承父業，即稱為世，不要歷數世也。

◇其緯候之書及《春秋命歷序》言五帝傳世之事為毛説者，皆所不信。

【孔疏】○箋“厥其”至“生民”

◇◇周始祖，后稷也。周以后稷為始祖，文王為太祖。雍，禘太祖，謂文王也。后稷以初始感生，謂之始祖，又以祖之尊大，亦謂之太祖。《周語》曰：“我太祖后稷之所經緯。”是也。

◇若文王以受命之大，唯得稱太祖，不得言始祖也。

◇箋必名此經之民為始祖者，以人之為人，皆有始生之時，如此詩言初生，欲明自此已前未有周家種類，周之上元始生於此，故言周之始祖，解其言“厥初”之意也。

◇◇以炎帝姓姜，故知姜嫄是炎帝之後。姓姜而以嫄配之，故知有女名嫄。婦人不以名行，此嫄或當是字，但五帝時質，未必有名字之别，故以名言之。

◇◇鄭信讖緯，以《命歷序》云“少昊傳八世，顓（zhuān）頊（xū）傳九世，帝嚳傳十世”，則堯非嚳子，稷年又小於堯，則姜嫄不得為帝嚳之妃，故云“當堯之時，為高辛氏之世妃”，謂為其後世子孫之妃也。人世短長無定，於是時書又散亡，未知其為幾世，故直以世言之。其《大戴禮》《史記》諸書，皆鄭所不信。

◇◇張融云：“稷、契年稚於堯，堯不與嚳並處帝位，則稷、契焉得為嚳子乎？若使稷、契必嚳子，如《史記》是堯之兄弟也。堯有賢弟七十，不用須舜與之，此不然明矣。

◇《詩》之雅、頌，姜嫄履跡而生，為周始祖；有娀以玄鳥生商，而契為玄王。即如毛傳、《史記》之説，嚳為稷、契之父，帝嚳聖夫，姜嫄正妃，配合生子，人之常道，則《詩》何故但歎其母，不美其父，而云‘赫赫姜嫄，其德不回。上帝是依，是生后稷？’周、魯何殊。特立姜嫄之廟乎？”

◇融之此言，蓋得鄭旨，但以姜嫄為世妃，則於《左傳》“世濟”之文復協，**故易傳**不以為高辛之妃也。

<一章-3>**生民如何？克禋（yīn）克祀，以弗（fú）無子。**

【毛傳】禋，敬。弗，去也。去無子，求有子，古者必立郊禖焉。玄鳥至之日，以大牢祠於郊禖，天子親往，后妃率九嬪御。乃禮天子所御，帶以弓韣（dú），授以弓矢，於郊禖之前。

【鄭箋】克，能也。弗之言祓（fú）也（與毛不同）。姜嫄之生后稷，如何乎？乃禋祀上帝於郊禖，以祓除其無子之疾，而得其福也。能者，言齊（zhāi）肅當神明意也。二王之後，得用天子之禮。

【樂道主人】韣，弓袋。

【孔疏】○傳“禋敬”至“之前”。

◇◇《釋詁》云“禋，祭也”，則禋是祭之名。又云“禋，敬也”，義得相通。且祭必致敬，故以禋為敬也。《大宗伯》云：“禋祀昊天上帝。”注云：“禋之言煙。周人尚臭。煙，氣之臭聞者也。”則鄭以禋者唯**祭天**之名，故《書》稱“禋於六宗”，鄭皆以為天神。

◇◇經傳之中，亦非祭天而稱禋祀者，諸儒遂以禋為祭之通名。

◇◇袁準曰：“禋（yīn）者，煙氣煙煴（yūn）也。天之體遠，不可得就，聖人思盡其心，而不知所由，故因煙氣之上，以致其誠，故《外傳》曰‘精意以享，禋’，此之謂也。”準又稱：難者曰：“禋於文王，何也？”曰：“夫名有轉相因者，《周禮》云‘禋祀上帝’，辨其本言煙煴之禮也。《書》曰‘禋於文、武’者，取其辨精意以享也。先儒云‘凡絜祀曰禋’，若絜祀為禋，不宜別六宗與山川也。凡祭祀無不絜，而不可謂皆精。然則精意以享，宜施燔燎，精誠以假煙氣之升，以達其誠故也。”切以準言為然。

◇◇鄭於《尚書》以文、武於明堂配五帝，故亦以稱禋。是禋名唯施於祭天也。傳於此下，即說郊禖之祀。郊必祭天，則毛亦以此禋為祭天。

◇其餘《書傳》言禋者，則未知毛意與誰同也。

◇◇弗訓為去，心所不欲，即當去之，故以“弗，去”謂去無子以求有子也。

◇◇經言禋祀，未知所祀之神，故云“古者必立郊禖焉”。言此祀，祀郊禖也。知者，以婦人無外事，不因求子之祭，無有出國之理。又禋祀以求子，唯禖為然，故知禋祀是祀禖也。

◇◇玄鳥，燕也。燕至在春分二月之中，燕以此時感陽氣來集人堂宇，其來主為產乳蕃滋，故王者重其初至之日，用牛羊豕之太牢，祀於郊禖之神，蓋祭天而以先禖者配之。變禖言禖者，神之也。

◇◇其祭之時，天子親自身往，敬其事，故親祭之。於時后妃率九嬪從之，而往侍御於祭焉。

◇天子內官有后也，夫人也，嬪也，世婦也，女御也，而獨言九嬪者，以后是內官之主，須后妃率之，五等則九嬪居中，舉中而言，明百二十人皆往也。未有孕而往者，求其早有孕也。內官百二十人，周之制也。高辛之時，未有此數，因禮之成文而引之耳。於祀之時，乃以醴酒禮天子所御，謂已被幸有娠者也。

◇◇使太祝酌酒飲之於郊禖之庭，以神之惠光顯之也。既飲之酒，又帶以弓之韣衣，授以弓矢，使執之於郊禖之前。弓矢者，男子之事，使之帶弓衣，執弓矢，冀其所生為男也。

◇◇鄭於《月令》之注，其意則然。唯“高禖”異耳。故鄭注云：“高辛氏之世，玄鳥遺鳦（yǐ）卵，簡狄吞之而生契。後王以為禖官嘉祥而立其祀焉。”以為由高辛有嘉祥，故稱高禖。蔡邕《月令章句》云：“高禖，祀名。高猶尊也，禖猶媒也。吉事先見之象，謂之人先。”

◇毛於此及《玄鳥》傳皆依作“郊禖”，則讀高為郊。下傳云：“從於帝而見於天。”則此祭為祭天，不祭人先也。於郊故謂之郊，不由高辛，亦不以高為尊也。

◇◇郊天用特牲，而此祭天用太牢者，以兼祭先禖之神，異於常郊故也。

◇◇鄭於此箋亦云“禋祀上帝於郊禖”，則后稷未生之前，已有郊禖之祀矣。而《月令》注以為，簡狄吞鳦卵生契，後王以為嘉祥而立其祀”。又以契之後王始立此祀。二義不同者，《鄭記》王權有此問，焦喬答云：“先契之時，必自有禖氏祓除之祀，位在南郊，蓋以玄鳥至之日祀之矣。”然得禋祀，乃於上也。

◇◇娀簡吞鳦（yǐ）有子之後，後王以為媒官嘉祥，祀之以配帝，謂之高媒。

◇毛傳亦云：“郊禖者，以古自有於郊克禋之義。”又據禮之成文耳。

◇祀天而以先禖配之，義如后土祀以為社。此是鄭冲弟子為說，以申鄭義。其意言高辛已前，祭天於郊，亦以先禖配之，謂之郊禖。至高辛之世，以有吞鳦之事，以為禖之嘉祥，又以高辛之世，禖配此祭，故改之而為高禖。

◇故此箋從傳為郊祀禮，解其高義。後王以為媒官嘉祥而立其祀，謂立禖以配郊，非謂立郊求子始於後王。鄭意或當然也。如此為說，可得合《詩》《禮》二注耳。然《禮》注為高辛之世者，謂高辛之後世子孫猶號高辛，其時簡狄吞鳦卵生契，**如此得與稷同時為堯臣耳**。

【孔疏】○箋“克能”至“之禮”。

◇◇禋祀祀上帝於郊禖，祓除其無子之疾，以得其福，雖解弗字為異，與傳“去無子”之意亦同也。

◇◇非天子不得祭天，此姜嫄是為高辛氏後世之妃，則其夫不為天子，所以得祈郊禖，祭天神，故解之云“二王之後，得用天子之禮”故也。王者存先代，所以通天三統，使得行其正朔，用天子之禮。故《禮運》曰：“杞之郊也，禹宋之郊也。”契是二王之後，得祭天也。

◇◇下言后稷功成，乃封之於邰，則此時必有國矣。未知其國之名，所在之地耳。

<一章-6>**履帝武敏歆（xīn），攸介攸止。載震載夙（sù），載生載育，時維后稷。**

【毛傳】履，踐也。帝，高辛氏之帝也。武，跡。敏，疾也。從於帝而見於天，將事齊敏也。歆，饗（xiǎng）。介，大也。攸止，福祿所止也。震，動。夙，早。育，長也。后稷播百穀以利民。

【鄭箋】帝，上帝也（與毛不同）。敏，拇也（與毛不同）。介，左右也。夙之言肅也。祀郊禖之時，時則有大神之跡，姜嫄履之，足不能滿。履其拇指之處，心體歆歆然。其左右所止住，如有人道感己者也。於是遂有身，而肅戒不復御。後則生子而養長之，名曰棄。舜臣堯而舉之，是為后稷（與毛不同）。

【孔疏】○傳“履踐”至“利民”。

◇◇諸《書傳》言姜嫄履大跡生稷、簡狄吞鳦卵生契者，**皆毛所不信**，故以帝為高辛氏帝。蓋以二章、卒章皆言上帝，此獨言帝不言上，故以為高辛氏帝也。

◇傳既依《爾雅》，以武為跡，而不以敏為拇者，毛意蓋謂《爾雅》不可盡從故也。心識速疾謂之敏，故訓敏為疾。

◇◇又解姜嫄得踐帝跡所由，以高辛之帝親行禋祀，姜嫄從於帝，而往見於天，故行在後而踐帝之跡。從帝見天，即上傳所云“后妃率九嬪御”是也。踐跡者，直謂隨後行耳，非必以足躡其踐地之處也。將事齊敏者，將，行也，謂行祀天之事齊敬而速疾也。

◇◇鬼神食氣謂之歆，故以歆為饗，謂祭而神饗之也。

◇◇福祿所止，謂止於姜嫄，使之早有子也。

◇◇動謂懷任而身動也。昭元年《左傳》曰“邑姜方震大叔”，哀元年《左傳》曰“后緡方震”，皆謂有身為震也。早者，言其得福之早。得福乃有身，早文應在震上，今在下者，見有身而始知得福，故先震後夙，且以為韻。

◇◇故姜嫄之配高辛，亦應久矣，未必生稷之歲始來配之。若前已禋祀，此年始震，則是得福晚矣。而言早者，作者因事而言，以祈即有子，故繼祈為早耳。

◇◇又解此人其名曰棄，所以謂之后稷者，以其身為稷官，能種百穀以利民，故以后稷稱之。《周本紀》云："堯舉棄為農師，天下得其利。"《堯典》云："帝曰：'棄，黎民阻饑，汝后稷播時百穀。'"是其利民之事也。

【孔疏】○箋"帝上帝"至"后稷"。

◇◇鄭以此及《玄鳥》，是說稷以跡生、契以卵生之經文也。

◇《河圖》曰："姜嫄履大人跡生后稷。"

◇《中候·稷起》云："蒼耀稷生感跡昌。"

◇《契握》云："玄鳥翔水遺卵流，娀簡吞之，生契封商。"

◇《苗興》云："契之卵生，稷之跡乳。"

◇《史記·周本紀》云："姜嫄出野，見巨人跡，心忻然悅，欲踐之。踐之，而身動如孕者。及期而生棄。"

◇《殷本紀》云："簡狄行浴，見玄鳥墮其卵。簡狄取吞之，因孕生契。"

◇是稷以跡生、契以卵生之說也。

◇◇又《閟宮》云："赫赫姜嫄，其德不回，上帝是依。"言上帝依姜嫄以生后稷，故以帝為上帝。且鄭以姜嫄非高辛之妃，自然不得以帝為高辛帝矣。此上帝即蒼帝靈威仰也。《長發》箋云："帝，黑帝。"此不言蒼帝者，彼以下有玄王，故言"黑帝"。此下有上帝，故言"上帝"。各隨經勢而為文也。

◇◇《爾雅》引此釋之，而以敏為拇指，故依用之，云："敏，拇也。"孫炎曰："拇，跡大指處。"

◇◇《釋詁》云："介，右也。"郭璞曰："相佑助也。"孫炎曰："介者，相助之義，如人之左右手，故以介為左右也。"

◇◇傳以夙為早。震後言早，於事不次，故轉之云："夙之言肅，自肅戒也。"

◇◇以緯候及《史記》諸文，故知祀郊禖之時，則有大神之跡，姜嫄履之也。履神之跡，直言武足矣，而復言拇，是先履其跟之跡，又移足以就拇。既言大跡，明不能滿，故云："足不能滿，履其拇指之處。"履拇之下而即言歆，故知心體歆歆然，意動之狀也。

◇◇左右所止住，如有人道感己者，謂如人夫妻交接之道。《檀弓》曰："寡婦不夜哭。"注云："嫌思人道。"亦謂此也。

◇◇於是遂有身，肅戒不復御，解"載震載夙"也。《大明》曰："大任有身。"是為震為有身。《静女》傳曰："生子月辰，以金環退之。婦人有娠，則禮當不御。"故所以自肅戒也。

◇◇後則生子而養長之，解"載生載育"也。

◇《周本紀》云："棄之隘巷、寒冰，後收養之。初欲棄之，因名曰棄。"《堯典》云："帝曰：'棄。'"是名之曰棄。

◇文十八年《左傳》曰："高辛氏有才子八人，堯不能舉。舜臣堯而舉之，使布五教於四方。"《堯典》注云："舉八元，使布五教。"契在八元中。稷亦高辛氏之後，自然在八元中矣，故知舜臣堯而舉之。《堯典》注又云："堯初天官為稷，舜登用之年，舉棄為之。"故云"是為后稷"。

◇◇《鄭志》趙商問："此箋云'帝，上帝'。又云：'當堯之時，姜嫄為高辛氏世妃。'意以為非帝嚳之妃。《史記》嚳以姜嫄為妃，是生后稷，明文皎然。又毛亦云'高辛氏帝'。苟信先籍，未覺其徧隱，是以敢問易毛之義。"

◇答曰：即姜嫄誠帝嚳之妃，履大人之跡而歆歆然，是非真意矣。乃有神氣，故意歆歆然。天下之事，以前驗後，其不合者，何可悉信？是故悉信亦非，不信亦非。稷稚於堯，堯見為天子，高辛與堯並在天子位乎？**是箋易傳之意也。**

【孔疏-章旨】"厥初"至"后稷"。

○毛以為，①本其初生此民者，誰生之乎？是維姜嫄。言有女姓姜名嫄生此民也。

②既言姜嫄生民，又問民生之狀。言姜嫄之生此民，如之何以得生之乎？乃由姜嫄能禋敬能恭祀於郊禖之神，以除去無子之疾，故生之也。

③禋祀郊禖之時，其夫高辛氏帝率與俱行，姜嫄隨帝之後，踐履帝跡，行事敬而敏疾，故為神歆饗。神既饗其祭，則愛而佑之，於是為天神所美大，為福禄所依止，即得懷任，則震動而有身。祭則蒙佑獲福之夙

早，終人道則生之。既生之，則長養之。及成人有德，為舜所舉用，播種百穀，以利益下民，維為后稷矣。本其初生，故謂之生民。民則人所不識，后稷是顯見之號，故言“是維后稷”以結之。

○鄭唯履帝以下三句為異。其首尾則同。

③言當祀郊禖之時，有上帝大神之跡。姜嫄因祭見之，遂履此帝跡拇指之處，而足不能滿，時即心體歆歆，如有物所在身之左右，所止住於身中，如有人道精氣之感己者也。於是則震動而有身，則肅戒不復御。餘同。

<二章-1>**誕（dàn）彌厥月，先生如達。**

【毛傳】誕，大。彌，終。達生也，姜嫄之子先生者也。

【鄭箋】達，羊子也。大矣后稷之在其母，終人道十月而生。生如達之生，言易也。

【程析】彌，滿。先生，首胎。

【孔疏】○傳“誕大”至“生者”。

◇◇“達生”者，言其生易如達羊之生，但傳文略耳，非訓達為生也。

◇◇又解言先生之意，以人之產子，先生者多難，此后稷是姜嫄之子最先生者，應難而今易，故言先生以美之。此主言后稷是姜嫄首子而已。后稷有同母弟妹以否，書亦無文焉。

【孔疏】○箋“達羊”至“言易”。

◇◇《說文》云：“達，小羊也。從羊，大聲。”薛琮答韋昭曰：“羊子初生達，小名羔，未成羊曰羜（zhù），大曰羊。長幼之異名。以羊子初生之易，故以比后稷生之易也。

◇◇《大戴禮》及《春秋元命苞》皆云‘人十月而生’。《周本紀》云：‘姜嫄踐巨人跡，身動如孕者，及期而生子。’則終一年矣。此言終月，必終人之常月。**馬遷之言未可信也。**”

<二章-3>**不坼（chè）不副（pì），無菑（zāi）無害。**

【毛傳】言易也。凡人在母，母則病。生則坼副菑害其母，橫逆人道。

【程析】菑，古“災”字。

【孔疏】○傳“言易”至“人道”。

◇◇經之所言，皆說其生之易，故云“言易也”，以總解一經。

◇◇又解易生所以為美者，以凡常之人，在母腹則病，其生則又坼副災害其母，以橫逆人道。今后稷之生，能無坼副災害，故美之也。《晉語》云："文王在母不憂。"是謂未生為在母。

◇坼副皆裂也。《禮記》曰："為天子削瓜者副之。"是副為裂也。坼副災害其母，皆謂當產之時。《閟宮》云："無災無害，彌月不遲。"亦謂生時無災害，故彼箋引此解之，明其同也。

◇然則此經止言生易，不言在母病。傳言"凡人在母，母則病"者，因其生之易，從在母而本之，見凡人之生不如后稷，所以為美耳。

◇◇橫逆人道，謂不由人所生之道也。

◇《史記·楚世家》云："陸終娶於鬼方氏曰女潰，孕三年不乳。乃剖其左脅，獲三人焉。剖其右脅，獲三人焉。"

◇《帝王世紀》云："簡狄剖背生契。"如此之類，是橫逆人道也。若然，契亦大賢，剖背而出，則坼副災害不為惡矣。

◇此美其無災害者，人之賢愚，不由母生之難易，要人情皆欲其易，不欲其難。因見稷之生由，言之以為美耳。

◇《晉語》曰："大任震文王不變，少溲（sōu）於豕牢而得文王，不加病焉。"亦美文王生易，與此同矣。

◇此言橫逆人道，謂人所生之道。上箋云"終人道"者，謂人在母腹之道。如有人道感己者，謂人交接之道。人道之言雖同，三者皆小別耳。

<二章-5>**以赫厥靈，上帝不（pī/bù）寧。不康禋祀，居然生子。**

【毛傳】赫，顯也。不寧，寧也。不康，康也。

【鄭箋】康、寧皆安也（與毛不同）。姜嫄以赫然顯著之徵，其有神靈審矣。此乃天帝之氣也，心猶不安之（與毛不同）。又不安徒以禋祀而無人道，居默然自生子，懼時人不信也。

【樂道主人】上帝，此處毛與鄭皆指上天。審，《說文》：悉也。

【孔疏】○傳"赫顯"至"康也"。

◇◇以赫是明貌，故為顯也。

◇◇天實降福，以安后稷，美姜嫄實為因禋祀所安。而經乃言不（pī）寧不康，故皆反其言也。王肅云："天以是顯著后稷之神靈降福而安之，言姜嫄可謂禋祀所安，無疾而生子。"

【孔疏】○箋"康寧"至"不信"。

◇◇箋以此章上四章言后稷之生，下章言其棄之。此經四句文在既生之後、棄之上，則是説其棄子之意，為下章張本，**故易傳也**。

◇◇履大跡而有身，不由夫而生子，是有顯著之徵也。既見如此徵驗，知其實有神靈，故云姜嫄以赫然顯著之徵，其有神靈審矣。言姜嫄自知此子審是神靈所生也。

◇◇又解上帝不寧之意，祀天而見大人跡，履之如有感已。此感之者，乃是帝之氣，人不當共天交接。今乃與天生子，子雖生訖，其心猶之也。上帝不寧者，為生天之胤（yìn，嗣），故不安。

◇◇“不康禋祀”者，懼時人不信，故不安也。以此故再言不安徒以禋祀而無人道，空祀神明而無人道交接，故居位默然自生子，懼時人不信其然，或得疑其犯禮奸淫而有此胤，以此又復不安。

◇姜嫄既有此事不安，欲望眾信，故棄之以顯其異，使眾人知之也。

◇◇《異義》《詩》齊魯韓、《春秋公羊》説聖人皆無父感天而生，《左氏》説聖人皆有父。

◇謹案《堯典》“以親九族”，即堯母慶都感赤龍而生堯，堯安得九族而親之?《禮讖》云“唐五廟”，知不感天而生。玄之聞也，諸言感生得無父，有父則不感生，此皆偏見之説也。

◇《商頌》曰：“天命玄鳥，降而生商。”謂娀簡吞鳦子生契，是聖人感見於經之明文。劉媪是漢太上皇之妻，感赤龍而生高祖，是非有父感神而生者也?且夫蒲盧之氣嫗煦桑蟲成為己子（此仍古人有誤），況乎天氣因人之精就而神之，反不使子賢聖乎?是則然矣，又何多怪?

◇如鄭此言，天氣因人之精使之賢聖，則天氣不獨生人。

◇此姜嫄得無人道而生子者，言非一端也。彼以古今異説，言感生則不得有父，有父則不得感生，偏執一見，理未弘通，故鄭引蒲盧為喻，以證有父得感生，非必由父也。

◇所引吞鳦生契，即是不由父矣，又何怪於后稷也?稷、契等雖感天氣，母實有夫，則亦為有父。繼父為親，故稱嚳之胄，唐堯之親九族，立五廟，亦猶此也。

◇稷、契俱是感生，棄稷不棄契者，人之意異耳。或者簡狄雖則吞鳦，仍御於夫，其心自安，故不棄之耳。

◇◇馬融之説此詩，則異於是矣，故云“仍御於夫”。

◇王肅引馬融曰：“帝嚳有四妃，上妃姜嫄生后稷，次妃簡狄生契，次妃陳鋒生帝堯，次妃娵訾生帝摯。摯最長，次堯，次契。

◇下妃三人，皆已生子，上妃姜嫄未有子，故禋祀求子。

◇上帝大安其祭祀而與之子。任身之月，帝嚳崩。

◇摯即位而崩，帝堯即位。

◇帝嚳崩後十月而后稷生，蓋遺腹子也。

◇雖為天所安，然寡居而生子，為眾所疑，不可申說。

◇姜嫄知后稷之神奇，必不可害，故欲棄之，以著其神，因以自明。

◇堯亦知其然，故聽姜嫄棄之。"

◇肅以融言為然，又其《奏》云："稷、契之興，自以積德累功於民事，不以大跡與燕卵也。且不夫而育，乃載籍之所以為妖，宗周之所喪滅。"其意不信履大跡之事，而又不能申棄之意，故以為遺腹子，姜嫄避嫌而棄之。

◇王基駮（bó）之曰："凡人有遺體，猶不以為嫌，況於帝嚳聖主，姜嫄賢妃，反當嫌於遭喪之月便犯禮哉！人情不然一也。

◇就如融言，審是帝嚳之子，凡聖主賢妃生子，未必皆賢聖，能為神明所佑。堯有丹朱，舜有商均，文王有管、蔡。姜嫄御於帝嚳而有身，何以知其特有神奇而置之於寒冰乎？假令鳥不覆翼，終疑逾甚，則后稷為無父之子，嚳有淫昏之妃，姜嫄有汙辱之毀，當何以自明哉！本欲避嫌，嫌又甚焉，不然二也。

◇又《世本》云：'帝嚳卜其四妃之子，皆有天下。'若如融言，任身之月而帝嚳崩，姜嫄尚未知有身，帝嚳焉得知而卜之？苟非其理，前卻縶礙，義不得通，不然三也。

◇不夫而育，載籍之所以為妖，宗周之所以喪滅。誠如肅言，神靈尚能令二龍生妖女以滅幽王，天帝反當不能以精氣育聖子以興帝王也？此適所以明有感生之事，非所以為難。肅信二龍實生褒姒，不信天帝能生后稷，是謂上帝但能作妖，不能為嘉祥。長於為惡，短於為善，肅之乖戾，此尤甚焉。"

◇◇馬昭曰："稷奇見於既棄之後，未棄之前，用何知焉？"

◇孫毓云："天道徵祥，古今有之，皆依人道而有靈助。劉媪之任高祖，著有云龍之怪；褒姒之生，由於玄黿之妖。巨跡之感，何獨不然？而謂自履其夫帝嚳之跡，何足異而神之，乃敢棄隘巷寒冰、有覆翼之應乎？

◇而王傳云‘知其神奇，不可得害’，以何為徵也？且匹夫凡民，遺腹生子，古今有之。礜崩之月，而當疑為奸，非夫有識者之所能言也。

◇鄭説為長，群賢以鄭為長，長則信矣。所言王短，短猶未悉，何則？馬、王立説，自云述毛。其言遺腹寡居，必謂得毛深旨。案下傳曰‘天生后稷，異之於人，欲以顯其靈’。帝不順天，是不明也，故承天意而異之於天下。是言天異后稷於人，帝又承天之意，所以棄而異之，明示天下，安有遺腹寡居之事乎？

◇即由天異而棄之，何須要在寡居？若以寡居為嫌，何以必知其異？若使無異可棄，竟當何以自明？

◇又上傳云‘帝高辛氏’，下傳云‘帝不順天’，則帝亦高辛之帝，安得謂之堯也？五章傳云‘堯見天因邰而生后稷’，目之曰堯，不名為帝，益知此帝不為堯也。何以堯知其然，聽姜嫄棄之？

◇且馬、王之説，姜嫄高辛之正妃，其於帝堯則君母也，比之後世則太后也。以太后之尊，欲棄己子，足以自專，不假堯命，何云聽棄之也？又堯為人兄，聽母棄弟，縱其安忍之心，殘其聖父之胤，不慈不孝，亦不是過。豈有欽明之后，用心若此哉！

◇若以堯知其神，故為顯異，則堯之知稷之甚矣。初生以知其神，才長應授之以位，何當七十餘載，莫之收采？自有聖弟，不欲明揚，虞舜登庸，方始舉任，雖帝難之，豈其若此！

◇故知王氏之説，進退多尤。所言遺腹，非毛旨矣。其解文義傳意或然，故采其釋經之辭，遺其寡居之説。”

【孔疏-章旨】“誕彌”至“生子”。

○毛以為，①上言得福有子，此言其生之易。言可美大矣，姜嫄之孕后稷，終其孕之月而生之。婦人之生首子，其產多難。此后稷雖是最先生者，其生之易，如達之生然。

②羊子以生之易，故比之也。其生之時，不坼割，不副裂其母，故其母無災殃，無患害，以此故可美大也。

③天既佑令有身，又使之生易，是天意以此顯明其有神靈也。上天之意，豈不降福而安之乎？言上天誠降福而安之，使母之無病苦，子得易生，是天安之也。姜嫄之身，豈不見安於禋祀乎？言姜嫄實見安於禋祀，祈則有子，生之又易，是為禋祀所安也。由為禋祀所安，故得居處怡然，

無病而生子也。

○鄭唯下四句為異。③言姜嫄履跡有身，其生又易，以此赫然顯著之徵，其有神靈審也。此乃上帝精氣，姜嫄心不自安，以天人道隔，而人生天胤，故心不自安也。非徒生天之胤，心不自安，又不安其徒禋祀神明，無人道交接，居處默然而生此子。以無夫而生，又懼時人。

◇◇不信，當棄而異之，使人知其異，故下所以棄之也。

<三章-1>**誕寘（zhì）之隘（ài）巷，牛羊腓（féi）字之。**

【毛傳】誕，大。寘，置。腓，辟（pì）。字，愛也。天生后稷，異之於人，欲以顯其靈也。帝不順天，是不明也，故承天意而異之於天下。

【鄭箋】天異之，故姜嫄置后稷於牛羊之徑，亦所以異之。

【程析】腓，同“庇”，庇護。

【樂道主人】帝，毛此處指高辛氏。

【孔疏】○傳“字愛”至“天下”。

◇◇《易·屯卦》云：“女子貞，不字。十年乃字。”是字為愛之義也。

◇◇知天生后稷異之於人者，若其不異，不應棄之。異之於人，謂有奇表異相，若孔子之河目海口，文王之四乳龍顏之類。但《書傳》不言后稷異狀，無得而知之耳。

◇◇言帝嚳若不順天意以顯之，則是為不明，則棄之者，帝意也。以此傳觀之，則后稷之生，嚳尚存矣，不得為遺腹矣（王肅之說）。

【孔疏】○箋“天異”至“異之”。◇◇箋以履跡而得后稷，雖與傳禋祀得之不同，其於異而顯之意亦一也，故乘傳而釋之也。天降精氣，以生后稷，本欲異之，故姜嫄置后稷於牛羊之徑，亦以異之。亦者，亦天也。

<三章-3>**誕寘之平林，會伐平林。**

【毛傳】牛羊而辟人者，理也。置之平林，又為人所收取之。

【程析】平林，平原上的樹木。會，正趕上。伐，砍樹。

<三章-5>**誕寘之寒冰，鳥覆翼之。**

【毛傳】大鳥來，一翼覆之，一翼藉之，人而收取之，又其理也，故置之於寒冰。

【孔疏】○傳“大鳥”至“藉之”。

◇◇以翼能覆藉嬰兒，故知大鳥也。

◇◇以經“翼”在“覆”下，則上覆下翼，明非一翼耳。人體忌寒，近冰尤甚，既奇而覆之，明亦愛而藉之，故知一翼覆之，一翼藉之。經因鳥有二翼，互其文以見此意耳。

◇◇姜嫄以玄鳥至月而禋祀，在母十月而生稷，其生正當冰月，故得棄之冰也。

<三章-7>**鳥乃去矣，后稷呱（gū）矣。**

【毛傳】於是知有天異，往取之矣。后稷呱呱然而泣。

【孔疏-章旨】“誕寘”至“呱矣”。上言后稷之生，此言棄稷之事。

①言可美大矣，棄此后稷，置之於狹隘巷中，牛羊其避而憐愛之。嬰兒未有所知，當為牛羊所踐，今乃避而愛之，故可美大矣。以牛羊避人，理之常也，又置之平林，可美大矣。

②又棄此后稷，置之平地林木之中，會值有人往伐平林，伐木之人見而收取之。嬰兒之在林野，當為鳥獸所害，乃值人收取，是可美大矣。又以人之取人，乃是常理，復置之寒冰，可美大矣。

③復棄后稷朝旦於寒冰之上，有鳥以翼覆、以翼藉之。鳥非人類，而覆藉人，是可美大矣。

④既知有神人往收取，鳥乃飛去矣。后稷遂呱呱然而泣矣。此其有神靈之驗也。

○鄭以姜嫄非帝嚳之妃，其棄后稷，出姜嫄之意，故言姜嫄也。步道曰徑，以經稱隘巷，故以徑言之。此詩之意，欲顯其異而棄之。《周本紀》以為不祥，故棄之，謬矣。

<四章-1>**實覃實訏，厥聲載路。誕（dàn）實匍（pú）匐（fú），克岐克嶷（nì），以就口食。**

【毛傳】覃（tán），長。訏（xū），大。路，大也。岐，知（zhì）意也。嶷，識也。

【鄭箋】。覃，謂始能坐也（與毛不同）。訏，謂張口嗚呼也（與毛不同）。是時聲音則已大矣。能匍匐，則岐岐然意有所知也。其貌嶷嶷然，有所識別也。以此至於能就眾人口自食，謂六七歲時。

【程析】實，是。

【孔疏】○傳“覃長”至“嶷識”。以岐、嶷言克，克是其性智之能，故以岐為有智之意，嶷為有識之貌。内有所知，乃外能識物，故先岐後嶷。

【孔疏】○箋“實之”至“歲時”。

◇◇“實覃實訏”，為“厥聲載路”而言；“誕實匍匐”，為“克岐克嶷”而設，敗實之為義，不指覃訏匍匐之體，故云“實之言適也”。適覃訏而聲已大，適匍匐而已能岐嶷，為早慧之勢也。

◇◇就口食之時，則已稍大，故云“以此至於能就眾人口自食，謂六七歲時”也。言“至於”者，後此至彼，見其間懸遠之意也。后稷以上智之資，必當早慧，六七歲時不應猶就眾人食。鄭言六七歲者，以凡人之事准之耳。

◇或以為就口食者，謂為稷官，以成就眾人口食。案下箋云：“就口食之時，已有種殖之志，言天性也。”若為稷官之時，始有種殖之志，不足言其天性。且種殖之志，非始官居之日，指斥居官，不得云口食。以此知以就口食，正謂就眾人口自取食矣。

<四章-6>**蓺之荏（rěn）菽，荏菽旆（pèi）旆，禾役穟（suì）穟，麻麥幪（měng）幪，瓜瓞（dié）唪（běng）唪。**

【毛傳】荏菽，戎菽也。旆旆然，長也。役，列也。穟穟，苗好美也。幪幪然，茂盛也。唪唪然，多實也。

【鄭箋】蓺，樹也。戎菽，大豆也。就口食之時，則有種殖之志，言天性也。

【程析】旆旆，盛長貌。禾役，禾穗。穟穟，禾穗沉甸下垂貌。瓞，小瓜。

【孔疏】○傳“荏菽”至“多實”。

◇◇《爾雅》戎菽皆為大豆，注《穀梁》者亦以為大豆也。郭璞等以戎、胡俱是夷名，故以戎菽為胡豆也。

◇◇后稷種穀，不應舍中國之種，而種戎國之豆，即如郭言齊桓之伐山戎，始布其豆種，則后稷之所種者，何時絶其種乎？而齊桓復布之禮有戎車，不可謂之胡車，明戎菽正大豆是也。

【孔疏】○箋“蓺樹”至“天性”。

◇◇上言以就口食，此經接於其下，故此所陳，即是就食時事。就口食之時，已有此種殖之志，言其天性也。言其天性善於種殖，於後果為稷官。

◇◇《周本紀》曰：棄為兒時，其遊戲，好種殖，麻麥美。即此是也。又曰："及為成人，遂好耕農，相地之宜，宜五穀者稼穡之，民皆法之。堯聞之，舉棄為農師，天下宜其利。"下章是也。

【孔疏-章旨】"實覃"至"唪唪"。

○毛以為，上既言收取后稷，此說其長養之事。

①言后稷實以漸大，言差大於呱呱之時也。於是之時，其口出音聲則已大矣，不復如呱呱時而已。又歎之，言后稷可美大矣，實始匍匐之時，已能意有所知岐岐然，又能貌有所識嶷嶷然，以漸有智慧，能就人之口取食而啖之。

②才始能食，即有種殖之志。所種蓺之者，是荏菽也。此荏菽乃旆旆然長大。種禾則使有行列，其苗則穟穟然美好。所種之麻麥，則幪幪然茂盛。所種之瓜瓞，其實則唪唪然眾多。是其本有天性，種則美好，於後果為稷官，而天下蒙賴。於"匍匐"之上言"誕"者，為岐嶷發文，美大於匍匐之時能岐嶷也。

○鄭唯"實覃實訏"為異。言適始能坐而覃然，適始張口而訏然。餘同。

<五章-1>**誕后稷之穡，有相（xiàng）之道。**

【毛傳】相，助也。

【鄭箋】大矣，后稷之掌稼穡，有見助之道。謂若神助之力也。

【孔疏】○箋"大矣"至"之力"。

◇◇下言有邰家室，言功成之時，則此章說為官時事，故云后稷之掌稼穡也。

◇◇助人者，唯神耳，故知有見助之道，謂若神助之力。

<五章-3>**茀（fú）厥豐草，種（zhǒng）之黃茂。實方實苞，實種實褎（yòu），實發實秀，實堅實好，實穎實栗，即有邰（tái）家室。**

【毛傳】茀，治也。黃，嘉穀也。茂，美也。方，極畝也。苞，本也。種，雜種也。褎，長也。發，盡發也。不榮而實曰秀。穎，垂穎也。栗，其實栗栗然。邰，姜嫄之國也。堯見天因邰而生后稷，故國后稷於邰，命使事天，以顯神順天命耳。

【鄭箋】豐、苞亦茂也（與毛不同）。方，齊等也。種，生不雜也。

褎，枝葉長也。發，發管時也。栗，成就也。后稷教民除治茂草，使種黍稷。黍稷生則茂好，孰則大成。以此成功，堯改封於邰，就其成國之家室無變更也。

【程析】茀，除去。方，指萌芽剛剛出土。苞，莊稼的苗眾生。種，穀種生出短苗。褎，禾苗漸漸升高。發，禾莖舒發拔節。秀，禾初生穗結實。堅，穀粒灌漿飽滿。好，穀粒均勻顏色好。邰，今陝西省武功縣。

【樂道主人】鄭箋：實之言適也。

【樂道主人】穎，①孔疏：穗重而穎垂也。②某些禾本科植物子實的帶芒的外殼。

【孔疏】○傳“茀治”至“天命”。

◇◇此說后稷教彼而言種黃，則黃色是穀也。穀之黃色者唯黍稷耳，黍稷穀之善者，故云“黃，嘉穀也”。

◇◇方者，正方之義，謂極盡壟畝，種無不生，地皆方正有苗，故以方為極畝。

◇◇《易》稱“繫於苞桑”，謂系之桑本，故以苞為本。

◇◇《莊子》說木之肥大云“雍腫無用”，故以種為雍腫，謂苗之肥盛也。

◇◇褎者，禾長之貌，故言長也。

◇◇發者，穗生於苗，初發苗生也。以上言苗之極畝平均則發者，非獨一莖發耳，故言“盡發”。則褎亦盡長。秀穎好栗皆亦盡然。舉一以明上下也。

◇◇《釋草》云：“**華**，荂（fū）榮也。**木**謂之**華**，**草**謂之榮，不榮而實謂之秀，榮而不實謂之**英**。”是不榮而實曰秀也。李巡曰：“分別異名以曉人。”然則彼是**英**秀對文，以**英**為不實，故以秀為不榮。其實黍稷皆先榮後實。《出車》云：“黍稷方華。”是嘉穀之秀必有榮也。此傳因彼成文而引之耳。

◇◇《說文》云：“穎，禾末也。”《禹貢》定賦遠近之差，二百里納銍，三百里納秸。注云：“銍，斷去稾也。”秸又云穎，則穎是禾穗之挺。《書序》云：“唐叔得禾，異畝同穎。”謂挺上合也。

◇美其禾之成就，不當言其有穎而已，故云“穎，垂穎”。言其穗重而穎垂也。要是穀穗成就之穎，故云“其實栗栗然”。桓六年《左傳》

云："奉酒醴以告曰：'嘉栗旨酒。'"服虔云："穀之初熟為栗。"是栗為穀熟貌。

◇◇《世本》云："有邰氏女曰姜嫄。"故知邰是姜嫄之國也。

◇傳以此言封之於邰，下言祭天之事，故解其意云："堯見天因邰而生后稷。"謂使邰國之女生後稷也。"故國后稷於邰"，謂封為邰國之君，又特命之，使得事天，所以顯后稷之神，順上天之命故也。言國后稷於邰，猶《文王》箋云"而國於周"。后稷以前未有國，於此始封之也。

◇此邰為后稷之母家，其國當自有君，所以得封后稷者，或時君絕滅，或遷之他所也。

【孔疏】○箋"豐"至"變更"。

◇◇《釋詁》云："苞、茂，豐也。"故知豐苞皆為茂也。以經已有茂，故言亦也。經每實之下皆當字成義，直言實本則不知何本，且《爾雅》以苞為茂，**故易傳也**。

◇◇方是方正，故言齊等，與傳極畝亦同。但齊等據苗均，極畝據地滿耳。以傳言雍種是肥充之貌，禾生雖肥，不能至雍種。

◇◇種者，系本初種之稱，即《大田》"既種"是也，故以種為"生不雜"，謂不稂不莠也。

◇◇傳以褎為長，故申之為枝葉長也。

◇◇傳以發為盡發，不解發意，故云"發管時"。苗之將秀，心如竹管，穗發中而出，故言發管也。

◇◇傳言其實栗栗，止言栗栗是實貌，不言所以得然，故言"成就"以足之。案《集注》云"栗，成意也"，定本以"意"為"急"，恐非也。

◇◇就其成國之家室無變更者，謂邰國先有宮室，后稷就而有之，所以美后稷也。鄭以姜嫄之夫先為二王之後，是先有國，故言改封其封，早晚亦無明文。

◇《中候·握河紀》云："堯即政七十年受《河圖》。"其末云："斯封稷、契、皋陶，賜姓號。"注云："或云七十二年。"斯此封三臣，止言封號，不道其時，即封此言成功，蓋治水畢後，地平天成之時也。

◇稷之功成，實在堯世，其封於邰，必是堯之封矣，故此箋及傳皆以為堯。

◇《周本紀》云："禹封棄於邰，號曰后稷。"以后稷之號亦起舜時，其言不可信也。杜預云："邰，始平武功縣所治厘城。"是也。

【孔疏-章旨】"誕后稷"至"家室"。

○毛以為，①既言后稷為兒時好種田，此後言其為稷官時事也。可美大矣，后稷之教民稼穡，若有神明相助之道。言種之必好，似有神助，故可大也。

②又説其若有神助之狀，言后稷之教民種殖，乃除治而去其茂盛之草，既去其草，於此地種之以黄色而茂盛者謂黍稷之穀也。於是此穀既生，實方正而極於壟畝無空缺之地，實根本而盡皆均調無稀概之處，謂春生之時也。其苗實雍種而肥大，實褎褎然而生長，謂夏末時也。稍至秋初，禾又出穗，實盡發於管，實生粒皆秀更復少時其粒，實皆堅成，實又齊好，實穗重而垂穎，實成就而栗栗然，以此故收入弘多。

③堯善其功，而賜之土宇，封之於邰，就有邰國之家室焉。

○鄭以方謂苗生齊等，苞謂苗之茂盛，種謂田種不雜，成功而改封於邰，非始有國土，唯此為異。其文勢則同。

<六章-1>**誕降嘉種（zhǒng），維秬（jù）維秠（pī），維穈（mén）維芑（qǐ）。**

【毛傳】天降嘉種。秬，黑黍也。秠，一稃（fū）二米也。穈，赤苗也。芑，白苗也。

【鄭箋】天應堯之顯后稷，故為之下嘉種。

【程析】穈，穀子的一種，初生時葉純赤，生三四葉後，赤青相間，生七八葉後色始青。芑，高粱的一種，初生時苗色微白。

【孔疏】○傳"天降"至"白苗"。

◇◇郭璞曰："秠亦黑黍，但中米異耳。"漢和帝時，任城生黑黍，或三四實，實二米，得黍三斛（hú）八斗。則秬是黑黍之大名，秠是黑黍之中有二米者，别名之為秠，故此經異其文，而《爾雅》釋之。若然，秬、秠皆黑黍矣。

◇而《春官·鬯（chàng）人》注云："釀秬為酒。秬如黑黍，一秠二米。"言如者，以黑黍一米者多，秬為正稱，二米則秬中之異，故言如，以明秬有二等也。秬有二等，則一米亦可為酒。

◇《鬯人》之注必言二米者，以宗廟之祭，唯裸（guàn）為重，二米嘉異之物，秬酒宜當用之，故以二米解秬。其實秬是大名，故云“釀秬為酒”。

◇《爾雅》云“秠，一稃二米”，《鬯人》注云“一秠二米”，文不同者，《鄭志》答張逸云：“秠即皮，其稃亦皮也。《爾雅》重言以曉人。”然則秠、稃古今語之異，故鄭引《爾雅》得以稃為秠也。

◇◇赤苗、白苗者，郭璞曰：“虋（xìn，血祭），今之赤粱粟；芑，今之白粱粟，皆好穀也。”

【孔疏】○箋“天應”至“嘉種”。

◇◇如此言，則功成受封之後，始天與之種，唯四穀而已。而《閟宫》云：“是生后稷，降之百福。黍稷重穋，稙稚菽麥。”所降多矣，非徒四穀。又彼下文乃言“奄有下國，俾民稼穡”，則是為稷官之日，已得此種。

◇與此二文不同者，天降種者，美大后稷，以稷之必獲，歸功於天，非天實下之也。作者意異，故先後不同。此言祭之所用，故指陳黍稷。《閟宫》廣言民食，故穀多於此。

◇◇《孔叢》云：“魏王問子慎曰：‘往者中山之地無故有穀，乃云天雨，反以亡國，何也？’曰：‘自古及今，未聞天下穀與人。詩美后稷能大教民種穀，以利天下。若中山之穀，妖怪之事，非所謂天降祥也。’”以此而言，明非實降之也。

<六章-5>**恒（gèng）之秬秠，是獲是畝。恒之穈芑，是任是負，以歸肇（zhào）祀。**

【毛傳】恒（gèng），徧。肇（zhào），始也。始歸郊祀也。

【鄭箋】任，猶抱也。肇，郊之神位也（與毛不同）。后稷以天為己下此四穀之故，則徧種之，成熟則獲而畝計之，抱負以歸，於郊祀天。得祀天者，二王之後也。

【程析】畝，作動詞用，堆在田裏。

【樂道主人】豐收後，即要祭祀，報恩也。

【孔疏】○傳“恒徧”至“郊祀”。

◇◇以言種之廣多，故以恒為徧。定本作“恒（gèng）”，《集注》皆作“亘”字。

◇◇上言封之於邰，是初為諸侯，故云“始歸郊祀”。下云“上帝居歆”，知此祀為郊也。

【孔疏】○箋“任猶”至“之後”。

◇◇以任、負異文，負在背，故任為抱也。

◇◇鄭以后稷，二王之後，先得祭天，非為始祭，故云“肇，郊之神位”，言神位之兆。“肇”宜作“兆”。《春官·小宗伯》云：“兆五帝於四郊。”是也。《商頌》箋讀肇為兆，此從略之。又云“得祀天者，二王之後”，**申明肇不為始之意也**。

【孔疏-章旨】“誕降”至“肇祀”。

○毛以為，上既言后稷功成受國，堯又命使事天。

①此言其祭天之事。可美大矣，此后稷善能於稼穡，上天乃下善穀之種與之，使得種，以此祭祀。天與之穀，是可大也。其言善種者，維是黑黍之秬，維是黑黍二米之秠，維是赤苗之穈，維是白苗之芑。

②后稷既得此善種，乃偏種之以秬以秠，至熟則於是獲刈之，於是畝計之。偏種之以穈以芑，至熟則於是任抱之，於是負簷之。以此秬秠穈芑之穀而歸，始郊祀於上天也。

○鄭以后稷先事天以歸，郊兆之處而祀天為異。餘同。

<七章-1>**誕我祀如何？或舂（chōng）或揄（yóu），或簸（bǒ）或蹂（róu）。釋之叟（sōu）叟，烝之浮浮。**

【毛傳】揄，抒臼也。或簸糠者，或蹂黍者。釋，淅（xī）米也。叟叟，聲也。浮浮，氣也。

【鄭箋】蹂之言潤也。大矣，我后稷之祀天如何乎！美而將其事也。舂而抒出之，簸之又潤濕之，將復舂之，趣於鑿也。釋之烝之，以為酒及簠（fǔ）簋（guǐ）之實。

【程析】舂，用杵（chǔ）在裹擣米。揄，“舀（yǎo）”的假借，從臼（jiù）中將擣好的米舀出。簸，揚棄糠皮。蹂，用兩手反復揉搓米粒。釋，淘米。

【樂道主人】簠簋，礼器，簠用於盛稻粱，簋用於盛黍稷。

【孔疏】○傳“揄抒”至“浮氣”。

◇◇以“揄”文在“舂”下“簸”上，既舂而未簸，故知揄為抒臼，謂抒米以出臼也，出臼則簸之，故或有簸糠者。

◇◇上有穈芑是稷，而獨云蹂黍者，以祭用黍以為主，故舉黍以言。

傳每言“或”者，明各有其人，俱趍於事，不相兼也。

【孔疏】○箋“蹂之”至“之實”。

◇◇以“蹂”文在“或簸”之下，不應方言蹂黍以水，潤米必當蹂之使濕，故云“蹂之言潤”。

◇◇“如何乎”者，問人之辭，故云“美而將説其事”。意欲説之，故設辭自問。上“生民如何”，亦如此也。於此乃注，彼從可知。

◇◇舂、揄之下，始云“或蹂”，故知是既舂而揉出之，又潤濕之，將復舂以趍於鑿也。

◇《召旻》箋云：“米之率：糲（lì）十，粺（bài）九，鑿八，侍御七。”《九章算術》：“粟一石為糲米六斗，舂糲一斗為粺九升。又為鑿則八升，又舂為侍御則七升。”言趍於鑿者，此承四穀之後，一舂一蹂始為糲（lì）米。

◇又一濕一舂，猶未至於鑿，故言“趨於”，為漸到之意也。之細者，乃窮於御。止言趍於鑿者，以經、傳説祭祀之饌，無言用禦米者。

◇桓二年《左傳》云：“粢食不鑿，昭其儉也。”則不儉者有用鑿之處。郊天尊於宗廟，其祭或當用之，故止言“於鑿”也。

◇◇桓十四年《穀梁傳》説宗廟之事，夫人親舂。《楚語》云：“天子禘郊之事，王后必自舂其粢；諸侯宗廟之事，夫人必自舂其盛。”韋昭云：“粢、盛互文也。”言舂，不過如天子躬耕三推而已，故傳言或不斥後夫人也。《楚語》又云：“天子親舂禘之盛。”韋昭云：“率後舂之，亦天子親舂也。”

◇◇酒與食用此米為之，故云“釋之烝之，以為酒及簠簋之實。”孫毓云：“《詩》之叙事，率以其次。既簸糠矣，而甫以蹂，為蹂黍當先，蹂乃得舂，不得先舂而後蹂也。既蹂即釋之烝之，是其次。箋義為長。”《集注》等皆為“蹂黍”，定本為“蹂米”者，誤也。

<七章-6>**載謀載惟，取蕭（xiāo）祭脂（zhì）。取羝（dī）以軷（bá），載燔（fán）載烈。**

【毛傳】嘗之日涖（lì）卜來歲之芟（shān），獮（xiǎn）之日涖卜來歲之戒，社之日涖（lì）卜來歲之稼，所以興來而繼往也。穀熟而謀，陳祭而卜矣。取蕭合黍稷，臭（xiù）達牆屋。既奠而後爇（ruò）蕭合馨香也。羝，羊牡羊也。軷，道祭也。傅火曰燔（fán），貫之加於火曰烈。

【鄭箋】惟，思也。烈之言爛也。后稷既為郊祀之酒及其米，則諏（zóu）謀其日（與毛不同），思念其禮。至其時，取蕭草與祭牲之脂，爇之於行（hánng）神之位。馨香既聞，取羝羊之體以祭神。又燔烈其肉，為尸焉。自此而往郊。

【程析】軷，剝羊皮（於省吾《詩經新證》）

【樂道主人】爇，點燃，焚燒。芟，《说文》：刈草也。

【孔疏】○傳"嘗之"至"曰烈"（經整理）。

◇◇言於秋嘗祭宗廟之日，則肆師臨卜，問其來歲之芟除草木以種田宜之以否；以嘗者，嘗新穀。古之始耕田者，芟草以種穀。今得新穀，芟草之功，故於嘗日問芟。

◇於秋獮當獵之日，肆師臨卜，問其來歲之所戒備得無兵寇以否；獮主習兵，以戒不虞，故獮日問戒。

◇於祭社之日，則肆師臨卜，問其來歲之所稼種宜之以否。社者祭土，主稼穡，故於社日問稼。鄭於彼注，其意為然。

◇芟稼俱是田事，而異日異問者，以嘗新穀而本穀初，初莫先於芟草，故問芟。

◇稼種善否，土地之事，故祭土之日而問稼也。社文在嘗、獮之下，謂秋獮祭社也。

◇嘗在孟秋，獮、社俱在仲秋，取禽而後祭社，故先獮後社也。嘗、社是祭神之事耳，因而問卜。

◇獮乃秋獵，不接神明，亦言卜來歲者，卜者自問吉凶於龜，不由嘗、社所祭之神，但因用其日而問之耳。獮為習兵，故因兵事。

◇◇所以引此三文者，欲見今秋穀熟之時，即謀來年郊祭之事，似今秋祭社之日，豫卜來歲之稼。若然，必以今秋豫卜來歲者，欲令來歲還似今秋，是興來繼往之義。

◇◇不云卜郊，而言陳祭而卜者，以來年郊祭本為祈穀，今社日卜來歲之稼，即是卜郊之義也。陳祭而卜，謂陳列嘗、社，祭之日，豫卜來年善否。

◇◇若然，此"載謀載惟"，於穀熟已謀，則其事在於酒食之前，當與上四穀相連，不可以他事間之。謀、惟是思念祭事，故下之，令與祭事相比也。

◇◇又云“蕭合黍稷，臭達牆屋。既奠而後爇蕭合馨香”，皆《郊特牲》文。

◇彼唯“馨”作“膻”。注云：“膻當作馨，字之誤也。”蓋毛時未誤，故讀彼從此。

◇彼言“臭陽達於牆屋”，此無“陽”“於”二字，引之略耳。

◇彼言宗廟之祭，此是將郊為軷道之祭，事不同而引之者，證此用蕭之意。

◇◇蕭，香蒿也。爇，燒也。言宗廟之祭，以香蒿合黍稷，欲使臭氣通達於牆屋，故《記》酌於尸，已奠之，而後燒此香蒿，以合其馨香之氣，使神歆饗（xiǎng，説文：鄉人飲酒也）之，故此亦用蕭，取其馨香也。此言“祭脂”，彼不言脂；彼言“黍稷”，此不言黍稷，皆文不具耳。

◇◇“羝，牡羊”者，以祭不用牝，故知是牡也。《釋畜》云：“羊牡，羒；牝，牂。”郭璞曰：“羒謂吴羊白羝者也，是亦以牡為羝也。”

◇◇“軷，道祭”，謂祭道神之祭。

◇◇“傅火曰燔”，謂加火燒之。《商頌》曰“如火烈烈”，則烈是火猛之意，不可近燒，故云“貫之加於火曰烈”，即今之炙肉也。

【孔疏】○箋“惟思”至“往郊”。

◇◇以酒則豫釀而成，食則臨祭乃作，故云“后稷既為郊祀之酒及其米”。於此仍言“其米”，則上為“烝之釋之”正為酒耳。

◇而箋兼言簠簋之實者，以彼文有舂簸之事，其為米者，非獨為酒而已，故兼言簠簋之實。簠簋之實，必就郊兆作之，故此言“其米”也。

◇◇禮，大夫以上，將祭必諏謀其日，日定乃卜之。《特牲禮》云“不諏日”，明大夫以上諏之矣，故云“諏謀其日”。彼注云：“諏，謀也。”載謀是謀其日，則載惟是思其禮，故云“思念其禮”。正以《特牲》有“諏”之文，**故易傳**不以謀為“穀熟而謀”。

◇◇“取蕭草與祭牲之脂”，還是羝之脂也。以牲為軷（bá）祭而設，羝宜與軷同文，脂則配蕭而用，故先言之。

◇“爇之於行神之位”，正謂祭軷之位，以軷之所祭，即是七祀行（xíng）神，故言行（háng）神之位。

◇馨香既聞，取羝羊之體以祭神者，謂取牲體以祭，伏於軷上。

◇《秋官·犬人》云："凡祭祀供犬牲，伏瘞（yì）亦如之。"

◇鄭司農云："伏謂伏犬，以王車轢（lì）之。"明此用羝，亦伏體軷上，故言體也。

◇《犬人》伏用犬牲，此用羝者，蓋天子諸侯異禮。彼天子用犬，此諸侯用羊，禮相變也。

◇◇"又燔烈其肉，為尸羞焉"，言"又"者，亦用此羝之肉為之也。

◇以七祀之祭皆有尸，明軷祭亦有尸。其燔炙者，事尸之羞，故云"為尸羞"也。此后稷為諸侯，得有尸，則天子軷祭亦有尸。依《聘禮》卿大夫軷祭用酒脯，則無尸矣。

◇◇郊之兆位在國外，故云"自此而往郊"也。

<七章-10>**以興嗣歲。**

【毛傳】興來歲繼往歲也。

【鄭箋】嗣歲，今新歲也。以先歲之物齊（zhāi）敬犯軷（bá）而祀天者，將求新歲之豐年也。孟春之令曰："乃擇元日，祈穀於上帝。"

【孔疏】○傳"興來歲繼往歲"。

◇◇此一句非祭所用，故分而注之。

◇◇以興者，是有所起發之意；嗣者，繼續之言，故知為此祭者，欲以追起來歲，以繼續往歲，使之歲穀恒熟，常獲豐年也。

◇來歲者，據今祭時，以未至為來、已過為往耳，非要別年也。何則？堯命后稷郊天，未至定用何月，要在歲首為之，所言來歲，正謂此年之秋耳。

【孔疏】○箋"嗣歲"至"上帝"。

◇◇箋意定以正月為郊，何則？正朔三而改。自夏而上推之，高辛氏當以建寅之月為正，故《堯典》云"三帛"。注云"高辛氏之後用黑繒"，是也。

◇王者之後，自行其祖正朔。后稷，高辛氏之冑，郊必正月。既以正月為郊，則嗣歲，郊之歲也，故云"嗣歲，今新歲"。新歲而謂之者，使之繼嗣往年，猶嗣子之繼父。其意微與毛異，大理亦同也。

◇◇"孟春"以下，皆《月令》文也。定本云"孟春之令曰"，無"月"字。元日，謂善日上辛也。祈穀，即郊天也。引此以證郊祭而云嗣歲之意，由郊天主為祈穀故也。《禮器》曰："祭祀不祈。"言祈穀者，不可私為己祈，而穀者所以養民，故言祈也。

【孔疏-章旨】"誕我"至"嗣歲"。

○毛以為，上言得穀祭天，此言將祭之事。

①可美大矣，我后稷之祀天，其禮如何？先以所得秬秠穈芑之粟，或使人在碓而舂之，或使人就臼而抒之，或使人簸揚其穅，或使人蹂踐其黍。言其各有司存，並皆敏疾也。既蹂舂得米，乃浸之於盆，淅而釋之，其聲溲溲然，言趍疾。又炊之於甑，爨而烝之，其氣浮浮然，言升盛也。既烝熟，乃以為酒食。

②又於先穀熟之時，則已謀度，所謂穀熟而謀，則已思惟其所祭之禮，謂陳祭而卜。以秋物之成，賴郊祀之福，故穀熟則謀更郊，所以豫備酒食也。至祭之日，乃取蕭之香蒿，與祭牲之脂膏，而爇燒之於行神之位，使其馨香遠聞。又取羝羊之體，以為犯軷之祭。其祭軷也，取所祭之肉則傅火而燔之，則加火而烈之，以為尸之羞。既祭神道，乃自此而往於郊，以祭天也。

③所以用先歲之物齊敬犯軷而祀天者，欲以興起來歲，使之繼嗣往歲，而恒得豐年故也。

○鄭以舂、揄、簸、蹂為事之次。蹂之言潤，既簸去穅，或復以水潤濕之，將更舂以趍於鑿。"載謀載惟"，謂將祭，諏謀其日，思念其禮，非穀熟已謀，以此為異。

③又以興嗣歲為興起新歲。餘同。

<八章-1>**卬（áng）盛（chéng）于豆，于豆于登，其香始升。上帝居歆，胡臭（xiù）亶（dǎn）時。**

【毛傳】卬，我也。木曰豆，瓦曰登。豆，薦（jiàn）菹（zū）醢（hǎi）也。登，大羹也。

【鄭箋】胡之言何也。亶，誠也。我后稷盛菹醢之屬當於豆者於登者，其馨香始上行，上帝則安而歆享之，何芳臭之誠得其時乎？美之也。祀天用瓦豆，陶器質也。

【程析】豆，古人盛肉的高足盤，或有蓋。盛行於商周時，多陶制，也有青銅制或木制塗漆的。登，盛湯的瓦制祭器，也有銅制。臭，香氣。

【樂道主人】歆，説文：神食氣也。《詩·大雅》：上帝居歆。又饗也。薦，《國語注》：聚也。

【孔疏】○傳“印我”至“大羹”。

◇◇《釋器》云：“木豆謂之豆。瓦豆謂之登。”是木曰豆，瓦曰登。對文則瓦、木異名，散則皆名豆，故云瓦豆謂之登。

◇◇《冬官·瓬人》“掌為瓦器”，而云“豆中懸”，鄭云：“懸繩正豆之柄，瓦亦名豆也。再言“於豆”者，疊之以足句耳。經唯言盛於豆，傳辨其所盛之物。《天官·醢人》“掌四豆之實，皆有菹醢”，是豆為薦羞菹醢也。

◇◇《公食大夫禮》云：“大羹湆不和，實於登。”是登為大羹湆（qì）者，肉汁。大古之羹也，不調以鹽菜，以質，故以瓦器盛之。

【孔疏】“亶誠”至“器質”。

◇◇言盛菹醢之屬者，以略不言羹，故言“之屬”以包之。祀天而用瓦豆者，以陶器質故也。《郊特牲》曰：“埽地而祭，於其質也，器用陶匏。”是也。

<八章-6>**后稷肇祀，庶無罪悔，以迄（qì）于今。**

【毛傳】迄，至也。

【鄭箋】庶，眾也。后稷肇祀上帝於郊（與毛不同），而天下眾民咸得其所，無有罪過也。子孫蒙其福，以至於今，故推以配天焉。○迄，許乞反。

【孔疏】○傳“迄，至”。◇◇上傳肇為始，此亦當然。

【孔疏】○箋“庶眾”至“天焉”。

◇◇《抑》云：“庶無罪悔。”箋以庶為幸。以彼是警戒之辭，故為冀幸之義。此既為上帝所歆，不是始冀無罪，故以庶為眾。

◇◇后稷為二王之後，一國言耳，縱使祭天得所，不過福及一國，而言“天下眾民咸得其所，無罪”者，以祭天而得豐年，可以廣及天下，且以后稷之教田農，天下皆得其利，故天下言之。

【孔疏-章旨】“印盛”至“於今”。

○毛以為，上言將往祭天，此言正祭之事。

①我後稷菹醢大羹之屬，盛之於豆，又盛之於登，以此而往薦祭。此豆登所盛之物，其馨香之氣始上行，上帝則安居而歆饗之。既為上帝所歆，故反言以美之，何有芳臭之誠得其時若此者乎？言無有若此之最

善也。

②帝既饗其祭祀，降其福禄，又述而美之。言后稷受堯之命，始為郊祀，其福乃流於天下之眾民，令皆得其所，無有罪過而令人悔恨者，子孫蒙其餘福，以至於今而賴之。今文王得由之而起。今既致太平，故推之以配天焉。

○鄭唯以肇祀為郊兆之祀為異。餘同。

《生民》八章，四章章十句，四章章八句。

行 葦 【大雅十二】

敦（tuán）彼行（háng）葦，牛羊勿踐履。方苞方體，維葉泥（nǐ）泥。

戚（qī）戚兄弟，莫遠具爾。或肆（sì）之筵（yán），或授之几（jī）。

肆筵設席，授几有緝（jī）御。或獻或酢（zuò），洗爵奠斝（jiǎ）。

醓（tǎn）醢（hǎi）以薦（jiàn），或燔（fán）或炙。嘉殽脾（pí）臄（jué），或歌或咢（è）。

敦（diāo）弓既堅，四鍭（hóu）既鈞。舍矢既均，序賓以賢。

敦弓既句（guò），既挾（xié）四鍭。四鍭如樹，序賓以不侮。

曾孫維主，酒醴（lǐ）維醹（rú）。酌以大斗（dǒu），以祈（qí）黄耇（gǒu）。

黄耇臺背，以引以翼。壽考維祺（qí），以介景福。

《行葦》八章，章四句。故言七章，二章章六句，五章章四句。

【毛序】《行葦》，忠厚也。周家忠厚，仁及草木，故能内睦九族，外尊事黄耇，養老乞言，以成其福禄焉。

【鄭箋】九族，自已上至高祖，下至玄孫之親也。黄，黄髮也。耇，凍梨也。乞言，從求善言可以為政者，敦（dūn）史受之。

【樂道主人】敦，《康熙字典》：厚也。

【樂道主人】德恩至一國之人，為仁，至天下，為聖，至草木萬物，神也！

【孔疏】序“《行葦》”至“福禄焉”。

◇◇作《行葦》詩者，言忠誠而篤厚也。言周家積世能為忠誠篤厚之行，其仁恩及於草木。以草木之微，尚加愛惜，況在於人，愛之必甚。以此仁愛之深，故能内則親睦九族之親，外則尊事其黄髮之耇，以禮恭敬養此老人，就乞善言，所以為政，以成其周之王室之福禄焉。

◇◇此是**成王**之時，則美成王之忠厚矣。不言成王者，欲見先世皆然，非獨成王，故即言周家以廣之。

◇◇九族是王近親，黄耇則及他姓，故言内外以别之。

◇◇經八章，“仁及草木”，首章是也；“内睦九族”，二章盡四章是也；尊事黄耇，五章盡卒章上二句皆是也；以成其福禄，卒章下二句是也。三王養老，必就乞言，故序因而及之，於經無所當也。首章言葦，唯有草耳，舉草則木可知，故序言以足句耳。

【孔疏】○箋“九族”至“受之”。

◇◇親睦九族，非直其父祖子孫而已，故言“上至高祖，下及玄孫之親”，見同出高祖五服之内皆親之。《文王世子》云“族食世降一等”，則天子所燕及者，非獨五服之内。此唯言九族者，言其親親以及遠，舉九族以見同姓皆親之。

◇◇黄耇皆是老名，故云“黄，黄髮。耇，凍梨也”。

◇《釋詁》云：“黄髮、耇、老，壽也。”

◇舍人曰：“黄髮，老人髮白復黄也。”

◇孫炎曰：“黄髮，髮落更生。耇，面凍梨色以浮垢也。”

◇《方言》云：“燕代北鄙，謂耇為梨。”

◇郭璞注：“梨，面色似梨也。”

◇◇《内則》云：“凡養老，五帝憲，三王又乞言，皆有惇（dūn）史。”言五帝直養其氣體而法效之，三王亦養而法效之，又乞善言，皆有惇史，故知得善言則惇史受之。禮有内外小史大史，無惇史，正以待接老人，擇史之惇厚者掌之，惇非官名也，故彼注云：“惇史，史之孝厚者也。”

<一章-1>**敦（tuán）彼行（háng）葦，牛羊勿踐履。方苞方體，維葉泥（nǐ）泥。**

【毛傳】敦，聚貌。行，道也。葉初生泥泥。

【鄭箋】苞，茂也。體，成形也。敦敦然道旁之葦，牧牛羊者毋使躐（liè）履折傷之。草物方茂盛，以其終將為人用，故周之先王為此愛之，況於人乎！

【程析】苞，初生如竹筍的含苞。體，指蘆葦的莖長成形，如人之有體。泥泥，柔嫩茂盛狀。

【樂道主人】躐，《康熙字典》：躐，踐也。

【孔疏】○傳"敦聚"至"泥泥"。

◇◇《周禮》以葦好叢生而謂之叢物，故言"敦，聚貌"。

◇◇禁其勿踐，則生必近路，故以行為道也。猶慮牛羊所食，故知是葉之初生泥泥然。

【孔疏】○箋"體成"至"人乎"。

◇◇成形者，謂至秋乃成為葦，此時未成，故言"方"。以"方"為未至之辭。葦之初生，其名為葭（jiā），稍大為蘆，長成乃名為葦。"八月萑葦"，是其事也。

◇◇此禁牛羊勿踐，則是春夏時事，而言葦者，此先王愛其為人用，人之所用，在於成葦，作者體其意，故經以成形名之。葦之初生，正是牛羊所食，而禁之者，以牛羊當有牧處，且見先王之意愛之耳。

【孔疏-章旨】"敦彼"至"泥泥"。

①言周之先王忠厚之至，見敦敦然道傍之葦，乃禁牧者，爾所牧牛羊，勿得踐履折傷之。

②何則？此葦方欲茂盛，方欲成體，維其葉泥泥然少而美好，以其將為人用，故愛惜之。言其葉少美，是愛之意。

◇◇周之先王尚愛及草木，況於人乎，是其忠厚之極也。

<二章-1>**戚（qī）戚兄弟，莫遠具爾。或肆（sì）之筵（yán），或授之几（jī）。**

【毛傳】戚戚，内相親也。肆，陳也。或陳言筵者，或授几者。

【鄭箋】莫，無也。具猶俱也。爾謂進之也。王與族人燕，兄弟之親，無遠無近，俱揖（yī）而進之。年稚者，為設筵而已。老者，加之以几。

【陸曰】筵，席也。鋪陳曰筵，藉之曰席。

【程析】戚戚，親熱貌。肆，陳設。

【孔疏】○傳"戚戚"至"几者"。

◇◇戚戚，猶親親。然親其所親，起於心内，故言内相親也。

◇◇相者，兩相之辭。族人固當親王，但若王不親族人，則族人亦不親王耳。今王能降心，則族人必親矣，故以相言之。

【孔疏】○箋“莫無”至“以几”。

◇◇邇是近義，謂揖而進之，令自近也。《燕禮》曰：“公降立於阼階之東南，南向邇卿。西面北上邇大夫，大夫皆少進。”注云：“邇，近也。揖而移之近之”，是也。經直言“莫遠”，而箋言“無遠無近”者，以作者句有所局，不得遠近並言，舉遠則近可知矣。

◇◇几者，所以安身。少不當憑几，而經“筵”“几”別文，故知老者加之以几也。

【孔疏-章旨】“戚戚”至“之几”（下列序號以經文兩句為一段譯解）。

①言先王有仁恩之故，能誠心親戚，其親戚之兄弟，無遠無近，王俱爾而揖進之，與之燕樂。

②於時王心實悦，鋪設促遽（jù），或有陳之筵席者，或有授之以几者，是王能親其所親也。

<三章-1>**肆筵設席，授几有緝（jī）御。**

【毛傳】設席，重（chóng）席也。緝御，踧（cù）踖（jí）之容也。

【鄭箋】緝，猶續也。御，侍也。兄弟之老者，既為設重席授几，又有相續代而侍者，謂敦史也（與毛不同）。

【程析】設席，古人席地而坐，在席上再一層或幾層席，以示尊重。

【孔疏】○傳“設席”至“之容”。

◇◇既言肆筵上又設席，故知重席也，不過下筦（guān）上簟而已。《春官》“司几筵”注云：筵亦席也。

◇◇以授几以供老人，故以緝御為致敬踧踖之容。傳以授几之時有踧踖之容，則肆筵之文不主於老人，當是乘述上文，與鄭異耳。

【孔疏】○箋“緝猶”至“敦史”。

◇◇上章已云肆筵授幾，今肆筵之上復設席，則是主於老者，異於上章少者或單席矣。惇史主侍老人，故知續代而侍者謂惇史。

<三章-3>**或獻或酢（zuò），洗爵奠斝（jiǎ）。**

【毛傳】斝，爵也。夏曰醆（zhǎn），殷曰斝，周曰爵。

【鄭箋】進酒於客曰獻。客答之曰酢。主人又洗爵酬客，客受而奠之，不舉也。用殷爵者，尊兄弟也。

【程析】奠，置，指客人飲畢將酒爵放在筵席上。

【孔疏】○傳“斝爵”至“曰爵”。

◇◇禮，主人洗以酬賓，賓得而奠之，所洗所奠猶一物也，而云“洗爵奠斝”，似是異器，故辨之云：“斝，爵也。”爵，酒器之大名，故《儀禮》飲觶（zhì，古時飲酒用的器具）者亦云卒爵，是爵為總稱。作者因洗奠之别，更變其文耳。

◇“夏曰醆”以下，皆《明堂位》文。引之者，明斝非周器。謂之斝者，彼注謂畫禾稼也。

【孔疏】○箋“進酒”至“兄弟”。

◇◇此獻酢之法，《儀禮》行事之次為然。

◇◇知用殷斝為尊者，《公羊傳》曰：“周公白牡，魯公騂剛。”《禮運》云：“醆斝（jiǎ）及尸君，非禮也。”以大夫用之為僭，明先代之物為尊也。此言先王之事，或在制禮之前，自當正用殷斝。而知必有異意者，此詩成王之時作，縱使追述先代，當以周制言之，不當舉殷之爵，故知於時實用之也。

◇◇《文王世子》云“公與族人燕，則異姓為賓”，則賓主皆非兄弟。言尊兄弟者，賓主為兄弟，行禮而有之，其器之設，主為兄弟故也。

【孔疏-章旨】“肆筵”至“奠斝”。

○毛以為，乘上肆筵授几之文，更申其事。

①言正於族人既為“肆之筵”，上又設重席。其授几之人尊敬老者，則有致敬踧踖之容。

②既設筵几，族人升堂受燕，或乃主人進酒而獻之於賓。賓既受，卒爵，或乃酌而酢答主人。主人卒飲，又洗爵酢以酬賓。賓受而奠此斝，不復舉之。王與族燕，以異姓為賓，使宰夫為主人，行此獻酢之禮也。

○鄭以上二句特為老者設文。既為老者肆筵，又重設席，授之以几，復有惇史相續代而侍之。餘同。

<四章-1>**醓（tǎn）醢（hǎi）以薦（jiàn），或燔（fán）或炙。嘉殽脾（pí）臄（jué），或歌或咢（è）。**

【毛傳】以肉曰醓醢。臄，函也。歌者，比（bì）於琴瑟也。徒擊鼓曰咢。

【鄭箋】薦之禮，韭菹（zū）則醓醢也。燔用肉，炙用肝，以脾函為加，故謂之嘉。

【程析】醓，拌和著肉醬、鹽、酒等汁水。醢，肉醬。薦，進獻。脾，牛胃，牛百葉。臄，牛舌頭。咢，只擊鼓，不唱歌。燔，燒肉。炙，烤肉。

【樂道主人】菹，酸菜，醃菜。

【孔疏】○傳"以肉"至"鼓曰咢"。

◇◇《釋器》云："肉謂之醢。"李巡曰："以肉作醬曰醢。"《天官·醢人》注云："醓，肉汁也。"蓋用肉為醢，特有多汁，故以醓為名。其無汁者，自以所用之肉魚雁之屬為之名也。

◇◇以臄為函，蓋相傳為然。服虔《通俗文》云："口上曰臄，口下曰函。"或當然也。

◇◇經傳諸言歌者，皆以弦和之，故云"歌者，比於琴瑟"。

【孔疏】○箋"薦之"至"之嘉"。

◇◇醢所以濡菹。禮，籩豆偶，有醢必有菹，故云"韭菹則醓醢"。《醢人》云："朝事之豆韭菹則醓醢。"是也。

◇◇燔炙是正饌，以脾函為加助，故謂之嘉。

【孔疏-章旨】"醓醢"至"或咢"（下列序號以經文兩句為一段譯解）。

①言王燕族人，於獻酒之時，則用醓醢並韭菹以薦進之也。又復或燔其肉，或炙其肝以為羞。其正饌以外所加善殽，則脾之與臄。酒殽既備，又作樂助歡。

②於是時，或比於琴瑟而歌，或徒擊鼓而咢。以此燕樂族人，是王能內睦之也。定本、《集注》經皆作"嘉"。箋以脾臄為加，故謂之嘉，是為嘉美之加也。

<五章-1>**敦（diāo）弓既堅，四鍭（hóu）既鈞。舍矢既均，**

【毛傳】敦弓，畫弓也。天子敦弓。鍭，矢參（sān）亭。已均中蓺。

【鄭箋】舍之言釋也。蓺，質也。周之先王將養老，先與群臣行射禮，以擇其可與者以為賓。

【程析】敦弓，即雕弓，在弓幹上畫五彩以為裝飾。鍭，箭的一種，以金屬為箭頭，箭尾鑲有羽毛。鈞，調和，指箭頭的首尾重量調和。均，全射中。

【孔疏】○傳"敦弓"至"中蓺"。

◇◇敦與彫，古今之異。彫是畫飾之義，故云"敦弓，畫弓也"。

《冬官·弓人》為弓唯言用漆，不言畫，則漆上又畫之。彼不言畫，文不具耳。此述天子擇士，宜是天子之弓，故言天子敦弓。此擇士之射，與群臣共之，作者主言天子之弓而已。其諸侯公卿宜與射者，自當各有其弓，不必畫矣。其等級無文以明之也。

◇定四年《公羊傳》何休注云："天子彫弓，諸侯彤弓，大夫嬰弓，士盧弓。"事不經見，未必然也。

◇◇又解四鍭之義，言鍭是矢參亭者也。參亭，謂三分矢，一在前，二在後，輕重鈞亭。四矢皆然，故言"四鍭既鈞"。《冬官·矢人》"為鍭矢參分，一在前，二在後"。注云："三訂之而平者，前有鐵重也。"

◇矢而謂之鍭者，《釋器》云："金鏃翦羽謂之鍭。"孫炎曰："金鏑斷羽，使前重也。"《方言》云："關西曰箭，江淮謂之鍭。"則鍭者，鐵鏃之矢名也。

◇◇又解舍矢既均之義，言"已均中蓺"，謂所射之質，四矢皆均中也。

◇◇案《周禮·司弓矢》："鍭矢殺矢用諸近射田獵，恒矢痺（bì）矢用諸散射。"鄭注云："散射，謂禮樂之射。"此養老即是禮射，而用鍭矢者，此與賓客私宴，不與常射同。或云先王用先代法，不用《周禮》。

【孔疏】○箋"舍之"至"為賓"。

◇◇傳言"中蓺"，故又解之，云蓺是質，即所射之物，正鵠之總名。但此說大射，當謂鵠也。

◇以下章言養老之事，而此論射，則知射為養老，故云："周之先王將養老，先與群臣行射禮，以擇其可與者以為賓。"

◇◇禮稱將祭而射，謂之大射。養老與祭相類，而亦射以擇賓，則亦為大射。何則？禮射有三，賓射在朝而射以娛賓，燕射因燕而射以為樂，皆無擇士之義。《樂記》云："祀於明堂，以教諸侯之孝。食三老五更於太學，以教諸侯之悌。"是祭與養老為相類之事，故知此射必大射也。

◇王肅以此為養老燕射。案燕射於燕旅酬之後乃為之，不當設文於"曾孫維主"之上。豈先為燕射，而後酌酒也？以此知為大射，毛意亦為大射也。

<五章-4>**序賓以賢。**

【毛傳】言賓客次序皆賢。

◇孔子射於矍（jué）相之圃，觀者如堵牆。射至於司馬，使子路執弓矢出，延射曰："奔軍之將，亡國之大夫，與為人後者，不入。其餘皆入。"蓋去者半，入者半。又使公罔之裘、序點揚觶（zhì）而語。公罔之裘揚觶而語曰："幼壯孝弟，耆（qí）耋（dié）好禮，不從流俗，修身以俟死者，不在此位。"蓋去者半，處者半。序點又揚觶而語曰："好學不倦，好禮不變，耄勤稱道不亂者，不在此位也。"蓋僅有存焉。

【鄭箋】序賓以賢，謂以射中多少為次第（與毛不同）。

【程析】序，排列座位的次序。

【孔疏】○傳"言賓"至"存焉"（下文多不標顏色）。

◇◇言序賓以賢者，謂次序為賓，以此擇之而皆賢也。然則非賢不得為賓，故言賓客次序皆賢也。

◇◇自"孔子射於矍相之圃"以下，皆《射義》文。彼於"圃"下云"蓋觀者如堵牆"，此引之略也。

◇矍相，地名。樹菜蔬曰圃。於矍相之地有此圃，孔子射於中。以聖人行禮，故觀射者眾如垣堵之牆焉。

◇將射，先行飲酒之禮。其禮立一人為司正，使主飲酒之事。至於將射，則變司正為司馬，故言"射至於司馬"。立司馬，是將射之始也。

◇於此之時，使子路執弓矢出圃外，以延進射者，令欲射也。子路延射，則子路為司射矣。執弓矢者，明其為射之事也。告觀者曰：若嘗為奔敗軍眾之將，謂與人為將，撫御無方，致使己軍喪敗。或嘗為亡國之大夫，謂與人為臣，不能匡輔，令使其國滅亡。及與為人後，謂他人已自有後，復往奇而後之，則是貪財之人。若有此行者，不得入。其餘無此行者，皆入。

◇子路言此之後，蓋去者半，入者半。子路所陳三事，皆是人之惡行者。觀者終不半為此行，但見其言，畏其義，故去者半耳。

◇既已半入於圃，又使公罔之裘及序點二人揚觶爵而為語。公罔裘先語於眾曰：今射之所取之者，唯十年而幼，三十而壯，於時能行孝悌之行，及六十之耆，七十之耋，尚能好禮，不從流失之俗，修飾己身，以待其死而不變者，可留於此。若無此行者，不得在此射位。此說既訖，所入之人於中蓋又去者半，而處留者亦半也。

◇序點又揚舉此觶，以語說於眾曰：今射所取，唯是好學不厭倦，好禮不變慝，至八十九十之耄，而能勤行稱舉其道不為亂者。若無此行，不得在此射位。於是皆去，蓋僅有存焉。鄭於彼注，其意為然。

◇◇傳言此者，見在射位如此為難，故先射擇之，則賓客皆賢。

◇知子路為司射者，以《鄉射》云："司射袒決，遂取弓矢於西階，乃告請射事。"今子路執弓矢延射，故知為司射也。司射與司馬別，而先目言之，明子路延射之節，立司馬時也。主射一人而已，故子路獨出延射。

◇語說必須二人，故罔裘、序點相對而言也。必揚觶者，將以令眾，故執爵以自表也。二人語意相類，而子路之言全與別者，子路出圃外延入，令眾人皆入，就大眾之內簡去惡者，故言惡者不入，為威肅之辭。其已入圃，則是賓客將欲與之同射，故使裘、點就眾人之中簡取好者，是故二人之言皆陳善事。

◇前言好禮而已，後令好之不變。前言耆耋好之，後言耄亦不亂。是先易後難，使彌簡彌精，故再言之後蓋僅有存焉。蓋者，謂語辭也。

◇子路言惡事，其末當云：有此行者不入。裘、點言善事，其末當云：無此行者，不在此位。以意在可知，故不設此言，是作文之常勢也。

◇◇孔子此射，蓋為大夫時也。大夫射禮有五：大射，賓射，燕射，鄉射，主皮之射。此射先行飲酒之禮，則孔子用**鄉射**禮。何則？

大射自擇其臣，非外人得入。賓射則與賓為之，無詢眾之義。燕射與所燕者射，不得有外人觀之。且燕在於寢，不當處矍相之圃。主皮之射，則求中而已，不在於禮。

◇而此射行禮，又非主皮射，明孔子此射用**鄉射**禮矣。《射義》上又云："古者天子諸侯將射必行燕禮，卿大夫之射必行鄉飲酒之禮。"其下則說孔子射事，明孔子射前飲酒者，是鄉飲酒之禮；射者，即是**鄉射**也。

◇◇故《地官·鄉大夫職》云："三年則興賢者能者，以禮賓之。厥明，獻賢能之書於王，退而以鄉射之禮詢眾庶。"注引孔子射於矍相之圃，使序點揚觶而語眾庶之義，引證鄉射，明孔子用**鄉射**之禮也。

【孔疏】○箋"序賓"至"次第"。投壺數筭云："某黨賢於某若干純。"謂中多者為賢。此射擇之為賓而云賢，明以射中多少為次，**故易傳也**。

【孔疏-章旨】"敦弓"至"以賢"。

○毛以為，自此以下，皆說養老之禮。

①周之先王將欲養老，親自射以擇士。其天子所射之畫弓既堅韌矣，其四鍭之矢既鈞停矣，其舍放此既均同而中矣，王既射以擇賓，莫非賢者。

②賓次序而為賓客者，以此擇之，故而皆是賢人也。

○鄭唯下句為異。謂次序群臣為賓，以射之賢者為次，言以射中多少為差等。餘同。

<六章-1>**敦弓既句（guò），既挾（xié）四鍭。**

【毛傳】天子之弓，合九而成規。

【鄭箋】射禮搢（jìn）三挾一个，言已挾四鍭，則已徧釋之。

【程析】句，張弓引滿。既，已經。挾，接，指箭與弓弦相接。即箭在弦上。

【孔疏】○傳“天子”至“成規”。

◇◇（毛傳所引）皆《冬官·弓人》文也。又云：“往體寡，來體多，謂之王弧。”注云：“王弓合九而成規，弧弓亦然。”則此敦弓即彼王弧也。傳言此者，明既句是引滿之時也。

◇◇以合九成規，此弓體直。今言既句，明是挽之。《說文》云：“彀，張弓也。”《二京賦》曰：“彫弓既彀（guò）。”彀與句，字雖異，音義同。

【孔疏】○箋“射禮”至“釋之”。

◇◇射禮搢三挾一個，大射禮然也。搢者，插也。挾，謂手挾之。◇◇射用四矢，故插三於帶間，挾一以扣弦而射也。

◇◇射禮每挾一个，今言挾四鍭，故知已徧釋之也。

<六章-3>**四鍭如樹，**

【毛傳】言皆中也。

【程析】樹，堅立，指箭已命中，像堅立在靶上一樣。

<六章-4>**序賓以不侮。**

【毛傳】言其皆有賢才也

【鄭箋】不侮者，敬也。其人敬於禮，則射多中。

【程析】序，排列座位的次序。

【孔疏-章旨】“敦弓”至“不侮”。

〇毛以為，①又説擇士為射之事。言王之敦畫之弓既挽其弦而句然，既挾此四鍭之矢徧釋之矣，其四鍭皆中於質，如手就樹之然。

②王既為此善射，以擇賢者為賓，故其次序為賓者以此擇之，故皆不有侮慢者也。言為賓者皆是恭敬之賢人。

〇鄭唯下句為異，言其次序賓以不侮慢多少為次第。餘同。

<七章-1>**曾孫維主，酒醴（lǐ）維醹（rú）。酌以大斗（dǒu），以祈（qí）黄耇。**

【毛傳】曾孫，成王也。醹，厚也。大斗，長三尺也。祈，報也。

【鄭箋】祈，告也（與毛不同）。今我成王承先王之法度，為主人，亦既序賓矣，有醇厚之酒醴，以大斗酌而嘗之而美，故以告黄耇之人，徵而養之也。飲酒之禮曰："告於先生君子，可也。"

【孔疏】〇傳"曾孫"至"祈福"。

◇◇醹厚，謂酒之醇者。《説文》云："醹，厚酒也。"

◇◇大斗長三尺，謂其柄也。《漢禮器制度》注"勺五升，徑六寸，長二尺"，是也。此蓋從大器，挹之以樽，用此勺耳。其在樽中，不當用如此之長勺也。

◇◇祈訓為求，但從求善言而報養之，故以祈為報也。

【孔疏】〇箋"祈告"至"君子"。

◇◇序言周家忠厚，則此篇所陳，周之先王與今王皆能親親而敬老也。四章以上，言親睦九族之事，故箋於首章言先王。

◇◇五章以下，言養老之事，故箋又言先王，以明周之先王盡能然也。至於此章，指言曾孫，則是主言成王，故云"今成王承先王之法度為主人"，明先王亦然矣。此先王指文王、武王，以其行天子禮故也。若太王、王季，追王耳，未能用天子法。

◇◇上言先王射以擇賓，則成王亦然，故知即以文王之事接之，云"亦既序賓矣"。

◇◇"酌"文在"祈黄耇"之上，未告黄耇，故知酌者酌而嘗之也。

◇◇飲酒之禮曰："告於先生君子，可也。"是鄉飲酒之禮。賓賢能，明日之事也。彼注云："先生，大夫之致位者。不以筋力為禮，於是可以來君子。國中有盛德者，可召，唯所欲。"引此者，證祈為告義。言養老之禮，亦當豫告老人矣。

【孔疏-章旨】“曾孫”至“黃耇”。

○毛以為，①賓射既中，可以助行養老。曾孫成王於是承先王之法度，維為主人矣。

②其為主人，酒醴維醹厚矣，故今酌之以大斗而獻之，以報養黃耇之老人。

○鄭以此章始告老人，下章乃言其養。①成王養老為主人，酒醴維醹厚，

②酌以大斗而嘗之，以告黃耇將養之也。

<八章-1>**黃耇臺背，以引以翼。**

【毛傳】臺背，大老也。引，長。翼，敬也。

【鄭箋】臺之言鮐（tái）也，大老則背有鮐文。既告老人，及其來也，以禮引之，以禮翼之。在前曰引，在旁曰翼（與毛不同）。

【程析】臺，鮐魚也。鮐魚背部有黑色花紋。

表 4　古人稱老人年齡的相關詞

詞	黃耇	耆（qí）	耋（dié）	耄（mào）	臺背
年齡	泛指年老	六十	七十、八十	八十、九十	九十

【孔疏】○傳“臺背”至“翼敬”。◇◇舍人曰：“老人氣衰，皮膚消瘠，背若鮐魚也。”《爾雅》作“鮐”，以其似鮐魚，而此經作“臺”，故箋申之云：“臺之言鮐也，大老則背有鮐文。”是依《爾雅》為說也。劉熙《釋名》云：“九十曰鮐背，背有鮐文。”或當然也。

【孔疏】○箋“在前”至“曰翼”。

◇◇引者，牽引之義，故云“在前曰引”，謂在前相導之。翼者，如鳥之翼在身之兩傍，故云“在旁曰翼”，謂在傍扶持之。

◇◇以此引、翼是導引、扶持之義，則老人於是始來，**故易傳**以上章為始告，此章為正養。

<八章-3>**壽考維祺（qí），以介景福。**

【毛傳】祺，吉也。

【鄭箋】介，助也（與毛不同）。養老人而得吉，所以助大福也。

【孔疏-章旨】“黃耇”至“景福”。

○毛以為，①成王之養老人也，非止一時而已。言此黃耇鮐背之老

人，成王以立長養事之，以此常恭敬之。

②由其尊耇老之人，故得壽考，維有吉慶，以受大大之福。

○鄭以上言告老人，此言養之事。黃耇鮐背之老人，既告之而來，成王乃使人以禮在前導引之，以禮在傍贊翼之，以此故得壽考維吉，以助其受大福。

《行葦》八章，章四句。故言七章，二章章六句，五章章四句。

既　醉 【大雅十三】

既醉以酒，既飽以德。君子萬年，介爾景福。

既醉以酒，爾殽既將（jiāng）。君子萬年，介爾昭明。

昭明有（yòu）融，高朗令終。令終有俶（chù），公尸嘉告。

其告維何？籩豆静嘉。朋友攸攝，攝以威儀。

威儀孔時，君子有孝子。孝子不匱，永錫（cì）爾類。

其類維何？室家之壼（kǔn）。君子萬年，永錫祚（zuò）胤（yìn）。

其胤維何？天被（pī）爾禄。君子萬年，景命有（yǒu/yòu）僕（pú）。

其僕維何？釐（lài）爾女士。釐爾女士，從以孫子。

《既醉》八章，章四句。

【毛序】《既醉》，大（tài）平也。醉酒飽德，人有士君子之行焉。

【鄭箋】成王祭宗廟，旅酬下徧群臣，至於無筭（suàn）爵，故云醉焉。乃見十倫之義，志意充滿，是謂之飽德。

【樂道主人】旅，衆。筭，計算用的籌碼。無筭爵，即飲酒不知多少杯。

此篇鄭與毛有大不同。鄭在講君時，更强調臣子的作用；在講恩澤於民時，更講先要親親；在講天與當世之君之福時，更强調其德之前世積累及後代的傳承。

【孔疏】序“《既醉》”至“行焉”。

◇◇作《既醉》詩者，言太平也。謂四方寧静而無事，此則平之大者，故謂太平也。成王之祭宗廟，群臣助之。至於祭末，莫不醉足於酒，厭飽其德。既荷德澤，莫不自修，人皆有士君子之行焉。能使一朝之臣盡為君子，以此教民大安樂，故作此詩以歌其事也。

◇◇士者，事也，言其才可以理庶事，人行之成名，公卿以下總稱之。"濟濟多士，文王以寧"，其文兼公卿也。

◇◇君子者，言其德可以君上位，子下民，雖天子亦稱之。《易·乾卦》"九三，君子終日乾乾"，謂天子是也。公卿以下有德者亦稱之。言人有德者，謂人人皆有德，以顯太平之驗。

◇◇經八章。首章上二句，是醉酒飽德也。四章下二句，言相攝以威儀。五章，言君子有孝行，是有士君子之行。此二事是太平之實，故序特言之。

◇◇但醉酒飽德，本因祭蒙神福，則遠被子孫，故作者因言祭而得福祿，澤及後世之事，非詩所主意，故序者略之。

【孔疏】○箋"成王"至"飽德"。

◇◇以經言祭事，故云成王祭宗廟，至於旅酬，乃以酒次序相酬，不遺微賤，下徧於群臣，至於無筭爵，爵行無數，以此故云醉焉。酌酒始於旅酬，爵行終於無筭，以醉必在祭末，故先以無筭結之。

◇◇又從祭初至於祭末，乃見十等倫理，於是志意充滿，如食飽足，是以謂之飽德也。《祭統》云："夫祭有十倫焉：（以下據《祭統》及其注解整理）

①"見事鬼神之道焉，以為筵幾依神，詔室出於祊（fāng），為交神明，一也。

②"見君臣之義焉，君迎牲而不迎尸，為尸在廟門外疑於臣，別嫌而迎，是明君臣之義，二也。

③"見父子之倫焉，孫為王父尸，己北面而事子，則為父尸之故，此父子之倫，三也。

④"見貴賤之等焉，尸飲五，獻卿；尸飲七，獻大夫；尸飲九，獻士與有司，是明貴賤，四也。

⑤"見親疏之殺焉，群昭群穆咸在，別遠近親疏之序，是親疏之殺，五也。

⑥"見爵賞之施焉，賜爵祿於太廟，此施爵賞，為六也。

⑦"見夫婦之別焉，君在阼，夫人在房，不相授受，酢必易爵，此別夫婦，為七也。

⑧"見政事之均焉，祭末歸俎，貴者不重，賤者不虛，是政事之均，八也。

⑨“見長幼之序焉，賜爵，昭穆及有司皆以齒，是長幼有序，九也。

⑩“見上下之際焉。有畀、韗、胞、狄、閽、寺，君在上而惠下，是上下之際，十也。

“此之謂十倫也。”

◇◇獨言成王之時為太平事者，人有士君子之行，自由王化之深，實非祭末始然。但作者因事見義，以祭有飽德之事，而臣有士君子之行，以為政由於神，化從神感，是故因祭祀而美其人有德行，以示世之太平耳。

<一章-1>**既醉以酒，既飽以德。**

【毛傳】既者，盡其禮，終其事。

【鄭箋】禮，謂旅酬之屬。事，謂惠施先後及歸俎（zǔ）之類。

【程析】既，已經。以，其。德（sè），恩惠。

【樂道主人】俎，古代祭祀時盛牛羊等的器具，古代割肉用的砧板。

【孔疏】○傳“既有”至“其事”。◇◇《春秋》日食盡者謂之既，故解之云：“既者，盡其禮，終其事”盡禮、終事，其義一也。以經有二事，故分之耳。

【孔疏】○箋“禮謂”至“之類”。

◇◇以傳解為二，故亦分而申之。傳以禮解酒，故云：“禮，謂旅酬之屬。”言“之屬”，謂下及無筭爵也。

◇◇傳以事解德，故云“事，謂惠施先後”。謂尸飲五，獻卿，尸飲七，獻大夫，以貴賤為先後也。及“歸俎”者，貴者得貴骨，賤者得賤骨，貴者先而賤者後。言之類，見理兼十倫，故箋略舉以包通之。

<一章-3>**君子萬年，介爾景福。**

【鄭箋】君子，斥成王也。介，助（與毛不同）。景，大也。成王，女（rǔ）有萬年之壽，天又助女以大福，謂五福也。

【孔疏】○箋“君子”至“五福”。

◇◇何知君子非上醉酒飽德之人，而以為成王者，以與萬年連文。

◇六章、七章“萬年”之下，以“祚胤（yìn）”“景命”接之，故知君子萬年，宜斥成王也。六章“萬年”之下云“永錫祚胤”，即乘之云“天被爾祿”，明永錫者，是天錫之也。

◇此“介爾景福”，亦在“萬年”之下，其文與彼相值，明亦大也，故云“天助汝以大福”也。

◇◇此祭宗廟而言天助者，以人死魂歸於天，雖人鬼所助者，皆歸之於天焉。《少牢》嘏辭亦云"使汝受禄於天"，是也。

◇◇福謂五福者，《洪範》云："五福：一曰壽，二曰富，三曰康寧，四曰攸好德，五曰考終命。"注云：③康寧，人平安也。④攸好德，人皆好有德也。⑤考終命，考，成也；終性命，謂皆生佼好以至老也。此五者皆是善事，自天受之，故謂之福。福者，備也。備者，大順之總名。

◇◇《詩》言"景福"多矣，以此篇福事數備於五，故就此以明之，見諸言"景福"，義皆然也。此篇言"君子萬年"，是為壽也。"天被爾禄"，是富也。"室家之壼"，是康寧也。"昭明有融"，是攸好德也。"高朗令終""景命有僕"，即考終命也。

◇為下具此五者，故箋於是言之，明此篇"景福"之言，為下總目也。

【孔疏-章旨】"既醉"至"景福"。

○毛以為，①成王之祭宗廟，群臣助之，至旅酬而酌酒，終無筭爵，而皆醉。

言成王既醉之以酒矣，又於祭末見惠施先後歸俎之事，差次二者之德，志意充滿，又是既飽以德矣。

②君子成王，德能如此，當有萬年之壽，天又大與汝大福也。

○鄭唯以介為助。餘同。

<二章-1>**既醉以酒，爾殽既將**（jiāng）。

【毛傳】將，行也。

【鄭箋】爾，女也。殽，謂牲體也。成王之為群臣俎實，以尊卑差次行之。

【樂道主人】《大雅·行葦》程析：殽，肉類食品。

【孔疏】○箋"殽謂"至"行之"。◇◇歸俎者，以牲體實之於俎，故又謂俎實。以尊卑差次行者，謂"貴者得貴骨，賤者得賤骨"，是也。

<二章-3>**君子萬年，介爾昭明。**

【鄭箋】昭，光也。

【孔疏-章旨】"既醉"至"昭明"。

○毛以為，成王之祭宗廟，群臣助之，終於無筭爵，而皆醉。

①言成王既醉之以酒矣，爾王之殽羞牲體既差次而行之，禮事終備。

②女君子成王當有萬年之壽。天又光大汝成王，與之以昭明之道，謂

使之政教常善，永作明君也。〇鄭唯以介為助。餘同。

<三章-1>**昭明有（yòu）融，高朗令終。**

【毛傳】融，長（cháng）。朗，明也。始於饗（xiǎng）燕，終於享祀。

【鄭箋】有，又。令，善也。天既助女（rǔ）以光明之道，又使之長。有高明之譽，而以善名終，是其長也（與毛不同）。

【孔疏】〇傳"融長"至"享祀"。

◇◇此言"令終"，下云"有俶（chù）"，則是始終相對。下云"公尸"，此論祭事。

◇◇《祭統》曰："禮有五經，莫重於祭。"是以祭禮為重。禮終於是，故謂之終。以事神之禮為終，則與人交接者為始，故以饗燕為始，享祀為終。

◇王者先成民而後致力於神，故始於饗燕，終於享祀。

【孔疏】〇箋"有又"至"其長"。

◇◇天既助汝以光明之道，令其無有窮已，是又使之長也。光明之道，自在己身，行之於人則有名譽。此高朗令終，還述"有融"之言，故云"有高明之譽，而以善名終，是其長也"。

◇◇**易傳者**，此昭明還乘上文而申之，未有祭事在其間，故易之也。

<三章-3>**令終有俶（chù），公尸嘉告。**

【毛傳】俶，始也。公尸天子以卿，言諸侯也。

【鄭箋】俶，猶厚也（與毛不同）。既始有善令，終又厚之（與毛不同）。公尸以善言告之，謂嘏（gǔ）辭也。諸侯有功德者，入為天子卿大夫，故云"公尸"。公，君也。

【程析】尸，古人祭祀時，以一人扮作已故祖先或神的形象接受享獻，叫作尸。後世改作畫像而廢尸。嘉告，善言。以下各章都是工祝代表尸向主祭者致的嘏辭。

【孔疏】〇傳"俶始"至"諸侯"。

◇◇天子以卿，謂以卿為尸也。卿而謂之公者，言此卿之尊，比下土諸侯也。諸侯稱公，故亦謂卿為公也。

◇《白虎通》引曾子曰："王者宗廟，以卿為尸，射以公為耦。不以公為尸，避嫌三公尊近天子，親稽首拜尸，故不以公為尸。"然則當時傳記有此説，故知宗廟之尸必以卿也。

◇◇卿六命，出封則為侯伯，故得以公言之。此傳據卿非諸侯者為説耳。若諸侯入為卿，則稱公，是常矣。

【孔疏】○箋“俶猶”至“公君”。

◇◇箋以此文從“介爾昭明”以來，轉相乘述，則是終有俶亦是介爾之事，俱為神祐，受之於天，非言王之祭燕行事始終故，不從俶為始。以“令終”已是善名，故以俶為厚。《釋詁》云：“俶，作也。”作事所以厚生，故云“俶猶厚也”。

◇◇言天祐成王，既始使以善名，終又使厚之，見天意殷勤之至也。

◇◇尸告主人，唯嘏辭耳，故知“公尸嘉告”謂嘏辭也。

◇◇傳言以卿為非諸侯者，故又言諸侯入為卿大夫，以申足傳説也。諸侯有功德者，入為天子之卿。大夫謂侯，伯為卿，子男為大夫，五等在國，臣皆稱之曰公，故言公尸也。

◇◇明國君而稱公，非必公爵也。此宗廟宜以卿為尸，但因解公而連言大夫耳。《祭統》云：“夫祭之道，孫為王父尸。所使為尸者，於祭者子行也，父北面而事之。”彼説天子諸侯之法，則天子諸侯宗廟之祭，其尸用**同姓**也，於同姓之中用其適者，故《祭統》注云：“必取同姓之適。”

◇知者，《士虞記》云：“男，男尸。女，女尸。必使異姓，不使賤者。”注云：“異姓，婦也。”尸配尊者，必使適（dí）也。雖虞時男女別尸，既祔則夫婦，其尸唯此為異，其用適則同也。

◇《曲禮》曰：“為人子者不為尸。”注云：“然則尸必卜筮無父者。”然則尸又用適而無父者也。

◇◇**非其宗廟之祭，則其尸不必同姓**。《石渠論》云：“周公祭天，用太公為尸。”是用異姓也。《白虎通》又云：“周公祭太山，用召公為尸。”蓋天地山川得用公也。

【孔疏-章旨】“昭明”至“嘉告”。

○毛以為，①天既光大汝成王以昭明之道，甚有長也。言與之明道，未有極已之時。以是之故，王德高明而有善終。禮莫重於祭，饗燕是禮之始，享祀是禮之終，言王能善於祭也。

②王之善終又有始，言王於饗燕之禮亦善為之。由其終始皆善，故於

祭之時，有諸侯之公與王為先祖之尸，始以善告王，使受福也。由此祭而使群臣飽德，故因述王之祭祀焉。

○鄭以為，①天既助汝王以光明之道，不但一時而已，又使之長遠也。

②所以為長者，使王有高明之譽，而以善名終，是其長也。既以善名而終，又使之篤厚，是故公尸以善言告王也。

<四章-1>其告維何？籩豆靜嘉。

【毛傳】恒豆之菹（zū），水草之和也。其醢（hǎi），陸產之物也。加豆，陸產也。其醢，水物也。籩豆之薦，水土之品也。不敢用常褻味而貴多品。所以交於神明者，言道之遍至也。

【鄭箋】公尸所以善言告之，是何故乎？乃用籩豆之物，絜清而美，政平氣和所致故也。

【孔疏】○傳“恒豆”至“遍至”。

◇◇自“交於神明”以上，皆《郊特牲》文。所異者，唯彼“和”下有“氣”，此略之耳。既引其文，又云“言道之遍至”，以解其間用水土之意。

◇◇豆謂恒常正祭之豆，菹用水草之和氣所生者而為之，若昌本與鳧（fú）葵也。其醢則用陸地所產之物，若纴麋（mí）之等也。朝事為正，故謂之恒。其加豆菹用陸產之物，若葵菹與豚拍也。其醢則別用水物，若蠃（luǒ，魚名）與魚。

◇謂饋食之豆，以其亞朝事，故謂之加。此籩豆之薦，用水土所生之品者，以不敢用尋常褻美之味而貴其多品數，故加恒豆。所以交接於神明者，言道之遍而至於水土故也。彼注云：“此謂諸侯也。天子朝事之豆，有昌本、麋臡（ní，帶骨的肉醬）、茆（máo）菹、麕（jūn，獐子）臡，饋食之豆，有葵菹、蠃醢、豚拍、魚醢，其餘則有雜錯云也。”

◇《記》言恒豆、加豆，鄭引朝事、饋食，則以朝事為恒，饋食為加，取其水陸相配與《記》同者，而證之以恒加相亞，宜為朝事與饋食，故不為饋外之加焉。

◇其餘錯雜者，於《天官·醢人》云“朝事之豆”，有韭菹、青菹，非水草也。“饋食之豆”，有蜃蚳醢。蜃非陸產，蚳非水物，故言雜錯也。

◇此皆言豆而並言籩者。籩與豆相配，故連言之也。此皆天子之禮，而引諸侯法者，取水土之品是静嘉之義，故引之。其雜錯猶自不同也。

【孔疏】○箋“公尸”至“致故”。

◇◇維何者，問之辭。静嘉者，答之意。

◇◇言政平氣和，因解水陸之物得美之意。

◇◇此經意言“其告維何”，由“籩豆静嘉”。下云“其類維何？室家之壺”“其胤維何？天被爾禄”，更自申説類胤之事，文勢雖與此異，俱問而自説，故同言維何也。

<四章-3>**朋友攸攝，攝以威儀。**

【毛傳】言相攝佐者，以威儀也。

【鄭箋】朋友，謂群臣同志好者也。言成王之臣，皆有仁孝士君子之行，其所以相攝佐威儀之事。

【程析】攸，語氣詞。攝，佐，輔助。這裏指助祭。

【孔疏】○箋“朋友”至“之事”。言朋友則非一人，論祭事而言攸攝，則是群臣相攝以助之。友者同志之名，故云“朋友，謂群臣同志好者”。攝者，收斂之言，各自收斂，以相助佐為威儀之事，則《祭義》所謂“濟濟漆漆”是也。

【孔疏-章旨】“其告”至“威儀”。案乘上“公尸嘉告”，又問而説之。

①言其此公尸以善言告者，維何所為乎？乃由王之所祭，籩豆之物，絜清而美，

②又其時王之群臣同志好之朋友，皆有士君子之行，所以相攝斂而佐助之。其所以相攝佐者，以威儀之事也。由祭饌則絜清而美，助者又善於威儀，當神之意，故公尸以善言告王也。

<五章-1>**威儀孔時，君子有孝子。**

【鄭箋】孔，甚也。言成王之臣威儀甚得其宜，皆君子之人，有孝子之行。

【程析】時，善。

【孔疏】○箋“孔甚”至“其宜”。◇◇時謂時節。前事而量度之，使己舉措合宜，故云“威儀甚得其宜”。《賓之初筵》箋以時為心所尊敬，意亦類於此也。

<五章-3>**孝子不匱，永錫（cì）爾類。**

【毛傳】匱，竭。類，善也。

【鄭箋】永，長也。孝子之行，非有竭極之時，長以與女（rǔ）之族類（與毛不同），謂廣之以教道天下也。《春秋傳》曰："穎考叔，純孝也，施及莊公。"

【孔疏】○箋"永長"至"莊公"。

◇◇《祭義》云"大孝不匱"，言"博施備物"。當謂天子諸侯行孝不匱也。此"孝子不匱"，乘上"朋友"之文，亦謂群臣行孝，與彼異也。

◇◇以言群臣之孝，則知"永錫爾類"為長與爾之族類，謂轉相教導也。各教其類，則可以遍及天下，故云"謂廣之教導天下"。

◇◇近從朝廷而至於天下，是其無竭極之時也。

◇◇所引《春秋傳》者，隱元年《左傳》文。彼言穎考叔之孝延及莊公，亦使孝，以證有孝行者能轉相教導也。純孝者，杜預云："純猶篤也。"謂孝之篤厚也。

【孔疏-章旨】"威儀"至"爾類"。

○毛以為，①成王之臣既相攝佐以威儀，故威儀甚得其適時之中，皆為君子之人，皆有孝子之行。

②既有孝子之行，又不有竭極之時，能以孝道轉相教化，則天長賜汝王以善道矣。

○鄭唯長與汝之族類為異。餘同。

<六章-1>**其類維何？室家之壼（kǔn）。**

【毛傳】壼，廣也。

【鄭箋】壼之言梱（kǔn）也（與毛不同）。其與女（rǔ）之族類云何乎？室家先以相梱致，已乃及於天下。

【樂道主人】鄭之意：我王必由內聖，廣澤必由家親。儒之修、齊、治、平之由也。

【孔疏】○傳"壼，廣"。

◇◇《釋宮》云："宮中巷謂之壼。"以宮中巷路之廣，故以壼為廣。王肅云：其善道施於室家，而廣及天下。

◇《周語》單靖公之老送叔向，叔向告其老而美單子，引此章乃云：

“壼也者，廣裕民人之謂也。”王肅據彼文以述毛傳，彼言“壼者，廣裕民人”，故以壼為廣也。

【孔疏】○箋“壼之”至“天下”。

◇◇箋以言室家之壼，則壼即是室家之事。若言室家之廣，則於文不類，**故易之云**：“壼之言梱。”以孝行與族類者，室家先以相壼逼而密致，言其相親，然後以此相親之道與其族類，亦使之室家相親，故言乃及於天下也。

◇◇毛據《外傳》為說。《外傳》正解此文，**而箋必易之者**，箋之此意不違《外傳》也。室家梱致則可以化天下，則是廣裕民人也。孝昭皆取此箋以解《外傳》，是其不違矣。但不訓壼為廣，與毛異耳。

<六章-3>**君子萬年，永錫祚（zuò）胤（yìn）。**

【毛傳】胤，嗣也。

【鄭箋】永，長也。成王女有萬年之壽，天又長予女（rǔ）福祚至於子孫。

【程析】祚，本意為祭福之肉，引申為凡福之稱。

【孔疏-章旨】“其類”至“祚胤”。

○毛以為，乘上錫王善道，故又問而說之。

①天與王以善道者，維是云何乎？正謂以此善道施於室家之內，以此室家之善廣及於天下，此所謂長與之也。

②能使善道之廣如此，則君子成王當有萬年之壽。天又長與汝之福祚，至於胤嗣之子孫。言天深祐之，使福及後世也。

○鄭亦乘上問而說之，①言群臣以孝行與其族類者，維云何乎？使在室家之內，皆自先相致恩親，乃後及於天下。使皆室家相親，是謂與族類也。餘同。

<七章-1>**其胤維何？天被（pī）爾祿。**

【毛傳】祿，福也。

【鄭箋】天予女福祚至於子孫，云何乎？天覆被女（rǔ）以祿位（與毛不同），使祿臨天下。

<七章-3>**君子萬年，景命有（yǒu/yòu）僕（pú）。**

【毛傳】僕，附也。

【鄭箋】成王女（rǔ）既有萬年之壽，天之大命又附著於女，謂使為政教也。

【程析】景命，大命，指天命。

【樂道主人】君子，成王。

【孔疏】○傳“僕，附”。◇◇以僕御必附近於人，故以僕為附。傳不訓“有”為“又”，故知不與鄭同。

【孔疏-章旨】“其胤”至“有僕”。

○毛以為，乘上“祚胤”問而說之。

①其言祚及後胤者，維是云何乎？正謂天覆被汝以福祿，使之長保王位，祿臨天下。

②言既得福祿如此，君子成王常有萬年之壽，天之大命有所附著，言常歸於汝，傳之子孫也。

○鄭唯以“有”為“又”。餘同。

<八章-1>**其僕維何？釐（lài）爾女士。**

【毛傳】釐，予也。

【鄭箋】天之大命附著於女（汝）云何乎？予女（汝）以女而有士行者，謂生淑媛使為之妃。

【孔疏】○箋“天之”至“之妃”。

◇◇自六章至此，其文有次，因孝子之臣，化族類以固王室，故先言“永錫祚胤”為遠之辭，但乘其句末而轉之，故云“其胤維何”，不言其祚耳。

◇◇其實七章所言“天被爾祿”“景命有僕”，即祚也。此章云“釐爾女士”“從以孫子”是胤也。六章舉其目，因而分說之。

<八章-3>**釐爾女士，從以孫子。**

【鄭箋】從，隨也。天既予女（汝）以女而有士行者，又使生賢知之子孫以隨之，謂傳世也。

【程析】釐，賚，賜與。

【孔疏-章旨】“其僕”至“孫子”。乘上“景命有僕”問而說之。

①言其大命所附之事，維是云何乎？乃與汝以女而有士行者，使與汝為配耦。

②既與汝女而有士行者，又隨之以生賢智之子孫，使之傳世，是得天之大命附著也。

○鄭以七章言祚，故箋云“天覆被汝以祿位”。“天之大命又附著於汝”，指王之身，是解祚也。

◇以此章言胤，故下箋云“使生賢智之子孫以隨之，謂傳世”，指其子孫，是解胤也。

◇但以理得相因，故言“其胤維何”，而以祚答之，見其生賢胤乃可以保國祚，故其言相起發也。

◇下言“釐爾女士”“從以孫子”，則孫子是此士女所生，故知女士謂女而有士行者。

◇◇文母為十亂之一，是女而有士行者也。

◇成王之妃，《書傳》無文，其子則康王也。昭二十六年《左傳》曰“成王靖四方，康王息民”，則康王亦明王也。

《既醉》八章，章四句。

鳧　鷖 【大雅十四】

鳧（fú）鷖（yī）在涇（jīng），公尸來燕來寧。爾酒既清，爾殽既馨（xīn）。公尸燕飲，福禄來成。

鳧鷖在沙，公尸來燕來宜。爾酒既多，爾殽既嘉。公尸燕飲，福禄來為（wèi）。

鳧鷖在渚，公尸來燕來處。爾酒既湑（xū），爾殽伊脯（fǔ）。公尸燕飲，福禄來下。

鳧鷖在潨（cóng），公尸來燕來宗。既燕于宗，福禄攸降。公尸燕飲，福禄來崇。

鳧鷖在亹（mén），公尸來止熏熏。旨酒欣欣，燔（fán）炙芬芬。公尸燕飲，無有後艱。

《鳧鷖》五章，章六句。

【毛序】《鳧鷖》，守成也。大平之君子，能持盈守成，神祇（qí）祖考安樂之也。

【鄭箋】君子，斥成王也。言君子者，大平之時則皆然，非獨成王也。

【樂道主人】除第一章外，其餘四章鄭與毛皆不同，以鄭為長。

【孔疏】序“《鳧鷖》”至“樂之”。

◇◇作《鳧鷖》詩者，言保守成功，不使失墜也。致大平之君子成王，能執持其盈滿，守掌其成功，則神祇祖考皆安寧而愛樂之矣，故作此詩以歌其事也。

◇◇上篇（《大雅十三·既醉》）言太平，此篇言守成，即守此太平之成功也。太師次篇《大雅十五·假樂》，見有此義，敘者述其次意，故言太平之君子，亦乘上篇而為勢也。

◇◇王者之馭天下，太平是功之所極。物極則反，或將喪之。成之既難，守亦不易，故所以美其能守之也。

◇執而不釋謂之持，主而不失謂之守。持是手執之，守是身護之。盈者如器實滿，故言持。成者如物積聚，故言守。持守之義，亦相通也，故《易》注云："持一不惑曰守。"是守亦持也。

◇◇神祇以人為主，故能守成，則神祇祖考安樂之矣。神者天神，祇者地神，祖考則人神也。

◇◇經五章，**毛以為**皆祭宗廟，則是祖考耳。而兼言神祇者，以推心事神，其致一也。能事宗廟，則亦能事天地，因祖考而廣言神祇，明其皆安樂之也。

◇安者，神意自安，即"來燕來寧""來宜""來處""來宗"，是也。

◇樂者，謂愛樂。主人饗其祭祀，降之福禄，即"來成""來為""來下""來崇"，"無有後艱"是也。

◇其持盈守成，言神祇所以得安之意，於經無所當也。

◇◇鄭於神祇祖考，經皆有之。

◇三章祭天地，是神祇也。卒章七祀，亦神之別也。二章四方百物，四章社稷山川，於《周禮》皆地祇也。首章宗廟，即祖考也。不言鬼而言祖考，複其文以足句。

◇經、序例者，序以天地人為尊卑之次，以統其小者；經以鳥至為次，故不同也。

◇◇毛於首章傳曰，太平則萬物眾多，則不以鳧鷖所在興祭處也。二章傳曰"厚為孝子"，則是於祖考也。卒章傳曰"不敢多祈"，則是述孝子之情，非尸有尊卑也。然則毛以五章皆為宗廟矣。

◇◇鄭以首章祭宗廟，二章祭四方百物，三章祭天地，四章祭社稷山川，卒章祭七祀，皆以首章一句言正祭，次句以下言燕尸。宗廟燕尸以祭之明日，其餘皆同日也。

◇如此為章次者，以鳧鷖水鳥，居水是常，故先言"在涇"。

◇既以水為主，然後從下而漸至於高，鳥不常處，或出水傍，故次"在沙"。

◇而水中高地，鳥亦往焉，故次"在渚"。

◇水外高地，鳥又時往，故次"在潀"。

◇山之絶水，鳥往最稀，故以為末。

◇因以鳥之所在，取其象類為喻，故不依尊卑之次焉。

<一章-1>鳧（fú）鷖（yī）在涇（jīng），公尸來燕來寧。

【毛傳】鳧，水鳥也。鷖，鳧屬。太平則萬物眾多。

【鄭箋】涇，水名也。水鳥而居水中，猶人為公尸之在宗廟也，故以喻焉（與毛不同）。祭祀既畢，明日又設禮而與尸燕。成王之時，尸來燕也，其心安，不以己實臣之故自謙。言此者，美成王事屍之禮備。

【程析】鳧，野鴨子。鷖，鷗鳥，又名水鴞（xiāo）。天子諸侯祭祀，第一天為正祭，第二天為繹祭，即為扮作祖先或神祇的尸設宴，又稱賓尸。

【樂道主人】正祭與繹祭是否在一天或是兩天，諸説不同。

【孔疏】○傳“鳧水”至“眾多”。

◇◇陸機《疏》云：“大小如鴨，青色，卑腳短喙，水鳥之謹願者也。”

◇◇太平則取之以時，不妄大殺，故萬物眾多。萬物多而獨言鳧者，舉鳥之得所，則餘者皆然，可知。

【孔疏】○箋“涇水”至“禮備”。

◇◇欲言水鳥居中，故云“涇，水名也”。以凡喻皆取其象，故以水鳥之居水中，猶人為公尸之在宗廟，故以喻焉。

◇此謂正祭，故云“在宗廟”。“若繹祭之禮，則《郊特牲》注云：“祊（fāng）當於廟門之外西室，繹又於其堂，不專在廟門。”明在廟為正祭也。

◇◇言公尸來燕，則是祭後燕尸，非祭時也。

◇燕尸之禮，大夫謂之賓尸，即用其祭之日，今《有司徹》是其事也。天子諸侯則謂之繹，以祭之明日。《春秋》宣八年言：“辛巳，有事於太廟。壬午，猶繹。”是謂在明日也。

◇此公尸來燕，是繹祭之事，故云“祭祀既畢，明日又設禮而與尸燕也”。

◇◇其尸以卿大夫為之，於王實為其臣，但孝子以父象事之，故其心安，不以己實臣之故自嫌。由王事之盡敬，故不嫌也。若人遇己薄，則不敢自安。今言尸之安，明王禮之備也。

<一章-3>爾酒既清，爾殽既馨（xīn）。公尸燕飲，福祿來成。

【毛傳】馨，香之遠聞也。

【鄭箋】爾者，女（rǔ）成王也。女酒殽清美，以與公尸燕樂飲酒之故，祖考以福禄來成女。

【程析】成，成就，成全。

【孔疏-章旨】“鳧鷖”至“來成”。

○毛以為，①成王之時，天下太平，萬物衆多，莫不得所。其鳧鷖之鳥，在於涇水之中，得其處也。既天下太平，成王祭宗廟之神，以其明日繹而燕尸。此時公尸之來與王燕也，其來心則安寧，不以己實臣之故而不安，由王誠心敬之故也。

②其燕之時，爾王酒既清絜矣，爾王之殽既馨香矣，乃用之以公尸燕樂而飲之，則為神所悦，以此致福禄而來成。汝孝子是為神所安樂之也。

○鄭唯上句為異，言鳧鷖在涇水之中，以興公尸在宗廟之内。餘同。

<二章-1>**鳧鷖在沙，公尸來燕來宜。**

【毛傳】沙，水旁也。宜，宜其事也。

【鄭箋】水鳥以居水中為常，今出在水旁，喻祭四方百物之尸也（與毛不同）。其來燕也，心自以為宜，亦不以己實臣自嫌也。

【程析】宜，宜順主人的邀請。

【孔疏】○傳“沙水”至“其事”。

◇◇上言在涇，此云在沙，則在涇水之傍沙也，故云“沙，水旁”。《易·需卦》“九二，需於沙”。注云：“沙，接水者。”亦是水傍矣。《説文》云：“沙，水中散石也。水少則沙見，故字從水少耳。”

◇◇因以為宜，故知宜其事也。

【孔疏】○箋“水鳥”至“自嫌”。

◇◇箋以序言“神祇祖考”，其言遍説諸神，則經之所陳盡有之矣，非獨祭宗廟而已，故以每章各為一祭。

◇◇而詩之取喻，皆以為象廟中之有神，猶涇水之有鳥，故以在涇為喻宗廟。今鳥出在水傍，猶似神居國外。國外之祭，唯是四方百物之神矣，故云“水鳥而居水中為常，今出在水傍，喻祭四方百物之尸”。

◇由四方百物祭在國外，故以出水為喻也。《大宗伯》“副（pì，同“副”，剖，破開）辜祭四方百物”。言四方，則其祭在國之外者，各祭其方也。言百物，則遍祭百種之神也。

◇◇祭在四方，其神百種，唯蜡（zhà）祭耳，故注云：“副，畐

（bì，《集韻》拍逼切）牲胸也。辜，磔（zhé，分裂牲體以祭神）也。副而磔之，謂桀禳及蜡祭也。”

◇即引《郊特牲》曰：“八蜡以記四方。年不順成，則八蜡不通，以謹民財也。”又曰：“蜡之祭也，主先嗇而祭司嗇也。祭百種，以報嗇也。”是八蜡之祭，在四方祭百種也。

◇言百種者，舉成數耳。《郊特牲》曰：“蜡也者，索也。歲十二月，合聚萬物而索饗之。”注云：“萬物有功加於民者，神使為之，故祭以報焉。”既言百種，又言萬物，是其遍祭天下群神也。

◇而謂之八蜡者，以蜡者**主於為田報**祭，其八者於田功尤多，故以為主耳。其祭非徒**八神**而已。其神雖眾，總而祭之。

◇《郊特牲》又曰：“伊耆氏始為蜡。”注又云：“造者配之。”蓋諸神共立一尸，而以伊耆氏配也。

◇《曾子問》云：“嘗禘郊社，尊無二上。”注云：“神雖多，猶一一而祭之。”此得總祭群臣者，彼據常法，故一一祭之。蜡之與**祫**（xiā），皆有以而然，故為總祭。然蜡以先嗇為主，**祫**以后稷為主，亦尊無二上也。

◇《郊特牲》說蜡之辭曰：“土反其宅，水歸其壑，昆蟲無作，草木歸其澤。”注云：“此蜡祭祝辭也。”若辭同，則同處可知，是諸神總祭之事也。

◇《郊特牲》又曰：“順成之方，其蜡乃通。”則四方，方為一祭，故謂之四方也。◇◇此箋言“祭四方百物之尸”，謂正祭時也。“來燕來宜”者，謂祭末燕尸也。

◇上箋宗廟之祭，言“明日又設禮而與公尸燕”，此及下章皆不言明日有事。

◇《祭義》曰：“周人祭日，以朝及闇。”既言終日有事，明其即燕尸矣。

◇《春官·神士職》曰：“以冬日至致天神人鬼，以夏日至致地祇（qí/zhǐ）物魅。”注云：“蓋用祭天地之明日。”既別有事，明其不復燕尸，故知燕尸即以其祭之日也。天地尚以其日，明其餘諸神亦以其日也，故箋於此及下章皆不言明日也。

◇◇其心自以為宜，為宜與來寧意同，故云“亦不以己實臣之故自嫌也”。

<二章-3>**爾酒既多，爾殽既嘉。**

【毛傳】言酒品齊多而殽備美。

【孔疏】○傳“言酒”至“備美”。

◇◇鄭於《周禮》差之，唯大事於太廟，備五齊（zhāi）三酒。毛於此義雖為宗廟之祭，其大事與時祭不明，但言品齊多耳，未必五齊三酒皆俱也。殽稱既嘉，可言美而已矣。而傳兼言備者，見苟可薦者，莫不咸在之義。

◇◇箋以此章為蜡祭，則言多者，以其神多故也。

<二章-5>**公尸燕飲，福禄來為**（wèi）**。**

【毛傳】厚為孝子也。

【鄭箋】為，猶助也，助成王也。

【孔疏】○傳“厚為孝子”。言此福禄之來，厚為孝子，而其意亦與箋同，以為助之也。但不以為宗廟之祭，不得言孝子，故變言成王也。

【孔疏-章旨】“鳧鷖”至“來為”。

○毛以為，①時既太平，鳧鷖之鳥在於水傍之沙而得其所。於此之時，成王祭其祖考，而明日燕尸。公尸之來燕也，自以其來為宜其事，不以臣故而自嫌。

②言王事尸之禮備也。其燕之時，爾王之酒既多矣，爾王之殽既善矣，

③王用之以與公尸燕樂而飲之，故致福禄來而厚為孝子也。

○鄭以鳧鷖在沙，喻祭四方百物，即以其日燕尸，福禄來助成王，以此為異。餘同。

<三章-1>**鳧鷖在渚**（zhǔ）**，公尸來燕來處。**

【毛傳】渚，沚也。處，止也。

【鄭箋】水中之有渚，猶平地之有丘也，喻祭天地之尸也，以配至尊之故，其來燕似若止得其處（與毛不同）。○渚，之與反。沚音止。

【樂道主人】《釋水》：“小洲曰渚。小渚曰沚。小沚曰坻（chí）。”

【孔疏】○箋“水中”至“其處”。

◇◇喻取其象水中高地謂之渚，渚之高於水，猶捕之高於地，故云

“水中之有渚，猶平地之有丘，喻祭天地之尸也”。

◇《春官·大司樂》曰：“冬日至，於地上之圜丘，奏樂六變，則天神皆降。夏日至，於澤中之方丘，奏樂八變，則地祇皆出。”是祭天地之神皆在丘也。天地之祭，唯二至在丘耳。

◇其夏正郊天，與迎氣四郊及北郊祭地，為壇而祭，不於丘也。

◇此以渚為喻，唯喻二至之祭，其文不及郊也。

◇◇尸為神象，故公尸配至尊。上云“來寧”“來宜”，此言“來處”，義亦同也。上言其來心安，心安宜據尸意為説。

◇此云似若止得其處，謂外人觀之。彼言其心，此據其貌為異耳。定本云“若止其處”，《集注》云“似若止得其處”。《集處》是也。

<三章-3>**爾酒既湑（xū），爾殽伊脯（fǔ）。公尸燕飲，福禄來下。**

【鄭箋】湑，酒之泲（jǐ）者也。天地之尸尊，事尊不以褻味，泲酒脯而已（與毛不同）。

【樂道主人】泲，過濾。

【孔疏】○箋“湑酒”至“而已”。言脯，明其因文立義，故知天地之尸尊，事尊者不敢以褻美之味，直以所泲之酒及乾脯而已，因此示義舉酒脯為言。其實天地之祭，更有殽饌也。

【孔疏-章旨】“鳧鷖”至“來下”。

○毛以為，①時既大平，鳧鷖之鳥來在水中之渚，得其常處。於此之時，成王祭其宗廟，而明日燕尸。公尸之來燕也，其來似若止得其處。

②其燕之時，爾王之酒既湑然而泲之，爾王之殽維是脯矣。王用此酒脯與尸燕樂而飲之，為神所饗，福禄來下而與之。

○鄭以“鳧鷖在渚”，喻祭天地之神於丘，即以其曰燕尸為異。餘同。

<四章-1>**鳧鷖在潨（cóng），公尸來燕來宗。**

【毛傳】潨，水會也。宗，尊也。

【鄭箋】潨，水外之高者也（與毛不同），有瘞（yì）堙（yīn）之象，喻祭社稷山川之尸，其來燕也，有尊主人之意。（與毛不同）

【樂道主人】瘞，埋物祭地。堙，土山。孔疏：李巡以埋為埋玉，而《禮運》云：“瘞繒帛。”注云：“埋牲曰瘞。”則牲玉幣帛皆埋之也。

【孔疏】○傳“潨，水會。宗，尊”。

◇◇潨音如叢，則叢是聚義，且字從水、眾，知是水之會聚之處。《説文》云："潨，小水入於大水也。"

◇◇廟以尊重稱宗廟，故宗為尊也。王肅云："言尊敬孝子也。"

【孔疏】○箋"潨水"至"之意"。

◇◇箋以水會亦在水中，與在涇無異，不宜別文。其義既別，則潨非水矣。此詩之次從水，而次沙、次渚，則是漸鄉高地。此承渚下，則亦是地矣。渚既是水中高地，潨當是水外之高地。

◇◇潨者，地高之貌，水外之地潨然而高，蓋涯涘之中，復有偏高之處，以為瘞埋之象，喻祭社稷山川。

◇◇《釋天》云："祭地曰瘞埋。"李巡曰："祭地以玉埋地中曰瘞埋。"孫炎曰："瘞者，翳也。既祭，翳藏地中。"然則瘞埋牲者，其上以土覆之，微高於平地，故以潨為喻也。

◇《爾雅》以祭地為瘞埋。《祭法》云："瘞埋於泰折，祭地也。"《春官·司巫》："凡祭事，掌守瘞。"注云："瘞，謂若祭地祇，有埋牲玉者守之。"然則瘞埋者，唯謂祭地耳。

◇◇此以瘞埋為祭社稷山川者，上以渚喻丘，其文可以兼天地，則此非地之大祇，當是地之別神耳。

◇《大宗伯》社稷山川皆在地神之條，則其祭亦埋，與祭地同也。若然，《大宗伯》云："以血祭祭社稷五嶽，以埋沈祭山林川澤。"注云："不言祭地，此皆地祇，祭地可知也。陰祀自血起，貴氣臭也。"

◇祭山林曰埋，川澤曰沈，順其性之含藏。如彼之注，唯山用埋耳。社稷與川，似不用埋。而此言社稷山川皆瘞埋者，《鄭志》張逸問曰："以血祭祭五嶽，以埋沈祭山川，不審五嶽亦當埋否？"答曰："五嶽尊，祭之從血腥始，何嫌不埋？"如鄭此言，祭五嶽有埋，明社稷亦埋矣。

◇◇然則川澤曰沈，蓋亦沈而復埋。何者？《釋天》云："祭山曰庪（guǐ，簷口檩條）懸。"不言埋。張逸亦引以問，而鄭答曰："《爾雅》之文雜，非一家之注，不可盡據以難。"

◇《周禮》雖不可盡據，而於《校人》《玉人》之注有庪沈之言，是鄭意亦以祭山有庪《康熙字典》疏：庪謂埋藏之）懸之法。鄭雖不解庪懸之義，要庪懸似非埋也。

◇祭山得庪懸而復埋，明祭川亦得沈而復埋，故以社稷山川皆言埋也。李巡以埋為埋玉，而《禮運》云："瘞繒帛。"注云："埋牲曰瘞。"則牲玉幣帛皆埋之也。孫炎曰："既祭，埋之。"鄭於《司巫》注云："守瘞者，以祭禮未畢，若有事然。祭禮畢則去之矣。"即是初即埋之，非祭畢始埋也。

◇◇社稷山川，其神不卑於四方百物，云"有尊主人之意"者，尸以主人盡禮，故尊重之，而以己卑之，故尊主人也。毛意正以為宗廟之祭亦言尊敬孝子。

<四章-3>**既燕于宗，福祿攸降。公尸燕飲，福祿來崇。**

【毛傳】崇，重（chóng）也。

【鄭箋】既，盡也。宗，社宗也。群臣下及民，盡有祭社之禮而燕飲焉，為福祿所下也。今王祭社，又以尸燕，福祿之來，乃重厚也。天子以下其社神同，故云然（與毛不同）。

【樂道主人】鄭意王與群臣及民同祭祭，同樂樂，同福福也。

【鄭箋】○箋"既盡"至"云然"。

◇◇以下文云"公尸燕飲"，則此未為燕訖，故以既為盡。上箋云"社稷山川"，則此章所祭，非獨社耳。偏以宗為社宗者，以下言"公尸燕飲"，謂王與尸燕，則既燕於宗，則非王燕尸矣。

◇此非王燕，而言盡燕者，周悉之辭，故知既燕於宗，謂群臣下及民庶，因祭而燕也。此在社稷山川之章，則群臣所祭之神，亦此等神耳。

◇◇但諸侯之於山川，在其地則祭之，非其地則不祭。國君尚然，則群臣民庶必不得祭山川矣。臣民得與天子同祭者，唯社稷耳，故知既燕於宗，唯指社宗。以社是尊神耳，故言社宗，猶廟稱宗廟也。

◇◇《月令》"仲春，命民社"。《祭法》云："大夫以下，成群立社。"《郊特牲》曰："唯為社事，單出里。"是群臣下及民庶，盡有祭社之禮而燕飲焉。臣民所祭，不必有尸，所云燕飲，因祭而與其祭之人自燕飲耳。《郊特牲》曰："社者，神地之道也。"又曰："社祭土而主陰氣。"

◇◇天子諸侯下及庶民，雖廣狹不等，俱土神，因言天子祭社，其辭遂及於民，故文辭重疊，異於餘章。箋又言"天子以下其神社同，故雲然。"是解詩人置辭被及民庶之意也。

◇◇“公尸燕飲”，文在“臣民”之下，以民得福，君又得福，故云來重。以民之獲福，亦君之福也，故於君為重。

【孔疏-章旨】“鳧鷖”至“來崇”。

○毛以為，①時既太平，鳧鷖之鳥在於潨水之會，得其常處。於此之時，成王祭宗廟，明日而與尸燕。公尸之來燕也，其來有尊敬孝子之心。

②既來與王燕於宗廟，則福祿從此尸所而下與王也。於時王與公尸燕樂飲酒，故致福祿而來，重與王也。

○鄭以為，①鳧鷖之鳥在水外之潨，喻公尸之居，在瘞埋之祭，謂祭社稷山川之神。至其祭畢而燕尸，公尸之來燕也，其來有尊主人之意。

②於此天子祭社稷之時，群臣下及眾民盡至，而燕飲於其社宗，為福祿所下而與之。此時天子用酒殽而與公尸燕樂而飲之，故致福祿之來，乃重而厚也。自天子至於庶人，同得社之福祿，故言重也。

<五章-1>**鳧鷖在亹（mén），公尸來止熏熏。**

【毛傳】亹，山絕水也。熏熏，和說（yuè）也。

【鄭箋】亹之言門也（與毛不同）。燕七祀之尸於門户之外，故以喻焉其來也，不敢當王之燕禮，故變言“來止熏熏”，坐不安之意（與毛不同）。

【孔疏】○傳“亹山”至“和說”。

◇◇傳以渚者水中地，是土當水之流；潨者水會之處，是土障水令聚。今變文言亹，非復土也，故以為山絕水，謂山當水路，令水勢絕也。所云“石絕水曰梁”，亦此之類。蓋石是小石，此則大山為異耳。

◇◇以宗廟之尸，尊者自得，故為熏熏和說也。

【孔疏】○箋“亹之”至“之意”。

◇◇箋以上四章隨類取喻，已有天地、宗廟、社稷、山川、四方百物諸神，略欲盡矣。其所未見，唯七祀耳。而上言鳧鷖所在，於祭皆有所類，唯此山絕水之亹，於七祀之祭事無其象，則是假取其名，以為其義，故云“亹之言門”。燕七祀之尸於門户之外，故取此門名以為喻焉。

◇《祭法》曰：“王為群姓立七祀：①曰司命，②曰中霤（liù，屋簷的流水。借指屋宇，房屋），③曰國門，④曰國行，⑤曰大厲，⑥曰户，⑦曰竈。”是七祀之名也。諸侯以下則有降差。此言天子之事，故云七也。

◇案中②霤禮唯祭五祀，皆先薦於奥。祀户則設主於户内，祀中霤則設主於牖下。此二者，在户内也。③祀門則設主於門左樞，在門内也。⑦祀竈則設主於陘，祀行則設主於軷上。竈在廟門外之東，行在廟門外之西。此二者，在門外也。尸主當相依附五祀。正祭之時，户與中霤在户之内，門在門之内，竈、行在門之外。◇司命、大厲雖無文，亦不過廟門之外内也。

◇宗廟正祭在奧，繹在門。況七祀之祭，有本在門外者也，明其燕尸皆在門之外矣，故云"於門户之外"也。

◇◇上四章皆以發首一句喻正祭，則此鳧鷖在門，亦當喻正祭矣。各以尸在門，故取亹名為喻，則首句經喻燕事。與上不類者，以七祀之祭，祭非一處，而正祭有在門者，燕尸又皆在於門，故言門亦可以見正祭也。

◇◇七祀之神，神之卑者，而"來止熏熏"，文異於上，故知其來，不敢當王之燕禮，故變言"來止熏熏"，是坐不安之意。

<五章-3>**旨酒欣欣，燔（fán）炙芬芬。公尸燕飲，無有後艱。**

【毛傳】欣欣然，樂也。芬芬，香也。無有後艱，言不敢多祈也。

【鄭箋】艱，難也。小神之尸卑，用美酒，有燔炙，可用褻味也。又不能致福禄，但令王自今無有後艱而已。

【孔疏】○傳"欣欣"至"多祈"。

◇◇飲美酒而言欣欣，故為樂謂尸之樂也。芬芬是香之氣，故為香謂燔炙香也。二事不類者，以人飲酒而後知味，食炙而後知香。指體而言，雖為小異，自人而發，意亦同也。

◇◇"無有後艱"，守成而已，非神加之福，見孝子之意，不敢多祈也。禮稱祭祀不祈，則皆亦不祈。言不敢多者，此非孝子口所自祈，言神才令如此，見孝子不敢多祈耳。不敢更復望福，是所謂能持盈也。

【孔疏】○箋"小神"至"而已"。

◇◇七祀，神之小者，故云小神。《祭法》注云："小神居人間伺察小過作譴告者。"是也。

◇◇《月令》"孟冬，臘先祖五祀聚祭之"。則周之七祀，雖四時別祭，於臘亦聚祭之義也。此詩所云，未必七神並祭，作者於後總言之耳。

◇◇因其神卑而變其文，用美酒，有燔炙，以其神卑，可用褻美之味。

◇◇神又自以為卑，不敢致福主人，但令王自今以去無有後難而已。

【孔疏-章旨】“鳧鷖”至“後艱”。

○毛以為，①時既大平，鳧鷖之鳥在山絶水之亹，得其常處。於此之時，成王祭其宗廟，以明日燕尸。公尸之來止燕坐熏熏然，其又和説而得其宜，

②於是行旨美之酒欣欣然歡樂，薦燔炙之羞芬芬然馨香。王用之，以與公尸燕而飲之，致其無復有後日之艱難。孝子之意，不敢多祈，故變文，不言福禄以見之。

○鄭以①鳧鷖之鳥在於絶水之亹，喻公尸之居，在於王宗廟之門，謂祭七祀之神，燕其尸於廟門之外也。公尸之來止處，自以神卑之故，熏熏然坐而不安。

②於是有旨酒欣欣然美，燔炙芬芬然香，用之以與公尸燕樂而飲之，致其無復御有在後之艱厄。神卑不敢致福，止令無艱而已。

《鳧鷖》五章，章六句。

假　樂　【大雅十五】

假（xiá）樂君子，顯顯令德。宜民宜人，受祿于天。保右命之，自天申之。

干（gān）祿百福，子孫千億。穆穆皇皇，宜君宜王。不愆不忘，率由舊章。

威儀抑（yì）抑，德音秩秩。無怨無惡（è），率由群匹（pǐ）。受福無疆，四方之綱。

之綱之紀，燕及朋友。百辟（bì）卿士，媚于天子。不解（xiè）于位，民之攸塈（xì）。

《假樂》四章，章六句。

【毛序】《假樂》，嘉成王也。

【孔疏】序“《假樂》”。

◇◇作《假樂》詩者，所以嘉美成王也。經之所云，皆是嘉也。

◇◇正詩例不言美，以見為經之正，因訓假為嘉，故轉經以見義，且乘上篇為次，以其能守成功，故於此嘉美之也。

<一章-1>假（xiá）樂君子，顯顯令德。宜民宜人，受祿于天。

【毛傳】假，嘉也。宜民宜人，宜安民，宜官人也。

【鄭箋】顯，光也。天嘉樂成王，有光光之善德，安民官人皆得其宜，以受福祿於天。

【程析】顯，光明貌。宜，合適。

【樂道主人】人，指居位之官人。

【孔疏】○傳“假嘉”至“官人”。◇◇民、人，散雖義通，對宜有別。《皋陶謨》云：“能安民，能官人。安民則惠，黎民懷之。”其文與此相類，故知“宜民宜人”，是“宜安民，宜官人也”。

【孔疏】○箋“顯光”至“於天”。

◇◇下言“受祿于天”，則嘉樂者，是天嘉樂之，故云“天嘉樂成王，有光光之善德”。光光雖為總辭，安民官人即亦善德之事也。

◇◇天不能自治下民，立君以治民。治民得宜，則天降之福，故云“皆得其宜，以受福禄於天”。

<一章-5>**保右命之，自天申之。**

【毛傳】申，重（chóng）也。

【鄭箋】成王之官人也，群臣保右而舉之，乃後命用之，又用天意申敕（chì），如舜之敕伯禹、伯夷之屬。

【樂道主人】之，指受命之官人。敕，（皇帝的）詔令，告誡。鄭對此句的詮解很重要，明確天子及君之大臣之在位不僅僅是成王的旨意，也是具有天命的。此為“所謂大臣者，以道事君”的法理解釋。

【孔疏】○箋“成王”至“之屬”。

◇◇官人之事，王政尤重。上文既言宜人，故云“成王之官人也，群臣保佑而舉之”。保，安也。佑，助也。謂能相委知，乃相助薦舉。成王得其所舉，乃命用之，又用天意申敕之。

◇◇《堯典》云：“舜曰：‘咨四嶽，有能奮庸熙帝之載，使宅百揆（kuí）。’僉（qiān，《正韻》皆也，咸也。衆共言之也）曰：‘伯禹作司空（掌管土地工程）。’帝曰：‘俞，汝往哉。’帝曰：‘咨四嶽，有能典朕三禮。’僉曰：‘伯夷。’帝曰：‘俞，咨伯，汝作秩宗。’”既命群官，其下總云：“帝曰：‘咨汝二十有二人，欽哉，惟時亮天功。’”是舜敕伯禹、伯夷之事也。

◇“僉曰”，是保佑也。“俞往”，是命之也。“亮天功”，是用天意申敕之也。其事與此相類，故云“如舜之敕伯禹、伯夷之屬。”彼所命者，猶有垂、益、夔、龍之等，引之不盡，故言“之屬”以包之。

【孔疏-章旨】“假樂”至“申之”。

①言上天嘉美而愛樂此君子成王也，以其有光光然明察之善德。宜於民而能安之，宜於人而能官之，以此能受其福禄於天，是天嘉樂之也。

②官人之事，王政尤重，故又更申説之。言王所以能官人者，待群臣相保安素相委知，乃自佑助而共舉之，成王乃後命用之。既用之為官，又用天意申重戒敕之。此其所以官人得其宜也。

<二章-1>**干（gān）禄百福，子孫千億。穆穆皇皇，宜君宜王。**

【毛傳】宜君王天下也。

【鄭箋】干，求也。十萬曰億。天子穆穆，諸侯皇皇。成王行顯顯之令德，求禄得百福，其子孫亦勤行而求之，得禄千億，故或為諸侯，或為天子，言皆相勖（xù）以道。

【程析】皇皇，光明貌。

【樂道主人】《论语集注》：穆穆，深遠之意。勖，勉勵。

【樂道主人】鄭意：天子之子孫如果不皆相勖以道，如果不以民為本而成已私，則天命亦不再其子孫。

【孔疏】○傳“宜君王天下”。◇◇君、王别文，傳並言之者，以其俱有“宜”文，故總而釋之。言宜君者，宜君天下；宜王者，宜王天下。君則諸侯也，亦以天下言之者，以其與此天下之民為君，其國亦在天下之中，故同言之。

【孔疏】○箋“干求”至“以道”。

◇◇求禄者，必行善求之，以文承上章，故知王行顯顯之令德，求禄得百福。

◇◇知非子孫之數有千億者，以此美成王能行善德，不美其子孫眾多。上言百福，是福之眾多，故知千億亦福之多數也。“宜君宜王”，文承“千億”之下，故箋以勢接之，言得禄，“故或為諸侯，或為天子”，明得為天子、諸侯，即是千億之禄也。

◇◇又解得禄之由，言皆相助勉力行道，故福禄降之。

<二章-3>**不愆不忘，率由舊章。**

【鄭箋】愆，過。率，循也。成王之令德，不過誤，不遺失，循用舊典之文章，謂周公之禮法。

【孔疏】○箋“愆過”至“禮法”。

◇◇以“不愆不忘”，即是令德之事，故本於上章，言成王之令德也。

◇◇“循用舊典之文章”，是用之以治天下也。

◇上章言“宜民宜人”，則是王已蒞政而遵用舊章，事在制禮之後，故知是“周公之禮法”也。以其一代大典，雖則新制，永為舊章也。《周禮》六官，所存者五。天、地、夏、秋四官，皆以正月之吉，懸其所掌之法於象魏，使萬民觀之。

◇哀三年《左傳》曰：“魯災，季桓子至，御公立於象魏之外，命藏象魏，曰：‘舊章不可亡。’”是謂周公之制六典之法為舊章也。

【孔疏-章旨】“干禄”至“舊章”（下列序號以經文兩句為一段譯解）。

①言成王能行光光之善德，宜安民官人，以此求天之禄，則得百種之福，子孫亦勤行善德，以求天禄，則得千億，言其多無數也。

②子孫以勤行得禄之，故所以穆穆然、皇皇然，宜為諸侯之君，宜為天子之王。言其相勉以德，上天福之，常作人主，保其邦國也。

③又言成王所以蒙天之德，澤及子孫者，以其有光光善德，勤行之，不過誤，不遺忘，志唯循用舊典之文章，言能遵用周公禮法，故得福流子孫。

<三章-1>**威儀抑（yì）抑，德音秩秩。無怨無惡（è），率由群匹（pǐ）。**

【毛傳】抑抑，美也。秩秩，有常也。

【鄭箋】抑抑，密也（與毛不同）。秩秩，清也（與毛不同）。成王立朝之威儀致密無所失，教令又清明，天下皆樂仰之，無有怨惡。循用群臣之賢者，其行能匹耦已之心。

【孔疏】○箋“抑抑”至“之心”。

◇◇以此詩美成王之德，下云“四方之綱”，則是為政之事，故知謂“立朝之威儀”也。

◇致密無失，謂舉止詳悉，事無非禮。教令清明，謂下民寧靜，無幽不燭。有儀可愛，有德可慕，故天下皆樂仰之。

◇◇其行能匹耦已心者，謂舉事允當，與已（指成王）志合也。

<三章-3>**受福無疆，四方之綱。**

【樂道主人】四方，指畿外諸侯也。與鄭子下章“百辟，畿内諸侯也”相對。

【孔疏-章旨】“威儀”至“之綱”。

○毛以為，①言成王立朝之威儀抑抑然而美也，其道德教令之音秩秩然而有常也。

②以此之故，為天下愛樂，無有咎怨之者，無有憎惡之者。又能循用群臣之匹耦已志者，謂臣有賢行，能與已為匹，則取其謀慮而依用之。

③以此之故，受天之福禄無有疆境，常為天下四方之綱。言常為君王，統領天下。

○鄭以為，①正立朝之威儀抑抑然密致無遺失，其教令之德音，秩秩然清明無所壅滯，故為天下樂仰。餘同。

<四章-1>**之綱之紀，燕及朋友。**

【毛傳】朋友，群臣也。

【鄭箋】成王能為天下之綱紀，謂立法度以理治之也。其燕飲常與群臣，非徒樂族人而已。

【程析】綱，魚網之大繩。紀，抽出蠶絲的頭緒。綱舉而目張，紀得而絲治。

【樂道主人】《大雅·棫樸》鄭箋：以罔罟（gǔ）喻為政，張之為綱，理之為紀。

鄭意在此又重申孔子之根本思想：樂非止於血緣關係，而應樂於百姓黎民，才可方可為聖，才能為天子。此為鄭子深刻理解、繼承、發揚孔子思想的精華之所在。

【孔疏】傳"朋友，群臣"。◇◇此美王能官人，又言天子燕及，故知朋友是群臣。《尚書》武王曰"我友邦塚君"，亦是稱臣為朋友也。

【孔疏】○箋"成王"至"而已"。

◇◇綱紀者，以結網喻為政，故知謂立法度以理治之。

◇◇言燕及，則時復及之，非常燕也。禮有族食、族燕，則王燕族人為常。臣則有功乃燕，是燕臣為非常。今美王恩之隆，而云燕及朋友，則是以族人之恩及之，故云"燕飲常與群臣，非徒樂族人而已"。

<四章-3>**百辟（bì）卿士，媚于天子。不解（xiè）于位，民之攸塈（xì）。**

【毛傳】塈（xì），息也。

【鄭箋】百辟，畿內諸侯也。卿士，卿之有事也。媚，愛也。成王以恩意及群臣，群臣故皆愛之，不解于其職位。民之所以休息，由此也。

【程析】攸，所。

【孔疏】○箋"百辟"至"有事"。

◇◇《烈文》云"百辟其刑之"，對"四方其訓之"，則百辟非四方，故為畿內。諸侯以此百辟卿士文相對，故分之為二。唯有百辟，無卿士之文，則百辟兼卿士矣，故彼箋以卿士解百辟，明百辟之中可以兼之也。

◇◇《月令》“仲夏，雩（yú）祀百辟卿士”。注云“百辟卿士，古者上公以下，若龍、后稷之類”，亦以其文具足，故言“以下”。明古之王朝之臣有功於民者，皆可以祀之，非獨上公，意亦與此同也。

《假樂》四章，章六句。

公　劉 【大雅十六】

篤公劉，匪居匪康。迺埸（yì）迺疆，迺積迺倉。迺裹餱（hóu）糧，于橐（tuó）于囊，思輯（jí）用光。弓矢斯張，干戈戚（qī）揚，爰方啟行（háng）。

篤公劉，于胥（xū）斯原。既庶既繁，既順迺宣，而無永嘆。陟（zhì）則在巘（yǎn），復降在原。何以舟之？維玉及瑶，鞞（bǐng）琫（běng）容刀。

篤公劉，逝彼百泉，瞻彼溥原。迺陟南岡，乃覯于京。京師之野，于時處處，于時廬旅，于時言言，于時語語。

篤公劉，于京斯依。蹌（qiāng）蹌濟（jǐ）濟，俾（bǐ）筵（yán）俾几（jī）。既登乃依，乃造其曹。執豕于牢，酌之用匏（páo）。食（sì）之飲（yìn）之，君之宗之。

篤公劉，既溥既長。既景（yǐng）迺岡，相（xiàng）其陰陽，觀其流泉。其軍三單（shàn/dān），度（duó）其隰原，徹田為糧。度其夕陽，豳居允荒。

篤公劉，于豳斯館。涉渭為亂，取厲取鍛。止基迺理，爰眾爰有。夾（jiā）其皇澗，溯其過（guō）澗。止旅乃密，芮（ruì）鞫（jū）之即。

《公劉》六章，章十句。

【毛序】《公劉》，召康公戒成王也。成王將涖政，戒以民事，美公劉之厚於民，而獻是詩也。

【鄭箋】公劉者，后稷之曾孫也。夏之始衰，見迫逐，遷於豳，而有居民之道。成王始幼少，周公居攝政，反歸之。成王將涖政，召公與周公相成王為左右。召公懼成王尚幼稚，不留意於治民之事，故作詩美公劉，以深戒之也。

【樂道主人】鄭與毛詩旨一致，但具體有不少不同之處。鄭意更長。

此篇可作為《豳風》的開篇引詩。

【孔疏】序"《公劉》"至"是詩"。

◇◇《公劉》詩者，召康公所作，以戒成王。武王既崩，成王幼弱，周公攝政，七年而反歸之。今成王將欲涖臨其政，召公以王年尚幼，恐其不能留意於民，故戒之以治民之事。美往昔公劉之愛厚於民，欲王亦如公劉，而獻是《公劉》之詩，以戒成王。

◇◇此與《洞酌》《卷阿》俱是召公所作，而為此次者，◇厚民之事，人君之急務，故先作《公劉》；◇非有道德，則不能愛民，故又作《洞酌》，言皇天親有德，饗有道，欲王之修德行道也。◇君雖有德，不能獨治，又作《卷阿》，戒王使求賢用士也。

◇案《卷阿》末句云："矢詩不多，維以遂歌。"自言作意，是總結之辭，則三篇次第，元是召公作之先後，編者如其意而次之。叙亦以其一時之事，故於此詳之。

◇◇言成王將涖政而獻是詩，明下兩篇亦是將涖政之時，俱獻之也。

◇獻者，卑奏於尊之辭。召公，臣也，故言獻。《國語》曰："使公卿至於烈士獻詩。"是也。《鴟鴞序》云"以貽王"者，周公自達己意，欲使遺傳至王，非己所奏獻，故文與此異也。

◇◇公劉之厚於民，經六章皆是也。言成王將涖政，戒以民事，序其作者之意，於經無所當。

【孔疏】○箋"公劉"至"戒之"。

◇◇《周本紀》云："后稷生不窋（zhú），不窋生鞠陶，鞠陶生公劉。"是后稷之曾孫也。◇◇后稷本封於邰，非有所迫，不應去國適豳。公劉有道之君，天子不應見逐，故知以夏之衰，始見迫逐而遷於豳也。

◇《譜》云："公劉以夏後太康時失其官守，竄於此地。"則夏之始衰，謂太康時也。去中國而適戎狄，則是不為天子所助。下箋以為夏人迫逐，蓋是王朝之人，以時衰政亂，疾惡有道，故逐之也。

◇◇案《譜》以公劉當太康之時，韋昭之注《國語》，以不窋當太康之時。不窋乃公劉之祖，不應共當一世。

◇夏氏之衰，太康為始。太康，禹之孫。不窋，稷子。計不窋宜當太康，公劉應在其後。《豳譜》欲言遷豳之由，遠本失官之世。不窋以太康之時失稷官，至公劉而竄豳。其遷豳之時，不必當太康也。

◇又《外傳》稱后稷勤周十五世而興，《周本紀》亦以稷至文王為十五世，計虞及夏、殷、周有千二百歲，每世在位皆八十許年，乃可充其數耳。命之短長，古今一也，而使十五世君在位皆八十許載，子必將老始生，不近人情之甚。以理而推，實難據信。若使此言必非虛誕，則不窋之與公劉彌是不共世。太康之後，有羿浞（zhuó）之亂，比至少康之立，幾將百年。

◇蓋太康始衰之時，不窋失官；少康未立之前，而公劉逐也，而有居民之道，經之所陳皆是也。

◇◇成王始幼少，周公居攝政者，鄭以《金縢》之注差約之，以為武王之崩，成王年十歲。除喪年十三，是其幼少也。攝政元年，成王年十五。及歸之，成王年二十一。成王將涖政，其年二十有二。召公與周公相成王為左右，謂作上公，為二伯分陝而治，周公左，召公右。

◇《書序》云："周公為師，召公為保。召公不悦，作《君奭》。"與此同時也。◇◇①鄭不辨公劉是名是字。②王肅云："公，號也。劉，名也。"③王基云："周人以諱（huì）事神，王者祫（xiá，古代天子或諸侯把遠近祖先的神主集合在太廟裏進行祭祀）百世。召公大賢，出自姬姓，稱揚先祖。盛德之君而舉其名，不亦遠於禮乎？"其意以為，公劉必是字也。

◇計虞、夏之時，世代尚質，名字之别，難得而知。

◇《世本》《史記》不應皆没其名而盡書其字，以之為名，未必非矣。

◇鄭以姜嫄為名，詩人亦得稱之，何獨公劉不可言其名也？周人自以諱事神，於時未有諱法。祫祭之及群公，未能重於先妣，何當許姜嫄而怪公劉？王基雖述鄭，未必然也。

◇王肅以公為號，猶可焉。何則？后稷至於大王，十有餘世，唯三人稱公，何故三君特以公號，豈餘君不為公也？若為名單而以公配，則古公、祖紺者，復二名而加公矣。

<一章-1>**篤公劉，匪居匪康。迺埸（yì）迺疆，迺積迺倉。迺裹餱（hóu）糧，于橐（tuó）于囊，思輯（jí）用光。**

【毛傳】篤，厚也。公劉居於邰（tái），而遭夏人亂，迫逐公劉。公劉乃辟（bì）中國之難，遂平西戎，而遷其民邑於豳焉。迺埸迺疆，言脩其

疆場也。迺積迺倉，言民事時和，國有積倉也。小曰橐，大曰囊。思輯用光，言民相與和睦，以顯於時也。

【鄭箋】厚乎，公劉之為君也。不以所居為居，不以所安為安。部國乃有疆場也，乃有積委及倉也，安安而能遷，積而能散。為夏人迫逐己之故，不忍鬬其民，乃裹糧食於囊橐之中，棄其餘而去，思在和其民人，用光大其道，為今子孫之基（與毛不同）。

【程析】匪，非，不敢。康，安樂。場，田界。疆，田的大界。積，庾，露天積糧處。餱糧，乾糧。

【孔疏】○傳"篤厚"至"於時"。

◇◇后稷封於邰，至公劉而始遷，故云公劉居於邰也。夏人亂，迫逐公劉，當太康之後。少康之前，未能定其年世也。以其時當夏世，而被逐去國，明因王政之亂，而有人逐之，不知逐者是何人也。

◇◇言公劉乃避中國之難，遂平西戎，而遷其民，邑之於豳者，言其遷之所由也。豳地雖亦與狄鄰，而近戎為多，故云遂平西戎。

◇平之者，謂與之交好，得自安居耳。公劉不忍鬬民而去，不與戎戰爭而平之也。◇豳於漢屬右扶風為栒邑縣，則是中國之地。言西戎者，雍之西境與戎接連，為夏為戎，隨時變易。公劉未居之前則為戎，大王既來之後復為狄，良由地居疆場，故一彼一此也。

◇◇迺場迺疆，謂民各有地，言脩其疆場，謂民脩之。

◇◇迺積迺倉，謂官之積倉也。此積倉所有，出於疆場而來，故云"言民事時和，國有積倉"，謂稅民而得之也。

◇◇地必民所耕，故舉民之疆場，欲見公劉不悋（xìn，吝也），故舉官之積倉。官倉出於民田，故先言疆場也。

◇◇橐囊俱用裹糧，而異其文，明有小大之別，故云"小曰橐，大曰囊"。

◇宣二年《左傳》稱趙盾見靈輒餓，食之，又"為之簞食與肉，置諸橐以與之"。橐唯盛食而已，是其小也。哀六年《公羊傳》稱"陳乞欲立公子陽生，盛之巨囊"。而內可以容人，是其大也。

◇◇《釋詁》云："輯，和也。"是思和其民。鬬其其民，即是相與和睦。民能和睦，則時人顯知君德，故云於時也。

【孔疏】○箋"厚乎"至"之基"。

◇◇此篇言“篤”，猶《生民》之言“誕”，以公劉君厚愛其民，歎其能厚，故每章言“篤”，以冠“公劉”之上。箋云“厚乎公劉之為君”，總釋諸章皆云“篤公劉”之意也。

◇◇居之與**安**，所以為異者，居謂田宅，是人之所處止，即疆埸是也；**安**謂資財，是人所利用，積倉是也。正言邰國乃有委積及倉者，美其已聚之物而能散之，故其言不及疆埸也。

◇◇“安安而能遷，積而能散”，《曲禮》文也。言安此之安以愛民，故而能遷往他所。自有積聚，散而棄之，以其意與彼同，故引以為說。

◇又申說遷散之意，正為夏人迫逐己之故，不忍鬭其民，愛重民命，故棄其安居也。既有積倉裹糧食，故知棄其餘而去也。

◇◇以召公追而美之，以戒成王，不述他姓之人，唯陳己之父祖，以此知“思輯用光”之言，意在感今追昔，**故易傳**以為光大其道，為今子孫之基。

<一章-7>**弓矢斯張，干戈戚（qī）揚，爰方啟行（háng）。**

【毛傳】戚，斧也。揚，鉞也。張其弓矢，秉其干戈戚揚，以方開道路去之豳，蓋諸侯之從者十有八國焉。

【鄭箋】干，盾也。戈，句（gōu）矛戟也。爰，曰也。公劉之去邰，整其師旅，設其兵器，告其士卒曰：為女（rǔ）方開道而行。明己之遷，非為迫逐之故，乃欲全民也。

【孔疏】○傳“戚斧”至“八國焉”。

◇◇《廣雅》云：“鉞、戚，斧也。”則戚、揚皆斧鉞之別名。傳以戚為斧，以揚為鉞，鉞大而斧小。太公《六韜》云：“大阿斧重八斤，一名天鉞。”是鉞大於斧也。《牧誓》云：“武王左杖黃鉞。”孔安國云：“黃鉞，以黃金飾斧也。”以其特言黃鉞，故云以金飾。然則不言黃者，未必皆金飾也。

◇◇以弓矢言張，是人張之，故知“干戈戚揚”為人秉之也。

◇◇夏人迫逐，則是有兵圍繞，為之阻難，故云“方開道路而去之豳”也。

◇◇蓋諸侯之從者十有八國，當是亦為夏人政亂，為鄰國所侵，以公劉賢君，為可師長，故與之俱遷也。毛自言蓋為疑辭，不知出何文也。

【孔疏】○箋“爰曰”至“全民”。

◇◇言為汝開道而行，示其無所畏難，明己之遷，非為迫逐之故，力不能拒，乃欲保全其民，無令損害故也。告之以此，使民知遷意也。

【孔疏-章旨】“篤公劉”至“啟行”。

○毛以為，①厚於民事乎，此公劉也。乃能匪以所居為居，匪以所安為安。言不顧己之安居，唯以利民為意。又言其不顧安居之事。

②公劉之在邰國，乃有畛埸，乃有疆界，言其有田疇之業；乃有委積，乃有囷倉，言其有穀食之資。有田有食，深可安居，乃以不忍鬥其民人之故，遂棄此疆埸積倉，乃裹此糧食於此囊槖之中，委其餘而去，是其不以安居為安居也。公劉所以必為此事者，思使民人相與輯睦，不欲戰鬥以殺傷之，用此以光顯己德於其時，故為民而不愛物也。

③其發邰國之時，弓矢於此張之，又秉其干戈戚揚之兵器，整其師旅而出，乃告其士卒曰：我為汝方開道路而行。其民以此之故，而徙之至豳，是其愛厚於民也。王今當念此公劉厚民之事，而留意治之。

○鄭唯以用光為光大其道為子孫之基，大意亦與毛同。

<二章-1>**篤公劉，于胥（xū）斯原。既庶既繁，既順迺宣，而無永嘆。**

【毛傳】胥，相。宣，徧也。民無長嘆，猶文王之無悔也。

【鄭箋】於，於也。廣平曰原。厚乎公劉之於相此原地以居民，民既眾矣，既多矣，既順其事矣，又乃使之時耕。民皆安今之居，而無長嘆，思其舊時也。

【孔疏】○傳“胥相”至“無悔”。

◇◇“迺宣”之文，在“既順”之下，順謂順事，則宣謂徧耕，意亦與鄭同。王肅云：“徧謂廬井。”毛意未必然也。

◇◇民無長歎，是喜其來遷，不恨公劉，故云“猶文王之無悔”。言文王之德，不為人恨，與此同。**以此傳知彼不與鄭同。**

【孔疏】○箋“於於”至“舊時”。

◇◇“廣平曰原”，《釋地》文。李巡曰：廣平謂土地寬博而平正也。

◇◇順其事矣，謂順為生之事，築室之類皆是也。“迺宣”之文，與《緜》“迺宣迺畝”同，故亦以為時耕也。

<二章-6>**陟（zhì）則在巘（yǎn），復降在原。何以舟之？維玉及瑶，鞞（bǐng）琫（běng）容刀。**

【毛傳】巘，小山，别於大山也。舟，帶也。瑶，言有美德也。下曰鞞，上曰琫，言德有度數也。容刀，言有武事也。

【鄭箋】陟，升。降，下也。公劉之相此原地也，由原而升巘，復下在原，言反覆之，重居民也。民亦愛公劉之如是，故進玉瑶、容刀之佩。

【孔疏】○傳"巘小"至"武事"。

◇◇小山别於大山者，《釋山》云："重甗（yǎn，古代蒸煮用的炊具，陶製或青銅製）隒（yǎn）。"郭璞曰："謂山形如累兩甗，甗，甑，山狀似之，上大下小，因以為名。"《西京賦》曰："陵重甗。"是也。與《皇矣》"小山曰鮮"義别。彼謂大山之傍别有小山也。

◇◇言"何以舟之"，即説玉瑶容刀，刀玉是所佩之物，故知舟是帶也。傳解下之所以進上多矣，唯言玉瑶容刀者，君子所以比德。今進之瑶，言公劉有美德也。瑶是玉之别名，舉瑶可以兼玉，故不言玉也。

◇◇鞞者，刀鞘之名。琫者，鞘之上飾。下不言其飾，指鞞之體，故云"下曰鞞"。上則有飾可名，故云"上曰琫"。

◇桓二年《左傳》曰："衮、冕、黻、珽（tīng，大圭）、帶、裳、幅、舄（xiè），昭其度也。藻（冕上系玉的五彩絲繩）、率（率巾）、鞞、琫、鞶、厲、游、纓，昭其數也。"夫德儉而有度，登降有數。

◇此鞞、琫在昭數之中，以表人之有數，故云"言有度數"。意取《左傳》，故並度言之。刀所以斷割，故云"言有武事"。

【孔疏-章旨】"篤公劉"至"容刀"。

①公劉既至豳國，先相地居民。厚乎公劉之為君也，於是相此原地，以居其民。既眾矣，既多矣，既順其事矣，又乃使之徧而時耕其田，於是民皆樂業，安今之居，而無悔恨長歎、思其舊時者也。

②又覆説相原之事，公劉升則在巘山之上，觀其形勢；復下而在原，察其處所。用心反覆，重民若是，以此之故，亦為民愛。

③其時之民皆云：我今有何物而可與公劉帶之？維有美玉及瑶，並有鞞琫容飾之刀，可以為之佩耳。

◇◇言居民相愛，其情若此，故能保全家國，澤及子孫。王豈得不念之，而留意治民乎！

<三章-1>**篤公劉，逝彼百泉，瞻彼溥原。乃陟南岡，乃覯于京。**

【毛傳】溥，大。覯，見也。

【鄭箋】逝，往。瞻，視。溥，廣也。山脊曰岡，絶高為之京。厚乎公劉之相此原地也，往之彼百泉之間，視其廣原可居之處，乃升其南山之脊，乃見其可居者於京，謂可營立都邑之處。

【孔疏】○傳"溥，大。覯，見"。王肅云："往之彼百泉之地，乃視彼大原，乃見是京而居之，可以避水禦亂也。"

【孔疏】○箋"逝往"至"之處"。

◇◇"山脊曰岡"，《釋山》文。"絶高為之京"，《釋丘》文。彼下即云"非人為之丘"。京與丘相對，且言為之京，則是人為之矣。孫炎、郭璞皆云人力所作，而此詩説公劉依京築宫，王肅言可以禦亂，則京是大丘，非人為矣。李巡曰："丘之高大者曰京。"

◇是京有二等。若戰勝取尸築為京觀者，則人為之。此言京者，則是丘之高大，非人為也。

◇◇相原地而往之百泉之間者，上已升巘觀之，是登高以臨下。此往百泉之間，自下而望高，且慮下濕，故往之泉處。前既升巘，今復陟岡，反覆審觀之。

◇◇下言"于京斯依"，故知京是可營立都邑之處。

<三章-6>**京師之野，于時處處，于時廬旅，于時言言，于時語語。**

【毛傳】是京乃大衆所宜居之也。廬，寄也。直言曰言，論（lún）難曰語。

【鄭箋】于，於。時，是也。京地乃衆民所宜居之野也，於是處其所當處者，廬舍其賓旅，言其所當言，語其所當語，謂安民館客，施教令也。

【程析】野，郊外。

【孔疏】○傳"是京"至"曰語"。

◇◇《春秋》言京師者，謂天子所居。公劉非天子，不得謂所居為京師。此文連上，"迺覯于京"，則此京還是上京也。師者，衆也，故云"是京乃大衆所宜居之野"。以衆必大，故言大衆，非是京之訓也。

◇◇《地官·遺人》"治國野之道以待賓客"。云"十里有廬，廬有飲食"，則廬是居舍之名。賓客寄舍其中，故云"廬，寄也"。衛戴公廬於曹，亦謂寄在曹地也。

◇◇直言曰言，謂一人自言。答難曰語，謂二人相對。對文故别耳，散則言、語通也。定本、《集注》皆云"論難曰語"。

【孔疏-章旨】篤"公劉"至"語語"。上既相地居民，此又説相立都邑。

①言厚乎公劉之為君也，乃往之彼百泉之間，就下地而仰望彼廣大之原，觀見可居之處也。乃又升彼南山岡脊之上，乃見其可居而為都邑者於京之地也。

②此京地乃是大衆所宜居之野，故於是處其所當處者，於是又為館舍以寄其賓旅。既立都邑，乃宣布號令，公劉於是言其所當言，語其所當語，謂施政教於民也。公劉厚民如此，王亦當留意治民也。

<四章-1>**篤公劉，于京斯依。蹌（qiāng）蹌濟（jǐ）濟，俾（bǐ）筵（yán）俾几（jī）。**

【鄭箋】蹌蹌濟濟，士大夫之威儀也。俾，使也。厚乎公劉之居於此京，依而築宫室。其既成也，與群臣士大夫飲酒以樂之。群臣則相使為公劉設几筵，使之升坐。

【程析】蹌蹌濟濟，舉止有禮，從容端莊貌。筵，鋪在地上的坐席。此處用作動詞。几，古代席地而坐時可依靠的小桌。

【孔疏】○箋"蹌蹌"至"升坐"。

◇◇《曲禮下》云："凡行容，大夫濟濟，士蹌蹌。"是蹌蹌、濟濟，大夫、士之威儀也。

◇◇上"京師之野，于時處處"，謂衆民處處。此言"于京斯依"，則是公家之事，故云"公劉之居於此京，依而築宫室"。以宫室新成，則有落之之禮。

◇◇下執豕、用匏，是飲酒之事，故知既成與群臣士大夫飲酒以落之也。落室之禮，則是公家所為，筵几酒豕，當是公家之物，而云群臣相使為公劉設几筵，使之升坐者，為禮之物實出於公，但使掌供辦群臣之職。若使心不愛君，則苟從而已，雖有所掌，不必促遽。今言群臣相使，見其愛君之意耳。

<四章-5>**既登乃依，乃造其曹。執豕于牢，酌之用匏（páo）。**

【毛傳】賓已登席坐矣，乃依几矣。曹，群也。執豕於牢，新國則殺

（shài）禮也。酌之用匏，儉以質也。

【鄭箋】公劉既登堂負扆（yǐ）而立（與毛不同），群臣乃適其牧群，搏豕於牢中，以為飲酒之殽。酌酒以匏為爵，言忠敬也。

【程析】匏，葫蘆。

【樂道主人】造，《説文》：就也。

【孔疏】○傳"賓已"至"以質"。

◇◇以上言筵幾，此言登依，則是登筵依几，故云"賓已登席坐矣，乃依几矣"。以傳此言，則知上筵几者，毛意以公劉為群臣設之。

◇◇饗燕之禮，立一人為賓，對主以行禮。總而言之，則非主者皆曰賓。此賓即上蹌蹌濟濟之人，宜為總矣。

◇◇《左傳》之説饗禮云："設几而不倚。"此言依几者，此文總言於臣之禮，不辨饗燕之異。下云飲（yìn）之食（sì）之，或亦兼食燕矣，故得依几也。《行葦》説燕宗族之禮，箋云："老者加之以几。"則群臣之中，當有無几者，據有者言之耳。

◇◇《周語》曰："民所曹好。"《漢書》每云"吾曹"。曹者，輩類之言，故為群也。

◇◇饗禮當亨大牢以飲賓，此唯用豕者，《秋官·掌客》曰："凡禮賓客，國新殺禮。"公劉新至豳地，殺禮也。

◇◇匏是自然之物，故云"儉且質也"。定本云"儉以質也"。《燕禮》"羹定乃納賓"。此賓升乃執豕者，其實執豕在登席之前，欲使賓事與殽酒各自相近故也。

【孔疏】○箋"公劉"至"忠敬"。

◇◇《釋宫》云："牖户之間謂之扆。"《明堂位》云："天子負斧衣南向而立。"此云既登乃依，事與彼同，故知是公劉既登堂負扆而立也。

◇《明堂位》注云："負之言背也。斧依，為斧文屏風於户牖之間。"然則斧者是屏風之名，則户牖之間地耳。郭璞云："扆，窗東户西也。"禮有斧扆，形如屏風，畫為斧文，置於扆地，因名為斧扆是也。言天子負斧扆，則諸侯之扆有斧以否，無明文也。

◇此公劉負扆而立，謂在朝之時。其飲則坐於席，故上箋云："使之升坐。"謂設几筵，擬飲時，非負扆時也。

◇◇適其群牧，謂牧豕之群處也。《晉語》曰："大任溲於豕牢。"

即牢是養豕之處，故云“搏豕於牢中。”言忠敬者，總解執豕用匏之事，備其殽酒，酌以進君，道公劉之臣忠而且敬也。

<四章-9>**食（sì）之飲（yìn）之，君之宗之。**

【毛傳】為之君，為之大宗也。

【鄭箋】宗，尊也（與毛不同）。公劉雖去邰國來遷，群臣從而君之尊之，猶在邰也。

【孔疏】○傳“為之君，為之大宗”。傳以“君之宗之”，其意為一也。《板》傳曰：“王者天下之大宗”。然則此以諸侯為一國之所尊，故云：“為之大宗也。”

【孔疏】○箋“公劉”至“在邰”。

◇◇夷險易情，人之恒事。國君不能得其社稷，乃逃竄遠夷。於此之時，臣多解體，而能見尊如此，所以可尚。

◇◇**易傳者**，孫毓云：“此篇主稱公劉之厚於民，列其始遷於豳。此章言群臣之愛敬，上下之有禮，無饗燕尊賓之事。且饗之禮，設几而不倚，何有賓已登席依几之義？又國君不統宗，故有大宗小宗，安得為之君，復為之大宗乎？箋說為長。”

【孔疏-章旨】篤“公劉”至“宗之”。

○毛以為，上既言處止於京，此又言宮室既就，饗燕群臣焉。

①厚乎公劉之為君也，既為邑於京地，於此依之而築宮室。宮室既成，則饗燕群臣，其威儀蹌蹌之士，及濟濟之大夫，將來君所。公劉則使人為之設筵，使人為之設几。

②賓來就燕，既登席矣，乃依几矣。公劉乃使人造適其群牧，執其豕於牢中，以為飲酒之殽。其飲此酒，酌之用匏。匏以酌之，言其新為邦國，儉而禮合也。

③又說公劉，其於群臣設饌以食之，設酒以飲之，己身與之為君，與之為大宗也。言公劉之厚於群臣如此，欲成王之法效之。

○鄭上二句與毛同。①言公劉築室既成，與群臣飲酒以落之。

其為如此，蹌蹌濟濟之威儀者，謂公劉之朝士大夫者，則相使為公劉設筵，相使為公劉設几，欲使公劉升扆而坐也。

②公劉既登堂矣，乃負扆而立。其群臣乃造其群牧，執豕於牢，以為飲酒之殽。得殽乃飲，遂酌之用匏，以進於公劉。

③於此之時，群臣之於公劉也，獻酒以飲之，進食以食之，從而君敬之，從而尊重之。言雖去舊國，見尊如本國，由愛厚其民，故下不失敬，欲成王之厚於民以見敬。

<五章-1>**篤公劉，既溥既長。既景（yǐng）迺岡，相（xiàng）其陰陽，觀其流泉。**

【毛傳】既景乃岡，考於日景，參之高岡。

【鄭箋】厚乎公劉之居豳也，既廣其地之東西，又長其南北，既以日景定其經界於山之脊，觀相其陰陽寒暖所宜、流泉浸潤所及，皆為利民富國。

【程析】景，同“影”。

【樂道主人】溥，廣。

【孔疏】○傳“既景”至“高岡”。

◇◇以此句同事别，故特解之。考於日影，即上“既溥既長”，以日影考之也。“參之高岡”，即下“相其”“觀其”，是登岡視之。先影後岡，故稱迺也。

◇◇定本“影”皆為“景”字。

【孔疏】○箋“既廣”至“富國”。

◇◇既廣既長，謂正定疆界，故以土地言之。公劉自邰往遷豳之時，尺土皆非己物，故美公劉能廣長之也。夏殷之世，大國百里，雖云廣長，亦不是過也。

◇◇日影定其經界者，民居田畝，或南或東，皆須正其方面，故以日影定之。

◇◇居山之脊，觀其陰陽，則觀其山之南北也。大名則山南為陽，山北為陰。但廣谷大川，有寒有暖，寒暖不同，所宜則異，故相之也。

◇◇流泉所以溉灌，故知觀其浸潤所及。相寒暖，視浸潤，欲民擇所宜而種之，逐浸潤而耕之，皆所以利民富國，故公劉殷勤審之也。

<五章-6>**其軍三單（shàn/dān），度（duó）其隰原，徹田為糧。**

【毛傳】三單，相襲（xí）也。徹，治也。

【鄭箋】邰，后稷上公之封。大國之制三軍，以其餘卒為羨。今公劉遷於豳，民始從之，丁夫適滿三軍之數。單者，無羨卒也（與毛不同）。度其隰與原田之多少，徹之使出稅以為國用（與毛不同）。什一而稅謂之徹。魯哀公曰："二，吾猶不足，如之何其徹也。"

【樂道主人】羨，餘也。

【孔疏】〇傳"三單，相襲。徹，治"。

◇◇重（chóng）衣謂之襲。三單相襲者，謂三行皆單而相重為軍也。此謂發邰在道及初至之時，以未得安居，慮有寇鈔，故三重為軍，使强壯在外，所以備禦之也。

◇◇《嵩高》及此傳皆云"徹，治"，則訓徹為治，非税法之通名也。言治田為糧，謂既至豳地，以為久住之糧，非在道之糧也。何則？發邰之日，尚委棄積倉，不假言治田為道路之糧矣。

◇◇王肅云："三單（shàn）相襲止居，則婦女在內，老弱次之，强壯在外，言自有備也。徹，治也。居其民衆於襲與原，治其田疇以為糧，是也。"

【孔疏】〇箋"邰后"至"其徹"。

◇◇知后稷、上公之封者，《公羊傳》曰："王者之後稱公。"后稷本是二王之後，以有大功而改封於邰，明為大國公爵。公劉是其曾孫耳，故知仍為大國，當作三軍。

◇◇《地官·小司徒》云：凡起徒役，無過家一人，以其餘為羨。羨謂家之副丁也。今言其軍三單（dān），則是單而無副。故知公劉遷豳，民始從之。其衆未多，丁夫適滿三軍之數，無復羨卒，故稱單也。以《周禮》言之，三軍三萬七千五百人。然則從公劉之遷，其家不滿此數，故通取羨卒始滿三軍也。

◇◇言"度其隰原"，是度量土地，使民耕之也。

◇◇下即云"徹田為糧"，明是徹取此隰原所收之粟以為軍國之糧也。且徹與《孟子》"百畝而徹"文同，故知徹之使出税以為國用。

◇《孟子》説三代税法，其實皆什一，故云什一而税謂之徹。引《論語》曰，明徹是税法，且證為什一也。如《孟子》之言，夏曰貢，周曰徹，徹乃周之税法。公劉夏時諸侯，而言徹者，召公以周之世上論公劉，遂以周法言之，以其俱是什一，其名可以相通故也。

◇◇大國三軍，亦是周制，而謂公劉之時已作三軍者，以三代損益，事多相因。《甘誓》云："大戰於甘，乃召六卿。王曰：'嗟，六事之人。'"是夏時天子六軍之將亦命卿，其法與周同也。於時大國亦立三卿，則知亦作三軍，而周制因之耳。

◇夏、殷大國百里，周則大國五百里，大小懸絶而軍數得同者，周之軍賦皆出於鄉，家出一人，故鄉為一軍。諸侯三軍，出其三鄉而已，其餘公邑、采地不以為軍。若夏、殷之世，則通計一國之人以為軍數，故此言丁夫適滿三軍，是通一國之人總計之。

◇◇大國百里，為方一里者萬，為田九萬夫，田有不易、一易、再易，通率二而當一，半之得四萬五千家。以三萬七千五百家為三軍，尚餘七千五百，舉大數，故得為三軍也。

◇次國七十里，為方一里者四千九百，為田四萬四千一百夫，半之得二萬二千五十家，二軍當用二萬五百人，少二千九百五十人，以羨卒充之，舉大數亦得為二軍也。

◇以小國五十里，為方一里者二千五百，為田二萬二千五百夫，半之得一萬一千二百五十家，以萬二千五百人為軍，少一千二百五十人，不滿一軍，舉大數亦得為一軍也。

◇如此計之，夏、殷國地雖狹，亦得為三軍矣。

◇◇**易傳者**，此詩主美公劉之遷。首章言去邰，二章已言至豳，無宜。此文方説在道，去夏入戎，則戎地無寇，至豳之日，無所用兵，三軍相襲，復何禦哉！且上言棄其積倉，裹糧而行，至豳無糧，必須税斂。徹是税名，糧從田出，徹田為糧，税事明矣，故知三單是三軍之無副，徹田是徹民而取糧，所以不從傳也。

<五章-9>**度其夕陽，豳居允荒。**

【毛傳】山西曰夕陽。荒，大也。

【鄭箋】允，信也。夕陽者，豳之所處也。度其廣輪，豳之所處，信寬大也。○廣，古曠反。

【孔疏】○傳“山西”至“荒大”。

◇◇孫炎曰：“夕乃見日，然則陽即日也。夕始得陽，故名夕陽。”

◇◇《釋言》云：“荒，奄也。”孫炎曰：“荒大之奄也。”則荒奄俱是大義，故為大也。

◇◇《皇矣》傳以度為居，此章二度，傳意皆應為**居**。王肅云：“居其夕陽之地。豳國之居，信廣大也。”

【孔疏】○箋“夕陽”至“寬大”。

◇◇夕陽者，總言豳人一國之所處也。其界在山之西，不知是何山也。《譜》云豳在岐山之北，《書傳》説太王去豳，逾梁山。注云："梁山在岐山東北。"然則豳國之東有大山者，其唯梁山乎。

◇◇《大司徒》注云："輪，從也。"馬融云："東西為廣，南北為輪。"量度其東西南北之所處，信寬大矣。《豳譜》所云"原隰之野"，謂此。

【孔疏-章旨】"篤公劉"至"允荒"。

○毛以為，①厚乎公劉之為君，初至於豳，既廣其土地之東西，既長其境界之南北，既以日影定其經界，乃復登彼山脊之岡，而視其陰陽寒暖所宜，又觀其流泉浸潤所及，知天氣宜其禾黍，地利足以生物，乃居處其民焉。

②又其從邰往豳，未得安定之時，其為軍也，分老弱婦女為三等之陳而單營之。初來未有宅舍，且居其隰原之地，治其豳國之田，以為久住之糧。

③然後始得營室安居，乃居其山西夕陽之地。此豳國之居，信寬大矣。美其居民得所，辟境廣大，欲王法效之也。

○鄭唯下五句為異。

②言公劉初至於豳，丁夫寡少其軍有三，唯單而已，無羨卒也。

③量度其陽與原田之多少，徹税其田之所收，以為國之糧。庶其豳之所處夕陽之地，觀其廣輪，則豳之所居信寬大矣。

<六章-1>**篤公劉，于豳斯館。涉渭為亂，取厲取鍛。**

【毛傳】館，舍也。正絶流曰亂。鍛，石也。

【鄭箋】鍛石，所以為鍛質也。厚乎公劉，於豳地作此宫室，乃使人渡渭水，為舟絶流，而南取鍛厲斧斤之石，可以利器，用伐取材木，給（jǐ）築事也。

【程析】鍛，捶物的大石。

【孔疏】○傳"館舍"至"鍛石"。

◇◇禮有公館私館。館者，宫室之名。為館所以止舍其中，故云舍也。

◇◇"正絶流曰亂"，《釋水》文。孫炎曰："直横渡也。"然則水以流為順，横度則絶其流，故為亂。

◇◇俱是渡謂而取，礪既是石，則知鍛亦石也。

【孔疏】○箋“鍛石”至“築事”。

◇◇鍛者，冶鐵之名，非石也。傳言“鍛，石”，嫌鍛是石名，故明之云“鍛石，所以為鍛質也”者，質，椹（《玉篇》：鐵椹，斫木櫍也）也，言鍛金之時，須山石為椹質，故取之也。礪者，磨刀劍之名，亦非石名也。言取礪者，亦取其為礪之石耳。

◇◇公劉之君民豳地，作此宮室，謂作民宮室，非公官也。公宮，則上云“於京斯依”者，是也。

◇◇鍛礪所由施於斧斤，故知取鍛礪斧斤之石，所以利器用也。材木由器而取，築作所用，故云“取材木，給築事也”。

<六章-5>**止基迺理，爰眾爰有。夾（jiā）其皇澗，溯其過（guō）澗。**

【毛傳】皇，澗名也。溯，鄉（xiàng）也。過，澗名也。

【鄭箋】爰，曰也。止基，作宮室之功止，而後疆理其田野，校（jiào）其夫家人數日益多矣，器物有足矣，皆布居澗水之旁。

【樂道主人】鄉，同“向”。

【孔疏】○傳“皇澗”至“澗名”。

◇◇以皇、過與澗共文，故知皆澗名也。

◇◇夾者，在其兩傍，故知溯者向也，謂開門向之。大率民以南門為正，此蓋皇澗縱，在兩傍而夾之，過澗横，故在北而向之。王肅云：“或夾或向，所以利民也。”

【孔疏】○箋“爰曰”至“之傍”。

◇◇“爰，曰”者，公劉之言也。公劉疆理田疇（chuó），巡行廬井，見民多器足，而發此言，故云“曰也”。

◇◇作宮室之功止，謂民之宮也。上云“既順迺宣”，謂初至，先及時耕田，既耕乃營宮室也。上既言耕，則民已得地，於此復疆之者，前來急於趨時，未善部分，且有後來之眾，皆須得田，故止宮室之功，乃疆理之。

◇◇亦既疆理其田，自然須校人數。《周禮》稱夫家者，謂男女也。校比其國内男女之數而授之田，公劉歎其眾，故曰益多矣。

◇◇有之為言，與多不類，上言礪鍛，是民之器物，故知有者，器物有足矣。

◇◇經陳二澗，故云“皆布居澗水之旁”。

<六章-9>**止旅乃密，芮（ruì）鞫（jū）之即。**

【毛傳】密，安也。芮，水厓也。鞫，究也。

【鄭箋】芮之言内也（與毛不同）。水之内曰隩（yù），水之外曰鞫。公劉居豳既安，軍旅之役止，士卒乃安，亦就澗水之内外而居，修田事也。

【程析】芮，“汭”的假借，水邊向内凹處。鞫，水邊向外凸處。之，這，指芮鞫。即，就，往就。

【樂道主人】密、芮，是否即為大雅中經常出現的兩個諸侯國？

【孔疏】○箋“芮之”至“田事”。

◇◇公劉初至之時，居處未安，須有防衛。今言止旅，則是宫室已安，可以自固，乃止之，故云“公劉居豳既安，軍旅之役止，士卒乃安”。

◇◇上言夾向澗，此芮鞫為水之内外，故知就澗水之内外布居。民居主於治田，故云“修田事”也。

◇◇此以水内為芮，則是厓名，非水名也。《夏官·職方氏》：“雍州其川涇内。”注云：“汭在豳地，《詩·大雅·公劉》曰：‘芮鞫之即。’”以此芮為水名者，蓋注《禮》之時，未詳詩義，故為別解。

【孔疏-章旨】“篤公劉”至“之即”。上言量度國境，此言安置民居。

①厚乎公劉之為君也，於此豳地，令民作此館舍。

②將作之時，先使人涉渡於渭，乘舟絶水，為亂而過，取其礪石，取其鍛具，所以鍛礪斧斤，利其器用，伐取材木，乃為宫室。言其勸導有法，豫事省功也。

③宫室既備，民得居處。公劉止此宫室之基，乃疆理民之田畝。言其先營民居，次理民田。又校數夫家人數，見其人物衆多，公劉乃言曰：人民衆多矣，器物有足矣。

④又遍觀民宅，見其有夾其皇澗而處者，謂在澗兩邊也。見有溯其過澗而處者，謂開門向澗也。

③公劉見其布在水傍，各服田畝，又止其軍旅之役，乃安息其士卒，令此士卒於彼芮鞫之就也。芮，水内也。鞫，水外也。謂止其在官之役，使就水營田也。

◇◇言公劉之愛民如是，王豈得不法效之乎？

《公劉》六章，章十句。

泂酌 【大雅十七】

泂（jiǒng）酌彼行（háng）潦（lǎo），挹（yì）彼注茲，可以餴（fén）饎（chì）。豈弟（tì）君子，民之父母。

泂酌彼行潦，挹彼注茲，可以濯（zhuó）罍（léi）。豈弟君子，民之攸歸。

泂酌彼行潦，挹彼注茲，可以濯溉。豈弟君子，民之攸塈（xì）。

《泂酌》三章，章五句。

【毛序】《泂酌》，召康公戒成王也。言皇天親有德、饗（xiǎng）有道也。

【孔疏】序"《泂酌》"至"有道"。

◇◇尊者莫過上天，猶以道德降靈親饗，是王不可以無德，故戒王使修行之。

◇天言皇天者，以尊稱名之，重其事也。道、德相對，則在身為德，施行為道，故《中候》云"皇道帝德"，為內外優劣，散則通也。親饗（xiǎng）者，謂親愛其人，饗其祭祀，亦為相接成也。

◇◇經三章，皆上三句言薄物可以薦神，是親饗之也；下二句言與民為父母，是有道德也。

<一章-1>泂（jiǒng）酌彼行（háng）潦（lǎo），挹（yì）彼注茲，可以餴（fén）饎（chì）。

【毛傳】泂，遠也。行潦，流潦也。餴，餾（liú）也。饎，酒食也。

【鄭箋】流潦，水之薄者也，遠酌取之，投大器之中，又挹之注之於此小器，而可以沃酒食之餴者，以有忠信之德，齊絜之誠，以薦之故也。《春秋傳》曰："人不易物，惟德繄（yì）物。"

【程析】酌，舀取。挹，舀。

【孔疏】○傳"泂遠"至"酒食"。

◇◇行者，道也。潦者，雨水也。行道上，雨水流聚，故雲流潦也。

◇◇《釋言》云："饙、餾，稔也。"孫炎曰："蒸之曰饙，均之曰餾。"郭璞曰："今呼餈（音脩）飯為饙。饙均熟為餾。"《說文》云："饙，一蒸米也。餾，飯氣流也。"然則蒸米謂之饙，饙必餾而熟之，故言饙餾，非訓饙為餾。

【孔疏】○箋"流潦"至"緊物"。

◇◇隱三年《左傳》曰：潢汙行潦之水，可薦於鬼神，可羞於王公。《雅》有"《行葦》《泂酌》，昭忠信也"。其意以行潦為薄物，由忠信之故，而可以祭神。箋取彼意為說，故言"流潦，水之薄者"也。

◇◇言投之大器者，以言挹彼注茲，是從器挹之，而注於此器，故知遠酌取置之大器之，挹來乃注於小器。蓋以潦水泥濁，置之大器以澄之，挹小器而用之，所以轉經二器也。

◇◇沃酒食之餴，謂為饙之時，以此水沃潤之也。

◇◇引《春秋傳》者，僖五年《左傳》文也。服虔注云："緊，發聲也。言黍稷牲玉，不易無德，薦之則不見饗。有德，則言饗。言物為有德用也。"

<一章-4>**豈弟（tì）君子，民之父母。**

【毛傳】樂以强教之，易以說（yuè）安之。民皆有父之尊，母之親。

【樂道主人】豈弟，樂易。君子，指成王。

【孔疏】○傳"樂以"至"之親"。

◇◇樂者人之所愛，當自彊以教之，易謂性之和悦，當以安民，故云"悦安之"。

◇◇一人之云父母，故云"父之尊，母之親"。

【孔疏-章旨】"泂酌"至"父母"。

①言使人遠往酌取彼道上流潦之水，置之於大器而來，待其清澄，又可挹彼大器之水，注之此小器之中，以灌沃米餴，以為饎之酒食。以此祭祀，則天饗之。

②此薄陋之物，皇天所以饗之者，以此設祭者是樂易之君子，能有道德，為民之父母，上天愛其誠信，故歆饗之。然則為人君者，安可以不行道德，而作民父母？故言此以戒王。

<二章-1>**洞酌彼行潦，挹彼注兹，可以濯（zhuó）罍（léi）。**

【毛傳】濯，滌也。罍，祭器。

【孔疏】傳"濯，滌。罍，祭器"。

◇◇《説文》云："濯，滌也。""濯，浣（huàn）也。"則濯、滌俱是洗浣之名，故云"濯，滌也"。《特牲》注云："濯，溉也。"則溉亦是洗名。下傳云："溉，清也。"謂洗之使清絜，皆是洗器之名也。

◇◇《春官·司尊彝》云："四時之祭皆有罍。"是罍為祭器也。《卷耳》云："我姑酌彼金罍。"則饗燕亦有罍。以此論祭事，故言祭耳。

<二章-4>**豈弟君子，民之攸歸。**

【樂道主人】攸，所。歸，歸心。

<三章-1>**洞酌彼行潦，挹彼注兹，可以濯溉。**

【毛傳】溉，清也。

【程析】溉，"概"的假借字，古漆器酒尊。

<三章-4>**豈弟君子，民之攸塈（xì）。**

【鄭箋】塈，息也。

《洞酌》三章，章五句。

卷　阿 【大雅十八】

有卷（quán）者阿（ē），飄風自南。豈弟（tì）君子，來游來歌，以矢其音。

伴（pàn）奂（huàn）爾游矣，優游爾休矣。豈弟君子，俾（bǐ）爾彌爾性，似先公酋（qiú）矣。

爾土宇昄（bǎn）章，亦孔之厚矣。豈弟君子，俾爾彌爾性，百神爾主矣。

爾受命長矣，茀（fú）禄爾康矣。豈弟君子，俾爾彌爾性，純嘏（gǔ）爾常矣。

有馮（píng）有翼，有孝有德，以引以翼。豈弟君子，四方為則。

顒（yóu）顒卬（áng）卬，如圭如璋，令聞令望。豈弟君子，四方為綱。

鳳皇于飛，翽（huì）翽其羽，亦集爰止。藹（ǎi）藹王多吉士，維君子使，媚于天子。

鳳皇于飛，翽翽其羽，亦傅于天。藹藹王多吉人，維君子命，媚于庶人。

鳳皇鳴矣，于彼高岡。梧桐生矣，于彼朝陽。菶（běng）菶萋萋，雝（yōng）雝喈（jiē）喈。

君子之車，既庶且多。君子之馬，既閑且馳。矢詩不（pī/bù）多，維以遂歌。

《卷阿》十章，六章章五句，四章章六句。

【毛序】《卷阿》，召康公戒成王也。言求賢用吉士也。

【鄭箋】吉，猶善也。

【樂道主人】全篇皆為求賢用賢士之事，其中對梧桐鳳皇多有闡發，且再次强調鄭的邏輯。

【孔疏】序“《卷阿》”至“吉士”。

◇◇《説文》云：“賢，堅也。”以其人能堅正，然後可以為人臣，故字從臣。吉者，善也。吉士亦是賢人，但序者別其文以足句，亦因經有“吉士”之文故也。

◇◇經十章，皆言求賢用吉士之事

<一章-1>**有卷（quán）者阿（ē），飄風自南。**

【毛傳】興也。卷，曲也。飄風，回風也。惡人被德化而消，猶飄風之入曲阿也。

【鄭箋】大陵曰阿。有大陵卷然而曲，回風從長（zhǎng）養之方來入之。興者，喻王當屈體以待賢者，賢者則猥（wěi）來就之，如飄風之入曲阿然（與毛不同）。其來也，為長養民。

【樂道主人】飄風，疾風。毛指惡人，鄭指賢人。

【孔疏】○傳“卷曲”至“曲阿”。

◇◇《檀弓》稱《原壤歌》曰：“執女手之卷然。”則卷是曲貌也。

◇◇《釋天》云：“回風為飄。”李巡曰：“回風，旋風也。”風必有道，然後得去。

◇◇阿之曲者，風無去路，故入阿則消。善政消惡，亦復如此。

【孔疏】○箋“大陵”至“養民”。

◇◇以此詩勸王求賢，求之必當降意。下言君子之來，此當言王待之狀。且舜舉臯陶，不仁者遠矣。是得賢然後消惡，非惡消然後賢來，**故易傳**以曲阿喻王之體屈也。屈體者，謂降尊就卑，接以恩意，使賢者感恩而樂來也。

◇◇以飄者風之狀，故言猥來以對之。猥者，多而疾來之意。

◇◇飄風之來，非有定所，而以自南言之，明其取南為義，故知以南，是長養之方，喻賢者有長養之德，故云其來為長養民也。

◇《檜風》云：“匪風飄兮。”《何人斯》篇云：“其為飄風。”彼皆不言自南，故以為惡。此言從長養之方，故為喻善。興取一象，不得皆同。此言賢人疾來，故以疾風為喻。

<一章-3>**豈弟（tì）君子，來游來歌，以矢其音。**

【毛傳】矢，陳也。

【鄭箋】王能待賢者如是，則樂易之君子來就王游，而歌以陳出其聲音。言其將以樂王也，感王之善心也。

【程析】豈弟，和樂平易。

【樂道主人】君子，指就王之賢者。

【孔疏】○箋"王能"至"善心"。

◇◇以言歌，復言音，則音為歌之音聲，故云"陳出其聲音。言其將以樂王也。"王能為賢者所樂，是感王之善心也。

◇◇以此知上經喻王之屈體矣。若其不然，止致賢人之來，何能使之歌樂乎？

【孔疏-章旨】"有卷"至"其音"。

○毛以為，①有卷然而曲者，是大陵之阿也。此阿以曲之故，使回旋之飄風從南而入之，無不消散。以興有美者是大德之化，此化以美之，故使凶悖之惡人，隨政而順之，皆得其息止也。

②惡人既消，則賢者樂進，故此樂易之君子，於是來而就王游，來而就王歌，以陳出其音聲。言其將以樂王，感王之善。

○鄭以為，①有卷然而曲者之阿，則飄風從南長養之方來入之。以興王有降屈之意，則賢者懷其撫養之德來就之。阿以岸曲而來風，猶王以體屈而致賢也。下三句與毛同。

<二章-1>**伴（pàn）奐（huàn）爾游矣，優游爾休矣。**

【毛傳】伴奐，廣大有文章也。

【鄭箋】伴奐，自縱弛之意也（與毛不同）。賢者既來，王以才官秩之，各任其職。女（rǔ）則得伴奐而優自休息也（與毛不同）。孔子曰："無為而治者，其舜也與！恭己正南面而已。"言任賢故逸也（與毛不同）。

【樂道主人】爾，女，毛意指來就成王之賢人，鄭意指成王。

【孔疏】○傳"伴奐，廣大有文章"。

◇◇傳以伴奐為廣大文章，則是勸王使為此也。來游者，謂王能如此，則賢人來游，故王肅云："周道廣大而有文章，故君子得以樂易而來游，優游而休息。"

◇◇傳之此言，以二字分而為義，蓋伴為廣大，奐為文章，故孔晁（cháo）引孔子曰："奐乎其有文章，伴乎其無涯際。"是分之也。則毛當讀為伴奐，不得如徐音。徐音自為鄭讀也。

【孔疏】○箋"伴奐"至"故逸"。

◇◇伴奐之言，與優游相類，故為自縱弛之意。人情莫不惡勞而好逸，迫於不得已耳。任賢可以優游，故以此辭勸之。

◇求逸在於能官，能官在於任職，則君得優游，故云"賢者既來，王以才官秩之，各任其職。汝則伴奐而優游自休息也。"才官秩之，謂論才然後官之，居官然後秩之也。引孔子之言，又解其意，言任賢故逸，以明召公言此之意，亦勸王欲使如舜也。

◇◇王肅《奏》云："周公著書，名曰《無逸》。而云自縱弛也，不亦違理哉！"孫毓云："忠臣戒君，而發章令自縱弛，非直方之義。"斯皆未達勸戒之要旨也。何則？周公之言無逸者，心也。召公之言優游者，事也。心常戰兢，無時可逸。事若無為，自然逸矣。

◇"子之燕居，申申如也"，是縱弛之狀。"無為而治，其舜也與"，是自逸之事。《書傳》稱成、康之間，刑措不用，雖欲不逸，何所為乎！召公教其求逸，勸使任賢，此則達者之格言，萬世所不易，何以為違理之談，非直方之義也？周公之戒成王云"君子所其無逸"，即云"知稼穡之艱難乃逸"，亦是教王使求自逸。其為勸戒，與此正同。

◇孔晁又云："一人戒無逸，一人勸使縱弛，事相反戾，乃天之與地，何其疏實而妄爭訟也？"

<二章-3>**豈弟君子，俾（bǐ）爾彌爾性，似先公酋（qiú）矣。**

【毛傳】彌，終也。似，嗣也。酋，終也。

【鄭箋】俾，使也。樂易之君子來在位，乃使女（rǔ）終女之性命，無困病之憂，嗣先君之功而終成之。

【程析】爾，指周王。彌，終，盡。

【樂道主人】爾，女，鄭意指成王。

【孔疏】○傳"彌，終。似，嗣。酋，終"。似先公，是繼嗣先君，故似為嗣。

【孔疏】○箋"樂易"至"成之"。

◇◇《禮運》云："政也者，君之所以藏身之固也。"然則賢人在位，即行善政，可以保全性命，無他患禍，故云"使女終女之性命，無困病之憂"。若使臣無可任，每事勞心，則是傷年夭命，不得終矣。

◇◇成主之所繼嗣者，先王也，而云先公，公是君之別名，故云"嗣先君之功而終成之”，謂守其王位，成就先君之功也。

【孔疏-章旨】“伴奐”至“酋矣”。

○毛以為，①言王若能用周道，伴然而德廣大，奐然而有文章，可使賢者於汝王所來游矣，則此賢人皆來就王，優游然於汝王所休息矣。

②王欲廣大有文章以來致賢人，又言賢人益王之意。此樂易之君子者，若得來在爵位，以輔佐王，則使汝王得終汝王之性命，無困病之憂，又嗣其先君之功，汝王能終之矣。言得賢人，則可以保全已之性命，又終成先君之功。戒王不可不求之也。

○鄭以上二句言勸王求賢之意，①若得賢為官，任之以事，則伴奐然汝王得自游縱矣，又優游矣，汝王得休息矣。是任賢則逸，不可不求。餘同。

<三章-1>**爾土宇昄（bǎn）章，亦孔之厚矣。**

【毛傳】昄，大也。

【鄭箋】土宇，謂居民以土地屋宅也。孔，甚也。女得賢者，與之為治，使居宅民大得其法則，王恩惠亦甚厚矣。勸之使然。

【樂道主人】宇，屋。章，法則。

鄭請賢人的目的是為了安民。民安天子才可能安，天子才可能繼承天命，神才會保佑天子。這又是原儒的民本思想。

【孔疏】○箋“土宇”至“使然”。

◇◇賢者所以養民，故“土宇，謂居民土地屋宅也”。

◇◇以教之，故民有所法則，而下得其恩，故云“王恩惠亦甚厚”。言甚者，王恩已厚，臣又益之。

<三章-3>**豈弟君子，俾爾彌爾性，百神爾主矣。**

【鄭箋】使女為百神主，謂群神受饗而佐之。

【樂道主人】毛傳：彌，終也。鄭箋：俾，使也。樂易之君子來在位，乃使女終女之性命，無困病之憂。

【樂道主人】上章講人和，此章講民樂及天命。

【孔疏】○箋“使女”至“佐之”。◇◇《祭法》云：“有天下者祭百神。”則為天子者，固自為百神主矣。今言“百神爾主”，謂神意以之為主，不欲使他人主之，故謂之群神受饗而祐助之。

【孔疏-章旨】“爾土”至“主矣”。

①勸王若得賢者，與之為治，使之教民，則汝之土地居宅之民大得其禮法文章矣。下民蒙其德澤，皆荷王者之恩，則為王之恩惠亦甚之厚矣。王何以不求之乎？

②此樂易之君子既來在王位，以德助汝，使汝得終汝之性命，百神皆以汝為主矣。言其愛而饗祐之。

<四章-1>**爾受命長矣，茀（fú）祿爾康矣。**

【毛傳】茀，小也。

【鄭箋】茀，福（與毛不同）。康，安也。女得賢者，與之承順天地，則受久長之命，福祿又安女。

【孔疏】○傳"茀，小"。◇◇福之大者，莫過未年，命長已是大福，則茀福宜為小福，故以茀為小。言小尚安之，則大者可知。

【孔疏】○箋"茀福"至"安女"。

◇◇茀之為福為小，皆無正訓，以其與祿共文，宜為福爾。

◇◇上言百神為主，命則天地所授，天無悔怒，壽命則長，故云"得賢者，與之承順天地，則受久長之命"。

◇◇既得長命，又為福祿所安，謂使之四方無虞（《正韻》：慮也，測也。），常主天下也。

<四章-3>**豈弟君子，俾爾彌爾性，純嘏（gǔ）爾常矣。**

【毛傳】嘏，大也。

【鄭箋】純，大也。予福曰嘏（與毛不同）。使女大受神之福以為常。

【孔疏】○箋"純大"至"為常"。

◇◇《詩》之有嘏字者，皆是祭祀之事。《少牢》《特牲》之禮，尸嘏主人皆予之以福，故云"予福曰嘏"。

◇◇受福以為常，言其終常得之，未嘗闕失也。

【孔疏-章旨】"爾受"至"常矣"。

○毛以為，①王得賢者，與之承順天地，則所受天之性命得久長矣，非徒大福佑助王身，其細小之福祿亦於汝而安之矣。

②此樂易之君子既來在王位，以德助汝，終汝之性命德大天之福，於汝為常矣。言能任賢者，則福常助之。

○鄭唯以茀為福、嘏為嘏辭為異。餘同。

<五章-1>**有馮（píng）有翼，有孝有德，以引以翼。**

【毛傳】有馮有翼，道可馮依，以為輔翼也。引，長。翼，敬也。

【鄭箋】（此章與毛大不同）馮，馮几也。翼，助也。有孝，斥成王也。有德，謂群臣也。王之祭祀，擇賢者以為尸，尊之。豫撰几，擇佐食。廟中有孝子，有群臣。尸之入也，使祝贊道（dǎo）之，扶翼之。尸至，設几佐令入助之。尸者，神象，故事之如祖考。

【樂道主人】几，古人座位的扶手。天子雙几，其他單几。尸，《大雅·既醉》程析：尸，古人祭祀時，以一人扮作已故祖先或神的形象接受享獻，叫作尸。豫，《玉篇》：早也，逆備也。

【孔疏】○傳"有馮"至"翼敬"。

◇◇傳以此求賢，不言祭，故皆以為賢人之德，憑翼是施用之名，孝德是成行之稱，總而為名，皆是道也。以憑翼義隱，故特釋之。

◇◇言道可依憑，以為輔翼，則孝之與德，亦為道也。憑者可以委杖，翼者可以輔助，憑重於翼，故先憑後翼。孝者，德之本，故亦先孝後德，俱是賢人之行，分之異名耳。

【孔疏】○箋"馮馮几"至"祖考"。

◇◇《顧命》云："成王憑玉几。"又曰："皇后憑玉几，道揚末命。"是憑施於几，故以憑為憑几。《皋陶謨》曰："庶明勵翼。"又曰："予欲左右有民汝翼。"是翼謂佐助，故以翼為助。

◇◇《曲禮下》曰："内事曰孝王某。"主人稱孝，故知"有孝斥成王"。有孝既是主人，則有德宜謂助祭，故以有德謂群臣。

◇◇不解以引以翼，從《行葦》而略之。上言"百神爾主""純嘏爾常"，皆言神福主人。

◇◇福由祭祀而來，此詩為求賢而作，故知此章説王之祭祀，擇賢者以為尸，以尊之，故豫撰几擇佐食。撰几解有憑，擇佐食解有翼。

◇以下句乃言"以引以翼"，謂來至，導引之，則"有憑有翼"，未是尸之來至，故為豫也。撰謂供置之，與擇相類，但幾則取而置之，故言撰。佐食則眾中簡之，故言擇耳。

◇《少牢》尸未入之前云："司宫筵於奥，祝設几於筵上。"《特牲》尸未入之前云："祝筵几於室中東面。"是豫撰几也。《少牢》云："佐食升牢，佐食遷肵俎。"《特牲》云："宗人遣佐食盥出。"皆其下始言迎尸，是擇佐食亦在尸未至之前，故俱言豫也。

◇知翼為佐食者，以翼者助也。祭禮之有助名者，唯佐食耳。《特牲》注云："佐食，賓佐尸食者。佐，助也。"故知翼為佐食。

◇◇言廟中有孝子，有群臣，謂祭時也。然則几與佐食亦在廟中用之。別言廟中有孝子者，几與佐食，祭時自在廟中，其撰擇之時，則在廟外。以孝子不迎尸，故以廟中為主。設孝德之文於引翼之上，見尸未入之前，已有祭事故也。

◇◇言尸之入也，使祝贊道（dǎo）之，扶翼之者，《行葦》箋云："在前曰引，在傍曰翼。"此與彼同，故以引為贊導也。

◇《少牢》云："祝出迎尸於廟門之外，主人降立於阼階東西面。祝先入門右，尸入門左。"是祝在前導之也。導謂在前，則贊謂在後。《少牢》又云："祝筵尸，尸升自西階入，祝從。"注云："由後詔相之曰延。延，進也。"《特牲》亦云："至於階，祝筵尸，尸升入，祝先，主人從。"是在後贊之也，故此兼言贊焉。

◇《特牲》《少牢》亦無在尸傍之時，而言扶翼之者，已有在其前後，亦當或在其傍。《特牲》注引《禮器》"詔侑無方"，是前後左右無常也。又言"尸至，設几，佐食助之"，明上豫設，至此用之。

◇◇又解所以令王尊尸如此者，尸，神象，故當事之如祖考。

<五章-4>**豈弟君子，四方為則。**

【鄭箋】則，法也。王之臣，有是樂易之君子，則天下莫不放效以為法。

【樂道主人】君子，指就王之賢者。

【孔疏-章旨】"有馮"至"為則"。

○毛以為，上章勸王求賢以自益，此則指賢人之行以戒王。

①言有善行可以為憑依者，有藝能可以為輔翼者，有至孝可以為感化者，有大德可以為軌訓者，王當以此長尊之，以此恒敬之。

②若王得此四等，是樂易之君子，若來在王位，可與四方為法則矣。以此故不可不求之。

○鄭以為，①王所得為百神之主，受大嘏之福者，由敬神所致，故祭祀則宜擇賢為尸而尊事之，當有豫設所憑之幾，有豫擇佐食之人，而宿戒之也。其在廟中，當有孝子之主人，有德行之群臣，共行祭祀。及尸之來至，而以禮使祝導引之，以禮使祝扶翼之。既至神坐，共尊而事之，以致神福，故不可不求賢也。餘同。

<六章-1>**顒（yóu）顒卬（áng）卬，如圭如璋，令聞令望。**

【毛傳】顒顒，溫貌。卬卬，盛貌。

【鄭箋】令，善也。王有賢臣，與之以禮義相切瑳，體貌則顒顒然敬順，志氣則卬卬然高朗，如玉之圭璋也。人聞之則有善聲譽，人望之則有善威儀，德行相副。

【程析】顒顒，溫和恭敬貌。卬卬，氣宇軒昂貌。

【樂道主人】副，配。

【孔疏】○箋"令善"至"相副"。

◇◇以圭璋是玉之成器，切瑳是治玉之名，故云"王有賢臣，與之以禮義相切瑳"也。

◇◇顒顒是睹其形狀，故以為體貌敬順。敬順即溫和也。卬卬是見其遒逸，故以為志氣高朗。高朗即盛壯也。

◇◇既體貌敬順，志氣高朗，則可以比玉，故如玉之圭璋。高朗則行聞於遠，故有善聲譽。敬順則貌無惰容，故有善威儀。貌善名彰，是德行相副也。

<六章-4>**豈弟君子，四方為綱。**

【鄭箋】綱者能張眾目。

【孔疏-章旨】"顒顒"至"為綱"。

①上既勸王敬賢，又言敬賢之盡意。言王者若得賢人，與之以禮義相切瑳，則能令王體貌顒顒然溫和而敬順，其志氣卬卬然充滿而高朗。以玉之成器，如圭然，如璋然，有善聲譽為人所聞知，有善威儀為人所觀望，非徒有益於王。

②此樂易之君子，能與天下四方為綱紀，王何得不求之乎？

<七章-1>**鳳皇于飛，翽（huì）翽其羽，亦集爰止。**

【毛傳】鳳皇，靈鳥仁瑞也。雄曰鳳，雌曰皇。翽翽，眾多也。

【鄭箋】翽翽，羽聲也。亦，亦眾鳥也（與毛不同）。爰，於也。鳳皇往飛，翽翽然，亦與眾鳥集於所止。眾鳥慕鳳皇而來，喻賢者所在，群士皆慕而往仕也。因時鳳皇至，故以喻焉（與毛不同）。

【樂道主人】鄭意，鳳皇除了自身是賢才，還要作為別人的榜樣。

瑞，《説文解字》以玉爲信也。

【孔疏】○傳“鳳皇”至“眾多”。

◇◇《禮運》云：“麟、鳳、龜、龍謂之四靈。”皇亦鳳類，故俱云靈鳥，言此鳥有神靈也。言仁瑞者，《五行傳》及《左氏》説皆云“貌恭體仁”，則鳳皇翔，言行仁德而致此瑞。

◇◇毛此意用臣之仁，以致南方鳳。昭二十九年《左傳》云：“水官廢矣，故龍不生得。”彼言臣修水職致東方龍，則毛意與左丘氏説同。以用臣所致者，皆脩毋致子應也。

◇◇《釋鳥》云：“鶠（yǎn），鳳。其雌皇。”是雄曰鳳，雌曰皇也。《説文》云：“鳳，神鳥也。

◇“天老曰：鳳象麟前、鹿後、蛇頸、魚尾、龍文、龜背、燕頷，雞喙，五色備舉，出於東方君子之國，翱翔四海之外，過昆侖，飲砥（dī）柱，濯羽弱水，暮宿風穴，見則天下大安寧。字從鳥，凡聲。鳳飛，則群鳥從以萬數，故鳳古作朋字。”

◇《山海經》曰：“丹穴之山有鳥焉，其狀如鶴，五采而文，名曰鳳。首文曰德，翼文曰順，背文曰義，膺文曰仁，腹文曰信。是鳥也飲食自然，自歌自舞。見則天下大安寧。”

◇京房《易傳》曰：“鳳皇高丈二，漢時鳳皇數至。”《漢書》云：“高五六尺。”郭璞云：“小之形未詳。”

◇◇翽翽與其羽連文，則是羽聲也。言眾多者，以鳳鳥多，故羽聲大。

◇《皋陶謨》云：“鳳皇來儀。”注云：“儀，匹。”言其相乘匹。

◇《中候·握河紀》云：“鳳皇巢阿閣讙樹。”言讙讙在樹。是鳳必群飛。

◇《白虎通》云：“黄帝之時，鳳皇蔽日而至。”是來必眾多也。

◇毛意不言眾鳥，則唯是鳳事，而言亦者，以鳳事自相亦也，故王肅云：“鳳皇雖亦高飛傅天，而亦集於所宜止，故集止以亦傅天，傅天以亦集止。今能致靈鳥之瑞者，以多士也。欲其常以求賢用吉士為務也。”

【孔疏】○箋“翽翽”至“喻焉”。

◇◇以傳言眾多解為聲之意，故又明之云：“翽翽，羽聲也。”以此興求賢。求賢當此鳳而言。

◇◇亦集，則意取於亦，故云“亦，亦眾鳥也”。鳳與眾鳥俱集所止，猶賢與群士俱在王朝。衆鳥慕鳳似群士慕賢，故以為喻。明王之朝，無人不賢，而云慕者，以賢有等級，言小善之慕大善耳。《君奭》云："耇造德不降我，則鳴鳥不聞。"又太平必致四靈，故知因時鳳皇至，故以喻焉。

<七章-4>**藹（ǎi）藹王多吉士，維君子使，媚于天子。**

【毛傳】藹藹，猶濟濟也。

【鄭箋】媚，愛也。王之朝多善士藹藹然，君子在上位者率化之，使之親愛天子，奉職盡力。

【孔疏】○箋"王之"至"盡力"。

◇◇以《左傳》言"維命者，皆謂受其節度，聽其進止"，此經既云"王多吉士"，即云"維君子使"，則吉士受此君子之命使也。

◇◇"媚于天子"，文承其下，明是君子使此吉士愛天子矣，故云"君子在上位者率化之"，謂若公卿之率化大夫士也。臣之愛君，唯當盡心力，奉職事，故云"奉職盡力"，意取為説也。

【孔疏-章旨】"鳳皇"至"天子"。

○毛以為，①成王之時，有鳳皇之瑞。召公以為用賢所致，故陳之以戒王。言鳳皇之往飛翽翽然者，是其羽翼之聲，亦集止於其所宜止之處。

②今所以致此瑞者，以其藹藹然王朝之上多善士也。此善士等，維君子大賢之所命，使率化之，使媚愛於天子矣，令皆奉職盡力。

○鄭以為，①鳳皇往飛之時，翽翽其羽為聲，亦與衆鳥集於所止。鳳皇所在，衆鳥慕而從之，故鳳皇亦與之同止，興賢者來仕之時，亦與衆群士集於君朝。賢者所在，群士慕而就之，故賢者亦與之同朝。得大賢而致群士，猶鳳皇飛而來衆鳥，王安得不求之乎？其餘同毛。

<八章-1>**鳳皇于飛，翽翽其羽，亦傅于天。**

【鄭箋】傅，猶戾（lì）也。

【樂道主人】戾，至，到達。

<八章-4>**藹藹王多吉人，維君子命，媚于庶人。**

【鄭箋】命，猶使也。善士親愛庶人，謂撫擾之，令不失職。

【樂道主人】以鄭之一貫邏輯，招賢納幹的最終目的一定是造福百姓。

【孔疏】箋"親愛"至"失職"。

◇◇撫擾皆安養之義。耕墾原隰，以種禾黍，治其絲麻，以為布帛，皆民之職也。◇◇愛庶人者，清静為政，不亂在下，安養之，使不失此職耳。

<九章-1>**鳳皇鳴矣，于彼高岡。梧桐生矣，于彼朝陽。**

【毛傳】梧桐，柔木也。山東曰朝陽。梧桐不生山岡，太平而後生朝陽。

【鄭箋】鳳皇鳴於山脊之上者，居高視下，觀可集止（與毛不同）。喻賢者待禮乃行，翔而後集。梧桐生者，猶明君出也。生於朝陽者，被（pī）温仁之氣亦君德也（與毛不同）。鳳皇之性，非梧桐不棲，非竹實不食。

【樂道主人】此章毛不以梧桐喻明君。

【孔疏】○傳"梧桐"至"朝陽"。

◇◇梧桐可以為琴瑟，是柔韌之木，故曰柔木。《釋木》云："櫬（chèn），梧。"郭璞曰："今梧桐又曰榮桐木。"郭璞云："則梧桐也。"然則梧桐一木耳。

◇◇"山東曰朝陽"，《釋山》文。孫炎曰："朝先見日也。"言梧桐不生山岡，太平而後生朝陽者，山岡與朝陽一也。以經有岡，故以山言之。但梧桐柔脆之木，若時未太平，地不極化，則不生山岡朝陽之地。若太平，則生山岡之朝陽。山頂之東，皆早朝見日。但是山東之岡脊，總曰朝陽。

◇◇不云鳳鳴處所者，以時不太平，鳳全不見，故不須言鳴之處所。

【孔疏】○箋"鳳皇"至"不食"。

◇◇箋以上二章興求賢人，故此亦以鳳皇興賢者。梧桐自是鳳之所棲，不必太平乃有，不得為太平之事。

◇◇因鳳所集，故以興明君焉。以鳳鳴而言在岡，故知居高視下，觀可集止。言賢者待禮者，明君能以禮召人，故以喻焉。梧桐可使鳳皇集之，則大樹非始生矣。而言梧桐生者，喻明君出也。既以梧桐比君，不言生於他處，而云生於朝陽者，以其早見日陽，被温仁之氣。温仁者，亦君之德也，故以朝陽之梧桐喻之。

◇◇"非梧桐不棲，非竹實不食"，《莊子》文也。然《莊子》所説，乃言鵷（yuān）雛，鵷雛亦鳳皇之别。

◇◇《白虎通》云："黄帝之時，鳳皇蔽日而至，止於東園，食常竹實，棲常梧桐，終身不去。"且諸《書傳》之論鳳事，皆云食竹棲梧。箋言此者，解經既言鳳皇，即言梧桐之意也。

<九章-5>菶（běng）菶萋萋，雝（yōng）雝喈（jiē）喈。

【毛傳】梧桐盛也，鳳皇鳴也。臣竭其力，則地極其化，天下和洽，則鳳皇樂德。

【鄭箋】菶菶萋萋，喻君德盛也。雝雝喈喈，喻民臣和協（與毛不同）。

【孔疏】○傳"梧桐"至"樂德"。

◇◇言梧桐盛，解菶菶萋萋。鳳皇鳴，解雝雝喈喈。臣竭其力以下，更覆解此鳳鳴木盛之意。由臣能竭其力以助於君，故使地亦極盡其化生之德，生此梧桐，使之菶菶萋萋也。由臣竭其力，故使天下和洽，故使鳳皇樂德而來，其鳴雝雝喈喈也。

◇知臣竭其力為二事之總者，以此言太平由臣之力，明天下和洽亦臣竭力矣。

◇◇萬物草木，天之所生，言地極其化者，以梧桐生在地，是地能化之。《釋訓》云："藹藹、萋萋，臣盡力也。"舍人曰："藹藹，賢士之貌。萋萋，梧桐之貌。"孫炎曰："言眾臣竭力則地極其化，梧桐盛也。"是用此傳為說。

◇◇《釋訓》又云："雝雝喈喈，民協服也。"不為鳳皇鳴。此傳與《爾雅》異者。毛意以為，由萬民協服，故鳳聲雝和，亦得合《爾雅》也。

【鄭箋】○箋"菶菶"至"和協"。

◇◇菶菶萋萋，梧桐之貌也。箋於上經以梧桐喻明君，故以梧桐盛喻君德。《爾雅》言臣盡力，與此箋不同者，以君有盛德，則能使臣盡其心力，亦與《爾雅》合也。

◇◇雝雝喈喈，鳳皇之聲，上以鳳皇比賢者，其鳴似賢者之政教，故以鳳皇聲聞於人，人聞之而知其雝和，以喻政教加被於民，民應之而相與和協。《爾雅》言民協服者，彼言所喻之意也。

【孔疏-章旨】"鳳皇"至"喈喈"。

○毛以為，上既言鳳皇由吉人所致，此又總而結之，以告戒於王。

①言今鳳皇鳴矣，於彼高岡之上，又梧桐生矣，於彼朝陽之地。

②其梧桐之生，則菶菶萋萋而茂盛；其鳳皇之鳴，則雝雝喈喈而和協，是太平之實驗矣。

○鄭以為，①鳳皇之將出，則先鳴矣，於高山之脊，居高視下，觀可集止。見其梧桐生矣，於彼山東之朝陽，乃往集之。以興賢者之將仕也，則相時待禮，擇可歸就。見其明君出矣，於彼仁聖之治世，乃往仕之。

②梧桐之生，則菶菶萋萋而茂盛，以興明君亦德盛也。鳳皇之鳴也，則雝雝喈喈然音聲和協，以興民臣亦和協也。

<十章-1>**君子之車，既庶且多。君子之馬，既閑且馳。**

【毛傳】上能錫以車馬，行中（zhòng）節，馳中法也。

【鄭箋】庶，眾。閑，習也。今賢者在位，王錫其車眾多矣，其馬又閑習於威儀，能馳矣。大夫有乘馬，有貳車。

【樂道主人】君子，指為臣之賢者。

【孔疏】○傳“上能”至“中法”。

◇◇言上能賜以車馬，謂成王於時已能賜之。

◇◇行中節，解既閑也。馳中法，解且馳也。言閑馳者，美其中節度，合禮法。

【孔疏】○箋“庶眾”至“貳車”。

◇◇以經言既是王賜之，故云今賢者在此位，王錫其車眾多矣。庶、多一也，丁寧以足句耳。

◇馳者，是馬走之名。馬既能走，今言且馳，明是馳合於法，故云“其馬又閑習於威儀，能馳矣”。

◇車不獨賜駕，必以馬、車言眾多，則馬亦多矣。但馬有御之威儀，故別言閑馳以美之。

◇◇馬既別文，故眾多者，唯言車耳。言大夫有乘馬，有貳車者，解其言多之意。以車則人有副貳，所賜又非一人，故言多也。言大夫者，自大夫以上皆有此，不必專指大夫也。禮，士無貳車，又止得兩馬。

<十章-5>**矢詩不（pī）多，維以遂歌。**

【毛傳】不多，多也。明王使公卿獻詩以陳其志，遂為工師之歌焉。

【鄭箋】矢，陳也。我陳作此詩，不復多也（與毛不同）。欲令遂為樂歌，王日聽之，則不損今之成功也。

【樂道主人】此為召公語。

【孔疏】○傳“不多”至“歌焉”。

◇◇傳反其言，以不多為多者，王既能用賢，不復須戒，故以作詩為煩多也。

◇◇又解召公獻詩及言遂歌之意，以明王使公卿獻詩，以陳其所作之人志意，遂為工師之歌故也。《國語》亦云："使公卿至於列士獻詩"，與此同也。《春秋·瞽蒙職》"掌九德六詩之歌"。工者，樂師之總名，即大師是也。

【孔疏】○箋"矢陳"至"成功"。

◇◇箋以忠臣諫王，其言雖多，猶恨心之不盡，不當自謂己言已為多也。且順文自通，不宜反之，**故易傳**以為作此詩不復多言，其意猶以為少也。

◇◇樂人之歌，常在君側，故云"王日聽之，則不損今之成功也"。

【孔疏-章旨】"君子"至"遂歌"。

○毛以為，①成王實能用吉士，已致大平，但召公欲令守其成功，故自言作詩之意。言今君子賢者來在王位，王賜之車馬。其所賜君子之車既眾，且又能多矣，所賜君子之馬既閑習於威儀，且又能馳矣，是王能用賢，不須規戒。

②今我陳作此詩，豈不多乎？言其實煩多也。正以中心不已，恐王惰慢，故作此詩，遂為樂人之歌，冀常求賢士，永為鑒戒，不損今日成功也。

○鄭唯以不多為作此詩不復多為異。餘同。

《卷阿》十章，六章章五句，四章章六句。

民　勞　【大雅十九】

民亦勞止，汔（qì）可小康。惠此中國，以綏四方。無縱（cóng）詭（guǐ）隨，以謹無良。式遏（è）寇虐，憯（cǎn）不畏明。柔遠能（néng/nài）邇，以定我王。

民亦勞止，汔可小休。惠此中國，以為民逑（qiú）。無縱詭隨，以謹惛（hūn）怓（náo）。式遏寇虐，無俾（bǐ）民憂。無棄爾勞，以為王休。

民亦勞止，汔可小息。惠此京師，以綏四國。無縱詭隨，以謹罔極。式遏寇虐，無俾作慝（tè）。敬慎威儀，以近有德。

民亦勞止，汔可小愒（qì）。惠此中國，俾民憂泄（xiè）。無縱詭隨，以謹醜厲。式遏寇虐，無俾正敗。戎雖小子，而式弘大。

民亦勞止，汔可小安。惠此中國，國無有殘。無縱詭隨，以謹繾（qiǎn）綣（quǎn）。式遏寇虐，無俾正反。王欲玉女（rǔ），是用大諫。

《民勞》五章，章十句。

【毛序】《民勞》，召穆公刺厲王也。

【鄭箋】厲王，成王七世孫也。時賦斂重數，繇役煩多，人民勞苦，輕為奸宄（guǐ），彊陵弱，眾暴寡，作寇害，故穆公以刺之。

【陸曰】從此至《桑柔》五篇，是厲王變大雅。

【樂道主人】宄，內為宄，外為奸。《說文》：宄，奸也。彊，强也。

召穆公，又稱召虎，史稱召穆公，參見召公世系。周厲王暴虐，“國人”圍攻王宮，他把太子靖藏匿在家，而以自己的兒子替死。厲王死後，擁立太子靖繼位，即周宣王。周宣王時，淮夷服，宣王命召虎領兵出征，平定淮夷。《大雅·江漢》所詠“江漢之滸，王命召虎”，指的就是這件事。

【孔疏】序“《民勞》”至“刺厲王”。經五章，上四句言民勞之須安，次四句言寇虐之當止，下二句言王當行善政以安民，皆是刺王之事。

【孔疏】○箋“厲王”至“刺之”。

◇◇《世本》及《周本紀》皆云成王生康王，康王生昭王，昭王生穆王，穆王生恭王，恭王生懿王及孝王，孝王生夷王，夷王生厲王。凡九王。從成王言之，不數成王，又不數孝王，故七世也。

◇◇《左傳》服虔注云：“穆公，召康公十六世孫。”然康公與成王同時，穆公與厲王並世。而世數不同者，生子有早晚，壽命有長短故也。注述詳略，不必有例。而《商頌·列祖》箋云：“中宗，殷王大戊也，湯之玄孫。”《玄鳥》箋云：“高宗，殷王武丁也，中宗玄孫之孫。”是則以詩相繼，因而明之。

◇◇此以厲王之詩承成王詩後，故本之於成王也。其文、武、成及厲、宣、幽，若《王風》之平、桓、莊，皆父子相繼，中間無隔，故不假言之。《小雅》之序無成王之文，故《六月》不以宣王繼成王，《十月之交》推之，而知是厲王耳。而序文不為厲字，故就此以明世數也。

◇◇《郊特牲》云：“天子失禮，自夷王以下。”注云：“夷王，周康王玄孫之子。”系之康王者，以記文事雜，上無所據。文、武、成、康俱為明王，失禮是初衰之始，故繫於明王之最末者言之。此以天子事，皆因有所隔，而詳其世數。《國風》雖有隔絕，皆不明言。詳天子而略諸侯，亦尊卑之義也。

◇◇序略言刺王，箋明其刺意。賦斂重數，徭役煩多，使民勞苦，即五章皆上四句是也。輕為奸宄，以強陵弱，以眾暴寡，作為寇害，五章皆次四句是也。故穆公以此刺之也。五章下二句，皆教王為善政，以安止之，非勞虐之實事，故箋略之。

<一章-1>**民亦勞止，汔（qì）可小康。惠此中國，以綏四方。**

【毛傳】汔，危也。中國，京師也。四方，諸夏也。

【鄭箋】汔，幾也（與毛不同，五章皆然）。康、綏皆安也。惠，愛也。今周民罷（pí）勞矣，王幾可以小安之乎？愛京師之人以安天下，京師者，諸夏之根本。

【程析】亦、止，皆助詞。

【樂道主人】罷，同“疲”。

【孔疏】○傳“汔危”至“諸夏”。

◇◇以“汔”之下，即云“小康”，明是由危須安，故以汔為危也。

◇◇“中國”之文，與“四方”相對，故知中國謂京師，四方謂諸夏。若以中國對四夷，則諸夏亦為中國。言各有對，故不同也。

【孔疏】○箋“汔幾”至“根本”。

◇◇以傳汔之為危，既無正訓，又小康者，安此勞民。直以勞民須安，不當更云危也。《釋詁》云：“凱，汔也。”孫炎曰：“汔，近也。”郭璞曰：“謂相摩近。”反覆相訓，是汔得為幾也。

◇昭二十年《左傳》引此詩，杜預云：“汔，期也。”然則期字雖別，皆是近義。言其近當如此。《史記》稱漢高祖欲廢太子，周昌曰：“臣口不能言，然臣期知其不可。陛下雖欲廢太子，臣期不奉詔。”言期者，意亦與此同也。

◇◇又云愛京師得安四方之意，由京師者，諸夏之根本，根本既安，枝葉亦安。京師，王之所專，王若安之，則四方諸侯亦皆效王安之。

<一章-5>**無縱（cóng）詭（guǐ）隨，以謹無良。式遏（è）寇虐，憯（cǎn）不畏明。**

【毛傳】詭隨，詭人之善、隨人之惡者。以謹無良，慎小以懲大也。憯，曾也。

【鄭箋】謹，猶慎也。良，善。式，用。遏，止也。王為政無聽於詭人之善不肯行而隨人之惡者，以此敕慎無善之人，又用此止為寇虐、曾不畏敬明白之刑罪者，疾時有之。

【程析】縱，同“從”，聽從，順從。明，明法。

【樂道主人】詭，《玉篇》：欺也，謾也。

【孔疏】○傳“詭隨”至“憯曾”。

◇◇詭戾人之善，隨從人之惡，以其故為此惡，情不可原，是故不得聽縱之也。

◇◇此詭隨、無良、寇虐俱是惡行，但惡有大小。詭隨小惡，無良其次，寇虐則大惡也。詭隨未為人害，故直云不得縱之。無良則為小惡已著，故謹敕之。寇虐則害加於民，故遏止之。

◇然則三者各自為罪，而云無縱詭隨，以謹無良，以為相須之意，故傳解之云："謹慎其小，以懲創其大。"以無良之惡，大於詭隨。詭隨者尚無所縱，則無良者謹慎矣。至於寇虐，則不可以謹，故别云"式遏"，謂加之大罪也。

【孔疏】○箋"謹猶"至"有之"。

◇◇謹慎俱是敕戒之言，故言謹猶慎。以傳言"慎小"，故申足之。

◇◇此"無縱"之文，為下總目。無良、寇虐蒙之，故云"又用此止為寇虐、曾不畏敬明白之刑罰者"，言又用者，亦用此無縱之事、不畏明白之刑，即以與寇虐為一，故長讀之（以"式"為實詞，非虛詞，故長讀之）。

◇◇穆公諫王無縱，明實有其人，故云"疾時有之"。

<一章-5>**柔遠能（néng/nài）邇，以定我王。**

【毛傳】柔，安也。

【鄭箋】能，猶伽（rú）也，邇，近也。安遠方之國，順伽其近者，當以此定我周家**為王之功**。言我者，同姓親也。

【樂道主人】伽，順從。

【孔疏】○箋"能猶"至"姓親"。

◇◇《尚書·舜典》云："柔遠能邇。"注以能為恣，則此云伽者與恣同，謂順適其意也。安遠方之國，當先順伽其近者，即《論語》所謂悦近來遠是也。

◇◇此與上文相成，能邇謂惠中國，柔遠即綏四方也。厲王身為王矣，而云"以定我王"，故知以此定我周家**為之功**。

◇◇若廣論天下之事，雖則異姓，可以稱我。今指王身而文稱我，是共王有周家之辭，故云"我者，同姓親也也"。

【孔疏-章旨】"民亦"至"我王"。

○毛以為，①穆王諫王，言今周民亦皆疲勞止，而又危耳，近於喪亡。王可以小省賦役而安息之，愛此中畿之國、京師之人，以安天下四方諸夏之國。

②若安此勞民，當糾察有罪，無得聽縱其詭人之善、隨人之惡者，以此無阿縱之法，故以敕慎其為無善之人。亦用此法以止其為寇虐之行，曾不畏敬明白之刑罰者，當用正法刑罰而禁止之，令民得無勞也。

③所以令王先愛京師以及四方者，以王之政，欲安遠方之國，當先順伽其近。王當行之，以此定我周家為王之功。恐其不能安定而喪失之。

○鄭唯以汔為幾，云此民亦皆已勞止，王幾可以小安之為異。餘同。

<二章-1>**民亦勞止，汔可小休。惠此中國，以為民逑（qiú）。**

【毛傳】休，定也。逑，合也。

【鄭箋】休，止息也。合，聚也。

【程析】亦、止，皆助詞。

【樂道主人】鄭箋：汔，幾也（與毛不同）。惠，愛也。今周民罷勞矣，王幾可以小安之乎？

<二章-5>**無縱詭隨，以謹惛（hūn）怓（náo）。式遏寇虐，無俾（bǐ）民憂。**

【毛傳】惛怓，大亂也。

【鄭箋】惛怓，猶讙（huàn）嘩也，謂好爭訟者也。俾，使也。

【程析】惛怓，指朝廷昏亂。

【孔疏】○傳"惛怓，大亂"。◇◇惛怓者，其人好鄙爭，惛惛怓怓然，故箋以為"猶讙嘩，謂好爭訟者"，是其言語為大聒（guō，《廣韻》聲擾也）亂人，故云大亂，非是為大禍亂也。

<二章-9>**無棄爾勞，以為王休。**

【毛傳】休，美也。

【鄭箋】勞，猶功也。無廢女（rǔ）始時勤政事之功，以為女王之美。述其始時者，誘掖（yē）之也。

【樂道主人】疏：誘謂在前導之，掖謂在傍扶之。

【孔疏】○箋"勞猶"至"掖之"。

◇◇勞力然後有功，故云"勞，猶功"。知汝勞為汝始時勤政事之功者，以云"無棄"，明其先有而不棄也。

◇◇厲王暴虐，初則然矣，而述其始有功者，誘掖之耳。誘掖之言，出《衡門》之序，謂誘導而扶掖之。以小人貪功，聞己先有善，或將勉力，故誘之。

【孔疏-章旨】"民亦"至"王休"。

○毛以為，①今周民亦皆疲勞止而又危耳，近於死亡，王可以小安定止息矣。當愛此中畿之國，以為諸夏之民，使得會聚。

②王若施善政，當糾察有罪，無得縱此詭人之善、隨人之惡者，以此敕慎其讙嘩為大惡者，又用此無縱之事，止其寇虐之害，無使有遭此寇虐之憂。

③又誘王，言其始時有善，勸今終之，無棄爾王始時之政事之功，以為王政之美。

○鄭唯汔幾為異。餘同。

<三章-1>**民亦勞止，汔可小息。惠此京師，以綏四國。**

【毛傳】息，止也。

【樂道主人】【鄭箋】汔，幾也（與毛不同）。綏，安也。惠，愛也。今周民罷勞矣，王幾可以小安之乎？

【程析】京師，即其他各章中的“中國”。

<三章-5>**無縱詭隨，以謹罔極。式遏寇虐，無俾作慝**（tè）。

【毛傳】慝，惡也。

【鄭箋】罔，無。極，中也。無中，所行不得中正。

【樂道主人】毛傳：詭（guǐ，《玉篇》：欺也，謾也）隨，詭人之善、隨人之惡者。

<三章-9>**敬慎威儀，以近有德。**

【毛傳】求近德也。

【程析】威儀，容貌舉止。

<四章-1>**民亦勞止，汔可小愒**（qì）。**惠此中國，俾民憂泄**（xiè）。

【毛傳】愒，息。泄，去也。

【鄭箋】泄，猶出也，發也。

【孔疏】○傳“愒，息。泄，去”。◇◇云：“泄，漏也。”然則泄者，閉物漏去之名，故以為去。箋以為，憂泄者，是憂氣在腹而發出，故云“出也，發也”。其意亦與毛同。《月令》“是謂泄天地之氣”，是發出之義也。

<四章-5>**無縱詭隨，以謹醜厲。式遏寇虐，無俾正敗。**

【毛傳】醜，眾。厲，危也。

【鄭箋】厲，惡也（與毛不同）。《春秋傳》曰：“其父為厲。”敗，壞也。無使先王之正道壞。

【樂道主人】鄭箋：式，用。遏，止也。

【孔疏】○傳"醜，眾。厲，危"。◇◇《易》之言厲者，皆危之義。《乾》"九三，夕惕若厲"之類，皆是危也，故以為危。醜厲，謂眾為惡行以危人者也。

【孔疏】○箋"厲惡"至"道壞"。

◇◇箋以言人之惡，當指其惡狀。危非惡之名，故以厲為惡。《秋官·司厲》注云："犯政為惡曰厲。"是也。所引《春秋傳》曰，襄十七年《左傳》云："衛孫蒯（kuǎi）田于曹隧，飲馬于重丘，毀其瓶。重丘人閉門而詢之，曰：'親逐而君，爾父為厲。是之不憂，而何以田為？'"以厲為罵辭，明是惡矣，故引之以證厲為惡。

◇◇《釋詁》云："壞，毀也。"敗亦毀損之名，故以為壞。言正敗，是正者敗，故云"無使先王之正道壞"。言寇虐之人能壞先王正道也。

<四章-9>**戎雖小子，而式弘大。**

【毛傳】戎，大也。

【鄭箋】戎，猶女（rǔ）也（與毛不同）。式，用也。弘，猶廣也。今王女雖小子自遇，而女用事於天下甚廣大也。《易》曰："君子出其言善，則千里之外應之。況其邇者乎？出其言不善，則千里之外違之，況其邇者乎？"是以此戒之。

【孔疏】○傳"戎，大"。◇◇《釋詁》文。王肅云："在王者之大位，雖小子，其用事甚大也。"

【孔疏】○箋"戎猶"至"戒之"。

◇◇以下已有大，故訓戎為汝。弘復為大，則大文太重，故弘猶廣，廣亦大之義耳。

◇◇小子，無知之稱，故《抑》曰："於乎小子，未知臧否。"言雖小子，故知自遇，如小子居天子之位，故用事廣大。

◇◇引"《易》曰"盡"邇者乎"，皆《上繫辭》也。出言善否，千里之外違之應之，是其用事廣大。出言不易，是以穆公以此言戒之。

◇◇必易傳以戎為汝者，孫毓云："戎之為汝，詩人通訓。言大雖小子，於文不便，箋義為長。"

【孔疏-章旨】"民亦"至"弘大"。

○毛以為，①民亦疲勞止，又危耳，可以止息之。先愛此中國之京師，便諸夏之民，其憂寫泄而去。

②又當無縱詭隨之人，以此敕慎眾為危殆之行者，又用此止其寇虐之害，無使王之正道敗壞也。

③所以須然者，在王之大位者雖小子，而用事甚大，大不可不慎，故須息勞民而止寇虐也。

○鄭以汔為幾，厲為惡，戎、汝，弘、廣為異。餘同。

<五章-1>**民亦勞止，汔可小安。惠此中國，國無有殘。**

【毛傳】賊義曰殘。

【鄭箋】王愛此京師之人，則天下邦國之君不為殘酷。

【孔疏】傳"賊義曰殘"。◇◇《孟子》云："賊仁曰賊，賊義曰殘。"言是賊敗仁義之事。

<五章-5>**無縱詭隨，以謹繾（qiǎn）綣（quǎn）。式遏寇虐，無俾正反。**

【毛傳】繾綣，反覆也。

【程析】繾綣，固結繚繞，指結幫營私。正反，政事顛覆。

【樂道主人】毛傳：詭隨，詭人之善、隨人之惡者。鄭箋：式，用。遏，止也。

【孔疏】○傳"繾綣，反覆"。◇◇昭二十五年《左傳》："繾綣從公，無通外内。"則繾綣者，牢固相著之意，非善惡之辭，但施於善則善，施於惡則惡耳。此云"以謹繾綣"，是人行反覆為惡，固著不捨，常為惡行也。

<五章-9>**王欲玉女（rǔ），是用大諫。**

【鄭箋】玉者，君子比德焉。王乎！我欲令女如玉然，故作是詩，用大諫正女。此穆公至忠之言。

《民勞》五章，章十句。

板 【大雅二十】

上帝板板，下民卒（cuì）癉（dàn）。出話不然，為猶不遠。靡（mǐ）聖管（guàn）管，不實於亶（dǎn）。猶之未遠，是用大諫。

天之方難（nán），無然憲憲。天之方蹶（guì），無然泄（yì）泄。辭之輯（jī）矣，民之洽（qià）矣。辭之懌（yì）矣，民之莫（mò）矣。

我雖異事，及爾同寮。我即爾謀，聽我囂（áo）囂。我言維服，勿以為笑。先民有言："詢于芻（chú）蕘（yáo/náo）。"

天之方虐，無然謔（xuè）謔。老夫灌（guàn）灌，小子蹻（jiǎo）蹻。匪我言耄（mào），爾用憂謔（xuè）。多將熇（hè）熇，不可救藥。

天之方懠（qí），無為夸毗（pí）。威儀卒（zú）迷，善人載尸。民之方殿屎（xī），則莫我敢葵。喪（sāng）亂蔑（miè）資，曾莫惠我師。

天之牖民，如壎（xūn）如篪（chí），如璋如圭，如取如攜（xié）。攜無曰益，牖民孔易。民之多辟（pì），無自立辟（bì）。

价（jiè）人維藩（fān），大（tài）師維垣（yuán）。大邦維屏，大宗維翰。懷德維寧（níng），宗子維城。無俾（bǐ）城壞，無獨斯畏。

敬天之怒，無敢戲豫。敬天之渝（yú），無敢馳驅。昊天曰明，及爾出王（wǎng）。昊天曰旦，及爾游衍（yǎn）。

《板》八章，章八句。

【毛序】《板》，凡伯刺厲王也。

【鄭箋】凡伯，周同姓，周公之胤（yìn）也。入為王卿士。

【樂道主人】胤，後代。上篇《大雅·民勞》語氣直接，此篇委婉。

【孔疏】序"《板》"至"刺厲王"。○箋"凡伯"至"卿士"。

◇◇僖二十四年《左傳》曰："凡、蔣、邢、茅、胙（zuò）、祭（zhài），周公之胤也。"知為王卿士者，以經云："我雖異事，及爾同寮。"是為王官也。以其伯爵，故宜為卿士。

◇◇《瞻卬》，凡伯刺之刺幽王。《春秋》隱七年，"天王使凡伯來聘"。世在王朝，蓋畿內之國。杜預云："汲郡共縣東南有凡城。"共縣於漢屬河內郡，蓋在周東都之畿內也。

<一章-1>**上帝板板，下民卒（cuì）癉（dàn）。出話不然，為猶不遠。**

【毛序】板板，反也。上帝，以稱王者也。癉，病也。話，善言也。猶，道也。

【鄭箋】猶，謀也（與毛不同）。王為政反先王與天之道（與毛不同），天下之民盡病，其出善言而不行之也。此為謀不能遠圖，不知禍之將至。

【樂道主人】上帝，毛鄭應皆指厲王。

【孔疏】○傳"板板"至"猶道"。

◇◇《釋訓》云："板板，僻（pì）也。"邪僻即反戾之義，故為反也。

◇◇上帝以稱王者，謂假上帝之尊稱之以比王者。若實指上天，則天無所反，故知以斥王也。

【孔疏】○箋"猶謀"至"將至"。

◇◇以言不遠，則為不能深知遠事，故易傳以猶為謀。

◇◇以重言反反，則反有二事，故云"王為政反先王與天之道"。王者為政，當遵用先王，上承天意，故知所反有二事，反先王與天也。以其先違舊章，乃失天意，故後言天也。

◇◇其出善言不行之，謂王自出而不行也。小人（指厲王）之言雖不盡善，亦知愛其善時復言之，但言之易，行之難，不能行之耳。知非他人，為王説（yuè）善言、王不能行者，他人之言則是諫諍，經不得言出也。不用他言，則是不從，箋不得言不行也。以此知是王自出而言不能行。

◇◇人必深謀遠慮，乃能預防患禍。王之為謀，不能遠圖，是不知禍之將至也。

<一章-5>**靡（mǐ）聖管（guàn）管，不實於亶（dǎn）。**

【毛序】管管，無所依也。亶，誠也。

【鄭箋】王無聖人之法度，管管然以心自恣，不能用實於誠信之言，言行相違也。

【程析】管管，自以為是貌。實，實行。

【孔疏】○箋“王無”至“相違”。

◇◇以無聖而言管管，是違法任情，故知以心自恣。

◇◇不能用實於誠信之言，謂意欲為善，終不能行，是於言為虛，故云“能用實於誠信之言”。有言不行，是言行相違也。此不實於亶，還是上出話不然也。下言“猶之未遠”，還是上為猶不遠也。作者反覆重言耳。

<一章-7>**猶之未遠，是用大諫。**

【毛序】猶，圖也。

【鄭箋】王之謀（與毛不同）不能圖遠，用是故我大諫王也。

【孔疏】○傳“猶，圖”。言大諫，謂其諫之深。自此以下，是大諫也。

【孔疏-章旨】“上帝”至“大諫”（下列序號以經文兩句為一段譯解）。

○毛以為，①尊比上帝之王者，其為政教反又反也。既反於先王，又反於天道。以此之故，天下之民蒙其惡政，盡皆困病矣。

②假使王出嘉善話言，則不肯是而用行之，如此則王之所為之道不能長遠，唯趨於淺近，不知禍之將至也。

③又王之所為惡，無重聖人之法，管管然以心自恣，無所依據，不能用實於誠信之言。既不依聖人之法，不實誠信之言，以此圖事，不能至遠。

④我以王所圖之事未能及遠，恐王將有禍難，以是之故，用大諫正王。

○鄭唯以“猶”皆為“謀”為異。餘同。

<二章-1>**天之方難（nán），無然憲憲。天之方蹶（guì），無然泄（yì）泄。**

【毛傳】憲憲，猶欣欣也。蹶，動也。泄泄，猶沓沓（tà）也。

【鄭箋】天，斥王也。王方欲艱難天下之民，又方變更先王之道。臣乎，女（rǔ）無憲憲然，無沓沓然為之制法度，達其意，以成其惡。

【程析】泄泄，多嘴多舌貌。難，災難。

【樂道主人】上章講君惡，此章講臣亦惡。有其君必有其臣，鄭一以貫之的思想。

【孔疏】○傳“憲憲”至“沓沓”。

◇◇《釋訓》云：“憲憲、泄泄，制法則也。”李巡曰：“皆惡黨為制法則也。”孫炎曰：“厲王方虐，諂臣並為制作法令。”此直解詩人言此之意，而不解其狀，故傳解憲憲、泄泄之義。

◇◇憲憲猶欣欣，喜樂貌也，謂見王將為惡政而喜樂之。泄泄猶沓沓，競進之意也，謂見王將為惡政競隨從而為之制法也。

【孔疏】○箋“天斥”至“其惡”。

◇◇戒臣不令助之，故天斥王，非斥上天也。方者，未至之辭，故言方欲，謂將為教令之時也。難是困苦之事，故知艱難天下之民。動為變改之事，故知變更先王之道。

◇◇以下云“及爾同寮”，故知是責臣之辭。達其意者，謂君意始發，往通達其心，與之合和，為作法以成其惡也。

<二章-5>**辭之輯（jí）矣，民之洽（qià）矣。辭之懌（yì）矣，民之莫（mò）矣。**

【毛傳】輯，和。洽，合。懌，說（yuè）。莫，定也。

【鄭箋】辭，辭氣，謂政教也。王者政教和說順於民，則民心合定。此戒語（yù）時之大臣。

【孔疏】○箋“辭辭”至“大臣”。

◇◇《論語》云：“出辭氣。”故以此辭為辭氣也。此辭加於下民，故知謂政教也。

◇◇知此大臣者，以凡伯卿士而云“與己同寮”，且非大臣不得與王制法，故知是戒語時之大臣也。

【孔疏-章旨】“天之”至“莫矣”。王之為惡，侵亂下民，則有諂佞之臣助為惡政。此又責以王之尊比於上天，故謂王為天（下列序號以經文兩句為一段譯解）。

①言王之方行暴虐之政，以艱難天下之民，汝臣等無得如是欣欣然喜樂而勸之。

②王之方欲動變先王之道，而行邪僻之政，汝臣等無得如是沓沓然隨從而助之。戒之使無得為王制作法度，以通達其意，使王成惡。

③故又言己之意，所以不欲令臣制作法度者，以國之安危在於出令。

④王者若出教令，其辭氣之和順矣，則下民之心相與合聚矣。其辭氣之悦美矣，則下民之心皆得安定矣。言民合定在於王教，故汝臣等不得為王制虐政以亂下民也。

<三章-1>**我雖異事，及爾同寮。我即爾謀，聽我囂（áo）囂。**

【毛傳】寮，官也。囂囂，猶警警（áo）也。

【鄭箋】及，與。即，就也。我雖與爾職事異者，乃與女（rǔ）同官，俱為卿士。我就女而謀，欲忠告以善道。女反聽我言，警警然不肯受。

【程析】囂囂，傲慢而不願接受人言貌。

【樂道主人】寮，《正字通》：小窻也。《金瓶梅詞話》有兩層窗寮，外面為窗，裏面為寮。反，不願意。

【孔疏】○傳“寮官”至“警警”。

◇◇言同寮者，謂同為王官。文七年《左傳》荀林父謂先蔑曰：“同官為寮。吾嘗同寮，敢不盡心乎！”是寮為同官也。

◇◇囂囂者，是不聽之狀。《釋訓》云：“囂囂，傲也。”謂傲慢其言而不聽之，故言猶警警。

【孔疏】○箋“及與”至“肯受”。

◇◇我即爾謀，謂往與之謀，故知即為就。《周禮》六官，各有所掌，故異職而同官也。《論語》説朋友之交云：“忠告而善道之。”故知就與之謀，是其忠誠之心。

◇◇告之以善道，即上章所云“勿為王制法度”是也。

<三章-5>**我言維服，勿以為笑。先民有言：“詢于芻（chú）蕘（yáo/náo）。”**

【毛傳】芻蕘，薪采者。

【鄭箋】服，事也。我所言，乃今之急事，女（rǔ）無笑之。古之賢者有言，有疑事當與薪采者謀之。匹夫匹婦或知及之，況於我乎！

【孔疏】○傳“芻蕘，薪采者”。

◇◇言詢於芻蕘，謂謀於取芻取蕘之人，非謀於草木，故云“芻蕘，薪采者”，是賤人也。

◇◇《説文》云：“薪，蕘也”。蕘即薪也。然則芻者飼馬牛之草，蕘者供燃火之草，蕘是薪耳。以薪者亦是采取，故連言之。

【孔疏】○箋“服事”至“我乎”。

◇◇知所言是急事者，凡伯責其不聽，明是事之急切。以其惡急，故責汝無笑之。

◇◇先民者，是古昔之民耳，但以其言傳於後世，為人所效習，故知是古之賢者。親取薪采，則是賤者，故云“匹夫匹婦或知及之，況於我乎”。《中庸》云：“夫婦之愚，可以與知焉。”彼言夫婦，即此箋所謂“匹夫匹婦”也。人無妾媵，唯夫婦相匹，故稱匹也。

【孔疏-章旨】“我雖”至“芻蕘”。上言戒語大臣，而大臣不受（下列序號以經文兩句為一段譯解）。

①此又責之，言我雖與汝異其所職之事，要乃與汝同其官寮。

②以同官之類，當相用其言語。我今就汝謀慮，告此以善道，而汝聽我言，反囂囂然不肯受用。何也?

③我之所言，維是當今急事，汝勿以為非而笑之。

④先世上古之民，賢者有善言，云我有疑事，當詢謀於芻取蕘薪采者。以樵采之賤者，猶當與之謀，況我與汝之同寮，不得棄其言也?

<四章-1>**天之方虐，無然謔（xuè）謔。老夫灌（guàn）灌，小子蹻（jiǎo）蹻。**

【毛傳】謔謔然，喜樂。灌灌，猶款款也。蹻蹻，驕貌。

【鄭箋】今王方為酷虐之政，女（rǔ）無謔謔然以讒慝（tè）助之。老夫諫女款款然，自謂也。女反蹻蹻然如小子，不聽我言。

【程析】灌灌，誠懇貌。

【樂道主人】女，指上章“同寮”大臣。

【孔疏】○傳“謔謔”至“驕貌”。

◇◇此言謔謔，猶上憲憲。見王為惡如喜樂之，故為喜樂也。

◇◇《釋訓》云：“灌灌，愮無告也。”解其言灌灌之意耳，非解灌灌之義，故云：“猶款款”。言己至誠款實而告之，但彼不受用，即是無所告耳。

【孔疏】○箋“今王”至“我言”。

◇◇謔謔直是喜樂之貌，而云以讒慝助之者，《釋訓》云：“謔謔、謞謞，崇讒慝也。”舍人曰：“謔謔、謞謞，皆盛烈貌。”孫炎曰：“厲王暴虐，大臣謔謔然喜，謞謞然盛，以興讒惡也。”是以讒惡助之事也。

◇◇下云“匪我言耄”，則凡伯老矣，故云“老夫諫女款款然”者，是凡伯“自謂也”。

◇◇小子是幼弱無知之稱，以其不可教誨，故謂之小子，言“汝反蹻蹻然如小子，不聽我言”也。

<四章-5>**匪我言耄（mào），爾用憂謔（xuè）。多將熇（hè）熇，不可救藥。**

【毛傳】八十曰耄。熇熇然，熾盛也。

【鄭箋】將，行也。今我言非老耄有失誤，乃告女（rǔ）用可憂之事，而女反如戲謔，多行慘毒之惡，誰能止其禍？

【程析】爾，指大臣。熇熇，火勢熾盛貌。這裏慘酷毒害的惡事。憂，“優”的假借。憂謔，調笑。

【孔疏】○傳“八十”至“熾盛”。“八十曰耄”，《曲禮》文。熇熇是氣熱之氣，故為熾盛也。

【孔疏】○箋“今我”至“其禍”。

◇◇老耄，老人言多惽（mǐn，《集韻》亦省作泯）忘，故云非我言耄有其失誤。

◇◇此“爾用憂”三字皆“言耄”之下，與“謔”字共文，則是凡伯自言。我告汝可憂之事，而汝反用此可憂之事而好為戲謔，故箋分之以見此意。

◇◇熇熇是熾盛之貌，而言不可救止，故知是多行慘酷毒害之惡，誰能止其禍。如人病甚，不可救以藥。

【孔疏-章旨】“天之”至“救藥”（下列序號以經文兩句為一段譯解）。

①**又責大臣**，言比天之王者，方為酷虐之政，將害於民。汝等大臣，無得如是謔謔然喜其所為，而以讒慝助之。

②我老夫教諫汝，其意乃款款然情至意盡，何為汝等而未知！幼弱之小子，反蹻蹻然自驕恣而不聽用我之言乎！

③汝不用我言，豈不以我為老也？非我之言為老耄有所失誤，乃告汝可憂之事，汝何為反用可憂之事以為戲謔而慢我？

④汝既不用我言，反助王為惡，多行慘毒之惡，熇熇然使惡加於民，

不可救止而藥治之。言王之為惡，皆大臣之由，故責之。

<五章-1>**天之方懠（qí），無為夸毗（pí）。威儀卒（zú）迷，善人載尸。**

【毛傳】懠，怒也。夸毗，體柔人也。

【鄭箋】王方行酷虐之威怒，女（rǔ）無夸毗以形體順從之，君臣之威儀盡迷亂。賢人君子則如尸矣，不復言語。時厲王虐而弭謗。

【程析】載，則。夸毗，卑躬屈膝，諂媚順從。

【樂道主人】女，指前章“同寮”大臣。

【孔疏】○傳“懠怒”至“柔人”。

◇◇《釋訓》云：“夸毗，體柔也。”李巡曰：“屈己卑身，求得於人，曰體柔。”然則夸毗者，便僻其足，前卻為恭，以形體順從於人，故云以體柔人。

【孔疏】○箋“君臣”至“弭謗”。

◇◇尸謂祭時之尸，以為神象，故終祭而不言。賢人君子則如尸矣，不復言語，畏政故也。

◇◇時厲王虐而弭謗，事見《周語》。弭，止也。止人之謗己者。

<五章-5>**民之方殿屎（xī），則莫我敢葵。喪（sāng）亂蔑（miè）資，曾莫惠我師。**

【毛傳】殿屎，呻吟也。蔑，無。資，財也。

【鄭箋】葵，揆也。民方愁苦而呻吟，則忽然無有揆度知其然者。其遭喪禍，又素以賦斂空虛，無財貨以共其事。窮困如此，又曾不肯施以周贍眾民，言無恩也。

【程析】莫我敢葵，即莫敢葵我。曾，仍。惠，恩惠。師，眾，這裏指民眾。

【樂道主人】我，指周民。

【孔疏】○傳“殿屎，呻吟”。◇◇《釋訓》文。孫炎曰：“人愁苦呻吟之聲也。”

【孔疏】○箋“葵揆”至“無息”。

◇◇民愁苦而呻吟，是無所告訴也。無有揆度知其然，謂君臣並不察民也。

◇◇君行既惡，則致天災，故民有遭喪禍者。政亂則稅民無藝，故又責以賦斂也。内供喪費，外充稅斂，故空虛無資財以供其事用也。

◇◇定本、《集注》“責以賦斂”，“責”字皆作“素”。俗本為“責”，誤矣。素者，先也，謂先重賦斂，故困窮也。

【孔疏-章旨】“天之”至“我師”。此又責群臣（下列序號以經文兩句為一段譯解）。

①言比天之王者，方欲威怒行酷虐之害，汝等無得為此夸毗，足恭前卻，以體從之。

②君既為惡，臣又從之，則上下威儀盡迷亂矣。其善人君子則如尸然，不復言語矣。

③故今天下之民方欲愁苦而呻吟矣，汝君臣忽然則莫有察我民敢能揆度知其情者。

④此民又遭虐政之喪禍、重斂之危亂，其室空虛，無有資財，而汝等君臣亦曾莫有肯惠施我之眾人欲周贍之者。

◇◇言愁貧並至，民困之甚，而上無恩恤，故以刺之。

<六章-1>**天之牖民，如壎（xūn）如篪（chí），如璋如圭，如取如攜（xié）。**

【毛傳】牖，道（dǎo）也。如壎如篪，言相和（hè）也。如璋如圭，言相合也。如取如攜，言必從也。

【鄭箋】王之道民以禮義，則民和合而從之如此。

【程析】壎，陶製的橢圓形吹奏器。篪，竹製的管樂器。

【孔疏】○傳“牖道”至“必從”。

◇◇壎篪俱是樂器，其聲相和，以喻民之應君，故云“相和”也。

◇◇半圭為璋，合二璋則成圭，以喻民合君心，故云“言相合”也。

◇◇取謂物在他處，行往取之。攜謂物在地上，手舉攜之。人所攜取，必從手而來，故云“言必從”也。壎、篪，圭、璋，相類之物，故言“相也”。取、攜，謂人攜取物，而物名不見，與上不類，故變言“必從”，而不言相也。

<六章-5>**攜無曰益，牖民孔易。民之多辟（pì），無自立辟（bì）。**

【毛傳】（後）辟（bì），法也。

【鄭箋】易，易也。女（rǔ）攜掣民東與西與，民皆從女所為，無曰是何益為。道民在己，甚易也。民之行多為邪辟（pì）者，乃女君臣之過，無自謂所建為法也。

【程析】益，同“隘”，阻礙。

【樂道主人】攜，《説文》提也。毛傳：牖，道也。

【孔疏】○箋“易易”至“為法”。◇◇上有六“如”，獨言攜者，以攜文最處末，故乘而反之，以比攜民之東西。

【孔疏-章旨】“天之”至“立辟”。自此以上，言政惡民困。此言可反之使善（下列序號以經文兩句為一段譯解）。

①言天王之導民也，如塤然，如篪然，言民必應君命，如塤篪之相和也。如璋如圭然，言民必同君心，如圭璋之相合也。

②又如往取物，如手攜物，言其必從君化，如攜取之隨人君也。若然，民之從己，如手攜之。汝王無曰是何益與，勿謂如手攜無益。

③王者之導民甚易，言上為善政，民必為善，是甚易也。汝當行善以化之。

④令民之所行皆多邪僻，乃汝君臣之過，汝無自謂所建立者為法，當更改行以化民，無得行此惡政也。

<七章-1>**价（jiè）人維藩（fān），大（tài）師維垣（yuán）。大邦維屏，大宗維翰。**

【毛傳】价，善也。藩，屏也。垣，牆也。王者，天下之大宗。翰，幹（gàn）也。

【鄭箋】价，甲也（與毛不同）。被甲之人，謂卿士掌軍事者。大（tài）師，三公也。大邦，成國諸侯也。大宗，王之同姓之適子也。王當用公卿諸侯及宗室之貴者為藩屏垣幹，為輔弼（輔助），無疏遠之。

【孔疏】○傳“價善”至“翰幹”。

◇◇以太師是三公之官，大邦是諸侯之國，大宗文在其下，則是天子之身，故云“王者，天下之大宗”。以禮有大宗、小宗，為其族人所尊，故稱宗子。天子則天下所尊，故謂之大宗也。

◇◇傳以藩、垣、屏皆防衛之名，幹是施法之稱，言以善人及三公、諸侯鄣蔽寇難，天子居內設法而撫安之。“价人”總言用善，則百官皆是，故文在“大師”之上。諸侯非王朝之人，故退“大邦”之文於下。

【孔疏】○箋“價甲”至“遠之”。

◇◇箋以詩戒王，使親其官人，不勸王擇人為官，故不從以價為善也。僴者，甲之別名，故以僴為甲。以其身被甲，故稱甲人，君言宗人、宰人也。被甲之人謂卿士掌軍事者，於《周禮》，司馬之卿也。

◇◇以兵甲之事，國之所重，且舉司馬，以明六卿，猶言太師以顯三公也。《尚書·周官》曰："立太師、太傅、太保，茲惟三公。"是太師為三公也。

◇◇以言大邦，則不兼小國，故知為成國諸侯也。

◇《大宗伯》云："五命賜則。"注云："則，未成國之名。"又云："七命賜國。"則伯以上為成國也。襄十四年《左傳》成國不過半天子之軍。周為六軍，諸侯之大者，三軍可也。《明堂位》注"成國之賦千乘"，則侯地四百里以上始為成國，其伯未成國也。此言大邦成國，當亦侯以上也。

◇◇以天子諸侯皆絕其宗名，且以上文類之，不得為王之身。大者眾多之辭，宗者與王同族，故知大宗，王之同姓世適子也。

◇◇此僴人、大師、大邦、大宗，皆王宜親愛，故總之云"王當用公卿諸侯及宗室之貴者為藩屏垣幹，為輔弼，無疏遠之"也。文次如此者，卿雖卑於公，而親掌職事，又兵甲事重，故先公言之。大邦非在王朝，大宗未為官職，尊卑次之也。箋以公親於卿，故便文而先言公耳。

<七章-5>**懷德維寧（níng），宗子維城。無俾（bǐ）城壞，無獨斯畏。**

【毛傳】懷，和也。

【鄭箋】斯，離也（與毛不同）。和女（rǔ）德，無行酷虐之政，以安女國，以是為宗子之城，使免於難。遂行酷虐，則禍及宗子，是謂城壞。城壞則乖離，而女獨居而畏矣。宗子，謂王之適（shì）子。

【樂道主人】女，指厲王。

【孔疏】○箋"斯離"至"適子"。

◇◇以上章刺王酷虐，故知"懷德維寧"謂和汝德，無行酷虐之政，以安汝國也。

◇◇"懷德"之下，即言"宗子維城"，明以此懷德為宗子之城。宗子，王之適子也，有天下者皆欲福及長世，恐子孫之不安，故言以德為城，使免於患難。城可以禦寇難，故以城喻焉。

◇◇又解城壞之意，若其不和汝德，遂行酷虐之政，則民不堪命，禍及宗子，是謂城壞。

◇◇宗子之城既壞，則群臣乖離，而汝王獨居，而有所畏懼矣。以是欲王之親輔弼之臣，使不乖離，固宗子之城，使不傾壞，則令己無獨畏之憂也。

◇以上言大宗謂同姓之適。此言宗子，嫌與上同，故辨之云："宗子，謂王之適子。"

◇◇《周語》曰："彘（zhì）之亂，宣王（時為太子）在召公之宫。國人圍之，召公以其子代宣王。"是禍及宗子也。《雨無正》曰："正大夫離居，莫知我勩。"是君臣乖離也。昭二十六年《左傳》曰："至於厲王，王心戾虐，萬民弗忍，居王於彘。"是獨居而畏也。是賢人之言，皆有征矣。

【孔疏-章旨】"价人"至"斯畏"（下列序號以經文兩句為一段譯解）。

○毛以為，上既令王施法，此言立法之事。

①言王當用善人為官，維以為藩鄣。又用大師之大臣，維以為垣牆。又用大邦諸侯，維以為屏蔽。王又身為大宗，維當施政，為之楨幹。

②又和安汝德，以施於民，無行酷虐之政，維安汝之國矣。

③不但安汝之國，亦與汝之宗子，維以為城。言其可以蔽身，又得蔽子。

④王必常行此德，無使宗子之城壞，又無得疏遠藩屏之人，令王獨居，此則王有所畏矣。

○鄭以為，①當用此被甲卿士之人，維為其藩鄣；太師三公之大臣，維為垣牆；大邦成國之諸侯，維為藩蔽；大宗同姓之宗適，維為楨幹，皆近而任之，令為王用，無得疏遠之。

◇◇下四句同，唯訓"斯"為"離"。

<八章-1>**敬天之怒，無敢戲豫。敬天之渝（yú），無敢馳驅。**

【毛傳】戲豫，逸豫也。馳驅，自恣也。

【鄭箋】渝，變也。

【樂道主人】天，指上天。

【孔疏】○傳"戲豫"至"自恣"。

◇◇戲豫，謂戲而逸豫；馳驅，謂馳騁自恣，皆謂非禮而動。反道違天如此者，則上天罰之，故戒王使敬天也。

◇◇"孔子迅雷風烈必變"，注云："敬天之怒。"則天之怒者，謂暴風疾雷也。《周禮》大怪異災則去樂徹膳，則天之變者，謂大怪異災也。言上天之道，有此變怒之時，故常須敬戒，非謂當此變怒之時，獨禁逸豫自恣也。

<八章-5>**昊天曰明，及爾出王（wǎng）。昊天曰旦，及爾游衍（yǎn）。**

【毛傳】王，往。旦，明。游，行。衍，溢也。

【鄭箋】及，與也。昊天在上，人仰之皆謂之明，常與女（rǔ）出入往來，游溢相從，視女所行善惡，可不慎乎！

【樂道主人】人在做，天在看。抬頭三尺有神靈。

【孔疏】○傳"王相"至"衍溢"。

◇◇以"王"與"出"共文，故為往也。既有出往，則亦有入來，故箋言出入往來。

◇◇此出王游衍，還是上"戲豫馳驅"之事，故云游行衍溢，亦自恣之意也。

【孔疏-章旨】"敬天"至"游衍"。上既勸王和德以安國，

①故又言當畏敬上天，當敬天之威怒，以自肅戒，無敢忽慢之而戲謔逸豫。又當敬天之災變，以常戰栗，無敢忽之而馳驅自恣也。

②天之變怒，所以須敬者，以此昊天在上，人仰之皆謂之明，常與汝出入往來，游溢相從，終常相隨，見人善惡。既曰若此，不可不敬慎也。

《板》八章，章八句。

蕩 【大雅二十一】

蕩蕩上帝，下民之辟（bì）。疾威上帝，其命多辟（pì）。天生烝民，其命匪諶（chén）。靡（mǐ）不有初，鮮克有終。

文王曰咨，咨汝殷商！曾（zēng）是彊（qiáng）禦，曾是掊（póu）克，曾是在位，曾是在服。天降慆德，女（rǔ）興是力。

文王曰咨，咨女（rǔ）殷商！而秉義類，彊禦多懟（duì）。流言以對，寇攘式内。侯作侯祝，靡屆靡究。

文王曰咨，咨女殷商！女炰（páo）烋（xiāo）于中國，斂怨以為德。不明爾德，時無背無側。爾德不明，以無陪無卿。

文王曰咨，咨女殷商！天不湎（miǎn）爾以酒，不義從式。既愆（qiān）爾止，靡明靡晦（huì）。式號（háo）式呼，俾（bǐ）晝（zhòu）作夜。

文王曰咨，咨女殷商！如蜩（tiáo）如螗（táng），如沸如羹。小大近喪（sàng），人尚乎由行（xíng）。内奰（bì）于中國，覃（tán）及鬼方。

文王曰咨，咨女殷商！匪上帝不時，殷不用舊。雖無老成人，尚有典刑。曾是莫（mò）聽，大命以傾。

文王曰咨，咨女殷商！人亦有言："顛沛之揭（jiē），枝葉未有害，本實先撥（bà）。"殷鑒不遠，在夏后之世。

《蕩》八章，章八句。

【陸曰】蕩之什詁訓傳第二十五。

【毛序】《蕩》，召穆公傷周室大壞也。厲王無道，天下蕩蕩，無綱紀文章，故作是詩也。

【孔疏】序"《蕩》"至"是詩"。

◇◇《蕩》詩者，召穆公所作，以傷周室之大壞也。以厲王無人君之道，行其惡政，反亂先王之政，致使天下蕩蕩然，法度廢滅，無復有綱紀文章，是周之王室大壞敗也，故穆公作是《蕩》詩以傷之。傷者，刺外之有餘哀也，其恨深於刺也（親者痛也）。

◇◇《瞻卬》《召旻》皆云“刺幽王大壞”，此不言刺厲王，而云“傷周室”者，幽王承宣王之後，父善子惡，指刺其身。此則厲王以前，周道未缺，一代大法，至此壞之，故言“傷周室大壞”。

◇◇此經八章，皆是大壞之事。首句言蕩蕩，為下之總目，故序亦述首句，以為一篇之義。言天下蕩蕩，無綱紀文章。綱紀文章，謂治國法度，聖人有作，莫不皆是。此經所傷，傷其盡廢之也。

<一章-1>**蕩蕩上帝，下民之辟**（bì）。

【毛傳】上帝以託君王也。辟，君也。

【鄭箋】蕩蕩，法度廢壞之貌。厲王乃以此居人上，為天下之君，言其無可則象之甚。

【程析】蕩蕩，本為水流放散之貌。今引申為無視禮法、任意驕縱貌。

【孔疏】○傳“上帝”至“辟君”。

◇◇上帝者，天之別名。天無所壞，不得與蕩蕩共文，故知上帝以託君王，言其不敢斥王，故託之上帝也。《板》傳曰：“上帝以稱王者。”《桑柔》傳曰：“昊天斥王。”然則王稱上帝，《詩》之通義。而言託者，以下章不敢斥言，乃假文王咨商，明知此亦不斥，故變言託耳。其實稱帝亦斥王。

◇◇此下諸章皆言“文王曰咨”，此獨不然者，欲以蕩蕩之言，為下章總目，且見實非殷商之事，故於章首不言文王，以起發其意也。

【孔疏】○箋“蕩蕩”至“之甚”。

◇◇蕩蕩是廣平之名，非善惡之稱，若《論語》云：“蕩蕩乎，民無能名焉。”《洪範》云：“王道蕩蕩。”言其無復惡事善事，廣平是蕩蕩為善也。

◇◇此序言蕩蕩無綱紀文章，言其除去善事，知此蕩蕩是法度廢壞之貌。《釋訓》云：“蕩蕩，僻也。”孫炎曰：“蕩蕩，法度廢壞之僻。”取此箋為說也。

<一章-3>**疾威上帝，其命多辟**（pì）。

【毛傳】疾病人矣，威罪人矣。

【鄭箋】疾病人者，重賦斂也。威罪人者，峻刑法也。其政教又多邪，不由舊章。

【程析】命，政令。辟，僻的假借，邪僻。

【孔疏】○箋"疾病"至"舊章"。

◇◇此申說傳意也。人以財貨而生，財盡則人困病，故知疾病人者，重賦斂也。

◇◇君以刑法威人，法峻則人得罪，故知威罪人者，峻刑法也。君之於人，唯此而已，故知是此二事也。峻者，高險之名，謂重其科禁，不可登陟，如山之陵阪然。

◇◇其政教又多邪僻，不由舊章，不依周公所制典禮、先王所行舊法也

<一章-5>**天生烝民，其命匪諶**（chén）。**靡**（mǐ）**不有初，鮮克有終。**

【毛傳】諶，誠也。

【鄭箋】烝，眾。鮮，寡。克，能也。天之生此眾民，其教道之，非當以誠信使之忠厚乎？今則不然，民始皆庶幾於善道，後更化於惡俗。

【孔疏】○箋"烝眾"至"惡俗"。

◇◇言天意欲使人君發命教民，當以誠信忠厚。既本天意，又傷今政。言當今之民皆有始無終，是由人君不施忠厚之命，而下邪僻之教，故民化於惡俗，教之使然。以王政不順天，故反覆言之。

◇◇民始皆庶幾於善道，言民生自有此性。後更化於惡俗，謂君政令之變改。

◇◇言"靡不"為盡然之辭，"鮮克"為少有之稱，文不同者，容有君子不改其操，故言鮮以見之。

【孔疏-章旨】"蕩蕩"至"有終"（下列序號以經文兩句為一段譯解）。

①穆公傷厲王無道，壞滅法度。言今蕩蕩然廢壞法度者，上帝之君王，乃以此無法度，而為下民之君也。

②又言王無法度之事，重賦斂以疾病人，峻刑法以威罪人。如此者，是上帝之君王，又其下政教之命甚多邪僻。言其無法度，不由舊章也。

③元本天之生此眾民，其使人君為政化之，命以教導之，非欲使之誠信乎？言天欲使之誠信。今王以邪僻教之，故民皆無復誠信。

④無不有其初心，欲庶幾慕善道，少能有其終行，今皆化從惡俗，是違天生民立教之意，故所以傷之也。

<二章-1>**文王曰咨，咨汝殷商！曾（zēng）是彊（qiáng）禦，曾是掊（póu）克，曾是在位，曾是在服。**

【毛傳】咨，嗟也。彊禦，彊梁禦善也。掊克，自伐而好勝人也。服，服政事也。

【鄭箋】厲王弭謗，穆公朝廷之臣，不敢斥言王之惡，故上陳文王咨嗟殷紂以切刺之。女（rǔ）曾任用是惡人，使之處位執職事也。

【程析】曾，乃，竟然。

【孔疏】○傳“咨嗟”至“政事”。

◇◇咨是歎辭，故言嗟以類之，非訓為嗟也。

◇◇彊梁者，任威使氣之貌。禦善者，見善事而抗禦之。是心不向善，不從教化之人也。自伐解掊，好勝解克。定本“倍”作“掊”，掊即倍也。倍者，不自量度，謂己兼倍於人而自矜伐。《論語》云“原無伐善”，是也。克者，勝也。己實不能恥於受屈，意在陵物必勝而已，如此者，謂之克也。

◇◇《釋詁》云：“服，事也。”且“在服”與“在位”對文，故知服政事，謂非徒備官，又委任之也。

【孔疏】○箋“厲王”至“職事”。

◇◇《民勞》亦穆公所作，皆斥王惡。此篇獨畏弭謗，不斥言者，《民勞》之詩泛論王惡，欲王惠中國以綏四方，其惡非深，不須假託。《蕩》則陳王凶暴，將至滅亡，號呼沈湎，俾晝作夜，其言既切，故假文王。至如家父作誦，自著己名，凡伯、芮伯直言不諱者，其人既異，所作有殊。

◇二章箋獨言厲王者，以假托文王咨嗟殷紂，不得不言厲王。六章以下言殷紂者，以“小大近喪”，顛覆滅亡之事，故指言殷紂。又經之設文，須有足句。四言“曾是”，其義為一，故箋並言之。

◇◇汝曾任用是惡人，使之處位執職事也，言曾者，謂何曾如此。今人之語猶然。

<二章-7>**天降慆德，女（rǔ）興是力。**

【毛傳】天，君。慆，慢也。

【鄭箋】厲王施倨慢之化，女群臣又相與而力為之。言競於惡。

【樂道主人】有其君，必有其臣，鄭箋之一貫思路。

【孔疏】○傳“天，君。慆，慢”。◇◇以言“汝興是力”責臣，明是人君，非上天也。虐君所下，明是慢人之德，故以慆為慢也。

【孔疏】○箋“厲王”至“於惡”。◇◇此箋言厲王，自下單言王，省文也。在身為德，施行為化，内外之異耳。

【孔疏-章旨】“文王”至“是力”（下列序號以經文兩句為一段譯解）。

①穆公傷王之惡，又不敢斥，言昔文王，以紂政亂，數嗟歎之，故穆公假為之辭，以責厲王。言文王恨紂，始言曰咨。

②咨嗟乎，汝殷商之君，汝為人君，當任用賢者，何曾以是彊梁禦善之人，何曾以是矜掊好勝之人。

③曾任用二者，惡人使之在位，執職事乎？既責其君任非其人，又責此臣助君為惡。

④言比天之王者，此倨慢之德化已自惡矣，汝等何為起是氣力而佐助之？以其同惡相成，故至於大壞，所以傷之也。

<三章-1>**文王曰咨，咨女（rǔ）殷商！而秉義類，彊禦多懟（duì）。流言以對，寇攘式内。**

【毛傳】對，遂也。

【鄭箋】義之言宜也。類，善。式，用也。女執事之臣，宜用善人，反任彊禦眾懟為惡者，皆流言謗毀賢者。王若問之，則又以對（與毛不同）。寇盜攘竊為奸宄（guī）者，而王信之，使用事於内。

【程析】而，爾，汝，指厲王。多，眾。

【樂道主人】攘，《禮·禮器》因其自來而取曰攘。宄，奸也。

【孔疏】○箋“義之”至“於内”。

◇◇凡言義者，允於事宜，故云義之言宜。以義為宜，則而為汝矣。

◇◇眾懟為惡者，懟謂很（狠）戾。戾非一人，故言眾也。此彊禦眾懟之人，不但很（狠）戾而已，又流言以謗毀賢者。

◇◇王若問之，則又以對，謂就此眾懟之人問賢人之行，則又以謗毀之言對王，令王不用之，使賢者黜退也。

◇◇既退賢者，乃進其黨類，寇盜攘竊為奸宄者，進在王朝而信之，使用事於内也。上言執事，下言用事於内，則執事者亦在内矣。但執事者，舊在王朝用事者。後來之人，以小人後至，而自外入内，故云“式内”以充之。

◇◇言寇攘者，《費誓》注云：“寇，劫取也。因其亡失曰攘。”盜竊則總名，故箋以盜竊配之。

<三章-7>**侯作侯祝，靡届靡究。**

【毛傳】作、祝，詛（zǔ）也。届，極。究，窮也。

【鄭箋】侯，維也。王與群臣乖争而相疑，日祝詛求其凶咎無極已。

【孔疏】○傳“作祝”至“究窮”。作即古詛字。詛與祝别，故各自言侯。傳辨“作”為“詛”，故言“作、祝，詛也”。

【孔疏】○箋“侯維”至“極已”。

◇◇上言用惡人在官，此言詛祝，明是王與群臣乖争相疑而祝詛也。“靡届靡究”，言其無窮已之時，故知日日為之也。詛者，盟之細事，用豕犬雞三物告神而要之。祝無用牲之文，蓋口告而祝詛之也。

◇◇皆是情不相信，聽以明神，若有犯約，使加之凶禍，故云“求其凶咎無極已”。

【孔疏-章旨】“文王”至“靡究”。

○毛以為，①文王曰咨，咨嗟汝殷商，汝秉執政事之臣，宜用善人，何為不用善人，反更信任彊禦眾懟為惡之人，為流言以遂成其惡事者，又寇盜攘竊為奸宄之人，王信任之，使用事於内。

②小人用事，數相謗毁，遂令君臣乖争，以致相疑。維為是詛，維為是祝，求告鬼神，令加凶咎，無有終極窮已之時。置小人於朝，以祝詛求言，是綱紀廢滅，可傷之甚。

○鄭唯流言以對為異。①言此彊禦眾懟為惡之人，作此流言，謗毁賢者。若王問賢人，則以此謗毁而對，使王不得用之。餘同。

<四章-1>**文王曰咨，咨女殷商！女炰**（páo）**烋**（xiāo）**于中國，斂怨以為德。**

【毛傳】炰烋，猶彭亨也。

【鄭箋】炰烋，自矜氣健之貌。斂聚群不逞作怨之人，謂之有德而任用之。

【程析】炰烋，咆哮。本義是野獸的吼叫。引申為驕傲、盛氣淩人。中國，即國中。

【孔疏】○箋“炰烋”至“用之”。

◇◇炰烋是人之形狀，故言自矜莊氣健之貌，與傳彭亨一也。

◇◇上章言用惡人在官，下章言傍無賢人，故知斂怨以為德，謂聚群不逞作怨之人，謂之為有德而任用之。“群不逞”，襄十年《左傳》文。逞，快也。謂志意不快，好作怨禍者也。

<四章-5>**不明爾德，時無背無側。**

【毛傳】背無臣，側無人也。

【鄭箋】無臣、無人，謂賢者不用。

【樂道主人】背，背後。背後無良臣。

<四章-7>**爾德不明，以無陪無卿。**

【毛傳】無陪貳也，無卿士也。

【孔疏】○傳“無陪”至“卿士”。

◇◇陪貳，謂副貳王者，則三公也。卿士，謂六卿也。昭三十二年《左傳》曰：“物有陪貳，天生季氏，以貳魯侯。”

◇◇諸侯以上卿為貳，則知天子陪貳唯三公也。冢宰雖亦貳王治事，當從卿士之列也。

【孔疏-章旨】“文王”至“無卿”。

①言文王曰咨，咨嗟汝殷商，汝既官不得人，徒彭亨然自矜莊以為氣健在於中國，斂聚此志意不逞好作怨之人，以為有德而任用之，由其任用惡人以為德，

②故不光明汝王之德也。正由背後無良臣，傍側無賢人也，

③故又言汝王之德所以不光明者，以其無陪貳大德之公，無幹事明哲之卿故也。王何故聚此小人，使之用事？

<五章-1>**文王曰咨，咨女殷商！天不湎（miǎn）爾以酒，不義從式。**

【毛傳】義，宜也。

【鄭箋】式，法也。天不同女顏色以酒，有沈湎於酒者，是乃過也，不宜從而法行之。

【孔疏】○箋“天不”至“行之”。

◇◇《酒誥》注云：“飲酒齊色曰湎。”然則湎者，顏色湎（miǎn）然齊一之辭，故云“天不同汝顏色”，亦謂湎為同色也。

◇◇湎者，人之所為，非天生之物。聖人用酒，所以祭祀養賢。周公

作戒，使德將無醉。是湎然而醉者，人自為之，非天為之也。

<五章-5>**既愆（qiān）爾止，靡明靡晦（huì）。式號（háo）式呼，俾（bǐ）晝（zhòu）作夜。**

【毛傳】使晝為夜也。

【鄭箋】愆，過也。女既過沈湎矣，又不為明晦，無有止息也，醉則號呼相效，用晝日作夜，不視政事。

【程析】式，語助詞。俾，使，將。

【孔疏-章旨】“文王”至“作夜”。上言任非其人，此言其共從行非度。

①文王曰咨，咨嗟汝殷商，汝君臣何為耽荒如是，天不湎然同汝顏色以酒，汝乃自耽此酒，使色同耳。此乃過誤之事，不宜從而法行之。

②汝沈湎如是，既已愆過於汝之容止，又無明無晦而飲酒不息，及其醉也，用是叫號，用是歡呼，使晝日作夜，不嘗視事，此所以大壞。

<六章-1>**文王曰咨，咨女殷商！如蜩（tiáo）如螗（táng），如沸如羹。**

【毛傳】蜩，蟬也。螗，蝘（yǎn）也。

【鄭箋】飲酒號呼之聲，如蜩螗之鳴。其笑語沓沓，又如湯之沸，羹之方熟。

【孔疏】○傳“蜩，蟬。螗，蝘”。

◇◇《釋蟲》云：“蜩，螂蜩，螗蜩。”舍人曰：“皆蟬也。方語不同，三輔以西為蜩梁，宋以東謂蜩為蝘，楚地謂之蟪（huì）蛄（gǔ）。《楚辭》云‘蟪蛄鳴兮啾啾’，是也。”

◇◇陸機《疏》云：“螗，一名蝘虭。《字林》虭或作蟟也。青徐人謂之螇螰。”然則螗蝘亦蟬之別名耳。

【樂道主人】三輔，又稱“三秦”，本指西漢武帝至東漢末年（公元前104—220）期間，治理長安京畿地區的三位官員京兆尹、左馮翊、右扶風，同時指這三位官員管轄的地區京兆、左馮翊、右扶風三個地方。隋唐以後稱“輔”。

【孔疏】○箋“飲酒”至“方熟”。

◇◇文承號呼之下，蜩螗多聲之蟲，故知號呼之聲如蜩螗也。

◇◇沸無食名，故知唯是沸湯。羹熟則停，故知其欲熟。以羹湯非蟬之類，故以比笑語。《禮》有“燕笑語兮”，但不得沓沓無節耳。

<六章-5>**小大近喪**（sàng）**，人尚乎由行**（xíng）**。**

【毛傳】言居人上，欲用行是道也。

【鄭箋】殷紂之時，君臣失道如此，且喪亡矣。時人化之甚，尚欲從而行之，不知其非（與毛不同）。

【孔疏】○傳“言居”至“是道。◇◇如傳此言，則以尚為上，由為用。“言居人上，欲用行此道”，謂欲使天下民從己之行。

【孔疏】○箋“殷紂”至“其非”。◇◇以言“近喪”，紂實喪亡。鬼方（下句），殷之諸侯，則其言施於紂世，故云殷紂之時。以“覃（tán）及鬼方”，是化流於遠，**故易傳以**為“時人化之甚，尚欲從而行之，不知其非”。由人效其非，欲從而行之，不知其非，故惡及遠地，為文之次也。

<六章-7>**內奰**（bì）**于中國，覃**（tán）**及鬼方。**

【毛傳】奰，怒也。不醉而怒曰奰。鬼方，遠方也。

【鄭箋】此言時人忕於惡，雖有不醉，猶好怒也。

【程析】中國，國中。覃，延及。

【樂道主人】忕，《集韻》音舌，習也。

【孔疏】○傳“奰怒”至“遠方”。

◇◇《西京賦》云：“巨靈奰屓（xì），以流河曲。”則奰者，怒而自作氣之貌，故為怒也。怒不由醉，而云“不醉而怒”者，以其承上醉事，嫌是醉時之怒，故辨之焉。此雖怒時不醉，乃是醉醒而怒，亦由酒醉所致，故既言飲酒無節，即又責其奰怒也。

◇◇中國是九州，覃及是及遠，故知“鬼方，遠方”，未知何方也。《易·既濟》“九三，高宗伐鬼方，三年乃克。《象》曰：憊也”。言疲憊而後克之。以高宗之賢，用師三年，憊而乃克，明鬼方是遠國也。

【孔疏-章旨】“文王”至“鬼方”。

○毛以為，①文王曰咨，咨嗟汝殷商，汝君臣飲酒，其號呼如蜩之聲，如螗之鳴，言其讙嘩之無次也。其笑語如湯之沸，如羹之熟，言其噂沓無節也。

②王者所行，無小無大，莫不皆近喪亡。以此行居人之上，於是猶欲下民用行此道也。由君欲民行，故天下化之，惡及四遠。

③王初奰然，不醉而怒，在於中國。但人皆效之，此奰然惡行乃延及中國之外，至於鬼方之遠鄉，言其惡化之廣也。

○鄭唯小大近喪，謂君臣失道，近於喪亡。時人化之甚，猶尚於是欲從而行之。言舉世皆不知其惡也。

<七章-1>**文王曰咨，咨女殷商！匪上帝不時，殷不用舊。**

【鄭箋】此言紂之亂，非其生不得其時，乃不用先王之故法之所致。

【樂道主人】非其生不得其時，見下句，指無伊尹、伊陟、臣扈（hù）之屬。

<七章-5>**雖無老成人，尚有典刑。**

【鄭箋】老成人，謂若伊尹、伊陟、臣扈之屬。雖無此臣，猶有常事故法可案用也。

【孔疏】箋"老成"至"案用"。

◇◇以殷不用舊章，即以殷臣言之，故云"老成人，謂若伊尹、伊陟、臣扈之屬"。於厲王則周、召、毛、畢之倫也。

◇◇《君奭》曰："在昔成湯既受命，時則有若伊尹。在太甲，時則有若保衡。在太戊，時則有若伊陟、臣扈、巫咸。在祖乙，時則有若巫賢。在武丁，時則有若甘盤。"注云："伊尹名摯，湯以為阿衡。以尹天下，故曰伊尹，至太甲改曰保衡。"則伊尹、保衡一人也。伊陟，伊尹之子，據《君奭》之文，從上言之，盡臣扈三人以下，猶有巫咸、巫賢、甘盤，故言"之屬"以包之。

<七章-7>**曾是莫（mò）聽，大命以傾。**

【鄭箋】莫，無也。朝廷君臣皆任喜怒，曾無用典刑治事者，以至誅滅。

【程析】曾，竟然。傾，倒塌。

【樂道主人】任，任憑，任由。

【孔疏】○箋"朝廷"至"誅滅"。

◇◇以莫為總辭，故知朝廷君臣也。不用典刑，則是自制威福，故云"皆任喜怒"。

◇◇《雲漢》云："大命近止。"謂民之性命。此言"大命以傾"，亦謂君臣性命，故云"以至誅滅"。

【孔疏-章旨】"文王"至"以傾"。

①文王曰咨，咨嗟汝殷商，汝所以將至滅亡者，非為上帝生之使不得其時，乃由汝殷紂自不用先王舊故之法所致耳。

②又言其不用舊故之事，今時雖無年老成德之人，若伊陟之類，猶尚有先王常事故法可案而用之。

③汝今君臣皆任喜怒，以自專恣，曾於是常事故法莫肯聽受用之，由此汝之大命以致傾覆而誅滅。今王何不以紂為戒，自改悔乎？

<六章-1>**文王曰咨，咨女殷商！人亦有言："顛沛（pèi）之揭（jiē），枝葉未有害，本實先撥（bà）。"**

【毛傳】顛，僕。沛，拔也。揭，見根貌。

【鄭箋】揭，蹶貌。撥，猶絕也。言大木揭然將蹶（jiē），枝葉未有折傷，其根本實先絕，乃相隨俱顛拔。喻紂之官職雖俱存，紂誅亦皆死。

【程析】揭，本義為高舉。

【孔疏】○傳"顛僕"至"根貌"。

◇◇顛是倒頓之名，僕是偃僵之義，故以顛為僕，謂樹倒也。沛者，忽遽（jù）離本之言。此論木事，故知為拔，謂樹枝也。

◇◇揭者，蹶倒之意，故以為見根貌。此"顛沛之揭"，正謂樹將倒拔，而已見其根，但未絕耳。

【孔疏】○箋"揭蹶"至"皆死"。

◇◇傳言見根，不辨根之所見，故以揭為蹶貌。蹶謂倒也，樹倒故根見，與傳同。撥者，撥去之，去其餘根，故云"猶絕也"。揭實已倒，故云蹶貌。但倒不至地，根猶未盡，故枝葉未有折傷。

◇◇本實先絕，枝葉乃與根相隨俱拔，喻紂未滅之前，官職雖俱存，紂誅則與之皆死也。

◇◇稱人亦有言者，《牧誓》文亦如此，注云："以古賢之言為驗。"是苦其不信，故引古以為證也。

<六章-7>**殷鑒不遠，在夏后之世。**

【鄭箋】此言殷之明鏡不遠也，近在夏后之世，謂湯誅桀也。後武王誅紂。今之王者，何以不用為戒！

【程析】鑒，鏡子。夏后之世，周人稱夏朝。

【孔疏-章旨】"文王"至"之世"。

①文王曰咨，咨嗟汝殷商，古之賢哲之人亦有遺言云：樹木將欲顛僕

傾拔之時，其根揭然而見。此時枝葉未有折傷之害，而根本實先斷絕。但根本既絶，枝葉亦從而絶。以喻王位將欲傾覆喪亡之時，而其勢微弱而危。此時群臣未有死亡之害，而王身實先誅滅。王身既滅，群臣亦隨之而滅。

②汝若不信，則殷之所鑒鏡者非遠耳，止近在往前夏后之世。言桀為成湯所誅，紂惡亦當為周人所殺。汝何以君臣同惡，不用典刑也？此意欲令厲王以紂為鑒，改修德教故也。

《蕩》八章，章八句。

抑 【大雅二十二】

抑抑威儀，維德之隅（yú）。人亦有言：“靡（mǐ）哲不愚。”庶人之愚，亦職維疾。哲人之愚，亦維斯戾。

無（pī/wú）競維人，四方其訓之。有覺德行，四國順之。訏（xū）謨（mó）定命，遠猶辰告。敬慎威儀，維民之則。

其在于今，興迷亂于政。顛覆厥德，荒湛（dān）于酒。女（rǔ）雖湛樂從（zòng），弗念厥紹（shào）。罔敷（fū）求先王，克共（gōng）明刑。

肆皇天弗尚，如彼泉流，無淪胥（xū）以亡。夙興夜寐，洒埽庭内，維民之章。脩爾車馬，弓矢戎兵，用戒戎作，用逷（tì）蠻方。

質爾人民，謹爾侯度（dù），用戒不虞（yú）。慎爾出話，敬爾威儀，無不柔嘉。白圭之玷（diàn），尚可磨也。斯言之玷，不可為（wéi）也！

無易由言，無曰苟矣。莫（mò）捫（mén）朕舌，言不可逝矣。無言不讎（chóu），無德不報。惠于朋友，庶民小子。子孫繩繩，萬民靡（mǐ）不承。

視爾友君子，輯（jí）柔爾顔，不遐有愆（yǎn/qiān）。相（xiàng）在爾室，尚不愧于屋漏。無曰不（pī/wú）顯，莫予云覯。神之格思，不可度（duó）思，矧（shěn）可射（yì）思。

辟（bì）爾為德，俾臧（zāng）俾嘉。淑慎爾止，不愆（yǎn）于儀。不僭（jiàn）不賊，鮮不為則。投我以桃，報之以李。彼童而角，實虹小子。

荏染柔木，言緡（mín）之絲。温温恭人，維德之基。其維哲人，告之話言，順德之行。其維愚人，覆謂我僭，民各有心。

於（wū）呼小子，未知臧否（pǐ）！匪手攜（xié）之，言示之事。匪面命之，言提其耳。借曰未知，亦既抱子。民之靡盈，

誰夙知而莫（mù）成？

昊天孔昭，我生靡樂。視爾夢夢，我心慘（cǎo）慘。誨爾諄（zhūn）諄，聽我藐（miǎo）藐。匪用為教，覆用為虐。借曰未知，亦聿（yù）既耄（mào）！

於乎小子，告爾舊止。聽用我謀，庶無大悔。天方艱難，曰喪厥國。取譬（pì）不遠，昊天不忒（tè）。回遹（yù）其德，俾民大棘！

《抑》十二章，三章章八句，九章章十句。

【毛序】《抑》，衛武公刺厲王，亦以自警也。

【鄭箋】自警者，如彼泉流，無淪胥（xū）以亡。

【樂道主人】此篇與《小雅·十月之交》互為參考。

【孔疏】序“《抑》”至“自警”。

◇◇《抑》詩者，衛武公所作，以刺厲王也。雖志在刺王，亦所以自警戒己身。

◇◇以王之為惡，將致滅亡，群臣隨之，己亦淪陷，故箋指而言之。

【孔疏】○箋“自警”至“以亡”。

◇◇言無如泉水相率俱亡，是則己亦恐亡，自警之意，故以此句當之。

◇◇《楚語》云：“昔衛武公年九十有五矣，猶箴儆於國曰：‘自卿以下，至於師長，苟在朝者，無謂我耄（mào）而捨我。’於是乎作《懿》以自儆。”韋昭云：“昭謂《懿》，《詩·大雅·抑》之篇也。抑讀曰懿。《毛詩序》曰：‘《抑》，衛武公刺厲王，亦以自警。’”如昭之言，武公年耄，始作《抑》詩。

◇◇案《史記·衛世家》，武公者，僖侯之子，共伯之弟。以宣王三十六年即位。則厲王之世，武公時為諸侯之庶子耳。未為國君，未有職事，善惡無豫於物，不應作詩刺王。必是後世乃作追刺之耳。正經美詩有後王時作，以追美前王者，則刺詩何獨不可後王時作，而追刺前王也？

◇詩之作者，欲以規諫前代之惡，其人已往，雖欲盡忠，無所裨益。後世追刺，欲何為哉！詩者，人之詠歌，情之發憤，見善欲論其功，睹惡思言其失，獻之可以諷諫，詠之可以寫情，本原申己之心，非是必施於諫。往者之失，誠不可追，將來之君，庶或能改。雖刺前世之惡，冀為未然之鑒，不必虐君見在，始得出辭，其人已逝，即當杜口。

◇《雨無正》之篇，鄭為流彘後事，既出居，政不由己，雖欲箴規，亦無所及。此篇、彼意於義亦同。以此知韋氏之言為得其實。

◇◇若然，自警者，群臣為惡，恐禍及己。若前人已死，則非禍所及。而箋所以責厲王之臣，為武公自警者，以人之得失，在於朋儕。

◇武公雖非厲王之臣，亦是朝廷之士，淪胥以敗，無世不然，冀望遠彼惡人，免其患禍，雖文刺前朝，實意在當代，故誦習此言，以自肅警。侯包亦云："衛武公刺王室，亦以自戒。行年九十有五，猶使臣日誦是詩，而不離於其側。"其意亦取《楚語》為説，與韋昭小異。

<一章-1>**抑抑威儀，維德之隅（yú）。人亦有言："靡（mǐ）哲不愚。"**

【毛傳】抑抑，密也。隅，廉也。靡哲不愚，國有道則知（zhì），國無道則愚。

【鄭箋】人密審於威儀抑抑然，是其德必嚴正也。古之賢者，道行心平，可外占而知內。如宮室之制，內有繩直，則外有廉隅。今王政暴虐，賢者皆佯愚不為，容貌如不肖然。

【程析】抑抑，嚴密審慎貌。

【樂道主人】廉，《康熙字典》：側邊曰廉。《九章算術》：邊謂之廉，角謂之隅。審，悉。

【樂道主人】前兩句講君子內外如一。

【孔疏】○傳"抑抑"至"則愚"。◇◇哲者，智也。愚者，癡也。上智下愚，不移之定分，而云靡哲不愚，故解之云：國有道則智，國無道則愚。《論語》説寧武子之行為然也。

【孔疏】○箋"人密"至"不肖然"。

◇◇此以屋之外角，喻人之外貌，由內方而外正，故觀外而知內，故人密審於威儀抑抑然，是其德必嚴正也。

◇◇《緜》曰"其繩則直"，是內有繩直也。《斯干》曰"如矢斯棘"，毛以棘為棱廉，是外有廉隅也。

◇◇宮室可入內而觀之，人則不可忖度而知之，故言古之賢者可以外占而知內。

<一章-5>**庶人之愚，亦職維疾。哲人之愚，亦維斯戾。**

【毛傳】職，主。戾，罪也。

【鄭箋】庶，眾也。眾人性無知，以愚為主，言是其常也。賢者而為愚，畏懼於罪也。

【程析】亦，語氣助詞。疾，毛病。

【詩集傳】夫眾人之愚，蓋有稟賦之偏，宜是有疾，不足為怪。

【孔疏-章旨】“抑抑”至“斯戾”。此時厲王弭（mǐ）謗，賢者佯愚。（下列序號以經文兩句為一段譯解）

①言人有此抑抑然密審之威儀，維為德之廉隅矣。言內有其德，則外有威儀，與德之為廉隅也。若外無威儀，則內無德行，是為愚人矣。

②古之賢人有言曰：無道之世，無有一哲人而不為愚者。言當時賢哲，皆故毀威儀，而佯為愚人也。

③若眾庶凡人之為此愚，亦主由維有疾病故耳。

④今哲人之為此愚，亦維乃畏懼於時之罪戾，非性然也。由王酷虐，濫罰無罪，故賢哲之人皆佯為愚病，言王虐之甚也。

<二章-1>**無**（pī/wú）**競維人，四方其訓之。有覺德行，四國順之。**

【毛傳】無（pī）競，競也。訓，教。覺，直也。

【鄭箋】競，彊也。人君為政，無彊於得賢人。得賢人則天下教化，於其俗有大德行，則天下順從其政。言在上所以倡道。

【程析】四方，指諸侯。覺，高大正直貌。人，指賢人。

<二章-5>**訏**（xū）**謨**（mó）**定命，遠猶辰告。**

【毛傳】訏，大。謨，謀。猶，道。辰，時也。

【鄭箋】猶，圖也（與毛不同）。太謀定命，謂正月始和，布政於邦國都鄙也。為天下遠圖庶事，而以歲時告施之。

【樂道主人】此言王之遠圖庶事，應如正月王告時歲一樣，不能短視。

【孔疏】○箋“猶圖”至“施之”。

◇◇以命既是道，故以猶為圖。既云謀定，而別云時告，則謀定時未告也。

◇◇《太宰職》曰：“正月之吉，始和，布治於邦國都鄙，乃縣（xuán）治象之法於象魏（古代宮門上的樓臺），使萬民觀治象，挾日而斂之。”

◇《小宰職》曰："正歲，帥治官之屬，而觀治象之法。"《周禮》言正歲者，皆謂夏之正月。《太宰》言正月懸之，《小宰》言正歲觀之，則是再懸之也，故彼注云："正月，周之正月也。吉，謂朔日也。"《太宰》以正月朔日，布王治之事於天下，至正歲，又書而懸於象魏（古代宮門外的闕門），使萬民觀焉。

◇◇《周禮》六官，其存者五，惟《春官》無此事，其餘皆有之，唯所主異耳。然《春官》主禮，周公所制，永為定法，更不改張，故不須再懸。

◇◇王之教命，不過六典，和之告之，二時不同，與謀定時告相合，故以大謀定命，謂正月始布政教於邦國都鄙是也。為天下遠圖庶事，而以歲時告施之，即正歲懸之象魏是也。邦國謂畿外諸侯，都鄙謂畿內采邑。

<二章-7>**敬慎威儀，維民之則。**

【鄭箋】則，法也。

【程析】維，是。

【孔疏-章旨】"無競"至"之則"（下列序號以經文兩句為一段譯解）。

○毛以為，上言賢人不用，毀儀佯愚。此言宜用賢者，使之慎儀。

①言人君為國，無彊乎維在得其賢人。若得賢人，則國家彊矣。所以得賢則彊者，以此賢人有德，四方之俗有不善者，其可使此賢人教訓之。

②此賢人可以教訓者，此賢者有正直大德行，四方之民得其教化，其皆慕仰而順從之。四方皆順，是為彊也。

③又言施教之法，當豫大計謀，定其教命，為長遠之道，而以時節告民，施之王之朝廷。

④又當敬慎其舉動威儀，維與下民之為法則也。言王當如此，不得棄賢不用，使民無所法也。

○鄭唯以猶為圖為異。餘同。

<三章-1>**其在于今，興迷亂于政。顛覆厥德，荒湛（dān）于酒。**

【鄭箋】于今，謂今厲王也。興，猶尊尚也。王尊尚小人，迷亂於政事者，以傾敗其功德，荒廢其政事，又湛樂於酒。言愛小人之甚。

【程析】厥，其，指周王。顛覆，敗壞。湛，沈湎。

<三章-5>**女（rǔ）雖湛樂從（zòng），弗念厥紹（shào）。罔敷（fū）求先王，克共（gōng）明刑。**

【毛傳】紹，繼。共，執。刑，法也。

【鄭箋】罔，無也。女君臣雖好樂嗜酒而相從，不當念繼女之後人將效女所為，無廣索先王之道與能執法度之人乎？切責之也。

【程析】雖，通維，惟獨。敷，廣泛。

【樂道主人】斥厲王上不能承繼文武之德業，下無德而傳於子孫也。

【孔疏-章旨】“其在”至“明刑”。上言用賢可使四方順從，此言今之不能也。

①其在於今之厲王，不能用賢之故，而尊尚其小人，使迷亂於政教，以傾敗其功德，荒廢其政事，又耽樂於酒，是愛小人之甚也。

②汝雖好耽樂嗜酒而相從，縱令不慚於今時，何故弗念其繼汝之人，不慮子孫將效之也？汝何故無心欲廣索先王之道，及能執守明白法度之賢人而用之乎？責其不用賢者，而與小人荒耽。

<四章-1>**肆皇天弗尚，如彼泉流，無淪（lún）胥（xū）以亡。**

【毛傳】淪，率也。

【鄭箋】肆，故今也。胥，皆也。王為政如是，故今皇天不高尚之，所謂仍下災異也。王自絕於天，如泉水之流，稍就虛竭，（群臣）無見率引為惡，皆與之以亡。戒群臣不中行者，將並誅之。

【程析】尚，保佑。以，而。

【樂道主人】皇天，指上天。如上兩章，民怨則天怒，則天命不在矣。天怒之狀可見《小雅·十月之交》。率，循。

【孔疏】○箋“肆故”至“誅之”。

◇◇天道遠，人道邇。言皇天不高尚王，當有其狀，故知謂仍下災異也。天之為災，所以譴告王者，冀其改悟。若欲養成其惡，則不復以災告之。

◇◇今仍有災異，是天未絕於王，但王自絕於天，如彼泉水之流，稍稍就於虛竭也。泉之大者，則流行無窮，小者有時而虛竭，故以比王將至於滅亡。

◇◇王既有惡，而臣亦同之，是相率為惡。武公惜其亡而戒之，故知戒群臣不中行者，恐將並誅之也。及厲王之出，周、召共和，是不與同惡，則不誅。

<四章-4>**夙興夜寐，洒埽庭内，維民之章。**

【毛傳】洒，灑。章，表也。

【鄭箋】章，文章法度也。厲王之時，不恤政事，故戒群臣掌事者以此也。

【孔疏】○傳“洒，灑。章，表”。◇◇洒埽者，以水灑地而掃之，故為灑謂洒水濕地也。章者，在人之上，為之表憲，故云表也。

【孔疏】○箋“章文”至“以此”。

◇◇申傳為表之義，以有文章法度，故得為民之表也。戒之使為民之表章，則是戒朝廷大臣，非戒洒埽之人令埽地也。直以厲王之時，不恤政事，王綱不振，戒之使勤於職事。

◇◇但職事在庭治之，故假庭内不埽，以見職事不理耳，故云戒群臣掌事者。掌事，謂六卿也。

<四章-7>**脩爾車馬，弓矢戎兵，用戒戎作，用逷（tì）蠻方。**

【毛傳】逷，遠也。

【鄭箋】逷當作“剔”。剔，治也（與毛不同）。蠻方，蠻畿之外也。此時中國微弱，故復戒將率之臣以治軍實，女（rǔ）當用此備兵事之起，用此治九州之外不服者。

【程析】戎兵，武器。用，以。戒，戒備。戎，戰事。作，起來。

【樂道主人】率，帥。上戒文官，此戒武卿。

【孔疏】○箋“逷當”至“不服者”。

◇◇以“用戒戎作”，謂兵戎備之，則“用逷蠻方”，謂遠方不服則剔治之，故知逷當作剔。剔謂治毛發，故為治也。

◇◇《周禮》九服，六服之内為中國，七服以外為夷狄，而第六者，《大行人》謂之“要服”。《職方氏》謂之“蠻服”，《大司馬》謂之“蠻畿”。

◇◇此經有二義。用戒戎，作為中國，則用剔蠻方為夷狄，且蠻方與彼蠻畿同，故知蠻方是蠻畿之外也。用兵是將帥之事，故知戒將帥之臣，以治軍實也。掌主兵事，唯司馬耳。其出師也，則六卿皆為軍將。此戒將帥，總戒將兵之人，不必獨戒司馬也。

◇軍實者，即車馬弓矢戎兵是也。弓矢即戎兵，而又言戎兵，容戈盾矛戟之類，軍之所用皆是。隱五年《左傳》曰："歸而飲至，以數軍實。"《楚語》曰："射不過講軍實焉。"皆謂兵器也。言汝當用此備兵事之起，謂備之於國，隨其所須。中國起者，即用之也。

◇◇用此治九州之外不服者，謂治夷鎮蕃。三服，《大行人》既列其服朝見之數，乃云："九州之外，世一見。"是蠻畿以外為九州之外也。

【孔疏-章旨】"肆皇"至"蠻方"。

○毛以為，上言王之耽亂，此又乘而責之。

①言由王耽亂如此，故令皇天不高尚王之所為，而下此災異，王將自絶於天，如彼泉水之流，稍稍以就虚竭。言今王漸漸將致滅亡也。又告語群臣，以自警戒。王既為惡，汝當行善，無相牽率為惡，皆以滅亡。

②既不聽為惡，即教之行善，當侵早而起，晚夜而寐，洒埽室庭之内，勤行政事，維與民之為表憲文章。

③又戒將帥之臣，當脩治汝征伐之車馬，及弓矢與戎兵之器用，以此戒備，戎兵動作之處，當征伐之。又用此以驅遠蠻方之來内侵者，當逐令遠去，使不得來侵。

○鄭唯用此以治蠻方之外不服者為異。餘同。

<五章-1>**質爾人民，謹爾侯度**（dù），**用戒不虞**（yú）。

【毛傳】質，成也。不虞，非度也。

【鄭箋】侯，君也。此時萬民失職，亦不肯趨公事，故又戒鄉邑之大夫，及邦國之君，平女（rǔ）萬民之事，慎女為君之法度，用備不億度而至之事。

【程析】爾，大臣。度，法令。（質，告戒。）

【樂道主人】億，同"臆"，料度。

【孔疏】○傳"質成"至"非度"。

◇◇《釋詁》云："質，平，成也。"則質者，平治成就之義，故傳以為成，箋以為平，其意同也。

◇◇不度者，非意所億度之事也。

【孔疏】○箋"侯君"至"之事"。

◇◇詩之所戒，隨失而言，故知此時萬民失職，故令質爾民人也。

◇◇不肯趨公事，故令"謹爾侯度"也。鄉邑之大夫，謂六卿與公邑，亦可以兼六遂（指耕地）與采地也。以所戒者廣，故知亦及邦國之君也。

◇◇平汝萬民之事，即教令是也。慎爾為君之法度，即威儀是也。治民即是為君，故文兼鄉邑大夫，亦稱君焉。

◇◇不億度而至之事，謂非常寇盜，君子安不忘危，故常豫戒。

<五章-4>**慎爾出話，敬爾威儀，無不柔嘉。**

【毛傳】話，善言也。

【鄭箋】言，謂教令也。柔，安。嘉，善也。

【孔疏】○箋"言謂"至"嘉善"。

◇◇以此言人君為政之事，故知是教令之言。

◇◇此文雖承戒鄉邑邦國之下，而與下章"無易由言"相接，以下皆是言王事，則此慎話、敬威儀，是使王身敬慎，非戒臣之辭。

<五章-7>**白圭之玷**（diàn）**，尚可磨也。斯言之玷，不可為**（wéi）**也！**

【毛傳】玷，缺也。

【鄭箋】斯，此也。玉之缺，尚可磨鑢（lǜ）而平，人君政教一失，誰能反覆之？

【樂道主人】鑢，磨治、打磨。

【孔疏】○箋"王之"至"覆之"。

◇◇政教一失，誰能反覆，謂已往者不可更反，《論語》所謂"駟不及舌"，是也。其言改過者，謂改將來過耳。

◇◇此經申上"慎爾出話"之事，上文亦言威儀，不重述者，以言失為重，故特殷勤之。《孝經》重述法言，亦此類也。

【孔疏-章旨】"質爾"至"可為"。

①此又戒鄉邑大夫及邦國之君，言汝等當平治汝民人之政事，敕汝為君之法度，用此以戒備將來不億度之事，謂非常警急，當豫防之。

②既戒臣事畢，又復諫王，當謹慎爾王所出之教令，又當恭敬爾在朝之威儀，使教令威儀無不安審美善。言使之皆安善也。

③又言教令尤須謹慎，白玉為圭，圭有損缺，猶尚可更磨鑢而平，若此政教言語之有缺失，則遂往而不可改。為王者安危，在於出令，故特宜慎之。

<六章-1>**無易由言，無曰苟矣。莫（mò）捫（mén）朕舌，言不可逝矣。**

【毛傳】莫，無。捫，持也。

【鄭箋】由，於。逝，往也。女（rǔ）無輕易於教令，無曰苟且如是。今人無持我舌者，而自輕恣也。教令一往行於下，其過誤可得而已之乎！

【程析】逝，及，追。

【孔疏】○箋"由於"至"已之乎"。

◇◇《釋詁》云："朕，我也。"自周以前，朕為通言，故皋陶曰"朕言惠"，屈原曰"朕皇考"，是也。秦始皇既平六國，制天子之法，號為皇帝，自稱曰朕，後代遂遵用之。宣十二年《公羊傳》何休注云："天子自稱曰朕，以漢法言之也。"

◇◇言不可往，明為往不可，故云教令一往行於天下，其過誤不可得而改也。

<六章-5>**無言不讎（chóu），無德不報。惠于朋友，庶民小子。**

【毛傳】讎，用也。

【鄭箋】惠，順也。教令之出如賣物，物善則其售賈貴，物惡則其售賈賤（與毛不同）。德加於民，民則以義報之（與毛不同）。王又當施順道於諸侯，下及庶民之子弟。

【孔疏】○傳"讎，用"。相對謂之讎。讎者相與用言語，故以讎為用。

【孔疏】○箋"教令"至"子弟"。

◇◇箋以用非讎之正訓，且與報德連文，故以為讎報物價。《釋詁》云："讎，匹也。"是匹敵相報，故應對物價謂之讎。其意言，王出教令，民則從其善惡，以答王也。

◇◇武王謂諸侯云："我友邦塚君是朋友。"謂諸侯亦可以兼群臣公卿也。

◇◇小子，幼稚之稱，故為庶民子弟。庶民猶令及之，則以上無不及矣。

<六章-9>**子孫繩繩，萬民靡（mǐ）不承。**

【鄭箋】繩繩，戒也。王之子孫敬戒行王之教令，天下之民不承順之乎？言承順也。

【孔疏-章旨】“無易”至“不承”。

○毛以為，出言為重，又復戒之。①言王無得輕易於此言語之教令，無得言曰，我出言苟且如是矣。假有不善人，無執持我舌而不聽我言者。實無人能執王之舌，要王苟且出言。不可使之往行於天下，往則不可復改，故特須慎之。

②必須慎者，王之所出，無有一言而不為人用。善惡人皆承而用之，無有恩德，而下不報答之。言王有善德，人必報王，故王當施行順道於朋友。謂諸侯及卿大夫等，下及庶民之子弟小子，王皆須以順道教之。王若教以順道，則民皆行之。

③若王之子孫，能繩繩然敬戒而行王之教令，則天下之眾民無有不承順而奉行之。言皆承順而奉行之。勸王使慎教令，為下民之法，施順道，為子孫之基也。

○鄭唯以讎字為異。餘同。

<七章-1>**視爾友君子，輯（jí）柔爾顏，不遐有愆（yǎn/qiān）。**

【毛傳】輯，和也。

【鄭箋】柔，安。遐，遠也。今視女諸侯及卿大夫，皆脅肩諂笑以和安女顏色，是於正道不遠有罪過乎。言其近也。

【樂道主人】爾，指厲王。友，朋友，指諸侯。

【孔疏】○箋“今視”至“其近”。

◇◇此皆以王為文，故爾友為王之友，爾顏為王之顏也。

◇◇脅肩諂笑，口柔之貌也。《孟子》曰：“脅肩諂笑，病於夏畦。”趙岐云：“脅肩，竦體也。諂笑，强笑也。病，極也。”言其意苦勞極甚。於仲夏之月，治畦灌園之勤，是其事也。

◇◇此正是罪過，而言其近者，為文之勢耳。

<七章-4>**相（xiàng）在爾室，尚不愧于屋漏。無曰不（pī/wú）顯，莫予云覯。**

【毛傳】西北隅謂之屋漏。覯，見（jiàn）也。

【鄭箋】相，助。顯，明也。諸侯卿大夫助祭在女宗廟之室，尚無肅敬之心，不慚媿（kuì）於屋漏有神見人之為也。女無謂是幽昧不明，無見我者。神見女矣。屋，小帳也。漏，隱也。禮祭於奧，既畢，改設饌於西北隅而厞（fèi）隱之處。此祭之末也。

【樂道主人】尚，竟然。厞，《説文》：隱也。媿，愧。

【孔疏】○箋“相助”至“之末”。

◇◇上言友君子有過，下句責其厭倦，則非王之身，故知是諸侯及卿大夫助祭之時無肅敬之心也。責令勿道神不我見，故知其意，言神見汝矣。

◇◇《天官·幕人職》：“掌帷幕**幄**（wò，《玉篇》：帳也）帟（yì，幄中座上的帳子）。”注云：“幕以布、**幄**帟以繒為之。”《雜記》云：“諸侯行而死於道，緇布裳帷，素錦以為**幄**而行。”皆先言帷幕，而後言**幄**，則**幄**在帷幕之內。帷幕是大帳，則**幄**為小帳也。禮之有帷幕，皆於野張之，以代宫室。**其宫内不張幕也**。幄則室内亦有之。

◇◇屋陋者，室内處所之名，可以施小帳而陋隱之處，正謂西北隅也。言不媿屋陋，則屋陋之處有神居之矣，故言祭時於屋陋有事之節。有事之節，禮祭於奥中，既畢，尸去，改設饌於西北隅而厞隱之處。此祭末之時事也。

◇《特牲禮》尸謖（sù，《爾雅·釋言》：起也）之後云：“佐食徹尸薦俎，敦設於西北隅，几在南厞（《説文》：隱也），用筵納一尊。佐食闔牖户，降。’注云：“厞，隱也。不知神之所在，或者遠人乎。”尸謖而改饌為幽闇（àn，同暗），庶其饗之，是其事也。若然，當闔户牖，則室中無人。

◇而云在室不媿屋陋者，此群臣雖惰，非祭初即倦，當有事屋陋之時乃始倦耳。因當時屋陋有神，而責其不媿，非謂助祭之人在屋陋之處，言在室者，正謂在宗廟中耳。

◇《爾雅》孫炎解屋陋云：“當室之白，日光所漏入。”非鄭義也。

◇案《禮記·曾子問》云：“殤不備祭，何謂陰厭陽厭？”鄭注云：“祭成，人始設奠於奥，是謂陰厭（滿足）。尸既謖之後，改饌於西北隅，是謂陽厭。若宗子為殤，唯有陰厭。若庶子適殤，宗子適殤，唯有陽厭。”

◇案《特牲》士禮有陰厭陽厭。又此詩不媿于屋陋，則天子亦有陽厭。以上下言之，諸侯亦同，唯上大夫無陽厭，故《儀禮》《少牢》祭末不徹饌於西北隅。鄭注云：“無陽厭者，為大夫當日賓月故也。”

<七章-8>**神之格思，不可度（duó）思，矧（shěn）可射（yì）思。**

【毛傳】格，至也。

【鄭箋】矧，況。射，厭也。神之來至去止，不可度知，況可於祭末而有厭倦乎！

【程析】思，語氣詞。

【孔疏】○箋“矧況”至“倦乎”。

◇◇凡言況者，皆以輕況重。此經直言至於尸謖謂神實去矣，於此之時，乃有惰慢，故詩人之意，言神來不知其來，則尸去神未必去。屋漏之處，仍有祭事，則神猶在矣。

◇祭初神實未來，尚不敢慢，況今祭末，神或未去，而可有厭倦乎？以此，故言“矧可射思”。

◇◇箋申其意，故來至去止並言之。不然，經止有來，不須言去也。

【孔疏-章旨】“視爾”至“射思”。上勸王惠於朋友，此言王朋友不忠。

①我今視汝王之所友諸侯及卿大夫之君子皆不忠正，但脅肩諂笑，以和安爾王之顏色，以求王愛，無能一匡諫王者。是於正道不遠其有罪過，言其近有罪過矣。

②此臣非但諂佞於王，又惰慢於事。其助祭於汝王宗廟之室，尚無肅敬之心，不慚媿於屋漏。祭當盡敬，尚無媿心，其於諸事怠惰，明矣。因即責此不媿之人，汝無得言曰，此屋漏幽闇不明之處，無有於我云能見之者。謂神不見，遂為此慢。以神之明，必見汝矣。何則？

③神之初來至思，不可度而知思，況於祭之所末，可得厭倦之思？言若能知其去來則可，神去乃倦。既不見來，亦不知其去，何得祭末疑去即厭之也？

<八章-1>**辟（bì）爾為德，俾臧（zāng）俾嘉。淑慎爾止，不愆（yǎn）于儀。不僭（jiàn）不賊，鮮不為則。**

【毛傳】女（rǔ）為善則民為善矣。止，至也。為人君止於仁，為人臣止於敬，為人子止於孝，為人父止於慈，與國人交止於信。僭，差也。

【鄭箋】辟，法也。止，容止也（與毛不同）。當審法度女之施德，使之為民臣所善所美，又當善慎女之容止，不可過差於威儀。女所行，不不信、不殘賊者少矣，其不為人所法。

【程析】臧，善。淑，善。僭，差錯。鮮，少。

【孔疏】○傳“女為”至“僭差”。

◇◇傳解“辟爾為德”所以能“俾臧俾嘉”之意。由君為善，則民善之。“辟爾為德”，是汝為善也。“俾臧俾嘉”，是則民善也。

◇◇止者，所居之名，故為至。至是所至之處也。“為人君止於仁”，至“止於信”，皆《大學》文也。彼既為此言，乃引此詩以證之，故傳依用焉。此説君事，唯當言止於仁耳，因彼成文而盡引之。

◇◇譖毀人者，是差貳之事，故云“僭，差”。箋言“不信”，義亦同也。

【孔疏】○箋“止，容止”。◇◇以經言“淑慎爾止，不愆于儀”，即是慎其容止，得威儀不過耳，**故易傳**以止為容止。

<八章-7>**投我以桃，報之以李。**

【鄭箋】此言善往則善來，人無行而不得其報也。投，猶擲也。

【孔疏】○箋“此言”至“其報”。◇◇以經之文，是為善來則善往，而箋反之者，逐便而言耳。

<八章-9>**彼童而角，實虹小子。**

【毛傳】童，羊之無角者也。而角，自用也。虹，潰也。

【鄭箋】童羊，譬（bì）王后也，而角者，喻與政事有所害也。此人實潰亂小子之政。《禮》：“天子未除喪稱小子。”

【樂道主人】王后，《小雅·十月之交》：豔妻煽（shān）方處。孔疏：剡（yǎn）、豔古今字耳。以剡（yǎn）對姫，剡為其姓。以此知非褒姒也。

【孔疏】○傳“童羊”至“虹潰”。

◇◇言童知是羊者，童者未冠之名，猶畜之無角，其文即云“而角”，明此物之類，有有角者，有無角者。畜之如此者，唯羊耳。言童而角，是無角而為有角自用也。

【孔疏】○箋“童羊”至“小子”。

◇◇上文説政事，此言而角以潰小子。小子是王之稱，此人特能潰之，則是專恣之人能亂朝政者也。人臣則不堪如此，此唯王后乃能然，故知童羊譬王后也。

◇言而角，則是用角矣。用角抵觸，則於物有所害，故云於政事有所害，此人實亂小子之政也。

◇◇《禮》，“天子未除喪稱小子”，《下曲禮》文。引之以證“稱王為小子”之意。在喪之稱小子，以其未理政事，為無知之辭。下言“亦聿既耄”，則厲王非復在喪，但欲見王之無知，故假在喪之稱以名之。

◇《民勞》云“戎雖小子”者，言王意以小子自遇，非臣之稱君，故箋不引《禮記》。

【孔疏-章旨】“辟爾”至“小子”。

○毛以為，①王當法度汝之所為施行之德，則使民善之，使臣美之。又當善慎汝心之所止，使常止仁信，不過於汝之威儀，令不差貳，不殘賊。王能如此少矣，而不為人所法則。言多為人所法則。

②人有投擲我以桃者，我必報之以李，善往則善來，無物不報。王若以善道施民，民必以善事報王也。

③王之所以不善者，彼童羊實無角而為有角，自用妄為，抵觸人。以喻王後本實無德，而為有德，自用橫干政事。此人實潰亂我王小子之政，使為不善，王何以不遠之乎？○鄭唯止為容止為異。餘同。

<九章-1>**荏染柔木，言緡（mín）之絲。溫溫恭人，維德之基。**

【毛傳】緡，被也。溫溫，寬柔也。

【鄭箋】柔忍之木荏染然，人則被之弦以為弓。寬柔之人溫溫然，則能為德之基止。言內有其性，乃可以有為德也。

【程析】荏染，堅韌。柔木，指椅、桐、梓（zǐ）等可做琴瑟樂器的樹木。

【孔疏】○傳“緡被”至“寬柔”。◇◇《釋言》云：“緡，綸也。”綸則繩之別名。言緡之絲，正謂以絲為繩，被之於木，故云緡被，不訓緡為被。

【鄭箋】○箋“柔忍”至“為德”。◇◇以荏染猶溫溫，柔木猶恭人，則言緡之絲與維德之基互相足。維德之基猶維弓之幹，言緡之絲猶言訓之以學，二者資於本性，故云“內有其性，乃可以為德”。

<九章-5>**其維哲人，告之話言，順德之行。其維愚人，覆謂我僭，民各有心。**

【毛傳】話言，古之善言也。

【鄭箋】覆，猶反也。僭，不信也。語賢知之人以善言則順行之，告愚人反謂我不信，民各有心，二者意不同。

【樂道主人】孔疏：言王無本性，不可教也。

【孔疏-章旨】“荏染”至“有心”。

①上既教王行德，此言王不可教。有荏染然柔忍之木，是維可以為弓之榦。我乃緡被之以絲，則有弦而成弓，可以為弓明矣。亦猶溫溫然

寬柔之人，是可以為德之基。我乃教訓之以學，則有能而成德，可以為法矣。

②但人性不同，有可教以否。若其維賢哲之人，告之以善言，則順其道德之行而行之。若其維愚蔽之人，告之以善言，則反謂我言不信而拒之。是為民之賢愚，各自其有本心。言王無本性，不可教也。

<十章-1>**於（wū）呼小子，未知臧否！匪手攜（xié）之，言示之事。匪面命之，言提其耳。**

【鄭箋】臧，善也。“於乎”，傷王不知善否。我非但以手攜掣之，親示以其事之是非。我非但對面語之，親提撕其耳。此言以教道之孰，不可啟覺。

【樂道主人】孰，同“熟”。

<十章-7>**借曰未知，亦既抱子。**

【毛傳】借，假也。

【鄭箋】假令人云：王尚幼少，未有所知，亦已抱子長大矣，不幼少也。

【樂道主人】抱子，抱上孩子。指已成為人父矣。

<十章-9>**民之靡盈，誰夙（sù）知而莫（mù）成？**

【毛傳】莫，晚也。

【鄭箋】萬民之意，皆持不滿於王，誰早有所知而反晚成與？言王之無成，本無知故也。

【孔疏】○箋“萬民”至“知故”。

◇◇王為天下之主，德度當滿民心。今王無所知，則民意不滿，故言萬民之意，皆持不滿於王，嫌王才度之淺近也。上言借曰未知，冀其長大，有識此言。

◇◇人意不滿，亦望在後更益，是冀王有晚成之意。即又解之，誰早有所知而晚有成乎？

【孔疏-章旨】“於乎”至“莫成”。此又言王不可教。

①於乎！此小子之厲王，其心未能識知於善否。我非但以手攜掣之，我乃親示以其事之是非，庶其睹之而悟也。我又非但對面命語之，我又親提撕其耳，庶其志而不忘。言已教導之孰，而不可啟悟。

②假令有人言曰：王尚幼少，未有所知，亦既抱子矣。已為人父，非復幼少也。

③今萬民之意，皆持不滿於王，謂才智褊小，不能滿足其意。望王更益才智，晚有所成，故解其意，誰復早有所知而晚成者也？明早知則早成，晚知則晚成。今王晚亦無知，是終無所成也。

<十一章-1>**昊天孔昭，我生靡樂。視爾夢夢，我心慘（cǎo）慘。**

【毛傳】夢夢，亂也。慘慘，憂不樂也。

【鄭箋】孔，甚。昭，明也。昊天乎，乃甚明察。我生無可樂也，視王之意夢夢然，我心之憂悶慘慘然。愬其自恣，不用忠臣。

【樂道主人】其，指厲王。

【孔疏】傳“夢夢”至“不樂”。

◇◇“夢夢，亂也”，《釋訓》文。孫炎曰：“夢夢，昏昏之亂也。”然則夢夢者，言王政昏亂之意也。

◇◇《釋訓》又云：“慘慘，慍也。”李巡曰：“慘慘，憂怒之慍。”然則慘慘者，憂慍憔悴之貌，故為憂不樂也。

【孔疏】○箋“孔甚”至“忠臣”。言昊天明察者，以其明察，庶知己情，故以我生訴之也。上言其不可教誨，下言誨而不入，故知訴其自恣，不用忠臣。

<十一章-5>**誨爾諄（zhūn）諄，聽我藐（miǎo）藐。匪用為教，覆用為虐。**

【毛傳】藐藐然，不入也。

【鄭箋】我教告王，口語諄諄，然王聽聆之藐藐然忽略，不用我所言為政令，反謂之有妨害於事，不受忠言。

【程析】虐，戲虐。

【孔疏】傳“藐藐然，不入”。◇◇藐藐者，王不聽受之貌。是諫者之言，不入王心，故言其不入也。《釋訓》云：“藐藐，悶也。”舍人曰：“憂悶也。”謂王不受之，言者憂悶也。

<十一章-9>**借曰未知，亦聿（yù）既耄（mào）！**

【毛傳】耄，老也。

【孔疏】傳“耄，老”。

◇◇《曲禮》云：“八十、九十曰耄。”是耄為老也。

◇◇箋、傳皆不解“聿”之義。《爾雅》之訓聿為述也，亦為**自**也。《緜》箋以“聿”為“自”，以此宜從**自**。

◇◇"借曰未知"者，冀王更有長進。詩人解其意，言王亦將從此既昏耄矣，無有所知。昭元年《左傳》曰："所謂老將知而耄及之。"是耄則無智也。

<十二章-1>**於乎小子，告爾舊止。聽用我謀，庶無大悔。**

【鄭箋】舊，久也。止，辭也。庶，幸。悔，恨也。

<十二章-5>**天方艱難，曰喪（sàng）厥國。**

【鄭箋】天以王為惡如是，故出艱難之事，謂下災異，生兵寇，將以滅亡。

【孔疏】○箋"天以"至"滅亡"。◇◇以言"曰喪厥國"，是稱天之意，故知艱難謂下災異、生兵寇也。

<十二章-7>**取譬（pì）不遠，昊天不忒（tè）。回遹（yù）其德，俾民大棘！**

【鄭箋】今我為王取譬喻不及遠也，維近耳。王當如昊天之德有常，不差忒也。王反為無常，維邪其行為貪暴，使民之財匱盡而大困急。

【程析】不遠，指極淺近易懂的事理。忒，偏差。回遹，邪僻。棘，急，困急，災害。

【孔疏-章旨】"於乎"至"大棘"。自上以來，諫王之情已極於此，自言諫意以結之。

①於乎，可歎傷者小子，無知之我王，告汝以久故往昔之道止。言己所陳，皆先世舊章也。汝若聽用我之計謀，幸望無大罪責而恨者，王何故不用之乎？

②天以王為惡之故，方下艱難之事於王，謂使之有災異，生兵寇，其意言曰，當欲喪滅其國。我憂王將滅，故為王謀，而取譬不為深遠而難知，唯淺近耳。

③王之為政，當如昊天之德，寒暑有常，不為差忒。王何以不效昊天有常，反為無常，而邪僻其德，貪暴稅斂，而使下民資財皆盡，甚大困急。我以是故而諫王也。

《抑》十二章，三章章八句，九章章十句。

桑 柔 【大雅二十三】

菀（yù）彼桑柔，其下侯旬（jūn）。捋（luō）采其劉，瘼（mò）此下民。不殄（tiǎn）心憂，倉（chuàng）兄（kuàng）填（chén）兮。倬（zhuō）彼昊天，寧不我矜（jīn）！

四牡騤（kuí）騤，旟（yú）旐（zhào）有翩（piān）。亂生不夷，靡（mǐ）國不泯（mǐn）。民靡有黎，具禍以燼（jìn）。於（wū）乎有哀，國步斯頻！

國步蔑（miè）資，天不我將。靡所止疑（níng），云徂（cú）何往？君子實維，秉心無競。誰生厲階？至今為梗。

憂心慇（yīn）慇，念我土宇。我生不辰，逢天僤（dàn）怒。自西徂東，靡所定處。多我覯痻（mín），孔棘我圉（yǔ）。

為謀為毖（bì），亂況斯削（xuē）。告爾憂恤，誨爾序爵。誰能執熱，逝不以濯（zhuó）？其何能淑，載胥（xū）及溺。

如彼遡風，亦孔之僾（ài）。民有肅心，荓（píng/pīng）云不逮（dài）。好是稼穡，力民代食。稼穡維寶，代食維好。

天降喪（sāng）亂，滅我立王。降此蟊（máo）賊，稼穡卒（zú）痒（yáng）。哀恫（tōng）中國，具贅（zhuì）卒荒。靡有旅力，以念穹蒼。

維此惠君，民人所瞻。秉心宣猶，考慎其相（xiàng）。維彼不順，自獨俾（bǐ）臧（zāng），自有肺腸，俾民卒狂。

瞻彼中林，甡（shēn）甡其鹿。朋友已譖（zèn），不胥（xū）以穀。人亦有言，進退維谷。

維此聖人，瞻言百里。維彼愚人，覆狂以喜。匪言不能，胡斯畏忌？

維此良人，弗求弗迪。維彼忍心，是顧是復。民之貪亂，寧為荼（tú）毒。

大風有隧（suì），有空大谷。維此良人，作為式穀。維彼不順，征以中垢（gòu）。

大風有隧，貪人敗類。聽言則對，誦言如醉。匪用其良，覆俾我悖（bèi）。

嗟爾朋友，予豈不知而作。如彼飛蟲，時亦弋（yì）獲。既之陰女（rǔ），反予來赫。

民之罔極，職涼（liáng/liàng）善背。為民不利，如云不克。民之回遹（yù），職競用力。

民之未戾，職盜為寇。涼曰不可，覆背善詈（lì）。雖曰匪予，既作爾歌。

《桑柔》十六章，八章章八句，八章章六句。

【毛序】《桑柔》，芮伯刺厲王也。

【鄭箋】芮伯，畿内諸侯，王卿士也，字良夫。

【樂道主人】此篇主要從軍人的角度上刺厲王。

【孔疏】○箋“芮伯”至“良夫”。

◇◇《書序》云：“巢伯來朝，芮伯作《旅巢命》。”武王時也。《顧命》“同召六卿，芮伯在焉”，成王時也。桓九年“王使虢仲、芮伯伐曲沃”，桓王時也。此又厲王之時。世在王朝，常為卿士，故知是畿内諸侯，為王卿士也。

◇◇《書叙》注云：“芮伯，周同姓國，在畿内。”則芮伯姬姓也。杜預云：“芮國在馮翊臨晋縣。”則在西都之畿内也。《顧命》注“芮伯入為宗伯”。畿内而言入者，入有二義：若對畿内，則畿外為入，衛武公入相於周是也；若對在朝無封爵者，則有國者亦為入。畢國亦在畿内，《顧命》注亦云“畢公入為司馬”是也。

◇◇文元年《左傳》引此雲：“周芮良夫之詩曰芮：‘大風有隧。’”且《周書》有良夫之篇，知字良夫也。

<一章-1>菀（yù）彼桑柔，其下侯旬（jūn）。捋（luō）采其劉，瘼（mò）此下民。

【毛傳】興也。菀，茂貌。旬，言陰均也。劉，爆爍（shuò）而希也。瘼，病也。

【鄭箋】桑之柔濡，其葉菀然茂盛，謂蠶始生時也。人庇陰其下者，均得其所。及已捋采之，則葉爆爍而疏，人息其下，則病於爆爍。興者，喻民當被（pī）王之恩惠，群臣恣放，損王之德。

【程析】桑柔，柔桑的倒裝。侯，維，是。旬，樹葉遍布。劉，樹葉剝落而稀疏。

【樂道主人】希，同“稀”。

【孔疏】○傳“旬言”至“瘼病”。◇◇木枝葉稀疏不均為爆爍。”郭璞曰：“謂樹木葉缺落蔭疏爆爍也。”劉者，葉之稀疏爆爍之意，故云“爆爍而稀也”。

【孔疏】○箋“桑之”至“之德”。

◇◇箋以菀彼、捋采為異時之事，故以柔濡謂蠶始生時，爆爍謂過蠶之後。均得其所，謂俱蒙蔭覆。病於爆爍，謂苦於炎熱也。

◇◇捋采是其人采之，非蔭先薄，故以喻群臣恣損王，非王本惡也。然厲王之惡，實出本心，非必臣能損之，初時亦無所善。作者以君臣一體，助君為惡，故歸咎於臣，以刺君耳。

<一章-5>**不殄（tiǎn）心憂，倉（chuàng）兄（kuàng）填（chén）兮。**

【毛傳】倉，喪也。兄，滋也。填，久也。

【鄭箋】殄，絶也。民心之憂無絶已，喪亡之道滋久長。

【孔疏】○箋“殄絶”至“久長”。民心之憂，憂此喪亡之道有時而遇，則民憂可與絶已之期。今滋益久長，故憂不絶已。此喪亡之道，正謂君之虐政。虐政方行不止，是喪亡之道滋益久長也。

<一章-7>**倬（zhuō）彼昊天，寧不我矜（jīn）！**

【毛傳】昊天，斥王者也。

【鄭箋】倬，明大貌。昊天乃倬然明大，而不矜哀下民怨懟之言。（與毛不同）

【程析】矜，憐憫。

【孔疏】○傳“昊天，斥王者”。◇◇傳以蕩蕩上帝皆斥君王，故以此亦斥王者。

【孔疏】○箋“倬明”至“之言”。◇◇箋以倬為明大之貌。此厲王暗亂，不得稱倬然彼昊天，**故易傳**以天為上天。此是下民怨訴上天之言。

【孔疏-章旨】“菀彼”至“我矜”。

○毛以為，①菀然而茂者，彼桑也。其葉稚而柔濡，故菀然茂盛。於此之時，人息其下，維均得蔭，皆無暑熱之患。及其捋而采之，其枝之葉劉然爆爍而稀疏，不復能蔽蔭，炎日則病此其下所息之民矣。以興王有明德，天下之民均得其恩。若有群臣放恣，損王之德，則困苦天下之民矣。

②今厲王之臣，皆以放恣損王，侵害下民，故使天下之民不能絶已其心中之憂。民所以不絶者，以民之喪亡之道滋益久長耳。言上行虐政不已，是民之亡道益長，所以心憂不復絶。

③又告王而訴之，倬然而尊大，譬彼昊天之王者，汝居民上，為民之父母，寧不於我而矜哀之？何為忍之而行此喪亡之政乎？

○鄭唯"倬彼昊天"為訴之上天為異。餘同。

<二章-1>**四牡騤（kuí）騤，旟（yú）旐（zhào）有翩（piān）。亂生不夷，靡（mǐ）國不泯（mǐn）。**

【毛傳】騤騤，不息也。鳥隼（sǔn）曰旟，龜蛇曰旐。翩翩，在路不息也。夷，平。泯，滅也。

【鄭箋】軍旅久出征伐，而亂日生不平，無國而不見殘滅也。言王之用兵，不得其所，適長（zhǎng）寇虐。

【孔疏】○傳"騤騤"至"泯滅"。

◇◇騤騤，馬行之貌。言其常行，則是不息也。

◇◇翩是旟旐行而舒張之貌，故重言翩翩也。旟旐止則納之弢（tāo，囊、套子）中，言其行而翩翩，是在路不息。以旐、馬事異，故再言不息。

◇◇《曲禮》云："在醜夷不争。"夷是齊等之言，故為平也。《釋詁》云："泯、滅，盡也。"俱訓為盡，故泯得為滅。

【孔疏】○箋"軍旅"至"寇虐"。

◇◇四牡、旟旐是軍行之物，亂生國滅是加兵之辭，故知此言軍旅久出征伐也。

◇◇王既不能平亂，則遍殘諸國。諸侯强弱相陵，小者滅亡，大者殘破，無國而不見殘滅也。言王之用兵，不得其所，適所以益長寇虐也。

<二章-5>**民靡有黎，具禍以燼（jìn）。**

【毛傳】黎，齊也。

【鄭箋】黎，不齊也（與毛不同）。具，猶俱也。災餘曰燼。言時民無有不齊被兵寇之害者，俱遇此禍，以為燼者，言害所及廣。

【孔疏】○傳"黎，齊"。黎，眾也。眾民皆然，是齊一之義。

【孔疏】○箋"黎不齊"至"及廣"。

◇◇箋以黎為不齊，但義勢當然，言無有不齊被兵寇加者耳。

◇◇燼是焦燭既然之餘，以比兵寇災害民之餘，故云"災餘曰燼"，言其時之民得存性命者，皆死亡之餘。天下之民齊皆如此，言其害之所及者廣也。

<二章-7>**於（wū）乎有哀，國步斯頻！**

【毛傳】步，行。頻，急也。

【鄭箋】頻，猶比也（與毛不同）。哀哉，國家之政，行此禍害比比然。

【孔疏】○傳"步，行。頻，急"。

◇◇步者，人舉足，故為行也。

◇◇事有頻頻而為者，皆急速，故為急也。

【孔疏】○箋"頻猶"至"比比然"。◇◇頻頻正是次比之義，故云"猶比"。上言喪亡之道滋益久長，此"斯頻"副成上文，故為行此禍害比比然。

【孔疏-章旨】"四牡"至"斯頻"。

○毛以為，上文以喪亂憂心，此言可憂之事。

①厲王無道，妄行征伐，乘四牡之馬騤騤然，建旟旐之旂有翩翩然，在於道路，常不息止。王本用兵，欲以除亂，但伐不得罪，而亂日生，不復能平之。王既不能平之，諸侯自相攻伐，無有一國而不見殘滅，民悉被兵。

②今民或死或生，無有能齊一平安者。假有存者，俱是遭禍災以為餘滅燼耳。言其時民眾死多於生，以此故歎而傷之。

③於乎，有是可哀痛哉！國家行此困急於民之道，是可哀痛也。

○鄭唯以黎為不齊，②言其時之民，無有不齊被兵寇者。

③又以頻為比，言國家行此禍害比比然，言其行之不已也。餘同。

<三章-1>**國步蔑（miè）資，天不我將。靡所止疑（níng），云徂（cú）何往？**

【毛傳】疑，定也。

【鄭箋】蔑，猶輕也。將，猶養也。徂，行也。國家為政，行此輕蔑民之資用，是天不養我也。我從兵役，無有止息時。今復云行，當何之往也？

【程析】國步，國家命運。

【孔疏】○傳“疑，定”。◇◇疑音凝。凝者，安靖之義，故為定也。

<三章-5>**君子實維，秉心無競。誰生厲階？至今為梗。**

【毛傳】競，强。厲，惡。梗，病也。

【鄭箋】君子，謂諸侯及卿大夫也。其執心不强於善，而好以力争。誰始生此禍者，乃至今日相梗不止。

【程析】維，惟的假借，想，思考。秉心，存心。厲階，禍端。

【孔疏】傳“梗，病”。◇◇言其誰生厲階，明是病於此惡，故以梗為病。箋云“相梗不止”，亦謂為病不已耳。

<四章-1>**憂心慇（yīn）慇，念我土宇。我生不辰，逢天僤（dàn）怒。自西徂東，靡所定處。**

【毛傳】宇，居。僤，厚也。

【鄭箋】辰，時也。此士卒從軍久，勞苦自傷之言。

【程析】慇慇，心痛貌。

【孔疏】○箋“此士”至“之言”。

◇◇既是士卒自傷，則念土宇者，自念己之鄉土居宅也。

◇◇王肅云：“乃念天下居土之不安。”其意以為，詩人廣念天下。傳既無説，箋意不然。

<四章-7>**多我覯痻（mín），孔棘我圉（yǔ）。**

【毛傳】圉，垂也。

【鄭箋】痻，病也。圉當作“禦”（與毛不同）。多矣，我之遇困病。甚急矣，我之禦寇之事（與毛不同）。

【程析】覯，遇到。

【孔疏】○傳“圉，垂”。◇◇《釋詁》文。舍人曰：“圉，拒邊垂也。”孫炎曰：“圉，國之四垂也。”此是行役所傷，自傷在邊垂也。

【孔疏】○箋“痻病”至“之事”。◇◇箋讀圉為禦者，若守邊垂，不得為無所定處，且云“我垂”，於文不足，故以為禦寇之事。

【孔疏-章旨】“憂心”至“我圉”。

○毛以為，上言不知所往，此言在役而憂。

①我既不得還歸，故皆懷憂，其心殷殷然顧念我之鄉土居宅也。既不

得歸，故自傷我之生也不得時節，正逢天之厚怒，使我從西而往於東，無所安定而居處。是逢天怒時，故遭此勞役也。

②又自歎傷，多矣，我之所遇之病。言遇貧困之病多也。甚急矣，我之在於邊垂。言己守邊之勞甚也。

○鄭唯“圉”為“禦寇”為異。餘同。

<五章-1>**為謀為毖（bì），亂況斯削（xuē）。**

【毛傳】毖，慎也。

【鄭箋】女（rǔ）為軍旅之謀，為重慎兵事也。而亂滋甚於此，日見侵削，言其所任非賢。

【程析】亂況，混亂的狀況。

【孔疏】○箋“女為”至“非賢”。

◇◇以承上軍旅之事，故知謀為軍旅之謀，慎為重兵事也。

◇◇厲王謀則失機，師出多敗，為人所陵，故為亂滋甚，日見侵削。言其所任非賢也。

<五章-3>**告爾憂恤，誨爾序爵。誰能執熱，逝不以濯（zhuó）？**

【毛傳】濯，所以救熱也。禮，亦所以救亂也。

【鄭箋】恤，亦憂也。逝，猶去也。我語女（rǔ）以憂天下之憂，教女以次序賢能之爵，其為之當如手持熱物之用濯，謂治國之道，當用賢者。

【程析】執，解救。濯，沐浴。

【孔疏】○傳“濯所”至“救亂”。◇◇襄三十一年《左傳》引此詩乃云：“禮之於政，如熱之有濯也。濯以救熱，何患之有？”是以濯救熱，喻以禮救亂也。必賢人乃能行禮，故箋云“治國之道當用賢”，以申足傳意也。

<五章-7>**其何能淑，載胥（xū）及溺。**

【鄭箋】淑，善。胥，相。及，與也。女若云：此於政事，何能善乎？則女君臣皆相與陷溺於禍難。

【程析】載，則，就。

【孔疏】○箋“女若”至“禍難”。

◇◇王肅以為，如今之政，其何能善，但君臣相與陷溺而已。如此，理亦可通。

◇◇箋不然者，以此文承上告教之言，宜為不受之勢，故以為假設拒已之辭，示之不可之狀，以相者非一人之言，故以為君臣俱陷於禍難。

【孔疏-章旨】“為謀”至“及溺”。此以王無賢輔，欲教之用賢。

①言觀汝王為軍旅之謀，為重慎兵事，雖心欲重慎，而謀慮不長，更使亂亡滋甚於此，日見侵削，皆由所任非賢，行之失理故也。

②故今告汝以憂天下之憂，誨汝次序賢能之爵，但能用賢人則無憂，可矣。所以然者，誰能執火熱之物而去之不以水濯手者乎？言以水濯手，則可以止熱以興。誰能處危亂之國而治之不用賢人行禮者乎？以禮任賢則可以止亂。

③汝若謂我此言其於政事何能善乎？則汝君臣皆相與陷溺於禍難矣。以其拒諫無謀，故當至於滅亡。

<六章-1>**如彼溯風，亦孔之僾（ài）。民有肅心，荓（píng）云不逮（dài）。好是稼穡，力民代食。**

【毛傳】溯，鄉（xiàng）。僾，唈（yì）。荓，使也。“力民代食”，代無功者食天禄也。

【鄭箋】肅，進。逮，及也。今王之為政，見之使人唈然，如鄉疾風，不能息也。王為政，民有進於善道之心，當任用之，反卻退之，使不及門。但好任用是居家吝嗇，於聚斂作力之人，令代賢者處位食禄（與毛不同）。明王之法，能治人者食於人，不能治人者食人。《禮記》曰：“與其有聚斂之臣，寧有盜臣。聚斂之臣害民，盜臣害財。”

【陸曰】稼，王申毛音駕，謂耕稼也。鄭作“家”，謂居家也。下句“家穡惟寶”同。穡，本亦作“嗇”，音色。王申毛謂收穡也。鄭云：“吝嗇也。”

【程析】僾，氣呼吸不暢。肅心，進取心。

【孔疏】○傳“僾唈”至“天禄”。

◇◇《夏官·司勳》云：“治功曰力。”則“力民”謂善人有力功加於民者也，故知“力民代食”，謂使代無功者食天禄也。

◇◇禄是君之所授，而謂之天者，以上天不自治人，立官以治之，居官乃得食禄，是禄亦天之所與，故謂之天禄矣。

◇◇“力民代食”，傳既如此，則“好是稼穡”亦異於鄭，當謂好是知稼穡艱難之人也。《論語》曰：“禹、稷躬稼而有天下。”《無逸》云：“先知稼穡之艱難乃逸。”是君上之美事，故勸王好之也。王肅云：

"當好知稼穡之艱難，有功力於民，代無功者食天祿。"是也。

【孔疏】○箋"肅進"至"害財"

◇◇唈者，風唈人氣，故云"使人不能息"。息謂喘息。《論語》云"屏氣似不息者"，是也。

◇◇民有肅心，是民之善者，責王不能用善，故知"荓云不逮"者，是使之不得及門也。以仕進者得入君門，故謂不居位者為不得及門。《論語》云"從我於陳、蔡，皆不及門者"，是其事也。

◇◇鄭以文勢"荓云不逮"是退賢，則"好是家嗇"為進惡，故以家嗇為居家吝嗇。箋不言稼當為家，則所授之本先作家字也。孔子曰："如有周公之才之美，使驕且吝，其餘不足觀也已。" 居家吝嗇，為人之惡行，不宜好之也。

◇◇聚斂作力之人而用心作力也，直言力民，不言作力之事，而知於聚斂之事作力者，《論語》曰："季氏富於周公，而求也為之聚斂而附益之，非吾徒也。小子鳴鼓而攻之可也。"是孔子大疾聚斂之臣也。

◇《禮記》云："與其有聚斂之臣，寧有盜臣。"是聚斂之臣，臣之惡行者也。以厲王貪而重賦斂，故知所愛力民，其為已作力於民。為君作力於人，唯聚斂耳，故知"力民代食"是使聚斂作力之人代賢者食祿也。

◇明王之法，能治人者食於人，謂居官受祿，取食於人也。不能治人者食人，謂出其賦稅，養食賢人也。此文《孟子》有其事。言此者，解惡人不宜代賢人食祿之意也。

◇所引《禮記》者，《大學》文也。盜者避忌主人，有時而竊。聚斂則恃公作威，征責不已，故與其有聚斂之臣，寧有盜臣。何者？聚斂之臣則害民，盜臣則止害財。財輕於民，斂甚於盜，然則聚斂之臣，王政之大害。

◇而《樂記》云："君子聽笙竽簫管之聲，則思畜聚之臣，復思得之"者，彼謂在官主掌畜積受納輸稅，若載師、倉人之類，非冉求之輩橫斂下民。且《樂記》云"畜聚"，不言"聚斂"，與此異也。

<六章-7>**稼穡維寶，代食維好。**

【鄭箋】此言王不尚賢，但貴吝嗇之人，與愛代食者而已（與毛不同）。

【孔疏】○箋"此言"至"而已"。

◇◇重舉此文，明是責王之貴好之也。

◇◇傳於上文既異於鄭，則此亦不同矣。王肅云："能知稼穡之事，唯國寶也。使能者代不能者食祿，則政唯好。"傳意當然。

【孔疏-章旨】"如彼"至"維好"（下列序號以經文兩句為一段譯解）。

○毛以為，王不任賢，政教暴虐，此傷而戒之。

①言王之為政，使人見之如彼向於疾風之時，亦甚可為之唈然，使人傷氣而不能息。言王政之虐，逆於人心之甚也。此由王不任賢，故又陳而戒之。

②民有進於善道之心，王當任用，反卻退之使去，不得及門，而維任小人，甚可傷也。

③又教王用人之法，當愛好是知稼穡艱難之人。有功於民者，使之代無功者食天祿，如此則王政善矣，民心樂之。

④所以然者，此知稼穡之事者，維為國之寶也。使能者代不能者食祿，維使政之好也，王何不擇任之乎？

○鄭唯下四句為異。③王既退賢者，使不及門，但好任是居家吝嗇及聚斂作力之人，令代賢者處位食祿。又言王愛小人之甚。

④王見此居家吝嗇之人，維以為寶，使此作力之人代賢者食祿，維以為好，以此故使政亂而民憂。

<七章-1>**天降喪（sāng）亂，滅我立王。降此蟊（máo）賊，稼穡卒（zú）癢（yáng）。**

【鄭箋】滅，盡也。蟲食苗根曰蟊，食節曰賊。耕種曰稼，收斂曰穡。卒，盡。癢，病也。天下喪亂，國家之災，以窮盡我王所恃而立者，謂蟲孽為害，五穀盡病。

【孔疏】○箋"滅盡"至"盡病"。以此經文勢相接於"滅我立王"之下，即言蟲災病穀，則知滅我立王者，是滅穀也。故箋辨之，窮盡我王所恃而立者，正謂蟲災為害五穀。盡病以言盡，故知總五穀也。

<七章-5>**哀恫（tōng）中國，具贅（zhuì）卒荒。靡有旅力，以念穹蒼。**

【毛傳】贅，屬。荒，虛也。穹蒼，蒼天。

【鄭箋】恫，痛也。哀痛乎，中國之人，皆見系屬於兵役，家家空虛，朝廷曾無有同力諫諍，念天所為下此災。

【程析】旅力，體力。

【樂道主人】諍，《說文解字注》：止也。經傳通作爭。

【孔疏】○傳“贅屬”至“蒼天”。

◇◇贅，猶綴也，謂系綴而屬之。

◇《長發》云：“為下國綴旒（liú，旗子上面的飄帶，古代皇帝禮帽前後的玉串）。”襄十六年《公羊傳》曰：“君若綴旒。”然是贅、綴同也。《孟子》曰：“太王屬其耆（qí）老。”《書傳》云：“贅其耆老。”是贅為屬。《漢書》謂男子在婦家為贅婿，亦此義也。

◇◇“穹蒼，蒼天”，《釋天》文。李巡曰：“古時人質，仰視天形穹隆而高，色蒼蒼然，故曰穹蒼。”是也。

【孔疏】○箋“恫痛”至“此災”。

◇◇“恫，痛”，《釋言》文。以贅是系屬，民所系屬唯兵耳，故知繫於兵役。家家盡空虛矣，言悉從行也。

◇◇旅訓眾也，故知“靡有旅力”，責朝廷曾無眾同力諫争，念天所為下此災也。眾力則非一人所能，故總之而云“靡有”者，責其無有發此心者。

【孔疏-章旨】“天降”至“穹蒼”（下列序號以經文兩句為一段譯解）。

①言天以王貪酷之政，故下此死喪亂國之災，以滅盡我所**恃立**以為王者之物，謂災害五穀也。

②又說災害之事，降此蟊賊殘食苗稼之蟲，食民所斂種之稼穡，莫不盡被病害，是滅我立王也。既天災如此，以致兵亂。

③可哀痛哉，今中國之人，俱見系屬於兵役，家家盡皆空虛，是深可哀矣。

④何謂汝之朝廷群臣，無有欲眾力一心，共諫争王，以念止此穹蒼上天所下之災者乎！

<八章-1>**維此惠君，民人所瞻。秉心宣猶，考慎其相（xiàng）。**

【毛傳】相，質也。

【鄭箋】惠，順。宣，徧。猶，謀。慎，誠。相，助也（與毛不同）。維至德順民之君，為百姓所瞻仰者，乃執正心，舉事徧謀於眾，又考誠其輔相之行，然後用之。言擇賢之審。

【孔疏】○傳“相，質”。傳讀“相”如金玉其相，故以為質，謂大賢之人有美質者。其考慎之義亦當與箋同。

【孔疏】○箋“惠順”至“之審”。

◇◇君之用臣，必謀之朝廷，故云“執正心舉事必謀於眾”。

◇◇假使眾雖同舉，或言非誠信，又當考察誠信其輔相之行，知其實善，然後用之。言其擇賢之審，謂順民之君能如此也。

<八章-5>**維彼不順，自獨俾（bǐ）臧（zāng），自有肺腸，俾民卒狂。**

【鄭箋】臧，善也。彼不施順道之君，自多足獨謂賢，言其所任之臣皆善人也。不復考慎，自有肺腸行其心中之所欲，乃使民盡迷惑如狂，是又不宣猶。

【孔疏】○箋“臧善”至“宣猶”。

◇◇此經之“順”猶上“惠”也。上言惠君，知此不順者，不施順道之君也。

◇◇獨者，自以已身獨有才智，謂眾人之所不及，故云“自多足獨謂賢”。言此人自多其事，以己為足，無所假人，獨自謂己賢，若皇父、孔聖是也。

◇◇身實不賢，專己自任，則迷於是非，不知善惡。所使實非善人，信其諂諛之語，即言所任使之人皆為善人，不如惠君考慎也。

◇◇肺腸，五脏之物，言之以表其心，故云“自有肺腸，行其心中之所欲”。但所欲不得於道，以之行化，使使之迷惑如狂，是又不如惠君宣猶之也。言“又”者，對不考慎為文也。上先宣猶，而後考慎，此反上文而倒者，以此二者經文大小不類。

◇◇上云“民人所瞻”，此當有民人不瞻之意。此云“俾民卒狂”，上應有使民得理之意。文既不同，故互相先後。臣實不善而謂之為善，是不考慎。自行所欲，不謀於眾，是不宣猶。故箋隨文所反而引以譬之，故與上文倒也。

【孔疏-章旨】“維此”至“卒狂”。

○毛以為，上責王不任賢，此言不能任意。

①維此至德順民之君，為百姓民人之所瞻仰者，乃執正其心，遍謀於眾，又稽考誠信，用其賢明之有美質者以為臣。

②維彼不施順道於民之君，自獨用己心，謂己所任使之臣皆為善人，不復詳考善惡，更求賢人，自以己有肺腸，行心所欲，不謀於眾人，任用惡人，乃使下民化之，盡皆迷惑如狂人，是不謀於眾，無可瞻仰也。

○鄭唯考誠其輔相之行為異。餘同。

<九章-1>**瞻彼中林，甡（shēn）甡其鹿。朋友已譖（zèn），不胥（xū）以穀。**

【毛傳】甡甡，眾多也。

【鄭箋】譖，不信也。胥，相也。以，猶與也。穀，善也。視彼林中，其鹿相輩耦行，甡甡然眾多。今朝廷群臣皆相欺背，皆不相與以善道，言其鹿之不如。

【程析】以，與。穀，善。

【孔疏】○傳"甡甡，眾多"。甡即詵字。詵詵，群聚之貌，故為眾多也。

【孔疏】○箋"譖不"至"不如"。

◇◇讒譖是偽妄之言，故為不信也。

◇◇事有相對，勢有相反。言朋友不信，不相與善道，則鹿之甡甡者為相親善矣，故言鹿相輩類偶匹，為相親善之意。群臣皆相欺背，不相與善，是則不能甡甡，故言鹿之不如。

<九章-5>**人亦有言，進退維谷。**

【毛傳】谷，窮也。

【鄭箋】前無明君，卻迫罪役，故窮也。

【孔疏】○傳"谷，窮"。◇◇谷謂山谷，墜谷是窮困之義，故云谷，窮。

【孔疏】○箋"前無"至"故窮"。

◇◇人君是施政之本，民心所向，故以為前。罪役是既施之後，民心所畏，故以為卻。以此，故進退有窮也。

◇◇王肅云："進不遇明君，退不遇良臣，維以窮。"箋不然者，以臣之佐君，共成其惡，不宜分之為二，故以施政本末為進退。

【孔疏-章旨】"瞻彼"至"維谷"（下列序號以經文兩句為一段譯解）。

①此責臣不相信，令百姓困窮。言視彼中林之處，乃見甡甡然眾多

者，是其群鹿。鹿乃走獸，猶以其類相善，輩偶而行，以喻朝廷群臣，亦當以善相與，共處官位。

②何為今汝群臣朋友，皆以此僭差，情不相信，不肯相告以善道者？是乃鹿之不如也。既政惡如此，上下有害。

③古之賢人亦有言曰：無道之世，其民前無明君，卻迫罪役。其進與退，維皆困窮。此即今時是也。

<十章-1>**維此聖人，瞻言百里。維彼愚人，覆狂以喜。**

【毛傳】瞻言百里，遠慮也。

【鄭箋】聖人所視而言者百里，言見事遠而王不用。有愚闇（àn）之人，為王言其事，淺且近耳，王反迷惑信用之而喜。

【程析】覆，反復。狂，狂蕩。以，而。

【樂道主人】聖人，指賢臣。愚人，指惡臣。

<十章-5>**匪言不能，胡斯畏忌？**

【鄭箋】胡之言何也。賢者見此事之是非，非不能分別皂白言之於王也。然不言之，何也？此畏懼犯顏得罪罰。

【程析】畏忌，害怕顧忌。

【孔疏-章旨】“維此”至“畏忌”。此又言王親愚遠聖，而賢者不敢言之。

①維此聖而通知之人，其所觀視而言者，乃遠知於百里之事，而王不寵用之。維彼愚而蔽闇之人，其所觀視而言者，乃遠不過知於分寸之理，今王反迷惑以歡喜用之。

②賢者見王如是，實能辯其善惡，非是言之不能，其實能辯言之，而不肯言之者，何乎？此乃畏懼犯顏得罪，故不敢言之。

◇◇刺王寵愛愚人，虐而拒諫。

<十一章-1>**維此良人，弗求弗迪。維彼忍心，是顧是復（fù）。**

【毛傳】迪，進也。

【鄭箋】良，善也。國有善人，王不求索，不進用之。有忍為惡之心者，王反顧念而重復之，言其忽賢者而愛小人。

【樂道主人】忍，《說文》：能也。

【孔疏】○箋“國有”至“小人”。

◇◇王不求索者，謂不肯求訪搜索而覓之，假得，又不肯進用之，故分為二也。

◇◇顧念，謂初即見顧眷而念愛之，既用為官，又復重而升進之，故亦分為二。維顧小人，不求進賢者，言其忽賢者而愛小人。

<十一章-5>**民之貪亂，寧為荼（tú）毒。**

【鄭箋】貪，猶欲也。天下之民，苦王之政，欲其亂亡，故安為苦毒之行，相侵暴慍恚（huì）使之然。

【樂道主人】恚，《説文》：恨也。

【孔疏】箋"貪猶"至"之然"。

◇◇貪欲皆是意之所思，故云貪猶欲也。民性本好安寧，今所以貪欲亂亡者，以疾苦王者之政，欲使天下之亂，得喪滅此王也。

◇◇荼，苦，葉毒者。螫蟲、荼毒皆惡物，故比惡行。

◇天下之民苦王之政，民欲其亂亡，故安然而為此惡行，以相侵暴，謂强陵弱，眾暴寡也。此非民之本性，乃由慍恚王者使之然也。

<十二章-1>**大風有隧（suì），有空大谷。**

【毛傳】隧，道也。

【鄭箋】西風謂之大風。大風之行，有所從而來，必從大空谷之中。喻賢愚之所行，各由其性。

【孔疏】○傳"隧，道"。◇◇隧者，道之别名。襄二十五年《左傳》曰："當陳隧者，井堙（yīn）木刊。"謂當陳道也。

【孔疏】○箋"西風"至"其性"。

◇◇"西風謂之大風"，《釋天》文。彼大作泰。孫炎曰："西風成物，物豐泰也。"

◇◇以下文説良人與不順之人性行，故知喻賢愚各由其性。

<十二章-3>**維此良人，作為式穀。維彼不順，征以中垢（gòu）。**

【毛傳】中垢，言闇冥也。

【鄭箋】作，起。式，用。征，行也。賢者在朝則用其善道，不順之人則行闇冥，受性於天，不可變也。

【樂道主人】冥，《説文》：幽也。

【孔疏】○傳"中垢，言暗冥"。◇◇垢者，土處地中而有垢，故以中垢言暗冥也。

【孔疏-章旨】"大風"至"中垢"。上言王用惡人，此又云惡有本性，不可變改。

①言大風所從之來，自有其道，乃從彼有空大谷而來也。以喻賢愚所為之行，亦自有其本，乃由彼有稟天性而然。由善惡自有本性，所行各依其本。

②維此善德順道之人，其所起為之事，皆用其善道，行昭明之德。維彼反道不順之人，其所行作之事，皆不以其善，用闇冥之行。

◇◇是各受天性，不可改移。刺王用此不移之惡，使行政亂民。

<十三章-1>**大風有隧，貪人敗類。聽言則對，誦言如醉。**

【毛傳】類，善也。

【鄭箋】類，等夷也（與毛不同）。對，答也。貪惡之人，見道聽之言則應答之，見誦《詩》《書》之言則冥卧如醉。居上位而行此，人或效之。

【程析】貪人，貪財犯法的人。

【孔疏】○箋"類等"至"效之"。

◇◇箋以貪者惡行，自然反善，不宜言敗善也。類者比類，故為等夷，謂尊卑齊平朝廷之人。《禮記》注引四皓曰："陛下之等夷。"亦謂尊卑等也。

◇◇聽言與誦言相對，誦言是誦習《詩》《書》之言，則聽言非典法之言，故以為道聽之言，即《論語》所謂"道聽塗説"者也。

◇貪人之識，不能鑒遠聞。淺近之言，合其志意，則應答之。見誦《詩》《書》之言，非心所解，則眠卧如醉。

◇《樂記》魏文侯自言端冕而聽古樂，唯恐卧。《史記》稱商鞅説秦孝公以帝道，孝公睡而弗應。皆是心所不悟，如醉然也。

◇◇民之所為，皆效君上，故云"居上位而行此，人或效之"。言或者，容其不必盡然。

<十三章-5>**匪用其良，覆俾我悖**（bèi）。

【毛傳】覆，反也。

【鄭箋】居上位而不用善，反使我為悖逆之行，是形其敗類之驗。

【孔疏】○箋"居上"至"之驗"。

◇◇居上位而不用善，即上"誦言如醉"，是也。

◇◇由其不能用善，並皆用惡，此惡行以教下民，令民效之，是反使我為悖逆之行。

◇◇詩人言此事者，是以形見其敗類之驗也。敗類者，謂敗其朝廷等類。此使民為惡行，則非其等類，而以此為敗類驗者，以善人與惡人為類，善人欲教人為善，今惡人教人為惡，是善者敗也，故為敗驗。

【孔疏-章旨】“大風”至“我悖”。

○毛以為，①大風之來也有道，以喻貪人之所為也有性。貪人有此惡行，敗於善道，又言其敗善之事。

②見彼道聽之言則應答之，見誦《詩》《書》之言則眠卧如醉。居上而為此行，令使下民效之，非能聽用其言，反使我下民效之為悖逆之行，是以惡行敗善也。

○鄭唯類為等夷為異。餘同。

<十四章-1>**嗟爾朋友，予豈不知而作。如彼飛蟲，時亦弋（yì）獲。**

【鄭箋】嗟爾朋友者，親而切瑳之也。而猶女（rǔ）也。我豈不知女所行者，惡與直知之。女所行如是，猶鳥飛行自恣東西南北時，亦為弋射者所得。言放縱久無所拘制，則將遇伺女之間者，得誅女也。

【程析】時，有時。

【孔疏】○箋“嗟爾”至“誅女”。

◇◇此言朋友還是上之貪人，貪人非詩人所親，而謂之朋友者，意欲親而切瑳之，故以朋友言之。

◇◇經言飛蟲，箋言飛鳥者，為弋所獲，明是飛鳥。蟲是鳥之大名，故羽蟲三百六十，鳳皇為之長，是鳥之稱蟲者也。

◇◇放縱久無所拘制，謂侵害善人，作惡不已，則將有人伺汝之閑暇誅汝。謂知其間隙，發揚其罪，告王使誅之也。

<十四章-5>**既之陰女（rǔ），反予來赫。**

【毛傳】赫，炙也。

【鄭箋】之，往也。口距人謂之赫。我恐女見弋獲，既往覆陰女，謂啟告之以患難也，女反赫我，出言悖怒，不受忠告。

【陸曰】陰，鄭音蔭，覆蔭也。王如字，謂陰知之。

【程析】赫，嚇，恐嚇。陰，“諳”之假借，洞悉，了解。

【孔疏】○傳“赫，炙”。◇◇來赫者，言其拒己之意，故轉為嚇，與“王赫斯怒”義同，是張口瞋怒之貌，故箋以為口拒人謂之嚇。

【孔疏-章旨】“嗟爾”至“來赫”。上既言貪人敗善，故又責此貪人。

①嗟乎！汝朋友謂朝廷臣等，我豈不知汝之所行者為惡與？言已知其惡也。為惡不已，如彼翻飛之蟲，恃其羽翮之力，自恣東西南北，有時亦為弋者所獲。言貪人恃此詐偽之智，自恣侵害良善，有時亦將為所誅。

②恐汝見誅之，故既以善言往**覆蔭**汝，謂告之患難，使之改行。汝何為反於我來嚇然而拒我也？言其不受忠告，必將誅滅。

<十五章-1>**民之罔極，職涼（liáng/liàng）善背。**

【毛傳】涼，薄也。

【鄭箋】職，主。涼，信也（與毛不同）。民之行失其中者，主由為政者信用小人，工相欺違。

【程析】罔極，無法則。涼，同“諒”，誠懇（鄭意）。

【樂道主人】背，違背。

【孔疏】○傳“涼，薄”。

◇◇涼者，薄之别名。莊三十二年《左傳》曰：“虢多涼德。”謂虢君薄德，是涼為薄也。王肅云：“民之無中和，主為薄俗，善相欺背。”傳意當然。

◇◇此傳以涼為薄，職謂民所主為，則下云“職競”“職盜”，皆是民之所主，不得與鄭同。

【孔疏】○箋“職主”至“欺違”。

◇◇箋以民之為惡，由政不善，則所言職者，皆主由君政，不宜為民意所主，**故易傳以**諒為信。由為政者信用小人之工相欺違者，以此故下民皆無中正，學相欺違也。

◇善其事曰工，故以工解善。

<十五章-3>**為民不利，如云不克。**

【鄭箋】克，勝也。為政者害民，如恐不得其勝，言至酷也。

<十五章-5>**民之回遹（yù），職競用力。**

【鄭箋】競，逐也。言民之行維邪者，主由為政者逐用强力相尚故也（與毛不同）。言民愁困，用生多端。

【程析】回遹，邪僻。用力，任用暴力。

【孔疏】○箋“競逐”至“多端”。

◇◇逐用强力相尚者，謂有强力，能威服下民者，則尊尚之。以此相尚，則在位者皆競為强，故下民愁困。用此之故，各生多端。多端即邪僻是也。

◇◇毛以職競用力為民所主為，則是民主相與競用力為邪僻也，故王肅云“今民之為邪僻，乃主相與競用力為之”，是也。

【孔疏-章旨】“民之”至“用力”。

○毛以為，①上既為不善政，使民俗亦敗。言下民之為此，無中和之行，主為偷薄之俗，唯善於相欺背之事，是由上行惡政，故使之然。

②在上行政，為民所不利者，如云恐畏不勝其人者然。言其盡力為酷，唯恐不勝也。上以虐政臨下，下則奸巧避責。

③今下民之行皆邪僻矣，主為競逐用力。言民皆以力相陵，由上化然也。

○鄭以為，①民之無中正者，主由在上信用小人之工善於相欺背者。

②下二句言民之所以邪僻，主由為政競逐用力，唯以强力相尚，務勝其民，故下民愁苦，皆為邪僻也。餘同。

<十六章-1>**民之未戾，職盜為寇。**

【毛傳】戾，定也。

【鄭箋】為政者主作盜賊為寇害，令民心動摇不安定也。

【孔疏】○傳“戾，定”。毛以職盜為寇，為民所主行，則是民自作盜賊相寇害也。

<十六章-3>**涼曰不可，覆背善詈**（lì）。

【鄭箋】善，猶大也。我諫止之以信，言女所行者不可。反背我而大詈。言距已諫之甚。

【程析】涼，同“諒”，誠懇。善詈，大罵。

<十六章-5>**雖曰匪予，既作爾歌。**

【鄭箋】予，我也。女雖牴（dǐ）距己言，此政非我所為。我已作女所行之歌，女當受之而改悔。

【程析】既，終，最終。

【樂道主人】予，我也，指詩人。

【孔疏-章旨】“民之”至“爾歌”。

○毛以為，由上非理化民，故下民之心未能安定矣。

①今民心皆主作盜賊，相為寇害，是未得安定矣。

②以民之不定，故我以信言諫王曰：汝所行者，於理不可。望王受而用之，反背我而大罵詈，拒己作此惡事，云非己所為。

③汝雖言曰：此惡政非我所為。我知汝實為之，已作汝所為之歌，歌汝之過。汝當受而改之。

○鄭唯上一句為異。餘同。

《桑柔》十六章，八章章八句，八章章六句。

雲　漢 【大雅二十四】

倬（zhuō）彼雲漢，昭（zhāo）回于天。王曰於（wū）乎，何辜（gū）今之人！天降喪（sāng）亂，饑饉薦（jiàn）臻。靡（mǐ）神不舉，靡愛斯牲。圭璧既卒（zú），寧（nìng）莫我聽！

旱既大（tài）甚，蘊（yùn）隆蟲蟲。不殄（tiǎn）禋（yīn）祀，自郊徂（cú）宫。上下奠瘞（yì），靡神不宗。后稷不克，上帝不臨。耗斁（dù）下土，寧丁我躬！

旱既太甚，則不可推。兢兢業業，如霆如雷。周餘（yú）黎民，靡有孑遺（yí）。昊天上帝，則不我遺（wèi）。胡不相畏？先祖于摧。

旱既太甚，則不可沮（jǔ）。赫赫炎炎，云我無所。大命近止，靡瞻靡顧。群公先正，則不我助。父母先祖，胡寧忍予！

旱既太甚，滌（dí）滌山川。旱魃（bá）為虐，如惔（tán）如焚。我心憚（dàn）暑，憂心如薰（xūn）。群公先正，則不我聞。昊天上帝，寧俾我遯（dùn）。

旱既太甚，黽（mǐn）勉畏去。胡寧瘨（diān）我以旱？憯（cǎn）不知其故。祈（qí）年孔夙（sù），方社不莫（mù）。昊天上帝，則不我虞。敬恭明神，宜無悔怒。

旱既太甚，散無友紀。鞫（jū）哉庶正，疚（jiù）哉冢宰（zǎi）。趣馬師氏，膳夫左右。靡人不周，無不能止。瞻卬（yǎng）昊天，云如何里！

瞻卬昊天，有嘒（huì）其星。大夫君子，昭假（gé）無贏。大命近止，無棄爾成。何求為我，以戾庶正。瞻卬昊天，曷（hé）惠其寧！

《雲汉》八章，章十句。

【毛序】《雲漢》，仍叔美宣王也。宣王承厲王之烈，内有撥亂之志，遇災而懼，側身脩行，欲銷去之。天下喜於王化復行，百姓見憂，故作是詩也。

【鄭箋】仍叔，周大夫也。《春秋》魯桓公五年，“夏，天王使仍叔之子來聘”。烈，餘也。

【樂道主人】此篇對大旱的情景有入神的描述，有淋漓的情感並發。

【孔疏】序“《雲漢》”至“是詩”。

◇◇《雲漢》詩者，周大夫仍叔所作，以美宣王也。以宣王承其父厲王衰亂之餘政，内有治亂之志，遇此旱災，而益憂懼，側己身以脩德行，欲以善政而銷去之。天下之民見其如此，喜於王者之化復得施行。百姓見王所憂矜，故仍叔述民之情，作是《雲漢》之詩以美之也。

◇◇必本之於厲王之烈者，為撥亂張本，明宣王悼父之非，自力為善，已有撥亂之心志，遇災而益憂懼，見其憂民之情深也。

◇◇撥亂者，以前有衰亂，欲治理之。哀十四年《公羊傳》曰：“撥亂世，反諸正，莫近於《春秋》。”何休云：“撥猶治也。其意言，《春秋》撥亂而作，欲治此亂世，使反諸正道。”是撥亂為治亂也。

◇◇遇災，謂旱災，即經“旱既太甚”是也。側者，不正之言，謂反側也。憂不自安，故處身反側，欲行善政以消去此災也。

◇◇喜於王化復行者，厲王之亂，王化不行，宣王施布王化，故喜其復行。經稱憂其旱災，為之祈禱，即是王化行也。王之憂旱，正為百姓，是天下百姓見被憂矜，非百官也。

◇◇宣王遭旱早晚及旱年多少，經傳無文。皇甫謐（mì）以為，宣王元年，不藉千畝，虢文公諫而不聽，天下大旱，二年不雨。至六年乃雨。以為二年始旱，旱積五年。謐之此言，無所憑據，不可依信。

◇◇經八章皆言王之憂旱，百姓喜之之事。

【孔疏】○箋“仍叔”至“烈餘”。

◇◇仍氏，叔字。《春秋》之例，天子公卿稱爵，大夫則稱字。此言仍叔，故知大夫也。桓五年夏，“天王使仍叔之子來聘”，則《春秋》經也。引之者，證此仍叔是天子大夫也。

◇◇以《史記》考之，桓之五年，上距宣王之崩七十六年，至其初則百餘年也，未審此詩何時而作。為别人可也。何則？《春秋》之世，晉之知氏世稱伯，趙氏世稱孟，仍氏或亦世稱，字叔，為別人可也。

<一章-1>**倬（zhuō）彼雲漢，昭（zhāo）回于天。**

【毛傳】回，轉也。

【鄭箋】雲漢，謂天河也。昭，光也。倬然天河水氣也，精光轉運於天。時旱渴雨，故宣王夜仰視天河，望其候焉。

【程析】倬，即倬倬，浩大貌。雲漢，銀河。

【孔疏】○箋"雲漢"至"候焉"。

◇◇此雲漢與《大東》天漢為一，故云天河也。"昭，光"，《釋詁》文。《河圖括地象》云："河精上為天漢。"是天河河水光之精氣也。

◇◇望其候者，謂望天之星辰及風雲之氣，冀見雨之徵候也。惟言望雲漢者，以天河水氣與雨為類，睹天之水氣，傷地之無雨。宣王意在天河，故作者持言焉。

<一章-3>**王曰於（wū）乎，何辜（gū）今之人！天降喪（sāng）亂，饑饉薦（jiàn）臻。**

【毛傳】薦，重（chóng）。臻，至也。

【鄭箋】辜，罪也。王憂旱而嗟歎云：何罪與，今時天下之人！天仍下旱災，亡亂之道，饑饉之害，復重至也。

【孔疏】○傳"薦，重。臻，至"。◇◇《釋言》云："薦，再也。"僖十三年《左傳》曰："晋薦饑。"《釋天》云："仍饑為薦。"此薦與薦，字異義同，故為重也。

【孔疏】○箋"辜罪"至"重至"。

◇◇天仍下旱災亡亂之道，正謂旱是亡亂之道理也。定本、《集注》"仍"字皆作"乃"字。

◇◇宣王遭旱，非止一年，故皇甫謐以為旱積五年。五年之言，未知信否。要言饑饉薦臻，必是連年不熟，故云"饑饉之害，復重至也"。

<一章-7>**靡（mǐ）神不舉，靡愛斯牲。圭璧既卒（zú），寧（nìng）莫我聽！**

【鄭箋】靡、莫，皆無也。言王為旱之故，求於群神，無不祭也。無所愛於三牲，禮神之圭璧又已盡矣，曾無聽聆我之精誠而興雲雨。

【程析】舉，祭祀。

【孔疏】○箋“言王”至“雲雨”。

◇◇求於群神，無所不祭，即下經所陳上天下地，從郊至宫之類也。《大司徒》“以荒政十有二，聚萬民。其有一曰索鬼神”。注云：“荒，凶年也。鄭司農云：‘索鬼神者，求廢祀而修之。《雲漢》之詩所謂靡神不舉，靡愛斯牲，是也。’”下傳亦云：“國有凶荒，則索鬼神而祭之。”是遭遇天災，必當廣祭群神。

◇◇神皆用牲祭之，故言“靡愛斯牲”。遍祈群神，所祭者廣。天地五帝，當用特牲。其餘諸神，或用太牢，或用少牢。三牲皆用，故言無所愛於三牲也。

◇◇祭神又用玉器，《春官·大宗伯》“以玉作六器，以禮天地四方。以蒼璧禮天，以黄琮禮地，以青圭禮東方，以赤璋禮南方，以白琥禮西方，以玄璜禮北方。”

◇《典瑞》云：“四圭有邸（dǐ）以祀天，兩圭有邸以祀地，祼圭有瓚以祀先王，圭璧以祀日月星辰，璋邸射以祀山川。”皆是祭神所用，故云“禮神之圭璧又已盡矣”。

◇禮神之圭器，自有多名，言圭璧為其總稱。以三牲用不可盡，故言“無愛”。圭璧少而易竭，故言“既盡”。

◇◇莊二十五年《左傳》曰：“凡天災有幣無牲。”而此云“靡愛斯牲”者，設文之意，各有所主。彼因日食大水而發。此言天之見異，所以譴告人君，只欲令改過修善，非為求人飲食而降此災異。

◇於時魯不罪己修政，謂天求飲食，而用牲祭之，望天不為咎，故傳據正禮，諸侯當用幣於社以告請，上公伐鼓於朝退以自責，不宜用牲於社與之飲食，故云“有幣無牲”，謂救止天災，告社之法不當用牲也。

◇至於水旱薦至，禱祀群神，以祈福祥，遏止災沴者，則不得不用牲也。何則司徒荒政索鬼神，謂祭祀之也。若不以牲祭祭，索之何也？

◇《祭法》曰：“埋少牢於泰昭，祭時也。◇禳祈於坎壇，祭寒暑也。◇王宫，祭日也。◇夜明，祭月也。◇幽禜，祭星也。◇雩禜，祭水旱也。”注云：“凡此以下，皆祭用少牢。寒暑不時，或禳之，或祈之。”是説祈禱之祭用牲也。

◇又《春官·太祝》“掌六祈以同鬼神示，類、造、禬（guì，為消災除病而舉行的祭祀）、禜（yǒng，祈求神靈消除災禍的祭祀。設緜蕝爲營，以禳風雨、雪霜、水旱、癘疫於日月星辰山川也）、攻、説”。注云：

"造、類、禬、禜皆有牲。攻、説用幣而已。"是天災祈禱有用牲也。

◇◇歲或水旱，皆是上天之為，假祭群神，未必能已。聖王制此禮者，何哉？將以災旱不熟，必至於死。人君為之父母，不可忍觀窮厄，固當責躬罪己，求天禱神，罄忠誠之心，為百姓請命。

◇◇聖人緣人之情，而作為此禮，非言祈禱必能止災也。徒以民情可矜，不得不為之禱。禱而無雨，不得不訴於神耳。

【孔疏-章旨】"倬彼"至"我聽"（下列序號以經文兩句為一段譯解）。

①於時旱災已甚，王憂念下民，夜仰視天，瞻望雨候，見倬然而明大者，彼天之雲漢，其水氣精光轉運於天，未有雨徵。

②王乃言曰：於乎，可嗟歎，我何罪乎！我今時之人何罪而為天所罰？乃使上天下此喪亂之災，使饑饉之害頻頻重至也。無罪，故以訴之。

③又言已為旱之故，祈禱明神，無有神不求而舉祭之者。言其遍祭群神。又無愛於此三牲，言其不吝牲物。

④又禮神圭璧既已盡矣，言已牲玉不愛，精誠又甚。何為諸神曾無於我而見聽聆、欲加祐助者，而使其旱災若此也！

<二章-1>**旱既大（tài）甚，蘊（yùn）隆蟲蟲。**

【毛傳】蘊蘊而暑，隆隆而雷，蟲蟲而熱。

【鄭箋】隆隆而雷，非雨雷也，雷聲尚殷殷然。

【程析】蘊蘊，暑氣鬱結，猶今云悶熱。隆隆，盛，指暑氣隆盛。蟲蟲，熱氣熏蒸貌。

【孔疏】○傳"蘊蘊"至"而熱"。爞爞是熱氣蒸人之貌，故云"而熱"。以蘊、隆貌狀宜重言，故復言之也。暑熱大同。蘊，平常之熱，爞爞又甚熱，故暑熱異其文。《釋訓》云："爞爞，薰也。"郭璞曰："旱熱薰炙人也。"

【孔疏】○箋"隆隆"至"殷殷然"。以雷雨相將，嫌旱不得有雷，故辨之云"非雨雷"，取"殷其雷"以證之，明雷同而事別也。

<二章-3>**不殄（tiǎn）禋（yīn）祀，自郊徂（cú）宮。上下奠瘞（yì），靡神不宗。**

【毛傳】上祭天，下祭地，奠其禮，瘞其物。宗，尊也。國有凶荒，則索鬼神而祭之。

【鄭箋】宮，宗廟也。為旱故絜祀不絕，從郊而至宗廟，奠瘞天地之神，無不齊（zhāi）肅而尊敬之。言徧至也。

【程析】殄，斷。

【樂道主人】禋祀，古代祭天的一種禮儀。先燔柴升煙再加牲體或玉帛於柴上焚燒。意為讓天帝嗅味以享祭。瘞（yì），瘞坎（古代行祭地禮時用以埋牲、玉帛的坑穴），瘞地（祭土地神），瘞玉（古代祭山禮儀，治禮畢埋玉於坑），瘞土（祭土地神），瘞毛血（古時祭宗宙和孔廟的一種儀式），瘞位（設瘞坎之處），瘞埋（古代祭地禮儀之一）；瘞繒（古代埋繒帛以祭地）。

【孔疏】○傳"上祭"至"祭之"。

◇◇以郊為祭天，即此上也。上既為天，下與之對，故知是地也。

◇◇奠謂置之於地，瘞謂堙之於土。禮與物皆謂為禮事神之物，酒食牲玉之屬也。天言奠，其禮見燔其物。地言瘞，其物亦奠其禮也。天地各舉其一，互以相通。

◇◇國有凶荒，則索鬼神而祭之，即《司徒》荒政索鬼神是也。言此者，解"靡神不宗"之意。

【孔疏】○箋"宮宗"至"徧至"。

◇◇以言祭事而云宮，故知宮為宗廟也。祭郊、祭廟，不以同日為之，而云"自郊徂宮"，為相因之勢者，明其不絕之意也。

◇◇"靡神不宗"與"奠瘞"别句，則所宗者，天地之外，其餘百神。而箋連其文，云"奠瘞天地之神，無不齊肅而尊敬之"，以奠瘞即是尊敬之事，明其餘群臣亦奠瘞之。"無不"者，廣及之辭，言其祭祀遍至也。

<二章-7>**后稷不克，上帝不臨。耗斁（dù）下土，寧丁我躬！**

【毛傳】丁，當也。

【鄭箋】克當作刻（與毛不同）。刻，識也。斁，敗也。奠瘞群神而不得雨，是我先祖后稷不識知我之所困與？天不視我之精誠與？猶以旱耗敗天下，為害曾使當我之身有此乎？先后稷，後上帝，亦從宮之郊。

【程析】耗，消耗。斁，敗壞。丁，遭遇，碰上。

【孔疏】○傳"丁，當"。

◇◇毛無破字之理，必不與鄭同。蓋以克為能。王肅云："后稷不能福祐我邪？上帝不能臨饗我邪？天下耗敗，當我身邪？"傳意或然。

◇◇則能與臨異文者，以后稷是已之先祖，心必助之，但苦其不能耳。天則非已之親，故云不臨。

【孔疏】○箋“克當”至“之郊”。

◇◇以“上帝不臨”者，上帝不視下。則“后稷不克”者，當謂后稷不知已，故轉克為刻。刻削所以記識，故云“刻，識也”。

◇◇《洪範》云：“彝倫攸斁。”斁是毀敗之義，故為敗也。不知困苦，不視精誠，其意亦同。正以困苦欲其知，精誠欲其見，故分屬之耳。

◇◇上云不絕禋祀，即云從郊往宮。此先言后稷，後言上帝，與上郊至宮文倒，明又見從宮至郊，為不絕之義也。

【孔疏-章旨】“旱既”至“我躬”（下列序號以經文兩句為一段譯解）。

○毛以為，①皆述宣王之辭。言天雨不降，旱勢已太甚矣。其暑氣蘊蘊然，雷聲隆隆然，熱氣爞爞然。

②酷熱如此，無復雨意，故我勤於請禱，不絕其絜敬之祭。既祀天於郊，又從郊而往至宗廟之宮，以次而祭，未嘗絕已。

③其祭之禮，則上祭天，下祭地，而天則奠其禮，地則瘞其物。從此以至於百靈，無神而不齋肅尊敬之者。言皆尊敬之。

④我精誠如此，雨澤不降，是先祖后稷不能福祐我也，皇天上帝不能臨饗我也。若稷能祐我，天意臨我，則應助我以福，何故以此旱災，秏敗天下土地之國，曾使正當我身有此旱乎？

○鄭唯不克、不臨為異。餘同。

<三章-1>**旱既太甚，則不可推。兢兢業業，如霆如雷。周餘（yú）黎民，靡有孑遺（yí）。**

【毛傳】推，去也。兢兢，恐也。業業，危也。孑然遺失也。

【鄭箋】黎，眾也。旱既不可移去，天下困於饑饉，皆心動意懼，兢兢然，業業然，狀如有雷霆近發於上，周之眾民多有死亡者矣。今其餘無有孑遺者，言又餓病也。

【樂道主人】孔疏：其意言死者已死，在者又餓，無有孑然不餓病者，非謂盡死無孑然也。

【孔疏】○傳“推去”至“遺失”。

◇◇推是遠離之辭，故為去也。

◇◇《釋訓》云："兢兢，戒也。"以恐怖而後戒懼，故為恐也。

◇◇孑然，孤獨之貌。言靡有孑遺，謂無有孑然得遺漏。定本及《集注》皆云"孑然遺失也"。

【孔疏】○箋"黎眾"至"餓病"以旱災殺人，而言周餘眾民，故知餘是死亡之餘。既言有餘，則是有民存矣，而復言靡有孑遺。無有孑遺，乃是悉盡之言，故知無有孑遺謂餓病也。其意言死者已死，在者又餓，無有孑然不餓病者，非謂盡死無孑然也。

<三章-7>**昊天上帝，則不我遺（wèi）。胡不相畏？先祖于摧。**

【毛傳】摧，至也。

【鄭箋】摧當作"嗺（zuī）"（與毛不同）。嗺，嗟也。天將遂旱，餓殺我與？先祖何不助我恐懼，使天雨也？先祖之神于嗟乎！告困之辭。

【程析】遺（wèi），贈送。指賜給食物。

【孔疏】○傳"摧，至"。孫毓云："我今死亡，先祖之神於何所至？"言將無所歸也。今以孫為毛說。

【孔疏】○箋"摧當"至"之辭"。

◇◇箋以先祖於至，於辭不安，故轉"摧"為"嗺"。嗺者，咨嗟告困之辭。

◇◇以上言死亡者已死，遺餘者復病，是天意遂欲餓殺我也，解"則不我遺"之意。

◇◇相訓助也，畏是懼也，故言"何為不助我恐懼，使天雨也"。責其不助己者，責先祖也。先言所責之意乃呼之，既呼即籲嗟告困，故先祖與于嗺共句，為文勢然。

【孔疏-章旨】"旱既"至"于摧"（下列序號以經文兩句為一段譯解）。

○毛以為，①宣王言旱熱已太甚矣，不可令之移去矣。

②天下困於饑饉，心動意懼，皆兢兢然而恐怖，業業然而憂危。其危恐也，如有霆之鼓於天，如有雷之發於上。言其恐怖之甚也。

③以此故周之民多死亡矣。其餘不死之眾民，無有孑然得遺漏而不餓病者。言死亡之餘，又皆饑困也。

④昊天上帝如此酷旱，則不於我民使有遺留，其意將欲盡殺我民也。

⑤先祖之神，見天如此，何不助我畏此旱災，使天雨也？天若不雨，

民將餓死，先祖之神，於何所歸而至乎？言民盡餓死，則神無所歸，欲令先祖助己憂也。此"胡不相畏"，責先祖不助己，則"先祖"之文，宜在"胡不"之上，但下之與"于摧"共句耳。○鄭唯以于摧為嗟歎告困苦之辭為異。餘同。

<四章-1>**旱既太甚，則不可沮（jǔ）。赫赫炎炎，云我無所。大命近止，靡瞻靡顧。**

【毛傳】沮，止也。赫赫，旱氣也。炎炎，熱氣也。大命近止，民近死亡也。

【鄭箋】旱既不可卻止，熱氣大盛，人皆不堪言。我無所庇陰而處，眾民之命近將死亡，天曾無所視，無所顧，於此國中而哀閔之。

【程析】赫赫，乾旱燥熱貌。炎炎，暑氣灼人貌。

【孔疏】○傳"沮止"至"死亡"。命者，人所稟受之度，死則謂之命盡。今言"大命近止"，言期不遠將澌，故為民近死亡。大者，多眾之辭，故箋以為眾民之命。

<四章-7>**群公先正，則不我助。父母先祖，胡寧忍予！**

【毛傳】先正，百辟（bì）卿士也。先祖文、武，為民父母也。

【鄭箋】百辟卿士雩（yú）祀所及者，今曾無肯助我憂旱。先祖文、武，又何為施忍於我，不使天雨。

【程析】胡寧，為什么。忍予，對我忍心。

【樂道主人】先正，指一起同祖先被祭祀的、先世的百辟卿士。雩，古代為求雨而舉行的一種祭祀。

【孔疏】○傳"先正"至"父母"。

◇◇正者，長也。先世為官之長，又與群公相配，故知是百辟卿士也。凡在民上，皆欲為民父母，但他人稱之，唯謂受命安民者也。於民則為父母，於周則為先祖，故言先祖文、武。以其為民父母，故稱父母，欲見先祖父母為一，故先解先祖。

◇◇必知先祖唯文、武者，以此詩所訴，皆所祭之神。周立七廟，親廟四，非受命立功，不足遍訴。上章已言后稷，明此唯文、武耳。

【孔疏】○箋"百辟"至"天雨"。

◇◇解其訴先正不助之意，由雩祀所及故也。

◇◇《月令》"仲夏，乃命百官雩祀百辟卿士有益於民者"。注云：

"百辟卿士，古之上公以下，若勾龍、后稷之類。"彼以經無群公之文，故鄭注百辟之文兼群公矣。此則群公與先正別文，故以先正為卿士以下。

◇◇凡有采地，皆稱曰君。舉眾言之，故謂之百辟。鄭唯言百辟卿士雩祀所及，不言群公。群公亦是雩祀所及，即《月令》注云"上公"是也。但乘傳而說，又據《月令》成文，故不言群公耳。

◇◇百辟卿士，訴其不助我憂旱；先祖文、武，又何為施忍於我，不使天雨，二文不同，互以相足。

【孔疏-章旨】"旱既"至"忍予"（下列序號以經文兩句為一段譯解）。

①宣王立，旱勢既已太甚，則不可止卻之矣。

②故使旱之為勢赫赫然，氣盛炎炎然薰熱，其時之人不能堪之，皆云：我欲避之，無庇陰處所。是旱熱之甚。

③以此之故，令多大眾民之命近將死亡。言其去死不遠。上天何曾無肯瞻察，無肯顧念而哀閔之也？既言怨天不顧念，又復廣訴明神。

④古者有德之群公，及先世之長官百辟卿士之等，何曾不於我民助憂此旱，令天降雨也？

⑤其為民之父母者，先祖文王、武王，如此聖德，應能動天，何曾施忍於我，不使天雨？是欲不為民之父母，棄此民，故訴之。

旱既太甚，滌（dí）滌山川。旱魃（bá）為虐，如惔（tán）如焚。我心憚（dàn）暑，憂心如薰（xūn）。

【毛傳】滌滌，旱氣也。山無木，川無水。魃，旱神也。惔，燎之也。憚，勞。熏，灼也。

【鄭箋】憚，猶畏也（與毛不同）。旱既害於山川矣，其氣生魃而害益甚。草木燋枯，如見焚燎然。王心又畏難此熱氣如灼爛於火，言熱氣至極。

【程析】滌滌，光禿沽竭貌。惔（tán），炎的假借，火光升起貌。

【孔疏】○傳"滌滌"至"熏灼"。

◇◇此皆為旱而言，故知滌滌是旱氣也。旱氣之害於山川者，故為山無木，川無水，蓋以少而不茂，非全無也。

◇◇魃字從鬼，連旱言之，故知旱神。《神異經》曰："南方有人，長二三尺，袒身而目在頂上，走行如風，名曰魃。所見之國大旱，赤地千里。一名旱母。遇者得之，投溷（hùn，《說文》：亂也。一曰水濁。）中即死，旱災消。”此言旱神，蓋是鬼魅之物，不必生於南方，可以為人所執獲也。

◇◇焚燎皆火燒之名，下有“如焚”，故以惔為燎也。定本經中作“如惔如焚”。“憚，勞”，《釋詁》文。毛讀為憚丁佐反，故為勞也。

【孔疏】○箋“憚猶”至“至極”。

◇◇箋以暑熱人之所畏，故讀為憚徒旦反。憚猶畏也。

◇◇此與上章同言旱事，而先輕後重，使稍稍益甚，故至於此章，言害及山川，又生魃鬼，為加增於前，故箋言“而害益甚”。

◇◇上言云“我無所”，直是民無所庇，此言王心畏憚，似見其甚於前也。以天子之尊，寒暑有備，尚云畏難，此言熱氣至極也。

<五章-7>**群公先正，則不我聞。昊天上帝，寧俾（bǐ）我遯（dùn）。**

【鄭箋】不我聞者，忽然不聽我之所言也。天曾將使我心遯遯慚愧於天下，以無德也。

【程析】遯，退避，退隱。

【孔疏-章旨】“旱既”至“我遯”。

○毛以為，①宣王言旱勢已太甚矣，其旱氣乃滌滌然害及於山川，使山無木，川無水也。

②又熱氣積聚，生此旱魃之神，為此虐害，旱更益甚也。今草木燋枯，如炎之惔燒，如火之焚燎然也。

③我王之心又勞於暑熱之氣，憂在於心，如為火所熏灼於已。

④以旱熱之極，又告訴明神群公先，正曾不於我有所聞察，而告知其精誠邪？而不使天雨。

⑤昊天上帝，何曾使我心遯遯慚媿於天下也？以無德不能致雨，故王心所以慚媿。

○鄭唯以憚暑為畏懼此暑為異。餘同。

<六章-1>**旱既太甚，黽（miǎn）勉畏去。胡寧瘨（diān）我以旱？憯（cǎn）不知其故。**

【鄭箋】瘨，病也。黽勉，急禱請也。欲使所尤畏者去。所尤畏者，魃也。天何曾病我以旱，曾不知為政所失而致此害。

【程析】憯，曾，還。

【孔疏】箋“瘨病”至“此害”。

◇◇黽勉者，勉力事神，是急於禱，請承上章旱魃之下，故知所尤畏者，魃也。

◇◇水旱之災，多由政失，故言曾不知為政所失而致此害。

<六章-6>**祈（qí）年孔夙（sù），方社不莫（mù）。昊天上帝，則不我虞。敬恭明神，宜無悔怒。**

【毛傳】悔，恨也。

【鄭箋】虞，度也。我祈豐年甚早，祭四方與社又不晚，天曾不度知我心，肅事明神如是，明神宜不恨怒於我，我何由當遭此旱也?

【樂道主人】方，祭四方之神。社，祭土神。

【孔疏】○箋“我祈”至“不晚”。◇◇《月令》“孟春祈穀於上帝，孟冬祈來年於天宗”，是也。祭四方與社，即“以社以方”，是也。

<七章-1>**旱既太甚，散無友紀。鞫（jū）哉庶正，疚（jiù）哉冢宰（zǎi）。趣馬師氏，膳夫左右。**

【毛傳】歲凶，年穀不登，則趣馬不秣，師氏弛其兵，馳道不除，祭事不縣（xuán），膳夫徹膳，左右布而不脩，大夫不食粱，士飲酒不樂。

【鄭箋】人君以群臣為友，散無其紀者，凶年祿餼不足，又無賞賜也。鞫，窮也。庶正，眾官之長也。疚，病也。窮哉病哉者，念此諸臣！勤於事而困於食，以此言勞倦也。

【程析】散，散漫。紀，法紀。師氏，掌管教育的官，同時又負責王宮的守衛。

【孔疏】○傳“歲凶”至“不樂”。

◇◇《釋天》云：“夏曰歲，周曰年。”孫炎曰：“四時一終曰歲，取歲星行一次也。年取穀一熟也。”然則歲之與年，異名而實同。歲凶，謂此歲凶也。年穀不登，登，成也。謂此年之穀不成熟也。此即凶年之實，故言歲凶為之目。

◇◇於此之時，則趣馬之官不以粟秣養其馬；

◇師氏之官弛廢其兵，而不用所驅馳之大道，不使人除治之；

◇祭祀之事，不懸其樂；膳夫之官，減徹王之膳食；左右之官，布列於位，不令有所修造；大夫不得食穀米；士飲酒之時，不得作樂。此當先有成文，故傳引之，以明凶年之禮。雖經無其事，以類言之，其歲凶，年穀不登，馳道不除，祭事不縣，大夫不食粱，士飲酒不樂，《下曲禮》有其事。其餘不知所出也。《曲禮》又有君膳不祭肺，馬不食穀，與此徹膳、不秣意同而文異耳。

◇◇左右，君之左右，總謂諸臣不修者，無所脩作。《穀梁傳》曰："百官布而不制。"是也。

◇◇歲凶者，總辭，而其凶有大小，故《穀梁傳》又曰："一穀不升謂之嗛，二穀不升謂之饑，三穀不升謂之饉，四穀不升謂之康，五穀不升謂之大侵。"皆是歲凶也。

◇◇趣馬主馬，故言不秣。

◇◇師氏掌使其屬率四夷之隸，各以其兵服守王之門外，且蹕（bì，帝王出行時清道，禁止行人來往）朝在野外則守列，是掌其近王之兵，故令弛其兵也。

◇《大司徒》荒政，其十有二曰"除盜賊"。注云："除之者，饑饉則盜賊多，不可不除，則當用兵。"此言弛之者，弛謂舍力不役之耳。

◇其除盜賊之兵，不得廢也，故《春秋》僖二十一年旱，《左傳》稱臧文仲慮無道之國因凶加兵，勸僖公使修城郭。明凶年盜賊益預防之。

◇彼以春秋之世，强弱相陵，文仲度時而言勸修城郭，不是凶荒之年必須修城也。馳道不除者，《曲禮》注云："為妨民取蔬食故也。"

◇《穀梁傳》大侵之禮亦云"道不除"，四穀不升以上，道或仍除之。

◇《地官·均人》注云："人食二釜之歲，猶云旬用一日。"是小凶之年，猶有道渠之役也。

◇◇言祭事不懸，則有事但不懸樂耳。《穀梁傳》又曰："大侵之禮，禱而不祀。"然則此云祭者，正謂祈禱之祭，不用樂也。《司徒》荒政，"九曰蕃樂"。杜子春云："蕃謂藏樂器而不作。"是凶年吉事皆無樂也。

◇◇徹膳者，天子日食太牢，今減損之也。《曲禮》云："君膳不祭肺。"注云："不祭肺則不殺。"以人君之於凶年，令不殺矣。

◇而《穀梁》大侵之禮又云："君食不兼味。"《白虎通》云："五穀不熟，故王者為之不盡味。"《大戴禮》云："不備牲。"言不兼、不盡、不備，是猶有牲肉，但不備之耳。然則鄭云"則不殺"者，謂不如常法曰日殺之耳，非是常不殺也。

◇其非大侵者，《大戴禮》《白虎通》皆云："一穀不升徹鶉鷃，二穀不升去鳧雁，三穀不升去雉兔，四穀不升去囿獸。"是凶有大小，所徹不等也。

◇◇大夫不食粱，士飲酒不樂，亦明皆飲酒而不樂也。

【孔疏】○箋"人君"至"勞倦"。

◇◇《尚書》武王稱"我友邦冢君"，《抑》云"視爾友君子"，是人君謂群臣為友也。君臣之義不可廢，而云"散無綱紀"者，由祿餼不足，又無賞賜，皆困於饑，不能如常相紀領，故謂之散。非即分散去朝也。

◇◇眾官之長者，周官三百六十，每官各有其長。

◇◇"疚，病"，《釋詁》文。經言"鞫哉庶正"，是總言群臣。又言疚病哉，乃歷數其人。疚哉之文，通及於下。冢宰以下，亦是庶正，故箋總之云："窮哉病哉者，念此諸臣！勤於事而困於食，以此言勞倦之。"以旱則無食乃病，故先窮後病，重言為深閔之辭。

<七章-7>**靡人不周，無不能止。**

【毛傳】周，救也。無不能止，言無止不能也。

【鄭箋】周當作"賙（zhōu）"（與毛不同）。王以諸臣困於食，人人賙給之，權救其急。後日乏無，不能豫止。

【樂道主人】止，不停止求助。

【孔疏】○傳"周故"至"不能"。

◇◇以救而念之周備，故周為救也。無不能止者，無為不能救人而自止，故解其意言，朝廷之臣悉皆救人，無止而不能者。

◇◇王肅云："靡人而不周其急也。無不能而止者，其發倉廩，散積聚，有分無，多分寡，無敢有不能而止者。言上下同也。"

【孔疏】○箋"周當"至"豫止"。

◇◇以周救於人，其字當從貝，故轉為賙。

◇◇以上言王之於臣祿餼不足，則此言當謂王救群臣，不宜為群臣救人，**故易傳**以為王雖不得如常豐年依法祿賜，以諸臣困於食，故人人亦賙給之，權時救其人急苦，言王盡恩於臣也。

<七章-9>**瞻卬（yǎng）昊天，云如何里！**

【鄭箋】里，憂也。王愁悶於不雨，但仰天曰：當如我之憂何！

【程析】里，悝（lǐ）的假借，憂愁。

【孔疏-章旨】“旱既”至“何里”。

○毛以為，上言訴不得雨，此言殺禮救厄。

①宣王言，今旱既太甚矣，歲凶如此，汝群臣宜且離散，無復群臣朋友之綱紀。王者班爵賜祿，所以綱紀群臣。今祿餼不足，是無綱紀也。祿既不足，故設辭閔之。窮困哉，汝眾官之長。饑病哉，汝冢宰及趣馬、師氏、膳夫、左右之官。

②所以令汝窮困者，汝等諸臣，無有一人而不賙救。其百姓困急者，謂諸臣之中，無有自言不能賙救而止不為者。以此分貧恤寡之故，使汝等益困也。

③王見群臣之困如此。乃瞻望而仰視昊天，訴之云：如之何使我如此憂也？欲令天知其憂愁得釋。

○鄭唯靡人不周，言我王於汝眾臣，無人不且賙給之，以權救其急難，雖後日乏無，不能豫止，而不賙給。言王竭其所有，欲與群臣俱困，不自留以為餘糧也。餘同。

<八章-1>**瞻卬昊天，有嘒（huì）其星。大夫君子，昭假（gé）無贏。大命近止，無棄爾成。**

【毛傳】嘒，眾星貌。假，至也。

【鄭箋】假，升也（與毛不同）。王仰天見眾星順天而行，嘒嘒然，意感，故謂其卿大夫曰：天之光耀，升行不休，無自贏緩之時。今眾民之命，近將死亡，勉之助我，無棄女（rǔ）之成功者，若其在職，復無幾何，以勸之也。

【程析】有嘒，即嘒嘒，微小而眾多貌。昭，明。

【樂道主人】贏，《康熙字典》：贏，猶解（懈）也。

【孔疏】○傳“嘒眾”至“假至”。◇◇王肅云：“大夫君子，公卿大夫也。昭其至誠於天下，無敢有私贏之而不敷散。大夫君子所以無私贏者，以民近死亡，當賑救之，以全汝之成功。”傳意或然。觀此文勢，上章或亦不同，令以毛無別訓，遂作同解。

【孔疏】○箋“假升”至“勸之”。

◇◇以承天星之下，宜為天星光耀升行，**故易傳**也。

◇◇仰天見星，即戒大夫君子，故知見眾星順天而行，意感也。以天星升行不休，謂人亦當然，因此而勸之。言無棄爾為戒勸之辭，故知令勉之助我也。

◇◇又解助己求雨，所以得為成功者，以天之生民，終無盡殺之理。今民命近死，若其民當存生，復無幾何時，必應得雨，故以此言勸之。

<八章-7>**何求為我，以戾庶正。**

【毛傳】戾，定也。

【鄭箋】使女無棄成功者何，但求為我身乎？乃欲以安定眾官之長，憂其職事。

【孔疏】○箋"使女"至"職事"。◇◇此眾官之長，爵位已高，體國情深，助王憂雨，於己職事不能安定。今勸令助己亦所以安定其身，故云何但求為我身乎？乃欲安定汝眾官之長，憂其職事。

<八章-9>**瞻卬昊天，曷（hé）惠其寧！**

【鄭箋】曷，何也。王仰天曰：當何時順我之求，令我心安乎？渴雨之至也，得雨則心安。

【樂道主人】惠，順。

【孔疏-章旨】"瞻卬"至"其寧"。

○毛以為，上閔群臣同恤此，又勸以終之。

①宣王以旱之故，遂瞻望仰視於昊天，唯見有嘒然光明之眾星。

②以天星炳耀，未有雨徵，遂感而言曰：汝卿大夫之君子所同恤者，當昭見其至誠於天下，無敢有私羸而不敷散。

③所以然者，多大眾人之命皆近於死亡止，汝當救以全之，無得羸而不救，以棄汝之成功。言能救而全之，則功成也。

④又云：令汝必救之者何？止求為我欲存於民困乎？乃以安定汝之所居，為此眾官之長。以其為官之長，則與君同憂，故勸使救民，以自安定。

⑤王既勸群臣仍憂民困，又瞻望仰視昊天，訴之云：昊天何時當順我所求，其令我心得安寧？言求而得雨，則心安也。

○鄭以為，王既賙救群臣，又勸其勉力助己。

①王瞻仰昊天，見有嘒嘒然其星順天而行，無時止息，

②因而意感，謂群臣卿大夫之君子，此天之光耀升行至極，無自羸緩

之時，今衆民之命近將死亡，汝等亦當去天無贏，助我求雨，無得解怠，棄汝成功。言天不應盡殺衆民，雨將不久。若其得雨，即是功成，故勸令勉力。餘同。

《雲漢》八章，章十句。

崧　高 【大雅二十五】

崧高維嶽，駿極于天。維嶽降神，生甫（fǔ）及申。維申及甫，維周之翰。四國于蕃，四方于宣。

亹（wěi）亹申伯，王纘（zuǎn）之事。于邑于謝，南國是式。王命召伯，定申伯之宅。登是南邦，世執其功。

王命申伯，式是南邦。因是謝人，以作爾庸。王命召伯，徹申伯土田。王命傅（fù）御，遷其私人。

申伯之功，召伯是營。有俶（chù）其城，寢廟既成。既成藐藐，王錫（cì）申伯。四牡蹻（jiǎo）蹻，鉤膺（yīng）濯（zhuó）濯。

王遣申伯，路車乘（shèng）馬。我圖爾居，莫如南土。錫爾介圭，以作爾寶。往近（jì）王舅，南土是保。

申伯信邁，王餞（jiàn）于郿（méi）。申伯還南，謝于誠歸。王命召伯，徹申伯土疆。以峙（zhì）其粻（zhāng），式遄（tuán）其行（xíng）。

申伯番（bō）番，既入于謝，徒御嘽（tān）嘽。周邦咸喜，戎有良翰。不（pī）顯申伯，王之元舅，文武是憲。

申伯之德，柔惠且直。揉此萬邦，聞于四國。吉甫作誦，其詩孔碩。其風肆好，以贈申伯。

《崧高》八章，章八句。

【毛序】《崧高》，尹（yǐn）吉甫（fǔ）美宣王也。天下復平，能建國親諸侯，褒賞申伯焉。

【鄭箋】尹吉甫、申伯，皆周之卿士也。尹，官氏。申，國名。

【孔疏】序"《崧高》"至"伯焉"。

◇◇《崧高》詩者，周之卿士尹吉甫所作，以美宣王也。以厲王之亂，天下不安。今宣王興起先王之功，使天下復得平定，能建立邦國，親愛諸侯，而褒崇賞賜申國之伯焉。以其褒賞得宜，故尹吉甫作此《崧高》

之詩以美之也。

◇◇《易·比卦·象》曰："先王建萬國，親諸侯。"桓二年《左傳》云："天子建國。"《祭法》曰："天下有王，分地建國。"建國皆謂天子分割土地，造立邦國，以封人為諸侯也。唯《周禮》"惟王建國"，鄭以為建立王國，與此異耳。此與《易》皆親、建相對。封立謂之建，賞勞謂之親。建謂立其國，親謂親其身也。褒賞者，錫賚之名。車馬衣服，是褒賞之物也。

◇何休云："有土加之曰褒，無土建國曰封。"《中候·考河命》曰："褒賜群臣，賞爵有分。稷、契、皋陶，益土地。"然則益之土地，褒也。此申伯舊國已絕，今改而大之。據其新往謝邑，是為初建。論其舊有國土，亦為褒崇也。

◇天下復平，能建國親諸侯，雖為申伯發文，要是總言宣王之美。其褒賞申伯，乃叙此篇之意。

◇◇經八章，皆是褒賞申伯之事。其"南國是式""式是南邦""錫爾介圭""路車乘馬"，是褒賞之實也。

【孔疏】○箋"尹吉"至"國名"。

◇◇《六月》言宣王北伐，吉甫為將。禮，軍將皆命卿也。此美申伯云："維周之翰。"明亦身為王官，故言周之卿士也。知非三公者，以三公必兼六卿，故舉卿士言之。

◇◇伊摯尹天下謂之伊尹，《洪範》曰"師尹惟日"，《立政》云"三亳阪尹"，楚官多以尹為號。《左傳》稱"官有世功則有官族"，今尹吉甫以尹為氏，明其先嘗為尹官而因氏焉，故云"尹，官氏"。

◇◇《外傳》有"申呂"，《王風》云"戍申"，故知申為國名。

<一章-1>**崧高維嶽，駿極于天。維嶽降神，生甫（fǔ）及申。**

【毛傳】崧，高貌。山大而高曰崧。嶽，四嶽也。東嶽岱，南嶽衡，西嶽華，北嶽恒。堯之時，姜氏為四伯，掌四嶽之祀，述諸侯之職。於周則有甫、有申、有齊、有許也。駿，大。極，至也。嶽降神靈，和氣以生，申甫之大功。

【鄭箋】降，下也。四嶽，卿士之官，掌四時者也。因主方嶽巡守之事，在堯時姜姓為之，德當嶽神之意，而福興其子孫，歷虞、夏、商，世有國土，周之甫也、申也、齊也、許也，皆其苗胄。

【孔疏】○傳“崧高”至“大功”。

◇◇崧者，山形竦然，故為高貌。劉熙《釋名》云：“崧，竦也。亦高稱也。”“山大而高曰崧”，《釋山》文。李巡曰：“高大曰崧。”郭璞曰：“今中嶽崧高山，蓋依此名，是也。”

◇◇《白虎通》云：“嶽者何？桷（jué）也。桷功德也。”《風俗通》云：“嶽，桷考功德黜（chù）陟也。”然則以四方方有一山，天子巡狩至其下，桷考諸侯功德而黜陟之，故謂之嶽也。傳言“嶽，四嶽”，謂四方之嶽也。

◇◇又解此嶽降神生申甫之意。當堯之時，有姜氏者，為四方王官之伯，掌此四嶽之祭祀，述其嶽下諸侯之職，德當嶽神之意，故此嶽降神，助子孫其，使之歷代有國於周之世，則有甫、有申、有齊、有許。此四國，皆姜氏之苗裔也。

◇◇又解四國，而獨言申、甫者，嶽降神靈和氣，以生申伯、甫侯二人，有德能成大功，是嶽神生申甫之大功，故特言申、甫也。

◇◇經典群書多云五嶽，此傳唯言四嶽者，以堯之建官，而立四伯主四時四方之嶽而已，不主中嶽，故《堯典》每云“咨四嶽”，而不言五也。《周語》說伯夷佐禹云：“共工之從孫四嶽佐之。”又曰：“祚四嶽，國命為侯伯。”皆謂伯夷為四嶽。此將言伯夷之事，故指言四嶽也。

◇其云五嶽者，即此四與崧高而五也。《孝經·鉤命決》云：“五嶽：東嶽岱，南嶽衡，西嶽華，北嶽恒，中嶽崧高。”是五嶽又數崧高之文也。故王肅之注《尚書》，服虔之注《左傳》，鄭於《大宗伯》注，皆然。

◇《春官·大司樂》云：“五嶽四鎮崩，令去樂。”注云：“四鎮，山之重大者，謂楊州之會稽，青州之沂山，幽州之醫無閭山，冀州之霍山。五嶽：岱在兖州，衡在荆州，華在豫州，嶽在雍州，恒在并州。”

◇《司樂》《宗伯》，同是《周禮》，而《司樂》之注不數崧高者，蓋鄭有所案據，更見異意也。

◇《釋山》發首云：“河南華，河西嶽，河東岱，河北恒，江南衡。”陳此五山之名，不復更言餘山。雖不謂此五山為五嶽，明有為嶽之理。鄭緣此旨，以《司樂》之文連言四鎮五嶽，並之正九，當九州各取一山以充之。

◇而《夏官·職方氏》九州皆云其山鎮曰某山，每州曰其大者，而其文有嶽山，無崧高。

◇《爾雅》河西嶽在五山之例，取嶽山與岱、衡、恒、華為五嶽之數，以其餘四者為四鎮，令《司樂》《職方》自相配足，見一州之內最大山者。其或崩圮（pǐ，毀也），王者當謂之變容。

◇嶽山得從五嶽之祀，故傅會《爾雅》《職方》之文，以見此意，非謂五嶽定名取嶽山也。其正名五嶽，必取崧高，《宗伯》之注是定解也。

◇◇或以為《雜問志》有云："周都豐鎬，故以吴嶽為西嶽。"周家定以嶽山為西嶽，不數崧高。知不然者，以《宗伯》亦是《周禮》，而以華為西嶽，安得至於《司樂》即云華非西嶽也？

◇若必據己所都，以定方嶽，則五嶽之名，無代不改。何則？軒居上谷，處恒山之西，舜居蒲阪，在華陰之北，豈當據己所在，改嶽祀乎？五嶽之名，隨時變改，則都之所在，本無方嶽。《尚書》之注，何云周處五嶽之外乎？《雜問》之志，首尾無次，此言或有或無，不可信也。

◇且《釋山》又云："泰山為東嶽，華山為西嶽，霍山為南嶽，恒山為北嶽，崧高為中嶽。"若五嶽之山，每代一改，《爾雅》何當定此五者，永為嶽名乎？若然，何知此言崧高非中嶽，而以崧為高貌？

◇◇廣舉四嶽者，此詩之意，言此嶽降神，祐助姜氏，姜氏不主崧高，故知"崧高維嶽"謂四嶽也。傳言四嶽之名，東嶽岱，南嶽衡。《爾雅》及諸經傳多云泰山為東嶽，霍山為南嶽者，皆山有二名也。

◇《風俗通》云："泰山山之尊，一曰岱宗。岱，始也。宗，長也。萬物之始，陰陽交代，故為五嶽長。王者受命，恒封禪（《韻會》：築土曰封，除地曰禪。）之。衡山一名霍，言萬物霍然大也。華，變也，萬物成變由於西方也。恒，常也，萬物伏北方有常也。崧，高也，言高大也。"是解衡之與霍，泰之與岱，皆一山而有二名也。

◇若然，《爾雅》云"江南衡"，《地理志》云"衡山在長沙湘南縣"，張揖《廣雅》云"天柱謂之霍山"，《地理志》云"天柱在廬江潛縣"，則在江北矣。而云衡、霍一山二名者，本衡山一名霍山。漢武帝移嶽神於天柱，又名天柱亦為霍，故漢、魏以來，衡、霍別耳。

◇郭璞《爾雅》注云："霍山，今在廬江潛縣西南，別名天柱山。漢武帝以衡山遼曠，移其神於此。今其土俗人皆呼之為南嶽。”

◇南嶽本自以兩山為名，非從近也。而學者多以霍山不得為南嶽，又言從漢武帝始乃名之。如此言，為武帝在《爾雅》前乎？斯不然矣。

◇竊以璞言為然。何則？孫炎以霍山為誤，當作衡山。案《書傳·虞夏傳》及《白虎通》《風俗通》《廣雅》並云霍山為南嶽，豈諸文皆誤？明是衡山一名霍也。

◇◇《周語》説堯使禹治水，四嶽佐之。帝嘉禹德，賜姓曰姒，氏曰有夏。祚四嶽國為侯伯，氏曰有吕。此一王四伯。韋昭云：“一王，謂禹也。四伯，謂四嶽也。”為四嶽伯，故稱四伯。是當堯之時，姜氏為四伯也。

◇《周語》唯云四嶽，不言名字。其名則《鄭語》所云“伯夷能禮於神，以佐堯”者也。言禮於神，是掌禮之官。舜命群官，使伯夷典禮，則伯夷於堯之時已掌禮也。

◇掌禮之官，舜時為秩宗，於周則宗伯也。宗伯掌天神人鬼地祇（qí）之禮，總主諸神，故掌四嶽之祀。

◇《堯典》注云：“堯之末年，庶績多闕，羲和之子則死矣。於時分四嶽置八伯。四嶽，四時之官，主方嶽之事。”

◇然則堯時四嶽，内典王朝之職，如周之六卿；外掌諸侯之事，如周之牧伯，故又述諸侯之職。然述職者，述其所主之方耳。

◇其掌四嶽之祀者，則四嶽皆掌之。由掌四嶽，故獨得四嶽之名。伯夷所掌，遍掌四嶽，則此詩所言“維嶽降神”，亦總謂四嶽，故傳廣以四嶽解之，明不偏指一山。

◇◇言嶽降神靈和氣，以生申、甫者，正謂德當神意，山神祐之，使有賢子孫耳。非言山氣憑人以生之也。何則？神氣之所憑依，不由先祖掌祀，與乙卵、大跡不相類也。

【孔疏】○箋“降下”至“苗胄”。

◇◇傳唯言掌四嶽之祀，而不辯官之尊卑，故云“四嶽，卿士之官”。

◇◇又解其名為四嶽之意。掌四時，因主方嶽巡守之事，故稱嶽也。立四伯，既主四時，又主方嶽，蓋因其時而主其方。

◇◇春官主東，夏官主南也。身在王朝，外治嶽事，及掌天子巡守之事，在堯時姜姓為之，謂於四嶽之中而為其一。為四嶽之一，而獨得四嶽之名者，雖同為嶽官，而又特主嶽祀，故《外傳》《史記》特稱伯夷為四嶽，由主嶽祀故也。

◇傳言“姜氏”，箋言“姜姓”者，姜實是姓，對則氏、姓有異，散則以姓配氏。《春秋》稱“夫人姜氏”，是其事也。

◇◇以伯夷主嶽而降生申甫，故知德當嶽神之意，而福興其子孫，故稱使之世有賢才也。

◇◇《周語》稱“大姜之侄逢伯陵為殷之諸侯”。《史記·齊世家》云：“太公望，其先祖嘗為四嶽，佐禹有功，虞、夏之際封於吕，或封於申。”是歷虞、夏商而世有國土也。

◇◇《周語》云：“齊、許、申、吕由大姜。”言此四國，是大姜之宗，故知皆是苗胄。《説文》云：“胄，胤（yìn）也。”《禮》謂適子為胄子。言此四國皆四嶽之後，或是其枝苗，或是其適胄也。

<一章-5>**維申及甫，維周之翰。四國于蕃，四方于宣。**

【毛傳】翰，榦也。

【鄭箋】申，申伯也。甫，甫侯也。皆以賢知入為周之楨榦之臣。四國有難，則往扞（hān）禦之，為之蕃（fān）屏。四方恩澤不至，則往宣暢之。甫侯相穆王，訓夏贖刑，美此俱出四嶽，故連言之。

【程析】四方，指天下。

【樂道主人】贖，抵消，彌補。四國，指諸侯。四方，指九州之外。

【孔疏】○箋“申申伯”至“言之”。

◇◇以下章乘此“維申”文，轉之以為“申伯”，則知申、甫並指其人，不指其國，故云“申，申伯也。甫，甫侯”。入為周之楨榦之臣，謂為卿士也。

◇◇蕃者，障蔽寇難，故云“有難則往捍禦之”。宣者，播揚王澤，故知“恩澤不至，則往宣暢之”。難則自彼所有，從我往屏之。恩由王而出，就彼宣布之。有彼此之異也。

◇◇又解此詩主美褒賞申伯，而言及甫侯之意，由甫侯佐相穆王，以王年老耄荒，恐其重行刑罰，故教訓王行夏時贖罰之刑，功加百姓，為前世賢臣。美此甫侯與申伯，上世俱出於四嶽，故連言之。

◇甫侯訓夏贖刑，即今《尚書·吕刑》之篇是也。訓王不以周刑，而用夏者，以王者用刑，世輕世重，而周刑重於夏，欲矯穆王之太重，故舉夏之輕刑以訓之，所謂匡救其惡也。

◇《尚書》作《吕刑》，此作甫侯者，孔安國云："吕侯，後為甫侯。《詩》及《禮記》作甫，《尚書》與《外傳》作吕，蓋因燔《詩》《書》，字遂改易，後人各從其學，不敢定之故也。"此箋定以甫為甫侯，而《孔子閑居》引此詩注以甫為仲山甫者，案《外傳》稱樊仲山甫，則是樊國之君，必不得與申伯同為嶽神所生，注《禮》之時，未詳詩意故耳。

【孔疏-章旨】"崧高"至"于宣"。此方美申伯之見賞，本其先祖所由之興（下列序號以經文兩句為一段譯解）。

①言有崧然而高者，維是四嶽之山。其山高大，上至於天。

②維此至天之大嶽，降其神靈和氣，以福祐伯夷之後，生此甫國之侯及申國之伯。以伯夷常掌其神祀，故祐助其後，使其國則歷代常存，子孫則多有賢智。

③維此申伯及此甫侯，維為周之卿士，楨榦之臣。

④若四表之國，有所患難，則往捍禦之。為之蕃屏，四方之處，恩澤不至，則往宣暢之，使霑王化。是由神所祐，故有此賢智也。

<二章-1>**亹（wěi）亹申伯，王纘（zuǎn）之事。于邑于謝，南國是式。**

【毛傳】謝，周之南國也。

【鄭箋】亹亹，勉也。纘（zuǎn），繼。于，往。于，於。式，法也。亹亹然勉於德不倦之臣有申伯，以賢入為王之卿士，佐王有功。王又欲使繼其故諸侯之事，往作邑於謝，南方之國皆統理施其法度。時改大其邑，使為侯伯，故云然。

【樂道主人】是，這，其。

【孔疏】○傳"謝，周之南國"。◇◇經言南國者，謂謝傍諸國，解其居謝邑而得南國法之，故云謝是周之南國。杜預云："申國在南陽宛縣。"是在洛邑之南也。

【孔疏】○箋"亹亹"至"云然"。

◇◇言申伯以賢入為王之卿士為，則申伯先封於申，來仕王朝，又言王欲使繼其故諸侯之事，往作邑於謝者，蓋申伯本國近謝，今命為州牧，故改邑於謝，取其便宜。若申伯不先為諸侯，不得云入為卿士。

◇◇下言“我圖爾居，莫如南土”者，言餘處不如汝舊居之南方，故還封之於南方。言申伯當是伯爵，出封於謝，當自理其國而已。而云“南國是式”，則為一州之牧，故知改大其邑，不同舊時。又解詩人言“南國是式”之意，以其使為侯伯，故云然。

◇僖元年《左傳》曰：“凡侯伯救患分災。”又二十八年《左傳》曰：“王命王子虎策命晋侯為侯伯，其策文云：王曰：‘叔父用州牧之禮。’”是謂州牧為侯伯。此言侯伯，亦謂為州牧也。《旄丘》箋云：“侯為牧。”

◇此申伯伯爵，而得為牧者，侯伯七命，伯亦得為牧，故《大宗伯》雲：“八命作牧。”注云：“謂侯伯有功德者，加命得專征伐於諸侯。”是侯之與伯，俱得為牧也。且申伯雖舊是伯爵，今改封之後，或進爵為侯。

◇◇《史記·周本紀》云：“申侯與西戎共攻幽王。”彼申侯者，不過是此申伯子之與孫耳。明此時得進為侯。箋言“改大其邑”，或亦褒進其爵矣。

<二章-5>**王命召伯，定申伯之宅。登是南邦，世執其功。**

【毛傳】召伯，召公也。登，成也。功，事也。

【鄭箋】之，往也。申伯忠臣，不欲離王室，故王使召公定其意，令往居謝，成法度於南邦，世世持其政事，傳子孫也。

【程析】召伯，召虎，亦稱召穆公。

【樂道主人】營建洛邑東都之時，亦是召公先往。事見《尚書·洛誥》

【孔疏】○箋“之往”至“子孫”。

◇◇封諸侯者，當即使其人自定居處，不必天子為築城邑然後遣之。

◇◇此宣王獨先命召公定申伯往居之宅，故解其言定之意。王以申伯忠臣，不欲遠離王室，使召伯先繕治其居，欲以定申伯之意，故言定也。定其意者，以營築城郭。其事既了，知已不得不去，則向國之意定也。

◇◇必使召公往營之者，王肅云：“召公為司空，主繕治。”案《黍苗序》云：“卿士不能行召伯之職。”然則營築城郭，召伯所主，其事或如肅言。

【孔疏-章旨】“亹亹”至“其功”（下列序號以經文兩句為一段

譯解）。

①言亹亹然勉力於德行之不倦者，申伯也。

②以其行德不倦，王使之繼其故諸侯之事，令往作邑於謝之地，以統理南方之國，於是施其法度以治之。

③又以申伯忠臣，不欲離背王室，當先營彼國，以安定其心，故王乃命召伯，先營謝邑，以定申伯往居之處，得使申伯居之，

④以成是法度於南方之邦國，世世恒執持其政教之事，傳之子孫。

<三章-1>**王命申伯，式是南邦。因是謝人，以作爾庸。**

【毛傳】庸，城也。

【鄭箋】庸，功也（與毛不同）。召公既定申伯之居，王乃親命之，使為法度於南邦。今因是故謝邑之人而為國，以起女（rǔ）之功勞，言尤章顯也。

【樂道主人】作，建起（毛意），彰顯（鄭意）。

【孔疏】○箋“庸勞”至“章顯”。

◇◇以王命申伯，當意在顯其功勞，不宜直言為其作城而已，**故易傳也**。

◇◇召公既定申伯之居，謂王既命之使定耳，其居未是定也。下言“寢廟既成”，乃為定耳。王親命之，亦謂告語申伯，以為作國之意，未是命遣之也。下言“我圖爾居”，乃是命遣之辭。

◇◇王朝之臣，有大功德，乃出封為國君，則封之大國，可以起發其功，故云“以起汝之功勞”，言尤欲使之彰顯也。

<三章-5>**王命召伯，徹申伯土田。**

【毛傳】徹，治也。

【鄭箋】治者，正其井牧，定其賦稅。

【孔疏】○箋“治者”至“賦斂”。

◇◇《公劉》之箋以徹為稅名，此從傳為治者，以召伯先往治之，未即徵稅，故為治也。《地官·小司徒職》曰：“乃經土地，而非牧其田野，而令貢賦。”凡稅斂之事，是為國之法，當先正井牧，定賦稅，故知治其土田，指謂此也。

◇◇襄二十五年《左傳》曰：“井衍（yǎn，低而平坦之地）沃，牧隰皋（gāo，水邊的高地）。”舊說以衍沃之地九夫為井，隰皋之地九夫為

牧，二牧而當一井。

◇鄭於《小司徒》之注取以為説云："授民田，有不易，有一易，有再易，通率二而當一，是之謂井牧。"然則正其井牧者，觀其地之肥墝為等級以授民也。定其賦税者，豫制其所出之多少也。

◇◇此時召伯未發，但王先命召伯使定申伯之宅，即告申伯使知其意，然後以此言更命召伯，故再言王命召伯也。

<三章-7>**王命傅（fù）御，遷其私人。**

【毛傳】御，治事之官也。私人，家臣也。

【鄭箋】傅御者，二王治事，謂冢宰也。

【樂道主人】傅，輔助。遷，遷移。二，輔助。

【孔疏】○傳"御治"至"家臣"。

◇◇王之所命，明是官人，訓御為治，故云"御，治事之官"。

◇◇私人者，對王朝之臣為公人，家臣為私屬也。《有司徹》云："主人降獻私人。"注云："大夫言私人。"明不純臣。此申伯雖是王之卿士，亦是不得純臣，故稱私人也。王命使遷其私人，告令其人使之裝載耳。其遷猶與申伯同行也。

【樂道主人】純臣，謂大夫之家臣不直歸天子之屬，非天子之全臣。此為貴族政治的特征。

【孔疏】○箋"傅御"至"冢宰"。

◇◇三公有大傅，知此非者，以王之所命，當有職事，三公無職，故知非也。僖二十八年《左傳》曰"鄭伯傅王"，是謂輔相王事者為傅也。

◇◇副貳於王，以治國事者，唯冢宰為然，故知謂冢宰也。

【孔疏-章旨】"王命"至"私人"（下列序號以經文兩句為一段譯解）。

○毛以為，①王既命召伯，令定申伯之居，又告申伯以將封之意，

②王乃命諸申伯云：我欲使汝為法度於是南方之國，今因是故謝邑之人，以改作汝之國城也。

③召公於時猶尚未發，王又命召伯云：汝往謝邑，非徒營立申伯之居宅而已，又當治理申伯國內土田，使之正其井牧，定其賦税也。

④王於是又命傅御於王者治事之臣，謂冢宰也。令使冢宰遷徙其申伯之私人。謂申伯私家之臣在京師者遷之。使從申伯共歸其國也。

○鄭唯以作爾庸為異。餘同。

<四章-1>**申伯之功，召伯是營。有俶（chù）其城，寢廟既成。**

【毛傳】俶，作也。

【鄭箋】申伯居謝之事，召公營其位而作城郭及寢廟，定其人神所處。

【孔疏】○箋“申伯”至“所處”。

◇◇亦訓功為事，故言居謝之事是營之。下乃云“有俶”，是先營而後作之，故云“營其位而作城郭”。此“有俶”之文，下通“寢廟”，其“既成”之文，上兼“其城”，明其皆作城也。

◇◇牆垣廐庫，無所不為，而獨言寢廟者，主言定其人神所處故也。寢，人所處。廟，神所處，神亦有寢。但此宜總據人神，不應獨言廟事，故以為人寢也。廟先作，而文在“寢”下，不説作之次第，從便言也。

<四章-5>**既成藐藐，王錫（cì）申伯。四牡蹻（jiǎo）蹻，鉤膺（yīng）濯（zhuó）濯。**

【毛傳】藐藐，美貌。蹻蹻，壯貌。鉤膺，樊纓也。濯濯，光明也。

【鄭箋】召公營位，築之已成，以形貌告於王。王乃賜申伯，為將遣之。

【程析】藐藐，豐美貌。鉤膺（yīng），亦名樊纓，套在馬胸前頸上的帶飾。濯濯，光澤貌。

【樂道主人】孔疏：四牡，賜申伯以四牡之馬。

【孔疏】○傳“藐藐”至“光明”。

◇◇鉤者，馬婁頷之鉤，是器物之名。膺者，直是馬之膺前，非是器物。以鉤類之，明言膺者，謂膺上有飾，故取《春官·巾車》之文以足之，謂膺有樊纓也。

◇◇案《巾車》金路、鉤、樊纓九就同姓以封。申伯異姓而得此賜者，以其命為侯伯，故得車如上公。

【孔疏-章旨】“申伯”至“濯濯”（下列序號以經文兩句為一段譯解）。

①此説往營謝邑訖而告王，言申伯居謝之事，乃召伯於是營其位。處於營之處有所作者，其是謝邑之城郭也。

②既作其城，又作寢廟。

③寢廟既已成矣，此既成之形貌，藐藐然而美也。王知其美，將遣申伯，

④乃賜申伯以四牡之馬，蹻蹻然而强壯。又賜以在首之金鉤，在膺之樊纓，濯濯然而光明。將欲遣之，故賜以此物也。

<五章-1>**王遣申伯，路車乘（shèng）馬。我圖爾居，莫如南土。**

【毛傳】乘馬，四馬也。

【鄭箋】王以正禮遣申伯之國，故復有車馬之賜。因告之曰：我謀女（rǔ）之所處，無如南土之最善。

【孔疏】○箋“王以”至“最善”。

◇◇王者之封諸侯，必以車服賜之，是禮之正也，故云“以正禮遣申伯之國，故復有車馬之賜”。

◇◇上既賜以四牡鉤膺，是王之私恩。此又以正禮賜之，故言復也。

◇◇言無如南土之最善，示己厚之意。

<五章-5>**錫爾介圭，以作爾寶。**

【毛傳】寶，瑞也。

【鄭箋】圭長尺二寸謂之介，非諸侯之圭，故以為寶。諸侯之瑞圭自九寸而下（與毛不同）。

【孔疏】○傳“寶，瑞”。

◇◇《春官·典瑞》“掌玉瑞玉器”。注云：“人執以見曰瑞，禮神曰器。瑞，符信也。”則瑞謂所執之玉。《堯典》云：“輯五瑞。”即五等諸侯之圭璧也。此賜介圭賜申伯，令執之。

◇◇言介者，大於常圭，故王肅云：“寶，瑞也。桓圭九寸，諸侯圭之大者，所以朝天子。”是也。

【孔疏】○箋“圭長”至“而下”。

◇◇《釋器》云：“珪大尺二寸謂之介。”長、大，一也，引之而變其文也。長尺二寸，則非諸侯所當執。

◇◇又寶者，居守之辭，非瑞信之語，故云“非諸侯之圭，故以為寶”。

◇◇又言“諸侯之瑞圭自九寸”，明其無尺二寸不得稱介，示己所以**易傳之意**。孫毓云：“特言賜之以作爾寶，明非五等之玉。且申伯受侯伯之封，當信圭七寸，又不得受上公之制。九寸桓圭而謂之介。箋義

為長。”

<五章-7>**往近（jì）王舅，南土是保。**

【毛傳】近，已也。申伯，宣王之舅也。

【鄭箋】近，辭也。聲如“彼記之子”之記。保，守也，安也。

【孔疏】○傳“近已”至“之舅”。

◇◇以命往之國，不復得與之相近，故傳為已，以為辭也。近得為已，其聲相近，故箋申之云：如彼已之已也。

◇◇下云王之元舅，此則宣王命之，故知宣王之舅。如鄭意，厲王之後曰豔妻，而得申伯為王舅者，蓋豔妻無子，姜氏生宣王。

【孔疏-章旨】“王遣”至“是保”（下列序號以經文兩句為一段譯解）。

○毛以為，①王於是發遣申伯，令使之國，故贈送之以大路之車及乘駟之馬，

②因告之曰：我謀度汝之所居，無如謝邑之最善。

③汝宜往居之。又特賜汝以大圭，謂桓圭九寸者也，以為汝之執瑞。既賜其物，又歎而送之。

④往去已，此王之舅也，當於南方之土，於是安居之矣。皆命遣之辭。

○鄭唯介圭謂長尺二寸之圭，以作國之珍寶為異。餘同。

<六章-1>**申伯信邁，王餞（jiàn）于郿（méi）。**

【毛傳】郿，地名。

【鄭箋】邁，行也。申伯之意不欲離王室，王告語之復重，於是意解而信行。餞，送行飲酒也。時王蓋省岐周，故於郿云。

【孔疏】○傳“郿，地名”。於漢屬右扶風，在鎬京之西也。

【孔疏】○箋“邁行”至“郿云”。

◇◇此言信行，則往前心未欲行，於時乃信，故解其意，言王告語復重，於是意解而信行也。上歷言“以作爾庸”“我圖爾居”“往近王舅”，是復重也。

◇◇申在鎬京之東南，自鎬適申，塗不經郿。解其得餞郿之意，時王蓋省視岐周，申伯從王至岐。自岐遣之，故餞之於郿也。

◇《江漢》箋云：“岐周，周之所起為其先祖之靈。”以有先祖之

靈，故時省之。言省者，王自須省視，非為申伯故往。《江漢》言“于周受命”，是為召公故往，是以經云“於周”，與此異也。

<六章-3>**申伯還南，謝于誠歸。**

【鄭箋】還南者，北就王命於岐周而還反也。謝于誠歸，誠歸于謝。

【樂道主人】還南，先還南至謝，而後適申。申在謝北。反，返。

【孔疏】○箋“還南”至“于謝”。

◇◇以言還者，回反之辭，故云“北就王命於岐周而還反也。”蓋王先在岐，得召公之報，知營謝已訖，召申伯於鎬，至岐周而命之也。申伯既受命，王餞還歸于謝而後適申，故云北就還南也。

◇◇言“謝于誠歸”，正是誠心歸于謝國。古人之語多倒，故申明之。誠歸者，決意不疑之辭。

<六章-5>**王命召伯，徹申伯土疆。以峙（zhì）其粻（zhāng），式遄（tuán）其行（xíng）。**

【鄭箋】粻，糧。式，用。遄，速也。王使召公治申伯土界之所至，峙其糧者，令廬市有止宿之委積，用是速申伯之行。

【程析】徹，治。以，乃，就。峙，具，儲備。粻，糧的另體，糧食。式，用。遄，速。

【孔疏】○箋“粻（zhāng）糧”至“之行”。

◇◇治申伯土界之所至者，謂治理申國之四境，豫定封疆，令申伯至國之時，不與四鄰争訟也。

◇◇峙其糧者，謂自京至謝，所在道路以具其糧食，使申伯所舍所宿，須則有之，不乏絶也。

◇◇令廬市有止宿之委積者，《地官·遺人》云：“掌道路之委積。凡國野之道，①十里有廬，廬有飲食。②三十里有宿，宿有路室，路室有委。③五十里有市，市有候館，候館有積。”注云：“廬若今野候，徒有庌（yǎ，《注》庌，廡也。廡，所以庇馬涼也。供過往賓客歇宿的房舍）也。宿可止宿，若今亭有室矣。候樓可以觀望者也。一市之閑，有三廬一宿。”是也。

◇◇此復云王命召伯者，召伯營謝既成，遣使報王。王知城郭既了，又復命以此事，蓋遣使命之，不必召伯親來而復往也。欲速申伯之行，唯峙其糧一事耳。

◇徹申伯土疆，非是速申伯之事，於此言之者，前命召伯，唯使定其居宅，治其土田，未命之使正其疆界，故於是乃命之。既命正定其疆界，因令具糧以待申伯耳。

【孔疏-章旨】“申伯”至“其行”。

①申伯初意不欲離王，王告語復重，心開意解，申伯於是信實欲行。王乃以酒餞之於郿，申伯乃旋反而南行。

②此南方謝國申伯於是誠實歸之矣。言其不得顧戀也。又言先者，申伯未發之時，

③王豫命召伯，令治申伯之國土界所至之疆境，又以峙具其糧食，謂自京至國，在道所須，令皆預備委積，用是以速其申伯之行。由在道無所闕乏，故得疾至。言王厚申伯也。

◇◇俗本峙作“時”者，誤也。

<七章-1>**申伯番（bō）番，既入于謝，徒御嘽（tān）嘽。**

【毛傳】番番，勇武貌。諸侯有大功則賜虎賁徒御。嘽嘽，徒行者、御車者嘽嘽喜樂也。

【鄭箋】申伯之貌有威武番番然，其入謝國，車徒之行嘽嘽安舒，言得禮也。禮，入國不馳。

【孔疏】○傳“番番”至“喜樂”。

◇◇以“番番”之文在“入謝”之上，則是在道之容，故為勇武貌。箋云“威武”，義亦同也。

◇◇又以申伯為天子大臣，出封下國，美國君之貌，不應言身之有勇，故辨之云：諸侯有大功，則天子賜之虎賁之士，為之武備，故道路觀之則番番然。總言其行從之勇，非其身也。申伯有大功，受州牧之禮，故得虎賁之賜。徒行御車，謂申伯之從也。

◇◇嘽嘽，安舒之狀。行則安舒，貌則喜樂，與箋相接成也。箋云“入國不馳”，《曲禮》文。

<七章-4>**周邦咸喜，戎有良翰。**

【鄭箋】周，徧也。戎，猶女（rǔ）也（與毛不同）。翰，幹也。申伯入謝，徧邦內皆喜曰：女乎，有善君也。相慶之言。

【孔疏】○箋“周徧”至“之言”。

◇◇汝者，相於之辭，故知是相慶之言。以申伯新為之君，故遞相慶

賀也。

◇毛於“戎”字皆訓為“大”，知此亦與鄭不同。

<七章-6>**不（pī）顯申伯，王之元舅，文武是憲。**

【毛傳】不顯申伯，顯矣申伯也。文武是憲，言有文有武也。

【鄭箋】憲，表也。言為文武之表式。

【孔疏】○傳“不顯”至“有武”。◇◇文武是憲，謂文人武人以申伯為表式，故解其意，言由申伯有文有武，故得與文武之人為表式。箋以其略，故申成之。

【孔疏-章旨】“申伯”至“是憲”。

○毛以為，①此言申伯至國之事，言申伯有勇武之貌番番然，謂在路之時，有此威貌也。既已入於謝邑，其徒行者、御車者皆嘽嘽然安舒得宜，不妄馳騁。

②謝人觀其儀貌，知是賢君，遍邦之內，悉皆喜悅，而相慶曰：今有大良善幹事之君申伯，既受封而為民所悅如是，豈不光顯申伯乎！言實光顯矣。

③又歎美申伯，此王之長舅，文人武人皆於是以為表憲而法則之也。言申伯有文有武，可為人之表式也。

○鄭唯戎為汝為異。餘同。

<八章-1>**申伯之德，柔惠且直。揉此萬邦，聞于四國。**

【鄭箋】揉，順也。四國，猶言四方也。

【程析】柔惠，和順。

【孔疏】○箋“揉，順”。

◇◇《易》稱“揉木為耒”，謂屈橈之也。有不如意，揉之使善，是為順之義。言揉萬邦使順善也。

◇◇周無萬國，因古有萬國，舉大數耳。

<八章-5>**吉甫作誦，其詩孔碩。其風肆好，以贈申伯。**

【毛傳】吉甫，尹吉甫也。作是工師之誦也。肆，長（cháng）也。贈，增也。

【鄭箋】碩，大也。吉甫為此誦也。言其詩之意甚美大，風切申伯，又使之長行善道。以此贈申伯者，送之令以為樂。

【孔疏】○傳“吉甫”至“贈增”。

◇◇吉甫，尹吉甫。毛不注序，故於此詳之。

◇◇詩者，工師樂人誦之以為樂曲，故云作是工師之誦，欲使申伯之樂人常誦習此詩也。

◇◇肆者，陳設之言，是進長之義，故以肆為長。

◇◇凡贈遺者，所以增長前人，贈之財，使富增於本，贈之言，使行增於善，故云“贈，增也”。

【孔疏】○箋“碩大”至“為樂”。

◇◇言風切申伯，使之長行善道者，言其善事使之自強也。

◇◇其詩之意甚美大者，述其善事，令更增長，是美大也。君子之道，貴在謙虛，而言吉甫作詩自述，雲甚美者，欲使前人聽受其言，故美大以入之。

◇◇令以為樂者，令使申伯常歌樂此詩，以自規戒也。如此言，則此詩之作，主美申伯而已。申伯有德，王能建之，美申伯亦所以美宣王，故為宣王詩也。

【孔疏-章旨】“申伯”至“申伯”。此章以申伯歸謝事終，總歎其美，且言作詩之意。

①言申伯之德，安順而且正直，以此順直之德，揉服此萬邦不順之國，使之皆順。其善聲譽皆聞達於彼四方之國。是申伯之德實大美矣。

②今吉甫作是工師之誦，其詩之意甚美大矣，其風切申伯又使之長（zhǎng）行善道，故以此詩增長申伯之美。言使申伯歌誦此詩，見人言己之美，更復自强不息，以增德行也。

鄭唯贈送一字別。

《崧高》八章，章八句。

烝　民 【大雅二十六】

天生烝民，有物有則。民之秉彝（yí），好是懿（yì）德。天監有周，昭（zhāo）假（gé）于下。保茲天子，生仲（zhòng）山甫（fǔ）。

仲山甫之德，柔嘉維則。令儀令色，小心翼翼。古訓是式，威儀是力。天子是若，明命使賦。

王命仲山甫，式是百辟（bì）。纘（zuǎn）戎祖考，王躬是保。出納王命，王之喉舌。賦政于外，四方爰發。

肅肅王命，仲山甫將之。邦國若否（pǐ），仲山甫明之。既明且哲，以保其身。夙夜匪解（xiè），以事一人。

人亦有言，柔則茹（rú）之，剛則吐（tù）之。維仲山甫，柔亦不茹，剛亦不吐。不侮矜（guān）寡，不畏彊禦。

人亦有言，德輶（yóu）如毛，民鮮克舉之。我儀（yí）圖之。維仲山甫舉之，愛莫助之。袞職有闕，維仲山甫補之。

仲山甫出祖，四牡業業。征夫捷（qiè）捷，每懷靡及。四牡彭（bāng）彭，八鸞鏘（qiāng）鏘。王命仲山甫，城彼東方。

四牡騤（kuí）騤，八鸞喈（jiē）喈。仲山甫徂齊，式遄（chuán）其歸。吉甫作誦，穆如清風。仲山甫永懷，以慰其心。

《烝民》八章，章八句。

【毛序】《烝民》，尹（yǐn）吉甫美宣王也。任賢使能，周室中興焉。

【孔疏】序"《烝民》"至"中興焉"。

◇◇《烝民》詩者，尹吉甫所作，以美宣王也。以宣王能親任賢德，用使能人，賢能在官，職事修理。周室既衰，中道復興，故美之也。

◇◇任賢使能者，任謂委仗之，使謂作用之，雖大意為同，而細理小別。有德謂之賢，有伎謂之能。故《太宰》"八統：三曰進賢，四曰使能"。注云："賢，有善行者也。能，多才藝者也。"是賢能相對為小别，散則皆相通也。

◇◇經八章，皆言仲山甫有美德，王能任用之，是任賢使能也。褒賞申伯，指斥其人。

◇◇此不言任用山甫者，見王所使任非獨一人而已，故言賢能以廣之。《韓奕》之序，不言錫命韓侯，義亦然。《崧高》之序，已有建國、親諸侯為之廣大，故指言申伯焉。

◇◇由其任賢使能，故得周室中興。中興之事，於經無所當也。

<一章-1>**天生烝民，有物有則。民之秉彝（yí），好是懿（yì）德。**

【毛傳】烝，眾。物，事。則，法。彝，常。懿，美也。

【鄭箋】秉，執也。天之生眾民，其性有物象，謂五行仁、義、禮、智、信也。其情有所法，謂喜、怒、哀、樂、好、惡也。然而民所執持有常道，莫不好有美德之人。

【孔疏】○箋"秉執"至"之人"。

◇◇以言"好是懿德"，所好出於情性，然上言"有物有則"，即是情性之事。物者，身外之物，有象於己。則者，己之所有，法象外物，其實是一，從内外而異言之耳。因經物、則異文，故箋分性、情為二。

◇性為五性，情為六情以充之。五性本於五行，六情本於六氣。

◇《洪範》："**五行**：水、火、金、木、土。"《禮運》曰："人者，天地之心，五行之端。"是人性法五行也。

◇昭元年《左傳》曰："**六氣**：陰、陽、風、雨、晦、明也。"昭二十五年《左傳》"民有好、惡、喜、怒、哀、樂，生于六氣"。是六情法六氣也。

◇《孝經·援神契》曰："性者，生之質。**命者**，人所稟受也。◇情者，陰之數，精内附著，生流通也。"又曰："性生於陽，以理執。情生於陰，以繫念。"是性陽而情陰。

◇五行謂仁、義、禮、智、信者，鄭於《禮記》之説，以為"木行則仁，金行則義，火行則禮，水行則智，土行則信"，是也。

◇六情有所法者，服虔《左傳》之注，以為"好生於陽，惡生於陰，喜生於風，怒生於雨，哀生於晦，樂生於明"是也。此數情有六，經傳亦多言六情。

◇唯《禮運》云："何謂人情？喜、怒、哀、懼、愛、惡、欲，七者弗學而能。”獨言七者，六是其正，彼依附而異文耳。愛即好也。欲即樂也。懼蓋怒中之別出，己情為怒，聞彼怒而懼。是怒之與懼，外內相依，以為彼此之異，故分之為七。大意猶與此同也。

◇人之情性，共稟於天，天不差忒，則人亦有常，故民所執持有常道，莫不好美德之人。下句言**天见民意**，好此美德，故天亦愛此天子之事。此言好美德之人，謂好之以為君也。

◇◇若然，物以同聲相應，人以同志相親。聖明之君，乃愛賢臣。無道之世，惡人得寵。古先帝代莫不盡然。

◇◇君既如此，則民亦如之。惡人當愛惡君矣，而云同好美德之人者，人之本意，皆欲愛善，雖則逐臭之夫，當時不以為惡，但識鑒不同，謂為善耳，未有故知是其惡而愛之者也。且民之愛君，為被（pī）其政教，雖則愚民（以當時的教育程度而言），亦知愛善君矣。

<一章-5>**天監有周，昭（zhāo）假（gé）于下。保兹天子，生仲（zhòng）山甫（fǔ）。**

【毛傳】仲山甫，樊侯也。

【鄭箋】監，視。假，至也。◇天視周王之政教，其光明乃至于下，謂及眾民也。天安愛此天子宣王，故生樊侯仲山甫，使佐之。言天亦好是懿德也。《書》曰：“天聰明自我民聰明。”

【樂道主人】懿德在於安民，在先；天見民心，仍受之以命，在後。

【孔疏】○傳“仲山甫，樊侯”。

◇◇言仲山甫是樊國之君，爵為侯，而字仲山甫也。《周語》稱“樊仲山甫諫宣王”，是山甫為樊國之君也。

◇韋昭云：“食菜於樊。”僖二十五年《左傳》說“晉文公納定襄王，王賜之樊邑”，則樊在東都之畿内也。

◇◇杜預云：“經傳不見畿内之國稱侯男者，天子不以此爵賜畿内也。”如預之言，畿内本無侯爵。傳言樊侯，不知何所案據。

【孔疏】○箋“監視”至“聰明”。

◇◇上句言民好有德之君，故以此明至於下，為周之政教光明，至於天下，正謂宣王政教明也。但天子之文見於下句，故直言有周耳。

◇◇上言民好有德，此言天愛宣王，為生賢佐，言天亦好是懿德，亦猶民也。

◇◇引《書》曰者，《泰誓》文也。彼注云："天之所謂聰明有德者，由民也。"言天所善恶，与民同。引之者，證天從民意也。

◇◇案序云"任賢使能，周室中興"，是由有賢臣佐王，政始得光明。此文乃言由王政教光明，天乃為生賢佐。先後不同者，宣王之明，與山甫之賢，皆是上天為之。

◇◇山甫之年未必不長於宣王，非是宣王既明，始生山甫。但作者見明君而有賢臣，為天愛王之勢，非實事也。

【孔疏-章旨】"天生"至"山甫"（下列序號以經文兩句為一段譯解）。

①言天生其眾民，使之心性有事物之象，情志有去就之法，既稟此靈氣而有所依憑。

②故民之所執持者有常道，莫不愛好是美德之人以為君也。

③民之所好如是，天亦從民所好，故天乃監視有周之王政教善惡。見此周王，其政教之光明，乃行而施至於下民矣。

④即王有懿德，天亦愛之。天乃安愛此天子之宣王，乃為之生樊侯仲山甫大賢之人，使佐以興之。

<二章-1>**仲山甫之德，柔嘉維則。令儀令色，小心翼翼。**

【鄭箋】嘉，美。令，善也。善威儀，善顏色容貌，翼翼然恭敬。

【程析】柔，柔和。維，是。

<二章-5>**古訓是式，威儀是力。天子是若，明命使賦。**

【毛傳】古，故。訓，道。若，順。賦，布也。

【鄭箋】故訓，先王之遺典也（與毛不同）。式，法也。力猶勤也。勤威儀者，恪（kè）居官次，不解（xiè）于位也。◇是順從行其所為也。顯明王之政教，使群臣施布之。

【孔疏】○箋"故訓"至"布之"。

◇◇古訓者，故舊之道，故為先王之遺典也。

◇◇是力者，勤力為之，故云"勤威儀者，恪居官次"，謂恒常恭敬，居於官之次舍，不解怠於其職位也。

◇◇"恪居官次"，襄二十三年《左傳》文。"不解于位"，《假樂》篇也。是順謂從其所為言。君須為善，從君之意以成善事也。

◇◇顯明王之政教，使群臣施布之。身為大臣，故得使在下者布行王政也。

【孔疏-章旨】“仲山甫”至“使賦”（下列序號以經文兩句為一段譯解）。

①上言天生山甫，此言生而有德，言此仲山甫之德如何乎？柔和而美善，維可以為法則。

②又能善其動止之威儀，善其容貌之顏色，又能慎小其心翼翼然恭敬。

③既性行如是，至於為臣，則以古昔先王之訓典，於是遵法而行之，在朝所為之威儀，於是勤力而勉之。以此人隨天子之所行，於是從行而順之。

④既天子為善，山甫順之，故能顯明王之教命，使群臣施布行之。群臣奉行王命，由於山甫，故得為此明君，中興周室。

<三章-1>**王命仲山甫，式是百辟（bì）。纘（zuǎn）戎祖考，王躬是保。**

【毛傳】戎，大也。

【鄭箋】戎，猶女（rǔ）也（與毛不同）。躬，身也。王曰：女施行法度於是百君，繼女先祖先父始見命者之功德，王身是安。使盡心力於王室。

【程析】纘，繼承。考，父親。

【樂道主人】式，用。辟，君。

【孔疏】○箋“戎猶”至“王室”。

◇◇戎之為大，雖是正訓，於理不愜（qiè），**故易以為汝**。

◇◇汝施法度於是百君，謂百辟卿士，通畿外諸侯。下云“賦政于外”，明百辟之言兼畿外矣。

◇◇言繼女先祖，明其先有功。先祖有功，必是始封之君，故云始見命者之功德也。

◇◇言盡心力於王室者，發舉由心，施行在力，令盡心力，使為至忠也。

<三章-5>**出納王命，王之喉舌。賦政于外，四方爰發。**

【毛傳】喉舌，冢宰也。

【鄭箋】出王命者，王口所自言，承而施之也。納王命者，時之所宜，復於王也。其行之也，皆奉順其意，如王口喉舌親所言也。以布政於畿外，天下諸侯於是莫不發應。

【程析】四方，諸侯。爰，乃。發，響應，實行。

【孔疏】○傳“喉舌，冢宰”。

◇◇上句云“式是百辟”，與百君為法，則王朝上卿，故為冢宰。

◇◇舜命龍作納言云：“出納朕命”。彼特立納言之官，以典王命出入，即今之納言也。與此出納王命者異。

【孔疏】○箋“出王”至“發應”。

◇◇以出從於王，故為王口所自言。納自外來，故為時之所宜。復於王，復，白也。

◇◇《太宰職》曰：“王視治朝則贊聽治。”注云：“治朝在路門外，群臣治事之朝。王視之，則助王平斷焉。”是出王命也。

◇又曰：“歲終，則令百官府各正其治。受其會，聽其致事，而詔王廢置。”注云：“平其事來至者之功狀而奏白王。”是納王命也。

◇◇《宰夫》“掌諸臣之復”。注云：“復之言報也，反也。反報於王，謂朝廷奏事。”是謂奏事為復也。

◇◇天下諸侯於是莫不發應，即《易》所謂“出其言善，千里之外應之”，是也。

【孔疏-章旨】“王命”至“爰發”（下列序號以經文兩句為一段譯解）。

○毛以為，①王命此仲山甫曰：汝可以為長官，施其法度於是天下之百君，

②當繼而光大爾之祖考，又奉承汝王之身，於是而安寧之。

③仲山甫既受命為官，乃施行職事，於是出納王之教命。王有所言，出而宣之。下有所為，納而白之。作王之咽喉口舌，布其政教於畿外之國。

④政教明美，所為合度，四方諸侯被其政令，於是皆發舉而應之。美其出言而善，人皆應和也。

○鄭唯戎字為異。餘同。

<四章-1>**肅肅王命，仲山甫將之。邦國若否（pǐ），仲山甫明之。**

【毛傳】將，行也。

【鄭箋】肅肅，敬也。言王之政教甚嚴敬也，仲山甫則能奉行之。若，順也。順否，猶臧否，謂善惡也。

【程析】將，執行。

<四章5>**既明且哲，以保其身。夙夜匪解（xiè），以事一人。**

【鄭箋】夙，早。夜，莫。匪，非也。一人，斥天子。

【程析】明，通。哲，智也。將，執行。

【孔疏-章旨】“肅肅”至“一人”。

①肅肅然甚可尊嚴而畏敬者，是王之教命。嚴敬而難行者，仲山甫則能奉行之。

②畿外邦國之有善惡順否，在遠而難知者，仲山甫則能顯明之。能內奉王命，外治諸侯，是其賢之大也。

③既能明曉善惡，且又是非辨知，以此明哲，擇安去危，而保全其身，不有禍敗。

④又能早起夜卧，非有懈倦之時，以常尊事此一人之宣王也。

<五章-1>**人亦有言，柔則茹（rú）之，剛則吐（tù）之。**

【鄭箋】柔，猶濡（rú）毳（cuì）也。剛，堅强也。剛柔之在口，或茹之，或吐之，喻人之於敵彊弱。

【程析】茹，吃。濡，沾濕。毳，鳥獸的細毛。

<五章-3>**維仲山甫，柔亦不茹，剛亦不吐。不侮矜（guān）寡，不畏彊禦。**

【程析】彊禦，强暴凌弱。

【孔疏-章旨】“人亦”至“彊御”。上既言明哲勤事，此又言其發舉得中。

①人亦有俗諺之常言，説人之恒性，莫不：柔濡者，則茹食之。堅剛者，則吐出之。喻見前敵寡弱者則侵侮之，彊盛者則避畏之。言凡人之性，莫不皆爾。

②維有仲山甫則不然，雖柔亦不茹，雖剛亦不吐，不欺侮於鰥寡孤獨之人，不畏懼於彊梁禦善之人。不侮不畏，即是不茹不吐。既言其喻，又言其實以充之。茹者，噉食之名，故取菜之入口名為茹。《禮》稱茹毛，亦其事也。

<六章-1>**人亦有言，德輶（yóu）如毛。民鮮克舉之，我儀（yí）圖之。**

【毛傳】儀，宜也。

【鄭箋】輶，輕。儀，匹也（與毛不同）。人之言云：德甚輕然，而眾人寡能。獨舉之以行者，言政事易耳。而人不能行者，無其志也。我與倫匹圖之，而未能為也。我，吉甫自我也。

【樂道主人】倫，形態。疏：毛雖細物，猶有形體可比也。

【孔疏】○箋"輶輕"至"自我"。

◇◇"輶，輕"，《釋言》文。"儀，匹"，《釋詁》文。然則鄭讀為儀，故以為匹。

◇◇以言圖之，當與前人共謀，**故易傳也**。

◇◇《表記》稱 "仁之為器也重，其為道也遠，舉者莫能勝也，行者莫能致也"。則德當重矣，而云輕如毛者，若論德所施行，實為重大，若言在人身體，則於人不重，故為輕也。

◇言如毛者，舉輕物以喻其輕之甚耳，其實輕於毛也，故《中庸》引此云："毛猶有倫。"是怪其所比為重也。

◇◇舉者，提持之言。既以重輕為喻，故以舉言之。舉謂施行之，故云"舉之以行"。既引人言，乃云我圖，故知"我，吉甫自我也"。

<六章-5>**維仲山甫舉之，愛莫助之。**

【毛傳】愛，隱也。

【鄭箋】愛，惜也（與毛不同）。仲山甫能獨舉此德而行之，惜乎莫能助之者，多仲山甫之德，歸功言耳。

【樂道主人】惜乎，"他人"莫能助之者。

【孔疏】○箋"愛惜"至"言耳"。

◇◇愛者，吝惜之言，故為惜也。惜其無助，則為歎傷之深，**故易傳也**。

◇◇宣王之臣，賢哲多矣，而云莫能助之，辭為太甚，故云"多仲山甫之德，歸功言耳"。

<六章-7>**袞職有闕，維仲山甫補之。**

【毛傳】有袞冕者，君之上服也，仲山甫補之，善補過也。

【鄭箋】袞職者，不敢斥王之言也。王之職有闕，輒能補之者，仲山甫也。

【孔疏】○傳“有衮”至“補過”。

◇◇傳以天子之服，其名多矣，而獨言衮職之意。以衣服之中有衮冕者，是人君之上服，故舉衮以表君也。

◇若然，天子以大裘之冕為尊，故《覲禮》謂衮冕為裨冕。而言上服者，以大裘之冕無旒，事天乃服，以示質耳，非與人君行禮之正衣，故以衮為上也。

◇◇善補過者，《易·繫辭》文。言善補衮職之人過也。宣二年《左傳》引此，乃云“能補過也”。

【孔疏】○箋“衮職”至“山甫”。◇◇衮職，實王職也。不言王而言衮，不敢指斥而言，猶律謂天子為乘輿也。王之職有缺，輒能補之，謂有所不可則諫争之。

【孔疏-章旨】“人亦”至“補之”。

○毛以為，①人亦有俗諺之常言：德之在人，此於無德之時，非復益重，其輕如毛，然其輕如毛，行之甚易，要民無其志，寡能舉行之者。我以人之此言，實得其宜，乃圖謀之，觀誰能行德，

②維仲山甫獨能舉此德而行之。其德義深遠而隱，莫有能助行之者。山甫既無人助，獨行之耳。

③故服衮冕之人，職事有所廢闕，維仲山甫能補益之。以此，故可任用，以致中興。

○鄭唯儀為匹、愛為惜為異。餘同。

<七章-1>**仲山甫出祖，四牡業業。征夫捷（qiè）捷，每懷靡及。**

【毛傳】言述職也。業業，言高大也。捷捷，言樂事也。

【鄭箋】祖者，將行犯軷（bá）之祭也。懷私為每懷。仲山甫犯軷而將行，車馬業業然動，衆行夫捷捷然至，仲山甫則戒之曰：既受君命，當速行。每人懷其私而相稽留，將無所及於事。

【程析】業業，馬匹高大貌。每懷，可參考《小雅·皇皇者華》。

【樂道主人】軷，古祭路神。

【孔疏】○傳“言述”至“樂事”。

◇◇仲山甫為王之卿士，職當眺省諸侯。言此出行者，述其卿士之職也。

◇◇業業，動之貌，言高大者，見其高大而動，故業業然。

◇◇捷捷者，舉動敏疾之貌。行者或苦於役，則舉動遲緩，故言捷捷以見其勸樂於事也。

【孔疏】○箋“祖者”至“於事”。

◇◇以行者既祖，乃即於路，故云“將行犯軷而祭也”。

◇◇“每懷靡及”，在“征夫”之下，而與《皇皇者華》文同，故亦依彼取《外傳》而徑破之云：懷私為每懷。此征夫是山甫從人，故知山甫戒之，恐其無及於事也。

◇《皇皇者華》傳以“懷”為“和”，箋破“和”為“私”，以申傳意。其義不異於傳，故知此箋之意亦與傳同也。

◇但毛傳省略，彼王肅為之作説，亦云已與毛同。未知誰得毛旨，此亦當然。王肅云：“仲山甫雖有柔和明知之德，猶自謂無及。”傳意未必不然也。

<七章-5>**四牡彭（bāng）彭，八鸞鏘（qiāng）鏘。王命仲山甫，城彼東方。**

【毛傳】東方，齊也。古者諸侯之居逼隘（aì），則王者遷其邑而定其居，蓋去薄姑而遷於臨菑也。

【鄭箋】彭彭，行貌。鏘鏘，鳴聲。以此車馬命仲山甫使行，言其盛也。

【程析】彭彭，馬不停蹄貌。

【樂道主人】鸞，玲。隘，猶狹窄。

【孔疏】○傳“東方”至“臨菑”。

◇◇解王命城齊之意，由古者諸侯之居逼隘，則王者遷其邑而定其居。時齊居逼隘，故王使仲山甫往城而定之也。

◇◇既言所定，不知定在何處，故云“蓋去薄姑，而遷於臨菑也”。毛時書籍猶多，去聖未遠，雖言蓋為疑辭，其當有所依約而言也。

◇《史記·齊世家》云：“獻公元年，徙薄姑都治臨菑。”計獻公當夷王之時，與此傳不合，遷之言未必實也。

【孔疏】○箋“彭彭”至“其盛”。

◇◇承上出祖之後，則是在道之事，故以彭彭為行貌。馬動則鸞鳴，故言鏘鏘為鳴聲也。既言車馬，乃云王命，明王以此車馬命山甫使行。以王命所賜，而作者言其貌狀，知是言其車馬之盛。

【孔疏-章旨】“仲山甫”至“東方”。既言在内佐王，又説外行述職（下列序號以經文兩句為一段譯解）。

①言仲山甫既受王命，將欲適齊，出於國門，而為祖道之祭，止陳車騎而人觀之，見其所乘之駟牡業業然動而高大，所從眾人之行夫捷捷然敏而樂事於其祖。

②而既餞，仲山甫則戒其從人曰：爾等既受君命，當須速行。若每人懷其私而相稽留，將無所及於事也。

③既戒，乃乘其駟牡之馬彭彭然而行，八鸞之聲又鏘鏘然而鳴。所以為此行者，

④王命仲山甫以此車馬令乘之而行，往築城於彼東方之國，謂使之城齊也。

<八章-1>**四牡騤（kuí）騤，八鸞喈（jiē）喈。仲山甫徂齊，式遄（chuán）其歸。**

【毛傳】騤騤，猶彭彭也。喈喈，猶鏘鏘也。遄，疾也。言周之望仲山甫也。

【鄭箋】望之，故欲其用是疾歸。

【程析】式，用。用這些馬車。

【孔疏】○傳“騤騤”至“山甫”。

◇◇此所陳者，還是上之車馬，故猶之也。

◇◇欲使之速歸者，言山甫有德，周人愛之，不用使久在於外，故云“式遄其歸”。言周人思望仲山甫也。

<八章-5>**吉甫作誦，穆如清風。仲山甫永懷，以慰其心。**

【毛傳】清微之風，化養萬物者也。

【鄭箋】穆，和也。吉甫作此工歌之誦，其調和人之性，如清風之養萬物然。仲山甫述職，多所思而勞，故述其美以慰安其心。

【程析】永懷，長思。作者希望仲山甫能長思作者之作誦之意。

【孔疏】○傳“清微”至“萬物”。

◇◇解詩而比風之意，以清微之風化養萬物，故以比清美之詩可以感益於人也。

◇◇清微者，言其不暴疾也。化養萬物，謂谷風、凱風也。

【孔疏】○箋“穆和”至“其心”。◇◇穆是美之貌，故為和也。穆

下即云“如清風”，是穆為清之用，故和為調和人之性也（下列序號以經文兩句為一段譯解）。

【孔疏-章旨】“四牡”至“其心”。此言周人欲山甫之速歸，并說己作詩之意。

①言仲山甫乘王命之四牡騤騤壯健，八鸞之聲喈喈而鳴。

②仲山甫乘此車馬，以往於齊。周人欲山甫用此壯健車馬，疾其在路而早歸也。

③山甫既行役如此，故我吉甫作是工師之誦，其調和人之情性，如清微之風化養萬物，使之日有長益也。

④以仲山甫述職，日月長久，而多所思，故述其美以慰安其心，欲使之自忘勞也。

《烝民》八章，章八句。

韓　奕 【大雅二十七】

奕奕梁山，維禹甸之。有倬（zhuō）其道，韓侯受命。王親命之：纘（zuǎn）戎祖考，無廢朕命。夙夜匪解（xiè），虔（qián）共（gǒng/gōng）爾位。朕命不易，榦（gàn）不庭（tǐng）方，以佐戎辟（bì）。

四牡奕奕，孔脩且張。韓侯入覲（jìn），以其介圭，入覲（jìn）于王。王錫（xī）韓侯，淑旂（qí）綏章，簟（diàn）茀（fú）錯衡，玄衮（gǔn）赤舄（xì），鉤膺（yīng）鏤（lòu）鍚（yáng），鞹（kuò）鞃（hóng）淺幭（miè），鞗（tiáo）革金厄（è）。

韓侯出祖，出宿（sù）于屠（tú）。顯父（fǔ）餞（jiàn）之，清酒百壺。其殽（yáo）維何？炰（páo）鼈鮮魚。其蔌（sù）維何？維筍（sǔn）及蒲（pú）。其贈維何？乘（shèng）馬路車。籩豆有且（jū），侯氏燕（yàn）胥（xū）。

韓侯取妻，汾（fén）王之甥，蹶（jué）父（fǔ）之子。韓侯迎止，于蹶之里。百兩（liàng）彭（bēng）彭，八鸞鏘鏘，不（pī）顯其光。諸娣（dì）從之，祁祁如雲。韓侯顧之，爛其盈門。

蹶父孔武，靡國不到。為韓姞（jí）相攸（yōu），莫如韓樂（lè）。孔樂韓土，川澤訏（xū）訏。魴（fāng）鱮（xù）甫甫，麀（yōu）鹿噳（yǔ）噳。有熊有羆（pí），有貓有虎。慶既令居，韓姞燕（yàn）譽。

溥（pǔ）彼韓城，燕師所完。以先祖受命，因時百蠻。王錫（cì）韓侯，其追（duī）其貊（mò），奄（yǎn）受北國，因以其伯。實墉（yōng）實壑（hè），實畝（mǔ）實藉（jí）。獻其貔（pí）皮，赤豹黃羆（pí）。

《韓奕》六章，章十二句。

【毛序】《韓奕》，尹吉甫美宣王也。能錫（cì）命諸侯。

【鄭箋】梁山於韓國之山最高大，為國之鎮，祈望祀焉，故美大其貌奕奕然，謂之韓奕也。**梁山**，今左馮翊（yì）夏陽西北。韓，姬姓之國也，後為晋所滅，故大夫韓氏以為邑名焉。幽王九年，王室始騷。鄭桓公問於史伯曰："周衰，其孰興乎？"對曰："武實昭文之功，文之祚（zuò）盡，武其嗣乎？武王之子應韓不在其晋乎？"

【孔疏-章旨】序"《韓奕》"至"諸侯"。

◇◇《韓奕》詩者，尹吉甫所作，以美宣王也。美其能錫命諸侯，謂賞賜韓侯，命為侯伯也。不言韓侯者，欲見宣王之所錫命，非獨一國而已，故變言諸侯以廣之。

◇◇錫謂與之以物，二章是也。命謂授之以政，首章是也。經、序倒者，經先言受命以顯其美，序先言賜者，欲見命亦是賜。《春秋》有來錫公命，是命為賜也。三章言韓侯得賜而歸。四章説其娶妻之事。五章言其得妻之由。卒章言其得命歸國，施行政事。

◇◇既美其人言泛及之，主為錫命而作，故序言"錫命"以總之。

【鄭箋】○箋"梁山"至"晋乎"。

◇◇此經雖有韓有奕，而文非共句，故解其名篇之意也。

◇◇知梁山於韓國之山最高大者，以韓後屬晋，《釋山》云："梁山，晋望也。"孫炎曰："晋國所望祭也。"晋為大國，尚以為望，明於韓地最高大也。《夏官·職方氏》每州皆云其山鎮曰某山，是其大者謂之為鎮，故知梁山為韓國之重鎮也。《禮》，諸侯之於山川，在其地祭，以祈福。山必望而祀之，故云"祈望祀焉"。

◇◇經云"奕奕梁山"，是美其貌奕奕然。以其韓國之奕，故謂其篇為《韓奕》也。又辨其處，云"今在左馮翊郡夏陽縣之西北"也。漢於長安畿内立三郡，謂之三輔，京兆在中，馮翊在東，扶風在西。外郡之長謂之太守，此三輔者謂之京兆尹、左馮翊、右扶風，左右猶外郡之名太守也。

◇計此，止須言馮翊耳，不須言左。但《漢書》稱馮翊、扶風之人，皆並言左、右，故鄭亦連言左。范曄《後漢書》始於馮翊、扶風之人不言左、右耳，以前皆並言左、右。服虔《左傳解贊》云"右扶風賈君"是也。

◇◇又辨韓國興滅之由。襄二十九年《左傳》説晋滅諸國，云“霍、揚、韓、魏，皆姬姓也”。以此知韓是姬姓之國，後為晋所滅也。

◇此韓是武王之子，以卒章之傳已言韓侯之先祖武王之子，故直辨其姬姓也。故大夫韓氏以為邑名焉，謂食邑於韓，以韓為氏也。桓三年《左傳》云：“曲沃武公伐翼，韓萬禦戎。”服虔云：“韓萬，晋大夫曲沃桓叔之子，莊伯之弟。”晋為大夫，以韓為氏也。襄、昭之間，有韓宣子，六國之韓王，是此韓為之後也。

◇晋之滅韓，未知何君之世。宣王之時，韓為侯伯。武公之世，萬已受之。蓋晋文侯輔平王為方伯之時滅之也，故韋昭云：“近宣王時，命韓侯為侯伯，其後為晋所滅，以為邑，以賜桓叔之子萬，是為韓萬。”則其亡在平王時也。

◇◇“幽王九年”以下，皆《鄭語》文。韋昭云：“騷，謂適庶交争也。武，武王也。文王子孫，魯、衛是也。祚盡，謂衰也。嗣，繼也。武王子孫當繼之而興。不在者，言不在應韓，當在晋也。”

◇引此者，證幽王之時，韓仍在也。彼先言桓公之問，史伯之對，下言九年王室始騷。此引之，而與彼文倒者，彼文先説史伯之言，於後曆陳事驗，故始騷之文列之於後。此則略取其意，辨其問答之年。故進之於上。

<一章-1>**奕奕梁山，維禹甸之。有倬（zhuō）其道，韓侯受命。**

【毛傳】奕奕，大也。甸，治也。禹治梁山，除水災。宣王平大亂，命諸侯。有倬其道，有倬然之道者也。受命，受命為侯伯也。

【鄭箋】梁山之野，堯時俱遭洪水。禹甸之者，決除其災，使成平田，定貢賦於天子。周有厲王之亂，天下失職。今有倬然者，明復禹之功者，韓侯受王命為侯伯。

【孔疏】○傳“奕奕”至“侯伯”。

◇◇以其言山之形，而云奕奕，故知大也。

◇◇甸者，田也。治為平田，故云“甸，治”。大禹之功，功在治水，故知治梁山，除水災，謂治山傍之地，有水之處，使成平田也。

◇◇又本韓侯受命之意，宣王平大亂，謂平定厲王之亂政，而命諸侯，謂擇諸侯賢者而命之，故有倬然之道者韓侯，受命為侯伯也。以其命之，使“榦不庭方”，又言“因以其伯”，故知為侯伯，謂為州牧也。以其言“奄受北國”，知非東西大伯也。

◇◇言宣王平大亂者，本其命諸侯所由耳。不以平亂比治水也。

【孔疏】○箋“梁山”至“侯伯”。

◇◇以言其甸之，施於平地之辭，故言“之野”。

◇◇言梁山者，表韓國所在，亦猶“信彼南山”，其意在於原隰也。言俱遭洪水者，堯時洪水，非獨梁山之傍，梁山與天下俱遭之耳。見禹之所治，不獨梁山。上言禹治梁山，下言韓侯受命，則“維禹甸之”，言亦為韓侯而發。

◇《信南山》“維禹甸之”下，云“曾孫田之”，美成王能復禹之功。然則此“維禹甸之”之下，又云“有倬其道”，亦美韓侯復禹之功也。

◇禹與成王俱為天子，養民之情既同，其功可以相復。今韓侯非禹之類，而亦言復禹功，則所復之事，有異於成王，故箋辨之。禹能決除其災，使成平田，定其貢賦於天子。今韓侯居禹所治之地，修理其田，供其貢賦於天子。禹定其制，韓侯奉行，以此為復禹之功也。

◇周有厲王之亂，天下失職，謂諸侯不修臣職，不貢賦也。今有倬然之道者，復禹之功，謂韓侯修臣職，奉貢賦也。下云“介圭”“入覲”，即是著明之事。韓侯以此著明，故得受命為侯伯。有倬然受命，皆是韓侯之事。韓侯之文處其中，使得上下俱兼也。

◇◇以《信南山》之箋甸為“丘甸之”，知此使成平田，定貢賦，亦是丘甸之也。

<一章-5>**王親命之：纘（zuǎn）戎祖考，無廢朕命。夙夜匪解（xiè），虔（qián）共（gǒng/gōng）爾位。**

【毛傳】戎，人。虔，固。共（gǒng），執也。

【鄭箋】戎，猶女也（與毛不同）。朕，我也。古之恭字或作“共（gōng）”（與毛不同）。

【樂道主人】《大雅·烝民》鄭箋：繼女先祖先父始見命者之功德。

【程析】纘，繼承。虔，恭敬而有誠意。

【孔疏】○箋“朕我”至“作共”。言古之恭字或作“共”，則為恭敬之義，以為恭字義強，**故易傳**也。

<一章-10>**朕命不易，榦（gàn）不庭（tǐng）方，以佐戎辟（bì）。**

【毛傳】庭，直也。

【鄭箋】我之所命者，勿改易不行，當為不直違失法度之方，作楨榦而正之，以佐助女（rǔ）君。女君，王自謂也。

【程析】榦，正，糾正。不庭，不直，即不臣服於周王。戎，爾。辟，君。方，方國。

【孔疏-章旨】"奕奕"至"戎辟"。

○毛以為，①此奕奕然高大之梁山，其傍之野，本遭洪水之災，維為禹所治之，謂決除其災，使成平田，而貢賦於天子也。今居其地，復禹之功有倬然著明其道德者，韓侯也。韓侯以此明德，受天子之命為侯伯也。

②王身親自命之，云：汝當紹繼光大其祖考之舊職，復為侯伯，以繼先祖，無得棄我之教命而不用之。其在職也，當早起夜卧，非有解怠。用心堅固，執持汝此侯伯之職位。

③我之所命汝者，不得改易而不行，以此為楨榦，有違道不直之方，以此佐助汝大君之天子。此是王命辭之略也。

○鄭以甸為丘甸之甸，戎為汝，共為恭敬。言繼汝祖考之舊職，恭於汝職，以助汝君為異。餘同。

<二章-1>**四牡奕奕，孔脩且張。韓侯入覲（jìn），以其介圭，入覲（jìn）于王。**

【毛傳】脩，長。張，大。覲，見也。

【鄭箋】諸侯秋見天子曰覲。韓侯乘長大之四牡，奕奕然以時覲於宣王。覲於宣王而奉享禮，貢國所出之寶，善其尊宣王以常職來也。《書》曰："黑水西河，其貢璆（qiú）琳琅玕（gān）。"此覲乃受命，先言受命者，顯其美也。

【樂道主人】毛傳：奕奕，大也。

【孔疏】○傳"修長"至"覲見"。

◇◇物之小者，張之使大，若《左傳》稱張公室，謂使公室强大，是張為大之義也。

◇◇諸侯秋見天子曰覲，是覲為見也。毛於《崧高》以介圭為所執之瑞，則此言介圭亦為瑞也。

◇◇以其介圭入覲於王，謂正行覲禮，則上句言韓侯入覲，其在路之時，言其將欲入覲，非正覲時也。執圭入覲，禮之常也，而詩人言此者，美韓侯之德，能稱此命圭，至京師而即得見王。

【孔疏】○箋“諸侯”至“其美”。

◇◇“諸侯秋見天子曰覲”，《大宗伯》有其事。以朝者四時通名，覲則唯是秋禮，以非通名，故特解之。《駁異義》云：“朝，通名也。秋之言覲。據時所用禮。”是鄭意以韓侯秋來見王時行覲禮也。

◇◇下云“奄受北國”，則韓侯是北方諸侯，而得秋覲王者，諸侯之朝天子，四方時節，其文不明，說《周禮》者，賈逵以為一方四分之，或朝春，或覲秋，或宗夏，或遇冬。藩屏之臣，不可虛方俱行，故分趣四時，助祭也。

◇馬融以為，在東方者朝春，在南方者宗夏，在西方者覲秋，在北方者遇冬。是由經無正文，故先儒為此二說。

◇鄭於《大宗伯》注云：“六服之內，四方以時分來，或朝春，或宗夏，或覲秋，或遇冬。名殊禮異，更遞而遍。”《秋官·大行人》注云：“六服以其朝歲，四時分來，更遞而遍。”二注並言分來，則是從賈之說，一方而分為四時也。

◇韓侯雖是北方諸侯，其在北方為西偏，蓋於時分之，使當秋覲也。

◇若然，《明堂位》注云：“魯在東方，朝必以春。”似東方諸侯皆朝春者，正以彼記魯之祭禮云：“夏礿、秋嘗、冬烝。”獨無春祀，明為朝王闕之，故云朝必以春。魯在東方，尤為東偏，蓋亦分之使春朝，故嘗闕春祭也。箋以經再云“入覲”，故分之為二。

◇◇韓侯入覲，為行覲禮。入覲於王，為行享禮。行享而云介圭，則圭是為享之物。

◇《大行人》陳諸侯見王之禮云：“廟中將幣三享。”注云：“享皆束帛加璧。庭實惟國所有。”朝事儀曰：“奉國地所出重物，明臣職也。”是朝覲之禮，既以朝禮見，又以享禮見王，故再云入覲也。

◇言三享者，初享以馬若皮，其餘以國地所有之物，分之為二，以備三享。享者，獻也，貢獻已國所出之寶，是諸侯事天子之常禮，故又云“善其尊宣王以常職來朝”，解其備言覲享之意也。

◇◇引《書》曰者，《禹貢》文。彼注云：“球，美玉也。琳，美石也。琅玕（gān），珠也。”引此者，以西河之地，法當貢玉。韓在西河之西，故以介圭入覲。介圭當是奇異之大玉，可以為圭璧也。以所寶善圭，故以圭為眾寶之稱，不必獨獻一圭也。

◇案《禹貢》黑水西河之下云："惟雍州。"注雲："州界自黑水而東至於西河。"然則箋本云"雍州貢球、琳、琅玕"，是矣。不言雍州，而云"黑水西河"者，以《禹貢》大界，略言所至地形，不可如圖境界互相侵入。且堯與周世州境不同，命韓侯言"奄受北國"，則是北方之國，非雍州也。

◇◇《夏官·職方氏》正北曰並州，韓屬並州矣。以韓國實在西河，而非雍州，故唯得言西河，不得言雍州也。箋又怪其文倒，故解之云："此覲乃受命，先言受命者，顯其美。"以受命為美事，故先言以顯之也。

<二章-6>**王錫**（cì/xī）**韓侯，淑旂**（qí）**綏章，簟**（diàn）**茀**（fú）**錯衡，玄袞**（gǔn）**赤舄**（xì）**，鉤膺**（yīng）**鏤**（lòu）**鍚**（yáng）**，鞹**（kuò）**鞃**（hóng）**淺幭**（miè）**，鞗**（tiáo）**革金厄**（è）**。**

【毛傳】淑，善也。交龍為旂。綏，大綏也。錯衡，文衡也。鏤鍚，有金鏤其鍚也。鞹，革也。鞃，軾中也。淺，虎皮淺毛也。幭，覆式也。厄，烏蠋（zhú）也。

【鄭箋】王為韓侯以常職來朝享之故，故多錫以厚之。善旂，旂之善色者也。綏，所引以登車，有采章也（與毛不同）。簟茀，漆簟以為車蔽，今之藩也。鉤膺，樊纓也。眉上曰鍚，刻金飾之，今當盧也。鞗革，謂轡也，以金為小環，往往纏搤（yì）之（與毛不同）。

【程析】淑，美。旂，畫有蛟龍的旗。章，花紋。錯衡，車轅前端橫木，上畫花紋或塗以金色。赤舄，諸侯穿的紅色複底鞋。鉤膺，套在馬胸前頸上的帶飾。鏤，嵌刻。鍚，馬額上的刻金飾物。鞹，去毛的皮。鞃，綁在車軾中段的獸皮。淺幭，覆蓋在軾上的虎皮（軾），車廂前供人倚靠的橫木）。鞗革，馬籠頭。厄，軛的假借，套在馬頸上用以豐牽挽的器具。

【樂道主人】綏，登車時手挽的索。

【孔疏】○傳"淑善"至"烏蠋"。

◇◇"綏，大綏"者，即《王制》所謂"天子殺下大綏"者，是也。《天官·夏采》注云："徐州貢夏翟之羽，有虞氏以為綏。後世或無染鳥羽，象而用之。或以旄牛尾為之，綴於幢上，所謂'注旄於竿首'者。"

然則綏者，即交龍旂竿所建，與旂共一竿，為貴賤之表章，故云“綏章”。王肅云：“章所以為表章。”是也。

◇◇《說文》云：“鞹，革也。”獸皮治去其毛曰革。是鞹者，去毛之皮也。軾者，兩較之間，有橫木可憑者也。鞃為軾中蓋，相傳為然。言鞹鞃者，蓋以去毛之皮，施於軾之中央，持車使牢固也。

◇《玉藻》言“羔幦（mì，古代車前橫木上的覆蓋物）、鹿幦”，《春官·巾車》言“犬䄡，豻䄡”，皆以有毛之皮為幦。此云“淺幭”，則以淺毛之皮為幭也。獸之淺毛者，唯虎耳，故知淺是虎皮淺毛者。《月令》“其蟲倮”，注云：“虎豹之屬恒淺毛。”是虎為獸中之最淺毛者也。此幭與《天官·冪人》之字異，其義亦同。

◇彼《冪人》之官掌以巾布覆器，是冪為覆蓋之名。《少儀》說御車之法云：“負良綏，申之面，拖諸幦。”前授綏而云“拖諸幦”，明在軾上，故知覆軾也。《禮注》謂之“覆軨”，軨即軾傍之立木。此幭亦覆之，故彼此各言其一也。

◇◇“厄，烏蠋”，《釋蟲》文。郭璞曰：“大蟲如指，似蠶。”《韓子》云：“蠶似蠋。” 毛以厄為厄蟲，則金厄者，以金接轡之端，如厄蟲然也。

【孔疏】○箋“王為”至“搤之”。

◇◇旂雖同畫交龍而為之，有惡有善，故曰“善旂”。旂之善者，以此經所陳，其事各別，若綏是大綏，則共旂一物，淑旂可以兼之，不應重出其文，**故易傳**以綏為所引登車者，即《少儀》所謂“執君之乘車，僕者負良綏”。注云：“良綏，君綏”是也。此綏是升車之索，當以采絲為之，故云“綏章”，謂有采章也。

◇◇茀者，車之蔽。簟者，席之名。言茀簟，正是用席為蔽。而知漆簟以為車蔽者，以《巾車》云“王之喪車五乘”，皆有蔽。其一曰“木車蒲蔽”，未有采飾。其五曰“漆車藩蔽”，既以漆為車名，明藩亦漆之，故注云“漆席以為之”。

◇此車，禫（dàn）所乘也。禫將即吉，尚以漆席為茀，明吉車之等漆之也。

◇◇鉤膺樊纓者，以膺文連鉤，與《巾車》“金路，鉤，樊纓”同，故知膺者見膺上有飾，即樊纓是也。《巾車》注云：“鉤，婁頷之鉤。”

樊讀如鞶帶之鞶，謂今馬大帶纓。今馬鞅鉤，以金為之。樊及纓皆以五采罽（jì）飾之。

◇案《釋言》云："氂（máo），罽也。"郭璞云："氂音貍。"舍人曰："氂謂毛也。罽，胡人續羊毛而作。"然則罽者，織毛為之，若今之毛氍（qú）毹（shū），以衣馬之帶鞅也。知五采色者，以之為飾，明雜色也。

◇◇《風》有"子之清揚""抑若揚兮"，是揚者人面眉上之名，故云"眉上曰鍚"。人既如此，則馬之鏤鍚，施鏤於揚之上矣。《釋器》云："金謂之鏤。"故知刻金為飾，若今之當盧。《巾車》注亦云："鍚馬面，當盧刻金為之。"所謂鏤鍚當盧者，當馬之額盧，在眉眼之上。所謂鏤鍚，指此文也。

◇◇案《巾車》"玉路，鍚，樊纓。金路，鉤，樊纓"，注云："金路無鍚有鉤。"計玉路非賜臣之物，此言鉤膺，必金路矣。而得有鏤鍚者，蓋特賜之，使得施於金路也。

◇◇《釋器》云："轡首謂之革。"故知鞗革謂轡也。此不言如厄，則非比諸外物，不得為蟲，**故易傳**以金為小環，往往纏搤之。往往者，言其非一二處也。

【孔疏-章旨】"四牡"至"金厄"。

○毛以為，上言王命韓侯，乃由朝而得命，故又本其來朝，並言所賜之物。

①言四牡之馬奕奕然，其形甚長而且高大。韓侯在道乘之，將以入而朝覲也。既行到京師，乃以其所執之大圭，入行覲禮而見於王。言其朝覲之得禮也。

②王於是錫賚韓侯以美善所畫交龍之旂，而建旂之竿，其上又有大綏以為表章。以方文漆簟為車之蔽，錯置文采為車之衡。又賜身之所服以玄為衣而畫以衮龍，足之所履配以赤色之舄。馬則有金鉤之飾，其膺亦有美飾，謂樊纓也。又以鏤金加於馬面之鍚，又以皮革鞃於軾中，虎皮淺毛幭覆其軾，鞗皮為轡首之革。此革之末，以金飾之如厄蟲。言韓侯有德，見命而受此厚賜也。

○鄭以為，①四牡高大者，韓侯乘之以入京師。行朝覲之禮既畢，乃以其國所有寶玉大圭復入而享覲於王，言以常職來朝，依禮貢獻也。②又以綏章為車上所引之綏，有采章金厄為小環纏搤之，以此為異。餘同。

<三章-1>**韓侯出祖，出宿（sù）于屠（tú）。顯父（fǔ）餞（jiàn）之，清酒百壺。**

【毛傳】屠，地名也。顯父，有顯德者也。

【鄭箋】祖將去而犯軷（bá，古祭路神）也。既覲而反國，必祖者，尊其所往，去則如始行焉。祖於國外，畢乃出宿，示行不留於是也。顯父，周之卿士也。餞送之，故有酒。

【樂道主人】《大雅·烝民》鄭箋：祖者，將行犯軷之祭也。

【孔疏】○傳"屠地"至"德者"。

◇◇以屠可止宿，故知地名。

◇◇又解於時餞者當眾而獨言顯父者，以顯父有顯德者，故特言之。父者，丈夫之稱，以有顯德，故稱顯父。廣言有美德者，非止一人也。

【孔疏】○箋"祖將"至"有酒"。

◇◇始行而為祖祭者，為尊其往也。反則自歸其國，非復所尊，而亦作祖祭，故解之云："尊其所往，故去則如始行焉。"言其來為尊王，歸亦謹慎，故反國亦為祖祭也。

◇◇祖與所宿，不是一處，故云"祖於國外，畢乃出宿"。餞訖然後出宿。今出宿之文在餞之上者，示行不留於是也，故於祖之下即言出宿也。

◇◇諸侯反國，為王臣所送，送者唯卿士耳，故知顯父周之卿士也。

◇◇送行飲酒曰餞，故云"餞送之，故有酒"，解其酒多之意也。

<三章-5>**其殽（yáo）維何？炰（páo）鱉鮮魚。其蔌（sù）維何？維筍（sǔn）及蒲（pú）。其贈維何？乘（shèng）馬路車。**

【毛傳】蔌，菜殽也。筍，竹也。蒲，蒲蒻（ròu）也。

【鄭箋】炰鱉，以火熟之也。鮮魚，中（zhòng）膾（kuài）者也。筍，竹萌也。蒲，深蒲也。贈，送也。王既使顯父餞之，又使送以車馬，所以贈厚意也。人君之車曰路車，所駕之馬曰乘馬。

【程析】炰，蒸煮。蔌，蔬菜。

【樂道主人】蒻，蓮莖入泥的白色部分。

【孔疏】○傳"蔌菜"至"蒲蒻"。

◇◇蔌者，菜茹之總名。《釋器》云："菜謂之蔌。"故云"蔌

（sù），菜殽”。對肉殽，故云菜殽，謂為菹也。若平常蔌亦兼肉，故《周易·鼎卦》云：“鼎折足，覆公蔌。”鄭注以蔌為“八珍所用”，是也。

◇◇《天官·醢人》“加豆之實，有深蒲筍菹”。是菹有筍有蒲也。言“筍竹、蒲蒻”，亦謂“竹萌、深蒲”，但傳文略耳。

【孔疏】○箋“炰鱉”至“曰乘馬”。

◇◇案字書，“炰，毛燒肉也。炰（fǒu），烝也”。服虔《通俗文》曰：“燥煮曰炰。”然則炰與炰別，而此及《六月》云炰鱉者，音皆作炰，然則炰與炰，以火熟之，謂烝煮之也。

◇◇新殺謂之鮮，魚餧（wěi，《說文》：一曰魚敗曰餧）則不任為膾，故云“鮮魚，中膾者”。《六月》云“膾鯉”，此云“鮮魚”，欲取魚字為韻，因言鮮以見新殺也。

◇◇“筍，竹萌”，《釋草》文。孫炎曰：“竹初萌生謂之筍。”蒲，深蒲，謂蒲蒻入水深。《醢人》注云：“深蒲，蒲始生水中。”是也。

◇陸機《疏》云：“筍，竹萌也。皆四月生。唯巴竹筍八月、九月生。始出地，長數寸，鬻以苦酒，豉汁浸之，可以就酒及食。蒲始生，取其中心入地蒻，大如匕柄，正白。生啖之，甘脆。鬻而以苦酒浸之，如食筍法。”是說筍、蒲菹之法也。

◇◇贈者，以物送人之名，故云“贈，送也”。於酒殽之下，始言“其贈維何”，則是王使人至餞飲之處贈之，故曰“既使顯父餞之，又使送以車馬，所以贈厚意也”

◇《采菽》及此言乘馬路車，皆以賜諸侯，故人君之車曰路車，所駕之馬曰乘馬。又《巾車》五路，止云“以封諸侯”，不以賜人臣。其卿大夫以下，則謂之服車。是人君謂之路車也。

◇《箴膏肓》引《采薇》“彼路斯何？君子之車”，言大夫亦得為路車者，以路名本施人君，因其散文，卿大夫亦得稱路耳。於卿大夫亦未有乘馬、路車並言之者，故知唯於人君言此者。

◇以贈在餞之下，文與其殽、其蔌相類，嫌是顯父所贈。卿大夫無乘馬、路車之名，則非顯父贈之。言此以明車馬是王贈之意。

<三章-7>**籩豆有且（jū），侯氏燕（yàn）胥（xū）。**

【鄭箋】且，多貌。胥，皆也。諸侯在京師未去者，於顯父餞之時，皆來相與燕，其籩豆且然榮其多也。

【程析】籩，盛乾果的竹器。豆，盛菜、肉的木器，高足。燕胥，安樂。

【樂道主人】胥，相。

【孔疏】○箋"且多"至"其多"。

◇◇以配百壺，故知且為多貌。

◇◇言侯而不言韓侯，且韓侯一人，不足稱皆，故知"侯氏燕胥"，諸侯在京師未去者，於是之時，皆來相與燕也。

◇◇"其籩豆且然榮其多"，言作者以多為榮故言有且也。

【孔疏-章旨】"韓侯"至"燕胥"。此言韓侯既受賜而將歸，在道餞送之事也。

①言韓侯出京師之門，為祖道之祭。為祖若訖，將欲出宿於屠地。於祖之時，王使卿士之顯父以酒餞送之，其清美之酒乃多至於百壺，言愛韓侯而送酒多也。

②於此餞飲之時，其殽饌之物，維有何乎？乃有以炰之鼈與可膾鮮魚也。其蔌菜之物，維有何乎？維有竹萌之筍及在水深蒲也。不但以酒送之，王又以物贈之。其贈之物，維有何乎？乃有所乘之四馬與所駕之路車。言王以厚意送之也。

③其時所盛脯醢之籩豆，有且然而多。其在京師未去之諸侯，於是飲燕而皆在，言其愛樂韓侯，俱來餞送之也。

<四章-1>**韓侯取妻，汾（fén）王之甥，蹶（jué）父（fǔ）之子。**

【毛傳】汾，大也。蹶父，卿士也。

【鄭箋】汾王，厲王也（與毛不同）。厲王流於彘，彘在汾水之上，故時人因以號之，猶言莒郊公、黎比公也（與毛不同）。姊妹之子為甥。王之甥，卿士之子，言尊貴也。

【孔疏】○傳"汾大"至"卿士"。

◇◇《釋詁》云："汾，大也。"傳意以墳、汾音同，故亦為夫也。王肅云："大王，王之尊稱也。"

◇◇知蹶父卿士者，以韓侯娶妻，必於貴家。蹶，氏。父，字。不書國爵，則非諸侯。下言"靡國不到"，則是為王聘使之人，故知卿士也。

【孔疏】○箋"汾王"至"尊貴"。

◇◇箋以汾作汾水之汾，不得訓之為大。且作者當舉其實，不宜漫言大王，故以為厲王在汾，因號厲王為汾王也。《左傳》稱王流於彘，於漢則河東永安縣也。永安西臨汾水，故云“在汾水之上”。以其久在汾地，時人因以號之。

◇◇猶言莒郊公、黎比公，亦以所居之地而號之也。《左傳》於昭公之世有莒郊公，襄公之世有黎比公。箋先言郊公者，以其文單，令與莒相配，使黎比蒙莒文也。莒在東夷，不為君諡，每世皆以地號公。此外猶有兹丕公、著丘公之等。以二者足以明義，不復遍引之也。

◇◇“姊妹之子為甥”，《釋親》文。王肅雖申毛專以汾王為大王，其意亦為厲王之甥。此無其文，正以經稱汾王，是指他王也。

◇◇若是宣王之甥，當如上篇言王之元舅，不宜別言王號，故知非宣王之甥。宣王之前唯厲王耳，故箋、傳之意皆以為厲王。

<四章-4>**韓侯迎止，于蹶（jué）之里。百兩（liàng）彭（bēng）彭，八鸞鏘鏘，不（pī）顯其光。**

【毛傳】里，邑也。

【鄭箋】于蹶之里，蹶父（fǔ）之里。百兩，百乘。不顯，顯也。光，猶榮也，氣有榮光也。

【程析】止，語氣詞。里，邑。彭彭，眾多貌。鸞，鑾的假借，系在馬項下的銅鈴。一馬二鈴，四馬八鈴。

<四章-9>**諸娣（dì）從之，祁祁如雲。韓侯顧之，爛其盈門。**

【毛傳】祁祁，徐靚（jìng）也。如雲，言眾多也。諸侯一取九女，二國媵（yìng）之。諸娣，眾妾也。顧之，曲顧道義也。

【鄭箋】媵者必娣侄從之，獨言娣者，舉其貴者。爛爛，粲然鮮明且眾多之貌。

【孔疏】○傳“祁祁”至“道義”。

◇◇既言從之，則祁祁如雲是行動之貌，故以為徐靚也。

◇◇莊十九年《公羊傳》曰：“媵者何？諸侯娶一國則二國往媵之，以侄娣從。侄者何？兄之子。娣者何？女弟也。”諸侯一娶九女，是一娶九女，二國媵之之事也。

◇眾妾之名，有侄有娣有媵，媵又自有侄娣，其名不盡為娣，而言諸娣眾妾者，箋云：“獨言娣者，舉其貴。”以眾妾之中，娣為最貴，故舉娣以言眾妾。明諸言可以兼侄娣也。

◇◇以君子不妄顧視，而言“韓侯顧之”，則於禮當顧，故云“曲顧道義”，謂既受女揖，以出門及升車授綏之時，當曲顧以道引其妻之禮義，於是之時，則有曲顧也。

【孔疏-章旨】“韓侯”至“盈門”。

○毛以為，既言韓侯能受王之賜命，因言韓侯有可美之事。

①言韓侯之娶妻也，乃娶得尊大天王之外甥，是卿士蹶父之子女，

②韓侯親自迎之於彼蹶父之邑里。其迎之時，則有百兩之車彭彭然而行，每車皆有八鸞之聲鏘鏘然而鳴也。車馬之盛，禮備如此，可謂不顯其禮之有光榮乎？言顯其有光榮也。

③其妻出於蹶父之門，諸娣隨而從之。其行徐靚祁祁然如雲之眾多也。韓侯於是曲顧而視之，見其鮮明粲爛然而其盈滿於蹶父之門也。此韓侯娶妻，未必受命之後始取，但作者先言受命，乃次及之耳。

○鄭唯以汾王為居汾水之王為異。餘同。

<五章-1>**蹶父孔武，靡國不到。為韓姞（jí）相（xiàng）攸（yōu），莫如韓樂（lè）。**

【毛傳】姞，蹶父姓也。

【鄭箋】相，視。攸，所也。蹶父甚武健，為王使於天下，國國皆至。為其女韓侯夫人姞氏視其所居，韓國最樂。

【孔疏】傳“姞，蹶父姓”。◇◇以婦人稱姓，今以姓配夫之國，謂之韓姞，故知姞是蹶父之姞也。

【孔疏】○箋“相視”至“最樂”。

◇◇蹶父為王卿士，人臣不得外交，故知無國不到，是為王使也。

◇◇昏禮男先求女，而蹶父為女擇夫者，《禮》陽倡陰和，固當男行女隨，但男女長幼賢愚當取其敵匹。女家意相許可，然後遣媒，故女家亦擇男也。

◇◇天下之國多矣，非一人所能盡到，不必韓國之樂，實能特勝他邦。作者為與奪之勢，見深美之言耳。

<五章-5>**孔樂韓土，川澤訏（xū）訏。魴（fáng）鱮（xù）甫甫，麀（yōu）鹿噳（yǔ）噳。有熊有羆（pí），有貓有虎。**

【毛傳】訏訏，大也。甫甫然大也。噳噳然眾也。貓，似虎淺毛者也。

【鄭箋】甚樂矣，韓之國土也。川澤寬大，眾魚禽獸備有，言饒富也。

【程析】魴，鯿魚。鱮，鰱魚。麀，母鹿。貓，今之山貓。

【樂道主人】孔疏：羆有黃羆，有赤羆，大於熊。其脂如熊白而粗理，不如熊白美也。

<五章-11>**慶既令居，韓姞燕（yán）譽。**

【鄭箋】慶，善也。蹶父既善韓之國土，使韓姞嫁焉而居之，韓姞則安之，盡其婦道，有顯譽。

【程析】燕，安。譽，豫，快樂。

<六章-1>**溥（pǔ）彼韓城，燕師所完。**

【毛傳】師，眾也。

【鄭箋】溥，大。燕，安也。大矣彼韓國之城，乃古平安時，眾民之所築完。

【孔疏】○箋"溥大"至"築完"。

◇◇燕禮所以安賓，故燕為安也。此言溥，猶《生民》之言"誕"，故云大矣。為歎美之辭。

◇◇韓城之言，為下而發，則韓侯先祖亦居此城，故知燕師所完，是古昔平安之時，眾民共築而完之。據於時尚不毀壞，故言完也。

<六章-3>**以先祖受命，因時百蠻。王錫（cì）韓侯，其追（duī）其貊（mò），奄（yǎn）受北國，因以其伯。**

【毛傳】韓侯之先祖，武王之子也。因時百蠻，長（zhǎng）是蠻服之百國也。追、貊，戎狄國也。奄，撫也。

【鄭箋】韓侯先祖有功德者，受先王之命，封為韓侯，居韓城，為侯伯。其州界外接蠻服。因見使時節，百蠻貢獻之往來。後君微弱，用失其業。今王以韓侯先祖之事如是，而韓侯賢，故於入覲，使復其先祖之舊職，賜之蠻服追貊之戎狄，令撫柔。其所受王畿北面之國，因以其先祖侯伯之事盡予之，皆美其為人子孫，能興複先祖之功。其後追也、貊也，為玁狁所逼，稍稍東遷。

【程析】以，因為。

【孔疏】○傳"韓侯"至"奄撫"。

◇◇僖二十四年《左傳》曰："邘（yú）、晉、應、韓，武之穆也。"是韓侯之先祖，武王之子也。以言先祖受命，故本之始封之君。言初為韓君者，受此侯伯之命也。◇◇言因時百蠻者，本立侯伯，主治州内，因主外夷，故云因也。因時百蠻者，與百蠻為時節，是為之宗長以總領之，故云“長是蠻服之百國”。四夷之名，南蠻、北狄，散則可以相通，故北狄亦稱蠻也。

◇《周禮》要服，一曰蠻服，謂第六服也。言蠻服，謂蠻夷之在服中。於《周禮》，則夷服、鎮服非《周禮》之蠻服也。何則？《周禮》蠻服猶在九州之内，自當州牧主之，非復時節而已，且不得言“因”。此言“因時”，則非州内，故知於《周禮》為夷鎮之服，即《大行人》所云“九州之外，謂之蕃國”，是也。

◇◇《皋陶謨》云：“外薄四海，咸建五長。”《下曲禮》云：“其在東夷、北狄、西戎、南蠻，雖大曰子。”注云：“謂九州之外長也。天子亦選其賢者，以為之子。子猶牧也。”

◇然則蠻夷之内，自有長牧以領之。而此又言中國之侯伯長之者，夷中雖自有長，而國在九州之外，來則由於中國其時節早晚、執贄多少之宜，皆請於所近州牧，由之而後至京。以非專屬，故云“因時”。以其統之，故稱“長”也。

◇知追貊戎狄之國者，以貊者四夷之名。《論語》云：“蠻貊之邦。”《魯頌》云：“淮夷蠻貊。”是貊為夷名，而追與之連文，故知亦是戎狄。此追、貊是二種之大名耳。其種非止一國，亦是百蠻之大總也。

◇◇奄者，撫有之言，故以為撫，謂撫柔之也。

【孔疏】○箋“韓侯”至“東遷”。

◇◇以韓侯先祖嘗為侯伯，以是之故，命韓侯。

◇◇亦由韓侯有德，能復祖舊業。此一經皆言得王命、復舊職之事。為下四句施政張本，於先祖言“因時百蠻”，則今命韓侯，亦時百蠻也。

◇◇“其追其貊”，即是百蠻之國。百蠻言“因時”，明追貊亦因時也。於韓侯言“奄受北國”，則先祖亦受北國，以文見於下，故上空其文也。末言“因以其伯”，謂因以先祖伯事與之，是今之韓侯盡復舊矣。

◇◇韓是武王之子，其封當在成王之時。其命為侯伯，或成或康，未知定何時也。因見使之，時節百蠻，明州界外接蠻服也。時節百蠻貢獻往來，謂來則使人致之於王，往則使人送之返國，制其貢獻之數，而為其來去之節也。

◇◇今王複命韓侯，明是往前失職，故云“後君微弱，用失其業”，謂不得為侯伯也。不知何世失之，故漫言後君耳。若使韓侯之先不為侯伯，今王未必命此韓侯。若使此韓侯不賢，自然王不賜命。此則今古相須，故云“今王以韓侯先祖之事如是，而韓侯賢，故於入覲，使複其先祖之舊職也”。

◇◇上言百蠻，下言追貊，則知追貊即百蠻，故云“賜之蠻服追貊之戎狄”。《夏官·職方氏》正北曰并州，言受王畿北面之國，當是并州牧也。以其先祖侯伯之事盡與之，正謂撫北國，時百蠻，是侯伯之事盡得之也。皆美其為人子孫，能興複先祖之功，總解一經之意也。

◇◇言“其後追也貊也為玁夷所逼，稍稍東遷”者，以經傳説貊，多是東夷，故《職方》掌四夷九貊。獫狁，夷之最强，故知為獫夷所逼。

◇◇《鄭志》答趙商云：“九貊即九夷也。”又《秋官·貊隸》注云“征東北夷，所獲是貊”者，東夷之種，而分居於北，故於此時貊為韓侯所統。《魯頌》云：“淮夷蠻貊，莫不率從。”是於魯僖之時，貊近魯也。至於漢氏之初，其種皆在東北，於并州之北，無復貊種，故辨之。

<六章-9>**實墉（yōng）實壑（hè），實畝（mǔ）實藉（jí）。**

【毛傳】實墉實壑，言高其城、深其壑也。

【鄭箋】實當作“寔（shí）”，趙、魏之東，實、寔同聲。寔，是也。藉，税也。韓侯之先祖微弱，所受之國多滅絶。今復舊職，興滅國，繼絶世，故築治是城，濬脩是壑，井牧是田畝，收斂是賦税，使如故常。

【程析】畝，開墾田地。

【孔疏】○箋“實當”至“故常”。

◇◇凡言實者，已有其事，可後實之。今此方説所為，不宜為實，**故轉為“寔”**，訓之為“是”也。趙、魏之東，實、寔同聲。鄭以時事驗之也。《春秋》桓六年，“州公寔來”，而《左傳》作“實來”，是由聲同故字有變異也。

◇◇宣十五年《公羊傳》曰：“什一而籍。”是籍為税之義也。

◇◇上論韓城既完，則“實墉實壑”非韓之城壑，自然是所部諸國之城壑也。今言修之，明是往前絶滅，今韓侯既復舊職而興繼之也。厲王之時，斬伐四國，韓之所部，又近於獫夷，明有絶滅者也，故美韓侯能築城修壑，治田收斂，使如故常也。若然，州牧擇州中賢者為之，不必繼世為牧。韓之先祖自微，他國當自為之，而得使諸侯絶滅者，以夷厲之時，天子不明，亦無賢伯，《公羊傳》所謂"上無明天子，下無賢方伯"，是也。

<六章-11>**獻其貔（pí）皮，赤豹黄羆（pí）。**

【毛傳】貔，猛獸也。追、貊之國來貢，而侯伯總領之。

【孔疏】○傳"貔猛"至"領之"。

◇◇《釋獸》云："貔，白狐，其子穀。"郭璞曰："一名執夷，虎豹之屬。"陸機《疏》云："貔似虎，或曰似熊，一名執夷，一名白狐，遼東人謂之白羆。赤豹，毛赤而文黑謂之赤豹，毛白而文黑謂之白豹。羆有黄羆，有赤羆，大於熊。其脂如熊白而粗理，不如熊白美也。"

◇◇"貔皮"之上言"獻其"，則豹、羆亦獻之。貔言皮，則豹、羆亦獻皮也。《禹貢》"梁州貢熊羆狐狸"，是中國之常貢，此則北夷，自以所有而獻之，所謂"各以貴寶"也。

【孔疏-章旨】"溥彼"至"黄羆"。此言韓侯既受賜，歸國行政之事也。

①可美大矣，彼韓國所居之城，乃於古昔平安之時，天下衆民之所築完。言其城有之已久矣。

②宣王以此韓侯之先祖嘗受王命，為一州侯伯，既治州内之國，因又使之時節百蠻之國，其有貢獻往來，為之節度也。

以韓侯先祖如此，故今王賜韓侯北方有其追、貊之夷狄，亦令時節之也。

使之撫安其所受王畿北面之國。

因以其先祖為侯伯之事而盡與之，言韓侯之賢能，復先祖舊職也。

③既為侯伯，以時節百蠻，韓侯於是令其州内所有絶滅之國，高築是城，濬深是壑，正是田畝，定是税籍，皆使之復於故常。

④又今百蠻追貊獻其貔獸之皮及赤豹、黄羆之皮，韓侯依舊法而總領之。美韓侯之賢，而王命得人也。

《韓奕》六章，章十二句。

江　漢 【大雅二十八】

江漢浮浮，武夫滔滔。匪安匪遊，淮夷來求（qú/jiū）。既出我車（jū），既設我旟（yú）。匪安匪舒，淮夷來鋪（pū）。

江漢湯（shāng）湯，武夫洸（guāng）洸。經營四方，告成于王。四方既平，王國庶定。時靡有争，王心載寧。

江漢之滸（hǔ），王命召虎。式辟（pì）四方，徹我疆土。匪疚（jiù）匪棘，王國來極。于疆于理，至于南海。

王命召虎，來旬來宣。文武受命，召公維翰。無曰予小子，召公是似。肇（zhào）敏戎公，用錫（cì）爾祉（zhǐ）。

釐（lài）爾圭瓚，秬（jù）鬯（chàng）一卣（yǒu），告于文人。錫（cì）山土田，于周受命，自召祖命。虎拜稽（qǐ）首，天子萬年。

虎拜稽首，對揚王休。作召公考，天子萬壽。明明天子，令聞不已。矢其文德，洽（qià）此四國。”

《江漢》六章，章八句。

【毛序】《江漢》，尹吉甫美宣王也。能興衰撥亂，命召公平淮夷。

【鄭箋】召公，召穆公也，名虎。

【孔疏】序“《江漢》”至“淮夷”。

◇◇《江漢》詩者，尹吉甫所作，以美宣王也。

◇◇以宣王承厲王衰亂之後，能興起此衰，撥治此亂。於時淮水之上有夷不服，王命其臣召公為將，使將兵而往平定淮夷，故美之也。淮夷不服，是衰亂之事，而命將平定，是興撥之事也。

◇◇此實平定淮夷耳，而言興衰撥亂者，見宣王之所興撥，非獨淮夷而已，故言興撥以廣之。

◇◇經六章，皆是命召公平淮夷之事。

【孔疏】○箋“召公召”至“名虎”。

◇◇經言召公，皆召康公也，嫌此亦為康公，故辨之。經云“王命召虎”，是名虎也。於《世本》，穆公是康公之十六世孫。

<一章-1>**江漢浮浮，武夫滔滔。匪安匪遊，淮夷來求**（qú/jiū）。

【毛傳】浮浮，眾强貌。滔滔，廣大貌。淮夷，東國，在淮浦而夷行也。

【鄭箋】匪，非也。江、漢之水，合而東流浮浮然。宣王於是水上命將率，遣士眾，使循流而下滔滔然。其順王命而行，非敢斯須自安也，非敢斯須遊止也，主為來求淮夷所處。據至其竟，故言來。

【程析】江，長江。漢，漢水。求，同糾，誅求，討伐。

【樂道主人】率，同“帥”。

【孔疏】○傳“浮浮”至“夷行”。

◇◇浮浮，實江漢之貌，而言眾强者，以其合而東流，是水之眾而强大也。下云“武夫洸洸”，與此“滔滔”相類。傳以“洸洸”為武貌，則此言“滔滔，廣大”者，亦謂武夫之多大，故侯苞云：“眾至大也。”

◇◇《禹貢》“導淮自桐柏，東入於海”，其傍之民，不盡為夷，故辨之云：“淮夷，東國，在淮之厓浦而為東夷之行者也。”

◇◇知在東國者，《禹貢》“徐州淮夷蠙珠”，則淮夷在徐州也。春秋時，淮夷病杞，齊桓公東會於淮以謀之。《左傳》謂之東略，是淮夷在東國。昭四年，楚子會諸侯於申，而淮夷與會，是淮夷為國號，其君之名姓則《書傳》無文。

【孔疏】○箋“江漢”至“言來”。

◇◇《禹貢》“嶓冢導漾水東流為漢，又東為滄浪之水，過三澨至於大別，南入於江”。是至大別之南，漢與江合而東流也。《漢書·地理志》大別在廬江安豐縣界，則江、漢合處在揚州之境也。

◇◇下云“江漢之滸，王命召虎”，故知宣王於是水上命將帥也。並云遣士卒者，明武夫之文兼有將帥也。宣王不於京師命之，而於江、漢之上命者，蓋別有巡省，或親送至彼也。

◇◇言順水流而下者，以水東流，兵亦東下，故云順流而下，非乘舟浮水而下也。

◇◇滔滔，武夫之貌，非水之貌也。何則？士眾陸行，不在於水，故言非安非遊，不得云水之滔滔也。

◇◇淮在江北，相去絶遠，夷在淮上，兵當適淮，而云順流下者，命將在江、漢之上，蓋今廬江左右，江自廬江亦東北流，故順之而行，將至淮夷，乃北行鄉之也。如此，則召公伐淮夷，當在淮水之南，魯僖所伐淮夷，應在淮水之北，當淮之南北皆有夷也。

◇◇"淮夷來求"，正是來求淮夷，古人之語多倒，故箋言"來求淮夷所處"，倒其言以曉人也。凡言來據，自彼至此之辭。今命將始往，而言來求，故解之"據至淮夷之境，故言來"。叙武夫之情，言已來也。

<一章-5>**既出我車**（jū），**既設我旟**（yú）。**匪安匪舒，淮夷來鋪**（pū）。

【毛傳】鋪，病也。

【鄭箋】車，戎車也。鳥隼曰旟。兵至竟而期戰地。其日出戎車建旟，又不自安不舒行者，主為來伐討淮夷也。據至戰地，故又言來。

【孔疏】○箋"車戎"至"言來"。

◇◇"鳥隼曰旟"，《春官·司常》文也。上言來求，已至淮夷之境，此承其下云出車、設旟，明至境之後出之、設之，是為戰而言，故云"兵至境而期戰地，至期日而出車建旟"也。

◇◇兵法止則有壘，謂從營壘而出陳之也。旌旆無事則納之於弢（tāo，《康熙字典》疏：盛旌之囊也），故將戰乃建之也。

【孔疏-章旨】"江漢"至"來鋪"。宣王之時，淮夷皆叛（下列序號以經文兩句為一段譯解）。

①王於是至江漢之水浮浮然合流衆强之處，親自命其將帥勇武之夫滔滔然多而廣大者，令之順此東流，以行征伐。

②武夫既受王命，急趍其事。行也非敢斯須自安，非敢斯須遊止。所以不敢安遊者，以已本為淮夷來求討伐之故也。

③既至淮夷之境，克期將戰。至於期日，此武夫既已自陳出我征伐之戎車，既已張設我將帥之旟旟，以往對陣戰，又非敢自安，非敢寬舒。

④所以不敢安舒者，以已主為淮夷而來，當討而病之故也。言其肅將王命，所以克勝也。

<二章-1>**江漢湯**（shāng）**湯，武夫洸**（guāng）**洸。經營四方，告成于王。**

【毛傳】洸洸，武貌。

【鄭箋】召公既受命伐淮夷，服之。復經營四方之叛國，從而伐之，克勝，則使傳遽（jù）告功於王。

【程析】湯湯，水勢浩大貌。遽，《說文》：傳也，驛車也。《玉篇》：急也，疾也，卒也。

【孔疏】○箋"召公"至"於王"。

◇◇上言來至戰地，此言經營四方，明是既戰而勝，乃經營四方之叛國也。下云"王命召虎，式辟四方"，是王本命之使既克淮夷，更討不服也。

◇◇言告成於王，是有成而告，故知伐之克勝，使傳遽告王也。《玉藻》云："士曰傳遽（jù）之臣。"注云："傳遽，以車馬給使者也，謂若今時乘驛遞傳而遽疾，故謂之傳遽也。"

◇◇知非召公親告王者，以下章方云"于疆于理"，則是召公未還，且"王國庶定"，是未見王之辭也，故知使人告也。

<二章-5>**四方既平，王國庶定。時靡有爭，王心載寧。**

【鄭箋】庶，幸。時，是也。載之言則也。召公忠臣，順於王命，此述其志也。

【程析】庶，庶幾。

【樂道主人】爭，叛逆，乖爭。

【孔疏-章旨】"江漢"至"載寧"。上章既言臨戰，此又本其命已而言戰勝之事（下列序號以經文兩句為一段譯解）。

①言王初於江、漢之水湯湯然流盛之處，命此勇武將帥之夫洸洸然武壯者，使之征伐。

②今既伐淮夷而克之，又以戰勝之威，經營於四方之國，有不服者則從而伐之，每有所克，則使傳遽之驛，告其成功於宣王也。

③召公既遣人告，又自言其事。今四方既已平服，王國之內幸應安定。

④時既無有叛戾乖爭者，我王之心於是則安寧矣。言王以四方不服，故遣己出伐。今王國既定，冀王心永安，是召公盡忠之言，述其志也。

<三章-1>**江漢之滸（hǔ），王命召虎。式辟（pì）四方，徹我疆土。匪疚（jiù）匪棘，王國來極。**

【毛傳】召虎，召穆公也。

【鄭箋】滸，水涯也。式，法。疚，病。棘，急。極，中也。王於江、漢之水上命召公，使以王法征伐開辟四方，治我疆界於天下，非可以兵病害之也，非可以兵急躁切之也。使來於王國，受政教之中正而已。齊桓公經陳、鄭之閑及伐北戎，則違此言者。

【程析】徹，治。極，標準。

【孔疏】○箋“滸水”至“此言者”。

◇◇以王法行征伐，謂以王者之正法，不妄殺以為功，不譎（jué，《說文》：權詐也）詐以求勝也。

◇◇治我疆界於天下，謂畫其土境，正定其疆界也。上言“式辟四方”，則所為者廣。

◇◇“匪疚匪棘”，其事非一，故以為二：①非可以兵病害之，謂所過之處，不得厚斂資財，使民困病也；②非可以兵急躁之，謂所與對戰，不得多所殺傷，殘害民命也。以病害、急躁，其言不同，明此為二事矣，故引齊桓二事以反之。

◇經陳、鄭之間，取《左氏》之說，是病害之也。及伐北戎，取《公羊》之說，是急躁之也。宣王使行王法，齊桓則用霸道，霸道劣於王法，故違此言。

◇僖四年《左傳》稱桓公率諸侯伐楚，楚既與齊盟，齊將還師，陳轅濤塗謂鄭申侯曰：“師出於陳、鄭之間，國必甚病。若出於東方，觀兵於東夷，循海而歸，其可也。”申侯曰：“善。”濤塗以告齊侯，許之。後知其詐而執之。其意以齊侯所經之處多有征發，陳、鄭二國當其軍道，去既過之，來又過之，則民將困病，故欲詐之使出於東方。是齊桓之兵病害人也。

◇莊三十年，齊人伐山戎，《公羊傳》曰：“齊，侯也，其稱人何？貶。曷為貶？子司馬子曰：‘蓋以躁之為已蹙矣。’”何休云：“躁，迫也。已，甚也。蹙，痛也。蓋戰迫之而甚痛。”其意言齊桓殺傷過多，甚可痛蹙，是齊桓之兵急躁之也。

◇鄭言急躁，意出於彼。本或作“慘慼之”者，誤也。定本云“非可急躁切之”，《公羊》為“躁”字，則“慘”非也。如彼年世之次，先伐山戎，後經陳、鄭。此倒其事者，依此“疚”“棘”為次耳。

<三章-7>**于疆于理，至于南海。**

【鄭箋】于，往也。于，於也。召公於有叛戾之國，則往正其境界，脩其分理，周行四方，至於南海，而功大成事終也。

【程析】疆，劃分邊界。理，治理土地。南海，泛指南方近海蠻族之地。

【孔疏】○箋“於往”至“事終”。

◇◇以召公承王命而往治之，故以“於”為“往”。

◇◇凡言至於，明有從往之辭。上言“經營四方”，故知周行四方，乃至於南海。九州之外，謂之四海，至於南海，則盡天子之境，是其功大成。由此成功，故下章而賜之。

【孔疏-章旨】“江漢”至“南海”。（下列序號以經文兩句為一段譯解），

①既言淮夷平定，此又本其命辭，言王在江、漢之水厓，王親命召虎云：

②汝當以王法開辟四方之國。言有叛戾者，皆征之使服。又當治我疆界之土，令之修理土田，使遍達四境。

③其為之也，當優寬以禮，所經之處，非可以兵病害之，所與戰者，非可以兵急躁之，但以正道伐之，使於我王國來，復從受其政教之中正而已。

④召公既受此命，已定淮夷，復平叛戾之國，往正其疆界，往修其分理，周行四方，至於南海，言其功成事終，稱王之命也。

<四章-1>**王命召虎，來旬來宣。文武受命，召公維翰。**

【毛傳】旬，徧也。召公，召康公也。

【鄭箋】來，勤也。旬當作營（與毛不同）。宣，徧也。召康公名奭，召虎之始祖也。王命召虎，女勤勞於經營四方，勤勞於徧疆理眾國。昔文王、武王受命，召康公為之楨榦之臣，以正天下。為虎之勤勞，故述其祖之功以勸之。

【程析】翰，貞榦。來，語助詞，含有“是”意。

【孔疏】○傳“旬徧”至“康公”。◇◇毛既以旬為徧，則宣不復為徧，當謂宣布王命也。“召公，召康公”，嫌是召虎，故辨之。

【孔疏】○箋“來勤”至“勸之”。

◇◇上章云“經營四方，告成於王”，又言“于疆于理，至于南海”，則召虎大功在此二事而已。今王命召虎，稱其功勞則“來旬來宣”，當指此二事，且“宣”訓為“徧”，“旬”不宜亦訓為“徧”，旬之與營字相類，故知當為營。

◇◇“來旬”，謂勤勞於“經營四方”；“來宣”，謂勤勞於徧理眾國，以統上二文也。

<四章-5>**無曰予小子，召公是似。肇（zhào）敏戎公，用錫（cì）爾祉（zhǐ）。**

【毛傳】似，嗣。肇，謀。敏，疾。戎，大。公，事也。

【鄭箋】戎，猶女也（與毛不同）。女無自減損曰我小子耳。女之所為，乃嗣女先祖召康公之功，今謀女之事，乃有敏德，我用是故，將賜女福慶也。王為虎之志大謙，故進之云爾。

【程析】祉，福禄。

【樂道主人】錫，同“賜”。

【孔疏】○傳“肇謀”至“公事”。◇◇孔安國《論語》注云：“敏，行之疾也。”《地官·師氏》三德有敏德，是敏為識解之疾也。

【孔疏-章旨】“王命”至“爾祉”（下列序號以經文兩句為一段譯解）。

○毛以為，王以召公功成，將欲賞之。此陳其命之之言。

①王乃命召虎曰：汝勤勞於偏服四方，勤勞於宣揚王命。言其功實大，己悉知之。

②因又勸之云：昔我先王文王、武王受命之時，汝之先君召康公維為楨幹之臣，以匡正於天下。汝亦當繼康公之業，不可憚勞也。而召虎謙退，不敢自同先君。

③王又進之云：汝無得言曰我小子耳。汝之所為者，乃召公之功是嗣。言其堪繼康公也。

④今我謀汝敏德大事，足繼先君，我用是之故，當賜汝之福慶也。

○鄭唯以旬為營、宣為徧、戎為汝為異。餘同。

<五章-1>**釐（lài）爾圭瓚，秬（jù）鬯（chàng）一卣（yǒu），告于文人。**

【毛傳】釐，賜也。秬，黑黍也。鬯，香草也。築煮合而鬱之曰鬯。

卣，器也。九命錫圭瓚秬鬯。文人，文德之人也。

【鄭箋】秬鬯，黑黍酒也。謂之鬯者，芬香條鬯也（與毛不同）。王賜召虎以鬯酒一樽，使以祭其宗廟，告其先祖諸有德美見記者。

【程析】圭瓚，用玉做柄的酒勺。文人，指召虎祖先有文德的人。鬯，鬱金香草（毛意）。卣，帶柄的酒壺。

【樂道主人】瓚，三玉二石也。《周禮》："天子用全，純玉也；上公用駹（máng，青色的馬），四玉一石；侯用瓚；伯用埒（liè），玉石半相埒也。"

【孔疏】○傳"釐賜"至"之人"。

◇◇禮有鬱鬯者，築鬱金之草而煮之，以和秬黍之酒，使之芬香條鬯，故謂之鬱鬯。

◇◇鬯非草名，而此傳言"鬯，草"者，蓋亦謂鬱為鬯草。何者？《禮緯》有秬鬯之草，《中候》有鬯草生郊，皆謂鬱金之草也。以其可和秬鬯，故謂之鬯草。毛言鬯草，蓋亦然也。

◇◇言築煮合而鬱之，謂築此鬱草，又煮之，乃與秬鬯之酒合和而鬱積之，使氣味相入，乃名曰鬯。言合而鬱積之，非草名。如毛此意，言秬鬯者，必和鬱乃名鬯，未和不為鬯，**與鄭異也**。

◇◇《釋器》云："卣，中尊。"故云："卣，器也。"案《春官·鬱人》"掌和鬱鬯以實彝（yí）而陳之"，則鬯當在彝，而此及《尚書》《左傳》皆云"秬鬯一卣"者，當祭之時乃在彝，未祭則在卣。賜時未祭，故卣盛之。

◇◇《王制》云："三公一命衮若有加。"則賜三公八命，復加一命，乃始得賜是圭瓚之賜。九命乃有，故云九命然後賜圭瓚秬鬯也。

◇◇文人，謂先祖有文德者，故云文德之人。

【孔疏】○箋"秬鬯"至"見記"。

◇◇以毛解秬鬯，其言不明，似必和鬱乃名為鬯，故辨之。明黑黍之酒，自名為鬯，不待和鬱也。《春官·鬯人》注云："秬鬯，不和鬱者。"是黑黍之酒即名鬯也。

◇知者，以鬯人掌秬鬯，鬱人掌和鬱鬯，明鬯人所掌未和鬱也，故孫毓云："鬱是草名，今之鬱金，煮以和酒者也。鬯是酒名，以黑黍秬一秠二米作之，芬香條鬯，故名曰鬯。鬯非草名，古今《書傳》香草無稱鬯者。箋説為長。”

◇◇賜之秬酒，令之祭祀，是使徧祭宗廟，特云“告于文人”，故知告諸有德美見記者。

<五章-4>**錫（cì）山土田，于周受命，自召祖命。**

【毛傳】諸侯有大功德，賜之名山土田附庸。

【鄭箋】周，岐周也。自，用也。宣王欲尊顯召虎，故如岐周，使虎受山川土田之賜，命用其祖召康公受封之禮。岐周，周之所起，為其先祖之靈，故就之。

【程析】自，用。

【樂道主人】錫，同“賜”。

【孔疏】○傳“諸侯”至“土田”。

◇◇禮，名山大川不以封諸侯，有大功德乃得賜之，故云“諸侯有大功德，賜之名山土田附庸”。案：召本岐山之陽采地之名，且為畿内之國。《書傳》無召穆出封之文，則益之土田，大於故耳，未成為大國也。

◇◇此經無附庸，傳云附庸者，以土田即是附庸。定本、《集注》、毛傳皆有“附庸”二字。

【孔疏】○箋“周岐”至“就之”。

◇◇時實周世，而特言於周受命，明非京師。以召祖之故地在岐周，故知周為岐周也。又解其命不在京師，而向岐周之意，由宣王欲尊顯召虎，故如岐周。如，往也。

◇◇以虎祖康公在岐周事文、武有功而受采地，今虎嗣其業，功與之等，故往岐周命之，明其復祖之業，所以尊顯之也。還用其祖召康公受封之禮，明虎之功與康公同也。

◇◇《祭統》云：“賜爵禄必於太廟。”以岐是周之所起，為其有先王之靈，謂有別廟在焉，故就之也。禮，宗子去國，則以廟從。此周既徙都，仍得有廟存者，宗子去國，則所居之處非復己有，故以廟從。文、武雖則去岐，岐仍天子之地，故因留其廟為別廟焉。

<五章-7>**虎拜稽（qǐ）首，天子萬年。**

【鄭箋】拜稽首者，受王命策書也。臣受恩，無可以報謝者，稱言使君壽考而已。

【樂道主人】稽，古時的一種禮節，九拜之一；跪拜，叩頭到地。主要用於臣對君。同“稽首”。九拜：一曰稽首，二曰頓首，三曰空首，四曰振動，五曰吉拜，六曰凶拜，七曰奇拜，八曰褒拜，九曰肅拜。

【孔疏-章旨】“釐爾”至“萬年”。上言“用錫爾祉”，此言賜之之事。

①言王命召虎云：今賜汝以圭柄之玉瓚，又副以秬米之酒芬香條暢者一卣尊，汝當受之，以告祭於汝先祖有文德之人。

②王命辭如此。於此之時，又賜之以山川，使得專為其有。又加益以土田，令之大於故時也。召虎於時往於岐周之地，受王此命。王乃用召虎之祖康公受命之禮以命之也。

③虎既受命，即拜而稽首，稱言使天子得萬年之壽。臣蒙君恩，無以報答，故願君長壽而已。

<六章-1>**虎拜稽首，對揚王休。作召公考，天子萬壽。明明天子，令聞不已。矢其文德，洽（qià）此四國。**”

【毛傳】對，遂。考，成。矢，施也。

【鄭箋】對，答（與毛不同）。休，美。作，為也。虎既拜而答王策命之時，稱揚王之德美，君臣之言宜相成也。王命召虎用召祖命，故虎對王亦為召康公受王命之時對成王命之辭，謂如其所言也。如其所言者，“天子萬壽”以下是也。

【程析】考，簋之假借，引郭沫若之新解：召虎製作祭祀召公奭的簋器。明明，勉勉，勤勉。矢，弛，寬緩。文德，相對於“武功”而言，寬松懷柔的政策。洽，協和。四國，四方的諸侯國。

【孔疏】○傳“對遂”至“矢施”。◇◇傳以對為遂者，以為因事之辭，言君既命之，臣遂稱之。

【孔疏】○箋“對答”至“下是”。

◇◇箋以君臣共語，宜為應答，故以對為答。

◇◇以王命召虎用召祖命，故虎亦為召康公受命之時對成王命之辭，謂對王命舊事成辭，因而用之。謂如其召康公所言。“天子萬壽”以下是也。

【孔疏-章旨】“虎拜”至“四國”。

○毛以為，上既受賜，今復謝之。言虎拜而稽首，遂稱揚王之德美，乃作其先祖召康公對王命成事之辭曰：

◇使天子得萬年之壽。又令此明明顯盛之天子，其善聲聞長見稱誦，不復有已止之時。

◇又施布其經緯天地之文德，以和洽此天下四方之國，使皆蒙德。

◇◇本召公之答天子，其辭如此。今宣王以康公受命之法命召虎，故虎亦以康公答王之辭答宣王也。

○鄭唯對為答為異。餘同。

《江漢》六章，章八句。

常　武　【大雅二十九】

赫赫明明，王命卿士，南仲（zhòng）大（tài）祖，大（tài）師皇父（fǔ）。整我六師，以脩我戎。既敬既戒，惠此南國。

王謂尹（yǐn）氏，命程伯休父。左右陳行（háng），戒我師旅。率彼淮浦，省（xǐng）此徐土。不留不處，三事就緒（xù）。

赫赫業業，有嚴天子。王舒保作，匪紹（shào）匪遊，徐方繹（yì）騷。震驚徐方，如雷如霆，徐方震驚。

王奮厥武，如震如怒。進厥虎臣，闞（hǎn）如虓（xiāo）虎。鋪（pū）敦（tún）淮濆（fén），仍執醜（chǒu）虜（lǔ）。截彼淮浦，王師之所。

王旅嘽（tān）嘽，如飛如翰（hàn），如江如漢，如山之苞，如川之流。緜緜翼翼，不測不克，濯（zhuó）征徐國。

王猶允塞（sāi），徐方既來。徐方既同，天子之功。四方既平，徐方來庭。徐方不回，王曰還（xuán）歸。

《常武》六章，章八句。

【毛序】《常武》，召穆公美宣王也。有常德以立武事，因以為戒然。

【鄭箋】戒者，“王舒保作，匪紹匪遊，徐方繹騷”。

【樂道主人】毛序之解《常武》，並以戒然，明德之不常有，武之不常立，似美而實有刺意也。讀此篇要了解宣王晚年之昏庸。

【孔疏】序“《常武》”至“為戒然”。

◇◇《常武》詩者，召穆公所作，以美宣王也。經無“常武”之字，故又解之云：美其有常德之故，以立此武功征伐之事，故名為《常武》。非直美之，又因以為戒，戒之使常然。

◇◇經六章，三章上五句以上，言命遣將帥，修戒兵戎，無所暴掠，民得就業，此事可常以為法，是有常德也。三句以下，言征伐徐國，使之來庭，克翦放命，服王威武，此事武功成立，是立武事也。

◇◇其因以為戒，則如箋之所言“就常德之中，戒使常行之也”。宣王末年德衰，此云“有常德”者，是謂常時所行之德，可以為常，非言宣王終始有常，故因以為戒，戒王使之有常也。

◇◇此章王肅述毛以為王不親行。王基述鄭為此章王自親行。王既親行，仍須命元帥以統領六軍，故《左傳》鄢陵之戰，楚王雖自親行，仍命子反將中軍，是也。

【孔疏】○箋“戒者”至“釋騷”。

◇◇“三事就緒”以上，命將帥之辭。“震驚徐方”以下，是往伐徐國之事。

◇◇唯“赫赫業業”五句，説王之軍行，云舒緩而無懈怠，自然前敵恐動。是用兵之道，不假暴疾。雖美其實事，亦戒使常然，故以此言當之。

<一章-1>**赫赫明明，王命卿士，南仲**（zhòng）**大**（tài）**祖，大**（tài）**師皇父**（fǔ）**。整我六師，以脩我戎。**

【毛傳】赫赫然盛也。明明然察也。王命於大祖，皇甫為大師。

【鄭箋】南仲，文王時武臣也。顯著乎，昭察乎，宣王之命卿士為大將也。乃用其以南仲為大祖者，今大師皇父是也（與毛不同）。使之整齊六軍之眾，治其兵甲之事。命將必本其祖者，因有世功，於是尤顯。大師者，公兼官也。

【程析】赫赫，顯耀盛大貌。明明，明智昭察貌。

【樂道主人】脩，整理。戎，兵器。公，三公。毛以為命二人，且在太祖后稷之廟。鄭以為一人，即皇父，其太祖為南仲。

【孔疏】○傳“赫赫”至“太師”。

◇◇言王命南仲於太祖，謂於太祖之廟命南仲也。皇父為太師，謂命此皇父為太師。毛蓋見其文煩，故以為二人。

◇◇“南仲”“卿士”，文在“太祖”之上，是先為卿士，今命以為大將。“太師皇父”在“太祖”之下，則於太祖之廟始命以為太師。其實皆在太祖之廟並命之，故太祖之文處其中也。

◇◇南仲為卿士，未知於六官何卿也。皇父新為太師，未知於舊何官也。正以二文不同，知皇父新命之耳。下章“王謂尹氏，命程伯休父”，則此二人亦當尹氏命之矣。此言太祖，下言尹氏，互相足也。

◇◇大師，三公之官，則是尊於卿士。先言王命南仲者，以南仲為上將，皇父為監。以皇父不親兵，故特言命南仲。王肅云："皇父以三公而撫軍也。殊南仲，於王命親兵也。"

【孔疏】○箋"南仲"至"兼官"。

◇◇箋以王命卿士以為大將，止當命一人為元帥，不應並命二人，故以為止命皇父而已。

◇◇以《出車》之篇言之，知南仲，文王時武臣，是今所命者皇父之太祖，故本言之。命皇父為將，必遠本其祖者，因其有積世之功，尤欲使之彰顯故也。

◇◇上言王命卿士，則皇父為卿士矣。太師，三公之名。復言"太師皇父"一人，是公兼官，謂三公而兼卿士之官。

◇◇必易傳者，孫毓云："宣王之大將復字南仲，傳無聞焉。且古之命將，皆於禰廟，未有於后稷太祖之廟者。又經言'南仲太祖'，明以南仲為太祖，非命於太祖之文也。昔陳勝舉兵，稱項燕，命將本祖，古今有之。箋義為長。"陳勝舉兵者，《史記》《漢書》皆有其事。

◇◇《十月之交》皇父擅恣，若為厲王則在此之先，若為幽王則在此之後，皆相接連，與此皇父得為一人。或皇氏父字，傳世稱之，亦未可知也。

<一章-7>**既敬既戒，惠此南國。**

【鄭箋】敬之言警也。警戒六軍之眾，以惠淮浦之旁國。謂敕以無暴掠為之害也。每軍各有將，中軍之將尊也。

【程析】惠，恩惠。南國，南方諸國。

【孔疏】○箋"敬之"至"尊也"。

◇◇箋以戒為戒敕，則敬非戒類，不宜相配而言，故知敬之言警，承上六師之下，故云"警戒六軍之士眾"，軍之所行，多苦暴掠，故知施惠南國，是使無暴掠為之害也。

◇◇又以天子六軍，軍各有將，今獨命皇父，使整六師，惠南國，不命餘將，故解之，"雖每軍各有將，中軍之將尊"，故特命之，使總攝諸軍也。《左傳》稱晉作諸軍，常以中軍之將為元帥，元帥是其尊也。諸侯三軍，分為左右，可得有中軍焉。天子六軍，而得有中軍者，亦當分之為三，中與左右各二軍也。

◇《春秋》桓五年，“蔡人、衛人、陳人從王伐鄭”。《左傳》曰：“王為中軍，虢公林父將右軍，周公黑肩將左軍。”是天子之軍分為左右之事也。

◇◇鄭轉敬言警，而毛不為傳，則毛不變敬字，當以敬為恭敬，戒為戒懼。使此二將恭敬以臨之，戒懼而處之，不得與鄭同也。

【孔疏-章旨】“赫赫”至“南國”（下列序號以經文兩句為一段譯解）。

○毛以為，①今有赫赫然顯盛，明明然昭察者，宣王也。

②所以為盛察者，以王今命卿士南仲者於王太祖之廟，使之為元帥親兵。又命為太師之公者皇父，使之監撫軍眾。

③既使此二人為將為監，乃告之云：當整齊我六軍之眾，以治我甲兵之事，令師嚴器備。

④既已嚴備，當恭敬臨之。既已恭敬，又當戒懼而處之，施仁愛之心於此南方淮浦之傍國，勿得暴掠為民之害。此是王之顯察也。

鄭以②南仲為皇父遠祖，止命皇父一人而已。言王命卿士以南仲為大祖者，太師三公皇父也。

③此人為將，以整齊六師。

④又以敬為警，言既已警肅之，既已戒敕之。以此為異。餘同。

<二章-1>**王謂尹（yǐn）氏，命程伯休父。左右陳行（háng），戒我師旅。率彼淮浦，省（xǐng）此徐土。**

【毛傳】尹氏掌命卿士，程伯休父始命為大司馬。浦，涯也。

【鄭箋】尹氏，天子世大夫也。率，循也。王使大夫尹氏策命程伯休父於軍將行治兵之時，使其士眾左右陳列而敕戒之，使循彼淮浦之旁，省視徐國之土地叛逆者。軍禮，司馬掌其誓戒。

【程析】程伯，封在程地（今陝西咸陽東）的伯爵。淮浦，淮水邊。省，巡視。

【樂道主人】程伯，相傳上古時高陽氏委派其孫重為南正之官，掌管祭神靈；封重弟黎為火正之官，掌管民事。其子孫世襲該職。商時封重黎之裔孫於程稱程伯。

【孔疏】○傳“尹氏”至“浦厓”。

◇◇以王謂之而使命人，故知尹氏掌命卿士，即內史也。其職曰：

"凡命諸侯及孤卿大夫則策命之。"是也。特云命之，知往前未為此官，始命之也。知為大司馬者，以《大司馬職》云："若大師則掌其戒令。"此言"戒我師旅"，是司馬之事。

◇又《楚語》云："重黎氏世叙天地。其在周，程伯休父其後也。當宣王失其官守，而為司馬氏。"韋昭云："程國，伯爵。休父，名也。失官，謂失天地之官，而以諸侯為大司馬也。"案：父宜是字，而昭以為名，未能審之。

◇◇孫炎曰："厓，水邊也。"《說文》云："浦，水濱也。"則浦、厓一物，故云浦也。

【孔疏】○箋"尹氏"至"誓戒"。

◇◇此時尹氏當是尹吉甫也。下至春秋之世，天子大夫每有尹氏見於經傳，以此知天子世大夫也。吉甫，卿士也，而云大夫者，以吉甫身為卿士，其繼世者不必常得為卿，而大夫是其總號。且命臣者，内史之事，《周禮》内史中大夫，故以大夫言之。吉甫卿士而掌命臣者，蓋為卿而兼内史也。

◇◇云於軍將行治兵之時者，軍禮"出曰治兵"，此行治兵之禮然後乃出，故行禮之時，敕戒師旅也。禮，軍行，司馬掌其誓戒者，即其職所云"大師掌其戒令"，是也。

◇◇此經云"徐土"，下云"徐方""徐國"，其義一也，言其居在一方而有國土耳。此徐當謂徐州之地，未必即是春秋之世徐子之國。何則？春秋之世，徐國甚小，宣王之時，非能背叛而使王親征之。六軍並出，則是强敵者也，明非春秋徐國，但不知於時之君何姓名耳。

<二章-7>**不留不處，三事就緒**（xù）**。**

【毛傳】誅其君，吊其民，為之立三有事之臣。

【鄭箋】緒，業也。王又使軍將豫告淮浦徐土之民云：不久處於是也，女（rǔ）三農之事皆就其業（與毛不同）。為其驚怖，先以言安之。

【樂道主人】鄭易毛，顯其民本思想。

【孔疏】○傳"誅其"至"之臣"。

◇◇告之以"不留不處"，是安慰民情之辭，故解其意，"誅其君，吊其民"。由吊湣（mǐn）其民，故不久留處而擾亂之。

◇◇立三有事之臣，與《十月之交》"擇三有事"文同。彼傳云：

“三有事者，國之三卿。”即此亦為之立三卿也。止言立卿，不言立君，舉其立臣，明亦為之立君。或擇此君之宗賢者而立之，或別封他人，無文可以明之。

◇◇就緒者，王肅云：“就其事業。”亦當謂民得就業。

【孔疏】○箋“緒”至“安之”。

◇◇連上命將之事，而王實未行，故知又使軍將豫告之也。

◇◇以誅君吊民，使之就業。民之就業，唯農事耳，故知三事謂三農之事。

◇太宰九職，“一曰三農，生九穀”。注云：“三農，原隰及平地。”則三農謂此也。《十月之交》云：“擇三有事。”是有事者三而擇立之。《雨無正》云：“三事大夫。”文連大夫，故得以為公卿。

◇至於此者，言民就農事，不宜以為三卿，**故易傳也**。

【孔疏-章旨】“王謂”至“就緒”。

○毛以為，上命將元帥，此命司馬。①王謂其內史大夫尹氏，汝當為策書，命此程國之伯字休父者，謂命之為大司馬之卿也。

②即言所命之意，今軍出之時，使此司馬令其士眾左右陳力而為行，稱王之命，戒敕我六軍之師旅，往循行淮之浦厓，省視此徐之國土，有叛逆者從而討之。

③又當預告徐土之人，我兵之來也，不久留，不停處，直誅爾叛逆之君，為汝立三有事之臣，使就其事業。當即還師，勿驚怖也。

○鄭唯“三事就緒”謂“三農之事皆就業”為異。餘同。

<三章-1>**赫赫業業，有嚴天子。王舒保作，匪紹（shào）匪遊，徐方繹（yì）騷。**

【毛傳】赫赫然盛也。業業然動也。嚴然而威。舒，徐也。保，安也。匪紹匪遊，不敢繼以敖遊也。繹，陳。騷，動也。

【鄭箋】作，行也。紹，緩也（與毛不同）。繹當作驛（與毛不同）。王之軍行，其貌赫赫業業然，有尊嚴於天子之威（與毛不同），謂聞見者莫不憚之。王舒安，謂軍行三十里，亦非解緩也，亦非敖遊也。徐國傳遽（jù）之驛見之，知王兵必克，馳走以相恐動。

【程析】業業，舉止有威儀貌。有嚴，即嚴嚴。保作，安穩地進行。

【孔疏】○傳“赫赫”至“騷動”。

◇◇赫赫，盛貌。業業，動狀。軍行而又見其狀，故以業業為動也。儼然而有威，謂其軍儼然有可畏之貌。

◇◇《釋詁》云："紹，繼也。"以紹、遊共為一句，皆是不敢為之，故云"不敢繼以敖遊"。以凡人之心，莫不初勤後惰，況今以安舒為始，或當以敖遊繼之。而宣王能終始如一，故美其不敢繼以敖遊。

【孔疏】○箋"作行"至"恐動"。

◇◇此說軍已動發，故以為行。"匪紹匪遊"，各自言匪每者一義，不得言繼以敖遊也，故讀之為紹，訓之為緩。

◇◇言有嚴天子為他人所尊嚴，**故易傳**言有嚴天子之威，謂聞見者莫不憚之。

◇◇王舒安行，嫌其解緩，故云"亦非敖遊也"。

◇◇《左傳》稱"兵交，使在其間"。王將伐徐，必使候，故云徐國傳遽之驛見之，知王兵必克，歸以報其國，馳走以相恐動。

<三章-6>**震驚徐方，如雷如霆，徐方震驚。**

【鄭箋】震，動也。驛馳走相恐懼，以驚動徐國，如雷霆之恐怖人然，徐國則驚動而將服罪。

【孔疏-章旨】"赫赫"至"震驚"。

○毛以為，上言戒敕將帥，此言王軍往行。

①言赫赫然而盛，業業然而動，有儼然威武而為天子之容者，此宣王之軍也。

②以此而往征伐徐國之君，乃舒徐而安行，不為急疾。言其依於軍法，日行三十里耳。雖於禮舒行，又非敢繼之以敖遊，言其不始而安行，末以敖遊繼之，謂終常敬戒，不惰慢也。（上列序號以經文兩句為一段譯解）

③故徐土之方，斥候之使見其如此，乃陳說王之此威，往告以恐動之。（此序號以經文一句為一段譯解）

④其動驚此徐方之國，如雷之發聲，如霆之奮擊，以恐怖人然。故使徐方之國聞之，則皆動驚而將服罪。此事可常以為法，故美王能行之。

○鄭以為，①王之軍行，其儀貌赫赫然，有尊嚴於天子之威。

②王既其貌如此，出則舒而安行，亦非解緩，亦非敖遊。（上列序號以經文兩句為一段譯解）

③由此徐方之國傳遽之驛見之，知王兵必克，馳走以相恐動。（此序號以經文一句為一段譯解）餘同。

<四章-1>**王奮厥武，如震如怒。進厥虎臣，闞（hǎn）如虓（xiāo）虎。鋪（pū）敦（tún）淮濆（fén），仍執醜（chǒu）虜（lǔ）。**

【毛傳】虎之自怒虓然。濆，涯。仍，就。虜，服也。

【鄭箋】進，前也。敦當作屯（與毛不同）。醜，眾也。王奮揚其威武，而震雷其聲，而勃怒其色。前其虎臣之將闞然如虎之怒，陳屯其兵於淮水大防之上以臨敵，就執其眾之降服者也。治淮之旁國有罪者，就王師而斷之。

【程析】厥，其。進，進攻。闞如，猶闞然，虎怒貌。虓，哮，虎吼。鋪，布，布陣。敦，整頓。執，抓住。醜虜，對俘虜的蔑稱。

【孔疏】○傳“虎之”至“虜服”。

◇◇此論武將之威，言如虓虎，故知虎之自怒虓然。

◇◇《釋丘》云：“墳，大防。”李巡曰：“墳謂厓岸，狀如墳墓。”是墳為厓也。

◇◇《釋詁》云：“仍，因也。”因是就之義也。

◇◇虜者，囚繫之名，為人虜獲，是屈服也。

【孔疏】○箋“進前”至“服者”。

◇◇以其臨陣當進而前之，故以進為前也。

◇◇敦訓為厚，於義不協，故破之為屯。**毛無破字之理，必以為厚，**宜為布陳敦厚之陣也。

◇◇言虎臣之將者，以虎臣稱臣，為王所特進，非廣言士卒，故知是將也。

◇◇就執其降服者，此篇上下不言其戰，則是見敵即服，故就執之。

<四章-7>**截彼淮浦，王師之所。**

【毛傳】截，治也。

【程析】王師之所，將淮浦作為王師駐守之處。

【孔疏-章旨】“王奮”至“之所”（下列序號以經文兩句為一段譯解）。

○毛以為，①既到淮浦，臨陣將戰，王乃奮揚其威武，其狀如天之震雷，其聲如人之勃怒其色。言嚴威之可懼也。

②即進而前，其虎臣之將闞然如虓怒之虎，

③令布陳敦厚之陣於淮水濆厓之上，就而執其眾所降服之虜。

④既敗其根本，又窮其枝葉，因復使人治彼淮浦之傍有罪之國，皆執而送之，來就王師之所而聽誓言，盡得其支黨也。

○鄭唯以敦為屯為異。餘同。

<五章-1>**王旅嘽（tān）嘽，如飛如翰（hàn），如江如漢，如山之苞，如川之流。**

【毛傳】嘽嘽然盛也。疾如飛，摯如翰。苞，本也。

【鄭箋】嘽嘽，閒暇有餘力之貌。其行疾，自發舉如鳥之飛也。翰，其中豪俊也。江漢以喻盛大也。山本以喻不可驚動也。川流以喻不可禦也。

【程析】苞，茂盛，引申為攢聚。

【樂道主人】講神似，虛也，非描實也，中華獨特之文學藝術之根本。

【孔疏】○傳“嘽嘽”至“苞本”。

◇◇嘽嘽，閒暇之貌。由軍盛所以嘽嘽然，故雲盛也。

◇◇疾如飛，如鳥飛也。摯如翰者，摯，擊也，翰是飛之疾者。言其擊物尤疾，如鳥之疾飛者。“翰飛戾天”，飛、翰為一，此別言“如”，故為二事也。

【孔疏】○箋“嘽嘽”至“可禦”。

◇◇此皆以傳大略，故申述之。

◇◇鳥飛已是迅疾，翰又疾於飛，故云“翰，其中豪俊”者。若鷹鸇之類摯擊眾鳥者也，故傳以為“摯如翰”，謂其擊戰之時也。

◇◇江、漢以比盛大，即“漢之廣矣”“江之永矣”（《周南·漢廣》），軍師之眾，其廣長似之也。兵法有動有靜，靜則不可驚動，故以山喻，動則不可禦止，故以川喻。如川之流，取流為喻。“如江如漢”，不取其流，取其盛大耳。

<五章-7>**緜緜翼翼，不測不克，濯（zhuó）征徐國。**

【毛傳】緜緜，靚也。翼翼，敬也。濯，大也。

【鄭箋】王兵安靚且皆敬，其勢不可測度，不可攻勝。既服淮浦矣，今又以大征徐國，言必勝也。

【孔疏】○箋“王兵”至“必勝”。

◇◇以上文說其勇猛，而勇猛失於殘害，故言安静且敬以解之。

◇◇兵法應敵出奇，故美其不可測度，不可攻勝，正謂他人不能勝己也。

◇◇上已言“截彼淮浦”，此言“濯征徐國”，是既服淮浦之國，今又伐徐也。此篇與上篇事別，非召穆平淮夷之事，然則淮浦之國非淮夷也，未知何國。以强弱相懸，而云大征，故知言必勝也。

【孔疏-章旨】“王旅”至“徐國”。上既克定淮浦之國，此又進而伐徐，

①言王之師旅雖經淮夷，其師之盛嘽嘽然，閒暇而有餘力也。其行動之疾也，如鳥之飛。其赴敵之速也，如摯之翰。其軍之眾多也，如江之廣，如漢之大也。其固守則不可驚動，如山之基本。其往戰則不可禦止，如川之流逝。

②其行之時，緜緜然安静，不行暴掠，翼翼然恭敬，各司其事。其形勢不可測度，不可克勝。以此嚴威武力，將大往而征此徐國，言其盛不可當，往必克敵也。

<六章-1>**王猶允塞（sāi），徐方既來。**

【毛傳】猶，謀也。

【鄭箋】猶，尚（與毛不同）。允，信也。王重兵，兵雖臨之，尚守信自實滿，兵未陳而徐國已來告服，所謂“善戰者不陳”。

【程析】塞，踏實。來，同“徠”，歸服。

【孔疏】○箋“猶尚”至“不陳”。◇◇箋以徐方畏威，望軍而服，不由計謀所致，**故易傳**以猶為尚，兵法，臨敵設權，王尚守信自實，所以為美也。不言對戰執虜，故知兵未陳，徐國已來告服。“善戰者不陳”，莊八年《穀梁傳》文。

<六章-3>**徐方既同，天子之功。四方既平，徐方來庭。**

【毛傳】來王庭也。

【程析】同，會合，統一。來庭，來朝見王子。

【孔疏】○傳“來王庭”。◇◇言來王庭，謂既降服，後朝京師而至王庭，不必在王軍之庭也。

<六章-7>**徐方不回，王曰還（xuán）歸。**

【鄭箋】回，猶違也。還歸，振旅也。

【程析】還歸，凱旋而歸。

【孔疏-章旨】“王猶”至“還歸”。

○毛以為，①王師既盛如此，又王之謀慮信而誠實，用兵有常，伐得其罪，故兵未陣而徐方既已自來告服其罪，因此歸功於王。

②徐方來，與他國同服於王者，是天子之功使之然也。

③又四方既已平定，徐方又來在王庭，便是天下宴安，不須用武。

④徐方先嘗叛者，已不敢違命，則無復有事。王乃告之曰：可以還歸矣。是武事既立，故述而美之。

○鄭唯以“猶”為“尚”為異。

《常武》六章，章八句。

瞻　卬　【大雅三十】

瞻卬（yǎng）昊天，則不我惠。孔填（chén）不寧，降此大厲。邦靡有定，士民其瘵（zhài）。蟊（máo）賊蟊疾（jí），靡有夷屆。罪罟（gǔ）不收，靡有夷瘳（chōu）。

人有土田，女（rǔ）反有之。人有民人，女覆奪之。此宜無罪，女反收之。彼宜有罪，女覆説（tuō）之。哲夫成城，哲婦傾城。

懿（yì）厥哲婦，為梟（xiāo）為鴟（chī）。婦有長舌，維厲之階。亂匪降自天，生自婦人。匪教匪誨，時維婦寺。

鞫（jū）人忮（zhì）忒（tè），譖（zhèn）始竟背。豈曰不極，伊胡為慝？如賈（gǔ）三倍，君子是識（shí）。婦無公事，休其蠶（cán）織。

天何以刺？何神不富？舍爾介狄（dí），維予胥（xū）忌。不弔（dì）不祥，威儀不類。人之云亡，邦國殄（tiǎn）瘁（cuì）。

天之降罔（wǎng），維其優矣。人之云亡，心之憂矣。天之降罔，維其幾矣。人之云亡，心之悲矣。

觱（bì）沸檻（jiàn）泉，維其深矣。心之憂矣，寧自今矣？不自我先，不自我後。藐（miǎo）藐昊天，無不克鞏（gǒng）。無忝（tiǎn）皇祖，式救爾後。

《瞻卬》七章，上二章與卒章章十句，三章至六章章八句。

【毛序】《瞻卬》，凡伯刺幽王大壞也。

【鄭箋】凡伯，天子大夫也。《春秋》魯隱公七年，“冬，天王使凡伯來聘”。

【陸曰】此及《召旻》二篇，幽王之變《大雅》也。

【孔疏】序“《瞻卬》”至“大壞”。幽王承父宣王中興之後，以行惡政之故，而令周道廢壞，故刺之也。經七章，所陳皆刺大壞之事。

【孔疏】○箋“凡伯”至“來聘”。

◇◇凡國，伯爵。禮，侯伯之入王朝則為卿，故《板》箋以凡伯為卿士。此言大夫者，大夫，卿之總稱也。

◇◇所引《春秋》者，隱七年經也。引之者，證天子之臣有凡伯也。凡國伯爵，稱世稱之，不謂與此必為一人矣。

<一章-1>**瞻卬（yǎng）昊天，則不我惠。孔填（chén）不寧，降此大厲。**

【毛序】昊天，斥王也。填，久。厲，惡也。

【鄭箋】惠，愛也。仰視幽王為政，則不愛我下民甚久矣。天下不安，王乃下此大惡以敗亂之。

【程析】卬，仰。瞻卬，仰視。

【孔疏】○傳“昊天”至“填久”。

◇◇以“則不我惠”，謂王不愛民，故知昊天斥王。卒章昊天與“無不克鞏”文連，固於天位是王之事，故知卒章昊天亦斥王也。

◇◇作者既假昊天以斥王，其言天事則單言天耳。天何以刺？“天之降網”，實論天事，嫌亦斥王，故不言昊，以異其文。

◇◇《釋詁》云：“塵，久也。”古書填與塵同，故以為久。

【孔疏】○箋“惠愛”至“亂之”。

◇◇言幽王為政，不惠愛我下民，正謂降此大厲，即是不愛之驗。先言不愛為目，乃覆説不愛之狀。

◇◇甚久矣，天下不安來久。《鄭語》稱幽王九年，王室始騷。此言不安已久，蓋九年已後也。王下此惡以敗亂之，言其不安之意也。

<一章-5>**邦靡有定，士民其瘵（zhài）。蟊（máo）賊蟊疾（jí），靡有夷届。罪罟（gǔ）不收，靡有夷瘳（chōu）。**

【毛序】瘵，病。夷，常也。罪罟，設罪以為罟。瘳，愈也。

【鄭箋】届，極也。天下騷擾，邦國無有安定者。士卒與民皆勞病，其為殘酷痛病於民，如蟊賊之害禾稼然，為之無常，亦無止息時。施刑罪以羅網天下而不收斂，為之亦無常，無止息時，此目王所下大惡。

【程析】届，終極。

【樂道主人】罪，捕魚的竹網。

【孔疏】○傳“瘵病”至“瘳愈”。

◇◇罟非罪名，而云“罪罟”，故知設罪以為罟，謂多立科條，使人易犯，若設網以待鳥獸，是以謂之罟。

◇◇云瘳謂病愈，愈亦止也。

【孔疏】○箋“屆極”至“大惡”。

◇◇極者，窮盡之義，故又轉為已。已，止也。

◇◇邦國是畿外之辭，故云天下騷擾，謂王以虐政擾動之也。

◇◇以士民連文，故云士卒與民。士卒即從軍者也。

◇◇言為殘酷與施刑罪者，殘酷謂加害於民，施刑謂布陳科禁，雖害民是一，所從言之異，故重設其文也。

◇◇蟊賊者，害禾稼之蟲。“蟊疾”，是害禾稼之狀。言王之害民，如蟲之害稼，故比之也。箋以蟊賊是損害之實，故以殘酷痛疾言之。

◇◇罪罟是張設之言，故以施刑罪言之。不收者，以田設網罟，有收斂之期，王施刑禁，則不復收斂，故責其不收也。

◇◇言目王所下大惡者，謂條目王惡。

【孔疏-章旨】“瞻卬”至“夷瘳”（下列序號以經文兩句為一段譯解）。

①言己瞻望而仰視此昊天，王者之為政，曾不於我百姓而施恩愛也。若愛百姓，當以善政安之。

②今甚久矣，天下不安。言不安以來已久也。王又乃下此大惡之政，以敗亂之。又説所下大惡之狀。

③王為虐政，天下騷擾，邦國無有定安者，士卒與民其盡勞病矣。

④其殘酷於民，如蟊賊之蟲病害於禾稼然。為此殘酷，無有常，又無有已止時也。

⑤其殺害於民，則施刑罪以網羅天下，一徑施行，不復收斂，為此殺害，無有常，又無瘳愈時也。言王降大惡如此，故下民所以不安。

<二章-1>**人有土田，女（rǔ）反有之。人有民人，女覆奪之。**

【鄭箋】此言王削黜（chù）諸侯及卿大夫無罪者。覆猶反也。

【程析】民人，人民。有，占有，奪取。

<二章-5>**此宜無罪，女反收之。彼宜有罪，女覆説（tuō）之。**

【毛傳】收，拘收也。説，赦（shè）也。

<二章-9>**哲夫成城，哲婦傾城。**

【毛傳】哲，知（zhì）也。

【鄭箋】哲謂多謀慮也。城，猶國也。丈夫，陽也。陽動故多謀慮則成國。婦人，陰也。陰靜故多謀慮乃亂國。○知音智，王申毛如字。喆音哲，本亦作"哲"。

【樂道主人】以下孔疏所講更勝一疇。

【孔疏】○傳"哲，知"。○箋"哲謂"至"亂國"。

◇◇智者役心以謀慮，故云哲謂多謀慮也。國之所在，必築城居之，作者以城表國。箋以其有城居之嫌，故云城猶國也。

◇◇箋以"丈夫，陽。陽動故多謀慮則成國。婦人，陰。陰靜故多謀慮則亂國"。由陰陽不等，動靜事異，故俱多謀慮而成傾有殊也。

◇若然，謀慮苟當，則婦人亦成國，任、姒是也。謀慮理乖，雖丈夫亦傾城，宰嚭、無極是也。然則成敗在於是非得失，不由動靜。

◇而云陰陽不同者，於時褒姒用事，干預朝政，其意言褒姒有智，唯欲身求代後，子圖奪宗，非有益國之謀，勸王不使聽用，非言婦人有智皆將亂邦也。

【孔疏-章旨】"人有"至"傾城"。

◇◇上八句言王之為惡皆由婦人，下二句謂婦人之言不可聽用。

◇◇若謂智多謀慮之丈夫，則興成人之城國；若為智多謀慮之婦人，則傾敗人之城國。婦言是用，國必滅亡。王何故用婦人之言，為此大惡，故疾之也。

<三章-1>**懿（yì）厥哲婦，為梟（xiāo）為鴟（chī）。**

【鄭箋】懿，有所痛傷之聲也。厥，其也。其，幽王也。梟鴟，惡聲之鳥，喻褒姒之言無善。

【程析】梟，相傳長大後食母的惡鳥。鴟，貓頭鷹。

【孔疏】箋"懿有"至"無善"。

◇◇懿與噫，字雖異，音義同。《金縢》云："噫！公命我勿敢言。"與此同也。噫者，心有不平而為聲，故云有所痛傷之聲。痛傷褒姒亂國政也。

◇◇此刺幽王，而褒姒是其婦，故知"其，幽王"也。

<三章-3>**婦有長舌，維厲之階。亂匪降自天，生自婦人。匪教匪誨，時維婦寺。**

【毛傳】寺，近也。

【鄭箋】長舌喻多言語。是王降大厲之階，階所由上下也。今王之有此亂政，非從天而下，但從婦人出耳。又非有人教王為亂。語王為惡者，是惟近愛婦人，用其言故也。

【程析】厲，禍患。階，階梯，含有根源之意。時，是。

【孔疏】○傳“寺，近”。◇◇寺即侍也。侍御者，必近其傍，故以寺為近。

【孔疏】○箋“長舌”至“言故”。◇◇以舌動而為言，故謂多言為長舌。《論語》云“駟不及舌”，亦謂言為舌也。

<四章-1>**鞫（jū）人忮（zhì）忒（tè），譖（zhèn）始竟背。豈曰不極，伊胡為慝？**

【毛傳】忮，害。忒，變也。

【鄭箋】鞫，窮也。譖，不信也。竟，猶終也。胡，何。慝，惡也。婦人之長舌者多謀慮，好窮屈人之語，忮害轉化，其言無常，始於不信，終於背違。人豈謂其是不得中乎？反云維我言何用為惡不信也？

【程析】伊，發語詞。

【樂道主人】后兩句應為婦之言。孔疏：豈肯自曰：我之此言不中正乎？反云：維我此言，何用為惡？惡而不知其非，故為可痛傷也。

【孔疏】○箋“鞫窮”至“不信”。

◇◇讒譖者，皆不信之言，故以譖為不信也。

◇◇佞人似智，奸人亂德，皆自以為善。此刺褒姒自以為賢。“豈謂是不得中乎？反云維我言何用為惡不信”，自謂所行皆得中，疾時人謂之惡。不自嫌其不信，所以至亡而不改也。

<四章-5>**如賈（gǔ）三倍，君子是識（shí）。婦無公事，休其蠶（cán）織。**

【毛傳】休，息也。婦人無與外政，雖王后猶以蠶織為事。

◇古者天子為藉千畝，冕而朱紘（hóng），躬秉耒。

◇諸侯為藉（jiè）百畝，冕而青紘，躬秉耒。以事天地山川社稷先古，敬之至也。

◇天子諸侯必有公桑蠶室，近川而為之，築宮仞有三尺，棘牆而外閉之。

◇及大昕（xīn）之朝（zhāo），君皮弁素積，卜三宮之夫人、世婦之吉者，使入蠶於蠶室，奉種浴於川，桑於公桑，風戾以食之。

◇歲既單矣，世婦卒蠶，奉繭以示於君，遂獻繭於夫人。夫人曰：此所以為君服。與遂副褘（huī）而受之，少牢以禮之。

◇及良日，後夫人繅（sāo），三盆手，遂布於三宮夫人世婦之吉者，使繅，遂朱綠之，玄黃之，以為黼（fǔ）黻（fú）文章。服既成矣，君服之以祀先王先公，敬之至也。

【鄭箋】識，知也。賈（gǔ）物面有三倍之利者，小人所宜知也。君子反知之，非其宜也。今婦人休其蠶桑織紝之職，而與朝廷之事，其為非宜亦猶是也。孔子曰："君子喻於義，小人喻於利。"

【程析】林義光《通解》，蓋商賈之不能參與政事，如蠶織者不能參與政事，其理正同。

【樂道主人】禁商從政，此應為濫觴。

【孔疏】○傳"休息"至"之至"。

◇◇傳解婦人無與外事，雖王后之貴，猶以蠶織為事，故引《禮記》以證之。自"古者天子"以下，皆《祭義》文也。

◇◇謂之藉田者，《天官·甸師》注云："藉之言借也。王一耕之，而使庶人芸芓（zǐ，給禾苗的根部培土）終之。"《月令》注云："借民力所治之田也。"

◇◇天子千畝，諸侯百畝，以事神有多少，因而為之等差也。

◇◇冕者，祭服之冠。紘（古代冠冕上的帶子。由頷下向上繫於笄，垂餘者為纓）謂冕之下而仰屬者。止言服冕，而冕有等級，未知服何冕也。

◇夫人受繭服副褘，則人君耕藉或亦用祭服，蓋天子以衮冕也。諸侯自祭其廟，用玄冕，耕藉之服不過用玄冕也。

◇其紘，天子以朱，諸侯以青者，以朱，南方，太陽之色，故天子用之；青，東方，少陽之色，故諸候用之，所以下天子。天子藉田在南郊，諸侯藉田在東郊，亦此意也。

◇◇躬秉耒耜，謂親耕之。《月令》孟春，"天子親載耒耜，躬耕帝藉”，是其事也。此文兼有天子諸侯，故云以事天地山川社稷先古，總舉諸神以為言也。

◇《祭義》作“先古”，注云：“先古，先祖。”定本作“先公”，涉下先公而誤耳。既言人君親耕，又言王后親蠶，見祭祀之禮，必夫婦致敬也。

◇◇蠶室必近川者，《夏官·馬質》注引《蠶書》云：“蠶為龍精。”然則以龍是水物，故近川為之，取其氣勢也。

◇◇築宮，謂築蠶宮之院牆也。七尺曰仞。言仞有三尺，則蠶宮之牆高一丈矣。

◇《尚書夏傳》文與此略同，云“築官有三尺”者，其文誤也。故彼注云：“‘官’當為‘宮’。雉長三丈，高一丈。度長以長，度高以高，則蠶宮高一丈。”

◇《禮志》曰仞有三尺。七尺曰仞，彼文直云“宮有三尺”，“宮”下當脱“仞”字也。

◇雉者，城牆之度，故鄭計雉之數以推之。又引《禮記》以證之，復言七尺曰仞，是仞有三尺，乃充一雉之度，明其宮不得高丈三矣。彼注或云“蠶宮高一丈三尺”者，衍“三尺”二字也。

◇◇棘牆，謂牆上布棘，以禁人之逾越，不以禦寇，故外閉之。

◇◇大昕（xīn）之朝者，彼注云：“季春朔日之朝也。知者，以既卜之下即言養蠶之事。季春始蠶，故知是季春也。昕者，朝旦之名。言大昕，明是朔日之朝也。”

◇◇皮弁素積者，《士冠禮》注云：“皮弁者，白鹿皮為冠，象上古也。積，猶辟也。以素為裳，辟蹙（收縮）其腰中。皮弁之衣，用布十五升，其色象焉。”是也。

◇◇卜三宮之夫人世婦之吉者，謂天子則卜三夫人，諸侯則卜世婦也。《月令》注“留養蠶者，所卜夫人與世婦”。是天子之夫人親蠶事也。《周禮》王后六宮，言三宮者，亦據諸侯言之也，故彼注云：“諸侯夫人三宮，半王后也。”言三宮，據諸侯夫人有三宮。言三宮之夫人，亦容天子。三夫人，人各居一宮也。以文兼天子諸侯，故雜互陳之。

◇◇奉種浴於川，文承大昕之下，則以三月浴之矣。《天官·内宰》云：“仲春，詔后率外内命婦始蠶於北郊。”《馬質》注云：“月直大火則浴其種。”以仲春浴之者，蓋二月浴之，至將生又浴之，故不同也。

◇◇風戾以食之者，彼注云：“葉及早涼脆，采之風戾之，使露氣燥，乃可食蠶。蠶性惡濕也。”

◇◇歲既單矣，單，盡，故彼注云：“歲單，謂三月月盡之後也。言歲者，蠶，歲之大功，事畢於此也。”

◇◇世婦卒蠶，獻繭於夫人，據諸侯為説。若天子，則夫人卒蠶，獻於后。《夏傳》注云：“此諸侯之禮。天子則獻繭於后。”是也。於君言示，於夫人言獻，以繭是夫人之事，主獻夫人，故夫人受之。

◇◇夫人而云副褘者，彼注云：“副褘，王后之服。而云夫人，記者容二王之后與？以記意或然，故言。”與為疑之辭，雖王后受繭，其服尊，不過亦副褘也。

◇◇少牢以禮之者，設少牢之饌，以禮遇世婦也。彼注云：“禮之者，禮奉繭之世婦也。”

◇◇繅三盆手者，彼注云：“三盆手者，三淹也。幾繅，每淹大總而手振之以出緒也。”《夏傳》注云：“手猶親也，言后夫人親以手總之也。”

◇◇言君服之以祀先王先公，敬之至也。以文兼天子諸侯，故先王先公互言之。

【孔疏】○箋“識知”至“於利”。

◇◇利之多少，其數無常。必以三倍為言者，以三是三才之數，數之小成，故舉以言焉。

【孔疏-章旨】“鞫人”至“蠶織”。上言長舌之惡，更説為惡之狀。

①此婦人之長舌多謀慮者，乃好窮屈人之言語，出言則為人患害，且又變化無常，所言以不信為始，終竟於後背而違之。豈肯自曰：我之此言不中正乎？反云：維我此言，何用為惡？惡而不知其非，故為可痛傷也。

②既云出言不善，又責其干亂朝政，如商賈之求利三倍，乃君子之人於是識知之，非其宜也。汝今婦人之不宜與朝廷公事，而休止養蠶織紝，干預男子之政，亦非宜也。

<五章-1>**天何以刺？何神不富？舍爾介狄（dí），維予胥（xū）忌。**

【毛傳】刺，責。富，福。狄，遠。忌，怨也。

【鄭箋】介，甲也（與毛不同）。王之為政，既無過惡，天何以責王見變異乎？神何以不福王而有災害也？王不念此而改修德，乃舍女（rǔ）被（pī）甲夷狄來侵犯中國者，反與我相怨。謂其疾怨群臣叛違也。

【程析】胥，相。天，指上天，非指幽王。

【孔疏】○傳“刺責”至“忌怨”。

◇◇刺譏者，皆責之辭，故刺為責也。

◇◇言“何神不富”，則富是神之所加，故以富為福也。

◇◇毛讀狄為逖，故為遠也，則介當訓為大，不得與箋同也。

◇◇忌者，相憎怨之言，故以忌為怨也。王肅云：“舍爾大道遠慮，反與我賢者怨乎？”

【孔疏】○箋“介甲”至“叛違”。

◇◇以辭有與奪，意為彼此，言“維予胥忌”，是不當怨而怨，則“舍爾介狄”者，是當怨而舍之也。且幽王荒淫惑亂，將至滅亡，兵在其頸，尚不知悟，安能復知大道遠慮？又大道遠慮非幽王之所有，何云舍汝乎？

◇◇何以者，問之辭，故云王之政無過惡，天何以責王也？既問天之刺責，又問神不福助，亞前為勢，故何在神上。天者，群臣之精，言天則神可知。去天以外而別言神，則謂人鬼地祇山川社稷之類也。

◇天之所責，唯有妖變而已，故云見變異，若日食、星殞、山崩、川竭之屬也。神所不福，則是已有禍罰，故云有災害，謂水旱、蟲螟、霜雹、疫癘之等也。於時已有此等事，故責王不改修德教也。

◇◇不應舍而舍，則是已來犯王，故知被甲夷狄來侵犯中國者，臣若阿諛順旨，必不為王所怨，故知反與我相怨，謂其疾怨群臣叛違也。以正直不肯從邪，故為王所怨。

<五章-5>**不吊（dì）不祥，威儀不類。人之云亡，邦國殄（tiǎn）瘁（cuì）。**

【毛傳】類，善。殄，盡。瘁，病也。

【鄭箋】吊，至也。王之為政，德不至於天矣，不能致徵祥於神矣，威儀又不善於朝廷矣。賢人皆言奔亡，則天下邦國將盡困病。

【孔疏】○箋“吊至”至“困病”。

◇◇此經與上義相配成天，刺神不福，皆由政惡所致。以王之為政，德不至於天，故天以刺之。不能致徵祥於神，故神不福之。

◇◇威儀有不善於朝廷，故相與怨忌。

<六章-1>**天之降罔（wǎng），維其優矣。人之云亡，心之憂矣。**

【毛傳】優，渥也。

【鄭箋】優，寬也（與毛不同）。天下羅罔以取有罪亦甚寬，謂但以災異譴告之，不指加罰於其身。疾王為惡之甚，賢者奔亡，則人心無不憂。

【程析】罔，同"網"。維，發語詞。

【孔疏】○傳"優，渥"。◇◇以優為優饒之義，故為渥也。《信南山》云："既優既渥。"是優渥為豐多之意也。

【孔疏】○箋"優寬"至"不憂"。◇◇以"天之降罔"，是羅罔寬廣優饒者，寬容之義，**故易傳**以優為寬。天下羅罔，以取有罪，正謂欲取王也。不指害其身，而微加譴告，是其（天）寬也。

<六章-5>**天之降罔，維其幾矣。人之云亡，心之悲矣。**

【毛傳】幾，危也。

【鄭箋】幾，近也（與毛不同）。言災異譴告離人身近，愚者不能覺。

【孔疏】○傳"幾，危"。◇◇《釋詁》文。上言優者，謂自天降而多也。此言幾者，謂至人身而危。二者相接成也。

【孔疏】○箋"幾，近"。◇◇《釋詁》文。上寬者，謂微加譴告，告而不改，則禍及其身，故離人近。二者亦相接成，但以忠臣諫君，宜稱禍近為切，**故易傳**也。

【孔疏-章旨】"天之"至"悲矣"（下列序號以經文兩句為一段譯解）。

毛以為，上既言天刺責王，賢人將去，此又言其可憂之狀。

①天之所下此災異之羅網，維其饒渥而多矣。

②賢人之言皆云已欲亡去。我天下之人其心為之憂愁矣。

③又丁寧言之，天之所下災異之羅網，維其危險而甚矣，

④賢人之言皆云欲亡去，我天下之人其心為之悲哀矣。

○鄭唯以優為寬、幾為近為異。餘同。

<七章-1>**觱（bì）沸檻（jiàn）泉，維其深矣。心之憂矣，寧自今矣？不自我先，不自我後。**

【鄭箋】檻泉正出，湧出也。觱沸，其貌。湧泉之源，所由者深，喻己憂所從來久也。惡政不先己，不後己，怪何故正當之。

【程析】觱沸，泉水翻騰上湧貌。檻，濫，泛濫。寧，難道。今，現在。

【孔疏】○箋“檻泉正出，湧出”。◇◇李巡曰：“水泉從下上出曰湧泉。”

<七章-7>**藐（miǎo）藐昊天，無不克鞏（gǒng）。**

【毛傳】藐藐，大貌。鞏，固也。

【鄭箋】藐藐，美也。王有美德藐藐然，無不能自堅固於其位者，微箴（zhēn）之也。

【樂道主人】昊天，指幽王。鞏，鞏固，堅固。箴，《康熙字典》：所以刺病也。石謂砭（biān）石，卽石箴也。又規戒也。（以石治病也）

【孔疏】○箋“王者”至“箴之”。

◇◇下云“無忝皇祖”，則知能固者，謂能固其王位也。

◇◇不直言無德則不能固，而云有美德者無不能固，反言以見意，而文不指斥，是微箴之也。

<七章-9>**無忝（tiǎn）皇祖，式救爾後。**

【鄭箋】式，用也。後，謂子孫也。

【程析】忝，辱没。皇祖，指文、武王。爾，指幽王。

【孔疏-章旨】“觱沸”至“爾後”（下列序號以經文兩句為一段譯解）。

①言觱沸然而湧出者，檻泉也。此泉濆湧而出，言其所從來維其深遠矣。

②喻天下之人心之憂悲，亦所由來久遠，寧從今日矣！

③我之所憂，憂此惡政。怨恨何故不從我之先，何故不從我之後，而正當我之身也？既言王政之惡，故以箴王。

④言人君有美大之德藐藐然，可以比於昊天，則無不能堅固於其位者。是守位者必由美德也。

⑤王當美德固之，無使辱汝君祖之先王，用此美德，以救汝後世之子孫，使之保守王位，無喪邦國也。

《瞻卬》七章，三章章十句，四章章八句。

召　旻　【大雅三十一】

旻（mín）天疾威，天篤（dǔ）降喪（sāng）。瘨（diān）我饑饉，民卒（zú）流亡。我居圉（yǔ）卒荒。

天降罪罟（gǔ），蟊（máo）賊内訌（hòng）。昏椓（zhuó）靡共（gòng），潰潰回遹（yù），實靖（jìng）夷我邦。

皋（gāo）皋訿（zǐ）訿，曾（zēng）不知其玷（diàn）。兢兢業業，孔填（chén）不寧，我位孔貶。

如彼歲旱，草不潰（huì）茂，如彼棲（qī）苴（chá）。我相（xiàng）此邦，無不潰止。

維昔之富不如時，維今之疚（jiù）不如兹。彼疏斯粺（bài），胡不自替？職兄（kuàng）斯引。

池之竭矣，不云自頻（pín/bīn）？泉之竭矣，不云自中？溥（pǔ）斯害矣，職兄斯弘，不烖（zāi）我躬？

昔先王受命，有如召公，日辟（pì）國百里。今也日蹙（cù）國百里。於（wū）乎哀哉！維今之人，不尚有舊！

《召旻》七章，四章章五句，三章章七句。

【毛序】《召旻》，凡伯刺幽王大壞也。旻，閔也，閔天下無如召公之臣也。

【鄭箋】旻，病也。

【樂道主人】鄭以此篇主講外無賢臣，内無賢后，親疏皆惡。此點也是鄭在解詩中一以貫之的最主要的邏輯之一。

【孔疏】序“《召旻》”至“之臣”。

◇◇《召旻》詩者，周卿士凡國之伯所作，以刺幽王大壞也。

◇◇又解名篇之義，是閔傷當時天下無如文、武之世召康公之臣。以時無賢臣，深可痛傷，故以《召旻》名篇。

◇◇其叙大壞之意，經七章皆大壞之事也。首章曰“旻天疾威”，卒章云“有如召公”，雖有召旻之字，而其文不次，作者錯綜以名篇，故《叙》特解經之旻天，自由天之閔下，以旻為天名，此《叙》轉為閔，箋訓為病，則與旻天之義其意小乖，是借名以見意，作者指言旻天，為此故也。

◇◇先王佐命之臣，能開辟土地者蓋多矣，而獨言召公者，作者意所欲言，無他義也。

<一章-1>**旻（mín）天疾威，天篤（dǔ）降喪（sāng）。瘨（diān）我饑饉，民卒（zú）流亡。**

【鄭箋】天，斥王也。疾，猶急也。瘨，病也。病乎幽王之為政也，急行暴虐之法，厚下喪亂之教，謂重賦税也。病中國以饑饉，令民盡流移。

【程析】篤，厚。卒，盡，完全。

【孔疏】○箋“天斥”至“流移”。

◇◇箋以此詩刺王大壞，而承以饑饉流亡，明是王使之然。於文勢非言上天，故以天為斥王，旻天亦斥王也，故箋即言“幽王之為政，急行暴虐之法，厚下喪亂之教”。以幽王文總二事，是經之二天皆斥王也。

◇《小旻》云：“旻天疾威。”文與此同。彼箋云：“旻天之德，疾王者以刑罰威恐萬民。”則以天為上天，疾為疾惡。

◇而此不然者，以此下云“天降罪罟”，承以“蟊賊内訌”。内訌是人自潰亂，非上天降之。文與下相類，故知疾威、降喪亦是王自行之，非天疾王，非天降之也。《小旻》之文連“敷于下土”，布政下土是王之所為，明天以是故疾惡於王。觀文而説，故與此異。《蕩》之“疾威”，與此不同，義亦然也。

◇◇急行暴虐之法，厚下喪亂之教，所以為異者，以二句相連，疾與篤為類，則威為酷刑罰，喪為亂亡賦税也。急者行之必速之辭，厚者為之加重之稱，則二者俱急而且重也。但以言疾則為行之理已著，言篤直是厚而近為行之理未彰，故又言降以見之。因此，故下單言“天降”以配而成句也，其實天與旻天俱斥王耳。

◇◇箋又總解暴虐、喪亂之事，正謂重賦斂，病中國以饑饉，令盡流移也。

<一章-5>**我居圉（yǔ）卒荒。**

【毛傳】圉，垂也。

【鄭箋】也。國中至邊竟以此故盡空虛。

【孔疏】○箋“荒虛”至“空虛”。

◇◇某氏曰：“《周禮》云：野荒民散則削之。”唯某氏之本有荒字耳，其諸家《爾雅》則無之。要《周禮》野荒必是虛之義也。

◇◇居謂城中所居之處，圉謂邊境，以此故盡空虛以謂虐政故也。

【孔疏-章旨】“旻天”至“卒荒”。

①言比旻天之王者，其為政教乃急疾而行此威虐之法。比天之王者，又厚下與民喪亂之教，而病害我國中以饑饉，令國中之民盡流移而散亡。

②以此故令我所居中國至於四境邊陲，民皆逃散而盡空虛，是王暴虐所致之。

<二章-1>**天降罪罟（gǔ），蟊（máo）賊內訌（hòng）。**

【毛傳】訌，潰也。

【鄭箋】訌，争訟相陷入之言也。王施刑罪，以羅罔天下眾為殘酷之人，雖外以害人，又自內争相讒惡。

【樂道主人】鄭箋：天，斥王也。《大雅·瞻卬》孔疏：蟊賊者，害禾稼之蟲。

【孔疏】○箋“訌争”至“讒惡”。

◇◇傳訌潰之義，以訌字從言，故知訌者是争訟相陷入之言。由争訟相陷，故至潰敗，故《爾雅》以訌為潰。

◇◇訌言內，則蟊賊為外，故云眾為殘酷之人，雖外以害人，又內相讒惡。言惡人所在為害，又自不相親也。“天降罪罟”，是王所下之。

◇◇知“蟊賊內訌”，是臣之眾殘酷之人為之者，以訌是相惡之言，若亦王所下之，不得言其相惡，故知臣之佞者，助王以殘酷害人，又內自相讒惡也。

<二章-3>**昏椓（zhuó）靡共（gòng），潰潰回遹（yú），實靖夷我邦。**

【毛傳】椓，夭椓也。潰潰，亂也。靖，謀。夷，平也。

【鄭箋】昏椓皆奄人也。昏，其官名也。椓，椓毀陰者也。王遠賢者，而近任刑奄之人，無肯共其職事者，皆潰潰然維邪是行，皆謀夷滅王之國。

【程析】共，通“供”，供職。潰潰，昏亂貌。回遹，邪僻。夷，平，消滅。

【孔疏】○箋“昏椓”至“王之國”。

◇◇解名此人為昏椓之意，故云“皆奄人也”。《天官·閽人》注云：“閽人司昏晨以啟閉者。”是“昏，其官名也”。

◇◇“椓，椓毀陰者”，為犯淫罪而刑之也。《書傳》曰：“男女不以禮交者，其刑宮。”《秋官·司刑》注云：“宮者，丈夫則割其勢，女子閉於宮中。”此椓毀其陰，即割勢是也。

◇謂之奄者，《天官·酒人》注云：“奄，精氣閉藏者。”引《月令》“其器閎以奄”，是由割去其勢，精氣閉藏，故謂之奄人也。

◇若然，《秋官·掌戮》云：“墨者使守門。”《閽人》之注引《掌戮》之文，則閽人乃是墨者，非奄人矣。而此箋以昏為奄者，案《周禮·序官》閽人上有内小臣，下有寺人。内小臣之與寺人，皆是奄人為之，閽人與之為類，官居其閑，則亦奄人也。

◇《閽人》云：“王宮每門四人。囿（yòu）遊亦如之。”注云：“囿（yòu），禁院也。遊，離宮也。”然則王宮之與囿遊，所守門者，其官皆曰閽人，是閽之用人，非獨奄也。

◇《掌戮》“墨者使守門，宮者使守内，刖者使守囿”。則墨、刖（yuè）皆亦為閽，非獨宮刑者矣。但内門則用奄以守之，其外門則用墨耳。

◇《閽人職》曰：“掌守王宮之中門之禁。”注云：“中門於外、内為中。天子五門，雉門為中門。”是雉門以内用奄，庫門以外用墨，其囿則用刖也。官與寺人為類，主以奄者為名。

◇《月令》：“仲冬，命奄尹審門閭（lǘ），謹房室。”是門房之守，皆奄為之，故知閽是奄人之官名也。奄者防守門閣，親近人主。

◇◇凡庸之君，闇於善惡，

◇以其少小慣習，朝夕給使，顧訪無猜憚之心，恩狎有可悦之色。

◇且其人久處宮掖（yè），頗曉舊章，常近床笫，探知主意。

◇或乃色和貌厚，挾術懷奸；或乃捷對敏才，飾巧亂實。

◇於是邪正並行，情貌相越，遂能迷罔視聽，因惑愚主，謂其智足匡時，忠能輔國，信而使之，親而任之，國之滅亡，多由此作。

◇◇故詩人責王遠賢者而近刑奄之人也。原其本心，不欲滅國，但所謀不當，滅國之道也，故謂之謀滅王國也。

【孔疏-章旨】“天降”至“我邦”。上言王以暴亂病民，此又言所病之事。

①今比天之王者，下此刑罰羅網之法於天下，諂佞之臣又助為此刑罰殘酷。其害於人，如蟊賊之害禾稼然，又內自潰亂相陷以罪人也。

②又王所親任，是刑餘之人，此昏奄椓毀之小人，無供其職事者，皆潰潰然昏亂，其行邪僻，實謀滅我王之邦國，王何故信任之?

<三章-1>**皋（gāo）皋訿（zǐ）訿，曾（zēng）不知其玷（diàn）。**

【毛傳】皋皋，頑不知道也。訿訿，窳（yǔ）不供事也。

【鄭箋】玷，缺也。王政已大壞，小人在位，曾不知大道之缺。

【程析】皋皋，相欺也。訿訿，毀謗貌。曾，乃，還。玷，玉上的汙點。

【樂道主人】孔疏：上言小人為謀，將滅王國。此言其致滅之狀。

【孔疏】○傳“皋皋”至“供事”。

◇◇《釋訓》云：“皋皋、琄琄，刺素食也。”舍人曰：“皋皋，不治之貌。”某氏曰：“無德而空食禄也。”無德不治而空食禄，是頑不知其道也。

◇◇《釋訓》又云：“翕翕、訿訿，莫供職也。”是訿訿為窳（yǔ）不供其職也。《説文》云：“窳，懶也。”草木皆自豎立，唯瓜瓠（hù）之屬卧而不起，似若懶人常卧室，故字從宀，音眠。

<三章-3>**兢兢業業，孔填（chén）不寧，我位孔貶。**

【毛傳】貶，隊也。

【鄭箋】兢兢，戒也。業業，危也。天下之人，戒懼危怖甚久矣，其不安也，我王之位，又甚隊矣。言見侵侮，政教不行。後犬戎伐之，而周與諸侯無異。

【程析】填，久。

【樂道主人】隊，墜也。

【孔疏-章旨】“皋皋”至“孔貶”。上言小人為謀，將滅王國。此言其致滅之狀。

①小人在位，皋皋然志識頑鈍而不知治道，訿訿然在公窳惰而不供職事。心頑力惰，自以為宜。王政已壞，曾不知其大道之玷缺也。

②臣既如此，害及天下，故今時之人皆兢兢而戒懼，業業然而危怖甚久矣。天下不安，言不安已久矣。民既不安，其我王之位又甚貶退，言其卑微與諸侯無異也。

<四章-1>**如彼歲旱，草不潰（huì）茂，如彼棲（qī）苴（chá）。**

【毛傳】潰，遂也。苴，水中浮草也。

【鄭箋】“潰茂”之“潰”當作“彙”（與毛不同）。彙，茂貌。王無恩惠於天下，天下之人如旱歲之草，皆枯槁（gǎo）無潤澤，如樹上之棲苴（與毛不同）。

【孔疏】○傳“潰遂”至“浮草”。

◇◇草之生，當遂其生長之性。今言“草不潰茂”，故以潰為遂。

◇◇苴是草之枯槁逐水流者，故云：“苴，水中浮草。”如是，則棲為浮義，謂棲息於水上也。

【孔疏】○箋“潰茂”至“棲苴”。

◇◇潰茂連文，以潰為遂（suì），於義不安，**故易傳言**“潰當作彙”。如《易·泰卦》“拔茅以彙”之字，彙是茂盛之貌也。箋不直言“潰當作彙”，而云“潰茂”之“潰”當作“彙”者，以下有“無不潰止”，嫌亦為彙，故連茂言之。

◇◇又以棲者，居在木上之名，謂水上為棲，理亦不愜，故以為如樹上之棲苴。苴是草木之枯槁者，故在樹未落及已落為水漂皆稱苴也，此經再云“如”者，言民如旱草，草又如苴，見其枯槁之極，喻王無恩之甚也。

<四章-4>**我相（xiàng）此邦，無不潰止。**

【鄭箋】潰，亂也。無不亂者，言皆亂也。《春秋傳》曰：“國亂曰潰，邑亂曰叛。”○相，息亮反。

【程析】相，看。止，語氣詞。

【孔疏-章旨】“如彼”至“潰止”。

○毛以為，①言王無恩於民，致使下民如彼歲之大旱，其草不得申遂而盛茂，致使此草如彼水上棲止逐流之浮苴也。旱歲之草，如水上之苴，言其枯槁無潤。下民不得王恩，亦如是也。

②民不見德，禍亂將起，詩人閔之，言我視此王之邦國無有不亂，止言其必將亂也。後犬戎殺王，是此言之信。

○鄭唯以潰為彙、棲苴謂樹上為異。餘同。

<五章-1>**維昔之富不如時，**

【毛傳】往者富仁賢，今也富讒佞。

【鄭箋】富，福也。時，今時也。

【樂道主人】富，厚愛，福愛。不如，不一樣。

<五章-2>**維今之疚（jiù）不如茲。**

【毛傳】今則病賢也。

【鄭箋】茲，此也。此者，此古昔明王。

【程析】維，發語詞。

【樂道主人】疚，所病，所惡。病賢，惡賢人。

<五章-3>**彼疏斯粺（bài），胡不自替？職兄（kuàng）斯引。**

【毛傳】彼宜食疏，今反食精粺。替，廢。況，茲也。引，長（zhǎng）也。

【鄭箋】疏，粗也，謂糲（lì）米也。職，主也。彼賢者祿薄食粗，而**此**昏椓之黨反食精粺（與毛不同）。女（rǔ）小人耳，何不自廢退，使賢者得進？乃茲複主長此為亂之事乎？責之也。米之率：糲十，粺九，鑿（záo）八，侍御七。

【程析】粺，精米。

【樂道主人】率，《廣韻》循也。

【孔疏】○傳“彼宜”至“引長”。

◇◇以小人為彼，故云彼宜食疏，今食精粺（bài）。言其富小人也。

◇◇《爾雅》之訓況為賜也。賜小人之物，使之益多，故以況為滋，滋又為益。

【孔疏】○箋“疏粗”至“禦七”。

◇◇以疏封粺，則粗於粺也。粗於粺者，唯糲米耳，故知謂糲米也。

以疏粺文稱彼此，則有相形之勢。上文責王病賢者富小人，則此亦相對，不得為一人，**故易傳**以賢者食粗，昏椓之黨食精也。

◇◇茲，此。引，長（zhǎng）。言主為益此，使亂之長，故便而倒之云：也乃兹復主長此為亂之事乎？責之也。”

◇◇言“米之率：糲十，粺九，鑿八，侍御七”者，其術在《九章》粟米之法。彼云：“粟率五十，糲米三十，粺二十七，鑿二十四，御二十一。”言粟五升，為糲米三升。以下則米漸細，故數益少。四種之米，皆以三約之，得此數也。言此，明糲粗於粺，故為疏也。

【孔疏-章旨】“維昔”至“斯引”。

○毛以為，邦國之亂，由遠賢者而任小人，故舉明王之政以並之。

①言維昔明王之所富者，不如今之時。言昔時富賢人，今時富讒佞也。

②又言今時所以異於昔者，維今世之所病者，不如此明王，言明王富賢人，今世則病賢人，是其異於昔也。由病其賢者，故小人得進，故又責之。

③言彼宜食疏，今乃反食精粺之小人，由汝當路以病賢者。何不早自廢退，使賢者得進，乃復主為滋益此亂之事使更長也？言小人用事，益使亂長，故責之。

○鄭唯“彼疏斯粺”為異。餘同。

<六章-1>**池之竭矣，不云自頻（pín/bīn）？**

【毛傳】頻（pín），厓也。

【鄭箋】頻（bīn），當作“濱”。厓，猶外也。自，由也。池水之溢，由外灌焉。今池竭，人不言由外無益者與？言由之也。喻王猶池也，政之亂，由外無賢臣益之。

【孔疏】○箋“頻當”至“益之”。

◇◇以水厓之濱，其字不應作頻，故破之也。傳作頻者，蓋以古多假借，或通用故也。

◇◇池者，穿地引水。《家語》曰：“池水之大，魚鱉生焉，萑葦長焉，誰知其非泉也？”是池由自外引水而為之，故云“池水之溢，由外灌焉”。

◇◇上章刺王遠賢，故知以池竭喻外無賢臣益之也。既以池竭外無益以喻外無賢臣，故知下經以泉竭內無益以喻無賢妃也。

<六章-3>**泉之竭矣，不云自中？**

【毛傳】泉水從中以益者也。

【鄭箋】泉者，中水生則益深，水不生則竭。喻王猶泉也，政之亂，又由内無賢妃益之。

<六章-5>**溥（pǔ）斯害矣，職兄斯弘，不烖（zāi）我躬。**

【鄭箋】溥，猶徧也。今時徧有此内外之害矣，乃兹復主大此為亂之事，是不烖王之身乎？責王也。烖謂見誅伐。

【程析】弘，廣大，發展。烖，同“災”。我躬，指幽王。

【樂道主人】毛傳：況，兹也。鄭箋：職，主也。

【孔疏-章旨】“池之”至“我躬”。既言小人在朝，又傷王無輔助。

①言人見池水之竭盡矣，豈不言云由其外之濱厓無水以益之故也？以喻人見王政之喪亂矣，豈不言曰由其外之群臣無賢以佐之故也？

②人見泉水之枯竭矣，豈不言由其内之地中無水以生之故也？以喻人見王政危亂矣，豈不言曰由其内之妃后無德以助之故也？

③今王内無賢后，外無賢臣，溥徧有此内外無賢之害矣，而任政小人乃復主益此亂，使之更大亂漸益大，豈得不災害我身乎？言其必將害之。

<七章-1>**昔先王受命，有如召公，日辟（pì）國百里，今也日蹙（cù）國百里。**

【毛傳】辟，開。蹙，促也。

【鄭箋】先王受命，謂文王、武王時也。召公，召康公也。言“有如”者，時賢臣多，非獨召公也。今，今幽王臣。

【程析】蹙，縮水。指犬戎入侵，諸侯反叛，國土日削。

<七章-5>**於乎哀哉！維今之人，不尚有舊！**

【鄭箋】哀哉，哀其不高尚賢者，尊任有舊德之臣，將以喪亡其國。○喪，息浪反。

【孔疏-章旨】“昔先王”至“有舊”。

◇◇言日辟、日蹙，甚言之耳。不得一日之間，便有百里之校（jiào）。

◇◇於“蹙國”之上不言無賢臣者，以“不尚有舊”事見於下，故空其文，以下句互而知之。

《召旻》七章，四章章五句，三章章七句。

《蕩之什》十一篇，九十二章，七百六十九句。

周世系表

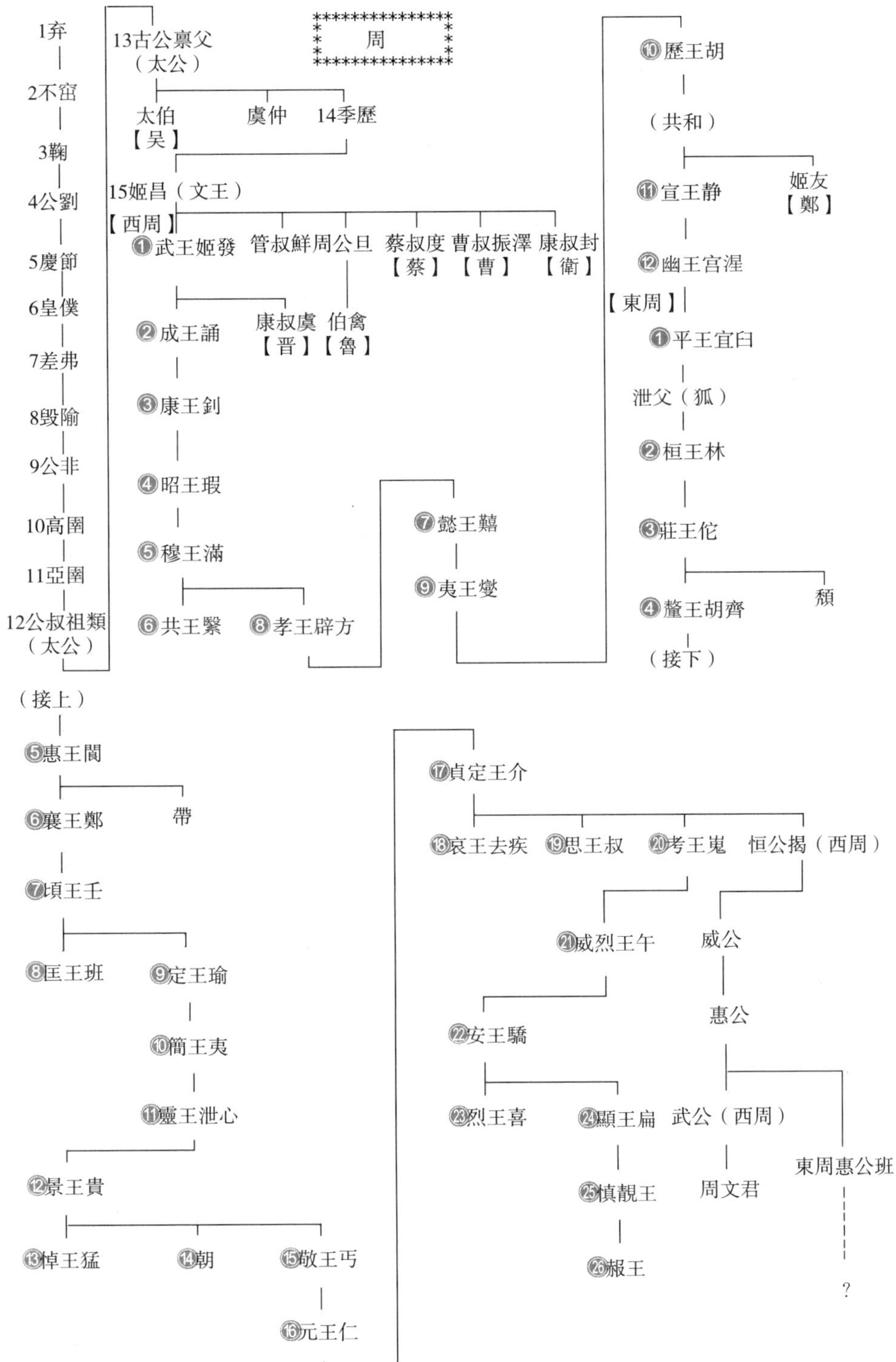
周
1弃
2不窋
3鞠
4公劉
5慶節
6皇僕
7差弗
8毀隃
9公非
10高圉
11亞圉
12公叔祖類（太公）
13古公亶父（太公）
太伯【吴】
虞仲
14季歷
15姬昌（文王）
【西周】
①武王姬發
管叔鮮
周公旦
蔡叔度【蔡】
曹叔振澤【曹】
康叔封【衛】
②成王誦
康叔虞【晋】
伯禽【魯】
③康王釗
④昭王瑕
⑤穆王滿
⑥共王繄
⑧孝王辟方
⑦懿王囏
⑨夷王燮
⑩厲王胡
（共和）
⑪宣王静
姬友【鄭】
⑫幽王宫湦
【東周】
①平王宜臼
泄父（狐）
②桓王林
③莊王佗
④釐王胡齊
頹
（接下）
（接上）
⑤惠王閬
⑥襄王鄭
帶
⑦頃王壬
⑧匡王班
⑨定王瑜
⑩簡王夷
⑪靈王泄心
⑫景王貴
⑬悼王猛
⑭朝
⑮敬王丐
⑯元王仁
⑰貞定王介
⑱哀王去疾
⑲思王叔
⑳考王嵬
恒公揭（西周）
㉑威烈王午
威公
惠公
㉒安王驕
㉓烈王喜
㉔顯王扁
武公（西周）
東周惠公班
㉕慎靚王
周文君
㉖赧王
?

《詩經》四家詩簡表

作者	毛詩	魯詩	齊詩	韓詩
名	毛亨，又稱大毛公 毛萇，又稱小毛公	申培，又稱申培公，申公	轅固，又稱轅固生	韓嬰，又稱韓太傅
朝代	西漢，小毛公曾為河間獻王博士	西漢	漢景帝時，經學博士，較其他人晚	西漢
原國	大毛公魯人；小毛公趙人	魯國	齊國	
學派	古文學	今文學	今文學	今文學
興盛時代	東漢以後	西漢	西漢	西漢
存亡情況	現存	西晋亡	曹魏亡	宋朝亡

毛詩傳承表

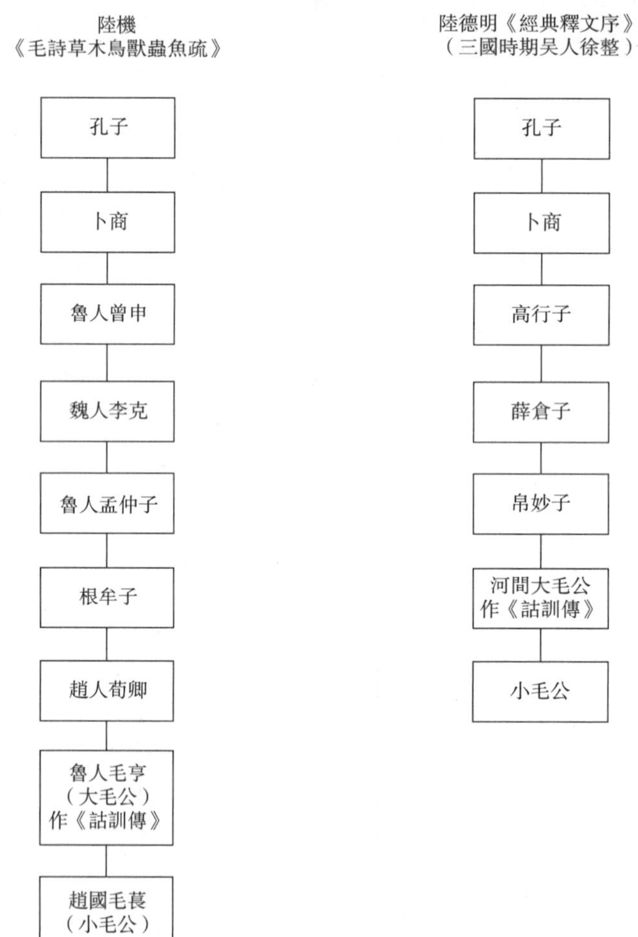

毛詩正變表

<table>
<tr><th colspan="2">詩類</th><th>正經</th><th>篇數</th><th>變經</th><th>篇數</th><th>共計</th></tr>
<tr><td colspan="2" rowspan="15">十五國風</td><td>周南</td><td>11</td><td>邶風</td><td>19</td><td rowspan="15">160</td></tr>
<tr><td>召南</td><td>14</td><td>鄘風</td><td>10</td></tr>
<tr><td></td><td></td><td>衛風</td><td>10</td></tr>
<tr><td></td><td></td><td>王城風</td><td>10</td></tr>
<tr><td></td><td></td><td>鄭風</td><td>21</td></tr>
<tr><td></td><td></td><td>齊風</td><td>11</td></tr>
<tr><td></td><td></td><td>魏風</td><td>7</td></tr>
<tr><td></td><td></td><td>唐風</td><td>12</td></tr>
<tr><td></td><td></td><td>秦風</td><td>10</td></tr>
<tr><td></td><td></td><td>陳風</td><td>10</td></tr>
<tr><td></td><td></td><td>檜風</td><td>4</td></tr>
<tr><td></td><td></td><td>曹風</td><td>4</td></tr>
<tr><td></td><td></td><td>豳風</td><td>7</td></tr>
<tr><td>小計</td><td>25</td><td colspan="2">135</td></tr>
<tr><td rowspan="2">雅</td><td>小雅</td><td></td><td>16</td><td></td><td>58</td><td>74</td></tr>
<tr><td>大雅</td><td></td><td>18</td><td></td><td>13</td><td>31</td></tr>
<tr><td rowspan="3">頌</td><td>周頌</td><td></td><td>31</td><td colspan="2" rowspan="3"></td><td rowspan="3">40</td></tr>
<tr><td>魯頌</td><td></td><td>4</td></tr>
<tr><td>商頌</td><td></td><td>5</td></tr>
<tr><td colspan="3">合计</td><td>99</td><td></td><td>206</td><td>305</td></tr>
</table>

宋代（含）以前毛詩重要人物簡介

孔子（公元前551—公元前479），名丘，字仲尼，祖籍宋國栗邑（今屬河南省商丘市夏邑縣），出於魯國陬邑（今屬山東省曲阜市）。中華文明的繼往開來者，五經的編著者。據《史記》講，《詩經》是孔子從當時三千多篇詩中刪減編輯整理而成。

子夏（公元前507—？），名卜商，字子夏，春秋末年晋國温地（今河南温縣）人，一説衛國人，孔子弟子。相傳是毛詩中詩大序的作者。

大毛公、小毛公，生卒年不詳，皆為西漢初人，二人為叔侄。大毛公名亨，魯人，小毛公名萇，趙人。二人共著《毛詩故訓傳》，毛詩序、毛詩傳的主要作者。毛詩序指毛詩版本的序言，前人把冠於全書的序言稱“大序”，把每篇類似題解性質的短文稱“小序”。毛詩傳指為毛詩版本詩句所作的注解。

鄭玄（127—200），字康成，北海高密（今山東高密）人，東漢末年的經學大師。先後研習了今文經學和古文經學，把今文經學和古文經學通融為一。鄭玄遍注儒家經典。在經學上取得了重大成就，成為兩漢時期儒家經學的集大成者。毛詩在經鄭玄作箋，即對毛詩、毛序、毛傳再次注解後，從民間逐步過渡到官學，最終成為現在《詩經》僅存的版本。鄭玄為毛詩、毛序及毛傳所作的注解稱為鄭箋。

王肅（195—256），字子雍，東海郡郯縣（今山東郯城西南）人，三國魏著名經學家，編撰《孔子家語》《孔叢子》，遍注群經。其在注解毛詩、毛序、毛傳時，思想每每與鄭玄相對。

陸德明（約550—630），名元朗，以字行，蘇州吴縣人。隋唐經學家、訓詁學家, 遍考五經等經典，撰有《經典釋文》三十卷。此書集漢魏以來音訓研究成果，考述經常傳授源流，其中為毛詩作音訓的部分稱為《毛詩釋文》或《毛詩音義》。

孔穎達（574—648），字沖遠，冀州衡水（今屬河北）人。奉唐太宗命組織當時多位著名儒家學者編纂《五經正義》，融合南北經學家的見解，是集魏晋南北朝以來經學大成的著作。其中《毛詩正義》獨用鄭箋，奠定了後世毛詩的傳承。

黄唐，生卒年不詳，字雍甫，南宋福州人，編著《毛詩注疏》，把《詩經》經文、毛序、毛傳、鄭箋、《毛詩正義》合為一本，又將《毛詩正義》散入到毛詩相應的經文、注文之下。

毛詩大序

詩者，志之所之也，在心爲志，發言爲詩。情動於中而行於言，言之不足，故嗟歎之，嗟歎之不足，故永歌之，永歌之不足，不知手之舞之，足之蹈之也。

情發於聲，聲成文謂之音。治世之音安以樂，其政和；亂世之音怨以怒，其政乖；亡國之音哀以思，其民困。故正得失，動天地，感鬼神，莫近於詩。先王以是經夫婦，成孝敬，厚人倫，美教化，移風俗。

故詩有六義焉：一曰風，二曰賦，三曰比，四曰興，五曰雅，六曰頌。上以風化下，下以風刺上，主文而譎諫，言之者無罪，聞之者足以戒，故曰風。至於王道衰，禮義廢，政教失，國異政，家殊俗，而變風變雅作矣。國史明乎得失之跡，傷人倫之廢，哀刑政之苛，吟詠情性，以風其上，達於事變而懷其舊俗者也，故變風發乎情，止乎禮義。發乎情，民之性也；止乎禮義，先王之澤也。是以一國之事，繫一人之本，謂之風。言天下之事，形四方之風，謂之雅。雅者，正也，言王政之所由廢興也。政有大小，故有小雅焉，有大雅焉。頌者，美盛德之形容，以其成功告於神明者也。是謂四始，詩之至也。

詩譜序

（東漢）鄭玄

詩之興也，諒不於上皇之世。大庭、軒轅逮於高辛，其時有亡載籍，亦蔑云焉。《虞書》曰："詩言志，歌永言，聲依永，律和聲。"然則《詩》之道放於此乎！

有夏承之，篇章泯棄，靡有孑遺。邇及商王，不風不雅。何者？論功頌德所以將順其美，刺過譏失所以匡救其惡，各於其黨，則為法者彰顯，為戒者著明。

周自后稷播種百穀，黎民阻饑，兹時乃粒，自傳於此名也。陶唐之末，中葉公劉亦世脩其業，以明民共財。至於大王、王季，克堪顧天。文、武之德，光熙前緒，以集大命於厥身，遂為天下父母，使民有政有居。其時《詩》，風有《周南》《召南》，雅有《鹿鳴》《文王》之屬。及成王，周公致大平，制禮作樂，而有頌聲興焉，盛之至也。本之由此風、雅而來，故皆録之，謂之《詩》之正經。

後王稍更陵遲，懿王始受譖，亨齊哀公。夷身失禮之後，邶不尊賢。自是而下，厲也幽也，政教尤衰，周室大壞，《十月之交》《民勞》《板》《蕩》勃爾俱作。眾國紛然，刺怨相尋。

五霸之末，上無天子，下無方伯，善者誰賞？惡者誰罰？紀綱絶矣。故孔子録懿王、夷王時詩，訖於陳靈公淫亂之事，謂之變風、變雅。以為勤民恤功，昭事上帝，則受頌聲，弘福如彼；若違而弗用，則被劫殺，大禍如此。吉凶之所由，憂娱之萌漸，昭昭在斯，足作後王之鑒，於是止矣。

夷、厲已上，歲數不明。太史《年表》自共和始，歷宣、幽、平王而得春秋次第，以立斯《譜》。欲知源流清濁之所處，則循其上下而省之；欲知風化芳臭氣澤之所及，則傍行而觀之，此《詩》之大綱也。舉一綱而萬目張，解一卷而眾篇明，於力則鮮，於思則寡，其諸君子亦有樂於是與。

《毛詩正義》序

（唐）孔穎達

夫《詩》者，論功頌德之歌，止僻防邪之訓，雖無為而自發，乃有益於生靈。六情静於中，百物蕩於外，情緣物動，物感情遷。若政遇醇和，則歡娱被於朝野，時當慘黷，亦怨刺形於詠歌。作之者所以暢懷舒憤，聞之者足以塞違從正。發諸情性，諧於律吕，故曰“感天地，動鬼神，莫近於《詩》”。此乃《詩》之為用，其利大矣。

若夫哀樂之起，冥於自然，喜怒之端，非由人事。故燕雀表啁噍之感，鸞鳳有歌舞之容。然則《詩》理之先，同夫開辟，《詩》跡所用，隨運而移。上皇道質，故諷諭之情寡。中古政繁，亦謳歌之理切。唐、虞乃見其初，犧、軒莫測其始。於後時經五代，篇有三千，成、康没而頌聲寢，陳靈興而變風息。先君宣父，厘正遺文，緝其精華，褫其煩重，上從周始，下暨魯僖，四百年閑，六詩備矣。卜商闡其業，雅頌與金石同和；秦正燎其書，簡牘與煙塵共盡。漢氏之初，《詩》分為四：申公騰芳於鄢郢，毛氏光價於河閒，貫長卿傳之於前，鄭康成箋之於後。晉、宋、二蕭之世，其道大行；齊、魏兩河之閒，兹風不墜。

其近代為義疏者，有全緩、何胤、舒瑗、劉軌思、劉醜、劉焯、劉炫等。然焯、炫並聰穎特達，文而又儒，擢秀幹於一時，騁絶轡於千里，固諸儒之所揖讓，日下之無雙，於其所作疏内特為殊絶。今奉敕删定，故據以為本。然焯、炫等負恃才氣，輕鄙先達，同其所異，異其所同，或應略而反詳，或宜詳而更略，準其繩墨，差忒未免，勘其會同，時有顛躓。今則削其所煩，增其所簡，唯意存於曲直，非有心於愛憎。謹與朝散大夫行太學博士臣王德韶、徵事郎守四門博士臣齊威等對共討論，辨詳得失。至十六年，又奉敕與前脩疏人及給事郎守太學助教雲騎尉臣趙乾葉、登仕郎守四門助教雲騎尉臣賈普曜等，對敕使趙弘智覆更詳正，凡為四十卷，庶以對揚聖範，垂訓幼蒙，故序其所見，載之於卷首云爾。

大雅小雅譜

（東漢）鄭玄

小雅、大雅者，周室居西都豐、鎬之時詩也。

始祖后稷，由神氣而生，有播種之功於民。公劉至於大王、王季，歷及千載，越異代，而别世載其功業，為天下所歸。

文王受命，武王遂定天下。盛德之隆，大雅之初，起自《文王》，至於《文王有聲》，據盛隆而推原天命，上述祖考之美。小雅自《鹿鳴》至於《魚麗》，先其文所以治内，後其武所以治外。此二雅逆順之次，要於極賢聖之情，著天道之助，如此而已矣。

又大雅《生民》下及《卷阿》，小雅《南有嘉魚》下及《菁菁者莪》，周公、成王之時詩也。傳曰"文王基之，武王鑿之，周公内之"，謂其道同，終始相成，比而合之，故大雅十八篇、小雅十六為正經。

其用於樂，國君以小雅，天子以大雅，然而饗賓或上取，燕或下就。何者？天子饗元侯，歌《肆夏》，合《文王》。諸侯歌《文王》，合《鹿鳴》。諸侯於鄰國之君，與天子於諸侯同。天子、諸侯燕群臣及聘問之賓，皆歌《鹿鳴》合鄉樂。此其著略，大校見在書籍。禮樂崩壞，不可得詳。

大雅《民勞》、小雅《六月》之後，皆謂之變雅，美惡各以其時，亦顯善懲過，正之次也。

問者曰："《常棣》閔管、蔡之失道，何故列於文王之詩？"曰："閔之閔之者，閔其失兄弟相承順之道，至於被誅。若在成王、周公之詩，則是彰其罪，非閔之，故為隱。推而上之，因文王有親兄弟之義。"

又問曰："小雅之臣何以獨無刺厲王？"曰："有焉。《十月之交》《雨無正》《小旻》《小宛》之詩是也。漢興之初，師移其第耳。師所以然者，《六月》之詩自説多陳小雅正經廢缺之事，而下句言"小雅盡廢，則四夷交侵，中國微矣"，則謂《六月》者，"宣王北伐"之詩，當承《菁菁者莪》後，故下此四篇，使次《正月》之詩也。亂甚焉。既移文，改其目，義順上下，刺幽王亦過矣。"

大雅年表（據《毛詩注疏》）

在位時間（公元前）	紀年	篇數 31	篇次	篇名
	文王	10	1—10	《文王》《大明》《緜》《棫樸》《旱麓》《思齊》《皇矣》《靈臺》《下武》《文王有聲》
	武王			
	成王，周公	8	11—18	《行葦》《既醉》《鳧鷖》《假樂》《公劉》《泂酌》《卷阿》《生民》
	康王			
	昭王			
	穆王			
	共王			
	懿王			
	孝王			
	夷王			
	厲王	5	19—23	《民勞》《板》《蕩》《桑柔》《抑》
841—828	共和			
827—782	宣王	6	24—29	《雲漢》《崧高》《烝民》《韓奕》《江漢》《常武》
781—771	幽王	2	30—31	《瞻卬》《召旻》

毛詩大雅詩旨

序號	篇目	章句数	毛序	鄭箋
自此以下，至《卷阿》十八篇，是文王、武王、成王、周公之《正大雅》，據盛隆之時而推序天命，上述祖考之美，皆國之大事，故為《正大雅》焉。《文王》至《靈臺》八篇，是文王之《大雅》，《下武》至《文王有聲》二篇，是武王之《大雅》。				
1	《文王》	七章，章八句。	文王受命作周也。	受命，受天命而王天下，制立周邦。
2	《大明》	八章，四章章六句，四章章八句。	文王有明德，故天復命武王也。	二聖相承，其明德日以廣大，故曰“大明”。
3	《緜》	九章，章六句。	文王之興，本由大王也。	
4	《棫樸》	五章，章四句。	文王能官人也。	
5	《旱麓》	六章，章四句。	受祖也。周之先祖，世修后稷、公劉之業。大王、王季，申以百福干禄焉。	
6	《思齊》	四章，章六句。故言五章，二章章六句，三章章四句。	文王所以聖也。	言非但天性，德有所由成。
7	《皇矣》	八章，章十二句。	美周也。天監代殷，莫若周。周世世修德，莫若文王。	監，視也。天視四方可以代殷王天下者，維有周耳。世世修行道德，維有文王盛耳。
8	《靈臺》	五章，章四句。	民始附也。文王受命，而民樂其有靈德，以及鳥獸昆蟲焉。	民者，冥也。其見仁道遲，故於是乃附也。天子有靈臺者，所以觀祲象，察氣之妖祥也。文王受命，而作邑於豐，立靈臺。《春秋傳》曰：“公既視朔，遂登觀臺以望，而書雲物，為備故也。”
9	《下武》	六章，章四句。	繼文也。武王有聖德，復受天命，能昭先人之功焉。	繼文者，繼文王之王業而成之。昭，明也。

續表

序號	篇目	章句数	毛序	鄭箋
10	《文王有聲》	八章，章五句。	繼伐也。武王能廣文王之聲，卒其伐功也。	繼伐者，文王伐崇，而武王伐紂。
《文王之什》十篇，六十六章，四百一十四句。				
自《生民》至《卷阿》八篇，成王、周公之正《大雅》。				
11	《生民》	八章，四章章十句，四章章八句。	尊祖也。后稷生於姜嫄，文、武之功起於后稷，故推以配天焉。	
12	《行葦》	八章，章四句。故言七章，二章章六句，五章章四句。	忠厚也。周家忠厚，仁及草木，故能内睦九族，外尊事黃耇，養老乞言，以成其福禄焉。	九族，自已上至高祖，下至玄孫之親也。黃，黃發也。耇，凍梨也。乞言，從求善言可以為政者，敦史受之。
13	《既醉》	八章，章四句。	大平也。醉酒飽德，人有士君子之行焉。	成王祭宗廟，旅酬下徧群臣，至於無筭爵，故云醉焉。乃見十倫之義，志意充滿，是謂之飽德。
14	《鳧鷖》	五章，章六句。	守成也。大平之君子，能持盈守成，神祇祖考安樂之也。	君子，斥成王也。言君子者，大平之時則皆然，非獨成王也。
15	《假樂》	四章，章六句。	嘉成王也。	
16	《公劉》	六章，章十句。	召康公戒成王也。成王將涖政，戒以民事，美公劉之厚於民，而獻是詩也。	公劉者，后稷之曾孫也。夏之始衰，見迫逐，遷於豳，而有居民之道。成王始幼少，周公居攝政，反歸之。成王將涖政，召公與周公相成王為左右。召公懼成王尚幼稚，不留意於治民之事，故作詩美公劉，以深戒之也。
17	《泂酌》	三章，章五句。	召康公戒成王也。言皇天親有德、饗有道也。	

續表

序號	篇目	章句数	毛序	鄭箋
18	《卷阿》	十章，六章章五句，四章章六句。	召康公戒成王也。言求賢用吉士也。吉，猶善也。	
從此至《桑柔》五篇，是厲王變大雅。				
19	《民勞》	五章，章十句。	召穆公刺厲王也。	厲王，成王七世孫也。時賦斂重數，徭役煩多，人民勞苦，輕為奸宄，彊陵弱，眾暴寡，作寇害，故穆公以刺之。
20	《板》	八章，章八句。	凡伯刺厲王也。凡伯，周同姓，周公之胤也。入為王卿士。	
《生民之什》十篇，六十五章，四百三十三句。				
21	《蕩》	八章，章八句。	召穆公傷周室大壞也。厲王無道，天下蕩蕩，無綱紀文章，故作是詩也。	
22	《抑》	十二章，三章章八句，九章章十句。	衛武公刺厲王，亦以自警也。自警者，如彼泉流，無淪胥以亡。	
23	《桑柔》	十六章，八章章八句，八章章六句。	芮伯刺厲王也。	芮伯，畿内諸侯，王卿士也，字良夫。
從此至《常武》六篇，是宣王變大雅。				
24	《雲漢》	八章，章十句。	仍叔美宣王也。宣王承厲王之烈，内有撥亂之志，遇災而懼，側身修行，欲銷去之。天下喜於王化復行，百姓見憂，故作是詩也。	仍叔，周大夫也。《春秋》魯桓公五年，“夏，天王使仍叔之子來聘”。烈，餘也。
25	《崧高》	八章，章八句。	尹吉甫美宣王也。天下複平，能建國親諸侯，褒賞申伯焉。	尹吉甫、申伯，皆周之卿土也。尹，官氏。申，國名。

續表

序號	篇目	章句数	毛序	鄭箋
26	《烝民》	八章，章八句。	尹吉甫美宣王也。任賢使能，周室中興焉。	
27	《韓奕》	六章，章十二句。	尹吉甫美宣王也。能錫命諸侯。	梁山於韓國之山最高大，為國之鎮，祈望祀焉，故美大其貌奕奕然，謂之韓奕也。梁山，今左馮翊夏陽西北。韓，姬姓之國也，後為晋所滅，故大夫韓氏以為邑名焉。幽王九年，王室始騒。鄭桓公問於史伯曰："周衰，其孰興乎？"對曰："武實昭文之功，文之祚盡，武其嗣乎？武王之子應韓不在其晋乎？"
28	《江漢》	六章，章八句	尹吉甫美宣王也。能興衰撥亂，命召公平淮夷。	召公，召穆公也，名虎。
29	《常武》	六章，章八句	召穆公美宣王也。有常德以立武事，因以為戒然。	戒者，"王舒保作，匪紹匪遊，徐方繹騒"。
從此至《召旻》六篇，是幽王之變大雅。				
30	《瞻卬》	七章，三章章十句，四章章八句	凡伯刺幽王大壞也。	凡伯，天子大夫也。《春秋》魯隱公七年，"冬，天王使凡伯來騁"。
31	《召旻》	七章，四章章五句，三章章七句	凡伯刺幽王大壞也。旻，閔也，閔天下無如召公之臣也。	旻，病也。
《蕩之什》十一篇，九十二章，七百六十九句。				